ro
ro
ro

Thomas Ziebula ist freier Autor und schreibt vor allem Fantasy- und historische Romane. 2001 erhielt er den Deutschen Phantastik-Preis. Seine erste Krimi-Reihe um Inspektor Paul Stainer vereint auf beeindruckende Weise Thomas Ziebulas Leidenschaft für deutsche Zeitgeschichte, spannende Kriminalfälle und seine Liebe zu der Stadt Leipzig, die bis heute seine deutsche Lieblingsstadt ist. Der Autor lebt in der Nähe von Karlsruhe.

«Ein atmosphärischer und hochemotionaler Roman, der so beiläufig auch zeigt, wie spannend Leipziger und deutsche Geschichte sein kann, wenn ein hochinteressierter Autor sich ihrer annimmt.»

*(Leipziger Internet-Zeitung)*

«Thomas Ziebula hat einen packenden Roman geschrieben, der den Leser tief in die deutsche Geschichte eintauchen lässt.»

*(Rhein-Neckar-Zeitung)*

«Ziebula hat ein Gespür für Zeitgeschichte, sein Ermittler Stainer ist eine starke Figur.»

*(Neue Presse)*

«Der rote Judas» war unter den Finalisten auf der Shortlist für den Crime Cologne Award 2020 nominiert.

THOMAS
ZIEBULA

# DER ROTE JUDAS

KRIMINAL-
ROMAN

Rowohlt Taschenbuch Verlag

Veröffentlicht im Rowohlt Taschenbuch Verlag,
Hamburg, Februar 2021

Covergestaltung Hafen Werbeagentur, Hamburg
Coverabbildung ullstein bild –
Süddeutsche Zeitung Photo / Scherl / ullstein bild
Karte © Peter Palm, Berlin
Satz aus der Minion
Gesamtherstellung CPI books GmbH, Leck, Germany
ISBN 978-3-499-00039-3

*Für Norbert Mierswa*

Auensee
Elster
Die Burgaue
MÖCKERN
Das Leutzscher Holz
Auenstr.
Leipziger Str.
Bahnhof Leutzsch
Barnecker Str.
Auenstr.
Schützstr.
LEUTZSCH
Das Niederholz
Die Gottge
Leutzsche
Merseburger Str.
LINDENAU
Palmengarte
Lützner Str.
N
W
O
S
LINDENAU
Karl-Heine-Str.
Lützner Str.
Zschochersche Str.
Elster
Bahnhof Plagwitz
PLAGWITZ
Lützner Str.
Alte Salzstr.
SCHLEUSSIG
Antonienstr.
KLEIN ZSCHOCHER
0 200 400 600 Meter

Leipzig 1920
Artilleriestr.
GOHLIS
Delitzscher Str.
Berliner Str.
Gohliser Str.
Güterbahnhof
Schönefelder Park (Tummelwiese)
Lindenallee
SCHÖNEFELD
ntal
Große Wiese
Blücherstr.
Hauptbahnhof
Verlag der Leipziger Volkszeitung
NEUSTADT
Kirchstr.
Blücherplatz
Tauchaer Str.
Eisenbahnstr.
Ranstädter Steinweg
Brühl
Krystallpalast (Alberthalle)
NEU-SCHÖNEFELD
Salomonstr.
Preußer Gässchen
Peters Str.
Johannisplatz
Dresdner Str.
REUDNITZ
Alter Johannis-Friedhof
Hospitalstr.
Str.
Johanna-Park
Karl-Tauchnitzstr.
Königsplatz
Wächterburg
Eilenburger Bahnhof
Wächterstr.
Reichsgericht
König-Park
Allee
Peters Steinweg
Windmühlenstr.
Gutenbergstr.
Johannis-Tal
Scheiben-Holz
Zeitzer Str.
Bayerischer Bahnhof
Johannisallee
Neuer Johannis-Friedhof
Rennbahn
Pleiße
Körnerplatz
Körnerstr.
THONBERG
Stötteritzer Str.
Bahnhof Stötteritz
Papiermühlstr.
Moltkestr.
Weg
Die Bauernwiesen
Süd Str.
Ausstellung
Str. des 18. Oktober
Reitzenhainerstr.
Kaiserin-Augusta-Str.
Garten-Kolonie
Stadtgärtnerei
Garten-Kolonie
Gustav-Freytag-Str.
CONNEWITZ
Napoleonstein
Völkerschlachtdenkmal
sholz

Wer spricht von Siegen?
Überstehn ist alles.

RAINER MARIA RILKE

# PROLOG

Manchmal, wenn er besonders heftig in die Tasten hieb, klang das Tackern der Schreibmaschine wie das Gehämmer eines Maschinengewehrs. Dann bebte der Tisch, dann zitterte das Weinglas, und von der qualmenden Zigarette im Ascher brach der Aschenkegel ab. Und ganz nah bei ihm war dann das, was er sich von der Seele zu schreiben versuchte, so nahe, dass er zu zittern begann. Stürz jetzt bloß nicht ab, Heinrich, dachte er in solchen Momenten, verwechsle bloß nicht wieder damals mit heute.

Er schrieb weiter, immer weiter, denn Erinnerungen bedrängten ihn – Stimmen, Gesichter und Gesten. Böse alte Bilder huschten vor seinem inneren Auge vorbei, so böse manchmal, dass er den Atem anhielt und seine gespreizten Finger sekundenlang über der Maschine verharrten. Er lauschte Schreien und Schüssen, sah Grimassen und Blut – und musste seine Finger in die Tasten zwingen, damit sie das Böse weiter in die Maschine hämmerten und auf Papier bannten.

So ging das seit Stunden.

Dicht über dem Tisch flackerte die Glühbirne, neben der Schreibmaschine brannten die Kerzen herunter, der Aschenbecher quoll über, die Weinflasche leerte sich, und vor den Fenstern graute der neue Morgen über den Dächern Berlins.

Schließlich stiegen ihm Bilder ins Bewusstsein, die seinem Willen widerstanden, sie in Worte und Sätze zu verwandeln. Diese Bilder wollten sich nicht aufs Papier bannen lassen, sie machten seine Finger steif und seine Brust so eng, dass er kaum atmen konnte. Während ihm die Hände auf den Tisch fielen und sein Oberkörper zurück gegen die Stuhllehne sank, schloss er die Augen.

Er sah Mordlust und Gier im Gesicht eines Mannes, Verzweiflung und Hass im Gesicht einer Frau, Flehen und Todesangst im Gesicht eines Mädchens. Doch er sah nicht nur, er hörte auch: Männergebrüll, Schüsse, eine zufallende Tür und dahinter die Schreie des Mädchens. Verschiedene Gerüche krochen ihm in die Nase: Mündungsfeuer, Harn, Schweiß und Blut.

Er öffnete die Augen und atmete so schwer wie jemand, der eine große Last zu stemmen hatte. Seufzend und mit erschöpfter Geste schlug er erst nach dem Walzenhebel und tastete dann nach der Zigarettenschachtel. An der Glut der heruntergebrannten Kippe entzündete er die nächste Zigarette.

Tief inhalierte er den Rauch und blies ihn gegen die Glühbirne. Vor seinen Fenstern sickerte die erste, noch fahle Morgenröte in den Nachthimmel. Er trank einen Schluck Wein, rauchte und wartete, bis seine Erregung sich ein wenig legte.

«Weiter», flüsterte er, «du wirst es niederschreiben, du musst. Du hörst erst auf, wenn du alles erzählt hast, alles. Los, Heinrich, weiter!» Und dann beugte er sich so tief über die Schreibmaschine, als wollte er die Stirn hineinhauen, und seine Finger hieben, stachen und hämmerten weiter in die Tasten, und alles, was er sah, hörte und roch, verwandelte sich in Sätze und Absätze und füllte Seite um Seite.

Irgendwann war das Kapitel vollbracht. Erschöpft sank er gegen die Stuhllehne und blinzelte in das helle Morgenlicht, das die Wintersonne in sein Zimmer goss. Eine Zeitlang saß er so – zusammengesunken, blinzelnd und bleich – und tat weiter nichts, als zu Atem zu kommen. Bis er sein Weinglas leer trank, die Blätter zu den anderen in seine schwarze Aktenmappe steckte – in sein *Hauptarchiv*, wie er sie nannte – und sich eine Zigarette anzündete. Rauchend ging er zum Fenster und schaute auf die morgendliche Straße seines Kiezes hinunter. Ein Strom von Fahrrädern, Kraftwagen, Fuhrwerken und Passanten wälzte sich unter ihm vorüber.

Später, während er in der Küche den Gasherd aufdrehte und Kaffeewasser aufsetzte, verfluchte er laut die Mörder, deren Taten er geschildert hatte, und beschimpfte den Verleger, der es abgelehnt hatte, seine Erinnerungen zu veröffentlichen.

Mit der Kaffeetasse in der Linken und einer Zigarette im Mundwinkel setzte er sich schließlich auf die Chaiselongue, griff zum Hörer des Fernsprechers und wählte die Nummer der Berliner Fernsprechzentrale. «Ein Ferngespräch nach Leipzig bitte!»

«Reichsgericht», meldete sich nach kurzem Warten eine Männerstimme. «Assessor Weingarten.»

«Heinrich Baumann hier. Stell dir vor, Hans – ich bin fast fertig.»

«Gratuliere. Ich habe schon Kontakte zu zwei Verlegern geknüpft.»

«Großartig, Hans, danke! Ich muss nur noch ein paar Sätze zu Murrmann und das Kapitel über Jagoda schreiben, und dann geht es an die Überarbeitung.» Er fühlte sich ganz leicht auf einmal, nahezu euphorisch, sodass ihm die verbleibende Arbeit und die Suche nach einem Verlag wie ein Kinderspiel erschienen. «Ich komme nach Leipzig», sagte er, «muss unbedingt mit Jagoda persönlich sprechen. Murrmann stellt den Kontakt zu ihm her. Morgen fahre ich los.»

«Sei auf der Hut, Heinrich.» Die Stimme des anderen klang jetzt ernst und besorgt. «Sie haben ihre Augen und Ohren überall. Vielleicht wissen sie längst, dass du aussagen willst, vielleicht haben sie sogar schon von deinem Manuskript gehört.»

«Gut möglich. Gestern sind mir zwei üble Burschen auf Krafträdern ins Büro gefolgt. Aber keine Sorge, Hans – ohne Revolver gehe ich nicht mehr aus dem Haus. Und in Leipzig bin ich erst einmal sicher.»

Im Bahnhof Charlottenburg löste Heinrich Baumann am nächsten Tag einen Fahrschein nach Leipzig. Als ahnte er, dass er nicht zurückkehren würde, verzichtete er darauf, einen Fahrschein für die Rückfahrt zu kaufen.

# I

# DER HEIMKEHRER

# 1

Es war Jagodas letzter Tag. Draußen regnete es, der Wind wälzte schwarze Wolkengebirge durch den Winterhimmel, und der Hospitalpark darunter sah aus wie ein alter Friedhof. Im Morgenmantel stand Jagoda am Fenster und schaute auf den Park hinunter, als die Visite das Zimmer stürmte.

Der Chefarzt erinnerte ihn an seinen Vater, schon seit er ihn nach der Einweisung in der Tobsuchtzelle untersucht hatte. Nicht weil er ihm besonders ähnlich sah, sondern weil Jagoda jedes Mal Hoffnung schöpfte, wenn der grauhaarige Aristokrat mit dem kaiserlichen Schnauzbart den Tross aus Assistenzärzten, Schwestern und Medizinstudenten hereinführte.

«Guten Abend, Herr Jagoda.» Der Arzt reichte ihm die Hand. «Ihr letzter Tag bei uns?» Jagoda ergriff sie und nickte. «Wie geht es uns denn?»

«Bestens, Herr Professor.» Der Mann im Nachbarbett grunzte und riss an seinen Gurten, auf der anderen Zimmerseite glotzte der Kerl mit den Zuckungen stumm herüber, und der mit den Krämpfen kicherte blöde.

Der Chefarzt musterte Jagoda prüfend, bevor er seine Hand freigab. «Dann wollen wir doch noch ein letztes Mal schauen.» Er legte sein Stethoskop an und bedeutete Jagoda, sich auf die Bettkante zu setzen. Die Schwester half ihm aus dem Morgenmantel, der Chefarzt hörte ihn ab. «Albträume?», fragte er hinterher, während er sich die Stethoskopbügel wieder um den Hals klemmte.

«Schon lange nicht mehr», log Jagoda.

«Sehr gut. Gucken Sie mich bitte an.» Mit einem Wattestäbchen fuhr der Chefarzt ihm von den Unterlidern aus über die Hornhäute und registrierte befriedigt den Lidreflex. Er sprach ein paar lateinische Worte zu seinem Tross, bevor er mit Finger und Hämmerchen den Mundreflex prüfte. «Wie geht es Ihnen, wenn Sie an die Schule denken, Herr Gymnasialprofessor?»

«Gut. Ich freue mich auf die Arbeit.» Plötzlich krachte der Tisch gegen die Wand. Der Kicherer riss sich die Decke über den Kopf, der Grunzer schrie auf, Jagoda aber blieb ruhig. Kein Zusammenschrecken, kein unterdrückter Schrei, nicht einmal ein Zucken – er sah nur interessiert zu dem Assistenzarzt hin, der gegen das Tischbein getreten hatte. Der beobachtete ihn, *alle* beobachteten ihn, und der Chefarzt nickte befriedigt.

«Gestern in der Frühe hat die Elektrische direkt vor der Klinik ein Kohlefuhrwerk gerammt.» Der Chefarzt ging vor seinem Bett in die Hocke und prüfte Jagodas Knie- und Fußreflexe. «War gewaltig laut. Sind Sie sehr erschrocken?»

«Ich habe nur die Nachtigall im Klinikgarten singen gehört.»

«Nervtötend, nicht wahr?» Der Chefarzt murmelte ein paar lateinische Brocken in die Richtung seiner Gefolgschaft, erhob sich dann und schaute zu Jagodas Nachttisch, wo ein Gedichtband des Leipziger Inselverlages auf zwei Schillerdramen lag. «Oh! Wenden Sie sich jetzt unseren zeitgenössischen Dichtern zu, Herr Gymnasialprofessor?»

«Ich kann meinen Schülern ja nicht ständig mit Goethe, Klopstock und Hölderlin kommen, Herr Professor.»

Der Chefarzt griff nach dem oberen Buch. «Jetzt also Rilke», murmelte er, blätterte, las und trug schließlich einen Vers vor: «‹Wer spricht von Siegen? Überstehn ist alles.›» Er drehte sich nach seinen Assistenten und Studenten um, die bis vor vierzehn

Monaten alle noch an der Front gewesen waren. «Haben Sie das gehört, meine Herren?» Die Männer guckten nur, und das ziemlich betreten.

«Bin ich geheilt, Herr Professor?» Jagoda atmete plötzlich schneller und musste sogar schlucken. Er hoffte, der Arzt würde es nicht merken.

«Das will ich meinen.» Der Chefarzt legte das Buch zurück. «Vergessen Sie, was hinter Ihnen liegt, und schauen Sie nach vorn, verstanden?» Lächelnd reichte er ihm die Hand. «Leben Sie wohl, Herr Jagoda. Ich will Sie nicht mehr hier sehen, ist das klar?»

Erleichtert ließ Jagoda später die Abteilung hinter sich, erleichtert trug er seinen kleinen Koffer durch die Eingangshalle auf die Pforte zu. Ein Einarmiger hockte auf einer Bank im Wartebereich und schaute schnell in seine Zeitung, als ihre Blicke sich trafen. Doch nicht deswegen fiel der Mann ihm auf, sondern weil ein Eisernes Kreuz I. Klasse an seinem schwarzen Mantel glänzte.

Jagoda selbst hatte seine Orden zu Hause in der Kommode versteckt, nachdem aufgebrachte Passantinnen sie ihm im Dezember 1918 samt Schulterstücken von der Jacke gerissen hatten. Leipzig, diese Brutstätte von Unruhe und Sozialismus, hatte seine Kriegsheimkehrer – seine Kriegsverlierer – besonders undankbar empfangen.

«Schon Ihr letzter Tag heute, Herr Oberstleutnant Jagoda?» Der Pförtner trat aus seiner Loge und stand stramm; sie kannten sich vom Flandernfeldzug. «Freut mich für Sie, Herr Oberstleutnant!» Der Mann war ihm peinlich, denn nicht nur, dass er stramm stand – er sprach auch noch so laut, dass nun wirklich jeder im Wartebereich seinen ehemaligen militärischen Rang kannte. «Hat Ihre Schwester für Sie abgegeben.» Der Pförtner reichte ihm zwei Kuverts. «Außerhalb der Besuchszeit.» Jagoda steckte die Briefe ein und verabschiedete sich.

Draußen sah er die Elektrische nicht weit vor der Einfahrt zur Nervenklinik halten, die Linie 2 zum Hauptbahnhof. Einen Augenblick zögerte er, dann ging er doch zu den wartenden Kraftdroschken. Der Regen klatschte ihm ins Gesicht, die Friedhofsstimmung sickerte ihm ins Gemüt. «Hauptbahnhof», rief er dem Fahrer zu und stieg in den Fahrgastraum hinauf.

Als sie am Eingang vorbeirollten, sah er den Einarmigen aus der Tür treten. Ein untersetzter Mann in feldgrauem Mantel und mit schwarzer lederner Schildkappe folgte ihm, ein zweiter in Fliegerjacke und mit Wollmütze hielt ihm die Tür auf. Alle drei blickten seinem Wagen hinterher. Jagoda stutzte. Kannten sie ihn?

Noch als die Droschke längst über die Windmühlenstraße in Richtung Innenstadt tuckerte, gingen ihm die drei Männer durch den Kopf – ihre starren, ausdruckslosen Mienen hatten ihm nicht gefallen. Der Anblick der Elektrischen, die sie bald links überholten, gefiel Jagoda auch nicht, verursachte ihm sogar Beklemmungen.

Im Anhänger eines elektrischen Straßenwagens nämlich war es geschehen – im August letzten Jahres. Ein Gewitter aus heiterem Himmel, und schon nach dem ersten Donnerschlag hatte er sich an der Front gewähnt und mitten im feindlichen Artilleriefeuer. Angeblich sei er durchgedreht. Er selbst konnte sich an nichts erinnern, als er, gefesselt an die Gummiwand der Tobsuchtzelle, wieder zur Besinnung gekommen war. Nur an Granateinschläge und Explosionsblitze.

Am Königsplatz hielt die Kraftdroschke, um eine Elektrische vorbeirollen zu lassen. Die Fassade des Neuen Rathauses war dunkel vom Regen. Die Rathausuhr und den Giebel mit dem

Grabspruch konnte Jagoda von hier aus nicht sehen, doch aus irgendeinem Grund stand er ihm dennoch vor Augen: *Mors certa, hora incerta*. Auf den Schlachtfeldern in Flandern und Frankreich hatte er oft an ihn denken müssen – *Der Tod ist gewiss, die Stunde ungewiss.*

Sie erreichten den Hauptbahnhof. «Herrliches Bauwerk!», entfuhr es ihm. Der Fahrer drehte sich nach ihm um und lächelte wie ein glücklicher kleiner Junge. Die Leipziger waren stolz auf ihren neuen Hauptbahnhof, Jagoda war es auch. Der Anblick der prächtigen Fassade, des weitläufigen Vorplatzes und der hohen Laternensäulen gab ihm das Gefühl, nach fünf Monaten Krankenzimmer und Klinikgarten endlich wieder frei durchatmen zu können.

Im Postamt der Bahnhofshalle schickte er ein Telegramm an seine Mutter in Dresden und kündigte seinen Besuch für den nächsten Tag an. Danach kaufte er Zigarren, Zeitungen, einen Fahrschein nach Dresden und Schokolade für seine Mutter.

Ins Menschengetümmel der großen Halle einzutauchen, verursachte ihm buchstäblich Glücksgefühle. Um diese noch eine Weile festzuhalten, ging er in die Bahnhofskneipe, trank nach fünf Monaten sein erstes Bier und schaute dabei durch die großen Fenster hinaus auf das muntere Treiben in der Halle. Niemand ringsum an Tischen und Theke kicherte, grunzte oder krampfte. Herrlich!

Sein Blick fiel auf ein Plakat an der Kneipentür, das für eine Sportveranstaltung warb, einen Boxkampf. *Max Heiland gegen Oskar Stecher*, las er, *Samstag, 31. Januar 1920, Gasthof Windorf.* Plötzlich spürte er, wie sehr ihn nach Spektakel und der Gesellschaft normaler Menschen verlangte. Da gehst du hin!, entschied er spontan.

Er trank sein Bier, rauchte Zigarre, zog die Briefe, die ihm der Pförtner gegeben hatte, aus dem Mantel, und las die Absender. Das Reichsgericht teilte ihm endlich einen Termin für eine Anhörung mit. Der zweite Brief war von Robert Murrmann. Überrascht öffnete und las er ihn: Murrmann, ein Kriegskamerad, hielt sich in der Stadt auf und wollte sich mit ihm treffen. Mit ihm und einem Berliner namens Heinrich Baumann, der Jagoda kennenlernen wollte.

Er steckte die Briefe weg und hob den Blick – ein Einarmiger, an dessen schwarzem Mantel ein Orden glänzte, stand vor dem Tabakladen im Eingangsbereich der Halle. Jagoda stutzte, und unwillkürlich suchte sein Blick die Menge in der Bahnhofshalle nach dem untersetzten Feldgrauen mit der schwarzen Lederkappe ab und nach dem dritten Mann, dem in der Fliegerjacke.

Er konnte sie nirgends entdecken, doch irgendetwas veränderte sich plötzlich da draußen in der Halle. Der Lärmpegel? Die Blickrichtung der Leute? Und dann sah er es: Soldaten schlurften und hinkten auf einmal dem Ostausgang entgegen, Heimkehrer, mindestens hundert Mann. Einige schob man in Rollstühlen oder auf fahrbaren Liegen hinterher.

Erinnerungen stiegen in ihm hoch, Erinnerungen, die er hasste. Jagoda wandte sich schnell ab vom Anblick der gebeugten und verkrüppelten Soldaten, bezahlte und ging.

Statt den Heimkehrern zum Ausgang zu folgen, bog er zum Tabakladen ab und spähte durchs Schaufenster nach dem Einarmigen. Er musste wissen, ob es derselbe Mann war, den er in der Klinik gesehen hatte. Doch unter den Kunden drinnen konnte er ihn nicht entdecken.

Seine Zigarre war ausgegangen. Er stellte den Koffer ab, kramte nach Zündhölzern, als ihm jemand ein Feuerzeug entgegenstreckte. Jagoda blickte in eisgraue Augen, während er sich über die Flamme beugte. «Danke», sagte er und saugte an seiner Zigarre.

Das Gesicht des Mannes war bleich, kantig und hohlwangig, seine Lippen schmal und farblos und unter seinen wachen grauen Augen lagen dunkle Ringe. Der Mann war höchstens Ende dreißig, hatte aber schon weißes Haar. Jagodas Blick fiel auf den abgewetzten Tornister in seiner Linken, und er las einen Namen auf dem ausgebleichten Aufnäher: *Major Paul Stainer*. Wortlos steckte der Mann sein Feuerzeug ein, nickte ihm zu und ging.

Jagoda schaute ihm hinterher. Der Weißhaarige trug einen alten Offiziersmantel ohne Schulterstücke und Tressen und unter dem Arm ein Bündel. Er war groß und hager, beinahe dürr. Einer der Heimkehrer, wahrscheinlich aus Frankreich; dort hielten die Sieger noch Hunderttausende gefangen, wie man hörte.

Hatte Jagoda ihn nicht schon irgendwo gesehen? Er grübelte. Nein – er kannte keinen Paul Stainer, keinen mit einem jungen Gesicht und schlohweißem Haar. Noch während er nachdachte, bog der Mann um die Ecke und verschwand im Eingangsbereich.

Jagoda rauchte eine Zeitlang in Gedanken versunken, bevor er seinen Koffer nahm und ebenfalls die Halle verließ. Auf dem Vorplatz stürzten Frauen, alte Männer und Kinder mit ausgebreiteten Armen unter die Soldaten. Manche schrien ihre Freude laut heraus, andere weinten still an der Brust ihres Heimkehrers.

Etwas abseits entdeckte er eine blonde Frau mit dunkelrot geschminkten Lippen und weißen Perlen an den Ohren. Sie war ganz in Schwarz gekleidet und trug rote Stöckelschuhe. Aus nassen Augen betrachtete sie die Heimkehrer und die Glücklichen, die sie umarmten. Sie selbst schien vergeblich gewartet zu haben.

Meine Güte, dachte Jagoda, als er an ihr vorbeiging, so schön und doch so traurig.

Es dämmerte bereits. Am Blücherplatz hielt die Linie 17. Einen Moment zögerte er, dann rannte er los. Hatte der Professor ihn nicht für geheilt erklärt? Also konnte er auch wieder mit der Elektrischen fahren! Wenigstens eine Station! Jagoda atmete tief durch – er wollte es, nein, *musste* es wissen. Also stieg er ein und bezahlte. Gleich in der ersten Bank fand er einen freien Platz.

Neben ihm hustete ein Kind. «Bitte machen Sie Ihre Zigarre aus, mein Herr!» Im Führerstand drehte eine zierliche schwarzhaarige Frau sich nach ihm um. «Hören Sie nicht den Kleinen husten?» Stimme und Blick duldeten keinen Widerspruch, also drückte Jagoda die Glut an seiner Sohle aus.

«Danke, Frau König!», sagte die Mutter des Kindes. «Danke, Fine!», kam es von der Bank gegenüber.

Jagoda zog den Kopf ein und entschuldigte sich. «Ich war in Gedanken», murmelte er verlegen grinsend. «Hat man in der Leipziger Straßenbahn früher nicht rauchen dürfen?»

«Das ist lange her, mein Herr», beschied ihn die Fahrerin, ohne sich noch einmal nach ihm umzudrehen.

Schon am Schulplatz stand Jagoda auf und stieg wieder aus. Er hatte es nicht weit in die Jakobstraße, wo er direkt über dem Elstermühlgraben wohnte. Es tat ihm gut, die vertrauten Fassaden wiederzusehen. Vor seinem Haus hockten ein Hund und ein Bettler, ein Kriegsversehrter, wie es aussah.

Auf der anderen Straßenseite flammten die Scheinwerfer eines parkenden Kraftwagens auf, die große dunkle Limousine rollte an. Jagoda sah eher beiläufig hin, aber als sein Blick den

Mann auf dem Rücksitz streifte, stand er still, um ihn genauer ins Auge zu fassen. Doch da beschleunigte das Automobil bereits und fuhr in Richtung Humboldtstraße davon.

Erschrocken blickte er dem Wagen hinterher. War das nicht der Einarmige gewesen? Der Träger des Eisernen Kreuzes, der ihm schon in der Nervenklinik und in der Bahnhofshalle aufgefallen war? Er schüttelte sich. Sah er denn jetzt schon Gespenster? Stockend setzte er den Weg zu seiner Haustür fort. Auf einmal zweifelte er daran, dass er wirklich geheilt war.

# 2

Eisblumen bedeckten das Buntglas der Treppenhausfenster. Gaslicht von der Straße tränkte sie mit zauberhaftem Schein. Paul Stainer blieb stehen, legte den Kopf in den Nacken und bestaunte das farbige Lichtspiel. Wie schön! Wieso war ihm das früher nie aufgefallen?

Vielleicht, weil er die letzten Jahre zu viel Hässliches hatte sehen müssen. Vielleicht auch, weil die Nähe des Todes seinen Blick für das Wesentliche geschärft hatte.

Stufe um Stufe stieg er ins zweite Obergeschoss hinauf, das im Halbdunkeln lag. Er dachte an jenen Augusttag sechs Jahre zuvor, als er das letzte Mal durch dieses Treppenhaus gegangen war; damals war er die ausgetretenen Stufen hinabgestiegen. Es kam ihm vor, als wäre das in einem anderen Leben geschehen, im Leben eines Fremden.

Sein Herz klopfte wild und sein Atem ging schnell – beides ärgerte ihn. Er sollte Sport treiben, am besten noch diese Woche wieder damit anfangen!

Endlich vor ihrer Tür, lehnte er sich gegen das Geländer, verschnaufte ein wenig und lauschte. Kein Geschirr klapperte in der Wohnung, kein Wasser rauschte, kein Klavier klimperte. Er stutzte. War sie gar nicht da? Seine Mutter hatte ihr vor zwei Tagen eine Karte in den Briefkasten geworfen. Seine Eltern wussten schon seit letzter Woche, dass er heute aus der Gefangenschaft zurückkehren würde.

Er atmete ein paarmal tief durch, zwang sich, dem Anblick der schwarzen Buchstaben auf dem emaillierten Türschild standzuhalten – *Paul & Edith Stainer* – und schöpfte Hoffnung, weil sie es noch nicht abgeschraubt hatte. Zögernd tastete er nach der weinroten Kordel neben der Tür, verharrte und erschrak beinahe vor dem wilden Pochen in der Brust. Gegen diese Art von Herzrasen half kein Sport, musste er sich eingestehen.

Er zog an der Kordel und zuckte zusammen, als die Glocke ertönte. Jahrelang hatte er diesen Klang nicht mehr gehört, hatte ihn schon fast vergessen. Er weckte ein verschüttetes Gefühl – das Gefühl, ein Zuhause zu haben.

Lass dich nicht täuschen, Stainer!, wies er sich selbst zurecht. Du hast kein Zuhause mehr.

Hinter der Wohnungstür näherten sich eilige Schritte. Ein Schlüssel wurde herumgedreht, ein Schloss schnappte auf. Sein Herz pochte ihm nun bis in die trockene Kehle hinauf, und als die Tür sich eine Handbreit öffnete, sah er sie.

«Mein Gott, Paul!» Aus aufgerissenen Augen und mit weit geöffnetem Mund starrte sie ihn an. Der Schrecken stand ihr ins Gesicht geschrieben, und am liebsten hätte er sie in seine Arme gezogen.

Sie sah kaum älter aus als am Tag des Abschieds vor sechs Jahren. Die Furchen zwischen Nasenflügeln und Unterkiefer erschienen ihm ein wenig länger als damals. Und eine Spur tiefer. Vieles mochte er vergessen haben, ihr Gesicht jedoch würde er auch nach zwölf Jahren und zwei Kriegen nicht vergessen.

«Edith», sagte er leise, mehr brachte er nicht heraus.

Sie löste die Türkette, öffnete und zog ihn in die Wohnung. «Mein Gott, Paul!», wiederholte sie. Er hätte sie wirklich gern umarmt oder wenigstens ihr blondes Haar berührt, doch sie ließ ihn sofort wieder los, schlug die Hände vor den Mund und starrte ihn an, wie man ein Gespenst anstarren würde.

Wahrscheinlich gab es keine Gespenster, ganz gewiss aber gab es deutsche Männer, die jahrelang kaum geschlafen, in Unterständen gehaust, in Schützengräben gezittert, neben toten Kameraden geweint, zu viel geraucht und zu wenig gegessen hatten.

Männer, die zu lange durch granatengepflügte Erde gerobbt waren, zu lange in Gefangenenlagern gehaust hatten und dort zu oft von Schreien, Schüssen und Detonationen geweckt worden waren, obwohl zwischen den Baracken nur Nachtigallen sangen, Grillen zirpten und Käuzchen riefen.

Männer, die in diesen Wintertagen des Jahres 1920 zu Zehntausenden aus französischer Kriegsgefangenschaft zurückkehrten.

Männer wie er: Paul Stainer, ehemaliger Major und Kriminalkommissar. Und vom Pech verfolgt – wenn man einmal davon absah, dass er überlebt hatte.

Stainer räusperte sich und fand seine Stimme wieder. «Was guckst du mich so an?» Er ging an Edith vorbei zum Garderobenspiegel, streifte den alten Mantel ab, hängte seine alte Melone an einen Huthaken und knipste die Wandlampe an. Er versuchte, sein Spiegelbild mit Ediths Augen zu betrachten, und musste zugeben, dass es tatsächlich eher einem Gespenst als einem Major ähnelte: Ein schwarzgrauer Schatten lag um die tiefliegenden, grauen Augen, die Wangen waren eingefallen, die Lippen ein bleicher Strich, und der altmodische, von der Mutter vorhin noch schnell gedämpfte Hochzeitsanzug hing wie ein Stück schlaffer Stoff um dürre Glieder.

Und dann das Haar – gütiger Himmel, das schlohweiße Haar! Das hatte Edith wohl am meisten erschreckt. Als sie ihm vor sechs Jahren am Bahnsteig einen Handkuss zum Waggonfenster heraufgeworfen hatte, war es noch schwarz gewesen.

Kann passieren, dachte Stainer, atmete tief durch und schaltete die elektrische Lampe wieder aus. «Mach kein Drama draus, Edith. Andere haben Arme und Beine verloren, viele sogar den Kopf.» Er versuchte, die Bitterkeit wegzulächeln. «Ich bin wieder hier, mit vollzähligen Gliedern und habe nicht mal eine Glatze bekommen.»

Stainer strich sich über das volle weiße Haar und sah ihr ins Gesicht. Sie hatte ihn nicht umarmt. Vor zwei Jahren war sie mit einem anderen Mann im Theater gewesen. Seit seine Mutter ihm das erzählt hatte, war ihm zum Heulen zumute. «Ich muss mit dir reden, Edith.»

«Reden?» Sie wandte ihm den Rücken zu und ging voraus in die Stube. «Hast du meine Briefe nicht bekommen?» Sie deutete aufs Kanapee. Als wäre er ein Fremder, dem man einen Platz anzubieten hatte. «Den letzten habe ich deiner Mutter doch neulich erst in der Kirche zugesteckt.»

*In der Kirche* – beinahe hätte Stainer laut gelacht. Man konnte also seinen Ehemann vergessen, sich mit einem Liebhaber vergnügen und dennoch zum Gottesdienst gehen?

Sofort bedrängten ihn schlimme Erinnerungen, und seine zynischen Gedanken lösten sich in nichts auf. Warum nicht, Herr Major?, verspottete er sich selbst. Man kann ja auch im Unterstand der Morgenandacht lauschen und ein paar Minuten nach dem Amen eine Handgranate in einen Schützengraben voller flaumbärtiger englischer Oberprimaner werfen.

Er räusperte sich. «Natürlich habe ich deine Briefe gelesen.» Einer hatte ihn kurz vor Weihnachten im Gefangenenlager erreicht, der andere heute am frühen Abend, als er mit seiner Mutter in der Kraftdroschke saß, mit der sie ihn vom Bahnhof abgeholt hatte. Der erste war niederschmetternd gewesen, der zweite niederschmetternd und frostig. «Deswegen müssen wir ja reden.»

Am Kanapee vorbei steuerte er seinen alten Lesesessel an. Lieber Himmel, wie hatte er den vermisst! Den und das Klavier neben der Tür zum Schlafzimmer. An die Stehlampe hinter seinem Sessel erinnerte er sich nicht. Und hatte neben dem Sessel schon immer dieses Tischchen mit diesem Grammophon gestanden? Er stutzte und verharrte einen Augenblick. Über der Sessellehne hatte doch ein Bild gehangen? Sein Blick flog über die Wände – hatten nicht überhaupt viel mehr Bilder hier gehangen? Stainer verkniff es sich, seine Frau danach zu fragen, ging weiter und ließ sich stumm im Lesesessel nieder.

Eine Tageszeitung lag auf der Lehne, die *Vossische Zeitung*. Hatten Edith und er diese Zeitung abonniert? *NEUE AUSLIEFERUNGSNOTE AN HOLLAND*, lautete die Schlagzeile. Er faltete das Blatt zusammen, überflog dabei die ersten Zeilen des Berichts: Die Botschafter der Alliierten hatten in Paris verhandelt und beschlossen, von der holländischen Königin die Auslieferung Wilhelms II. zu verlangen.

Der oberste Soldat des Reiches war nach Holland ins Exil geflohen? Die Siegermächte wollten den Kaiser vor Gericht stellen? Stainer schüttelte den Kopf. Kaum zu glauben. Er hatte seit Jahren keine Zeitung mehr gelesen. Und heute im Gefangenentransport hatte niemand über Politik gesprochen.

Kauf dir ein paar Zeitungen, Stainer, dachte er, und sprich mit den Leuten, damit du in der Wirklichkeit ankommst.

«Seit wann haben wir elektrisches Licht?» Er legte die Zeitung neben das Grammophon und schaute seiner Frau wieder ins Gesicht. Wie beherrscht sie jetzt wirkte, wie kühl.

«Seit dem Frühjahr vor dem Krieg.» Edith runzelte die Stirn. «Das weißt du doch?»

«Ja, stimmt, jetzt fällt es mir wieder ein», sagte er, obwohl ihm gar nichts einfiel. Außer, dass sie ihn an der Wohnungstür nicht umarmt hatte. Nicht einmal berührt hatte sie ihn. Keine Willkommensgeste, kein Zeichen der Erleichterung, weil er lebte und frei war, nichts. Kerzengerade stand sie vor dem Lesesessel, als wollte sie ihn gleich wieder zur Wohnungstür führen. Ihr erster Schrecken schien verflogen zu sein.

«Wann kann ich wieder einziehen?» Alle Selbstverständlichkeit, zu der er noch fähig war, legte er in diese Frage.

Ihre Gestalt straffte sich, sie atmete tief durch und hielt seinem Blick stand. «Gar nicht mehr, Paul.» Der Satz hörte sich an, als hätte sie lange daran gefeilt. Nicht eine Spur von Heiserkeit lag in ihrer Stimme.

«Warum nicht?» Er hätte schreien mögen, beherrschte sich aber und gab sich den Anschein von Sachlichkeit. «Ich kann doch nicht bei meinen alten Eltern wohnen! Wir müssen reden, Edith.»

Sie schüttelte den Kopf. «Gott, was gibt es denn noch zu reden? Ich habe dir doch alles geschrieben.» Edith ging zum Sekretär, kehrte mit einem Stapel Briefe zurück. «Die sind erst in den letzten Tagen gekommen, ich habe sie deiner Mutter noch nicht bringen können. Gott, Paul, es tut mir doch selbst so leid!»

An ihr vorbei betrachtete Stainer den Sekretär. An den erinnerte er sich, jedenfalls dunkel. Aber hatte das Kaiser-Wilhelm-Porträt schon immer darüber gehangen? Nach seiner Erinnerung hatte er diesen selbstgefälligen Herrn schon vor dem Krieg nicht leiden können. Außerdem war er Sozialdemokrat. Wie hätte er da ein Bild von Wilhelm Zwo in der Wohnstube ertragen können?

Er schaute zur Schlafzimmertür und zum Klavier links daneben. Und glaubte plötzlich sicher zu wissen, dass es im September 14 rechts von der Schlafzimmertür gestanden hatte. So sicher, dass er Edith beinahe danach gefragt hätte.

Die stand nun vor ihm und streckte ihm die Kuverts hin. Statt sie zu nehmen, betrachtete er ihre Hand. Sie trug keinen Ring mehr – sie meinte es ernst! Die Erkenntnis traf ihn wie ein Fausthieb.

Er riss ihr die Briefe aus der Hand, senkte schnell den Blick und tat, als würde er die Post durchsehen, so routiniert, als hätte er all die Jahre im Graben, im Dreck, im Lazarett, im Gefangenenlager tagtäglich die Briefe durchgesehen. Etwas stieg ihm die enge Kehle hoch wie eine Blase dicker, schlechter Luft. Er schluckte, er atmete tiefer, er hielt sie in Schach, die lästige Blase, und bekam sie endlich heruntergeschlungen.

«Dein letzter Brief kam vor vier Jahren, Paul!» Edith zog sich einen Stuhl an seinen Sessel, setzte sich auf die Kante und beugte sich zu ihm. Würde sie seine Hand nehmen? «Vor – vier – Jahren!» Sie betonte jedes Wort und dachte gar nicht daran, seine Hand zu berühren.

«Andere Frauen haben es durchgehalten.» Diese lästige Heiserkeit! Er schluckte und schluckte. «Manche fünf Jahre und länger.»

«Weil sie Lebenszeichen erhalten haben!» Sie wurde lauter. «Feldpost, Briefe vom Roten Kreuz, offizielle Benachrichtigungen von der Reichswehr! Ich hatte nichts!» Sie warf die Arme in die Luft. «Nichts! Was hätte ich denn tun sollen?»

Sie hatte recht. Doch wie hätte er schreiben sollen? Wie hätte ein verstörtes Angstbündel, an ein Lazarettbett geschnallt und nahezu ohne Gedächtnis, schreiben sollen? Und wie sollte er das irgendeinem Menschen erklären?

Mit einer müden Geste streckte er die Hand nach ihr aus, wollte ihren Arm berühren. «Warten, Edith. Du hättest warten können.»

Sie wich zurück. «Habe ich das nicht die Jahre zuvor schon getan? Habe ich das nicht viel zu lange getan?» In ihren Zügen stand jetzt der vertraute Vorwurf, in ihrem Blick der vertraute Zorn. «Ich war doch nur den Papieren nach deine Ehefrau, verheiratet warst du mit der Wächterburg!»

Er blieb stumm. Die Wächterburg – das Polizeiamt Leipzig. Die nächste Klippe. Wer brauchte einen Kriminalisten mit krankem Kopf, mit Gedächtnislücken? Wenn sie auf seiner alten Dienststelle erfuhren, wie übel ihm der Krieg mitgespielt hatte, würde er sein geliebtes Polizeiamt in der Wächterstraße nur noch ein einziges Mal betreten: um seine Papiere abzuholen. Er schüttelte sich. Bloß nicht daran denken.

Edith strich sich seufzend über die Stirn. «Wie auch immer – ich musste dich für tot halten, Paul. Ich musste!» Sie stand auf, fummelte eine Zigarette aus einer Schachtel in ihr schwarzes Mundstück und zündete sie an. «Und jetzt ist es zu spät.» Sie ging zum Fenster, wo sie einen hastigen Zug nach dem anderen nahm.

Er hatte vergessen, dass sie rauchte. Oder hatte sie erst während des Krieges damit angefangen?

Eine Zeitlang schwiegen sie. Sie starrte in die Winternacht hinaus und blies den Rauch in die Topfpflanzen, er dachte an ihren vorletzten Brief, an den, der es kurz vor Weihnachten zu den Franzosen geschafft hatte. Sie habe erst im November Nachricht von der Reichswehr bekommen, hatte sie da geschrieben, sie habe ihn für tot gehalten, und da keine Kinder sie aneinander bänden, habe sie einen Entschluss gefasst. Sie wolle die Scheidung.

Das war Edith. Klar, konsequent, kompromisslos. Das war seine Frau.

Stainer suchte nach Worten – und fand sein Zigarettenetui.

Er zog es aus dem Mantel, holte eine Salem heraus. Weil seine Hand zitterte, verzichtete er darauf, sie anzuzünden. «Hör zu, Edith. Ich …» Er räusperte sich, setzte noch einmal an. «Ich will dich um etwas bitten. Ich bitte dich, es dir noch einmal zu überlegen. Eine Ehe wirft man nicht einfach so weg.»

«Einfach so? Machen wir uns doch nichts vor!» Sie fuhr herum, blies den Rauch in seine Richtung. «Es war doch schon in den drei Jahren vor dem Krieg kalt und still geworden zwischen uns. So kalt und still, dass ich nichts vermisst habe, seit du vor sechs Jahren in den Zug gestiegen bist. Nichts!» Sie senkte die Stimme, merkte wohl, wie hart ihre Worte ihn treffen mussten. «Es tut mir leid, das so sagen zu müssen, Paul.» Sie setzte sich wieder zu ihm. «Doch es ist die Wahrheit.»

Seine Kehle war wie zugeschnürt. Hatte sie recht? Kein klarer Gedanke wollte ihm mehr gelingen. War es wirklich so schlimm gewesen? Übertrieb sie nicht maßlos? Stainer umklammerte das Zigarettenetui, zerbrach die Zigarette zwischen den Fingern, wünschte sich weit weg und schien doch an seinem Lesesessel festgefroren zu sein.

Er schaute ihr in die Augen. Ediths Blick hatte etwas Forschendes, beinahe Lauerndes. Sie wippte mit dem Fuß, strich sich ständig den Rock glatt, rauchte hastig. Jetzt erst fiel ihm auf, dass sie ihn nichts gefragt hatte. Wie es ihm ging, wann er verwundet und in Gefangenschaft geraten war, welche Verletzung er erlitten und warum er ihr nicht geschrieben hatte – all das wollte sie gar nicht wissen! Nicht einmal den Mantel hatte sie ihm abgenommen!

So saßen sie einander gegenüber. Er stumm und reglos wie ein Stein, sie rauchend und mit dem Fuß wippend. Nach der dritten Zigarette fing sie an, über die Zukunft zu sprechen. Ob er Geld brauche, wollte sie wissen und machte Vorschläge, wie man Hausrat und Möbel aufteilen, wer wo wohnen könnte und so weiter. Stainer verstand kaum die Hälfte.

Sein Blick irrte von ihrem Gesicht zum Kaiser-Wilhelm-Porträt, vom Porträt zum Klavier, vom Klavier zum Grammophon und von dort zurück zu Ediths Gesicht, wieder und wieder, und er fragte sich, ob er wirklich jemals mit dieser Frau in diesen vier Wänden gelebt hatte.

Irgendwann schloss jemand die Wohnungstür auf.

Edith fuhr herum und sprang auf. Ein hochgewachsener Mann öffnete die Stubentür, Ende fünfzig, schlank und mit weißen Haaren. Er trug einen modernen Hut und einen blauen Seidenschal zu elegantem cognacfarbenem Anzug und über dem Anzug einen dunklen Lodenmantel. Als suche er Halt, hielt er die Klinke fest und blieb reglos auf der Schwelle zum Flur stehen. Er musterte Stainer mit wachem und zugleich ängstlichem Blick.

Edith funkelte den Fremden zornig an. Mit energischen Schritten und heftig gestikulierend lief sie zu ihm; fast sah es aus, als wollte sie ihn von der Schwelle zurück in den Flur stoßen. «Ich habe dir doch gesagt, dass ich heute Abend allein sein muss!», zischte sie.

«Und ich wollte nicht wie ein Feigling zu Hause in Deckung bleiben.» Der Mann schob sie einfach beiseite und kam zu Stainers Sessel. «Brand.» Er nahm den Hut vom Kopf und streckte Stainer die Rechte hin. «Dr. Eugen Brand. Es ist mir ein tiefes Bedürfnis, Ihnen von Mann zu Mann zu erklären, wie leid mir das alles tut, Herr Kommissar Stainer, und Ihnen dabei in die Augen zu schauen, Herr Major.»

Über die ausgestreckte Hand hinweg betrachtete Stainer das Gesicht des Mannes. Sein Lesesessel schien sich in einen Schaukelstuhl zu verwandeln, das Zimmer drehte sich. Er hat einen

Schlüssel, dachte er. Er hat einen Schlüssel zu unserer Wohnung und er ist mindestens zwanzig Jahre älter als du.

In diesem Moment erinnerte er sich, dass kein Bild, sondern eine gerahmte Urkunde über seinem Lesesessel an der Wand gehangen hatte. Eine Siegesurkunde des Polizeisportvereins, die den Kriminalkommissar Paul Stainer als sächsischen Meister des Jahres 1912 im Jiu-Jitsu-Mittelgewicht ehrte. Und über dem Klavier fehlten sein Offizierspatent und die Hochzeitsfotos.

Diese Erkenntnis brachte sein Blut in Wallung. Er steckte Briefe und Zigarettenetui in den Mantel, stand auf und ballte die Fäuste. «Ich sage Ihnen lieber nicht, was *mir* ein tiefes Bedürfnis wäre.»

An dem Mann namens Brand und seiner ausgestreckten Hand vorbei ging er zu seiner Frau. Drei Atemzüge lang stand er vor ihr, sah ihr ins Gesicht. Dann wandte er sich wortlos ab, nahm seine Melone vom Haken und verließ die Wohnung.

Unten, auf der Vortreppe, zündete Stainer sich doch noch eine Zigarette an. Seine Hand zitterte nicht übermäßig, wie er staunend bemerkte. Draußen klatschte Schneeregen auf die Straße. Willkommen daheim, dachte er und schritt in die Dunkelheit hinaus.

# 3

Der Schäferhund des Kriegsversehrten erhob sich und trottete Jagoda entgegen. Der blieb geistesabwesend stehen, denn seine Gedanken kreisten noch um die dunkle Limousine und den Mann auf der Rückbank. Er hätte wetten können, dass es der Einarmige mit dem Eisernen Kreuz gewesen war.

Konnte es Zufall sein, dass man ein und denselben Fremden innerhalb so kurzer Zeit gleich dreimal hintereinander zu sehen bekam?

Der Hund beschnüffelte seine Schuhe, seine Hosenbeine und seinen Koffer. Danach machte er kehrt und trottete zurück zu dem beinamputierten Bettler. Der trug eine Blindenbinde um den Arm und eine große, schwarze Brille. Ein breites Rollbrett diente ihm als Sitzgelegenheit und Vehikel zugleich. Darauf hockte er ganz in sich selbst versunken und spielte auf einer Mundharmonika.

Jagoda, der sonst einen Bogen um solche Leute machte, beugte sich zu ihm hinunter und warf ein paar Pfennige in seine Soldatenmütze. Der Einarmige wollte ihm nicht mehr aus dem Kopf gehen. Auf seltsam weichen Knien stieg er die drei Stufen zur Haustür hinauf.

In seinem Briefkasten lag ein unfrankierter Brief. Er las den Absender – Ernst Hummels – und fluchte. Schon wieder ein Brief von diesem Kerl! Sogar in der Klinik hatte er ihn mit seinen beleidigenden Schmierereien belästigt! Woher wusste der überhaupt, dass er entlassen werden sollte?

Hummels hatte als Feldwebel zu seinen Kompanien gehört.

Seit Kriegsende schickte der Mann Drohbriefe und beschimpfte ihn wegen irgendwelcher Befehle, die Jagoda irgendwann in Frankreich gegeben hatte. Schwachkopf!

Die Abschiedsworte des Chefarztes gingen ihm durch den Kopf, während er zu seiner Wohnung hinaufstieg. *Vergessen Sie, was hinter Ihnen liegt, schauen Sie nach vorn.* Kluger Mann, dachte er und schloss die Tür zu seiner Wohnung auf.

Kaum hatte er sie hinter sich zugedrückt und den Koffer abgestellt, verharrte er wie gelähmt – erst vor Schreck, dann vor Wut: Der Garderobenschrank stand weit offen, Kleidungsstücke, Hüte und Schuhe lagen davor auf dem Boden, und aus der Kommode daneben hingen die Schubladen halb heraus.

Er schaute sich um: Sämtliche Zimmertüren waren geöffnet, der Dielenteppich verschoben und voller Wellen, der Schlafzimmerteppich übersät mit Kleidung, Wäsche, Büchern und Medikamentenschachteln.

«Das ist nicht wahr!» Jagoda stürzte ins Schlafzimmer: Auch hier waren alle Schranktüren geöffnet, Schubladen herausgerissen, die aufgeschlitzten Matratzen bogen sich über dem Fußende des Bettes, Daunen bedeckten Kleidung, Bücher und Dokumente wie frisch gefallener Schnee. Seine Münzsammlung lag zwischen aufgeschlitzten Bettdecken und Krawatten.

Jemand hatte bei ihm eingebrochen!

«Das darf doch nicht wahr sein!» Wutschnaubend stürzte er in die Küche – das gleiche grässliche Bild. Kein Schrankfach, das nicht ausgeräumt, keine einzige Schublade, die nicht durchwühlt worden war!

Fluchend rannte er ins Wohnzimmer: Ein Tohuwabohu aus Büchern, Fotoalben, Tischwäsche, Kristallgläsern, Sammeltassen, Dokumenten und gerahmten Bildern. Das Schillerporträt lag zerbrochen zwischen den Hochzeitsfotos, Blumenerde aus umgekippten Topfpflanzen bedeckte die am Boden verstreuten Bände seiner geliebten Goethegesamtausgabe.

Dieser Anblick trieb Jagoda die Tränen in die Augen. Er lehnte gegen den Türrahmen, zitterte vor Wut und Fassungslosigkeit. Wie konnte man einem Menschen, der hilflos und leidend im Hospital lag, Derartiges antun?

Er atmete tief, kämpfte gegen das Gefühl grenzenloser Ohnmacht an und schrie endlich seinen Zorn heraus. Natürlich dachte er an Hummels. «Was für eine bodenlose Gemeinheit!», rief er. «Welch niederträchtiges Gesindel!»

Doch was nützte alles Gejammer? Was geschehen war, war geschehen. Gehandelt werden musste jetzt, sofort! Er zog ein großes Taschentuch aus der Anzughose und wischte sich die Tränen aus den Augen. Mit zitternder Hand griff er zum Fernsprecher, um im Polizeiamt anzurufen – und stutzte: Das Spiralkabel, das Hörer und Apparat normalerweise verband, hing lose herab.

Plötzlich roch er Zigarettenrauch und im gleichen Moment war ihm, als würde ein Eiszapfen das Innere seiner Brust durchbohren. Er fuhr herum – ein Mann hockte im Sessel an der hinteren Wand zwischen Stehlampe und Aquarium: schwarzhaarig, untersetzt, in feldgrauem Mantel und mit schwarzer, lederner Schildmütze. Er musterte Jagoda mit vollkommen regloser Miene. Seine Hände steckten in schwarzen Lederhandschuhen und ruhten auf den Armlehnen des Sessels.

Jagoda erinnerte sich sofort – einer der Männer vom Klinikausgang! «Schickt Hummels Sie?!», schrie er mit bebender Stimme. Der Fremde blieb stumm. «Haben Sie etwa meine Wohnung derart verwüstet?!»

Der Fremde erhob sich. «Ich habe Ihnen Ihr Urteil zu überbringen, Herr Oberstleutnant», erklärte er ruhig. «Es lautet: Tod durch den Strang.»

«Was?» Jagoda starrte ihn an wie eine Erscheinung. «Was sagen Sie da?» Sein ungläubiger Blick flog zwischen den in schwarzem Leder steckenden Handschuhen des Eindringlings hin und her, und jetzt erst merkte er es: der Fremde rauchte gar nicht.

Wie? Er rauchte nicht und dennoch roch es nach Zigarettenrauch? Panik durchzuckte Jagoda, und er wirbelte auf den Absätzen herum.

Da hatte der Mann, der hinter ihm stand, schon ausgeholt und schlug zu. Jagoda registrierte noch, dass der zweite Eindringling eine Fliegerjacke trug und dass ihm eine Zigarette im Mundwinkel hing, dann stürzte er in bodenlose Finsternis.

## 4

**27. Januar, 1920**

*Weißt du noch, wie wir im Sommer vor Kriegsausbruch in Connewitz deinen Dreißigsten gefeiert haben? Alle waren gekommen, sogar mein großer Bruder Hagen. Und alle waren betrunken.*
*Wir beide hatten unseren ganz eigenen Rausch. Erinnerst du dich an die schlaflose Nacht? Zwischen tausend Küssen hast du mir erklärt, wir sollten uns mehr davon gönnen und möglichst ein Leben lang. Und ich habe «ja» gesagt.*
*Doch dann musstest du erst einmal für Kaiser und Vaterland den Helden geben. Manchmal hasse ich dich dafür. Gestern ist ein Zug angekommen, der sächsische Soldaten aus Frankreich gebracht hat, entlassene Kriegsgefangene, Kranke und Verwundete zumeist. Obwohl ich wusste, dass du aus keinem der Waggons steigen wirst, war ich am Hauptbahnhof. «Realitätsarbeit» würde Dr. Polanski das nennen.*
*Ich habe sie aussteigen sehen, die zerlumpten Jammergestalten. Viele mussten aus dem Zug getragen und in Rollstühle gesetzt werden. Ob ich dich überhaupt erkannt hätte, wenn du unter ihnen gewesen wärst? Du warst nicht unter ihnen. Sonst könntest du jetzt den Brief lesen, der vom Juwelier Heine gekommen ist. Wann denn der künftige Herr Gemahl die Ringe abzuholen und zu*

*bezahlen gedenke. Ich schlage schon lange einen Bogen um Heines Laden.*
*Der Morgen graut bereits, Willy fängt schon an zu erzählen. Eine Nacht wie viele zuvor liegt hinter mir: tanzen, singen, hübsch sein, am Sektkelch nippen, freundliches Gesicht machen. Ein Mann hat mich an seinen Tisch gebeten. Ich mag ihn, nur die Pistole unter seinem Jackett mag ich nicht. Ich habe den Kolben gesehen, als er nach seiner Brieftasche gegriffen hat. Und die ganze Zeit hat er seine Aktentasche nicht aus den Augen gelassen. Ein Agent? Ein Polizist?*
*Er heißt Heinrich. Ein Berliner wie du, schön wie du, charmant wie du, Soldat gewesen wie du. Ein bisschen zurückhaltender als du, weniger heiter. Und der wichtigste Unterschied: Er hat überlebt.*
*Was glaubst du, Albert – bin ich mit ihm gegangen? In dem Augenblick, als er mich gefragt hat, habe ich an dich gedacht. «Genieße das Leben, Rosa», hast du beim Abschied gesagt. «Selbst wenn ich nicht zurückkomme: Versprich mir, glücklich zu sein. Für mich.» Du hast gelacht, ich habe geweint, und die Kapelle hat* Heil dir im Siegeskranz *geblasen.*
*Auch heute warst du anwesend: In Willys Geschwätz, im Brief vom Juwelier, im Blick des schönen Mannes, als ich «nein» gesagt habe, als ich gesungen, als ich getanzt habe. Du bist auch jetzt anwesend, während ich wieder eine leere Seite meines Tagebuches fülle.*
*Vergangenheit vergeht nicht, das lerne ich durch dich. Das Wort schon täuscht: Vergangenheit. Ganz und gar falsch! Sie durchtränkt die Gegenwart, schleicht sich in die Zukunft, bleibt für immer.*

*Den Kaiser gibt es nicht mehr, dennoch verwüstet er dieses Land. Dich gibt es nicht mehr, dennoch verdunkelst du dieses Herz.*
*Vor drei Jahren, nach deinem letzten Urlaub, in deinem letzten Brief, hast du es noch einmal geschrieben:* Ob ich nun zurück zu dir ins schöne Leipzig komme, oder ob ich hier in der verbrannten Erde der Champagne liegen bleiben werde – du musst mir versprechen, eine glückliche Rosa zu sein.
*Also gut. Wenn der Pistolenmann mit seiner lächerlichen Aktentasche mich morgen in der Bar wieder an seinen Tisch bittet, werde ich ihn mit nach Hause nehmen.*

# 5

Flammen erleuchteten die Nacht, Flammen loderten, wohin er sich wandte. Die nasse Uniform zog ihn tiefer ins Wasser, der Fluss brannte, es stank nach Schweröl. Das Wummern, Donnern und Brodeln einschlagender Artilleriegeschosse schwoll noch an. Gewehrschüsse heulten von einem Ufer zum anderen, Handgranaten explodierten, Männer schrien, Motoren brüllten, Umrisse monströser Maschinen bohrten sich durch schwarzen Qualm. Er schwamm von ihnen weg und auf ein Boot zu, das Schlagseite hatte, weil es längst überfüllt war. Er schwamm schneller, kam kaum vom Fleck. Jemand streckte ihm die Hand entgegen. Das Rauschen einer heranfliegenden Granate löste sich aus dem höllischen Chor des allgegenwärtigen und niemals schweigenden Kanonendonners, übertönte ihn sekundenlang und röhrte durch den Nachthimmel heran. Er sah die rettende Hand, streckte sich nach ihr aus, versuchte, nach ihr zu greifen. Die Detonation stülpte ihm die Trommelfelle ins Hirn, erstickte jedes andere Geräusch. Totenstille trat ein.

Stainer fuhr aus dem Schlaf hoch – sein Herz raste, er schnappte nach Luft. Hatte er geschrien? Gehetzt blickte er sich um: kariertes Bettzeug, eine brennende Nachttischlampe, eine Kommode aus dunklem Holz, ein runder Tisch, eine offene Tür.

Alles gut, Stainer, du bist durch.

Eine Frau im Nachthemd stand im Zimmer. «Was ist denn mit dir, Paul?»

«Was soll denn sein?» Er rieb sich die Augen und blinzelte

zu der kleinen Frauengestalt: Sie hatte langes graues Haar und ein rundes, weiches Gesicht, in dem sich Sorgenfalten türmten. Seine Mutter.

«Du hast wieder laut geredet im Schlaf, hast sogar geschrien. Dein Vater ist davon aufgewacht.» Sie kam näher, beugte sich zu ihm, betrachtete seine Stirn. «Du schwitzt ja. Bei der Kälte?» Sie ging zur Kommode, holte ein Handtuch heraus und kam zurück zu seinem Bett. «Was ist nur mit dir, Paul? Du wirst doch nicht krank werden?» Behutsam wischte sie ihm den Schweiß von der Stirn.

«Gar nichts ist, Mutter.» Er fühlte sich ertappt, spürte Scham und Ärger zugleich in sich aufsteigen. Unwillig nahm er ihr das Tuch aus der Hand, trocknete sich Nacken und Hals. Zitterte seine Hand? «Ich habe schlecht geträumt, sonst ist gar nichts. Geh ruhig wieder schlafen.»

Sie neigte den Kopf auf die Schulter und schaute ihn an. Einen Augenblick stutzte er: Wann hatte er zuletzt so viel Erbarmen in einem Blick gesehen? Scham und Ärger verflogen – er streckte die Hand nach ihrem Gesicht aus und berührte zärtlich ihre Wange. «Nun geh schon, Mutter, es ist alles in Ordnung. Gute Nacht.»

«Gute Nacht, Paul.» Im Weggehen warf sie einen Blick auf den Tisch – auf den Marmorkuchen und die halb leere Branntweinflasche darauf. Kurz schien es ihm, als stockte ihr Schritt, doch ohne ein weiteres Wort ging sie hinaus und schloss leise die Tür hinter sich.

Wenigstens hatte sie nicht nach Edith gefragt. Stainer seufzte. Ausgeschlossen, die Eltern auch nur einen Tag länger mit seinen … – er schluckte, legte sich das Schweißtuch um den Hals, suchte nach Worten – … mit seinen *Zuständen* zu belasten. Er musste sich ein Zimmer suchen, so schnell wie möglich.

Umständlich kroch er aus dem Bett und schlurfte zum Tisch; Himmel, wie butterweich seine Knie sich anfühlten! Bebte der Fußboden, oder täuschte er sich? Er ließ sich auf den Stuhl davor fallen, atmete tief ein und aus, schaute sich aufs Neue um. Kaum zu glauben, doch er hockte in einem ganz normalen Zimmer. Er war tatsächlich durch und lebte wieder in menschenwürdigen Verhältnissen. Dennoch kam ihm das Zimmer unwirklicher vor als das Traumbild, das ihm noch immer vor Augen stand: der Panzer, das überfüllte Boot, die ausgestreckte Hand des Hauptmanns.

Er betrachtete den Marmorkuchen, mit dem seine Mutter ihn gestern überrascht hatte. Wie hatte er nur vergessen können, dass er Geburtstag hatte? Mutter hatte es nicht vergessen. Sein Gewissen regte sich, weil er ihn noch nicht angeschnitten hatte. Wann hatte ihm jemand zuletzt einen Geburtstagskuchen gebacken? Stainer konnte sich nicht erinnern.

Sein Blick glitt über das Durcheinander auf dem Tisch und blieb an der kleinen Taschenbibel hängen, die zwischen dem Kuchen und ein paar Abendzeitungen neben der Branntweinflasche lag: abgegriffen, fleckig, in der Mitte ein Loch mit schwarzen Rändern. Stainer hatte den Granatsplitter stecken lassen. Und seitdem nicht mehr in ihr gelesen.

Die kleine Taschenbibel und die ausgestreckte Hand seines Hauptmanns – ihnen hatte er zu verdanken, dass er Edith wiedergesehen hatte, dass er jetzt hier in einem ganz normalen Zimmer sitzen konnte; der Bibel und dem Hauptmann.

Traurig stützte er den schmerzenden Kopf auf, dachte an seine Frau und betrachtete die Branntweinflasche.

Teufelszeug!, schimpfte er stumm.

Es ersetzte den Schmerz lediglich durch anderen Schmerz, und als Betäubungsmittel hielt es nicht lange vor. Er musste aufhören damit, unbedingt. Denn wenn er getrunken hatte, suchte der Albtraum ihn so zuverlässig heim, wie dem Geschützlärm der Einschlag folgte. Hatte er das nicht schon im Gefangenenlager gelernt?

«Nein, nicht gelernt.» Murmelnd betrachtete er die verdammte Branntweinflasche. «Nur gemerkt.»

Stainer langte eine Zigarette aus seinem aufgeklappten Etui und zündete sie an. Rauchend lauschte er zum Fenster hin. Der neue Morgen graute schon. Schneeregen klatschte gegen die Scheiben. Nicht nur in Frankreich, auch hier in Leipzig wollte es nicht recht Winter werden in diesem Jahr. Ob die Eisblumen im Treppenhaus in der Gustav-Freytag-Straße wieder geschmolzen waren?

Gustav-Freytag-Straße zwölf – da hatte er einmal gewohnt. Mit ihr. In einem anderen Leben.

«Edith», murmelte er. Ihr Gesicht stand ihm vor Augen – kühl, verschlossen, bleich. «Meine Güte, Edith ...»

Er stand auf, ging zur Tür, wo sein Offiziersmantel hing, und zog die Briefe aus der Tasche, die sie ihm gegeben hatte. Ein ganzer Reigen von Bildern tanzten ihm jetzt durch den schmerzenden Schädel: Edith, wie sie ihre Finger küsst, die Hand zum Waggonfenster heraufstreckt und seine Lippen berührt; Edith mit rotem Gesicht und feuchten Augen neben ihm vorm Altar; Edith, wie sie aus der Elektrischen in seine Arme stolpert. So hatten sie sich kennengelernt. Im April 1906, vierzehn Jahre her.

Diese Bilder wirkten wie Brandbeschleuniger – sie entzündeten ihm die vom Alkohol betäubten Gefühle erneut: Schmerz, Hass, Bitterkeit, Eifersucht – alles war wieder wach.

Er blieb stehen, schloss die Augen und ballte die Fäuste. Was fand sie an einem Mann, der gut zwanzig Jahre älter war als sie?

Wahrscheinlich ein Arzt aus der Universitätsklinik. *Es ist mir ein tiefes Bedürfnis.* Wahrscheinlich hatte sie ihn auf der Wöchnerinnenstation kennengelernt, wo sie als Hebamme arbeitete. *Von Mann zu Mann.* Was für ein Idiot!

Er riss die Augen auf, denn das Parkett unter seinen Fußsohlen schien plötzlich zu schwanken. «Mach kein Drama daraus, Stainer!», wies er sich selbst zurecht, während er zum Stuhl wankte. «Mach bloß kein Drama daraus, hörst du?»

Zurück am Tisch sah er die Kuverts durch; Briefe vom Polizeisportverein, von der Reichswehr, von seiner Partei, der SPD, vom lutherischen Pfarramt der Paul-Gerhardt-Kirche, vom Polizeiamt.

Vom Polizeiamt?

Er schluckte und blinzelte, bis der Absender nicht mehr vor seinen Augen verschwamm: *Polizeiamt, Polizeidirektor, Wächterstraße 3–5.*

«Gratuliere, Stainer», flüsterte er, «Glückwunsch zum nächsten Absturz. Ein Stockwerk tiefer geht immer noch.» Er sog den Rauch ein, blies die Backen auf, stieß Luft und Rauch durch vibrierende Lippen aus. Bring es hinter dich, Stainer, viel schlimmer kann es nicht mehr kommen.

Seufzend legte er die Zigarette in den Aschenbecher, riss das Kuvert auf und überflog das Schreiben. Er traute seinen Augen kaum und las sorgfältiger: *Glückwunsch zur Rückkehr aus dem Feld der Ehre* stand da, *Dank für den heldenhaften Einsatz für Volk und Vaterland, Segenswünsche für die Zukunft* und so weiter, und er möge sich dann und dann in Zimmer so und so beim Polizeidirektor persönlich einfinden. Und man freue sich auf eine weitere erfolgreiche Zusammenarbeit.

Stainer konnte es nicht glauben. Wieso *weitere Zusammenarbeit?* Hatte die Reichswehr denn seine Dienststelle nicht informiert? Wusste man in der Wächterburg nichts von seinem Zusammenbruch? Von seiner sogenannten «Kriegsneurose»?

Er griff wieder zur Zigarette, las noch einmal und murmelte den Namen des Unterzeichners. «Dr. Friedrich Kubitz, Polizeidirektor.» Kopfschüttelnd hob er den Blick. «Kubitz?» Er konnte sich nicht erinnern, den Namen schon einmal gehört zu haben.

Er las zum dritten Mal. Und wieder und wieder den letzten Satz: *Ich freue mich auf weitere erfolgreiche Zusammenarbeit.*

Fassungslos ließ er den Brief sinken. «Es geht weiter, Stainer», murmelte er ungläubig. «Du hast ausnahmsweise mal wieder Glück.» Beinahe hätte er laut gelacht. «Du bist schon fast wieder Polizist.»

# 6

Der Boxer erinnerte sich nicht mehr, wie er aus der Mitte des Ringes in seine Ecke gelangt war. Jetzt jedenfalls hing er hier in den Seilen, buchstäblich. Geschrei, Gelächter und Stimmengewirr der Zuschauer gellten ihm in den Ohren, und das grelle Licht von der Hallendecke blendete ihn. Er atmete keuchend und spürte, wie ihm das linke Auge zuschwoll.

Von rechts nahm ihm jemand den Gebissschutz heraus und hielt ihm einen Wasserbecher an die Lippen. Von links wischte ihm jemand mit einem nassen Schwamm über Kopf und Gesicht und schrie ihm etwas ins Ohr, dessen Bedeutung es nicht bis in sein Hirn schaffte. Er trank wie ein Verdurstender.

Immerhin wusste er noch, dass er Max Heiland hieß, dass ein Boxkampf stattfand, dass er gegen den baumlangen Kerl da drüben in der anderen Ecke kämpfte und dass die Stimme, die ihm unbegreifliches Zeug ins Ohr brüllte, seinem Trainer Hans Jänig gehörte. Er wusste sogar noch, dass die gerade überstandene Runde die sechste gewesen war.

Dass die siebte Runde die letzte Runde seines Lebens sein würde, wusste er nicht.

Dafür fiel ihm der Name des Kerls in der Ecke gegenüber wieder ein: Oskar Stecher. Ein Riese, ein Ungeheuer. In sechs Runden war er nur ein einziges Mal so nah an Stecher herangekommen, dass er einen Treffer hatte landen können.

«Dein Auge schwillt zu!» Die Worte seines Trainers drangen allmählich in sein Bewusstsein. «So kannst du nicht boxen, Max.»

«Was?»

«Wir müssen aufgeben, Max!» Sein Trainer schrie so laut, dass Heiland zusammenzuckte. «Mit dem Auge kannst du unmöglich weiterboxen.»

«Blödsinn.» Schlagartig sah Heiland wieder klar.

«Du hast Stecher nicht ein einziges Mal getroffen!» Jänig gestikulierte wild. «Du bist fix und fertig, Max! Wir müssen aufgeben!»

«Leck mich.» Heiland packte die Seile, zog sich vom Hocker und fasste seinen Gegner ins Auge. «Aufgeben is nich.»

Applaus mischte sich in das Stimmengewirr. Stecher, in der Ecke gegenüber, starrte zu ihm herüber – halb amüsiert, halb überrascht. Schließlich hatte noch niemand zu Klöppel und Gongschale gegriffen. «Mach ihn fertig, Max!», rief eine Frauenstimme nahe am Ring, und eine Männerstimme schrie: «Polier ihm die Fresse!»

Der Ringrichter schritt in die Ringmitte, und der Gong zur siebten Runde ertönte. Jänig tätschelte Heilands Hinterkopf, wie jemand den Kopf eines Kindes tätschelte, für das ihm sonst kein Trost mehr einfiel. Gewöhnlich rief sein Trainer *Hau ihn weg, denk an das Preisgeld, du bist der Größte* und solche Sachen. Und jetzt hatte er nicht mehr als ein onkelhaftes Tätscheln für ihn übrig? Heiland hätte schreien mögen vor Wut, da trat der Ringrichter an den Rand und gab den Ring frei.

«Leck mich», flüsterte Heiland. Er schlug Boxhandschuh gegen Boxhandschuh und fasste Stecher ins Auge. Der kam seelenruhig und mit Riesenschritten auf ihn zu und sah so zuversichtlich und zufrieden aus wie ein Fleischer, der seine Würste noch eben in den Räucherofen hängen wollte, bevor es in den Feierabend ging.

«Dreckskerl», murmelte Heiland. «Ich bin der Größte. Einen

Schweinehund wie dich hau ich weg.» Er holte tief Luft und schritt auf seinen Gegner zu.

Er blinzelte häufiger und wankte heftiger, als er es unbedingt hätte tun müssen, und als er in Reichweite des anderen war, schlug er absichtlich ein paar Luftlöcher. Er führte sich wie ein halb betäubter Tollpatsch auf – und freute sich, als er den Triumph in Stechers Blick aufblitzen sah.

Wie erwartet, griff sein Gegner an: eine kraftvolle rechte Gerade und ein präziser linker Haken. Doch Heiland fing beides ab – mit scheinbar letzter Kraft – und ließ danach wie ermattet die Arme sinken. Im selben Augenblick feuerte Stecher die nächste rechte Gerade gegen seine offene Deckung.

Heiland triumphierte – genau so hatte er sich das vorgestellt. Blitzschnell duckte er sich zur Seite, ließ die Faust und den langen Arm des anderen am Ohr vorbeischrammen und holte aus.

Von der Wucht des eigenen Hiebes nach vorn gerissen, fing Stecher sich einen Haken Heilands hinter dem Ohr, eine wuchtige Gerade in den Nacken und im Sturz noch einen Hammerhaken gegen die Schläfe. In ganzer Länge krachte der Riese auf die Bretter.

Das klang wie Musik in Heilands Ohren. Und die Musik hörte nicht auf: Der Ring erbebte, seine Holzbohlen ächzten, das Publikum grölte, Stecher stöhnte und der Ringrichter schrie Zahlen.

Heiland torkelte zur Seite und in die Seile. Er hielt sich daran fest, um nicht selbst zu Boden zu gehen. Seine Knie fühlten sich butterweich an, sein linkes Auge war wie zugenäht, die Zuschauerränge begannen, um ihn zu kreisen. Er wandte sich der Mitte des Ringes zu, sah einen Atemzug lang gar nichts mehr, wischte sich das rechte Auge aus und blinzelte: Zwei Ringrichter beugten sich über zwei Stechers, die sich vergeblich hochzustemmen versuchten.

Heiland ahnte zwar, dass der Richter seinen Gegner anzählte, hörte aber die Zahlen wegen des Geschreis des Publikums nicht mehr. Als ein paar Leute in der ersten Reihe von ihren Sitzen aufsprangen und die Arme hochrissen, begriff er, dass der Richter bei zehn angelangt war. Nur kurz stemmte er die Fäuste über den Kopf, denn sie fühlten sich an wie mit Blei gefüllt.

Jemand klatschte ihm auf die schweißnasse Schulter und schrie ihm ins Ohr – Jänig, und diesmal verstand er ihn sofort: «Sieg durch K. o., na, wer sagt's denn.»

Der Rest rauschte an Heiland vorbei wie ein flüchtiger Traum: Siegerehrung, der Weg in die Umkleide an Jänigs Seite, Glückwünsche und Schulterklopfen von allen Seiten, auf der Liege die warmen Hände des Masseurs, der Eisbeutel über dem Auge und Jänig noch immer dicht neben ihm.

«Du bist ein Teufelskerl, Max.» Sein Trainer lobte ihn, wie er ihn noch nie gelobt hatte. «Dass du den noch auf die Bretter schickst! Das hätte ich nie geglaubt! Keiner hat das geglaubt, keiner hätte noch einen Groschen auf dich gewettet!» Heiland bekam feuchte Augen bei diesen Worten.

Er hatte zwar begriffen, dass er Sieger war, doch jetzt erst kam das auch in seinem Gemüt an. Er dachte an seine kleine Tochter und an seine Frau. Christel würde sich niemals einen Boxkampf von ihm anschauen; sie ertrug es nicht, wenn er sich einen Treffer einfing. Dann dachte er an die Siegprämie und lächelte selig.

Der Veranstalter kam ins Hinterzimmer des Gasthofs, das als Umkleide diente, und zahlte ihm das Preisgeld aus: zehn Mark auf die Hand. Heiland platzte schier vor Stolz. Jänig hatte gesagt, er wolle einen sächsischen Boxverein gründen, sollte sich der

Boxsport auch im Reich durchsetzen. Dann würde es hier wie in Amerika regelmäßig Preisboxen geben, Meisterschaften sogar.

Heiland fühlte es: Goldene Zeiten standen vor der Tür. Bald würde es vorbei sein mit der Arbeitslosigkeit. Und mit den krummen Touren, auf denen er seit Kriegsende gerade noch genug Geld machte, um sich und seine kleine Familie über Wasser zu halten.

Später ging er zwischen seinem Trainer und dem Masseur zum Seitenausgang des Gasthauses an der Mittelstraße. Mit der Rechten drückte er sich einen frischen Eisbeutel ans zugeschwollene Auge. Er spürte keine Schmerzen, fühlte sich wie berauscht, als würde er schweben.

Ein paar Freunde mit ihren Mädels warteten schon neben einer Kraftdroschke, deren Motor vor sich hin tuckerte. Jänig hatte sie bestellt. «Heute gebe ich einen aus!», rief der Trainer, als er sich neben Heiland in die Fahrgastkabine zwängte.

Von Windorf fuhren sie nach Reudnitz hinüber, wo sie in einem Tanzlokal, dem Schlosskeller, feierten. Natürlich gab nicht nur Jänig einen aus – gegen Mitternacht hatte auch Heiland schon fast die Hälfte seiner Siegprämie auf den Kopf gehauen. Die andere Hälfte wollte er um jeden Preis nach Hause bringen, das hatte er Christel versprochen. «Denk an das Kind», hatte sie ihm eingeschärft. «Es wird bald laufen und braucht Schuhe.»

Heiland hockte allein am Tisch. Der Kellner brachte ihm einen frischen Eisbeutel, den er vorsichtig gegen das geschwollene Auge drückte; mittlerweile spürte er den Schmerz. Er hatte schon ein paar Bier intus und dachte an den besiegten Stecher, an seine Frau und Tochter und an seine glorreiche Zukunft als Boxer. «Nee, aufgeben is nich», murmelte er und lächelte selig sein leeres Bierglas an.

«Bester Stimmung unser siegreicher Boxer, wie ich sehe.» Sein Freund Karl Krüger brachte neues Bier. «Die wird gleich noch besser, warte nur.» Alle anderen amüsierten sich beim Tanz und mit den Mädels. Heiland mied die Tanzfläche und war die meiste Zeit am Tisch geblieben, denn der Boxkampf steckte ihm mächtig in den Knochen. Karl klopfte ihm auf die Schulter, setzte sich neben ihn und drückte ihm das volle Glas in die Hand. «Auf den nächsten Kampf», sagte er mit verschwörerischer Miene. «Und auf den nächsten Sieg.» Sie stießen an und tranken.

«Beides könnte uns schon bald bevorstehen.» Krüger schaute sich um, während er näher rückte und die Stimme senkte. «Weil – ich hab da was an Land gezogen.» Allmählich dämmerte es Heiland, dass der andere nicht auf seinen nächsten Boxkampf angestoßen hatte. «Übermorgen könnten wir jemanden treffen, der einen Plan hat. Was Größeres.»

«Nämlich?» Heiland stellte das Bierglas ab und war ganz Ohr.

«Ein Bruch in eine Villa in Gohlis, gehört einem reichen Juden.» Krügers Stimme wurde immer leiser. «Richtig reich, meine ich. Der hat Pferde, einen dicken Kraftwagen mit Chauffeur und eine Maschinenfabrik in Lindenau. Und der Mann mit dem Plan weiß, wo Tafelsilber und Schmuck versteckt sind.»

«Warum macht er es dann nicht allein?»

«Weil es einen ordentlichen Tresor in der Villa gibt, der hinter irgendeinem Gemälde in der Wand steckt.» Krüger flüsterte nur noch. «Da braucht er Leute, die sich damit auskennen. Also Männer wie dich und mich.»

Heiland nahm den Eisbeutel vom Auge und nickte nachdenklich. Er wusste, dass sein Freund als Schweißer gutes Geld verdient hatte, bevor er mit dem Reichsheer auf lustige Fahrt nach Frankreich gegangen war. Und er selbst hatte vor dem Krieg als Schlosser auch nicht schlecht verdient. Jetzt kämpften sie im großen Leipziger Arbeitslosenheer und nicht mehr für Kaiser und Vaterland, sondern um ihr Überleben.

Er wich Krügers Blick aus, betrachtete die sich auflösende Schaumkrone in seinem Bierglas und dachte an seinen nächsten Termin bei der Fürsorgekasse. Mut und Tapferkeit waren jetzt nur noch gefragt, wenn er dort Woche für Woche um Lebensmittelkarten und ein paar Geldscheine anstehen musste. Diese Art von Krieg war so gar nicht nach seinem Geschmack, und bot sich ihm ein Zubrot, griff er gewöhnlich sofort zu.

«Was gibt's da zu überlegen, Max?» Sein Freund stieß ihn mit dem Ellbogen an und riss ihn aus seinen Gedanken. «Du bist doch dabei, oder etwa nicht?» Karl Krüger war schon mal erwischt worden, gleich nach dem Krieg. Für einige Monate hatte er in der Wächterpiepe gesessen, wie man das Polizeigefängnis in der Wächterstraße unter ihresgleichen nannte.

Heiland drückte das Eis gegen das zugeschwollene Auge, drehte sein Bierglas zwischen den kräftigen Händen und lugte in den weißen Schaum. Seit die Kleine auf der Welt war, sein Mäuschen, fielen ihm die krummen Touren von Mal zu Mal schwerer. Im Kittchen konnte nämlich keiner hören, wie sein Kind zum ersten Mal *Papa* sagte, konnte keiner sehen, wie es die ersten Schritte machte.

*Denk an das Kind*, hatte seine Frau erst gestern wieder zu ihm gesagt. Christel wusste nichts von seinen Raubzügen. Sie machte zwar regelmäßig große Augen, wenn er mal wieder ein üppiges Zubrot auf den Küchentisch zählte, glaubte aber, dass er es mit Hilfsarbeiten verdient hatte. Und sie glaubte es gern.

*Denk an das Kind. Es wird bald laufen und braucht Schuhe.*

«Klar bin ich dabei. Was glaubst du denn?» Max Heiland

grinste seinem Freund ins Gesicht. «Und wo treffen wir den Mann mit dem großen Plan?»

«In Mockau.» Auch Krügers Miene entspannte sich jetzt zu einem zufriedenen Grinsen. «Irgendwo in der Nähe des Flugplatzes.»

# 7

Robert Murrmann stand am Fenster und las einen Brief. Über den Dächern Leipzigs dämmerte der Abend herauf, irgendwo hinter ihm sang ein Kanarienvogel. Manchmal ließ er die Briefbögen sinken und schaute eine Zeitlang über die Albertstraße und die Dächer der gegenüberliegenden Stadthäuser hinweg zur Kuppelhaube eines wuchtigen Eckturms. Manchmal unterbrach er sich auch, um in dem Wörterbuch zu blättern, das auf dem Fensterbrett lag. Wenn er die Bedeutung des französischen Wortes gefunden hatte, über das er im Brief gestolpert war, las er weiter.

Seit einer Woche hielt er sich in der großen Wohnung auf, allein mit Briefen, Tagebüchern, Heeresberichten, alten und aktuellen Zeitungen, einem gelben Kanarienvogel und Dutzenden Toten. An den Gesang des Vogels hatte er sich so sehr gewöhnt, dass er ihn kaum noch hörte.

An die Toten würde er sich niemals gewöhnen.

Er brauchte lange, bis er die vier beidseitig beschriebenen Blätter gelesen hatte, sicher eine halbe Stunde. Als er fertig war, wanderte sein Blick wieder über die abendliche Straße und die vom Schneeregen glänzenden Dächer zu Turm und Kuppel hin. Dort drüben, im Palast unter diesem wuchtigen Eckturm, würde er vollenden, womit er nach dem Krieg begonnen hatte: sein Leben in Ordnung zu bringen.

Deswegen war er nach Leipzig gekommen. Um im höchsten Gericht des Reiches seine Geschichte zu erzählen. Um sich endlich wieder in die Augen sehen, endlich wieder gut schlafen zu können. Um die Toten vielleicht doch irgendwann wieder loszuwerden.

Unten auf der Albertstraße rumpelte eine Elektrische vorüber. Die Gaslaternen flammten auf. Einige Limousinen und Kraftdroschken fuhren bereits mit eingeschalteter Beleuchtung. Robert Murrmann legte die Briefbögen in das Wörterbuch, schlug es zu und wandte sich vom Fenster ab. Langsam – beinahe schleppend – und mit der Haltung eines Mannes, der schwer zu tragen hatte, ging er zum Sekretär. Dort knipste er die Tischlampe an.

Zwischen Stapeln von Zeitungen, Feldpost und maschinenbeschriebenen Blättern lag neben einem Brieföffner ein aufgeschnittenes Kuvert. Es sah abgegriffen und fleckig aus, ganz so, als hätte es einen langen Weg hinter sich.

Murrmann nahm es hoch, setzte sich, las murmelnd den französischen Namen des Absenders, las etwas lauter den Namen der belgischen Stadt, las ihn noch einmal und noch lauter und dehnte schließlich beide Silben: «Di – nant.» Seit mehr als fünf Jahren versuchte er vergeblich, diesen Namen zu vergessen.

Er holte einige Fotos aus dem Kuvert und betrachtete eines nach dem anderen. Schöne Fotos von lebendigen Menschen in Hochzeitsanzügen und Brautkleidern vor einer Kirche oder in Uniformen und Sonntagskostümen auf der Vortreppe eines Hauses. Hässliche Fotos von denselben Menschen in zerwühlten und blutigen Kleidern; mit toten Augen lagen sie vor einer Hauswand im Gras.

Murrmanns Lippen waren jetzt schmal und bleich, seine Kaumuskeln bebten. Er ließ die Fotos sinken, lehnte sich zurück, schloss die Augen. Die Bilder sah er dennoch, seine Toten.

Eine Zeitlang verharrte er so. Irgendwann seufzte er laut, schob die Fotos und den Brief zur Seite und zog einen Briefbogenblock und die Marmorschale mit dem Füllfederhalter heran. Dabei rutschten ein Foto und das Briefkuvert hinter den Sekretär, doch Murrmann merkte es nicht.

Er schraubte das Tintenglas auf, füllte den Federhalter und begann zu schreiben. *Leipzig, den 31. Januar 1920. Sehr verehrter Herr Reichsanwalt.*

Er schrieb flüssig, setzte den Federhalter kaum einmal ab, um nachzudenken – er wusste ja, was er zu schreiben hatte. In Gedanken hatte er diesen Brief schon unzählige Male verfasst.

Als er den ersten Bogen beschrieben und zur Seite gelegt hatte, drang das Pfeifen des Kanarienvogels in sein Bewusstsein. Es klang dringend, es klang nach Hunger.

Er legte den Füllfederhalter ab, stand auf und ging zum Messingkäfig, der unter der Treppe zum Obergeschoss der Wohnung hing. Tatsächlich lag kein einziges Körnchen mehr im kleinen Futtertrog des gelben Vogels. Wahrscheinlich hatte er ihm gestern zu wenig gegeben.

Seiner kleinen Nichte und seinem Bruder hatte er versprochen, das Tierchen bis zu dessen Rückkehr zu pflegen und zu füttern. Als er gerade die Dose mit dem Vogelfutter öffnen wollte, klopfte es an der Wohnungstür.

Murrmann wunderte sich, weil er niemanden mehr erwartete und weil der abendliche Besucher klopfte, statt an der Türglocke zu ziehen. Die Dose mit dem Vogelfutter in der Hand, verließ er das Arbeitszimmer und ging durch den Flur zur Wohnungstür. «Wer ist da?»

«Guten Abend, Robert, ich bin es», sagte hinter der Tür eine verhaltene Stimme, die er kannte.

«Gregor?» Murrmann schloss auf. «Du kommst heute schon? Wir waren doch erst für morgen verabredet.» Stirnrunzelnd öffnete er. «Warum sprichst du so leise? Ist etwas passiert?»

Er begrüßte den Kriegskameraden mit Handschlag und zuckte innerlich unter dem forschenden Blick des zweiten Mannes zurück. «Und du kommst nicht allein?»

«Das ist Feldwebel Tilger, mein Fahrer und Privatsekretär.» Der Besucher deutete auf den untersetzten Schwarzhaarigen an seiner Seite. «Tilger ist eingeweiht.» Wieder an Murrmann gewandt fuhr er fort. «Verzeih mir, ich mag es auch nicht, um diese Zeit von Besuchern überrascht zu werden. Doch ich habe eine dringende Nachricht des Generalmajors für dich. Es geht um deinen Termin im Reichsgericht.»

«Oh.» Murrmann trat zur Seite und wies in die Diele. «Bitte.» Die Männer traten ein, er schloss die Tür und schritt an ihnen vorbei zurück ins Arbeitszimmer. Plötzlich fühlte er sich unruhig. «Folge mir, Gregor. Ich wollte noch eben den Kanarienvogel füttern.» Warum brachte Gregor diesen unangenehmen Feldwebel mit? «Mein Bruder legt größten Wert auf das Wohlbefinden seines kleinen Hausgenossen. Und meine Nichte sowieso.» Irgendetwas stimmte nicht, das spürte er.

Am Sekretär vorbei trat er vor den Messingkäfig. «Ich sehe, du arbeitest noch», sagte Gregor hinter ihm. «Keine Sorge, wir halten dich nicht lange auf. Meine Nachricht ist schnell ausgerichtet.»

Auf einmal war Murrmann, als würde ein kalter Hauch ihn im Nacken streifen, und ein leises Kribbeln perlte ihm über den Rücken. Das konnte nur an Gregors Fahrer liegen; der Mann war ihm unheimlich. Oder lag es am rauen Unterton in der Stimme seines alten Kriegskameraden?

«Ich dachte erst, der Piepmatz singt sein Abendlied.» Lass dir nichts anmerken, schoss es Murrmann durch den Kopf. Er schraubte die Futterdose auf, öffnete den Messingkäfig und griff hinein. Er fühlte sich plötzlich wie vor feindlichen Linien, wenn man Angst haben musste, in eine Mine zu treten. Der Vogel wich seiner Hand aus und flatterte auf die oberste Sitzstange. «Es hat ein Weilchen gedauert, bis ich begriffen habe, dass er nach seinem Abendessen verlangt. Ich kenne mich ja nicht aus mit Vögeln, habe nie selbst einen …»

Auf einmal flog etwas über seine Augen, streifte seine Nase, seine Lippen, sein Kinn und zog sich ruckartig um seinen Hals zusammen. Er ließ Futterdose und Trog fallen, griff nach dem würgenden Seil. Rohe Kräfte rissen ihn nach hinten und auf den Boden.

Wie eine Flamme schoss sie ihm aus dem Bauch durch die Brust in den Hals – Todesangst. Er röchelte, langte hinter sich, schlug um sich und traf den Angreifer im Gesicht. Doch der riss kraftvoll am Seil, riss ihn auf die Seite und rammte ihm das Knie so hart in Rippen und Nieren, dass er schließlich auf dem Bauch lag.

Panik und Luftnot drohten Murrmann den Brustkorb zu sprengen. Ein letztes Mal hob er den Kopf. Etwas Gelbes flatterte durch sein Blickfeld. Einen Wimpernschlag lang sah er Gregor neben dem Sekretär stehen und den frisch beschriebenen Briefbogen lesen. Das Gesicht seines alten Kriegskameraden wirkte wie aus Kalkstein gemeißelt.

Im nächsten Moment prallten seine Nase und seine Stirn aufs Parkett. Jemand kniete auf seinem Rücken und zog das Seil um seinen Hals mit aller Kraft zu, während der Kanarienvogel irgendwo im Zimmer aufgeregt zwitscherte.

# 8

Der 2. Februar war ein Montag – Paul Stainers zweiter Montag in Leipzig, seit er aus dem Zug mit den verwundeten Frankreichheimkehrern gestiegen war.

Am Sonnabend hatte er eine kleine Dachgeschosswohnung in der Moltkestraße bezogen, möbliert und keine fünf Minuten von einer Haltestelle der Elektrischen auf der Südstraße entfernt. Sein Vater hatte sofort angeboten, die ersten drei Mieten vorzustrecken; als Offizier, schwer verwundet und hochdekoriert, bezog er eine ansehnliche Pension. Stainer hatte mit sich kämpfen müssen: Seit er nach seinem Studium in Dresden in die Militärakademie eingetreten war, hatte er von seinem Vater kein Geld mehr genommen. Sogar die teure Kommissarsausbildung bei der Polizei hatte er durch abendliche Unterrichtsstunden als Hilfslehrer selbst finanziert.

Nach einer schlaflosen Nacht hatte er sich entschieden: Er würde annehmen. Denn alles in ihm sträubte sich dagegen, Edith oder gar die Fürsorgekasse um Geld zu bitten. Dort hätte er tun müssen, was er um jeden Preis vermeiden wollte: seine Krankengeschichte offenlegen.

In einem kleinen Laden an der Ecke Südstraße kaufte er sich drei Morgenzeitungen, ein Notizbuch und eine Packung Salem. Er staunte, weil er das Gesicht der Verkäuferin sofort einordnen konnte: Er war mit ihr zur Schule gegangen – vor hundert Jahren, so kam es ihm vor, in einem anderen Leben. Kein Wunder, dass sie ihn nicht erkannte.

Danach lief er zur Haltestelle hinüber. Seinen alten Offiziersmantel hatte er bis oben hin zugeknöpft, denn wirklich wohl fühlte er sich nicht in seinem Hochzeitsanzug darunter und seinem abgetragenen weißen Hemd mit dem steifen Kragen und den abgeknickten Kragenecken. Wenn er andere, einigermaßen anständig gekleidete Männer sah, kamen ihm auch seine Melone und die breite Krawatte altmodisch vor. Doch seine Eltern auch noch wegen eines neuen Anzugs anzupumpen, kam nicht in Frage, und Edith hatte den größten Teil seiner Garderobe verkauft. Tote brauchten keine Kleider.

Es war kurz nach neun, der Polizeidirektor erwartete ihn um zehn. Stainer zündete sich eine Zigarette an. Zum Glück fiel kein Regen oder Schnee aus dem wolkenverhangenen Himmel, so konnte er gleich die erste Zeitung entfalten, die Morgenausgabe der *Leipziger Volkszeitung*, *seiner* Zeitung. Schon als Unterprimaner hatte er sie gelesen – heimlich, denn sein Vater verabscheute alles, was auch nur nach Sozialdemokratie roch.

Auf Seite eins sprang ihm ein ganzer Strauß von Berichten über Streiks und Proteste überall im Reich ins Auge, von Gewerkschaftsverlautbarungen und neugegründeten Betriebsräten. Die Neuigkeiten überraschten ihn – und gefielen ihm.

Natürlich gab es kaum einen Artikel, der ohne Angriffe auf Regierung und Polizei auskam; so kannte Stainer die *Leipziger Volkszeitung* schon aus der Vorkriegszeit: bissig und streitbar. Doch der Ton des Blattes war noch schärfer geworden als früher; an manchen Stellen so scharf, dass ihm der Atem stockte.

Er hungerte geradezu nach Neuigkeiten, seit er am Tag nach dem unseligen Besuch bei seiner Frau unter Schere und Kamm eines Friseurs gesessen und den Gesprächen im Salon gelauscht hatte. In Gefangenschaft hatte er nur selten eine französische Zeitung in die Finger bekommen, dafür aber viele Gerüchte gehört: von der Revolution in Russland, von der Abdankung des

Kaisers und des sächsischen Königs, von Straßenkämpfen und Wahlen, an denen erstmals auch Frauen teilgenommen hatten, und von der neuen Regierung, die Nationalversammlung hieß und das Reich von Weimar statt von Berlin aus regierte; und natürlich von den Friedensverhandlungen und dem aufgezwungenen Vertrag von Versailles.

Inzwischen hatte er unzählige Zeitungen verschlungen und wusste nun, dass Deutschland seit zwei Jahren von wechselnden Reichskanzlern und einem Reichspräsidenten regiert wurde, dass bis vor kurzem Arbeiter- und Soldatenräte das öffentliche Leben der Städte geprägt hatten, dass die kleine mutige Rosa Luxemburg vor einem Jahr ermordet worden war, die SPD sich gespalten hatte und statt zwei nur noch eine Bahngesellschaft die Straßenbahnlinien von Leipzig betrieb: die *Neue Große Leipziger Straßenbahn*.

Einer ihrer Wagen, ein roter, fuhr in die Haltestelle ein, die Linie 10 von Connewitz nach Möckern. Alles fließt, dachte Stainer, denn vor dem Krieg war das noch die Linie M gewesen.

Es begann zu nieseln. Stainer faltete die Zeitung zusammen – und stutzte: Im Führerstand der Elektrischen hantierte eine Frau an Hebeln und Schaltern! Er staunte nicht schlecht. Frauen steuerten seit neuestem Straßenbahnen? Das hatte ihm keiner erzählt.

Er warf die Zigarette weg, stieg ein und stand gleich vor der nächsten Frau: der Schaffnerin. Wie die Fahrerin trug auch sie eine Schildmütze und einen langen dunkelblauen Mantel, der ihn an eine Uniform erinnerte. Stumm vor Staunen bezahlte er ihr die verlangten fünfzehn Pfennige für seinen Fahrschein und setzte sich auf den erstbesten freien Platz. Keiner der Fahrgäste um ihn herum schien seine Verwunderung zu teilen, allen schien es ganz selbstverständlich zu sein, dass Frauen elektrische Straßenwagen steuerten. Stainer kam sich ein wenig verloren vor.

Die Zeit war nicht stehengeblieben, während er in Gefangenschaft Blindgänger entschärft, Granattrichter zugeschüttet und zerschossene Dörfer beseitigt oder wiederaufgebaut hatte. Das Reich hieß nun Republik, Regierungen wurden gewählt, Kaiser in die Flucht geschlagen, Bergwerke bestreikt und Straßenbahnen auch von Frauen gefahren.

Und Edith hatte einen Neuen.

Ein bitterer Geschmack kroch ihm auf die Zunge. Stainer schluckte ihn hinunter und blätterte in der *Leipziger Volkszeitung* bis zu den Seiten mit den Nachrichten aus der Stadt, überflog sie und blieb an einer Schlagzeile hängen, die ihn aus beruflichen Gründen interessieren musste: *EINBRECHER ERMORDEN GYMNASIALPROFESSOR.* Und darunter hieß es: *Angehörige haben den 42-jährigen Deutsch- und Geschichtslehrer Friedrich J. tot in seiner Wohnung in der Jakobstraße gefunden.*

Armer Kerl, dachte Stainer und entfaltete die nächste Zeitung, die *Deutsche Allgemeine.* Hier erfuhr man zur Abwechslung mal von einem abgesagten Streik. Der Betriebsrat einer Bochumer Mine hatte die Arbeiter abstimmen lassen, und die wollten arbeiten statt streiken.

Betriebsrat und Abstimmung – war es das, was sein Vater *idiotische Demokratie* nannte? Stainer musste lächeln, als er an seinen Vater dachte: So gesprächig wie in der vergangenen Woche hatte er ihn all die Jahre nicht erlebt. Von seiner Mutter wusste er, dass der Vater laut geheult hatte, als sie ihm den Brief vorlas, der seine Heimkehr ankündigte. Aus Freude, weil sein Sohn noch lebte.

Stainer vertiefte sich wieder in die Zeitung. Ein Zug hatte

vor zwei Tagen die ersten deutschen Kriegsgefangenen aus Frankreich nach Basel gebracht. Hochrangige Vertreter der Heeresleitung, der Regierung und der Kirchen hatten sie mit militärischen Ehren empfangen. Und mit einer Militärkapelle.

Eine zumindest ungenaue Meldung: Es war der zweite Gefangenentransport aus Frankreich. Der erste war bereits vergangenen Montag im Leipziger Hauptbahnhof angekommen. Mit Paul Stainer. Weil der Zug nur wenige und vorwiegend kranke oder verletzte Soldaten nach Hause gebracht hatte, war seine Ankunft nicht an die große Glocke gehängt worden. Und nur ein Oberst und zwei Oberstleutnants waren zur Begrüßung erschienen. Immerhin hatten sie jedem Heimkehrer die Hand gedrückt. Jedenfalls denen, die noch Hände besaßen.

Zum Glück hatten die Offiziere keine Blaskapelle mitgebracht. Stainer hätte sich übergeben.

Plötzlich trommelte und krachte es über und neben ihm. Stainer zuckte zusammen und hielt den Atem an – Maschinengewehrfeuer? Sein Herz stolperte und seine Kehle war plötzlich wie zugeschnürt, doch er widerstand dem Impuls, sich zwischen den Abteilen in Deckung zu werfen. Stattdessen hob er den Blick: Hagelkörner schlugen gegen die Bahnfenster und prasselten aufs Bahndach. Stainer atmete auf und blickte sich um: Niemand beobachtete ihn.

Die Frau im Führerstand rief eine Haltestelle aus. Die Elektrische hielt, ein paar Leute stiegen aus, viele Leute stiegen ein, und die Bahn rollte unter anschwellendem Stimmengewirr weiter, während Stainer seine Zeitung umblätterte.

Es hörte auf zu hageln, doch das Stimmengewirr in der Straßenbahn wurde lauter und blecherner Lärm und Geschrei von der Straße mischten sich hinein. Stainer hob flüchtig den Blick: Halbwüchsige jagten einer kleinen Katze nach; ein Junge rollte der wilden Schar mit Fußtritten eine große offene Blechdose hinterher.

Stainer widmete sich wieder der Zeitung, wollte den langen Leitartikel wenigstens überfliegen, doch sein Blick blieb sofort an einigen Worten hängen, die seine Aufmerksamkeit erregten: *Friedensvertrag*, *Frist* und *Liste der Auszuliefernden.*

Auszuliefernde? Er stutzte und las aufmerksamer. Es ging um eine Liste mit Namen deutscher Soldaten, die im Zusammenhang mit dem Friedensvertrag den Siegermächten ausgeliefert werden sollten. Stainer hob den Kopf. Hatte sein Vater gestern nicht von Kriegshelden erzählt, die das Ausland als Kriegsverbrecher beschuldigte? Er las weiter: *Die Liste der Schuldigen, die ungefähr 800 Namen enthalte, werde der deutschen Regierung am 5. Februar zugestellt …*

Plötzlich hielt die Straßenbahn ruckartig. Um Stainer herum schimpften oder tuschelten die Leute. Die Fahrerin rief mit lauter Stimme. Nicht, um die nächste Haltestelle anzukündigen, sondern um die Halbwüchsigen auf der Straße zusammenzustauchen.

Stainer ließ die Zeitung sinken und blickte hinaus. Fünf Burschen spielten Fußball mit dem inzwischen verschlossenen Blechfass; sie mochten zwischen vierzehn und sechzehn Jahre alt sein. Der kleinste streckte der Straßenbahnfahrerin die Zunge heraus, der größte zeigte ihr einen Vogel. Die junge Katze entdeckte Stainer nirgendwo mehr.

«Was ist los?», fragte er einen Mann, der im Mittelgang stand.

«Die Lümmel ham die Katze in die Blechbüchse gesteckt. Seh'nse ja, wasse mit ihr treiben.»

Die Frau in der Sitzbank vor ihm drehte sich um. «Hören Sie nicht, wie es jault, das arme Kätzchen?» Tatsächlich – das Tier im rollenden Blechfass kreischte erbärmlich. Stainer faltete die Zeitung zusammen.

Die Straßenbahnfahrerin, eine schwarzhaarige Frau von zierlicher Statur, sprang aus dem Führerstand und lief zu den Halbwüchsigen. Die hörten auf, nach dem Blechfass zu treten. Der größte von ihnen aber, der ihr den Vogel gezeigt hatte, stellte sich breitbeinig hin, stemmte die Fäuste in die Hüften, schob das Kinn vor und schaute ihr herausfordernd entgegen. Stainer stand auf und drängte sich durch die Leute im Mittelgang.

«Zieh dem Bengel die Ohren lang, Fine!», rief ein Mann, und ein anderer feixte: «Jetzt wird's lustig, jetzt vermöbelt sie ihn.» Ein junger Kerl in feldgrauer Uniform versperrte den Ausstieg, schaute hinaus und amüsierte sich prächtig. «Wollen wir mal sehen, was die Frau König noch so kann, außer Elektrische fahren!»

Stainer schob ihn erst zur Seite und zog ihn dann hinter sich her auf die nasse Straße. «Kommen Sie mit! Schnappen Sie sich einen von den Fußballern!» Ein Kraftradfahrer wich auf den Bürgersteig aus, eine Kraftdroschke bremste und ein Kohlewagen dahinter hupte.

Die Straßenbahnschaffnerin holte zur Ohrfeige aus, doch der Halbwüchsige duckte sich unter ihrem Schlag weg, ging auf sie los und stieß sie mit beiden Fäusten gegen die Brust. Sie taumelte nach hinten, bekam seinen Arm zu fassen und riss ihn mit sich.

Stainer fing die Frau auf, packte zugleich den Halbwüchsigen und gab ihm rechts und links eine Backpfeife. Die anderen Burschen rannten weg. Der junge Mann in feldgrauer Uniform war geistesgegenwärtig genug, ihnen hinterherzuspurten, sodass er den letzten erwischte und ihn am Kragen zu Stainer hinzerrte. Aus dem Blechfässchen hörte man die Katze wimmern.

Stainer hielt den Großen am Ohr fest und zog ihn dicht an seine Brust. Die kräftige Gestalt des sicher Sechzehnjährigen steckte in einem blauen Flickenmantel, und eine speckige Schildmütze bedeckte die blonden Locken. Er war nur unwesentlich kleiner und vermutlich kaum leichter als Stainer. Der verzog das Gesicht, als ihm der Geruch nach Bier und Tabak in die Nase stieg, der von dem Halbwüchsigen ausging.

«Wie heißt du?», herrschte Stainer ihn an. Der Bursche blieb stumm. «Ich bin Polizist. Deinen Namen will ich wissen! Und deine Adresse.»

«Haben Sie einen Polizeiausweis?» Furchtlos blickte der freche Bursche Stainer ins Gesicht, schlug ihm die Hand vom Ohr und wollte ihn gegen die Brust boxen.

«Habe ich!» Mit einem blitzschnellen Jiu-Jitsu-Griff riss Stainer ihn herum, drückte ihm mit der Rechten den Arm zu den Schulterblättern hinauf und hebelte ihm mit der Linken den Kopf in den Nacken. «In der Wächterburg. Dort zeig ich ihn dir.» Sein strenger Blick traf den Kleinen, den der Feldgraue herbeigeschleppt hatte. «Und du kommst auch mit ins Polizeiamt.»

«Ich heiß' Karl Hoffmann», beeilte der Kleine sich zu sagen. «Elisenstraße siebzehn.» Er sprach schnell und mit weinerlicher Stimme. «Bitte, bitte nicht ins Gefängnis!»

«Der Junge sagt die Wahrheit», rief einer aus der Straßenbahn. «Ich kenne die Familie.»

«Und was ist mit dir?» Stainer zog den Kopf des Blonden an seine Schulter und zischte ihm ins Ohr. «Polizeiausweis gucken und ein paar Nächte Wächterburg, oder lieber jetzt Namen und Adresse verraten?»

«Hermann Fritzsche», krächzte der Blonde und nannte eine Adresse.

«Stimmt das?» Stainer sah dem Kleinen streng ins Gesicht.

Der senkte den Kopf und nickte. Stainer gab den Halbwüchsigen namens Hermann Fritzsche frei, zog sein Notizbuch aus der Innentasche seines Mantels und schrieb Namen und Adressen auf. Er tat das mit großer, demonstrativer Geste. Die Bengel sollten wissen, dass er sie nicht mehr vergessen würde.

«Wer Tiere quält, wird bestraft. Wer Frauen beleidigt und angreift, sowieso. Ihr kriegt bald Besuch von meinen Kollegen.» Er steckte Stift und Notizbuch ein. «Wenn ihr euch benehmt, kommt ihr vielleicht mit einer Ermahnung davon. Und jetzt trollt euch.» Die Burschen zogen mit gesenktem Blick ab.

Der Kohlekraftwagen hupte schon wieder, während aus der Blechbüchse das klägliche Jammern der Katze drang. Stainer trat auf den Bürgersteig und ging vor der Büchse in die Hocke – ein Gurkenfässchen aus dem Spreewald. Stainer öffnete es, Saurer-Gurken-Duft schlug ihm entgegen, ein zitterndes Pelzknäuel taumelte heraus auf den Bürgersteig.

Stainer schnürte es das Herz zusammen. Behutsam nahm er die junge Katze hoch und drückte sie an seine Anzugweste. Sie war grau-schwarz getigert, und an Kopf und Rücken maserten gelbe Streifen ihr Fell. Er spürte ihr klopfendes Herzchen.

«Ihr seid mir Helden!» Die Straßenbahnfahrerin, die sie Fine genannt hatten, schimpfte mit den Fahrgästen am Einstieg. «Die Klappe aufreißen, das könnt ihr! Aber keiner hat den Schneid, diesen Lümmeln eins auf die Hörner zu geben! Nur die beiden hier haben sich getraut, mir zu helfen!» Sie wies auf Stainer und den Feldgrauen. «Die nenne ich Männer. Und so was wie euch nenne ich Maulhelden.»

Mit gebieterischer Geste scheuchte sie die Leute zurück ins Innere der Straßenbahn. «Weg da, lasst mich in meine Elektrische!» Schon im Führerstand, drehte sie sich noch einmal nach Stainer um und winkte ihn zu sich. «Weiter geht's, Männer.»

Stainer stieg hinter dem Mann in der grauen Uniform ein. Die Fahrerin streckte die Hand nach dem Kätzchen an seiner Brust aus und streichelte es. Sie hatte schwarzes, zu einem Dutt gebundenes Haar und ein schmales Gesicht mit feinen und zugleich energischen Zügen. «Nehmen Sie das Tier mit?» Er nickte und noch einmal begegnete er dem Blick ihrer hellbraunen Augen: Nichts Wütendes lag mehr darin, jetzt, wo sie das Tierchen streichelte, nur Erbarmen und Zärtlichkeit. Stainer wurde ganz warm ums Herz.

Dieser schöne, zärtliche Frauenblick stand ihm auch noch vor Augen, als sie sich längst nicht mehr anschauten, als er schon zu seinen Zeitungen zurückkehrte und sie die Elektrische wieder anrollen ließ.

# 9

**2. Februar 1920**

*Ich habe es getan, ich habe ihn mit nach Hause genommen. Bin ich jetzt eine glückliche Rosa? Was glaubst du, Albert?*
*Beim ersten Mal habe ich geweint. Beim zweiten Mal habe ich die Augen geschlossen und mir vorgestellt, du wärst es. So konnte ich es immerhin ein wenig genießen. Inzwischen macht's mir Freude. Aber glücklich? Für ein, zwei Stunden vielleicht.*
*Ja, es tut mir gut, und Dr. Polanski ist ganz einverstanden damit, hat mich sogar gelobt. Und er tut mir gut, der schöne Heinrich. Er ist freundlich, charmant, klug und interessant. Und ja, er ist ein zärtlicher Liebhaber. Doch ihn lieben zu können, wird mir niemals gelingen. Lieben kann ich nur dich.*
*Heinrich ist eine schöne Blüte, aus der ich süßen Honig sauge, so lange das Leben sie mir gönnt. Ende des Monats wird er wieder nach Berlin gehen. Dann fliege ich zur nächsten schönen Blüte. Werde ich so die glückliche Rosa, die du dir gewünscht hast? Vielleicht.*
*Heinrich ist Leutnant gewesen, in den ersten Kriegswochen sogar Hauptmann. Wegen Befehlsverweigerung hat man ihn degradiert – ganz ohne Scham hat er davon erzählt. Welchen Befehl er verweigert hat, will er nicht sagen.*

*Gestern Abend ist er aus seinem Hotel zu mir gezogen. Er hat ja nicht viel Gepäck. Wenn Hagen davon erfährt, macht er mir eine Szene vor versammeltem Personal. Heinrichs Aktentasche musste ich in meinem Keller unter den Kartoffeln verstecken. Es kommt mir vor, als hätte er vor irgendjemandem Angst.*
*Das habe ich schon gespürt, bevor ich zum ersten Mal den Kolben seiner Waffe unter seinem Jackett gesehen habe. Hätte ich Dr. Polanski von der Waffe erzählt, hätte er mir wohl von diesem Liebhaber abgeraten. Es ist übrigens keine Pistole, sondern ein Revolver, wie er mir erklärt hat, so ein schwarzer amerikanischer mit einer Trommel. Den trägt er immer bei sich. Das gefällt mir nicht.*
*Und dem Willy gefällt der ganze Mann nicht. Er hat Heinrich mit sämtlichen Flüchen und Schimpfworten bedacht, die er von dir gelernt hat. Kannst du dir vorstellen, wie peinlich mir das gewesen ist?*
*Für den Mittwoch habe ich mir freigenommen. Mein Bruder wollte den Grund wissen. «Geht dich nichts an, hab ich gesagt.» Erst hat er gejammert, dann geschimpft. Als er laut wurde, habe ich ihn einfach stehenlassen. Hagen tut sich schwer damit, dass ich nicht mehr das Nesthäkchen bin, das nach seiner Pfeife tanzt.*
*Dir verrate ich den Grund: Heinrich hat mich zu einem Kabarettabend mit Otto Reutter in Barthels Hof eingeladen. Und danach nimmt er mich mit nach Gohlis, in eine der neuen Villen dort. Die gehört dem Kunstsammler und Fabrikanten Weingarten, der in Lindenau Maschinen herstellt. Ich bin gespannt auf seine Gemäldesammlung.*
*In der Fabrikantenvilla treffen wir uns auf eine Flasche Wein mit dem Sohn des Fabrikanten, einem Anwalt.*

*Heinrich hat mich gebeten, ihn zu begleiten. Er habe etwas Wichtiges mit diesem Anwalt zu besprechen, sagt er. Ich will gar nicht wissen, was.*
*Manchmal schaut er mich so verliebt an. Ich fürchte, er wird mir bald einen Antrag machen. Dann werde ich ihm sagen müssen, dass ich nur dich lieben kann. Und dass er für mich niemals mehr sein wird, als eine schöne Blüte voller süßem Honig.*

# 10

Gegen zehn schlenderte Stainer die Wächterstraße hinunter. Weil er noch Zeit hatte, war er eine Station früher ausgestiegen. Ihm war seltsam feierlich zumute und eine freudige Erregung hatte ihn ergriffen. Er ging ganz langsam, wollte sich seiner ehemaligen und künftigen Dienststelle ganz langsam nähern, Schritt für Schritt, obwohl es wieder zu nieseln angefangen hatte.

Den linken Arm hielt er angewinkelt gegen den Bauch gedrückt, sodass die kleine Katze sich unter dem Mantel in seine Ellenbeuge kauern konnte. Manchmal streckte sie das Köpfchen aus der Knopfleiste heraus und lugte ängstlich und mit großen Augen in die Welt. Wie eine junge Eule sah sie dann aus. Die Wärme ihres kleinen Körpers kroch ihm durch Anzugjacke, Weste und Hemd in Rippen und Herz. Das tat gut.

An der Auffahrt zum hohen Säulenportal des Reichsgerichts stand plötzlich ein Schäferhund vor ihm und beschnüffelte ihn. Stainer betrachtete ihn. «Du bist mir ja ein schöner Bursche.» Der Hund trottete zur Auffahrt, wo drei kriegsbeschädigte Soldaten unter zwei Regenschirmen hockten. Der älteste auf einem Rollbrett, die andern beiden in Rollstühlen. Alle drei waren mit Orden geschmückt.

Die Männer bettelten, und Stainer machte sich klar, dass die beiden im Rollstuhl jünger waren als er selbst – höchstens dreißig, schätzte er. Der eine reichte dem anderen eine Schnapsflasche.

Der Anblick der Männer dämpfte seine feierliche Stimmung: Viel hätte nicht gefehlt, und er müsste jetzt hier bei diesen Bettlern sitzen, seine Stümpfe oder sein entstelltes Gesicht herzeigen und hoffen, dass bis zum Dienstschluss im Reichsgericht genug für ein Abendbrot und ein Bier in seiner Mütze lag.

Er dachte an den Granatsplitter in seiner Taschenbibel, und die ausgestreckte Hand des Hauptmanns blitzte ihm durch den Kopf. «Lieber Gott, ich danke dir», flüsterte er.

*Renkewiz* hatte der Hauptmann geheißen. So übel der Krieg Stainers Gedächtnis mitgespielt haben mochte, den Namen des Hauptmanns würde er sein Leben lang nicht vergessen. Renkewiz – was mochte wohl aus ihm geworden sein?

Der Schäferhund streckte sich neben dem Bettler mit dem Rollbrett aus, einem Blinden ohne Beine, der auf einer Mundharmonika spielte. Eine schwarze Brille saß auf seiner großen Nase, ein buschiger Schnurrbart bedeckte seine untere Gesichtshälfte. Unter den Orden auf seinem Uniformmantel entdeckte Stainer ein filigranes blaues Kreuz – *Pour le Mérite*. Einer der höchsten Orden, mit denen das Reich seine Kriegshelden ehrte. Und nun bettelte der arme Kerl vor dem Reichsgericht. Stainer wandte sich schaudernd ab.

Im Weitergehen hörte er, wie der Blinde das *Lied der Deutschen* auf seiner Mundharmonika blies, und Stainer wurde das Herz schwer. Einer der Freiwilligen seines Stoßtrupps, ein fanatischer Feldwebel, hatte es in der Dämmerung jenes Abends angestimmt, an dem Major Paul Stainer mehr als dreißig Männer über den Fluss und zu den englischen Linien geführt hatte. Den Rückweg hatte er dann allein mit seinem Hauptmann angetreten, mit Renkewiz. In tausend Albträumen versuchte er seitdem, über den Fluss und zurück zu den deutschen Linien zu schwimmen.

Stainer verscheuchte die ungebetenen Erinnerungen und sah zu, dass er weiterkam. Der Klang der Mundharmonika hinter ihm ebbte ab, eine feuchte Windböe drohte, ihm die Melone vom Kopf zu blasen. Er hielt sie fest.

Die Katze steckte das Köpfchen aus dem Mantel und maunzte zu ihm herauf. Wie winzig wirkte das Tier doch gegen das hohe Säulenportal, den martialischen Giebel darüber und die lange Fassade des Reichsgerichts! Und wie klein und ohnmächtig fühlte er selbst sich angesichts des gewaltigen Palastes mit dem wuchtigen Turm im Zentrum!

Bald erreichte Stainer das Polizeiamt, ein klotziges Gebäude im Stil der italienischen Renaissance mit einem Eckturm und vier Flügeln. Unter dem großen Torbogen des Haupteingangs blieb er stehen und blickte zu dem einschüchternden Löwenschädel hinauf, der dort überlebensgroß aus dem Scheitelstein ragte. In Frankreich hatte er manchmal von ihm geträumt. «Da bin ich wieder», murmelte er und trat unter dem steinernen Bogen hindurch in die Einfahrt.

In der Mitte der Durchfahrt führten auf beiden Seiten Treppen ins Gebäude, eine zur Pförtnerloge, hinter deren Fensterfront ein älterer Polizist saß. Von der Wächterstraße her brummte Motorenlärm heran, Stainer schaute zum Torbogen zurück – ein großer Benztransporter schaukelte in die Einfahrt und an ihm vorüber. Im offenen Fahrerhaus saßen ein Uniformierter und ein jüngerer Beamter in Zivil, im Kasten dahinter erkannte Steiner nur Schatten hinter Milchglasscheiben. Der Gefangenentransporter rollte in den großen Hof.

Stainer stieg die kurze Treppe hinauf und verriet dem Beamten hinter dem Pfortenfenster, was der wissen wollte: seinen Namen und den Zweck seines Besuches. Weil er ihn nicht kannte, griff der Mann daraufhin zum Fernsprecher. Während er telefonierte, zerrten zwei Wachtmeister einen schimpfenden Gefangenen in Handschellen die Stufen herauf, der junge Zivilist ging dicht hinter ihnen. «Fingerabdrücke, Fotos, das Übliche!», rief er im Befehlston.

Die Wachtmeister schoben den Verhafteten an Stainer vorbei und durch die Flügeltür in die Eingangshalle. «Jawoll, Herr Kommissar Heinze», sagte einer. «Und danach ins Arresthaus?»

«Korrekt.»

Der junge Kommissar nannte dem Pförtner den Namen des Verhafteten – Ernst Hummels – und die Adresse. Dabei taxierte er Stainer mit flüchtigem Blick. Er war nicht besonders groß, jedoch von kräftiger Statur. Sein breiter Schädel saß auf kurzem Hals mit ausgeprägtem Stiernacken. Ein Mittelscheitel teilte seine dichten, blonden Locken, sein Oberlippenbart lief in gezwirbelten Spitzen aus. Stainer, der ihn nicht kannte, nickte ihm zu, doch der Jüngere reagierte nicht und lehnte sich neben ihm in die Pförtnerloge hinein.

«Ihre Wette, Mayer», sagte er zu dem Polizisten, der gerade den Hörer in die Gabel legte. «Und Ihren Einsatz.»

«Eins zu null für die Berliner, Herr Kommissar», sagte der Pförtner und drückte dem Kommissar drei Groschen in die Hand, und Stainer dämmerte es, dass es um Fußball ging.

«Na, Sie sind mir ja ein Schwarzmaler!» Der Kommissar steckte das Geld ein und stieß einen Flügel der Eingangstür auf. «Selbstverständlich wird der VfB Leipzig wieder gewinnen!», tönte er und verschwand hinter der Tür.

Der Uniformierte in der Pforte grinste säuerlich und wandte sich an Stainer. «Herr Dr. Kubitz erwartet Sie, Herr Kommissar Stainer.»

Stainer trat in die Eingangshalle, blieb einen Moment stehen und sog den vertrauten Anblick der breiten, dreigliedrigen Treppe, des gusseisernen Geländers, der Säulen und des Deckenstucks in sich auf. «Kommissar Stainer ist wieder da», murmelte er. Fast wären ihm die Tränen gekommen.

Von links, aus der Kriminalabteilung, hörte er laute Stimmen. Der Gefangene beschwerte sich, und aus der gebrüllten Antwort des jungen Kommissars hörte Stainer seinen Namen heraus: Hummels.

Er stieg ins erste Obergeschoss hinauf. Langsam und tief atmend schritt er durch die breite Zimmerflucht. Vor der Tür zum Vorzimmer des Direktors ruhte sein Blick auf einem blank gewienerten Messingschild: *Dr. jur. Friedrich Kubitz, Polizeidirektor.*

Sein Vater hatte ihm über den neuen Polizeichef erzählt, was er wusste – Pfarrerssohn, Hauptmann der Reserve, Frankreichfeldzug, zweimal verwundet, seit August letzten Jahres im Amt. Und das Wichtigste: Stainer und Kubitz waren sich nie zuvor begegnet.

Er klopfte und wartete, bis eine Frauenstimme ihn hineinrief, ehe er ins Vorzimmer trat. Elektrisches Licht brannte an der Decke. Zwischen Schreibtisch und Aktenschrank stand eine Frau mittleren Alters. Sie war recht groß, hatte feine Gesichtszüge, brünettes Haar und einen üppigen Busen – und sie schaute ihn stumm und aus großen Augen an. Stainer wusste sofort, dass er sie kannte. Doch woher?

Plötzlich stürmte sie auf ihn zu und umarmte ihn. «Paul! Gott sei Dank.» Er spürte das Kätzchen unter seinem Mantel zappeln. Fieberhaft versuchte er, sich zu erinnern: Wer um alles in der Welt war diese Frau?

Sie trat einen Schritt zurück, hielt ihn jedoch an den Armen fest und sah ihm ins Gesicht. Ihre Augen waren feucht. «Gott sei

Dank», wiederholte sie flüsternd und dann lauter: «Wie geht's dir denn, Paul?» Ständig flog ihr Blick zu seinem weißen Haar herauf.

«Ging schon schlechter.» Er versuchte zu grinsen. «Immerhin lebe ich noch, wie du siehst.»

«Gott sei Dank!» Sie schaute ihm ins Gesicht, wirkte ganz ergriffen. Endlich ließ sie ihn los und wischte sich die Augen aus. «Die Herren warten bereits.» Vor ihm her ging sie zur Tür ins Chefzimmer.

Im Vorübergehen streifte Stainers Blick einen Schreibtisch und die Fotos darauf: ein verwüstetes Zimmer, ein zerknüllter Brief, Fotos einer Leiche. Unter allen Fotografien stand der gleiche Name: *Friedrich Jagoda.*

Als die Frau zur Klinke griff und sich dabei noch einmal nach ihm umdrehte, fiel es ihm wie eine schwarze Binde von den Augen: Lena Falke. Vor dem Krieg hatte sie ein paar Monate lang für seine Wachtmeister und ihn als Sekretärin gearbeitet. «Herr Kommissar Stainer ist da», hörte er sie sagen. Und dann stand er auch schon im weiträumigen Dienstzimmer des Polizeidirektors.

Jetzt erst wurde ihm bewusst, dass die Falke von *Herren*, gesprochen hatte – drei Männer erhoben sich von den Sesseln am Konferenztisch. Stainer schluckte. Er war nur auf einen vorbereitet. Da musst du jetzt durch, Stainer, sagte er sich, als der Polizeidirektor auch schon auf ihn zukam und ihn freundlich begrüßte.

Kubitz war ein eher kleiner Mann, schmächtig und mit hoher Stirn. Auf den ersten Blick wirkte er trotz seines buschigen, schwarzen Schnurrbarts noch unscheinbarer als auf dem Zeitungsfoto, das Stainer bei seinem Vater gesehen hatte. Auf den zweiten allerdings beeindruckten seine dunklen, forschenden

Augen und sein energisches Kinn. Stainer erfasste intuitiv den zähen Kämpfer hinter der unauffälligen Erscheinung.

«Die Herren kennen sich?» Kubitz wies auf die anderen beiden und stellte sie vor: einen Regierungsrat namens August Kasimir und den leitenden Inspektor der politischen Abteilung, Gustav Weber. Erleichtert registrierte Stainer, dass er sich an ihn erinnerte. Wie er, war auch Weber vor dem Krieg Kommissar gewesen. Ein guter Mann und Sozialdemokrat, auch das wusste er noch.

Auf einmal maunzte die Katze und streckte den Kopf aus Stainers Mantel heraus. Kubitz hob verblüfft die Brauen und Weber schmunzelte, während sich die Miene des Regierungsrates Kasimir verdüsterte.

«Oh.» Stainer wäre am liebsten im Parkett versunken, doch er fing sich rasch, hielt es mit Weber und grinste verlegen. «Dich hatte ich ja fast schon vergessen.» Er reichte das Tierchen der Sekretärin. «Hast du vielleicht etwas Milch für meine Begleiterin, Lena?»

Auch seinen feuchten Offiziersmantel und die regennasse Glocke – so nannten die Sachsen eine Melone – reichte er ihr, bevor er sich wieder an seinen künftigen Vorgesetzten wandte: «Das Tierchen ist mir gewissermaßen zugelaufen auf dem Weg zu Ihnen.»

Er berichtete von dem Vorfall auf der Linie 10. Danach lächelte auch Kubitz und bot ihm einen Sessel am Konferenztisch an. Dort spendete eine Stehlampe elektrisches Licht.

«Schwere Zeiten liegen hinter Ihnen, Herr Stainer», eröffnete Kubitz das Gespräch. «Hinter uns allen. Wie ist es Ihnen ergangen?»

In einer Geste der Resignation hob Stainer die Hände. «Wie hunderttausend anderen.» Er erzählte das Nötigste, wählte seine Worte sorgfältig und versuchte, seine innere Anspannung zu ignorieren.

Der Regierungsrat Dr. Kasimir, ein dünner Mann mit schmaler Brust, hängenden Schultern und bleichem, länglichem Gesicht, wollte wissen, wo und unter wem er gekämpft hatte, wann er verwundet und wo und wann er in Gefangenschaft geraten war. Stainers Anspannung wuchs noch, denn er begriff schnell, dass er einem Gegner gegenübersaß: Kasimir schaute ihn nicht an – Kasimir belauerte ihn.

«Zum ersten Mal verwundet an der Marne, gleich im September 14, zum zweiten Mal an der Somme, Juli 16.»

Von der Hölle des Lazaretts, den Fesselgurten, Beschimpfungen und Elektroschocks, erzählte Stainer nicht. Und die dritte Verwundung verschwieg er auch. Niemand, dem er nicht persönlich davon erzählte, würde sie jemals erfahren – weder sah man sie ihm an, noch war sie aktenkundig, denn nur ein paar französische Ärzte wussten von seiner Amnesie.

«Gefangenschaft im September 16. Englische Infanterie hat unsere Linien auf breiter Front und im Schutz ihrer neuartigen Landschiffe angegriffen, ihrer sogenannten Panzer. In einer Division der Gruppe Kirchbach …»

«Zwölftes sächsisches Reservekorps unter Generaloberst von Kirchbach», unterbrach Kasimir in einem scharfen Tonfall, den er in früheren Zeiten vermutlich auf dem Kasernenhof gepflegt hatte. «Alter sächsischer Kriegeradel.»

«Genau, Herr Dr. Kasimir.» Der Regierungsrat war zu alt, um selbst an der Front gewesen zu sein, schien sich aber dennoch bestens auszukennen. «Die Gruppe Kirchbach ist zum Gegenangriff vorgestoßen. An der Ancre-Mündung habe ich einen Stoßtrupp mit vierunddreißig Freiwilligen über die Somme geführt …»

«Als Major?» Kasimir runzelte die Stirn.

«Feindliche Granaten sind tags zuvor in den Kommandoständen eingeschlagen, es gab kaum noch Offiziere und Unteroffiziere in unserem Frontabschnitt, und jemand musste die Maschinengewehrnester am anderen Ufer ausschalten.»

Kubitz und Weber hingen an Stainers Lippen, und Kasimir heftete seinen Blick auf Stainers Brust. Er vermisste einen Orden, keine Frage. «Und warum sind Sie schon mit dem Krankentransport letzte Woche gekommen?»

Weil ich so kerngesund bin, du Idiot, dachte Stainer und sagte: «Ich hatte den Lagerkommandanten gebeten, mich schon mit diesem Zug fahren zu lassen. Dringende persönliche Angelegenheiten.»

«Hatten wir alle», blaffte Kasimir. «Und der Franzose hat Ihrer Bitte entsprochen?» Das Misstrauen sprang dem Polizeirat nun aus jeder Pore. «Wie denn das?»

«Er war mir etwas schuldig.»

Stainer hatte sich mit dem französischen Offizier angefreundet, hatte ihm zu verdanken, dass er als Vorarbeiter beim Wiederaufbau zerstörter Häuser eingesetzt worden war und nicht hinaus auf die Schlachtfelder musste, um Leichen zu bergen und Granaten zu entschärfen. Doch er hütete sich, das auch nur anzudeuten.

«Ich habe ihm geholfen, einen Mord im Lager aufzuklären», sagte er, und Kubitz und Weber nickten verständnisvoll. «Als Geste des Dankes hat er mich den Kranken und Verwundeten als Begleiter zugeordnet.» Stainer hatte nicht gelogen, jedes Wort stimmte.

«So, so.» Mit Daumen und Zeigefinger rieb Kasimir sich sein schmales Oberlippenbärtchen, während er Stainer musterte. «Sie sind Mitglied bei den Sozialdemokraten, wie man hört?»

«Jawohl, Herr Regierungsrat, das bin ich.» Stainer nickte. «Genau wie unser Kanzler und unser Reichspräsident.» Kasimirs Oberkörper straffte sich, das Gespräch – oder besser: das Verhör – stockte, einen Moment herrschte Schweigen. Vermutlich brütete Kasimir über einer ganz besonders perfiden Frage. Stainer verfluchte ihn, während er spürte, wie ihm der Schweiß ausbrach.

«Vor allem aber sind Sie gesund in die Heimat zurückgekehrt.» Zum ersten Mal ergriff Gustav Weber das Wort, und Stainer dachte nicht daran, ihm zu widersprechen. Webers Lächeln hatte etwas Wehmütiges. «Und das ausgerechnet am letzten Montag, an Ihrem Geburtstag.» Überrascht schaute Stainer ihn an. «Ich habe Ihre Akte gelesen, wissen Sie? Was für ein Geburtstagsgeschenk! Ich gratuliere Ihnen, Herr Stainer.»

«Danke, Herr Inspektor Weber», sagte Stainer. «Ist ein schöner Zufall gewesen.» Es rührte ihn, dass dieser Mann den Zusammenfall seiner Heimkehr mit seinem Geburtstag bemerkt hatte. Edith hatte ihm nicht einmal gratuliert.

«Viele vermissen wir leider noch», fuhr Weber fort. «Und viel zu viele werden wir leider nie wieder in der Heimat willkommen heißen können!»

«So ist es nun einmal.» Kubitz räusperte sich. «Wir jedenfalls sind froh, einen erfahrenen Kriminalisten wie Sie wieder in unseren Reihen zu wissen, Herr Stainer. Leipzigs Straße kocht, die Kommunisten sorgen für Unruhen und Anarchie, und viel zu viele kriminelle Elemente nutzen das für ihre Zwecke aus. Nichts brauchen wir jetzt dringender als kampferprobte Offiziere wie Sie. Willkommen also bei der Leipziger Kriminalabteilung, Herr Kriminalinspektor Stainer.» Er stand auf und streckte Stainer die Rechte hin.

Stainer glaubte, sich verhört zu haben. Wie betäubt erhob

auch er sich. «Verzeihen Sie, Herr Polizeidirektor, doch ich bin Kommissar.» Er war sich kaum bewusst, dass er Kubitz' Hand ergriff.

«Sie waren Kommissar, Stainer. Ab sofort leiten Sie als Inspektor unsere Kriminalabteilung. Bitte treten Sie gleich morgen Ihren Dienst an.»

«Ich danke Ihnen, Herr Dr. Kubitz.» Stainer wusste nicht, wie ihm geschah, ließ sich von Kubitz die Hand schütteln, erwiderte den kräftigen Händedruck des freundlich lächelnden Webers und nach diesem den schlaffen des lauernden Regierungsrates Kasimir. Danach führte Kubitz ihn zur Tür.

«Ich bestehe aber auf einer amtsärztlichen Untersuchung vor Dienstantritt!», rief Kasimir ihnen hinterher.

«Selbstverständlich, Herr Kollege», sagte Kubitz. «Das werde ich noch heute in die Wege leiten.» Und an Stainer gewandt: «Regierungsrat Kasimir ist zugleich Polizeirat und als solcher führt er stellvertretend für mich die Dienstaufsicht über die Kriminalabteilung.» Stainer nickte steif in Kasimirs Richtung. Dieser Mann würde künftig also sein direkter Vorgesetzter sein. Herzlichen Glückwunsch! Doch nicht einmal diese trübe Aussicht konnte Stainers Hochstimmung dämpfen.

«Holen Sie sich noch heute einen Vorschuss an der Polizeikasse», sagte Kubitz leise, während er ihm die Tür öffnete. «Ich rufe gleich unten an.» Er deutete auf Stainers Brust. «Sie brauchen nämlich einen neuen Anzug.» Dann stand Stainer im Vorzimmer, und die Tür fiel hinter ihm zu.

Seine Knie waren weich, sein Hemd durchgeschwitzt. Er schaute an sich hinunter – Fäden hingen aus der Weste, Flecken bedeckten das Revers seines Anzugs. Die Katze.

«Du bist die Erste, die mir gratulieren darf.» Er ergriff Lena Falkes Hand. War sie damals nicht in ihn verliebt gewesen?

«Dein Chef hat mich soeben zum Kriminalinspektor befördert. Morgen fang ich an.» Sie drückte ihm die Hand und strahlte übers ganze Gesicht.

Hatte er etwa ein Verhältnis mit ihr gehabt? Siedend heiß schoss ihm der Gedanke plötzlich durch den Kopf. Doch sofort beruhigte er sich wieder: nein, niemals. Er war ein Treuer, schon immer gewesen. Den ganzen Krieg über hatte er Edith die Treue gehalten, und er würde ihr treu bleiben, solange er auch nur einen Schimmer Hoffnung hegen konnte, sie zurückzugewinnen.

Stainer entdeckte die Katze neben einer Schüssel mit Milchresten, die sie blank leckte. Er ging vor ihr in die Hocke.

«Du hast mir Glück gebracht, kleine Eule», sagte er und streichelte ihr das Köpfchen. «Du darfst mich jetzt Kriminalinspektor nennen.»

## 11

Dunkle Wolkenfetzen flogen über den wintergrauen Himmel. Wann immer Max Heiland hinaufschaute, hatten ihre Umrisse sich schon wieder verändert. Einmal glaubte er, die Gestalt seiner Frau in einer besonders großen Wolke zu erkennen – Christels Profil, ihre Ponyfrisur, ihre spitzen Brüste, ihren unvergleichlichen Hintern. Ein anderes Mal schienen ihm Stechers wuchtiger Schädel, sein breites Kinn und seine Fäuste in Boxhandschuhen am Himmel zu stehen. Und dann wieder die weichen Konturen seiner Kleinen, wobei ihm ganz warm in der Brust wurde.

Mein Mäuschen, dachte er. Gestern Abend hatten Christel und er sie gebadet. Gott, wie hatte sie gequäkt und gestrampelt! Mein kleines, mein geliebtes, mein zuckersüßes Mäuschen.

Heute Morgen konnte Heiland wieder aus beiden Augen in die Welt gucken. Am Hauptbahnhof wartete er mit Krüger auf die Linie 1 nach Mockau. Kalter Wind blies ihm Nieselregen ins Gesicht. Schnee wäre ihm lieber gewesen, doch seit gestern stiegen die Temperaturen wieder. Er drückte sich neben seinen Freund an die Fassade des Hauptbahnhofs. «Lausiges Wetter», sagte Krüger.

Ein Haufen Papierfetzen wirbelte durch den Himmel. Einen Wimpernschlag lang glaubte Heiland, er wäre wieder an der Front und dort oben ein Schrapnell explodiert. Doch dann schwebten die Papierfetzen dem Boden entgegen, landeten auf dem Vorplatz des Hauptbahnhofs und entpuppten sich als ein Schwarm Tauben.

Es ging auf Mittag zu. Unter dem Vordach des Haupteingangs drängten sich Bettler und Reisende. Zwei Zeitungsjungen überboten sich darin, ihre Blätter anzupreisen: «Dresdner Stadtregierung sperrt streikenden Minenarbeitern die Lebensmittelzulage!», schrie der eine, und der andere: «Marschiert die Rote Armee gegen Polen?!»

Einige Kriegskrüppel priesen den Passanten Knöpfe, Stifte, Kerzen, Streichhölzer oder sonst irgendeinen Kleinkram an, andere hielten den Vorübergehenden einfach nur ihre Hüte und Mützen hin, Männer in den besten Jahren, die an der Front Arme oder Beine verloren hatten oder beides. Einer kauerte neben der Mitteltür, sein Gesicht war derart entstellt, dass Heiland wegsehen musste.

Heiland konnte sie nicht leiden, diese Kriegskrüppel. Gar nichts konnte er leiden, was ihn an seine Zeit in Flandern und Frankreich erinnerte. Verlorene Jahre, die er am liebsten für immer vergessen würde. Dabei hatte er Glück gehabt, denn er war gleich im Winter 18 mit den Resten seines Infanterieregiments zurück nach Leipzig gekommen, und das ohne nennenswerte Verwundung.

Eine Mundharmonika jaulte unter dem Vordach des Haupteingangs, Heiland schaute nun doch wieder hin – ein Kriegskrüppel natürlich. Und der spielte die Melodie eines allzu vertrauten Liedes: *Heil dir im Siegeskranz*. Das hatten sie im Schützengraben oft gesungen. *Herrscher des Vaterlandes, Heil, Kaiser, dir!* Heiland zog die Schultern hoch. Verdammtes Lied! Doch man fror nicht so sehr, wenn man sang.

«Guck dir die armen Kerle an», sagte Krüger, «und gib zu, dass wir Glückspilze sind.» Heiland guckte nicht hin, zuckte mit den Schultern und gab gar nichts zu. Der Mundharmonikaspieler stimmte das *Lied der Deutschen* an.

Die 1 nach Mockau fuhr heran, und Heiland und Krüger liefen zur Haltebucht. Auch das *Lied der Deutschen* hatten sie im Feld gesungen. Die Melodie hatte ein Österreicher komponiert, ein gewisser Joseph Haydn, das wusste sogar Max Heiland. *Deutschland, Deutschland über alles*, na klar, und bald brauchte seine Tochter Schuhe, seine Frau einen Mantel und er selbst alles Mögliche. Du bist ein Teufelskerl, Max, dachte er, aufgeben is nich, und demnächst gibt es Preiskämpfe und Meisterschaften. Und bis dahin noch ein paar allerletzte krumme Touren.

Einen halben Schritt vor seinem Freund sprang er in die Elektrische. Die Schaffnerin und einige Fahrgaste beäugten verstohlen sein blaues Auge. Krüger bezahlte für ihn mit.

Die elektrischen Wagen der Leipziger Straßenbahngesellschaft verkehrten jetzt öfter als vor dem Krieg und fuhren schneller. Keine zwanzig Minuten hatten sie mit der 2 von Stötteritz zum Hauptbahnhof gebraucht. Und dort nur eine Viertelstunde auf die 1 gewartet.

Heiland musste an seinen Vater denken. Der schilderte gern die langen Fußmärsche hinauf nach Mockau, wo er in seiner Kindheit als Erntehelfer ein paar Groschen verdient hatte. Alles ändert sich, dachte Heiland, das Land, die Stadt, die Leute, die Sachen, alles. Wie viele Fuhrwerke sieht man denn noch? Wie viele Ochsengespanne, wie viele Pferde? Wehmütig grinsend schüttelte er seinen Lockenkopf. «Und den Kaiser gibt's auch nicht mehr», murmelte er.

«Was sagste?» Krüger sah ihn an.

Heiland winkte ab und spähte durch die nasse Scheibe der Elektrischen zur Straße hinaus. Er versuchte, sich vorzustellen, wie die Häuser und Gärten ausgesehen haben mochten, als sein Vater ein kleiner Junge gewesen und hinauf nach Mockau zur Ernte marschiert war. Alles ändert sich, ständig.

Zwanzig Minuten später stiegen sie aus, eine Haltestelle vor dem Flugplatz Mockau. Noch immer gab es hier viel Grün: Felder, Wiesen und Schrebergärten, wohin man sah. Gegenüber der Haltestelle stand eine große schwarze Limousine, ein Mercedes Cardan. Heiland schnalzte mit der Zunge. Schönes Stück, dachte er. Die Fahrertür öffnete sich, und ein Mann stieg aus – untersetzt, schwarzhaarig und in langem grauem Mantel.

«Das ist er», sagte Krüger. «Das ist der Mann mit dem Plan.» Sie gingen hinüber zu Fahrzeug und Fahrer. Dessen Mantel stellte sich als alter Uniformmantel heraus, und Heiland erkannte die Schulterstücke eines Unteroffiziers.

Der Mann trug schwarze Lederhandschuhe und eine schwarze lederne Schildmütze. Heiland schätzte ihn auf höchstens Mitte dreißig. Der Unteroffizier schürzte die Lippen und musterte sie, als wollte er ihren Wert oder ihre Kraft einschätzen. Gegner im Boxring taxierten Heiland vor der ersten Runde manchmal in ähnlicher Weise.

Im Ring begrüßte man sich anständig, indem einer dem anderen gegen die Boxhandschuhe stieß, der Mann im Uniformmantel jedoch hatte nur ein stummes Nicken für sie übrig; kein Wort kam über seine wulstigen Lippen. Er sprach selbst dann nicht, als Heiland sich vorstellte – nannte keinen Namen, gab kein Zeichen, verstanden zu haben, nichts. Heiland kam sich vor, als würde er mit einer Kellerwand sprechen. Oder einem verriegelten Kirchenportal.

Eine verkrustete Schürfwunde zog sich von oben nach unten über die Wange des stummen Unteroffiziers. Interessiert betrachtete er Heilands blau geschwollenes Auge, dann deutete er mit einer Kopfbewegung in den Fond des Wagens. Dort saß ein zweiter Mann.

Heiland schaute seinem Freund fragend ins Gesicht. Welcher

war jetzt der mit dem Plan? Krüger zuckte mit den Schultern und schien selbst überrascht zu sein. Schließlich nahm er auf dem Beifahrersitz Platz, während Heiland zu dem anderen auf die Rückbank stieg.

«Ihr seid also gekommen», sagte der Mann auf der Rückbank, als Heiland die Wagentür zugezogen hatte. «Hervorragend. Namen interessieren mich nicht. Fahren wir doch ein Stück, Joseph.» Seine Stimme war tief und knarzte seltsam.

Heiland schaute ihn an und wäre am liebsten gleich wieder ausgestiegen – etwas Hartes ging von dem Mann aus; sein Blick unter der Hutkrempe war stechend, seine Stimme kalt. Er schätzte ihn auf Anfang vierzig. Unter einem schwarzen Mantel trug er Anzug, Weste und Binder, an der Brusttasche ein Verwundetenabzeichen und ein Eisernes Kreuz I. Klasse.

Der Mercedes fuhr an.

«Von Joseph weiß ich, dass ihr als Schlosser und Schweißer ausgebildet seid und knapp zwei Dutzend Einbrüche hinter euch habt. Korrekt?» Auf dem Beifahrersitz drehte Krüger sich um und nickte. «Hervorragend.»

Während der Mann mit dem Eisernen Kreuz I. Klasse und dem stechenden Blick von einer Fabrikantenvilla in Gohlis und von alldem Schmuck und alldem Geld dort erzählte, betrachtete Heiland ihn von der Seite. Er hatte ein scharf geschnittenes Gesicht, eine große, leicht gebogene Nase und tiefliegende graue Augen unter buschigen Brauen. Graue Strähnen durchzogen sein braunes Haar. Mit seinen heruntergezogenen Mundwinkeln sah er aus, als würde er unentwegt an jemanden denken, den er aus tiefstem Herzen verachtete.

Heiland knöpfte sich den Jackenkragen zu; er fror plötzlich.

«Wir teilen durch vier», erklärte der Mann neben ihm und räusperte sich. «Nach meiner Kenntnis beinhaltet der Tresor mindestens so viel Schmuck und Goldmünzen, dass unter dem Strich gut und gern zehntausend Mark für jeden von uns herauskommen werden. Und lasst es nur fünftausend sein, dann werden wir uns auch nicht beschweren, schätze ich.»

Heiland verschlug es den Atem, und Krüger, der sich zu ihnen herumgedreht hatte, fiel die Kinnlade herunter.

«Dieser Kraftwagen hier hat nicht einmal halb so viel gekostet, meine Herren.»

Der Fahrer bog in die Einfahrt zum Flugplatz ein und hielt ein paar hundert Meter weiter in der Nähe eines roten Flugzeuges. An den Flughallen dort zogen Maurer Wände vor den Hallentoren hoch. Von seinem Trainer Hans Jänig wusste Heiland, dass in diesen Wochen überall im Reich die Eingänge der Flughallen zugemauert wurden.

«Damit das Reichsheer keine Flugzeuge mehr unterstellen kann.» Der Mann mit dem Eisernen Kreuz I. Klasse hatte Heilands Blick nach draußen bemerkt «So will der Feind verhindern, dass wir wieder eine Luftwaffe aufbauen. Eine elende Schande!» Hass verzerrte das Gesicht des Mannes neben Heiland. «Hat uns das Versailler Friedensdiktat eingebrockt. Und unsere Regierung, die es unterschrieben hat.»

Heiland kannte nur Stichworte des Friedensvertrages – Abtretung von linksrheinischem Reichsgebiet, Reparationszahlungen, Anerkennung der alleinigen Kriegsschuld, Bestrafung deutscher Soldaten – die Sachen eben, die in allen großen Städten des Reiches die Leute auf die Straße getrieben hatten. Immerhin wusste er, dass der Vertrag vor knapp drei Wochen in Kraft getreten war.

«Joseph kennt die Judenvilla wie seine Westentasche», fuhr der Träger des Eisernen Kreuzes I. Klasse fort. «Selbstverständlich hat er sich einen Grundriss von ihr beschafft. Den genauen

Tag der Operation kann ich euch jetzt schon verraten: Mittwoch, 4. Februar. Gemeinsam mit Joseph werdet ihr sie durchführen.»

Schon übermorgen? Heiland stutzte. Und hatte er tatsächlich *Operation* gesagt?

Der Mann steckte sich eine Selbstgedrehte in den Mundwinkel und redete weiter. «Joseph weiß selbstverständlich auch, hinter welchem Bild der Tresor steckt.» Ein Feuerzeug klickte in seiner Rechten, und eine Flamme sprang hoch. «Und nehmt eure Pistolen mit.» Der Wagen füllte sich mit Rauch. «Ihr habt doch noch welche?»

Krüger nickte, Heiland schüttelte den Kopf. «Schießen ist nicht mehr drin», sagte er. «Ich habe zu oft geschossen die letzten Jahre, habe die Schnauze voll.»

«Verstehe», erklärte der Mann mit dem Eisernen Kreuz, ohne ihn anzugucken. «Joseph wird dir eine Waffe mitbringen. Reine Sicherheitsmaßnahme.» Jetzt erst sah Heiland, dass der linke Mantelärmel schlaff von seiner Schulter hing – dem Mann fehlte der linke Arm. «Du musst ja nicht schießen, Kamerad, solltest aber im Notfall auch nicht ganz harmlos aussehen.»

Er klopfte erst Krüger, dann Heiland auf die Schulter, tippte sich an die Hutkrempe und stieß schließlich die Wagentür auf. «Ich habe einen Blick für Männer, auf die ich mich verlassen kann.» Sprach's, stieg aus und schlug die Wagentür hinter sich zu.

Der Mercedes fuhr an. «Zehntausend Mark?» Ungläubig starrte Krüger den Fahrer an. «War das sein Ernst?» Der Fahrer namens Joseph nickte stumm. «Und wann genau am Mittwoch?»

Während Joseph Uhrzeit und Treffpunkt nannte, drehte Heiland sich um und blickte zum Fondfenster hinaus. Der Einarmige ging zu dem roten Flugzeug, einem Dreidecker. Hatte er ihn gerade *Kamerad* genannt? Ein Mann mit Fliegerjacke und Pilotenbrille kletterte aus der Maschine. Der Einarmige sprach mit dem Piloten und lehnte sich gegen den Dreidecker, eine *Fokker Dr. I.* Heiland hasste diese Flugzeuge. An der Front hatten sie manchmal versehentlich die Schützengräben der eigenen Infanterie bombardiert.

*Zehntausend Mark.* Fassungslos schüttelte er den Kopf. Und selbst von fünftausend Mark würden er, Christel und die Kleine noch leben können, wenn Jänigs Boxclub schon die erste sächsische Meisterschaft hinter sich hatte.

## 12

Am frühen Nachmittag des nächsten Tages führte der Polizeidirektor Stainer zu seinem künftigen Büro. «Haben Sie schon gehört?», fragte er auf der Treppe. «Die Alliierten machen Ernst und verlangen die Auslieferung Hindenburgs und Ludendorffs.»

Stainer, der die Morgenausgabe der *Leipziger Volkszeitung* aufmerksam gelesen hatte, bejahte. Die Siegermächte wollten die ehemaligen Köpfe der Obersten Heeresleitung tatsächlich vor ein Kriegsgericht stellen. Sogar dem Kaiser wollten sie den Prozess machen.

«Das geht auf das Konto des Franzosen», sagte Kubitz. «Ein Aufschrei der Empörung wird durchs Reich gehen, Sie werden sehen, Herr Stainer.»

Stainers Atem reichte nur für kurze Antworten, denn die vielen Treppenstufen vom Kellergeschoss, wo sie in der Waffenausgabe seine Dienstpistole geholt hatten, bis hinauf ins erste Obergeschoss, kosteten ihn beschämend viel Kraft. Friedrich Kubitz, obgleich ein paar Jahre älter, nahm die Stufen wesentlich leichtfüßiger als er. Und zeigte auch auf der vorletzten Treppe noch keinerlei Anzeichen von Kurzatmigkeit. Im Gegenteil: Er redete, ohne Luft zu holen.

Stainer nahm sich vor, nächste Woche wieder das Jiu-Jitsu-Training zu besuchen. Zu seinem Erstaunen erinnerte er sich noch an seinen letzten Trainingskampf im Juli 14. Wahrscheinlich, weil er ihn verloren hatte – gegen einen sieben Jahre älteren Hauptwachtmeister. Stainer hasste es, Kämpfe zu verlieren, egal, welcher Art sie waren. Und viel zu viele hatte er verloren seit jenem letzten Trainingskampf – im Krieg, im Lazarett, im Gefangenenlager und jetzt auch noch in seiner Ehe.

Kaum drängte sich ihm dieser Gedanke auf, stand ihm Edith vor Augen. Und jener Gynäkologe namens Brand; Oberarzt, wie er inzwischen von seiner Mutter wusste, und tatsächlich fast zwanzig Jahre älter als Stainer.

Endlich erreichten sie die Zimmerflucht des ersten Stockwerks. Stainer zwang sich, tief und geräuschlos zu atmen. Je näher sie seinem künftigen Büro kamen, desto unaufmerksamer hörte er seinem Vorgesetzten zu, denn eine freudige Erregung hatte ihn ergriffen, und sein Herz schlug höher.

Kubitz deutete zum Ende der Zimmerflucht, wo neben einer offenen Tür ein großer Mensch mit breiten Schultern an der Wand herumschraubte. «Hinter dieser Tür hat Frau Falke schon etliche Akten für Sie deponiert, Herr Kriminalinspektor.»

Vor dem Hünen, der gerade die letzte Schraube in ein Messingschild drehte, blieben sie stehen. «Darf ich vorstellen?» Kubitz wies auf den Mann im fleckigen Arbeitsmantel. «Bruno Schilling. Was keiner von uns hier zustande bringt, vermag Schilling im Schlaf: Glühbirnen auswechseln, den Motor des Mannschaftswagens zum Laufen bringen und Schilder anschrauben.» Er wies auf Stainer. «Schilling, das ist unser neuer alter Chefkriminalist, Kriminalinspektor Paul Stainer.»

«Freu mich, dass du wieder hier bist, Paul», sagte Schilling mit schleppender, unglaublich rauer Bassstimme und reichte ihm die Hand. Stainer ging innerlich in Habtachtstellung – der Mann kannte ihn wohl. «Hast du also auch einen Schutzengel gehabt?» Schilling deutete auf eine wulstige Narbe an seiner breiten Stirn. «Ich auch.»

«Danke, Bruno, und wirklich wahr: hatte ich.» Der Händedruck des Hünen war so kraftvoll, dass es weh tat. Aufmerksam betrachtete Stainer sein jungenhaftes Gesicht mit den traurigen braunen Augen. Das schwarze, von silbrigen Fäden durchzogene Haar reichte Schilling über die Ohren, sein angegrauter Bart war struppig und lang. Stainer musste an ein Rasputinporträt denken, das er vor Jahren in einer Ausstellung gesehen hatte. Diesen Schilling schon einmal gesehen zu haben, daran konnte er sich beim besten Willen nicht erinnern.

«Gratuliere zum Schutzengel, Bruno», sagte er und versuchte, so beiläufig wie möglich zu klingen. «Und danke für das Türschild.» Er schaute es an – seine Namen und Titel waren darauf versammelt: *Kriminalinspektor Major Paul Stainer*. Das zu lesen, ging ihm so tief unter die Haut, dass er für einen Moment die Luft anhielt.

«Die Herren kennen sich noch aus besseren Zeiten?» Kubitz wies in das Zimmer. «Na prächtig.» An ihm vorbei betrat Stainer sein künftiges Büro und ließ den bärtigen Schildschrauber hinter sich. Seine Lieblingszahl, die Zwölf, prangte an der Tür. Kubitz schloss sie, und Stainer entspannte sich etwas, weil Schilling, dieser gänzlich Unbekannte, ihn nun mit keiner Frage mehr überraschen konnte.

«Und?» Mit ausgebreiteten Armen drehte Kubitz sich einmal um sich selbst. «Was sagen Sie?»

Stainer versuchte, den Rasputin zu vergessen, und blickte sich um. Das Zimmer kam ihm hell und geräumig vor, geradezu atemberaubend geräumig. Er musste an die Fuchslöcher denken, wie sie an der Front die engen Unterstände in den Schützengräben genannt hatten und in denen er unzählige Wochen gehaust hatte. Und an die Baracken im Gefangenenlager – wie Ölsardinen in einer Dose hatten dort zwanzig Mann zusammengepfercht in halb so großen Räumen geschlafen wie diesem hier.

«Schön», sagte er, ging zum Nordfenster und schaute auf die Wächterstraße hinunter. «Wirklich sehr schön.» Er schritt zum Ostfenster und blickte auf den Peterssteinweg hinab, wo viele Automobile unterwegs waren und gerade zwei Elektrische aneinander vorbeirasselten. Träumte er, oder war es wirklich wahr, dass er künftig am Schreibtisch vor diesem Fenster arbeiten würde?

Bemüht, seine Rührung zu verbergen, schaute er sich weiter um. Wuchtige Aktenschränke rahmten die Tür ein. Ihnen gegenüber, vor den Fenstern zur Wächterstraße, standen zwei etwas kleinere Schreibtische. Auf dem ganz linken thronte ein kastenartiger Fernsprecher mit Kurbel, Holzgriff und Messingmuscheln.

Als Stainer den Blick hob, sprang ihm sofort die breite Bordüre aus Stuckfries mit floralen Ornamenten ins Auge, die unterhalb der Decke verlief. Auch rund um den Deckenleuchter und am Türrahmen entdeckte er Laub und Blüten aus Stuck. Dergleichen hatte er lange nicht gesehen, und die Schönheit der Verzierungen verstärkte seine Rührung noch und machte ihn ganz stumm.

«Bedauernswerter Kollege, der Schilling», sagte Kubitz, «kann einem schon mächtig leidtun, nicht wahr?»

«Armer Kerl.» Stainer mimte den Wissenden und betrachtete das Porträt Kaiser Wilhelms II., das hinter dem schweren Eichenschreibtisch an der Wand hing. Er spürte Übelkeit aufsteigen, und sein Blick verharrte nur kurz darauf, lieber richtete er ihn auf den riesigen Gummibaum an der Türwand zwischen Schreibtisch und Konferenzecke. Der ließ die Blätter hängen und gilbte vor sich hin.

Um den musst du dich als Erstes kümmern, dachte Stainer, und Kubitz sagte: «Wenn Sie Schilling noch aus der Vorkriegszeit kennen, wissen Sie ja, dass er ein paar Semester Medizin studiert hat und bis August 1914 Inspektor der Sittenabteilung war.» Stainer hörte nur mit einem Ohr zu. Weil er fürchtete, der Polizeidirektor könnte seine überbordenden Gefühle in seiner Miene lesen, trat er an das mittlere der drei Nordfenster und blickte wieder hinab auf die Wächterstraße. Eine unbändige Freude überwältigte ihn.

Reiß dich zusammen, Stainer!, dachte er und beschwor Schillings bärtiges Gesicht herauf, um seinem aufgewühlten Gemüt einen Halt anzubieten. «Meine Güte», sagte er mit beinahe brechender Stimme, «armer Hund.»

«Eine Hirnverletzung durch einen Granatsplitter, in Flandern.» Kubitz seufzte und schüttelte traurig den Kopf. «Gleich im dritten Kriegsmonat. Und jetzt schraubt er Schilder an und repariert Polizeifahrräder.» Er zuckte mit den Schultern. «Persönlichkeitsveränderung und kognitive Einschränkung. Haben Sie von so etwas schon gehört, Stainer?»

«Nein.» Stainer fuhr herum und schaute seinen Direktor ungläubig an. «Das ist ja eine üble Geschichte.» *Persönlichkeitsveränderung und kognitive Einschränkung* – das klang wie ein Zitat aus einem Arztbericht. Er fragte sich, was Kubitz wohl in seiner Krankenakte zu lesen bekäme, würde das Reichsheer sie ihm schicken.

«Ganz übel.» Der Polizeidirektor legte ihm die Hand auf die Schulter, wies mit der anderen auf Stainers künftigen Schreibtisch und lächelte gönnerhaft. «Zufrieden, Herr Kriminalinspektor?»

«Ich kann Ihnen gar nicht sagen, wie dankbar ich bin.» Stainer wünschte, seine Stimme würde weniger heiser klingen. «Zum ersten Mal nach so vielen Jahren habe ich das Gefühl, zu Hause zu sein.»

«Nun bleiben Sie mal auf dem Teppich.» Kubitz nahm die Hand von seiner Schulter. «Zu Hause fühlen Sie sich hoffentlich ausschließlich bei Ihrer Frau.» Ein Stich ging Stainer durch die Brust, und Kubitz warf einen unwilligen Blick auf den absterbenden Gummibaum. «Der Kamerad da hat seine besten Tage auch schon hinter sich, was? Frau Falke wird Schilling Bescheid sagen, damit der ihn wegschafft.»

«Nein, nein.» Stainer hob abwehrend die Rechte. «Der soll auch seine Chance bekommen. Vielleicht kriege ich ihn wieder hin.»

«Na, dann viel Glück.» Der Polizeidirektor wandte sich nach den beiden Schreibtischen vor dem Fenster zur Wächterstraße um. «An dem linken arbeitet Kommissar Heinze. Famoser Mann: letzte Woche erst seine Prüfung abgelegt, gestern seinen ersten Fall gelöst.»

Auf dem Schreibtisch herrschte eine verblüffende Ordnung. Schreibzeug, Akten, Kladden waren sorgfältig ausgerichtet, Akten- und Buchrücken schlossen genau mit der rechten Schreibtischkante ab. Exakt in der Mitte vor dem Sessel lag vollkommen gerade eine geschlossene Akte mit der Aufschrift *Ernst Hummels*, parallel dazu ein Bleistift und darüber, im rechten Winkel zum Stift, ein Lineal. An der Hinterkante des Schreibtisches standen genau in der Mitte drei gerahmte Bilder in genau gleichem Abstand zueinander; Fotos wahrscheinlich – Stainer konnte nur die Rückseiten sehen.

«An den mittleren Schreibtisch werden wir Ihnen einen Assistenten hinsetzen, einen Kommissaranwärter, falls wir einen finden.» Kubitz machte ein sorgenvolles Gesicht. «Uns geht's nämlich wie der Leipziger Elektrischen Straßenbahn: Wir leiden seit ein paar Jahren unter chronischem Männermangel.»

Stainer lächelte. «Die haben die Lücken mit Frauen gefüllt.»

Kubitz runzelte die Stirn. «Frauen im Polizeidienst, Stainer? In der Sitte arbeiten eine Polizeiassistentin und eine Krankenschwester.» Nachdenklich rieb er sich den Schnurrbart. «Und dann gibt es natürlich ein paar Damen wie Lena Falke. Die wird sich übrigens darum kümmern, dass Sie einen eigenen Fernsprecher bekommen. Den brauchen Sie als Kriminalinspektor unbedingt. Haben Sie zu Hause einen? Wäre wichtig.»

«Den bekomme ich morgen.» Stainer betrachtete seinen künftigen Schreibtisch, wie andere ein zugelaufenes Pferd betrachten mochten.

«Na, prächtig.» Kubitz deutete zur Tür an der Schmalseite des Raumes. «Dahinter finden Sie Oberwachtmeister Kupfer, wenn er nicht gerade auf Streife in der Stadt unterwegs ist. Bis wir einen Assistenten für Sie finden, wird er Ihre rechte Hand sein.» Mit einer Kopfbewegung wies er zum Aktenstapel auf Stainers Schreibtisch. «Viel Erfolg dann. Wenn Sie Fragen haben, wenden Sie sich vertrauensvoll an Herrn Polizeirat Kasimir, der ist auf dem Laufenden, was die ungelösten Fälle betrifft.» Der Polizeidirektor verabschiedete sich mit Handschlag und erneuten Schulterklopfern.

Als er allein war, ließ Stainer sich auf seinen künftigen Drehstuhl vor seinem künftigen Schreibtisch sinken. Männermangel also. Nun gut – Hauptsache, er saß jetzt hier, warum, war erst einmal nebensächlich. Das beunruhigende Gefühl, am ganzen Körper zu zittern, überkam ihn schlagartig. Erschrocken hob er die Rechte, doch die ausgestreckten Finger blieben ganz ruhig. Seltsam.

Er legte Hände und Arme auf den Schreibtisch, schloss die Augen und atmete tief ein und aus. Nach und nach gewann er so die Herrschaft über seine aufgewühlten Gefühle zurück.

Irgendwann öffnete er die Augen wieder, richtete seinen

Blick auf den Aktenstapel und lauschte zum Fenster hin. Automobile, Fuhrwerke und eine Elektrische lärmten unten auf dem Peterssteinweg vorüber. Glocken läuteten von der Stadt her – die Nikolaikirche, er erkannte ihre Glocken am vertrauten Klang.

«Du bist wieder Polizist, Stainer», murmelte er, «du bist zurück in der Wächterstraße.»

Er stemmte sich aus dem Drehstuhl hoch, ging zur Tür, horchte einen Moment und zog sie auf, als er sicher war, dass niemand mehr vor seinem Büro stand. Beinahe andächtig betrachtete er das nagelneue Messingschild. «Kriminalinspektor Major Paul Stainer», las er mit tonloser Stimme.

Ja, er war wieder Polizist, es stimmte wirklich. Er war tatsächlich zurück in der Wächterburg.

# 13

Max Heiland stellte die Kaffeetasse in den leeren Frühstücksteller, lehnte sich zurück und betastete die Schwellung rund um sein linkes Auge. Ein letztes Mal legte er sich die Worte zurecht. «Es gibt Neuigkeiten, Liebling», begann er, «ziemlich gute Neuigkeiten», und dann hielt er die kurze Rede, die er sich beim Rasieren ausgedacht hatte.

Sein Trainer, Hans Jänig, habe da einen Kampf gegen einen Berliner Boxer in Aussicht, erklärte er seiner Frau. Eine richtig große Nummer, dieser Berliner, und weil sein K.-o.-Sieg über Stecher, dieses Ungeheuer, sich bis in die Hauptstadt herumgesprochen habe, sei Jänig gefragt worden, ob sein Schützling sich auch den Kampf gegen einen Berliner Stadtmeister zutraue.

«Klar traue ich mir das zu.» Heiland schenkte sich Kaffee nach. «Ich trau mir eigentlich alles zu, aber erst mal muss ich die Sache heute Abend mit Hans besprechen, verstehst du? Kann spät werden, Liebling.»

In der Schlafstube wachte die Kleine auf und begann zu quäken. Heilands Frau Christel stellte die Kaffeetasse ab, stand auf und beugte sich über ihn. «Mach nur, Schatz.» Sie küsste ihn behutsam auf sein noch immer grünblau geschwollenes Auge. «Ich trau dir auch alles zu.» Sprach's und lief hinüber in die Schlafstube, um die Kleine zu füttern und zu wickeln.

«Wenn ich diesen Kerl schaffe, kann ich bald regelmäßig in Berlin kämpfen, sagt Hans!», rief Heiland seiner Frau hinterher. «Vielleicht noch diesen Sommer!»

Seine eigene Stimme klang selbst für ihn, der es doch besser wusste, so überzeugend, dass er geneigt war, sich selbst zu glauben. Er übersetzte *diesen Kerl* einfach mit *diesen Einbruch*, und *in Berlin* mit *zehntausend Mark*. Und schon war es die Wahrheit, zumindest die halbe.

Zehn Stunden später, am frühen Abend, drückte er die Kleine an seine Brust. «Mein Mäuschen», gurrte er, küsste das Kind aufs Näschen und nahm seine Frau in den Arm. Ihm war plötzlich komisch zumute. «Es kann spät werden, wie gesagt.» Er küsste seine Frau so leidenschaftlich wie lange nicht mehr. Ihren verliebten Blick danach quittierte er mit einem siegesgewissen Lächeln und einem Klaps auf den Hintern – und schon war die rührselige Aufwallung verflogen.

Er drückte ihr die Kleine in die Arme, schlüpfte in seine Jacke, wickelte sich den Schal um und zog sich die Schirmmütze über den Kopf. Das Kind begann zu plärren und streckte die Ärmchen nach ihm aus. Heiland zerschmolz geradezu – seufzend sprang er zurück zu Frau und Tochter und kitzelte sie abwechselnd, bis die eine kicherte und die andere vergnügt krähte. Wieder an der Wohnungstür drehte er sich noch einmal um: Eine flüchtige Kusshand noch, ein letztes Winken, dann verließ er die Wohnung.

Seit ihrer Hochzeit im dritten Kriegsjahr lebten sie in der Naunhofer Straße in Heilands Elternhaus, von dessen Dachfenster aus man das Völkerschlachtdenkmal sehen konnte. Nicht die schlechteste Aussicht. Heiland lief bis zur Ecke Schönbuchstraße, stieg dort in die Linie 2 und fuhr nach Norden in Richtung Stadt.

Doch nur bis zur Papiermühlstraße – dort stieg er in die Linie 6 um und fuhr in die entgegengesetzte Richtung bis zur Endstation am äußersten Ostrand von Stötteritz. So machte er das jedes Mal, wenn Krüger wieder etwas an Land gezogen hatte, wie er das nannte, wenn also ein Bruch ins Haus stand.

Der Fahrer kurbelte am Bremsrad und rief die Endhaltestelle aus, da stand Heiland schon auf der Plattform und hielt sich an der Dachstange fest. Aus irgendeinem Grund befiel ihn plötzlich das sichere Gefühl, beobachtet zu werden, also wandte er sich um. Der Fahrer war noch mit dem Bremsrad beschäftigt, die Schaffnerin wühlte in ihrer Geldtasche und die wenigen Fahrgäste, die noch im Triebwagen mitfuhren, drängten sich am Ausstieg der hinteren Plattform.

Kein Mensch beobachtete ihn, niemand.

Die Elektrische stand still, und Heiland sprang von der Plattform auf die Straße. Mit federndem Schritt lief er zum Bürgersteig – und stolperte glatt über den Bordstein. «Mensch, Junge!», rief der Fahrer ihm hinterher. «Pass uff, wo de hintrittst!» Heiland grinste verlegen und winkte ab.

«Was denn, was denn», murmelte er im Weitergehen. «Nervös, oder wie?» Das übliche Lampenfieber, weiter nichts, beruhigte er sich selbst, immerhin stand heute Abend kein Skatabend auf dem Programm, sondern ein Einbruch. Und zehntausend Mark, ergänzte er in Gedanken.

Es dämmerte bereits, als Max Heiland von der Endstation aus die Straße ein Stück zurückging. Ein Vorkriegsaudi tuckerte an ihm vorüber, ein aufgeregt gackerndes Huhn wetzte über die Straße, und ein Fuhrwerk, das mit einem Gespann aus vier Ochsen in einen Innenhof rollte, zwang ihn, stehen zu bleiben.

Während das Fuhrwerk sich durch die Toreinfahrt schob, sprang eine Katze von der Hofmauer, reckte den Schwanz in den Abendhimmel und strich schnurrend um seine Beine. Heiland beugte sich zu ihr hinunter, sprach ein paar Worte mit ihr und streichelte sie. Das beruhigte ihn irgendwie.

Die Katze fiel ihm ein, die Krüger und ihm letztes Jahr bei einem Bruch oben in Leutzsch schon an der Kellertür mit aufgerichtetem Schwanz entgegengekommen war und weiter nichts gewollt hatte als schmusen. Schnurrend war sie ihnen in jedes Zimmer gefolgt und hatte sich an ihren Waden gerieben, während sie Schrankfächer und Schubladen ausräumten.

Auf einmal war ihm die Katze unsympathisch, und er richtete sich auf und ging weiter. Menschen lehnten aus Fenstern oder in offenen Türen oder hockten zusammen auf Bänken vor den Häusern. Sie grüßten ihn, als er vorüberging; das hätten sie auch getan, wenn sie nicht gewusst hätten, dass er ein Freund von Karl Krüger war, denn anders als in der Stadt grüßten die Leute in Stötteritz einander.

Die *Stadt* begann für einen Leipziger, sobald man den inneren Promenadenring überquert hatte, den Rathausring etwa, den Rossplatz oder den Georgiring. In der Stadt grüßte auch Heiland nur Leute, die er kannte.

Heiland fragte sich, ob die Leute einander auch dort grüßten, wo er heute Abend einbrechen wollte. In Gohlis wohnten viele reiche Leute, soviel wusste er, doch er kannte keinen einzigen Menschen aus diesem Stadtteil. Sein geschwollenes Auge zuckte plötzlich.

Er lief zurück bis zur Ecke Zuckelhäuserstraße. Dort, neben einer Zigarrenhandlung, betrat er einen Hof. Das Hinterhaus, in dem sein Freund Krüger wohnte, glich mehr einer Baracke als einem Haus. Doch zu ihr gehörte eine große Werkstatt, in deren Wandregalen, ordentlich sortiert, Krügers Werkzeuge und Ersatzteile lagen oder hingen. Und das waren nicht wenige.

Vor allem aber stand in dieser Baracke, meist unter einer Lederdecke, Krügers «Eisengöttin», wie der seine Maschine manchmal nannte: ein Motorradgespann aus den berühmten Motorenwerken in Neckarsulm.

«Na endlich!» Krüger hatte seine Eisengöttin schon aufgedeckt und betankte sie gerade. «Hast dich mal wieder nicht losreißen können, was?» Er schraubte den Tankdeckel zu. «Wenn ich dich so beobachte, vergeht mir die Lust, eine Familie zu gründen.» Im Wandregal stellte er den Benzinkanister zu zwei anderen in eine Blechkiste.

«Die Natur fackelt da nicht lange.» Heiland ging zum Regal, um seinen Rucksack und sein Werkzeug zusammenzusuchen. «Und die Lust sowieso nicht.»

«Hab schon alles gepackt!», rief Krüger ihm zu. «Auch deinen Affen. Wir können losfahren.» Er ging vor seiner Werkbank in die Hocke, löste eine Bohle aus dem Boden und holte ein Stoffbündel heraus. Auf der Werkbank packte er es aus – eine Pistole und eine Schachtel Munition kamen zum Vorschein. Heiland biss sich auf die Unterlippe und atmete scharf durch die Nase ein.

Krüger hatte die Waffe – eine Luger – im letzten Kriegsmonat seinem toten Leutnant gestohlen. Der Diebstahl war nicht besonders riskant gewesen, weil bis auf drei Mann Krügers gesamte Kompanie am selben Tag wie ihr Leutnant gefallen war und Dutzende Artilleriegeschosse den Boden samt Leichen und Waffen umgepflügt hatten. Da ging leicht mal etwas verloren.

Unbehagen beschlich Heiland, als er zuschaute, wie sein Freund nacheinander acht Patronen in das Magazin der Waffe drückte. Alles, was ihn an den Krieg erinnerte, erfüllte ihn mit Abscheu.

Er wandte sich ab, öffnete die hinter dem Motorradsattel festgeschweißte Blechkiste und holte seinen mit braunem Fell bespannten Soldatenrucksack heraus, seinen Affen. Sorgfältig kontrollierte er sein Werkzeug: Hämmer, Blechscheren, Dietriche, ein Stethoskop, eine Metallsäge, Schraubenzieher, Brechstangen, Zangen – alles da.

Gründlich wie er war, warf er auch einen Blick in den Beiwagen – darin hatte Krüger tatsächlich schon alles verstaut, was er gewöhnlich brauchte: Schweißgerät, Gasflasche, Lötkolben, Lötlampe, Schutzbrille und so weiter.

«Du traust mir nicht, he?» Krüger boxte ihn gegen die Schulter. «Es geht um zehntausend Mark, Mann! Komm, hilf mir.»

Gemeinsam schoben sie das Motorradgespann durch das Hoftor auf die Holzhäuser Straße hinaus. Die Leute an den Fenstern und auf den Bänken reckten die Hälse, und die Halbwüchsigen auf der Straße unterbrachen ihr Fußballspiel, kamen näher und bewunderten Krügers Eisengöttin.

Die NSU hatte das Fahrzeug ab 1915 für die Flandernfront gebaut. Im Beiwagen war ursprünglich ein Maschinengewehr montiert gewesen. Karl Krüger hatte das Gespann erst im letzten Frühling aus gestohlenen Reichswehrbeständen gekauft – für einen Apfel und ein Ei; und ohne Maschinengewehr natürlich.

Er zog sich Lederkappe und Brille über und stieg auf den Sattel, Max Heiland zwängte sich in den Beiwagen. Der elektrische Starter ließ den Motor schon beim ersten Versuch anspringen, und los ging die Fahrt. Heiland nahm die Schildkappe ab und wickelte sich den Schal um Hals und Kopf. Krüger schaltete das Licht ein, denn es wurde bereits dunkel.

Wenig später, als Krüger am Bahnhof Stötteritz in einer scharfen Rechtskurve zu schnell nach Norden abbog, fiel Heiland gegen ihn und spürte an seinem Oberarm die harten Konturen der Pistole in der Jackentasche des Freundes. Zugleich stieß er mit dem Knie gegen die Halterung, an der bis Kriegsende noch das Maschinengewehr im Beiwagen befestigt gewesen war. Er rieb sich das schmerzende Gelenk und verfluchte Krieg und Maschinengewehr.

Auf einmal, wie aus dem Nichts, befiel ihn die Vorstellung, sie würden in eine Schlacht fahren. Blödsinn, sagte er sich, vollkommener Blödsinn! Wir fahren nach Gohlis! Wir fahren zu einem ganz normalen Bruch, zu weiter gar nichts!

# 14

**4. Februar 1920**

*Es ist längst dunkel. Bald wird Heinrichs Freund Hans Weingarten läuten, um uns abzuholen – zum Kabarett und nach Gohlis. Ich bin nicht in Stimmung für einen Kabarettabend. Und was soll ich in Gohlis in einer fremden Villa? Nebenan im Wohnzimmer singt Willy meinem Berliner Liebhaber die* Internationale *vor. Heinrich, am Klavier, hält mit Matthias Claudius dagegen –* Der Mond ist aufgegangen *– und ich schreibe mir meinen Kummer von der Seele.*
*Ich habe eine Entscheidung getroffen, Albert: Morgen werde ich Heinrich auffordern, wieder auszuziehen. Ein Albtraum ist schuld, und der ging so: Heinrich und ich haben uns geliebt. Danach hat er seinen amerikanischen Revolver unter dem Jackett hervorgeholt und ist in den Keller gegangen. Gleich darauf höre ich Schüsse. Ich stürze in den Keller. Auf der Treppe kommt mir ein Uniformierter mit geschultertem Gewehr entgegen. Er blutet aus vielen Kopfwunden, aus seinem Gewehrlauf ragen rote Rosen. Erst, als er an mir vorbei läuft, erkenne ich, dass du es bist, Albert. Doch ich drehe mich nicht nach dir um, ich tue so, als würde ich dich nicht erkennen.*
*Das ist im ganzen Traum die schlimmste Szene gewesen. Unten krachen noch immer Schüsse. Ich laufe in den Kartoffelkeller. Unter dem Fenster steht Heinrich und feuert*

*auf die Kartoffelkiste. Auf ihr oder genauer: auf Heinrichs Aktenmappe und zwischen Kartoffeln, sitzt Willy und beschimpft ihn – ein «dämliches Nationalistenarschloch» nennt er Heinrich. Willy scheint unverwundbar, denn keine einzige Kugel trifft ihn. Mit klopfendem Herzen bin ich aus dem Schlaf hochgeschreckt.*
*Diesen Traum vermag ich auch ohne Dr. Polanskis Hilfe zu deuten: Willy, den keine Kugel trifft, verkörpert meinen vergeblichen Wunsch, du mögest unverwundbar sein. Das Bild deines zerschossenen Körpers und meine Weigerung, dich zu erkennen, bringen mein schlechtes Gewissen zum Ausdruck: Ich fühle mich schuldig, weil ich aufgehört habe, auf dich, meinen einzig Geliebten, zu warten. Nicht nur, dass ich jeden Tag mit Heinrich schlafe – gestern war ich auch noch beim Juwelier Heine und habe ihm gesagt, dass du auf dem Feld der Ehre geblieben bist und er die Ringe einem anderen Paar verkaufen soll.*
*Und schließlich Angst und Tagesreste. Vorgestern nämlich bat Heinrich mich, mit ihm in die Burgaue hinauszufahren. In seinem Wagen haben wir uns geliebt; seine Art, mich zu nehmen, hatte etwas Drängendes, ja Verzweifeltes. Das war nicht schön und hat mich erst erschreckt und dann wütend gemacht.*
*Wir sind deswegen in Streit geraten und ich habe ihm Vorwürfe gemacht. Er hat sich entschuldigt und gesagt, dass er nervlich am Ende sei. Und dann hat er mir erzählt, dass zwei Männer, mit denen er in Leipzig verabredet gewesen ist, sich nicht mehr bei ihm melden. Und er hat mir gestanden, dass er um ihr Leben fürchte und dass er selbst in großer Angst sei.*
*Vor wem denn bloß, wollte ich wissen. Vor Männern, die*

*er wahrscheinlich gar nicht persönlich kenne, hat er geantwortet, und vor ihrer Mission.*

*Was für eine Mission, wollte ich wissen.*

*Sie nennen sie «Operation Judas», hat er geantwortet.*

*Danach sind wir ein Stück gelaufen. Ich bin aufgewühlt gewesen, und der Schreck steckte mir in den Gliedern.* Operation Judas *– das klingt so nach Krieg, findest du nicht, Albert?*

*Mitten im Wald dann, irgendwo zwischen Luppe und Auensee, hat Heinrich plötzlich seinen Revolver unter dem Jackett herausgezogen. «Ich bin kein Judas», hat er geschrien und auf zwei Elstern geschossen. Und gleich darauf auf eine Birke – er hat geschossen, bis die Trommel leer war. Die Elstern sind tot gewesen, und in dem Birkenstamm stecken nun vier Kugeln.*

*Das alles hat mich ganz fassungslos gemacht.*

*Gestern, als ich aus dem Juwelierladen gekommen bin, hörte ich Orgelklänge in der Thomaskirche. Die haben mich magisch angezogen, und ich bin in die Kirche hineingegangen. Dort hat der Thomaskantor für ein Konzert geprobt und Bachs* Passacaglia *gespielt. Entsinnst du dich an das Stück? Wir haben es am Abend des 31. Dezembers 1913 zusammen in der Nikolaikirche gehört, an unserem letzten gemeinsamen Silvester.*

*Das Gesicht in den Händen vergraben, habe ich in der Kirchenbank gekauert und geheult wie eine verlassene Hündin. Und beschlossen, Heinrich hinauszuwerfen. Ich will nichts zu tun haben mit verschwundenen Männern, mit einer* Operation Judas, *mit Leuten, die im Wald herumschießen und Aktentaschen unter Kartoffeln verstecken.*

*Morgen sage ich es ihm, heute noch nicht. Weil ich ihm versprochen habe, ihn nach dem Kabarettabend nach Gohlis in diese Fabrikantenvilla zu begleiten. Ich will mein Versprechen halten. Immerhin hat Heinrich mir einige schöne Tage geschenkt. Und ein paar glückliche Stunden. Ich höre auf zu schreiben, denn es läutet an der Haustür. Heinrichs Freund holt uns ab.*

# 15

Am Augustus-Platz wartete Stainer auf die Elektrische. Die Gaslaternen brannten längst und in Leipzigs Straßen begann das Nachtleben. Vor der Universität standen kleine Gruppen von Studenten, die über ihr Abendprogramm beratschlagten, und vor dem Neuen Theater stiegen Männer und Frauen in Abendgarderobe aus Kraftdroschken und Privatautomobilen.

Seinen zweiten Tag in der Wächterburg hatte Stainer mit Formalitäten und Konferenzen zugebracht. Nach dem Termin beim Amtsarzt war er am späten Nachmittag in die Innenstadt gegangen, um einzukaufen. Er fühlte sich aufgeräumt wie lange nicht mehr. Sein Neuanfang und seine Beförderung bei der Polizei setzten Kräfte in ihm frei, von denen er vergessen hatte, dass er sie besaß. Die Scheinwerfer der Linie 10 schoben sich heran.

Der Tag hatte schon gut angefangen. «Du gibst Edith noch lange nicht auf», hatte er beim Rasieren seinem Spiegelbild erklärt. «Du wirst um sie kämpfen.» Statt in die Wächterburg war er erst einmal nach Connewitz hinuntergefahren, um bei seiner Frau zu läuten. Wie erwartet, war Edith noch in der Klinik gewesen – oder bei Brand? –, doch er hatte ihr eine Nachricht in ihren Briefkasten gesteckt: seine Fernsprechnummer auf dem Polizeiamt, seine neue Adresse und die Bitte, ihn anzurufen. Er wolle am Wochenende einige seiner Sachen bei ihr abholen, schrieb er. Natürlich wollte er vor allem eines: mit ihr sprechen.

Eine rote Elektrische hielt, vor Stainer drängte die Menge der Wartenden zur Plattform; jeder wollte als Erster einsteigen, denn die Bahn war gut gefüllt. Stainer hatte es nicht eilig, zurück in die Wächterburg zu kommen, also wartete er geduldig.

«Durchgehen!», herrschte die Fahrerin die Leute an. «Geht gefälligst bis zur Mitte durch! Und rückt mir nicht so auf die Pelle!»

Stainer erkannte die Stimme sofort – die Frau namens König. Als die Leute der zierlichen Frau gehorchten und ins Bahninnere drängten, konnte er vom Trittbrett unters Dach des Führerstandes steigen. Aus dem Augenwinkel erkannte auch die Fahrerin ihn jetzt wieder. Mit einer Kopfbewegung winkte sie ihn links neben sich, wo noch keiner stand. «Wie geht's?», fragte sie.

«Kann mich nicht beklagen.» Stainer hielt sich an der vorderen Dachstange fest. «Ich habe Arbeit und eine Wohnung gefunden.»

«Danken Sie Gott.» Die Frau war bleich, hatte Schatten unter den Augen und wirkte schlecht gelaunt.

«Bei Ihnen scheint's nicht ganz so gut zu laufen.» Stainer entdeckte silbrige Fäden in ihrem schwarzen Haar.

«Sieht man's mir etwa an?» Sie bremste den Triebwagen ab, schlug auf die Glocke und rief die nächste Haltestelle aus. Stainer wusste, dass die Glocke bei den roten Triebwagen auf der Handbremse saß und bei den blauen mit einem Fußpedal ausgelöst wurde. Ein Schwung Fahrgäste stieg aus, nur wenige ein. Die Elektrische fuhr wieder an.

«Ich habe vier Kinder, wissen Sie?» Die Fahrerin sprach leise und ohne Stainer anzuschauen. «Aus dem Führerstand geht's am Abend direkt in die Waschküche und an den Herd. Und das tagaus, tagein. Von nichts kommt nichts.»

«Sind die Kinder tagsüber allein?»

«Die Große kümmert sich nach der Schule.»

«Und Ihr Mann? Hat er keine Arbeit?»

«Da fragen Sie mich was …» Sie seufzte bitter. «Ich hatte gehofft, der Verwundetentransport Ende Januar oder der Zug nach Basel am Wochenende würde auch ihn zurückbringen.» Sie zuckte mit den Schultern und schüttelte traurig den Kopf.

«War er an der Westfront?»

«In Verdun.» Sie nickte. «Man hofft und hofft, das kennen Sie bestimmt. Sie waren doch auch im Feld, oder?»

«Ja, war ich. An der Somme.» Er wollte sie fragen, ob sie eine Vermisstenmeldung von der Reichswehr erhalten hatte, doch eine Frau sprach die Fahrerin an, nannte sie «Fine» und hatte allerhand zu erzählen. «Alles Gute», sagte Stainer zum Abschied und stieg aus.

Im Treppenhaus der Wächterburg traf er Bruno Schilling. Der sah noch struppiger aus als vorgestern und schleppte das Kaiser-Wilhelm-Porträt nach unten. «Danke, Bruno!», sagte Stainer im Vorübergehen; er hatte Schilling gebeten, das Bild aus seinem Büro zu entfernen.

«Keine Ursache, Herr Kriminalinspektor. Der Direktor hat's mir geschenkt, kann solchen Plunder immer gut gebrauchen.» Und ein paar Schritte später, Stainer hatte schon das Obergeschoss erreicht, rief er: «Komm doch mal bei uns vorbei, Paul! Helga wird sich freuen.»

Stainer stand wie festgewachsen, hielt sich an der Balustrade fest und blickte zu Schilling hinunter. Ein einziger Name, und drei Jahre Leben tauchten wieder aus der verschütteten Erinnerung auf: Helga Hildebrandt – mit ihr war er verlobt gewesen, bevor Edith ihm in die Arme stolperte.

«Gern, Bruno», sagte er. «Grüße deine Frau von mir.»

«Wie ich sie kenne, wird sie einen altsächsischen Wildschweinbraten machen, wenn du uns besuchen kommst. Da bin ich fast sicher. Schönen Feierabend.»

«Wir sollten uns verabreden, die Woche noch.» Stainer nahm die nächste Treppe.

Ein halbes Jahr nach der Trennung hatte Helga den Mann geheiratet. Und ihn, Stainer, zum Hochzeitsfest eingeladen – seitdem kannte er ihn. Damals war Schilling noch Medizinstudent gewesen … Ja, die Erinnerungen kehrten zurück, wie Stainer erleichtert feststellte. Er war also doch kein hoffnungsloser Fall.

Altsächsischer Wildschweinbraten, dachte er, während er zu seinem Büro eilte, deine Leibspeise. Du solltest dir noch diese Woche Zeit dafür nehmen.

Er verharrte einen Augenblick vor seinem Türschild, bevor er eintrat, und grinste es so triumphierend an, als er hätte er es persönlich gestohlen. Darunter hing inzwischen ein zweites, schmaleres Schild. *Oberleutnant Rudolph Heinze, Kriminalkommissar*, stand darauf.

Während die Tür hinter ihm zufiel, stand der Kollege auch schon vor ihm. Ein paar Sekunden lang musterten sie einander. Bis Heinze ihm die Hand reichte. «Heinze, Kommissar.» Seine Augäpfel zuckten merkwürdig unruhig hin und her, und dunkelblonde Locken hingen ihm tief in die breite Stirn.

«Paul Stainer. Freut mich.» Heinzes Händedruck war hart und kräftig, eine Spur zu hart und kräftig. «Auf gute Zusammenarbeit.»

«Ja.» Heinze zog seine schwitzende Hand zurück. «Ich muss ins Arresthaus. Vernehmung. Ernst Hummels.»

«Sie haben ihn vorgestern erst festgenommen, nicht wahr?»

«Korrekt.»

«Und damit Ihren ersten Fall gelöst, wie ich höre.» Stainer schätzte den Mann auf höchstens dreißig Jahre.

«Korrekt.»

«Gratuliere.»

«Danke. Man sieht sich.» Heinze schlug einen Bogen um Stainer und verließ das Büro.

Stainer blickte zu Heinzes Schreibtisch – der sah genauso ordentlich aus wie gestern. «Korrekt», murmelte er, ging zu Heinzes Schreibtischstuhl und betrachtete die in dunkelblauem Leder gerahmten Fotos am hinteren Tischrand.

Das rechte zeigte eine ältere Dame mit breitem Gesicht und gestrengem Lächeln, das linke eine junge Frau mit wehmütigen Augen und drei kleinen Kindern. Vom mittleren Foto, dem größten, grinste Heinze in weißem Turnerdress und mit protzigem Pokal. Er hatte ungewöhnlich muskulöse Arme und wirklich breite Schultern.

Stainer schaute sich um, während er zu seinem eigenen Schreibtisch schlenderte. Er war heute noch nicht dazu gekommen, sein schönes Büro zu genießen. An der Wand blies sich kein Verehrung heischender Kaiser mehr auf, und der kranke Gummibaum stand jetzt mitten im Raum, sodass er von allen drei Fenstern Licht bekam. Außerdem hatte Stainer ihm Magnesiumpulver ins Blumenwasser gestreut, ein Tipp von Lena Falke.

An seinem Schreibtisch strich er mit beinahe zärtlicher Geste über die ins Holz eingelassene Schreibunterlage. Sie war aus dem gleichen grünen Leder wie einzelne Elemente seines hölzernen, halbrunden Bürostuhls: die Sitzfläche, die obere Kante der Rückenlehne und die Armlehnen. Jede Einzelheit nahm Stainer auf, nach jeder Einzelheit tasteten seine Sinne, wie nach Ankern, die ihn tiefer und sicherer in seinem neuen Leben befestigten.

Ganz rechts auf dem Schreibtisch stand nun ein kurbelloser Fernsprecher mit rundem Holzsockel, auf dessen angeschrägter Vorderseite eine Wählscheibe aus Messing saß. Stainer nahm den Hörer ab, wog ihn in der Rechten, hielt ihn probehalber ans Ohr und betrachtete den modernen Apparat.

Die leicht gekrümmte Gabel, ebenfalls aus Messing, sah ein bisschen aus wie ein doppelarmiger Kerzenleuchter, und der Griff des gebogenen Telefonhörers war aus dem gleichen rötlichen Holz wie der Sockel. Der schicke Apparat machte einen fabrikneuen Eindruck und schien Stainer einem Kriminalinspektor durchaus angemessen zu sein.

Zur Feier des Tages schlüpfte er in den Anzug, den er sich gekauft hatte, und band sich eine seiner neuen Krawatten um. Sogar den neuen Hut setzte er auf, bevor er sich an die Arbeit machte, einen modernen Fedora. Erst hatte er ihn nicht kaufen wollen, weil er sich erinnerte, dass Ediths Liebhaber Brand ein ganz ähnliches Modell trug. Doch der Hut hatte ihm einfach zu gut gestanden.

Als er endlich an seinem Schreibtisch saß und sich noch einmal lange genug und sehr zufrieden an seiner neuen Wirkungsstätte umgeschaut hatte, knipste er die Tischlampe an und schlug die erste Akte auf.

Nach einer Stunde kehrte Heinze zurück, warf einen ebenso erstaunten wie befremdeten Blick auf Stainers Hut und setzte sich hinter seinen Schreibtisch. Ohne einmal aufzublicken, vertiefte er sich in Akten, öffnete und schloss sie mit zackigen Bewegungen, holte mit zackigen Bewegungen eine Schreibmaschine aus seinem Schreibtisch und hämmerte mit verbissener Miene in die Tasten.

Irgendwann schoss er aus seinem Stuhl hoch, um im Stehen zu telefonieren. Mit Weber von der Sittenabteilung, wie Stainer heraushörte, es ging um diesen Hummels, den Verdächtigen im Mordfall Jagoda. Heinze duzte den ihm vorgesetzten Inspektor, lachte manchmal wiehernd und schwärmte von einem Fußballspiel, das er am Sonntag gesehen hatte. Nach dem Telefonat räumte er seinen Schreibtisch auf, sagte «Auf Wiedersehen, Herr Kriminalinspektor» und ging.

Um Viertel nach sieben, Stainer spielte schon mit dem Gedanken, Feierabend zu machen, läutete zum ersten Mal der neue Fernsprecher auf seinem Schreibtisch. Statt gleich abzunehmen, schaute Stainer ein paar Sekunden lang den klingelnden Apparat und die vibrierende Gabel an – der erste Anruf in seinem neuen Leben als Zivilist und Kriminalinspektor. Endlich griff er zum Hörer. «Polizeiamt Leipzig, Kriminalabteilung, Inspektor Stainer.»

Ein Oberwachtmeister seiner Abteilung war in der Leitung, der Beamte namens Kupfer, der mit zwei Untergebenen im kleinen Nebenzimmer residierte; Kubitz hatte sie am Vormittag miteinander bekanntgemacht. «Selbstmord in der Albertstraße drei», sagte er, «können Sie gleich kommen, Herr Kriminalinspektor?»

Stainer runzelte die Stirn. «Selbstmord? Lassen Sie den Toten in die Gerichtsmedizin bringen und Punkt.» Er zögerte. «So haben wir das jedenfalls früher gehandhabt. Hat sich das Procedere inzwischen denn geändert?»

«Eigentlich nicht, Herr Kriminalinspektor.» Kupfer senkte die Stimme. «Genauso wollte ich vorgehen. Doch die Angehörigen des Toten bestehen auf einer polizeilichen Spurensicherung.»

Stainer saß plötzlich kerzengerade auf der Sesselkante, seine Neugier war geweckt. «Wer genau?»

«Sein Bruder. Er hat den Selbstmörder gefunden.»

«Und der glaubt nicht an Selbstmord?» Der Oberwachtmeister verneinte. «Rühren Sie nichts an, Kupfer, sehen Sie zu, dass niemand die Wohnung betritt. Ich lass unseren Fotografen und den diensthabenden Polizeiarzt benachrichtigen.»

«Dr. Doppelmann ist per Fernsprecher nicht zu erreichen», sagte Kupfer, «ich habe einen Wachtmeister nach ihm geschickt.»

Stainer stutzte – ein diensthabender Gerichtsmediziner, der nicht zu erreichen war? «Wir geben ihm noch eine Viertelstunde, Kupfer. Wenn er bis dahin nicht in der Albertstraße ist, lassen wir einen anderen rufen. Ich bin sofort bei Ihnen.»

# 16

Über Reudnitz brausten Heiland und Krüger nach Volkmarsdorf hinauf. Dort, in einem der Gärten an der Bahnstrecke nach Dresden, besaßen Heilands Großeltern eine eingezäunte Wiese mit einem alten Pferdestall. An einem parkenden Automobil vorbei steuerte Krüger das Motorradgespann in einen breiten Feldweg, der ins dunkle Gartengelände hineinführte.

«Das war ein Hansa!», rief Heiland. «Das ist dieser Joseph!» Der ehemalige Unteroffizier hatte angekündigt, in einem grauen Hansa D auf sie zu warten, einem alten Armeewagen. Heiland schaute zurück: Scheinwerfer flammten auf, das Automobil rollte an. «Er fährt hinter uns her.»

Vor dem großelterlichen Grundstück würgte Krüger den Motor seines Gespanns ab, der Hansa hielt neben ihnen und der Fahrer stieg aus. Der ehemalige Unteroffizier namens Joseph begrüßte sie wortlos mit flüchtigem Nicken, zog wortlos die Fondtür auf, half ihnen wortlos, ihre Werkzeuge auf der Rückbank zu verstauen. Er trug braune Lederhandschuhe.

Nach dem Umladen schoben sie das Motorradgespann in den alten Pferdestall. «Auf in den Kampf, Kamerad», sagte Krüger auf dem Rückweg zum Automobil, rannte voraus und setzte sich zum Rucksack mit seinem Schweißgerät auf die Rückbank des alten Hansas.

Heiland bedauerte, nicht schneller als sein Freund zurück am Wagen gewesen zu sein, denn es widerstrebte ihm, neben dem untersetzten Schweiger auf die Vorderbank zu rutschen. Auf dem Platz des Beifahrers lag ein Blatt Papier – irgendein

Werbeprospekt – er nahm es hoch, bevor er es sich bequem machte.

«Baujahr?», fragte Krüger aus dem Fond, als sie aus dem Gartengelände rollten; vermutlich, um das Schweigen zu brechen.

«Elf», gab der Fahrer zurück. Entlang der Bahntrasse steuerte er den Wagen nach Westen. Krüger erkundigte sich nach den Pferdestärken, nach dem Preis und dem genauen Typennamen des Fahrzeugs und wollte wissen, ob Joseph zufrieden sei mit der Motorleistung.

Es befremdete Heiland, dass sein Freund den Fremden ständig mit Joseph anredete und dabei so vertraut tat, als würde er ihn schon jahrelang kennen. Der ehemalige Unteroffizier blieb einsilbig, antwortete mit Zahlen, einzelnen Worten oder flüchtigem Nicken und sagte kein Wort zu viel. In Schönefeld bog er in die Lindenallee ab und fuhr nach Norden.

Heiland betrachtete den Werbeprospekt zwischen seinen Fingern. Im vorbeihuschenden Lichtschein der Gaslaternen konnte er einzelne Worte lesen: *Kabarett, Barthels Hof, Otto Reutter aus Berlin* und eine Uhrzeit.

In Barthels Hof hatte er während der letzten Messe ein paar Tage lang gearbeitet, das Wort *Kabarett* sagte ihm ein bisschen was, von Otto Reutter hatte er noch nie gehört. Und um die Uhrzeit – 19.30 Uhr – hatte jemand einen Kringel gekritzelt. Weil er nicht wusste, wohin mit dem Blatt, stopfte er es in seine Jackentasche.

Sie fuhren unter einer Eisenbahnbrücke durch in die Theresienstraße und auf ihr am Nordfriedhof vorbei und nach Eutritzsch hinein. Einige Radfahrer waren noch unterwegs, wenige Automobile. Einmal mussten sie eine Kolonne uniformierter Reiter überholen, von denen drei an der Spitze und drei in der Nachhut Fackeln trugen.

«Sachsens Ulanen», wusste Karl Krüger. «Mit denen war ich in den Ardennen unterwegs. War kein Spaß.» Joseph reagierte nicht.

Das neue Villenviertel lag in der Nähe der Kasernen, viele Straßennamen dort klangen nach Militär. Je näher sie ihm kamen, desto weniger Fußgänger und Fahrzeuge sah Heiland auf den dunklen Straßen. Im Frühjahr letzten Jahres hatten sie schon einmal einen Bruch in der Gegend gemacht. Hatte sich gelohnt, denn wer es sich leisten konnte, hier zu wohnen, war in der Regel gut betucht.

Krüger, hinter ihm, schwärmte von seinem NSU-Gespann und erzählte, dass er sich vom Beutegeld einen Lastkraftwagen kaufen und als Spediteur selbständig machen wolle. Bis in die Einzelheiten ihrer technischen Daten schilderte er die Fahrzeuge, die er in Betracht zog und teilweise sogar schon angeschaut hatte. «Gestern habe ich eine Fahrerlaubnis für Lastkraftwagen beantragt», sagte er.

Krüger redete wie ein Wasserfall und Heiland fragte sich, ob sein Freund womöglich das Schweigen nicht aushielt. Hatte er etwa Angst? Gewundert hätte Heiland sich nicht darüber – auch ihm machte der Schweiger neben ihm auf dem Fahrersitz nicht gerade gute Laune. Genauer gesagt: Er ertrug ihn nur widerwillig. Manchmal nahm er aus dem Augenwinkel wahr, wie Joseph den Kopf bewegte, und jedes Mal glaubte er dann, von der Seite seinen lauernden Blick zu spüren.

In warmen Gaslaternenschein getauchte Hecken, Gartenmauern und Villenfassaden glitten rechts und links vorüber; Joseph schaltete einen Gang herunter. Krüger erzählte immer noch und war inzwischen bei einem Fußballspiel angelangt, das er am Sonntag gesehen hatte. Der VfB Leipzig hatte vier zu null gegen Olympia Leipzig gewonnen. «An die Wand gespielt haben sie die Jungs von Olympia», schwärmte er, «die haben beinahe geheult …»

«Kannst du nicht endlich mal's Maul halten!?», fuhr Joseph ihn an. Er drosselte das Tempo und steuerte seinen Hansa über eine dunkle Straße, die neben einem kleinen Park verlief.

«Nanu?» Heiland hob die Brauen und musterte ihn von der Seite. «Nervös?»

Joseph antwortete nicht, doch seine Kaumuskeln arbeiteten. Stur richtete er den Blick durch die Windschutzscheibe auf die abendliche Straße. Er fuhr über eine große begrünte Kreuzung, bog nach links ab und parkte in Fahrtrichtung an der Schmalseite des Parks. Der Motor brodelte noch ein wenig, bevor er schließlich verstummte. Vor dem Kühler erloschen die Scheinwerferkegel. Weil nur auf der anderen Straßenseite Laternen standen, saßen sie nun weitgehend im Dunkeln.

Eine Zeitlang sprach keiner ein Wort. Irgendwann kramte Joseph eine Uhr und eine Taschenlampe aus seinem Mantel. Für einen Moment leuchtete ein weißes Ziffernblatt im Lampenschein auf. «Wie spät ist es?», fragte Krüger aus dem Fond.

«Gleich acht», sagte Heiland, und an den Fahrer gewandt: «Ist das die Villa?» Er deutete zu einem neuen Haus auf der anderen Straßenseite hinüber.

«Würdest du vor dem Haus halten, in das du einbrechen willst?» Das war der erste zusammenhängende Satz, den Joseph sagte. Mit der Zigarette, die er plötzlich in der Hand hielt, zeigte er in den Rückspiegel. Heiland drehte sich um und sah ein Automobil, das fünfzig Schritt hinter ihnen aus einer Querstraße abbog. «Dahin müssen wir, in die Artilleriestraße.» Ein Feuerzeug ratschte, ein Flämmchen sprang hoch, Rauch verbreitete sich im Wagen.

«Zu Fuß?», fragte Krüger mit heiserer Stimme.

Joseph nickte. «Durch den Park.»

«Na, dann gehen wir mal.» Krüger machte Anstalten, die Hintertür zu öffnen.

«Wir gehen, wenn ich's sage!» Josephs Stimme peitschte durch das Halbdunkel. «Ich gebe hier die Befehle.»

«Und worauf warten wir noch?», wollte Heiland wissen.

«Auf den richtigen Zeitpunkt.» Wieder kramte Joseph Uhr und Lampe aus der Tasche, wieder leuchtete das Ziffernblatt auf. «Noch ist jemand im Haus.»

Heiland hasste es, Befehle entgegenzunehmen. Das hatte er viel zu lange getan. Er presste die Lippen zusammen, lehnte sich gegen das Seitenfenster und schloss die Augen. Die Sache gefiel ihm immer weniger. Doch konnte er jetzt noch einen Rückzieher machen? Er dachte an die letzte Runde seines Kampfes gegen Stecher. Aufgeben is nich, sagte er sich, das ziehst du jetzt durch.

In seiner Brust regte sich wieder das flaue Gefühl, das ihn schon beim Abschied von Christel und der Kleinen beschlichen hatte. Er versuchte, es zu ignorieren. Im Fond flammte ein Streichholz auf. Von hinten reichte Krüger ihm eine brennende Zigarette.

Irgendwann rückte das rhythmische Stampfen und Schnaufen einer Lokomotive näher. Ein Zug ratterte etwa zweihundert Meter vor ihnen über eine Brücke. Angestrahlt von Straßenlaternen zu beiden Seiten der Brücke, leuchteten die Unterseiten der Dampfwolken auf, bevor sie über der Lokomotive mit dem Abendhimmel verschwammen. Die Neun-Uhr-Bahn nach Halle? Heiland versuchte, sich den Fahrplan ins Gedächtnis zu rufen.

Sie rauchten schweigend. Bis Joseph sich seine Zigarette zwischen die Lippen klemmte und wieder Taschenlampe und Uhr aus der Tasche zog. «Es ist Zeit», sagte er, steckte die Uhr weg, ließ die Taschenlampe aber brennen. Er griff in seinen Mantel und holte eine Pistole heraus. «Für dich.» Er reichte Heiland die Waffe und richtete den Lichtkegel auf sie.

Heiland erkannte das Modell sofort: eine Mauser C 96. Sein letzter Feldwebel hatte mit so einer Pistole geschossen.

«Sie ist geladen», sagte Joseph. «Du weißt, wie man sie entsichert?» Heiland nickte und betrachtete die Waffe von allen Seiten. Sie sah alt aus, doch das war ihm gleichgültig – er würde sie sowieso nicht benutzen. Er steckte das Ding hinten in den Hosenbund, der Lampenschein erlosch.

Joseph stieß die Fahrertür auf und warf seine Kippe zwischen die Büsche am Parkrand. «Gehen wir.»

# 17

Unten in der Eingangshalle zog Stainer sein Zigarettenetui aus dem Mantel und zündete sich eine Salem an. An seinem plötzlich trockenen Mund und seinen schwitzenden Händen merkte er, dass er ziemlich nervös war. Dein erster Fall als Kriminalinspektor, dachte er, als der schwere Portalflügel des Polizeiamtes hinter ihm zufiel und er die Treppe zur Durchfahrt hinunterstieg. Nach so vielen Jahren dein erster Fall und ausgerechnet ein zweifelhafter Selbstmord.

Der Mord, den er im Gefangenenlager aufgeklärt hatte, war als Selbstmord getarnt gewesen. Zwei Soldaten hatten ihren ehemaligen Leutnant an einem Birnbaum aufgehängt, weil sie ihn für die Vernichtung ihrer Kompanie verantwortlich machten.

Auf der Straße schob er sich seinen Fedora aus der Stirn und knöpfte den Mantel wieder auf. Es war trocken heute Abend und erstaunlich mild für die Jahreszeit. Da die Albertstraße nur ein paar Wegminuten entfernt lag, verzichtete er auf ein Polizeifahrrad und ging zu Fuß. Seine Knie kamen ihm ein wenig weich vor. Nein – wirklich entspannt war er nicht.

Immerhin fühlte er sich wohl in seinem neuen Anzug, hellgrau mit dezentem Karomuster und dazu eine moderne dunkelblaue Krawatte. *Passt gut zu deinem weißen Haar*, hätte Edith gesagt, bekäme sie ihn darin zu sehen. Und sie würde ihn in seinem neuen Anzug zu sehen bekommen – schon am Wochenende, wenn er zu ihr gehen würde, um seine Sachen zu holen. Um mit ihr zu sprechen. Um sie zurückzuerobern.

Ob sie versuchen würde, ihm auszuweichen? Fast fürchtete er es. Angerufen hatte sie jedenfalls noch nicht.

Bald bog er in die Albertstraße ein. An der Adresse, die der Oberwachtmeister genannt hatte, einem alten Stadthaus, brannte im obersten Stockwerk elektrisches Licht. Dort musste es sein. Seine innere Unruhe nahm zu, während er vor einer heranrasselnden Elektrischen die Albertstraße überquerte.

Neben der Vortreppe lehnte ein Polizeifahrrad gegen die Hauswand. Eine Kraftdroschke stand mit laufendem Motor vor dem Haus. Der Chauffeur hielt die Fondtür auf und machte eine Miene wie ein Sargträger kurz vor der Bestattung.

Eine elegant gekleidete Frau mit zwei kleinen Kindern stieg gerade die Stufen herab, als Stainer bei der Treppe ankam. Eines, ein Mädchen von etwa sechs Jahren, hielt einen mit Tüchern verhüllten Korb in der Hand. Stainer stutzte, denn unter dem Tuch tirilierte und pfiff es. Die Frau schob ihre Kinder an ihm vorbei zur Kraftdroschke.

«Was trägst du denn da für einen Piepmatz durch die Nacht?», fragte Stainer.

«Schanti», sagte das Mädchen schluchzend. «Unseren Kanarienvogel.» Mit wundem Blick schaute es zu ihm herauf, und augenblicklich packte Stainer das Mitleid. «Seinen Käfig hat der Polizist mir nicht geben wollen.»

Die Mutter schob sich zwischen ihre Tochter und Stainer. Sie war aschfahl und hatte nasse Augen. «Lassen Sie uns in Ruhe!», fauchte sie ihn mit heiserer Stimme an. Hinter ihren Kindern stieg sie in die Kraftdroschke, der Chauffeur schlug die Tür zu und kletterte hinter das Steuer.

«Ich besorge dir euren Käfig!» Stainer winkte. Das konnten eigentlich nur Angehörige des vermeintlichen Selbstmörders sein. «Versprochen!»

Die Droschke fuhr an und eine stinkende Abgaswolke quoll aus ihrem Auspuff und hüllte ihn ein. Mit seinem neuen Hut wedelte er sich den Weg frei, trat die Zigarette aus und stieg hustend ins Treppenhaus hinauf.

Im zweiten Stockwerk lehnte ein blonder Mann über dem Treppengeländer, aschfahl und mit leerem Blick. Stainer grüßte ihn, doch der Mann reagierte überhaupt nicht, stierte nur in die Tiefe des Treppenhauses und schien auf irgendetwas herumzukauen. Seine Rechte umklammerte den Griff eines Stocks.

Stainer ging an ihm vorbei. Zwei Treppen weiter, im dritten Stockwerk, verharrte er einen Moment vor einer nur angelehnten Wohnungstür und schöpfte Atem – *Dr. Johannes Murrmann* stand auf dem Namensschild. Ein unangenehmer Geruch drang aus der Wohnung. Er hob die Rechte, um die Tür aufzudrücken und verharrte wieder: Hand und Finger zitterten ein wenig.

Die vielen Stufen, beschwichtigte er sich selbst, das gibt sich mit der Zeit.

Weil jemand die Tür aufzog, steckte er die Hand schnell in die Manteltasche. «Endlich, Herr Kriminalinspektor!» Kupfer trat beiseite, um ihn hereinzulassen. «Nicht schön, so ganz allein mit einem Toten.» Er trug Pickelhaube, einen langen Uniformmantel und Ledergamaschen über schmutzigen Winterschuhen.

Im Vorbeigehen schaute Stainer ihm ins Gesicht und versuchte vergeblich, sich seines Vornamens zu erinnern. Der Oberwachtmeister, mittelgroß, hager und mit buschigem Schnurrbart, war Anfang fünfzig, also nicht an der Front gewesen. Ein schütterer rotbrauner Haarkranz rahmte seine Glatze ein, und seine Miene sah gelblich und ein wenig leidend aus. Hier in Leipzig hatte er in den letzten Jahren vermutlich nicht ganz so viel Gelegenheit gehabt, sich an die Gegenwart von

Toten zu gewöhnen, wie es Stainers Generation in Frankreich, Russland oder auf dem Balkan vergönnt gewesen war.

«Laufen Sie nicht in der Mitte des Flurs», ermahnte er den Beamten, der ihm ins Innere der Wohnung folgte. Er selbst ging ganz rechts, und der erstaunte Kupfer wich gehorsam an die linke Wand. Im selben Moment fiel Stainer sein Vorname wieder ein – Heribert; mit kleinen Grübeleien wie diesen versuchte er, sein Gedächtnis in Schuss zu bringen.

Zu allen Zimmern der weitläufigen Wohnung standen die Türen offen. Sollten die Angehörigen sie geöffnet haben, würde Stainer die Fingerabdrücke vergessen können.

Auf der Schwelle zu einem großen Raum blieb er stehen. Ein übler Geruch wogte ihm entgegen, derselbe, den er schon an der Wohnungstür wahrgenommen hatte. Der Tote hing neben einem Vogelkäfig an einem Seil, das am gedrechselten Holm eines Treppengeländers befestigt war.

Stainers Blick wanderte von dem blaugrauen Gesicht des Toten über seine schlaffen Hände und den dunklen Fleck im Schritt seiner Hose bis zu seinen Socken hinunter. Und wieder zurück zum Gesicht. Ein kleines, schwarzweißes Etwas hing an der Schläfe, verkrustetes Blut klebte unter der violetten Nase auf der Oberlippe, die bläuliche Zungenspitze steckte zwischen den Zähnen und die geschrumpften und zurückgezogenen Lippen sahen aus wie vertrocknete graue Lederstreifen. Die Treppe, an der die Schlinge des Toten befestigt war, führte zum Dachgeschoss hinauf.

Das Gesicht kam Stainer merkwürdig bekannt vor, ganz so, als hätte er es heute schon gesehen.

Er begann, sich die Schuhe auszuziehen und drehte sich dabei nach dem Oberwachtmeister um. «Haben Sie eine Taschenlampe dabei?» Kupfer nickte und zog eine Klapplampe aus der

Manteltasche. «Leuchten Sie bitte das Parkett nach Fußspuren ab.» Mit dem Schuh deutete er in den Flur hinein. «Fangen Sie hier an und hören Sie erst auf der Treppe zum Dachgeschoss auf.»

«Fußspuren?» Kupfer machte eine begriffsstutzige Miene.

«Ja, Sohlenabdrücke.» Stainer deutete auf die Leiche. «Der Bruder des Toten hat recht: Dieser Mann ist tatsächlich ermordet worden, folglich muss der Mörder in der Wohnung gewesen sein. Falls er nicht in einem Anflug von Höflichkeit die Schuhe vor der Wohnungstür ausgezogen hat, könnte er also die eine oder andere Spur hinterlassen haben, oder wie sehen Sie das, Kupfer?»

Der runzelte die Stirn. «Verzeihen Sie die Frage, Herr Inspektor, aber wie kommen Sie darauf, dass der Mann ermordet wurde?»

«Haben Sie ihn sich genau angeguckt?» Kupfer nickte. «Denken Sie über das nach, was Sie gesehen haben, während Sie die Fußspuren sichern, dann werden Sie selbst draufkommen.» Stainer klopfte ihm auf die Schulter. «Ich werde Sie nachher fragen, was bei Ihren Untersuchungen herausgekommen ist.»

Kupfer, nur mäßig begeistert, knipste seine Klapplampe an und leuchtete die Mitte des Flurganges ab. «Ich fürchte, ich werde viele Spuren finden, denn die Familie des Toten ist vorhin in die Wohnung gekommen», sagte er. «Sein Bruder, seine Schwägerin, die beiden Kinder.»

«Und dazu noch wir beide.» Stainer dachte an den bleichen Mann im Treppenhaus, und plötzlich wusste er, wo er das Gesicht des Toten schon gesehen hatte. «Haben die Angehörigen das Arbeitszimmer betreten?»

«Nur der Zwillingsbruder des Toten.»

«Na, sehen Sie. Außerdem kann man eventuelle Spuren mit

unseren Sohlenprofilen und denen der Leute abgleichen. Machen Sie schon, und kennzeichnen Sie jede Spur, die Sie finden.»

«Aber womit denn, Herr Inspektor?»

Stainer zog die Brauen hoch und schaute Kupfer ins ratlose Gesicht. Dabei erinnerte er sich, dass es ihm schon vor dem Krieg Mühe gemacht hatte, die Beamten an die Regeln moderner Spurensicherung zu gewöhnen.

Er öffnete die Augen wieder. «Keine Kreide dabei?» Kupfer schüttelte den Kopf. Stainer durchwühlte seine Taschen und musste selbst passen: alles, was er schon vor dem Krieg bei Ermittlungen mitzunehmen pflegte, hatte er mit dem alten Anzug im Polizeiamt gelassen; sogar die Dienstwaffe hatte er vergessen.

Er wandte sich ab, schaute sich im Arbeitszimmer um und entdeckte eine Marmorschale mit Stiften auf einem Sekretär. Nach einem großen Schritt stand er vor dem Möbelstück, langte einen Bleistift aus der Schale und reichte ihn dem Oberwachtmeister. Der nickte eilfertig und machte sich an die Arbeit.

Ein Fernsprecher stand am rechten Rand des Sekretärs, ein ziemlich neuer mit Wählscheibe. Verkleidung und Hörergriff waren aus rot und blau verziertem Porzellan; der ganze Apparat sah teuer aus. Stainer zog ein Taschentuch aus der Anzughose und breitete es über den Griff, bevor er ihn hochnahm und die Nummer des Polizeiamtes wählte.

Während er auf die Stimme am anderen Ende der Leitung wartete, wanderte sein Blick über den Sekretär: Ein französisches Wörterbuch lag aufgeschlagen neben einem Briefblock. Davor die Marmorschale mit den Stiften, eine Dose mit Vogelfutter, ein aufgeschraubtes Tintenfass und ein Füllfederhalter. Ein beschriebenes Blatt sah er nirgends.

Eine Frauenstimme meldete sich in der Telefonzentrale. «Stainer hier. Wir brauchen jemanden, der Fingerabdrücke sichert. Im Obergeschoss der Alberstraße drei bei Dr. Murrmann. Und finden Sie heraus, welchen Arzt man anrufen kann, wenn der diensthabende nicht erreichbar ist.» Als er auflegte, machte er sich klar, wie wenig Sinn das Taschentuch auf dem Griff machte – Kupfer hatte ihn schon mindestens zweimal in der Hand gehabt.

Er schaute sich in dem großen Arbeitszimmer um: Die Wandregale steckten voller Bücher, ein rundes Tischchen und zwei Ledersessel standen zwischen den Fenstern, auf einem schwarz gerahmten, großflächigen Gemälde an der Treppenwand konnte Stainer mit viel Phantasie eine Frauengestalt vor einer Flusslandschaft erkennen. Über den Stufen zum Dachgeschoss hingen Porträtfotos von berühmten Leipziger Musikern und Politikern.

Sein Blick suchte das Parkett ab und blieb an zwei dunklen Flecken hängen. Seine neue Lupe hatte er nach dem Kauf zum Glück in die Manteltasche gesteckt. Er zog sie heraus, ging in die Hocke und betrachtete die Flecken. Auf dem vorderen kleineren entdeckte er geronnenes Blut.

Er stand auf, schaute wieder zum Toten unter der Treppe, zur blutverkrusteten Nase, zum dunklen Schritt seiner Hose, zum Vogelkot auf seinem Kopf. Am Vogelkäfig neben ihm stand das Gittertürchen offen. «Dort bist du nicht gestorben, habe ich recht?», murmelte er. Sein Blick richtete sich wieder auf die dunklen Flecken im Parkett. Er beugte sich noch einmal mit der Lupe hinunter. «Hier bist du gestorben.» Stainer legte sich fest, das geronnene Blut ließ keinen anderen Schluss zu.

Stimmen näherten sich aus dem Treppenhaus, die Wohnungstür knarrte. «Guten Abend, Herr Dr. Prollmann», hörte er Kupfer sagen. «Gut, dass Sie endlich kommen …»

«Was soll das heißen – ‹endlich›?!», knurrte eine griesgrämige Stimme.

«Schuhe ausziehen!» Stainer sprang auf die Schwelle des Arbeitszimmers. «Bitte ziehen Sie die Schuhe aus, meine Herren!» Drei Männer an der Wohnungstür stutzten kurz, gehorchten dann aber.

Ein vierter dachte gar nicht daran: Seine Arzttasche schwenkend schaukelte er auf Stainer zu. Er trug einen Zylinder und einen pelzbesetzten Mantel über Frack und Fliege, und er war so unglaublich dick, dass seine Gestalt beinahe die gesamte Breite des Flurs ausfüllte. Kupfer musste sich an die Wand drücken, um nicht von seiner schwingenden Tasche getroffen zu werden.

«Stainer, Kriminalinspektor», stellte Stainer sich vor und versperrte dem massigen Mann den Weg ins Mordzimmer.

«Prollmann.» Dicht vor ihm blieb der Arzt stehen und warf über Stainers Schulter hinweg einen Blick auf den Toten. Er war glatt rasiert und roch nach Schnaps, Pfefferminz und Veilchen. Schwarze Locken quollen ihm unter der Zylinderkrempe hervor. Eine schlecht verheilte Narbe zog sich von seiner linken Schläfe bis zu seinem Mund herunter, das Doppelkinn hing ihm über dem steifen Hemdkragen.

«Unverschämtheit!», rief er. «Wegen eines Selbstmörders holt ihr mich aus der ‹Katze›?!» Feindselig und aus wässrigen, leicht rötlichen Augen stierte er Stainer an. «Die Polizeidirektion hat mich bestimmt nicht als Honorarkraft verpflichtet, damit ich Totenscheine ausstelle!»

Es irritierte Stainer, dass Kupfer einen Dr. Doppelmann angekündigt und dieser fette Arzt hier sich als Dr. Prollmann vorgestellt hatte. Hatte der Oberwachtmeister ihn nicht auch so angesprochen? Mehr noch allerdings irritierte ihn die Stimme des Dicken – nicht weil sie so tief und rau war, sondern weil sie etwas in ihm aufwühlte, auf das er nicht gefasst war: Angst, Wut und das Bedürfnis wegzulaufen.

Wie konnte das sein? Er verstand sich selbst nicht.

«Der Mann da drin ist ermordet worden», sagte er leise und deutete mit den Daumen über die Schulter.

«Woher wollen Sie das wissen?»

«Ziehen Sie sich bitte die Schuhe aus und kommen Sie herein, dann erkläre ich es Ihnen.» Stainer wandte sich an den Blonden, den er schon im Treppenhaus gesehen und der nun etwas verloren und mit Stock und Schuhen in den Händen an der Wohnungstür wartete; Kupfer hatte ihn mit Murrmann angesprochen. «Entschuldigen Sie den Gefühlsausbruch, Herr Dr. Murrmann, unsere Ärzte sind zur Zeit ein wenig überarbeitet. Bitte gedulden Sie sich noch einen Augenblick, ich bin sofort für Sie da.»

Er winkte den Fotografen heran und befahl dem zweiten Wachtmeister, der den Arzt geholt hatte, vor der Wohnungstür Wache zu schieben und nur noch den Kollegen hereinzulassen, der die Fingerabdrücke sichern sollte.

«Für mich braucht sich keiner zu entschuldigen», zischte der Gerichtsmediziner und drückte Stainer seine Arzttasche in die Hand, damit er sich nach seinen Schuhen bücken konnte.

«Das sehe ich entschieden anders, Herr Doktor», entgegnete Stainer kühl und ließ den Fotografen vorbei. «Nichts berühren», schärfte er ihm ein. «Ich will Fotos vom gesamten Arbeitszimmer, vor allem natürlich von Herrn Murrmann, den Flecken auf dem Parkett und dem Sekretär.»

«‹Schuhe ausziehen›», ächzte der Arzt verächtlich, «was sind das denn für neumodische Faxen?»

«Es geht mir darum, mögliche Spuren nicht zu zerstören», erklärte Stainer in sachlich-kühlem Tonfall. In Wirklichkeit fiel es ihm schwer, seine Wut auf diesen unflätigen Fettsack zu zähmen. Der richtete sich ächzend auf, riss ihm die Tasche aus der

Hand und drängte sich an ihm vorbei ins Mordzimmer. Stainer nickte dem Bruder des Mordopfers zu und schloss die Tür.

Der Arzt knallte seine Tasche auf den Sekretär und warf den Zylinder daneben. «Wie war Ihr Name gleich?», blaffte er.

«Ich bin Kriminalinspektor Paul Stainer», antwortete Stainer, woraufhin der Arzt ihn aus plötzlich sehr schmalen Augen musterte. Sein Atem roch tatsächlich nach pfefferminzhaltigem Schnaps. «Ihren Namen habe ich auch nicht genau verstanden, Herr Doktor.»

«Prollmann. Dr. Kurt Prollmann.» Der Dicke wandte sich ab und dem Toten zu, und Stainer glaubte auf einmal, ihn zu kennen. Aus Frankreich? Eher nicht, denn von der Front kehrte man nicht mit derartiger Leibesfülle zurück und aus der Kriegsgefangenschaft zweimal nicht.

Verfluchtes Gedächtnis, schimpfte er im Stillen.

«Und nun erklären Sie mir gefälligst, was Sie veranlasst, diesen lebensmüden Narren für ein Mordopfer zu halten, Herr –» Prollmann unterbrach sich einen Atemzug lang, und als er fortfuhr, betonte er jede Silbe: «Kriminalinspektor.»

Blitzlichter zuckten durch den Raum, der Fotograf lichtete den Sekretär ab. Stainer trat neben den Toten und zeigte auf das von Körnern übersäte Parkett. «Sehen Sie das Vogelfutter?» Er deutete auf die offene Käfigtür und den Vogelkot an der Schläfe des Erhängten. «Die Familie seines Bruders hat den Kanarienvogel schon abgeholt. Vor seinem Tod hat der vermeintliche Selbstmörder ihn wohl gefüttert.»

Mit einer Kopfbewegung wies er zum Sekretär, wo die Dose mit dem Vogelfutter stand. «Er füttert den Vogel, verstreut dabei die Hälfte des Doseninhalts, lässt den Käfig offen stehen und steigt dann die Treppe hoch, um sich aufzuhängen – klingt das für Sie etwa plausibel?»

«Gütiger Gott!» Der Arzt verdrehte die Augen. «Tun Sie so naiv oder wissen Sie wirklich nicht, wozu Verrückte und Betrunkene imstande sind?» Er ging zum Sekretär und kramte ein paar Latexhandschuhe aus seiner Tasche.

«Und was sagen Sie dann zu den blutigen Fingernägeln?» Stainer hob die Rechte der Leiche ein wenig an. Brechreiz würgte ihn, denn der Tote stank entsetzlich.

«Er wird in der Nase gebohrt haben», sagte Prollmann und zog sich die Handschuhe über. «Sehen Sie nicht, dass die geblutet hat?»

«Mit dem Daumen?» Stainer deutete auf den blutigen Daumennagel. «Mit Verlaub, Herr Doktor: Ihr Zynismus grenzt an Menschenverachtung.»

«Was Sie nicht sagen.» Der Arzt zog sich eine Stirnlampe über die Locken. «Wie lange sind Sie eigentlich schon Kriminalinspektor hier in Leipzig, Stainer?»

Stainer antwortete, ohne mit der Wimper zu zucken. «Seit vorgestern. Vor dem Krieg war ich noch Kommissar. Und seit wann arbeiten Sie für uns, Prollmann?»

Der Arzt schaltete die Stirnlampe ein. «Seit Kriegsende.» Eine Pinzette in der erhobenen Rechten und einen Holzspatel in der erhobenen Linken musterte er Stainer, wie man ein Tier musterte, das man keiner bekannten Art zuordnen konnte.

Der Fotograf winkte sie von der Leiche weg und Stainer wich zum Sekretär aus. Der Arzt jedoch trat mitten ins Bild, spreizte dem Toten mit einer Pinzette die Nasenlöcher und leuchtete mit seiner Stirnlampe hinein. Den Spatel stieß er ein paarmal gegen die Nase und drückte ihn in Hals und Handrücken. Danach hob er die Arme des Toten und ließ sie wieder fallen.

«Die Nase ist gebrochen», sagte er schließlich, «die Leichenstarre löst sich längst. Der Mann ist seit mindestens fünfzig Stunden tot. Dem Gestank nach eher siebzig.»

Als er den fettleibigen Arzt so vor dem kleineren und schmaleren Toten stehen sah, begriff Stainer endlich: Dr. Doppelmann war ein Spitzname. Ob Prollmann wusste, dass man ihn so nannte?

Er deutete zu den dunklen Flecken auf dem Parkett. «Der kleinere stammt vom Blut aus seiner Nase, vermute ich, der größere von seinen nassen Hosen. Er hat sich eingenässt, als er an dieser Stelle starb, und der Mörder hat nicht einmal versucht, Blut und Urin wegzuwischen.» Er streckte Prollmann die Lupe hin.

Der Arzt winkte ab und rümpfte die Nase. «Nicht nur eingenässt.» Er schaukelte zu Stainer an den Sekretär und verstaute Lampe und Pinzette in seiner Arzttasche; den Spatel wickelte er in die Handschuhe. Er holte einen frischen Spatel und eine Art Reagenzglas aus der Tasche und drückte Stainer beides in die Hand. «Tun Sie mir den Gefallen und schaben Sie das geronnene Blut vom Parkett hier hinein.» Ohne Stainers Antwort abzuwarten, ging er zur Leiche zurück, kratzte mit einer Feile getrocknetes Blut unter den Fingernägeln heraus und streifte es am Rand eines verschließbaren Gläschens ab. Währenddessen sicherte Stainer das Blut vom Parkett.

«Also gut», sagte Prollmann, nachdem er Gefäße und Instrumente in seine Tasche gesteckt hatte. «Von mir aus können Sie ihn in die Gerichtsmedizin bringen lassen. Ich gucke ihn mir morgen genauer an.»

Stainer hielt seinem forschenden Blick stand und nickte langsam. «Und Sie kehren in die ‹Katze› zurück?», fragte er mit leicht spöttischem Unterton. «Nie gehört. Eine neue Bar?»

«‹Die verwandelte Katze›, eine Operette von Offenbach.»

Der Arzt griff nach seinem Zylinder. «Wird im Neuen Theater aufgeführt. Amüsante Klamotte.» Mit dem Zylinder deutete er zum Toten hin. «Amüsanter jedenfalls als das hier.»

Nur eine Handbreite trennte ihre Stirnen in diesem Moment, und der Geruch seines Atems riss die letzten Schleier von Stainers verschütteter Erinnerung: Anis, Pfefferminz und Alkohol – so roch Absinth. Und so hatte der Atem einer der Ärzte gerochen, die ihn im Sommer 1916 im Lazarett gefesselt und mit Gebrüll und Elektroschocks «behandelt» hatten.

Blitzlicht tauchte Leiche und Vogelkäfig in grellen Schein, und Stainer stand wie festgefroren. Prollmann schloss seine Tasche und machte Anstalten zu gehen, er stülpte sich den Zylinder auf den großen Schädel und riss die Tasche vom Sekretär. «Wenn ich mit ihm fertig bin, werde ich Ihre Mordthese widerlegen, Stainer. Oder bestätigen.» Mit den in die Handschuhe gewickelten Spateln zielte er auf den Papierkorb und warf. Obwohl er direkt davor stand, traf er nur den Rand und sein Abfall fiel aufs Parkett.

Leise fluchend stellte er die Tasche wieder auf dem Sekretär ab, ging ächzend in die Hocke und legte Handschuhe und Spatel in den Papierkorb. Plötzlich stutzte er, schob den Papierkorb beiseite und zupfte umständlich an einer Papierecke, die zwischen Wand und Sekretär herausschaute. «Ein Briefkuvert.» Er hielt sich am Sekretär fest und zog sich stöhnend hoch.

Schnaufend las er Absender und Empfänger auf dem Kuvert. «Aus Dinant in Belgien.» Er reichte dem immer noch erstarrten Stainer das Kuvert. «Dinant», wiederholte er. «War kein Ruhmesblatt für uns, was, Stainer?» Er griff wieder nach seiner Tasche, tippte sich an den Zylinder und ging.

# 18

Zwischen kahlem Buschwerk kauerten sie hinter einem Buchenstamm. Die Kälte kroch Heiland in die Knochen und bestärkte ihn in seinem Entschluss, sich vom Beutegeld einen Wintermantel zu kaufen; gleich mit den Schuhen für die Kleine. Krüger knackte indes mit den Fingergelenken.

Ein Güterzug rasselte auf der Rückseite des Parks in Richtung Halle vorbei und schien kein Ende zu nehmen. Das Zischen und Stampfen der Lokomotive war längst verklungen, da ratterte noch immer ein Waggon nach dem anderen über das Gleisbett.

Max Heiland behielt die Artilleriestraße und die neue Villa im Auge, in deren Vorgarten Joseph vor schon fast einer Viertelstunde verschwunden war. Seitdem hatte sich noch kein einziger Fußgänger auf der abendlichen Straße gezeigt, von einem Automobil ganz zu schweigen. Abgesehen von den Zügen, kam Heiland die Gegend hier noch ruhiger vor als sein geliebtes Stötteritz.

Joseph ließ sich Zeit, wahrscheinlich arbeitete er gründlich und besonders vorsichtig. Irgendwo zwischen den Villen schlug ein Hund an, und sofort fragte Heiland sich, ob das Gekläff mit dem Schweiger zu tun haben mochte. Doch dann flitzte eine Katze aus dem Nachbargarten, und der Hund gab wieder Ruhe.

«Irgendwas ist schiefgelaufen», flüsterte Krüger. «So lange braucht doch kein Mensch, um in ein Haus einzusteigen!» Der ehemalige Unteroffizier wollte über Hof und Kellertür in die Villa eindringen und ein Zeichen mit der Taschenlampe geben, sobald er die Terrassentür geöffnet hatte. «Wenn der ein Profi ist, dann bin ich der nächste Reichskanzler.» Karl Krüger steckte sich eine Zigarette in den Mund und kramte nach seinem Feuerzeug.

«Nicht jetzt, Karl.» Flüsternd legte Heiland ihm die Hand auf den Arm. «Wenn die Operation vorbei ist, kannst du rauchen, so viel du willst.»

«Du redest schon wie dieser Einarmige.» Krüger ließ das Feuerzeug, wo es war, und steckte die Zigarette in die Brusttasche. «‹Operation› …» Verächtlich blies er die Backen auf. «Nie wieder lass ich mich mit dem ein.»

«Zehntausend Mark?» Heiland musterte sein Profil von der Seite. Trotz der Dunkelheit konnte er seinen Adamsapfel auf- und abtanzen sehen. «Mindestens fünftausend?»

«Nur deswegen bin ich ja noch hier. Aber dieser verdammte Kriegsheld hätte uns einen Profi mitgeben müssen, wenn es um so viel Geld geht, findest du nicht? Oder das Türschloss uns überlassen müssen.»

«Was ist los mit dir, Karl? Es ist doch gar nichts passiert.»

«Noch nicht.» Krüger zog den Rotz hoch und spuckte hinter sich ins Unterholz. «Der Kerl ist schon fast eine halbe Stunde weg.»

«Du übertreibst. Joseph kennt das Haus. Angeblich weiß er ja sogar, hinter welchem Bild der Tresor steckt.»

«Der Mann ist ein Tier, ich mag ihn nicht. Macht er dich gar nicht nervös?»

«Geht so.» Heiland konnte den ehemaligen Unteroffizier auch nicht leiden, sicher, doch was kümmerten ihn jetzt noch Empfindungen? Er hatte alle Unruhe abgestreift und fühlte sich, wie er sich nach dem Gongschlag zur ersten Runde immer fühlte: gelassen und konzentriert. «Das ist außerdem scheißegal – der Kampf hat angefangen, jetzt gibt's keinen Weg zurück. Also reiß dich zusammen.»

«Weiß schon.» Krüger lehnte gegen den Buchenstamm und knackte wieder mit den Fingergelenken. Irgendwann holte er seine Pistole aus der Jacke und drehte sie zwischen den Fingern.

Heiland merkte es erst, als sein Freund die Waffe entsicherte. Das metallene Knirschen erschreckte ihn, und er zuckte zusammen. «Spinnst du jetzt? Steck das Mistding weg!» Krüger gehorchte anstandslos.

An der Hofseite der Villa flammte kurz ein schwaches Licht auf. «Er ist drin.» Heiland richtete sich auf den Knien auf und spähte über die Straße und in den dunklen Garten der Villa. Zweimal noch blinkte dort kurz hintereinander das Licht hinter dem Terrassenfenster auf. «Er hat die Terrassentür geöffnet.» Er schlug Krüger auf die Schulter. «Du bist dran, Karl.»

«Bis gleich.» Krüger hievte seinen schweren Rucksack auf die Schulter, stand auf und schlich aus dem Park.

Wie vereinbart wartete Heiland, bis sein Freund in den Garten der Fabrikantenvilla eingedrungen war. Aufmerksam beobachtete er danach jedes einzelne Fenster der beiden Nachbarhäuser und horchte erst noch ein paar Atemzüge lang nach Motorengebrumm, Schrittlärm und Hufschlag, bevor er schließlich den Affen mit seinem Werkzeug aus dem Unterholz zog und ihn sich auf den Rücken schnallte.

Wie ein harmloser einsamer Nachtwanderer lief er auf einem Parkweg zuerst ein Stück zurück in Richtung Wagen und Breitenfelder Straße, bevor auch er den Park verließ, die Artilleriestraße überquerte und auf ihr zurück zu der Villa ging, in der sein heutiger Gegner auf ihn wartete: ein Wandtresor mit einigen tausend Mark hinter dem Zahlenschloss.

In Höhe der Villa, etwa auf halbem Weg zur nächsten Gaslaterne, flog sein Blick noch einmal über die Fassaden der Nachbarhäuser. Nur wenige Fenster waren erleuchtet, hinter keinem regte sich ein Vorhang oder zeigte sich ein Mensch. Heiland huschte in den Garten und schlich in geduckter Haltung bis zur Terrasse. Sein geschwollenes Auge pochte.

Joseph öffnete ihm die Terrassentür, und Heiland schlüpfte in einen Raum, in dem es nach kaltem Zigarrenrauch roch. «Zieht die Vorhänge zu», raunte Joseph und zerrte den schweren Vorhangstoff vor die Terrassentür und das Fenster daneben. Krüger und Heiland verdunkelten die drei anderen Fenster.

Eine Taschenlampe flammte auf, ihr Lichtkegel wanderte über das Schnitzwerk einer Tür, eine fast deckenhohe Zimmerpflanze, einen Kamin und ruhte schließlich auf einem Gemälde mit Flusslandschaft und Brücke.

«Ist das unser Bild, Joseph?», fragte Krüger.

Der schüttelte den Kopf und richtete seinen Lampenstrahl auf das nächste Gemälde. Das hing über einem wuchtigen Sofa und zeigte ein Sonnenblumenfeld. «Abhängen.»

Heiland und Krüger setzten ihre Rucksäcke auf der Couch ab und nahmen das Bild von der Wand. «Da ist er ja, unser Freund.» Krüger lachte, und Heilands Herz schlug höher: Der Lampenstrahl riss die lackierte, stark gemaserte Holztür eines kleinen Wandschranks aus der Dunkelheit. «Und nicht mal ein Zahlenschloss hat er! Wie menschenfreundlich auch.»

«Von der Firma Louis Walther.» Das Bild noch in den Händen, schaute sich Heiland den Geldschrank genau an. «Baujahr sieben oder acht, das Schloss kenn ich. Da brauchst du dein Schweißgerät gar nicht erst auspacken, Karl.» Sie legten das Gemälde auf einem Esstisch ab, und Heiland öffnete seinen Affen, um sein Werkzeug herauszuholen.

Im Schein von Josephs Taschenlampe kniete er schließlich

auf dem Sofa und probierte seine Dietriche durch. Hier ging es nicht um schnelle Reaktion, kraftvolle Haken und gut gezielte Geraden, hier ging es um Feingefühl und ein feines Gehör.

Schon der elfte Dietrich machte ihm Freude. «Könnte passen.» Heiland musste ihn noch ein wenig mit der Metallsäge und der Feile bearbeiteten, dann glitt er endgültig ins Schloss.

«Gratuliere!» Krüger strahlte, die Miene des ehemaligen Unteroffiziers blieb vollkommen reglos.

«Spar dir deine Glückwünsche, bis wir wissen, was hinter dieser Tür so alles auf uns wartet.» Heiland drehte den Dietrich, drehte zweimal, drehte, bis er die Schranktür aufziehen konnte. Joseph leuchtete hinein.

«Ein Haufen Papiere, sonst gar nichts», sagte Krüger, und Heiland zischte einen Fluch. Joseph aber drängte ihn zur Seite, holte die Papiere aus dem Wandschrank und trug sie zum Esstisch.

«He, Kamerad!» Heiland, den nach der Enttäuschung nun auch noch die Wut packte, sprang ihm hinterher, griff nach seiner Schulter und riss ihn herum. «Von Schmuck und Goldmünzen war die Rede, nicht von so was hier!» Mit der flachen Hand schlug er auf die Papiere in Josephs Händen.

Krügers Armeelampe flammte auf und tauchte Heiland und den Schweiger in gleißendes Licht. «Nervös?», fragte der ehemalige Unteroffizier und schaute Heiland in die Augen. Dann musterte er dessen Hand auf seiner Schulter, und zwar so lange, bis Heiland ihn losließ.

Er wandte sich von ihm ab und ging weiter zum Esstisch. «Das ist nicht der einzige Wandschrank im Haus», sagte er endlich, «im ersten Obergeschoss gibt es noch einen.» Mit einer Kopfbewegung deutete er zur Decke. «Im Zimmer direkt über diesem hier. Dann liegen Schmuck und Gold eben in dem. Geht schon mal vor, ich komm gleich nach.» Am Tisch warf er den Papierstapel auf das Gemälde, nahm seine Lampe zwischen die Zähne und begann, ihn durchzusehen.

Heiland guckte unschlüssig zu Karl Krüger hinüber. Der knipste seine Lampe aus, hievte den Rucksack mit dem Schweißgerät auf den Rücken und ging zur Tür. Na schön, dann eben noch einer, dachte Heiland, holte sein Werkzeug und folgte ihm.

«Der Tresor steckt hinter dem blauen Gemälde mit der weißen Frau», sagte Joseph, ohne von den Papieren aufzusehen. «Und keine Hektik, verstanden? Vor Mitternacht kommt hier niemand nach Hause. Ihr habt alle Zeit der Welt.»

Sie stiegen die Treppe hinauf. «So viele Worte auf einmal hat der ja noch nie aneinandergereiht», flüsterte Heiland. Der Lichtkegel von Krügers Lampe wanderte vor ihnen her über die Stufen. «Woher kennt der sich überhaupt so gut aus in dieser Villa?»

«Wahrscheinlich ist er mit dem Gärtner verwandt oder mit dem Dienstmädchen verheiratet.» Krüger ließ seinen Lampenschein über die drei Türen im oberen Flur links des Treppengeländers wandern, ging zielstrebig zur mittleren und öffnete sie. «Jede Menge Bilder.» Noch von der Schwelle aus leuchtete er in den Raum hinein. «Und da ist auch schon das blaue mit dem weißen Engel.»

Heiland folgte ihm und schaute zu dem Gemälde hin. «Das ist kein Engel, das ist eine Braut.»

«Ein Engel.» Krüger setzte seinen schweren Rucksack auf dem Sekretär ab. «Komm, fass mit an.»

Gemeinsam hängten sie das großformatige Bild ab und lehnten es gegen den warmen Kachelofen an der Schmalseite des Zimmers. «Wieder ein Walther-Schrank», sagte Heiland, als Krüger den Lampenkegel auf die nun leere Wand neben dem

Sekretär richtete. «Diesmal aber aus Metall und mit Zahlenschloss.»

«Wenn der nicht allerhand Schätze zu verbergen hat, kannst du Anna zu mir sagen.» Krüger ging zum Sekretär und löste die Schnallen seines Rucksacks. «Ohne Schweißgerät werden wir kaum an die hübschen Sachen kommen, was meinst du, Max?» Auf der Treppe näherten sich Schritte.

«Ich probiere es erst einmal so.» Unter dem Wandtresor setzte Heiland seinen Affen ab und holte seinen Stethoskopkasten heraus. Das teure Stück – ein modernes Membranstethoskop – hatte er im letzten Sommer beim Einbruch in eine Arztpraxis mitgehen lassen.

«Lampe aus!», zischte Joseph, als er den Raum betrat. Dann stieß er einen Fluch aus und sprang zu den Fenstern. «Läutet doch gleich bei den Nachbarn!» Schimpfend zog er die Vorhänge vor. «Vielleicht sind die ja so nett, euch zu helfen.» Er richtete den Schein seiner Taschenlampe erst auf Heiland, dann auf Krüger. «Hab ich's hier mit Profis zu tun oder mit verdammten Stümpern?»

«Stümper?» Heiland hatte genug von dem Schweiger. Drohend ging er auf ihn zu. «Ich werd dir gleich ‹Stümper›!» Die ganze bisher unterdrückte Wut auf den arroganten Kerl kochte jetzt in ihm hoch.

«Ruhig Blut, Max.» Krüger hielt ihn am Jackenärmel fest. Und an Joseph gewandt: «Kann schon mal passieren, oder?» Er führte Heiland zurück zum Wandtresor. «Mach deine Arbeit. Wenn du ihn nicht innerhalb von fünf Minuten aufkriegst, rücke ich ihm mit dem Schweißgerät auf den Pelz.» Der Lichtkegel seiner Lampe fiel auf das Zahlenschloss.

Heiland zog die Jacke aus und legte den Ohrbügel seines Stethoskops an. Es fiel ihm schwer, den Ärger auf den ehemaligen

Unteroffizier zu zügeln. Am liebsten hätte er diesen Kerl mit seinen Fäusten bekannt gemacht. Erneut spürte er, wie sein geschwollenes Auge schmerzhaft pochte.

Ja, ruhig Blut, Max, dachte er und konzentrierte sich auf seine Arbeit, das kühlte die Wut. Er legte das Bruststück des Stethoskops zwischen Zahlenschloss und Tresorrand und bedeutete Krüger, es dort festzuhalten. Joseph sorgte für Lampenlicht, und Heiland hatte nun beide Hände frei, um an den Zahlenrädern herumzudrehen.

«Ich höre überhaupt nichts», sagte er schon nach kurzer Zeit, drehte das Stethoskopbruststück von der Membran- auf die Trichterseite und probierte es wieder. «Bringt auch nichts.» Er nahm den Stethoskopbügel ab. «Pack dein Schweißgerät aus, Karl.»

Das Brummen eines Motors näherte sich draußen auf der Straße. Joseph knipste sofort die Lampe aus und wandte den Kopf zum Fenster. Das Motorengeräusch wurde erst lauter und verstummte dann direkt vor dem Haus. Alle drei lauschten sie jetzt in höchster Anspannung. Draußen wurden Autotüren geöffnet und zugeschlagen. Dreimal insgesamt, zählte Max Heiland. Er hörte Männerstimmen, eine Frau lachte. Das Atmen fiel ihm schwer.

Joseph huschte zum Fenster. Zwischen Wand und Vorhang lugte er auf die Artilleriestraße hinunter. Heiland glaubte, Schritte auf dem Gartenweg zu hören, dann deutlicher auf der Vortreppe. Wieder Stimmen, lauter diesmal – ein Schloss schnappte auf, eine Tür quietschte. Leute betraten das Erdgeschoss.

«Verfluchter Mist!», zischte Krüger. «Hast du nicht gesagt, die kommen nicht vor Mitternacht nach Hause?»

«Nichts wie raus hier», flüsterte Heiland. Sein Mund war trocken, seine Kehle wie zugeschnürt. Hastig packte er sein Stethoskop zusammen und verstaute die Kiste im Affen. Es war jetzt stockdunkel im Raum.

Joseph winkte mit herrischer Geste ab, huschte zur Tür, lauschte dort. «Wenn sie in eines der unteren Zimmer gehen, schleichen wir die Treppe hinunter und machen uns aus dem Staub», flüsterte er.

«Und wenn sie zuerst ins Terrassenzimmer gehen?» Heiland dachte an den offenen Wandschrank und das Bild auf dem Tisch. «Dann wissen sie sofort, was die Stunde geschlagen hat.»

«Sie kommen die Treppe hoch, alle drei.» Joseph hatte plötzlich eine Pistole in der Hand, mit ihr deutete er zum Kachelofen. «Zurück an die Wand mit dem Bild, schnell. Die Rucksäcke hinter den Vorhang, zack, zack!» Wie mechanisch gehorchten Max Heiland und Karl Krüger. «Her zu mir.»

Stimmen näherten sich auf der Treppe, ihre Besitzer plauderten ausgelassen – Heiland erkannte eine Frauen- und zwei Männerstimmen. Er und Krüger huschten zur Tür, drückten sich an die Wand – Krüger rechts, Heiland links hinter Joseph. Die Frau lachte jetzt direkt vor der Tür. Heilands Herz klopfte wie verrückt.

Jemand zog die Tür auf, Licht fiel herein. Ein Mann trat über die Schwelle, tastete nach einem Lichtschalter. So blitzschnell, als hätte Joseph genau darauf gelauert, griff er nach seinem Arm, riss ihn ins Zimmer, stieß ihn zu Boden und feuerte eine Kugel auf ihn ab.

«Lauf, Rosa, lauf!», schrie eine Männerstimme draußen im Flur. Joseph sprang in die offene Tür und schoss hinaus. Heiland sah seinen Freund breitbeinig an der Wand stehen – seine Pistole in beiden Händen, zielte Krüger auf den Mann am Boden.

«Schnapp dir die Frau!» Joseph packte Heiland, riss ihn zu sich und stieß ihn aus dem Zimmer auf den Flur hinaus. Auf der Treppe sah Heiland einen Blondschopf nach unten verschwinden. «Sie darf nicht entkommen!», brüllte Joseph hinter ihm.

Ein Mann robbte bäuchlings am Treppengeländer vorbei zu einer Tür auf der anderen Seite des Flurs. «Renn weg, Rosa, renn bloß weg!», brüllte er. Er zog eine Blutspur auf dem Parkett hinter sich her, drehte sich auf den Rücken und hielt plötzlich einen Trommelrevolver in der Faust. Joseph schoss wieder auf ihn, und als Heiland sich über das Treppengeländer schwang und den Stufen entgegenflog, entdeckte er etwas in Josephs linker Hand, das ihm das Blut in den Adern gefrieren ließ: eine Handgranate!

Ein Schuss krachte, eine Kugel pfiff dicht an seinem Ohr vorbei und schlug in die Wand ein. Er duckte sich und hörte schon das nächste Geschoss neben seinem Kopf vorbeizischen – es sprengte Splitter aus der Balustrade über der Treppe.

Heiland ließ sich fallen und rollte die Stufen hinunter. Nur weg von Joseph und seiner verdammten Handgranate! Im Flur unten kniete eine blonde Frau in schwarzem Kleid auf dem Parkett – sie musste gestolpert und die Treppe hinuntergestürzt sein.

Die alte Mauser rutschte Heiland aus dem Hosenbund, schlitterte ihm voraus von Stufe zu Stufe. Über ihm fielen Schüsse und Krüger schrie unverständliches Zeug, und eine andere Stimme brüllte schon wieder: «Renn, Rosa!» Unter ihm zog die blonde Frau sich am Treppengeländer hoch.

Aus weit aufgerissenen Augen starrte sie die Pistole an, die nun vor der Spitze ihres roten Stöckelschuhs auf der untersten Stufe lag. Schon bückte sie sich danach.

Heiland war schneller – er packte ihr Handgelenk, griff zur Mauser und riss die Blonde zu sich auf die Treppe. Ihre blauen Augen füllten sich mit Tränen, in ihrem Blick flackerten Angst und Schrecken, sie riss den tiefrot geschminkten Mund auf und begann zu kreischen. Sie kreischte so laut, dass Heiland die Ohren gellten, so durchdringend, dass man es im ganzen Viertel hören musste.

Er entsicherte die Pistole und rammte der Frau den Lauf in den Mund.

# II

# DER ERMITTLER

## 19

Seite an Seite gingen sie die Harkortstraße hinauf. «Ich brauche frische Luft», hatte Murrmann gesagt, und jetzt rauchte er wie ein Lokomotivschlot. Einen Zigarillo. Dessen Rauch roch torfig und kräftig, doch nicht kräftig genug, um den Gestank des Todes aus Stainers Nase zu vertreiben.

Murrmann zog das rechte Bein hinter sich her und stützte sich auf den Elfenbeingriff eines schwarzen Stocks. «Kinderlähmung», hatte er Stainer erklärt, deswegen habe er sich im August 14 auch nicht wie sein Bruder freiwillig zu den Waffen melden können.

«Ich habe das damals sehr bedauert.» Seine Hand zitterte, Stainer fiel es jedes Mal auf, wenn er den Zigarillo zum Mund führte. «Wie ein Rausch ist es in jenen Wochen über uns gekommen, nicht wahr? Sie erinnern sich doch an den Sommer vierzehn, Herr Kommissar? Wie ein Rausch der Begeisterung, jawohl. Und jetzt fühlt sich's an wie ein schlimmer Kater.»

«Ja», antwortete Stainer, «ich erinnere mich.» Er sagte das nur, weil seine Gedanken schon wieder abschweiften – zu Dr. Doppelmann, dem dicken Gerichtsmediziner –, in Wirklichkeit erinnerte er sich nämlich an keinen Rausch im August 1914. Prollmanns Vollmondgesicht dagegen hielt sich noch hartnäckiger in seinem Kopf als das aufgequollene, blaugraue Gesicht des Toten. Er zog sein Zigarettenetui aus der Manteltasche und zündete sich eine Salem an – vielleicht verdrängte ja der Qualm einer Zigarette den üblen Geruch aus seiner Nase.

«Ich kann es nicht fassen, dass Robert tot sein soll», sagte

Murrmann neben ihm. «Ich kann es immer noch nicht fassen.» Er blieb stehen, stützte sich auf seinen Stock und schüttelte den Kopf.

Automobile rauschten vorüber, Fußgänger gingen plaudernd vorbei, und eine blaue Elektrische bremste scharf, weil jemand einen Leiterwagen voller Kohlen über die abendliche Straße zog. Der Straßenbahnfahrer schien auf dem Fußpedal seiner Glocke zu stehen, denn die hörte gar nicht mehr auf zu läuten.

Stainer betrachtete den fassungslos den Kopf schüttelnden Murrmann und musste daran denken, wie fassungslos er in den ersten Kriegsmonaten manchmal gewesen war, wenn er mittags vor den Leichen von Unteroffizieren stand, mit denen er am Abend zuvor noch eine Flasche Rotwein getrunken hatte.

Der Mann mit dem Leiterwagen brüllte und drohte der Elektrischen mit der Faust. Seine raue Stimme hallte von den Fassaden wider. Stainer stutzte kurz: Sie erinnerte ihn an die Stimme des Hauptmanns, der ihn damals aus dem Fluss gezogen hatte, an Hauptmann Renkewiz.

Während sie weitergingen, zog Stainer Stift und Notizbuch aus der Anzugjacke. «Sie haben Ihren Bruder Robert stark verändert erlebt, als er aus dem Krieg zurückkam, sagten Sie, Herr Dr. Murrmann.» Stainer nahm einen tiefen Zug von seiner Salem und zwang seine Aufmerksamkeit zurück in die Gegenwart und zu dem hinkenden Mann an seiner Seite. «Welche Veränderungen an Ihrem Bruder erscheinen Ihnen im Rückblick denn am augenfälligsten?»

Murrmann musste nicht lange überlegen. «Er hat nicht mehr gelacht. Und ist wortkarg gewesen. Das ist mir schon bei seinem ersten Fronturlaub aufgefallen. Früher führte Robert bei jeder Tischgesellschaft das große Wort, seit dem Krieg spricht er nur noch das Nötigste.»

Sie wichen einem jungen Paar aus, das einen weißen Riesenpudel an straffer Leine führte. Stainer schaute dem Mann ins Gesicht, und für einen Moment schien es sich in das aufgequollene Gesicht des Mordopfers verwandeln zu wollen. Er sah schnell zum Pudel hinunter und schüttelte sich.

«Außer nachts, da wurde er gesprächig», hörte er Murrmann sagen. «Im Schlaf. Meine Schwägerin hat mir das erzählt. Oft schreckte er schreiend aus Albträumen hoch. Überhaupt schlief er schlecht, seit er die Uniform ablegt hatte. Wenn er zu Besuch bei uns war, geisterte er nachts oft durch die Wohnung.»

Sie ließen das Reichsgericht hinter sich und überquerten die Wächterstraße. Im Gehen machte Stainer sich Notizen. «Fällt Ihnen sonst noch etwas ein?»

«Er hat auf einmal geschrieben. Das weiß ich nicht nur von seiner Frau, das habe ich auch persönlich beobachtet. Die Papierkörbe waren jedes Mal mit zerrissenen Blättern vollgestopft, wenn er bei uns gewesen ist, alle beidseitig beschrieben.»

Stainer dachte an den leeren Papierkorb neben dem Sekretär. «Hat er demnach weggeworfen, was er geschrieben hat?»

Murrmann nickte. «Und persönlich in den Ofen gesteckt vor seiner Abreise. Alles. Und zu Hause in Berlin hielt er es genauso. Das jedenfalls hat Else uns erzählt.»

«Else?»

«Roberts Frau. Das alles hat ihr natürlich Angst gemacht, wie Sie sich vorstellen können, Herr Kommissar.»

Stainer rief sich in Erinnerung, was er über die Murrmanns wusste. Robert Murrmann war fünfunddreißig Jahre alt gewesen, verheiratet, Vater von zwei Kindern und hatte in der Berliner Finanzverwaltung gearbeitet. Johannes Murrmann, sein Zwillingsbruder, leitete die Bibliothek des Leipziger Stadtarchivs. Stainer war froh, dass der Mann ihn gebeten hatte, ein

Stück mit ihm zu gehen. So konnte er ein wenig Abstand zu der unangenehmen und überraschenden Begegnung mit Prollmann gewinnen. Dem Oberwachtmeister Kupfer hatte er alle nötigen Instruktionen erteilt, der Fotograf hatte seine Bilder bereits geknipst und der Spezialist für die Spurensicherung konnte sein Alupulver auch allein auf die Stellen streuen, die Stainer ihm gezeigt hatte.

Er räusperte sich. «Apropos ‹schreiben› – haben Sie Verwandte oder Bekannte in Belgien, Herr Dr. Murrmann?»

«In Belgien?» Mit gerunzelten Brauen schaute der kleinere Murrmann zu Stainer herauf. «Wie kommen Sie darauf, Herr Kommissar?»

«Zwischen Sekretär und Papierkorb lag ein Briefkuvert.» Stainer korrigierte ihn nicht, hatte sich ja selbst noch nicht an seinen neuen Rang als Kriminalinspektor gewöhnt. Und nach so langer Zeit mit einer Kriegsgefangenennummer klang *Kommissar* aus Murrmanns Mund nach einer geradezu fürstlichen Anrede. «Der Absender lebt in Dinant.» Er zog das Kuvert aus dem Mantel und reichte es dem Bruder des Ermordeten. Unter einer Gaslaterne blieben sie stehen, und Murrmann las mit bebenden Lippen.

Stainer hatte darauf verzichtet, das Kuvert nach Fingerabdrücken untersuchen zu lassen, denn so abgegriffen, wie es aussah, war es bereits durch zahllose Hände gegangen. Zuletzt durch Prollmanns.

Prollmann zu begegnen – und das noch an seinem ersten wirklichen Arbeitstag als Kriminalist –, empfand Stainer als Volltreffer. Ein Zusammenprall mit einer Elektrischen hätte nicht wirkungsvoller sein können, und er fühlte sich immer noch wie betäubt.

«Der Name sagt mir nichts.» Murrmann gab ihm das Kuvert

zurück. «Belgien? Dinant?» Er schüttelte den Kopf. «Dorthin gab es meines Wissens keine Kontakte. Haben Sie auch den Brief dazu gefunden?»

«Nein.» Allerdings hatte Stainer den Oberwachtmeister angewiesen, den Briefblock in die Wächterburg zu bringen. Vielleicht konnte man auf dem oberen leeren Blatt sichtbar machen, was auf dem letzten benutzten Blatt geschrieben worden war.

«Ich jedenfalls habe keinen Brief in diesem Kuvert bekommen, und hätte Robert mit Leuten aus Dinant korrespondiert, hätte Else das sicher erwähnt. Robert hat auch nie von Belgien oder Dinant erzählt, obwohl er dort gewesen sein musste.»

«Da sind Sie sicher?»

Murrmann nickte. «Er gehörte ja zu den Infanterieregimentern, die gleich in den ersten Kriegswochen über Flandern nach Frankreich vorgestoßen sind.»

«In welchem Rang?»

«Erst Hauptmann, später Major.»

Wie ich, dachte Stainer, und sein nächster Gedanke kreiste schon wieder um Prollmann. Der hatte ihn ausschließlich *Major* genannt im Lazarett, niemals bei seinem Namen. Selbst wenn er ihn angeschrien hatte: *Hören Sie auf zu zittern, Herr Major! Stehen Sie sofort auf, Herr Major! Das ist ein Befehl, Herr Major!*

Plötzlich fiel es Stainer wieder ein: Prollmann war damals Oberstleutnant gewesen – und nicht halb so fett. Ob er sich noch an den Major Stainer und seine Krankenakte erinnerte?

«Was schrieb Ihr Bruder damals aus dem Feld?»

«Er berichtete von Kameraden, die von belgischen Zivilisten aus dem Hinterhalt erschossen worden waren.» Murrmann saugte an seinem erloschenen Zigarillo und schien nachzudenken. «Der Name ‹Dinant› ist mir übrigens doch schon begegnet», fuhr er fort. «In den letzten Tagen erst – in der Zeitung.

Behaupten die Franzosen nicht, unsere Truppen hätten dort Kriegsverbrechen begangen?»

Stainer nickte. «Die Entente verlangt sogar die Auslieferung der angeblichen Kriegsverbrecher.» Die Siegermächte beriefen sich auf eine Passage im Friedensvertrag, auch Stainer hatte davon gelesen. Er warf seine Kippe in den Rinnstein. «Was wollte Ihr Bruder in Leipzig, Herr Dr. Murrmann?»

«Nachdenken und schreiben.»

Sie gingen am Tauchnitz-Brunnen vorbei. Das neue Rathaus strahlte im Schein der Straßenbeleuchtung, hinter vielen Fenstern brannte noch Licht; sogar gegenüber im Postamt wurde noch gearbeitet.

«Das hätte er doch auch zu Hause in Berlin tun können», wandte Stainer ein.

«Er müsse es hier tun, hat er zu mir gesagt. Und er habe wichtige Entscheidungen zu treffen, Entscheidungen, die sein Leben verändern würden und die ihm nur hier in Leipzig möglich seien.»

«Möglicherweise die Entscheidung, sich das Leben zu nehmen?» Stainer glaubte nicht daran, wollte aber aus Murrmanns Mund hören, warum der einen Suizid seines Zwillingsbruders ausschloss.

«Nein!», sagte Murrmann energisch. «Niemals! Wäre er lebensmüde gewesen, wüsste ich davon. Robert und ich waren nicht nur Brüder, wissen Sie? Wir waren enge Vertraute.» Murrmann blieb stehen und zündete seinen Zigarillo wieder an. «Dazu kommt: Robert war ein sehr feinfühliger Mann – er hätte es uns und vor allem unseren Kindern niemals angetan, nach Hause zurückkehren und seine Leiche sehen zu müssen. Ausgeschlossen!» Er schüttelte den Kopf. «Da fällt mir ein: Er wollte zwei Kriegskameraden hier in Leipzig treffen.»

«Ach!» Stainer holte wieder Stift und Notizbuch aus seinem alten Offiziersmantel. «Hat er Namen genannt?»

«Mir gegenüber nicht. Doch vielleicht weiß Else mehr – einer der beiden ist Schriftsteller, wenn ich sie richtig verstanden habe.» Wieder blieb Murrmann stehen. «Else …» Er nahm einen tiefen Zug aus seinem Zigarillo und blies langsam den Rauch aus. «Ich muss ihr die Hiobsbotschaft noch heute Abend überbringen.»

Stainer blätterte eine Seite in seinem Notizbuch um. «Ich werde die Kollegen in Berlin bitten, bei Ihrer Schwägerin vorbeizugehen. Wie lautet die Adresse?»

«Nein, nein.» Murrmann winkte ab. «Das mache ich schon selbst.» Stainer notierte dennoch Adresse und Fernsprechnummer. Er hatte ein paar Fragen an die Witwe des Toten und wollte sie den Kollegen in Berlin telegraphieren.

Murrmann winkte einer Kraftdroschke, die sofort am Rand des Rathausrings hielt. «Ich muss zu meiner Familie.» Er reichte Stainer die Hand. Sie war eiskalt.

Stainer fing den gleichgültigen Blick des Droschkenfahrers auf. Die lässige Art, wie der Mann um sein Automobil herum stiefelte und die Tür zum Fahrgastraum aufriss, erinnerte ihn an den Hauptmann, der mit ihm den Stoßtrupp über die Somme geführt hatte, an Renkewiz.

Unwillig wandte er sich ab – schon wieder dachte er an den Krieg! Prollmann so unverhofft wiederzubegegnen, schien einige Riegel vor den Gewölbekellern seines Gedächtnisses geknackt zu haben. Himmel, wie er den Mann verabscheute!

Murrmann verabschiedete sich und stieg ein. «Oberwachtmeister Kupfer wird noch heute Abend den Vogelkäfig vorbeibringen!», rief Stainer noch, bevor der Droschkenfahrer die Tür zuwarf. Murrmann nickte dankbar. Der Fahrer kletterte auf seinen Führerstand, der Motor brummte auf, und die Droschke fuhr los.

Stainer ging weiter in Richtung Innenstadt. Prollmanns Bild klebte ihm im Kopf wie Hundkot an der Sohle. «Scheißkerl!», zischte er.

## 20

Heiland hetzte über die Artilleriestraße in den Grünstreifen hinein. Dort sprang er über den Parkweg und zwischen die Bäume, rannte weiter, wich tiefhängenden Ästen aus oder schlug sie zur Seite, rannte weiter und immer weiter.

Sein hämmernder Herzschlag füllte seinen Kopf aus, sodass kein klarer Gedanke mehr darin Platz fand – er wollte nur weg, weg von diesem Bluthaus, weg von den Schüssen, den Schreien, den Toten!

Eine Detonation irgendwo hinter ihm jagte ihm eisigen Schrecken in die Glieder, sodass er wie gelähmt stehen blieb und zurückschaute. Joseph! Der Wahnsinnige hatte die Handgranate gezündet! Heiland fuhr herum und rannte weiter.

Ein Ast peitschte ihm gegen das geschwollene Auge, er stöhnte auf, brach durch eine Hecke, stolperte und rutschte abwärts durch nasses Gras. Die Bahntrasse!

Er stemmte sich hoch, sprang bis zum Gleisbett hinunter, überquerte die beiden Gleise und kletterte auf allen vieren durch nasses Gras zum Bahndamm auf der anderen Seite hinauf. Mit der Schulter gegen einen Baumstamm gelehnt, kauerte er dort in feuchtem Farn und schöpfte Atem.

Die Frau stand ihm wieder vor Augen – ihre Angst, ihre Tränen, ihre weißen Zähne über und unter dem stahlblauen Pistolenlauf. Wie sie plötzlich verstummte und zitterte, wie ihre Pupillen immer größer, ihre Augen immer weiter wurden, bis ihr Blick ein einziges Flehen war.

Himmel, wie hatte dieser Frauenblick ihn angefleht!

Heiland blinzelte nach links und rechts. Sein geschwollenes Auge tränte. Von der anderen Seite des Parks hörte er Stimmen, aus Richtung Magdeburg näherte sich das Stampfen einer Lokomotive. Was tat er denn hier? Warum war er denn nicht zum Wagen gelaufen? Ob es Krüger lebend aus der Villa geschafft hatte?

Lichter, Zischen, Stampfen und Dampfwolken schoben sich heran, die Lokomotive donnerte unter ihm über die Trasse und schleppte zahllose Kohlewaggons hinter sich her durch die Dunkelheit.

Am Baum zog er sich aus dem Farn hoch. Himmel, wie weich seine Knie waren! Welcher Instinkt hatte ihn bloß über den Bahndamm getrieben? Joseph würde sicher am Wagen auf ihn warten!

Angst, sagte er sich, Angst und Misstrauen geboten ihm, Joseph aus dem Weg zu gehen. Irgendetwas stimmte nicht mit dem. Warum zum Henker schleppte er eine Handgranate mit sich herum? Und hatte nicht einer seiner Schüsse ihn, Heiland, nur knapp verfehlt?

Mit weit aufgerissenen Augen starrte er zu den vorbeirollenden Kohlewaggons hinunter und sah doch nur Joseph, wie er oben auf der Treppe stand, wie er auf den schreienden Mann zielte, der von Stufe zu Stufe herabschlitterte, auf ihn, Heiland, zu. «Rosa!», hatte der Angeschossene geschrien, immer nur diesen Namen: «Rosa!»

Einen Schuss nach dem anderen hatte Joseph auf ihn abgefeuert, den letzten erst, als der Sterbende bereits unten auf dem Parkett, zu Heilands Füßen lag. Da waren sein weißes Hemd, sein Anzug und sein Haar längst von Blut durchtränkt gewesen. Und dann hatte Joseph seine Waffe leicht gehoben und noch einmal abgedrückt.

«Er hätte mich treffen können», flüsterte Heiland. Er spürte jetzt noch, wie die Kugel ihm knapp über den Scheitel fauchte und seine Locken streifte. «Der Drecksack hätte mich treffen können, und es hätte ihm gar nichts ausgemacht.»

Er schluckte, und je öfter er Joseph dort oben an der Treppe stehen und seine Pistole heben sah, desto deutlicher dämmerte es ihm. «Der Drecksack wollte mich treffen, wollte mich umbringen.»

Heiland begriff überhaupt nichts mehr, schüttelte sich, sprang den Bahndamm hinunter und hinein in die Schrebergärten auf der anderen Seite. An Mauern und Zäunen vorbei rannte er über den Hauptweg. Hinter ihm verebbte das Rattern des Kohlezuges.

Plötzlich fiel ihm ein, dass diese Gartenkolonie hier neben der Kaserne des Siebten Infanterieregiments lag. Wachen würden entlang der Kasernenmauern patrouillieren, bewaffnete Soldaten.

Langsam, mahnte er sich, mach bloß langsam, niemand muss dir ansehen, dass du auf der Flucht bist.

Er zwang sich zu schlendern, mimte den Spaziergänger, doch kaum dachte er an Joseph, ging er unwillkürlich wieder schneller. Was war mit dem Mann los?

Heiland schauderte – wie der auf die Leute geschossen hatte, wie der ihn gepackt und ihn der blonden Frau hinterher gestoßen hatte! Wie der geschrien hatte: «Sie darf nicht entkommen!» Und dann die Granate.

Ein Mörder! Dieser Mann war ein brutaler Mörder! Hatte er mit der Handgranate etwa versucht, den Tresor zu sprengen? Heiland fluchte. Etwas in ihm hatte die Brutalität des Mannes gespürt, hatte ihn daran gehindert, zum Wagen zu laufen. Und hatte nicht auch Krüger das von Anfang an erahnt?

Du spinnst doch, schimpfte er mit sich selbst, die Leute waren bewaffnet, was war diesem Joseph denn anderes übriggeblieben, als zu schießen? Er konnte doch gar nicht anders!

Ein Teil seines Verstandes wehrte sich noch immer gegen das Offensichtliche. Und sofort widersprach er sich selbst: Der Mann, der die Treppe hinuntergeschlittert ist und immer nur «Rosa» geschrien hat, hat doch längst keine Pistole mehr gehabt! Der ist doch schon so gut wie tot gewesen, als er endlich unten bei mir gelegen hat! Ich habe doch seinen Blick brechen sehen!

«Und er hat trotzdem weitergeschossen», flüsterte Heiland. «Und mich wollte er auch abknallen! Mörder, verfluchter!»

Da! Ein massiger Schatten huschte zehn Schritte vor ihm über den Weg und gleich noch einer – drei, vier, fünf Schatten! Der Schreck fuhr ihm in die Glieder, er stand still, wagte nicht, sich zu rühren. Was war das denn?

Wildschweine! Kaum zehn Schritte vor ihm trotteten sie über den Hauptweg, brachen durch eine Hecke, verschwanden eines nach dem anderen in einem Garten. Ihr Grunzen und Schnaufen entfernte sich nach und nach.

Heiland atmete auf, ging weiter und dachte an Karl Krüger. Wie es ihm wohl ging? Hatte jener Mann ihn getroffen, den Joseph ins Zimmer gerissen hatte? Der hatte doch das Feuer eröffnet, kaum dass er am Boden lag.

Fast hätte dieser Mann ihn, Heiland, erwischt! Er meinte immer noch zu hören, wie die Kugel neben seinem Ohr vorbeipfiff und in die Wand einschlug. Seine Nackenhaare stellten sich auf. Und als er dann die Treppe hinuntergestürzt war, jener Frau hinterher, da hatte der andere auf ihn geschossen; der, der immer «Rosa!» geschrien hatte.

Und der jetzt tot war.

«Himmel, was habe ich nur getan?!» Heilands Beine waren plötzlich bleischwer. «Wie konnte ich mich nur mit diesem Mörderpack einlassen!» Er sehnte sich nach seiner Frau und der Kleinen. An Christel gekuschelt aufwachen und denken, dass alles nur ein böser Traum gewesen war – nichts anderes wünschte er sich mehr.

Auf einmal stand er an einer breiten Straße. Er schaute sich um, versuchte, vertraute Fassaden zu erkennen. Hatte in dem Haus gegenüber nicht ein Freund seines Vaters gewohnt? Und durch die Einmündung daneben gelangte man doch zum Sportpark!

Als er nach rechts blickte und die Eisenbahnbrücke erkannte, war er ganz sicher: die Hallische Straße! Er wollte loslaufen, doch eine Hupe ertönte. Lichter flogen heran, ein Lastkraftwagen – im letzten Moment sprang er zurück auf den Bürgersteig.

Militärkraftwagen fuhren vorüber, die Scheinwerfer einer Elektrischen näherten sich von der anderen Seite, wahrscheinlich eine der letzten, die um die Zeit noch stadteinwärts fuhren. Heiland lief los.

Er rannte schräg über die Straße, irgendwo hier musste doch eine Haltestelle sein! Bald entdeckte er sie auch schon, rannte schneller, erreichte sie noch vor der Straßenbahn, der Linie 10 nach Connewitz / Eiskeller.

Ein Kraftrad brauste vorbei. Heiland dachte an Krügers NSU-Maschine. Sollte er nach Schönefeld in die Gärten fahren und dort auf Karl Krüger warten? Oder, wenn Karl nicht kommen sollte, mit dessen Motorradgespann nach Stötteritz fahren?

Doch nur einen Moment lang spielte er mit dem Gedanken – nein, er wollte auf dem schnellsten Weg nach Hause zu Christel und der Kleinen! Etwas anderes kam gar nicht in Frage. Und zwar mit der Elektrischen über den Hauptbahnhof! Zu Hause würde er sich erst einmal einen Schnaps genehmigen. Oder zwei.

Die Elektrische hielt, er stieg in den Triebwagen und stand vor der Schaffnerin, die bereits einen Fahrschein in der Hand hielt. Heiland wollte seine Jacke nach seiner Geldbörse abklopfen und erstarrte – er trug seine Jacke nicht mehr! Sie lag noch in der Villa! Samt seiner Geldbörse und seinem Ausweis.

## 21

Stainer überquerte den Rathausring und schlenderte durch die Grünanlage entlang des Neuen Rathauses in Richtung Petersstraße. Er hielt nach einer Kneipe Ausschau, denn zu Hause – da machte er sich nichts vor –, zu Hause in der Moltkestraße würde ihm die Decke auf den Kopf fallen. Um sein Kätzchen musste er sich keine Sorgen machen: Seine Vermieterin hatte die kleine Eule ins Herz geschlossen und würde sich schon um sie kümmern.

Seine Gedanken kreisten unentwegt um den fetten Gerichtsmediziner. Was hatte dieser Prollmann plötzlich bei der Polizei zu schaffen? Stainer erinnerte sich nicht, ihn jemals in Leipzig gesehen zu haben, doch was hieß das schon bei seinem kranken Gedächtnis. Prollmann war damals Psychiater gewesen – seit wann obduzierten Psychiater Leichen?

Zwei Reiter trabten Stainer entgegen, Streifenpolizisten. Obwohl er sie nicht kannte, grüßte er sie. Die Polizisten tippten sich an die Ränder ihrer Pickelhauben, weil sie vermutlich freundliche Menschen waren – wie die meisten Leipziger –, nicht, weil sie wussten, wer er war. Das konnte sich am dritten Tag seines neuen Lebens als Polizist noch nicht herumgesprochen haben.

Er trat aus der Grünanlage, überquerte die Markgrafenstraße und bog in die Petersstraße ein. Unerwartet viele Passanten tummelten sich dort, die meisten kamen aus der Richtung des Marktplatzes. Staunend blickte er nach rechts und links. Was hatten bloß all die Leute an einem Mittwochabend in der Innenstadt zu tun? Vielleicht ein neuer Film im Lichtspielhaus, vielleicht eine politische Kundgebung. Davon hatte Leipzig viele gesehen seit Kriegsende. Das wusste Stainer von seinen Eltern.

Er bog ins Preußergäßchen ein. Ein junger Mann in feldgrauem Mantel und mit lederner Schildmütze lehnte gegen eine Hauswand und plauderte mit einer Frau, die neben ihm aus dem Fenster schaute und rauchte. Er nickte Stainer zu, wahrscheinlich, weil auch der einen alten Uniformmantel trug. Stainer schaute ihm einen Wimpernschlag zu lange ins Gesicht, und schon nahm es die Züge des toten Murrmanns an. Er ging schneller und sah zu, dass er den Feldgrauen hinter sich ließ.

Wieder kamen ihm Uniformierte entgegen – einer schob einen Leierkasten vor sich her, drei trugen Trompeten und Posaunen, zwei Frauen hatten Gitarren geschultert. Das musste eine Einheit der Heilsarmee auf der Suche nach verlorenen Seelen und hungernden Bettlern sein.

Das Café *Rheingold* hatte geschlossen. Stainer ging weiter und blieb zwischen der *Lustigen Witwe* und den Bierstuben *Zum Zillertal* stehen. Er entschied sich für die Bierstuben, weil die Kneipe größer war als die *Lustige Witwe* und lauteres Gelächter und mehr Stimmen hinter den Fenstern lärmten, als hinter denen der kleinen Bar.

Je größer die Menschenmenge war, in die Paul Stainer eintauchen konnte, desto leichter fiel ihm das Nachdenken. Nirgendwo konnte man nach seiner Erfahrung ungestörter allein sein als unter vielen Menschen.

Er trat ein. Den toten Murrmann ließ er auf der Gasse draußen, den dicken Gerichtsmediziner konnte er nicht daran hindern, mit ihm zu gehen. Stainer bildete sich ein, seine Nähe körperlich zu spüren. Das erschreckte ihn – hatte die Begegnung mit Prollmann ihn so sehr erschüttert, dass er seinen Sinnen nicht mehr trauen konnte?

Stickige aber erfreulich warme Luft schlug ihm entgegen, dazu Stimmengewirr und Tabakduft. Rauchschwaden schwebten unter tiefhängenden Lampen aus blau-weißem Porzellan. Kellnerinnen in atemberaubend weit ausgeschnittenen Dirndlkleidern balancierten Bierkrüge auf Tabletts durch den großen Schankraum. Die meisten Tische waren besetzt und der halbe Tresen auch.

Im Vorübergehen fiel Stainers Blick auf ein Plakat an einer der Gewölbesäulen: Die SPD lud zu einer Versammlung am kommenden Sonntag im Volkshaus ein. Ob er bis dahin Murrmanns Mörder hinter Gitter gebracht haben würde?

Stainer rutschte auf den mittleren von drei unbesetzten Thekenhockern, hängte seinen Hut an einen Haken unter dem Tresen und knöpfte Mantel und Anzugjacke auf. Ein Kellner in Lederhosen und rot kariertem Hemd begrüßte ihn in breitestem Sächsisch und fragte ihn, was er trinken wolle. Ehe Stainer überhaupt zum Nachdenken kam, hatte er schon ein Bier bestellt.

Machte nichts – eines würde schon nicht schaden.

Er holte sein Zigarettenetui aus der Manteltasche, steckte sich eine Salem an und zog den Ascher heran. Der fette Prollmann schien auf dem Hocker links neben ihm zu sitzen, so deutlich sah er ihn vor sich. Als er ihm im Juli 1916 in die Hände fiel, war der Mann noch Psychiater gewesen, Stainer war sich jetzt ganz sicher. An einer Sammelstelle für Leichtverwundete hatte er ihn aus Hunderten Männern geangelt und zu einem Lazarett auf einem Schloss in einem kleinen Ort namens Vélu bringen lassen.

Warum? Weil die Feldärzte im Sammellager keinerlei Verletzungen an ihm gefunden hatten. Stainer hatte aus keiner Wunde geblutet, hatte nur ein bisschen gezittert. Und ein bisschen gekrampft. Und ein bisschen halluziniert. Und ja – laufen konnte er auch nicht mehr richtig.

Der Lederhosenmann stellte das Bier vor ihn hin und sagte: «Zum Wohl, der Herr.» Stainer dankte und nahm einen kräftigen Schluck. Schloss Vélu, dachte er, eigentlich ein schöner Name.

War er damals nicht auch ein bisschen taub gewesen? Er schüttelte den Kopf, denn das war nun bedeutungslos, und nahm noch einen Schluck. Er konnte wieder hören, konnte auch wieder laufen und vor allem: Er war wieder Polizist. Und dieser Prollmann hatte hoffentlich ein ähnlich miserables Gedächtnis wie er. Wenn sich etwas zum Vergessen eignete, dann doch wohl der Krieg, oder? Der Krieg, eine treulose Frau und einer wie Prollmann. «Prost», murmelte Stainer und trank noch einen Schluck Bier.

Aus dem Augenwinkel nahm er wahr, dass vom linken Ende der Theke jemand zu ihm herüberstarrte. Das machte ihn nervös, er selbst blickte nach rechts und tat, als würde er das Gemälde an der Türwand betrachten, eine Berglandschaft mit Hirsch, zwei Jägern und Bergsee. Bleib bloß auf deinem Thekenhocker sitzen, dachte er, komm bloß nicht auf den Gedanken, mich anzusprechen.

Das Gemälde war ganz hübsch, ein bisschen kitschig vielleicht, doch man konnte sich so richtig hineinsinken lassen. Stainer betrachtete die zahlreichen Einzelheiten – den See, die Hüte der Jäger, ihre Gewehre, die Wolkenformationen, ihre Spiegelungen im See, die Eichen auf der Bergwiese –, er verlor sich in ihnen und stellte sich vor, einer der Jäger zu sein.

Besonders gut gefiel ihm der Hirsch, ein schwarzbrauner Koloss mit einem Geweih lang wie Geschützrohre. Dieser Koloss bewegte sich plötzlich, und zwar auf ihn zu!

Stainer hielt den Atem an. War es eben noch taghell über See, Bergwiese und Hirsch gewesen, verschwanden Sonne und Wolken nun von einem Augenblick auf den anderen, und jäh brach dunkelste Nacht über die idyllische Landschaft herein. Blitze zuckten, Donner grollte, der Thekenhocker schien zu erbeben.

Stainer schloss die Augen. Nein, das war kein Gewitter – Granaten detonierten, explodierende Geschosse verursachten die Blitze, und er, der Jäger, wurde zum Gejagten und stürzte sich in den See.

Stainer schwamm wieder um sein Leben. Flammen erhellten plötzlich die Nacht, und Flammen loderten, wohin er sich wandte. Überall donnerte, rauschte, heulte und krachte es. So schnell er konnte, schwamm er auf die Umrisse eines Bootes zu. Seine Kleider, schwer von Wasser, drohten ihn zum Seegrund hinabzuziehen. Er blickte hinter sich – im Schein der Flammen glitt der Koloss ins Wasser, blökte, röhrte und brüllte. Seine Geschützrohre richteten sich auf Stainer, Schusslärm knatterte jetzt rings um ihn, zerwühlte den See. Kein Hirsch, eine monströse Maschine pflügte durchs Uferwasser, ein englischer Panzer. Handgranaten detonierten, schwarzer, stinkender Qualm hüllte Stainer ein.

Der zweite Jäger beugte sich aus einem überfüllten Boot und streckte die Hand nach ihm aus. «Greif zu, Paul, greif doch zu!» Eine Granate rauschte heran und Stainer griff nach der Hand des Hauptmanns, umklammerte sie, hielt sie fest, war entschlossen, sie nie wieder loszulassen …

«Herr Major?»

Er riss die Augen auf, ließ das fest umklammerte Bierglas los, fuhr herum. Ein Mann stand neben dem Thekenhocker links von ihm, hemdsärmlig und mit Krawatte, Weste und Hut. Eugen Brand.

«Ich hätte nicht gewagt, Sie zu stören, Herr Kommissar, doch sie schwankten plötzlich und ich hatte Sorge, Sie könnten kollabieren und vom Barhocker stürzen.»

«Kriminalinspektor. Ich fall von keinem Hocker.» Verwirrung und Scham überwältigten Stainer, er schaute sich um – der Lederhosenkellner sah schnell weg, bevor ihre Blicke sich treffen konnten. «Mir geht es gut», Stainer wandte sich wieder an Brand. «Lassen Sie mich in Ruhe.»

«Es ist warm hier, nicht wahr?» Brand musterte ihn besorgt. «Sie sollten den Mantel ausziehen, Herr Kriminalinspektor Stainer.»

«Und Sie sollten mich in Ruhe lassen, Herr Doktor.» Stainer wischte sich den Schweiß von der Stirn, der war klebrig und kalt. Irgendwie hatte er kein Glück mit Ärzten. Er blickte wieder zum Bild hin – eine Berglandschaft mit Hirsch, Jägern, Bergsee und Wolken, weiter nichts. Er griff nach seinem Bier und leerte das halbe Glas mit einem Zug.

«Ich kann nachfühlen, wie hart es für Sie sein muss.» Brand, der nun mit gedämpfter Stimme sprach, zog den Thekenhocker heran und setzte sich neben Stainer. «Wenn ich gewusst hätte, dass Sie leben, wenn Edith nicht ganz und gar von Ihrem Tod überzeugt gewesen wäre – ich hätte mich doch niemals auf Ihre Frau eingelassen!» Stainer wusste nicht, wohin mit sich. Am liebsten hätte er laut geschrien.

«Bitte hören Sie mir zu, Herr Inspektor Stainer.» Jetzt beugte der Kerl sich auch noch zu ihm herüber. «Ich war in einer Ausnahmesituation, glauben Sie mir.» Zu allem Überfluss holte die Lederhose Brands Weinglas vom Ende der Theke und stellte es vor ihn hin. Es war fast leer.

Stainers Blick fiel auf den Hut des Mannes, der sich ungefragt neben ihn gesetzt hatte – ein moderner Fedora, hellgrau wie seiner. Fassungslos und wütend zugleich drückte er seine Zigarette aus und griff wieder nach seinem Bierglas.

«Meine Frau und ich, wir hatten zwei Söhne. Beide sind am selben Tag gefallen. An der Marne, im April 15.» Jetzt erst merkte Stainer, dass Brand mit schwerer Zunge sprach. Die Lederhose füllte ihm das Weinglas und schaute danach Stainer fragend an. Der schüttelte den Kopf, trank sein Bier aus und griff nach seinem Hut.

«Bitte hören Sie mir zu, Herr Major. Meine Frau – meine Frau ist im gleichen Jahr gestorben, 1915. Ich war in einer Ausnahmesituation, verstehen Sie?» Er flüsterte und schien ihn mit seinem Blick fesseln zu wollen.

Stainer rutschte vom Thekenhocker, musste sich aber sofort am Tresen festhalten, um das Gleichgewicht zu halten.

«Edith ging es ähnlich, als ich sie Weihnachten vor drei Jahren kennenlernte.» Brand sprach einfach weiter. «Zwei Menschen im Ausnahmezustand, Herr Major! Ist es so schwer zu verstehen, dass wir uns zusammengetan haben?»

Zum ersten Mal schaute Stainer ihm in die Augen: Brand guckte wie ein kleiner Junge, der aus Versehen die Briefmarkensammlung seines Vaters in den Ofen geworfen hatte. ‹Ausnahmezustand›, wiederholte er in Gedanken – was war eigentlich das Gegenteil eines Ausnahmezustandes? Und wann hatte er es zuletzt erlebt?

«Es tut mir alles so unendlich leid», flüsterte Brand. Hatte er etwa Tränen in den Augen?

Seufzend rutschte Stainer wieder auf seinen Thekenhocker und bestellte einen Kaffee.

## 22

Wie benommen trieb er später durch die Menge der Nachtschwärmer auf der Petersstraße. Kalter Wind blies ihm ins Gesicht, die Luft roch nach Kohlefeuer und über dem Turm des Neuen Rathauses sammelten sich Wolkenfetzen um den zunehmenden Mond, als wollten sie ihn einwickeln und wärmen.

Vom Königsplatz her kamen ihm drei junge Frauen entgegen, und alle drei lächelten ihm zu. Doch er war so tief in Gedanken versunken, dass er es kaum merkte. Er wich ihren Blicken aus und zog sich den Fedora tiefer in die Stirn. Ein Stück weiter, auf dem Königsplatz, staute sich der Verkehr. Ein Unfall, wie es aussah.

Das Erlebnis mit dem Bild, das ihm so plötzlich zur Falltür in die Vergangenheit geworden war, steckte ihm tief in den Knochen. An die Albträume hatte er sich gewöhnt, doch Halluzinationen hatte er schon seit drei Jahren nicht mehr gehabt. Schuld war nur der verdammte Prollmann.

Stainer wünschte, er könnte das Gesicht des fetten Arztes wieder aus seinem Kopf vertreiben. Es wollte und wollte ihm nicht gelingen; und nun nistete sich auch noch ein zweites Gesicht darin ein: das von Eugen Brand.

Anfangs hatte er ihn für sentimental und weinerlich gehalten, doch je länger er ihm zugehört hatte, desto klarer sah er: Der Mann war tieftraurig. Ob er sich öfter betrank?

Stainer hätte auf die Begegnung verzichten können, doch nun war es geschehen. Änderte sie etwas an seinem Entschluss,

Edith zurückerobern zu wollen? Im Gegenteil: Brand näher kennengelernt zu haben, ermutigte ihn, es erst recht zu versuchen. Der Mann mochte wohlhabend und ein erfolgreicher Arzt sein, doch er war gebrochen und haltlos. Nichts für seine Edith, jedenfalls nicht mehr als ein väterlicher Freund. Zum Abschied hatten sie sich die Hand gereicht.

Er blickte zum Rathaus hin – kurz nach elf zeigte der blau erleuchtete Uhrengiebel. Den Spruch darunter beleuchtete das blaue Licht ebenfalls: *Mors certa, hora incerta.* Meine Stunde jedenfalls ist noch nicht gekommen, dachte Stainer, ich habe Frankreich überstanden, ich werde auch Prollmann überstehen.

An der Schillerstraße drüben, am Rande des Promenadenrings, entdeckte er eines dieser neuartigen Fernsprechhäuschen, von denen seine Mutter erzählt hatte. Sein Anblick zog ihn über die Petersstraße – oder nein: Der Wunsch, Ediths Stimme zu hören, zog ihn über die Straße. Er kramte ein paar Groschen aus der Anzugjacke, öffnete die Tür und griff nach dem Hörer. Komisch, wunderte er sich, während er die Wählscheibe drehte, wieso habe ich eigentlich unsere Nummer nicht vergessen?

Edith war nicht zu Hause. Enttäuscht und wütend über sich selbst trat er wieder aus dem Fernsprechhäuschen. Mach dich doch nicht zum Idioten, schimpfte er im Stillen, hab doch Geduld, bis sie dich anruft.

Eine wartende Frau wollte sich an ihm vorbei ins Häuschen drängen. «Moment noch», sagte er, machte kehrt und zog die Tür wieder zu.

Schon wieder musste er sich wundern: Auch die Rufnummer der Universitätsklinik und der Wöchnerinnenstation floss ihm in den Zeigefinger, ohne dass er nachdachte. Eine Schwester meldete sich, die schließlich Edith ins Stationszimmer holte.

«Ich bin's, Edith, Paul. Vielleicht keine ganz so gute Idee, dich im Dienst anzurufen, doch ich habe eben den Spruch unter der Rathausuhr gelesen und da war mir …»

«Meine Güte, Paul!», fiel Edith ihm ins Wort. «Gerade habe ich an dich gedacht.»

«Ehrlich?»

«Ich habe ein schlechtes Gewissen wegen letzter Woche, das war nicht in Ordnung, wie das gelaufen ist, wirklich nicht.»

Meinte sie den kühlen Empfang, den sie ihm bereitet hatte, oder dass ihr Liebhaber plötzlich aufgetaucht war? Stainer fragte nicht nach. «Was ist schon noch in Ordnung in Zeiten wie diesen?», sagte er stattdessen. «Ich werd's überleben, schätze ich. Ich dachte nur …» Sollte er ihr von Brand erzählen? Nein, lieber nicht. «Ich hatte nur plötzlich das kindische Bedürfnis, deine Stimme zu hören.»

«Ach Paul …» Im Hintergrund hörte er eine Männerstimme rufen, und eine Frau schrie wie unter großen Schmerzen. «Ich muss Schluss machen, Paul, ich habe eine Erstgebärende im Kreißsaal liegen. Ich rufe dich an, ja?»

«In Ordnung», sagte Stainer, da hatte sie schon aufgelegt. Die Frau vor dem Fernsprechhäuschen blitzte ihn wütend an, als er ihr die Tür aufhielt.

Eine Weile stand er unter den Platanen der abendlichen Promenade und lauschte Ediths Stimme nach. Sie zu hören, hatte ihm gutgetan; und sie hatte anders geklungen als noch am vergangenen Mittwoch – versöhnlicher, nicht so kühl.

«Gott sei Dank», murmelte er und zündete sich eine Salem an. Hinter ihm, im Fernsprechhäuschen, zeterte die Frau. Stainer lächelte in sich hinein und ging weiter in Richtung Polizeiamt.

Am Königsplatz lag ein Fuhrwerk schräg auf dem von Gaslaternen erleuchteten Rathausring. Von den vier Ochsen des Gespanns weidete einer an einen Baum gebunden im Halbdunkel der Grünfläche auf dem Königsplatz. Ein zweiter lag zuckend und blökend auf der Straße vor einer Kraftdroschke mit eingedrücktem Kühler. Die anderen beiden standen stoisch an der verdrehten Deichsel und beäugten die palavernden Männer rund um den Unfallort. Polizisten leiteten den Verkehr an Fuhrwerk und Droschke vorbei.

Was für eine absurde Szenerie! Stainer schüttelte sich. Absurder fast als eine Bergidylle, die sich plötzlich in ein Schlachtfeld verwandelte. Wenn die Halluzinationen zurückkamen, musste er wieder Tabletten nehmen, soviel war Stainer klar. Zittern, Albträume und Gedächtnislücken konnte er überspielen, aber Halluzinationen? Als Polizist? Ausgeschlossen! Immerhin hatte Ediths Stimme weicher und freundlicher geklungen als noch am letzten Mittwoch.

Hinter einem Sanitätsfahrzeug, das in Richtung Windmühlenstraße davonbrauste, überquerte Stainer den Rathausring. Vor dem Postamt stritten ein Mann und Frau so laut miteinander, dass die Vorübergehenden sich nach ihnen umschauten. Stainer ging an ihnen vorüber, als wären sie Luft. Er beglückwünschte sich, Edith angerufen zu haben.

Das Polizeiamt rückte in sein Blickfeld, er bog in die Wächterstraße ein. Nach der Begegnung mit Brand und nach dem Kaffee, den er noch getrunken hatte, fühlte sich Stainer viel zu aufgekratzt, um schon an Schlaf zu denken. Sein neuer Schreibtisch und die Arbeit darauf zogen ihn an. Schon früher, als junger Kommissar, war er oft der Letzte gewesen, der die nächtliche Wächterburg verlassen hatte.

Wenn du wieder bei Edith lebst, kannst du nicht einfach so weitermachen, wie du vor dem Krieg aufgehört hast, ermahnte er sich, dann wirst du an einem Abend wie diesem zu ihr nach Hause gehen müssen.

Irgendwo brüllte ein Motor auf. Männer rannten aus dem Hauptportal der Wächterburg, die Spitzen ihrer Pickelhauben glänzten im Licht der Gaslaternen. Das Motorengeräusch wurde lauter, ein großes Automobil schob sich unter dem Torbogen mit dem Löwenkopf hindurch und rollte hinaus auf die Wächterstraße, ein Mannschaftswagen.

Der ganze Vorgang weckte den Eindruck von Hektik und Dringlichkeit in Stainer, deswegen rannte er los und winkte. Die Beamten schlossen das Tor und sprangen in den hinteren Teil, doch ein glatzköpfiger Wachtmeister stieß die Beifahrertür auf. «Ich habe versucht, Sie zu Hause anzurufen, Herr Kriminalinspektor!» Stainer erkannte Kupfer. «Schießerei in Gohlis! Wollen Sie mitfahren?»

Er rutschte ein Stück zum Fahrer hin, sodass Stainer zu ihm auf die vordere Sitzbank klettern konnte. «Eine Schießerei, sagen Sie?» Stainer zog die Tür zu, der Mannschaftswagen fuhr los.

Kupfer nickte. «In einer Villa in der Artilleriestraße. Den Kommissar Heinze habe ich auch nicht erreicht.» Er war vor Aufregung ganz rot im Gesicht. «Die Kollegen vom Revierbüro Gohlis haben angerufen. Es soll Tote gegeben haben, mehr wissen sie noch nicht.»

Über die Harkortstraße und den Rathausring raste der Mannschaftswagen nach Norden. Der Oberwachtmeister deutete auf die Ballhupe an der Beifahrerseite und forderte Stainer mit einer Geste auf, zu hupen, wenn andere Automobile nicht gleich Platz machten.

Dein Neuanfang als Kriminalist könnte ruhig ein wenig langweiliger sein, dachte Stainer, während er auf dem Gummiball der Hupe herumdrückte, um einen Kraftwagen aus dem Weg zu jagen, der mitten auf der Harkortstraße fuhr. Straßenkreuzungen, Einmündungen, Häuserzeilen, Brücken und Parkanlagen flogen vorüber. Je näher sie dem Zoologischen Garten kamen, desto weniger Verkehr herrschte auf den abendlichen Straßen.

Stainer kurbelte das Fenster hoch und fummelte eine Salem aus dem Etui. Als er Kupfer auch eine anbot, zückte der sein Feuerzeug. Während sie rauchten, erkundigte sich Stainer nach der Wohnung der Murrmanns. Alle Spuren seien gesichert, erklärte der Oberwachtmeister, und Murrmanns Leiche in der Pathologie der Universitätsklinik. «Wenn Sie einverstanden sind, können wir die Wohnung morgen schon freigeben, Herr Inspektor.»

«Haben Sie den Briefblock mit in die Wächterburg genommen?», Stainer rief gegen das Motorengebrüll an. Kupfer verneinte. «Haben Sie mit den Hausbewohnern sprechen können?» Kupfer rieb sich verlegen den Schnauzer und verneinte. «Dann müssen wir morgen noch einmal dort vorbeigehen.»

Inzwischen steuerte der Fahrer den Mannschaftswagen über die Hallische Straße. Stainer verlor die Orientierung, manche Häuserzeilen kamen ihm völlig unbekannt vor. Doch war das ein Wunder nach sechs Jahren in der Kriegswildnis?

Seine Gedanken kehrten zu Brand zurück, kreisten schließlich um Edith – gut, dass er angerufen hatte; gut, dass ihre Stimme nicht mehr so kalt geklungen hatte. Ob sie ihn morgen im Büro anrufen würde? Was, um Gottes willen, verband sie mit diesem armen Brand. Das Bild im *Zillertal* drängte sich ihm auf, der Hirsch, das Gewitter, der englische Panzer und der Artilleriebeschuss.

So etwas darf dir nie wieder passieren, sagte er sich und schluckte die aufkommende Übelkeit herunter. Du musst dir einen Arzt suchen, einen, dem du vertrauen kannst.

«Alles in Ordnung, Herr Inspektor?»

Er riss die Augen auf, Kupfer musterte ihn von der Seite. «Alles bestens», sagte Stainer und sog tief den Rauch seiner Zigarette ein. «War ein langer Tag.»

Der Mannschaftswagen bog so scharf nach rechts in die Breitenfelder Straße ein, dass er gegen den Oberwachtmeister stürzte. Hinten auf den Mannschaftsbänken schimpften die Beamten. «Wir sind gleich da!», rief der Fahrer, ein alter Polizist mit langem Bart und einem Schnauzer, der dem des Kaisers verdächtig ähnlich sah. Mit diesem Mann hatte Stainer schon vor dem Krieg zusammengearbeitet, da war er sich sicher, doch sein Name wollte ihm partout nicht einfallen. Der Kollege schien es zu genießen, am Steuer sitzen und nach Herzenslust Gas geben zu können.

Prollmanns Vollmondgesicht drängte sich Stainer schon wieder auf. Und wenn er sich nun doch an ihn erinnerte und sei es nur vage? Als ehemaliger Oberstabsarzt hatte er rechtlich gesehen die Möglichkeit, beim Reichsheer die Krankenakte *Major Paul Stainer* anzufordern. Der Teufel sollte den Mann holen!

Mach kein Drama daraus, Stainer, ermahnte er sich, erledige deine Arbeit, so gut du kannst, und wenn es hart auf hart kommt, wenn er wirklich zu Kubitz und Kasimir geht und dich als Kriegsneurotiker für dienstuntauglich erklärt, dann kannst du deine Leistungen dagegensetzen.

Er blickte zum Autofenster hinaus, der Mannschaftswagen raste an einer Reihe wartender Kraftdroschken vorbei. Und wenn alle Stricke reißen, dachte Stainer, kaufst du dir so ein Ding und chauffierst den Leipziger Geldadel zum Theater oder zum Bahnhof oder ins Freudenhaus.

Der Gedanke beruhigte ihn irgendwie, und die Beruhigung hielt auch noch an, als eine Linkskurve ihn gegen die Beifahrertür presste. Ja, sollte doch der Teufel den fetten Prollmann holen! Der Fahrer trat auf die Bremse, Kupfer und er stemmten sich gegen die Frontscheibe, der Mannschaftswagen hielt.

Sie stiegen aus, und Kupfer blaffte Befehle, während zwei Uniformierte aus der Dunkelheit eines Gartenweges in den Lichtschein der Gaslaterne vor der Villa traten und die Fingerspitzen an den Rand ihrer Pickelhauben legten. «Keine Gefahr mehr», meldete einer von ihnen. «Wir haben das Haus durchsucht. Kein Bewaffneter, nirgends.»

Stainer dankte und ging neben Kupfer her auf den erleuchteten Eingang der Villa, deren Haustür weit offen stand. Mitten auf dem Gartenweg blieb Stainer stehen, drehte sich um und lauschte – in dem Wäldchen auf der anderen Straßenseite sang eine Nachtigall. Ihr Gesang ging ihm durch und durch. Seine Haltung, seine Miene, alles an ihm entspannte sich, und er lächelte sogar. Ihm entging nicht, dass Kupfer ihn mit gerunzelter Stirn beobachtete, während sie ihren Weg zur Villa fortsetzten.

Über der Vortreppe brannte elektrisches Licht. Stainer packte Kupfer am Arm, schob ihn zur Seite und deutete auf die mittlere Treppenstufe: Das blutige Profil einer Schuhsohle zeichnete sich auf dem weißen Granit ab.

«Sichern Sie die Spur, Kupfer», befahl er.

«Aber wie denn, Herr Inspektor?»

«Besorgen Sie Folie oder fordern sie den Fotografen auf, ein Foto zu knipsen. Oder von mir aus zeichnen Sie die Spur ab, mir ganz egal.» Stainer entdeckte weitere Blutspuren, wich ihnen aus, trat ins Haus. Auch hier blutige Sohlenabdrücke – hoffentlich war überhaupt schon ein Fotograf eingetroffen.

Auch das Vestibül – ein anderes Wort fiel Stainer nicht ein für das weiträumige Treppenhaus – war hell erleuchtet. Ein Mann in Frack und mit ungewöhnlicher Leibesfülle schaukelte ihm entgegen. Hinter ihm, vor dem Treppenaufgang, konnte Stainer die Beine einer Leiche erkennen.

«Sie schon wieder?» Kurt Prollmann schälte die blutigen Latexhandschuhe von seinen Wurstfingern. Stainer stand wie festgefroren: Auf Dr. Doppelmann war er nicht gefasst gewesen.

Der trat dicht zu ihm, so dicht wie einer, der ihm etwas Vertrauliches ins Ohr zu flüstern hatte. «Wenn ich Ihr Arzt wäre», raunte Prollmann, «würde ich Ihnen dringend empfehlen, keinen Schritt weiterzugehen, Herr Kriminalinspektor.» Sein Absinthatem wehte Stainer ins Gesicht. «Nichts für schwache Nerven, falls Sie verstehen, was ich meine. Doch ich bin ja nicht Ihr Arzt.» Er lächelte kalt. «Jedenfalls nicht mehr.»

# 23

Die Elektrische rollte bereits an, die Schaffnerin schaute Heiland noch immer erwartungsvoll in die Augen. Als der sich nicht rührte, machte sie eine ungeduldige Handbewegung. «Fünfzehn Pfennige kostet die Fahrt», sagte sie.

Heilands Gedanken überschlugen sich. Er hatte die Jacke im Zimmer mit dem Wandtresor ausgezogen, natürlich! Was für ein gottverdammter Mist!

«Kein Geld dabei, junger Mann?» Die Schaffnerin zog die Brauen hoch, die Blicke einiger Fahrgäste trafen Heiland, und er hörte endlich auf, seinen Pullover abzutasten. Stattdessen durchwühlte er seine Hosentaschen, wo er weder einen Groschen noch einen Pfennig fand.

Schade, dass er die Schaffnerin nicht kannte. Er blickte zum Führerstand. Wenn doch bloß seine Tante, die Straßenbahnfahrerin, dort gestanden hätte! Doch ein Mann hantierte an den Armaturen herum, und auch den kannte er nicht. Verfluchter Mist!

Die Schaffnerin musterte ihn mit hochgezogenen Brauen und zur Schulter geneigtem Kopf. «Könnt mich in den Arsch beißen.» Heiland versuchte zu feixen. «Hab glatt meine Jacke in der Kneipe vergessen, samt Börse.» Es fiel ihm nicht schwer, den Zerknirschten zu geben. «Mist, verdammter!»

«Na, dann steigen Se mal an der nächsten Haltestelle wieder aus, junger Mann», sagte die Schaffnerin, «dann hamses nich so weit zurück zur Kneipe.»

Heiland nickte, bedankte sich und wusste selbst nicht, wofür.

Er blieb auf der Fahrerplattform stehen, umklammerte eine Dachstange und hielt sich daran fest, als würde er ohne diesen Halt im Boden versinken müssen.

Er hatte tatsächlich seine Jacke in der Villa liegen lassen! Konnte das wahr sein? Fassungslos stierte er in die Dunkelheit hinaus. Sie hing dort über einem Stuhl, natürlich! Im Zimmer, in dem sie das blaue Bild mit der Braut abgehängt hatten. Er schloss die Augen und presste die Stirn gegen die kühle Dachstange. Seine Geldbörse steckte in der Jacke, seine Papiere, seine Schlüssel, alles. Und ein paar Schritte von seiner Jacke entfernt lag wahrscheinlich ein Toter. Oder ein Angeschossener.

«Worauf wartense?!», rief die Schaffnerin hinter ihm. Heiland zuckte zusammen, riss die Augen auf und hob den Blick – die Elektrische stand. Er sprang auf die Straße, wich einem schimpfenden Radfahrer aus, der ohne Licht fuhr, und lief stadteinwärts.

«Deine Jacke hängt in einer Villa, in der eingebrochen und herumgeballert wurde», sagte er laut und klatschte sich an die Stirn. «Die Polente braucht nur in deine Jackentasche greifen und die Geldbörse herausziehen, dann weiß sie, dass Max Heiland mit von der Partie gewesen ist. Wie dämlich kann man denn sein!» Wieder schlug er sich gegen die Stirn, diesmal fester und öfter. «Scheiße!», brüllte er. «Verfluchte Scheiße!»

Gehetzt spähte er nach allen Seiten. Von der anderen Straßenseite schaute ein Paar zu ihm herüber und ging sofort schneller. Heiland bog in die Friedrichstraße ein. Die Kälte kroch ihm in die Glieder. Ausgeschlossen, nach Hause zu gehen! In Stötteritz wartete womöglich schon die Polente auf ihn. Doch wohin denn dann? Wohin bloß?

Zu seiner Tante! Eine andere Möglichkeit sah er nicht.

Also los und schneller, auf zur Lieblingstante und Lieblingscousine! Sie wohnten auf der anderen Seite des Hauptbahnhofs in der Neustadt. Heiland ließ sich wieder in einen Dauerlauf fallen, damit ihm warm wurde, und als er an der Michaeliskirche immer noch fror, legte er einen Spurt hin.

Auf der nächtlichen Gohliser Straße herrschte noch reger Verkehr, Automobile fuhren in beide Richtungen. In einem glaubte Heiland, Uniformierte zu sehen – er sprang in einen Hauseingang, hetzte ein paar Stufen aufwärts und drückte sich mit klopfendem Herzen gegen die Wand. Er schloss die Augen, dachte an Christel, sah sie vor sich, wie sie die Kleine an sich drückte und von Polizisten mit gezückten Pistolen umzingelt war. «Scheiße! Scheiße! Scheiße!» Er wischte sich die Tränen ab.

Auf der Gohliser bremste kein Wagen, um ihn genauer ins Auge zu fassen, ihn, das Angstbündel im Hauseingang. Heiland wankte die Stufen wieder hinunter, ging weiter, langsamer jetzt. Bloß nicht auffallen, dachte er, bloß keinen Verdacht erregen! Bald erreichte er das Hauptzollamt und tauchte in die Innenstadt ein.

Um den Hauptbahnhof schlug er einen Bogen, denn dort patrouillierten um diese Zeit gern berittene Polizeistreifen. Und wusste er denn, ob er nicht schon zur Fahndung ausgeschrieben war?

Er dachte an Joseph, an den Einarmigen in dem Mercedes Cardan, an die zehntausend Mark und an die alte Mauser-Pistole; die hatte er in den Vorgarten geworfen, als er aus der Villa gerannt war. Und dann dachte er wieder an Christel und seine Tochter. «Mein armes Mäuschen», flüsterte er. Ein Zittern durchlief ihn. «Was habe ich bloß getan? Wie konnte ich mich nur mit diesen Leuten einlassen?» Er verfluchte Krüger, der ihn dazu überredet hatte.

Über eine Stunde brauchte er, bis er endlich den Johannisplatz erreichte und in die Salomonstraße einbog. Seine Tante wohnte schräg gegenüber der Schwachsinnigenschule, ganz oben in einem alten vierstöckigen Mietshaus. Als Heiland die Klinke der Haustür drückte, ließ sie sich problemlos öffnen.

Zum Glück ist der Onkel noch nicht aus dem Krieg heimgekehrt, ging es Heiland durch den Kopf, während er im dämmrigen Schein des Treppenhauslichtes die Stufen ins vierte Obergeschoss hinaufstieg. Den mochte er nämlich nicht, und der würde ihn auch ganz bestimmt nicht in die Wohnung lassen.

Heiland dachte nach. Wie sollte er seiner Tante Josephine sein nächtliches Auftauchen erklären? Als er vor ihrer Wohnungstür stand, wusste er, was er ihr erzählen würde. Im Erfinden von Geschichten machte ihm so schnell keiner was vor.

*Sigurd und Josephine König* stand auf dem weiß emaillierten Türschild. Sollte er klingeln oder klopfen? Er entschied sich, zu klopfen, denn während die Tante sicher noch wach sein würde, schliefen die Kinder bestimmt schon, und die Türglocke würde sie eher wecken als sein Klopfen.

Das Treppenhauslicht erlosch, Heiland klopfte, erst scheu, dann ein wenig lauter. Im Flur hinter dem Türfenster flammte Licht auf, zaghafte Schritte näherten sich. «Wer klopft denn da so spät noch?», fragte eine junge Frauenstimme.

«Ich bin's, Mona, der Max.»

Ein Schlüssel drehte sich im Schloss, die Tür wurde geöffnet, seine siebzehnjährige Cousine stand im Nachthemd vor ihm. «Was ist denn mit dir los?» Sie zog ihn in die Wohnung.

«Was machst du denn an der Wohnungstür, Monika?!» Die strenge Stimme der Tante – sie trat aus der Küche, kochte wahrscheinlich gerade für morgen vor. «Du, Max? Um die Zeit?»

Sie staunte ihn an, kam näher, trocknete die Hände an der Schürze. Mit gerunzelten Brauen musterte sie ihn. «Warum bist du denn so blass? Du zitterst ja! Und warum hast du keine Jacke an?»

Die Kinderzimmertür öffnete sich, zwei seiner drei Cousins blinzelten aus dem dunklen Zimmer. «Was ist mit deinem Auge los?», sagte der Jüngste. «Das ist ja ganz dick.»

«Nur ein Boxer, der niemals boxt, kriegt keine dicken Augen.» Heiland strich ihm durchs Haar, und ein Grinsen gelang ihm. Und dann, an seine Tante gewandt. «Ich habe ein kleines Problem, Tante Fine.»

«Ist was mit Christel?»

Er nickte. «Ich erzähl's dir unter vier Augen, ja?»

## 24

Der Mannschaftswagen tuckerte von Haus zu Haus und der Lichtkegel von Kupfers Taschenlampe wanderte von Hausnummer zu Hausnummer. Es war weit nach Mitternacht. Der Motor stotterte und manchmal ging er aus. Es dauerte Stainer jedes Mal viel zu lange, bis der Kollege am Steuer ihn wieder zum Anspringen brachte.

Hinter sich hörte er, wie die Kollegen ihre Waffen entsicherten. Wieder ärgerte er sich, das Polizeiamt am Abend ohne seine Dienstpistole verlassen zu haben. Das würde ihm so schnell nicht mehr passieren.

«Hier ist es», sagte Kupfer, als der Lichtschein ein Schild mit der 17 aus dem Dunkeln einer Hauswand riss. Kupfer schaltete die Lampe aus, der Fahrer hielt den großen Kraftwagen an. Der Motor blubberte noch ein paarmal und verstummte schließlich.

Stainer drehte sich nach den Beamten auf den Rückbänken um. «Drei Mann hinter das Haus an Keller und Gartentüren», befahl er. «Je zwei Mann an die Schmalseiten und die Vorderfront. Möglichst lautlos, meine Herren, und Schusswaffengebrauch nach Vorschrift. Achten Sie auch auf Fenster und Balkone.» Er wandte sich an den Oberwachtmeister. «Wenn alle Stellung bezogen haben, kommen Sie zu mir an die Haustür, Kupfer. Dann gehen wir gemeinsam rein.»

Stainer griff sich die Jacke des Gesuchten, alle stiegen aus, elf Mann insgesamt. Lichtkegel und Schatten huschten rechts und links in den dunklen Vorgarten und um die Hausecken. Stainer schlich zur Haustür, knipste seine Lampe an, beleuchtete die Namensschilder: Max Heiland wohnte im Obergeschoss.

Er versuchte, sich zu erinnern, wann er etwas in der Art zuletzt gemacht hatte. Dunkel schwante ihm der Sturm auf ein Stadthaus nach einem Banküberfall im Herbst 1913, doch klare Bilder gab seine Erinnerung nicht frei. Kupfer bog um die Ecke, zog seine Waffe und winkte. Es ging los.

Eine Türglocke gab es nicht, also hieb der Oberwachtmeister mit der Faust gegen die Haustür. Nichts rührte sich, kein Licht flammte hinter den Fenstern des Erdgeschosses auf. Kupfer klopfte heftiger. «Aufmachen! Polizei!»

Stainer richtete seine Lampe auf die fremde Jacke. Sie hatte auf einem Stuhl im ersten Obergeschoss der Mordvilla gelegen – eine Armlänge vor einem Wandtresor, zwei Armlängen neben einem Schweißgerät und vier Schritte entfernt von einer männlichen Leiche. Er versuchte, sich die Gemütsverfassung eines Einbrechers vorzustellen, der seine Jacke mit Hausschlüssel, Brieftasche und Papieren am Ort des Einbruchs zurücklässt. Ein Amateur? Ein auf frischer Tat überraschter Profi? Oder ein Mann in Panik?

Weil sich im Inneren des kleinen Hauses nichts rührte, zog Stainer den Schlüssel aus der Jacke und schloss auf. Kupfer fand einen Lichtschalter, es wurde hell. Hinter dem Oberwachtmeister her stieg Stainer eine Holztreppe hinauf.

Er dachte an das elegante Vestibül der Villa in der Artilleriestraße und an die breite Treppe dort – Welten trennten die Mordvilla und das Haus des wahrscheinlichen Mörders.

Unten wurde eine Tür aufgerissen, Stainer und Kupfer fuhren herum – ein graubärtiger Mann in Schlafanzug starrte mit weit aufgerissenen Augen zu ihnen herauf. «Was zur Hölle haben Sie in meinem Haus verloren?»

«Polizei!» Kupfer machte kehrt, während Stainer seinen Dienstausweis zückte. «Kennen Sie einen Mann namens Max Heiland?» Stainer hielt Kupfer am Arm fest und zeigte auf seine Dienstwaffe. Der zog sie aus dem Holster, gab sie ihm und ging hinunter zu dem schlaftrunkenen Hausbewohner.

«Mein Sohn», hörte Stainer den Mann sagen, «was ist mit ihm?» Dann stand er vor einer Tür, hinter der ein Kleinkind plärrte. Er entsicherte Kupfers Waffe, verbarg sie unter der Jacke und klopfte. Schritte eilten herbei, und eine junge Frau im Morgenmantel öffnete.

«Sind Sie Frau Heiland?» Sie nickte, erkannte die Jacke über Stainers Arm und schlug die Hand vor den Mund. «Ich bin Paul Stainer, Kriminalinspektor. Ist Ihr Mann zu Hause?»

«Um Gottes willen!» Sie starrte die Jacke an wie ein Menetekel. «Max ist doch nichts zugestoßen?» Ihre Stimme brach.

«Das wissen wir nicht.» Stainer zeigte ihr seinen Dienstausweis. «Ihr Mann ist also nicht zu Hause?» Sie schüttelte den Kopf, Tränen kullerten ihr über die Wangen. «Darf ich mich selbst davon überzeugen?» Kupfer polterte die Treppe herauf, die erschütterte Frau trat zur Seite. Stainer zog die Waffe unter der Jacke heraus und durchsuchte, dicht gefolgt vom Oberwachtmeister, die kleine Wohnung. Außer einem quäkenden Kleinkind entdeckten sie niemanden.

«Ist meinem Mann etwas zugestoßen?» Die junge Frau sank auf einen Küchenstuhl und legte das schreiende Kind an. «Bitte, reden Sie mit mir!», schluchzte sie. «Wo ist Max?»

Kupfer mied ihren Blick. Stainer räusperte sich und zückte Stift und Notizbuch. «Wir wissen nicht, wo ihr Mann ist, wie gesagt, wir wissen nur, wo er gewesen sein muss.» Er deutete auf die Jacke. «In einer Villa in Gohlis, in der heute Abend eingebrochen wurde.»

«Was?» Die Frau wirkte ehrlich schockiert. «Eingebrochen …?»

Stainer nickte. Der Anblick der weinenden Mutter und des an ihrer Brust nuckelnden Kindes schnürte ihm das Herz zusammen. Mit stummer Geste schickte er Kupfer zu den anderen hinunter, denn der Mann, dem die Jacke gehörte, konnte jeden Moment nach Hause kommen.

Er atmete tief und sah der Frau ins nasse Gesicht. «Wann haben Sie Ihren Mann zum letzten Mal gesehen, Frau Heiland?»

«Vor ungefähr sechs Stunden», antwortete sie mit tränenerstickter Stimme. «Er hat uns umarmt beim Abschied, wollte zu einer Verabredung mit seinem Trainer.»

«Wie heißt dieser Mann, und wo wohnt er?»

«Hans Jänig.» Sie diktierte ihm die Adresse. «Bitte, Herr Inspektor», ihre Stimme brach erneut, «sagen Sie mir die Wahrheit – was ist meinem Max zugestoßen?»

## 25

Früh am nächsten Vormittag setzte der Regierungs- und Polizeirat Dr. August Kasimir eine Konferenz an. Zu früh für Stainer – nach kurzer Nacht hatte er die Elektrische verpasst und war spät dran. Um sich ein wenig vorzubereiten, blätterte er im Büro noch einmal seine Notizen durch und überflog die neusten Berichte und Protokolle, die sich im Eingangskorb seines Schreibtisches gesammelt hatten.

Der Sprengsatz, mit dem die Einbrecher versucht hatten, den Wandtresor im Obergeschoss der Gohliser Villa zu knacken, war tatsächlich eine Handgranate aus Reichswehrbeständen gewesen. Stainer und ein junger Wachtmeister, der Frontsoldat gewesen war, hatten es gleich vermutet, als sie die Überreste des Zünders gefunden hatten. Der Bericht des Polizeispezialisten für Waffen und Sprengstoff bestätigte es nun.

Stainer legte ihn zur Seite und griff zum nächsten, einem kurzen Bericht von Kupfer über den «vermeintlichen Suizid» in der Albertstraße, wie er formulierte. Mit Büroklammern waren eine Fotografie und ein Briefkuvert an den Bericht geheftet.

Die Fotografie zeigte die undeutlichen Umrisse eines Schuhsohlenabdrucks, an dem eine Stelle im Fersenbereich mit einem schwarzen Stift eingekreist war. *Wohnung Murrmann, Flur* las Stainer auf der Rückseite und das Datum des Vortages mit Uhrzeit; dazu eine handschriftliche Notiz Kupfers, in der er darauf hinwies, dass ein identisches Foto unmarkiert an der Wandtafel des Konferenzsaales hing.

Stainer ging zur Garderobe und holte seine Lupe aus dem

Mantel. Zurück am Schreibtisch betrachtete er die eingekreiste Stelle des Fotos aufmerksam. Das Sohlenprofil wies hier an zwei benachbarten Stollen deutliche Einbuchtungen aus, ganz so, als würde ein Stein oder sonst ein harter Gegenstand zwischen den Stollen stecken. Was auch immer – es könnte diesen Sohlenabdruck unverwechselbar machen.

Stainer legte Lupe und Foto zur Seite und sah sich das Briefkuvert genauer an. Es trug den Adressstempel des Polizeiamtes und einen Vermerk Kupfers mit seinem Zeichen und aktuellem Datum: *Wohnung Murrmann, hinter dem Sekretär gefunden.*

Schau an, dachte Stainer, während er das Kuvert öffnete, ist der emsige Oberwachtmeister also schon am Morgen in der Albertstraße gewesen.

Das Kuvert enthielt das Foto einer jungen Frau mit dunklem, kinnlangem Haar, einem großen mit Federn geschmücktem Hut, einem Mops im linken Arm und einer Zigarette an langer Spitze in der rechten Hand. Auf der Rückseite fand Stainer einen Namen und ein Datum: *Mademoiselle Monique Leclerc, 14 juillet 1909.*

Er lehnte sich in seinem Sessel zurück, betrachtete das Frauengesicht und fragte sich, wo er den Namen schon einmal gelesen hatte. Der Fundort des Fotos, den Kupfer dankenswerterweise auf das Kuvert notiert hatte, legte die Antwort nahe.

Aus der Innentasche seiner Anzugjacke zog Stainer das abgegriffene Briefkuvert, dass Dr. Doppelmann hinter dem Sekretär in der Murrmann-Wohnung hervorgezogen hatte, und las den Absender: *Boris Leclerc.*

War die Frau auf dem Foto eine Verwandte des Absenders? Was hatte Murrmann mit ihr und dem Briefschreiber zu tun? Hatte der ihm dieses Foto geschickt?

Diese Fragen waren keine, die sich auf die Schnelle beantworten ließen. Stainer schob das Foto in das fleckige Kuvert aus Dinant, steckte es in seine Innentasche zurück und stand auf. Höchste Zeit, in den Konferenzsaal zu gehen.

Er wollte gerade das Büro verlassen, da läutete sein Fernsprecher.

«Polizeiamt, Kriminalabteilung, Inspektor Stainer.»

«Gratuliere, Paul.» Sein Herz machte einen Sprung – Ediths Stimme. «Zum Kriminalinspektor, meine ich. Gestern Abend kam ich nicht dazu, war unter Zeitdruck. Wie geht es dir?»

«Gut genug, danke.» Er atmete tief durch. «Und dir?»

«Dich wiederzusehen, hat mich aufgewühlt, das kannst du dir ja denken.»

«Hab's dir nicht angemerkt.» Ob Brand ihr von der Begegnung im *Zillertal* erzählt hatte? Und woher wusste sie überhaupt von seiner Beförderung?

«Im Theaterspielen waren wir beide schon immer gleich gut, was, Paul?»

Ihre Stimme klang auch jetzt wieder anders als am Mittwoch letzter Woche, viel weicher und wärmer – fast ein bisschen wie früher. Das irritierte ihn. «Ich …» Ich liebe dich, wollte er sagen, verbot es sich aber im letzten Moment. «Theater spielen ist nicht immer das Verkehrteste, Edith. Vielleicht kann ich es sogar noch ein bisschen besser als du.»

«Musst du ja auch als Polizist.» Es wurde still in der Leitung, in Stainers Brust dagegen geriet alles in Aufruhr. Ganz bestimmt hatte Brand ihr erzählt, dass sie gesprochen hatten. «Sich nach sechs Jahren wiederzusehen und dann über Scheidung reden zu müssen, ist nicht schön gewesen.» Edith seufzte. «Und leicht sowieso nicht.»

«War es denn unbedingt nötig, ausgerechnet darüber zu reden?» Er ärgerte sich, weil seine Stimme so heiser klang.

«Ich glaube schon.»

«Glaubst du es oder weißt du es?» Vorsicht, mahnte er sich selbst, sei nicht ganz so offensiv.

«Es tut mir sehr leid, dass du ausgerechnet in der Stunde des Wiedersehens deinem Nachfolger gegenüberstehen musstest.»

«Ist er das denn wirklich?» Kaum hatte er die Frage ausgesprochen, hätte er sich am liebsten auf die Zunge gebissen. Verfluchte Hoffnung!

Wieder schwieg sie eine Zeitlang. Er hörte ihren Atem und sehnte sich nach ihr. «Wolltest du am Wochenende deine Sachen holen?», fragte sie schließlich.

«Ja.» Vor allem will ich dich sehen und sprechen, fügte er in Gedanken hinzu.

«Ich habe am Wochenende leider Bereitschaftsdienst in der Klinik, von morgen früh, bis Sonntagnachmittag, und danach bin ich mit Eugen verabredet. Hast du heute Abend Zeit?»

Stainer unterdrückte die aufsteigende Wut. «Wann kommst du denn nach Hause?» Irgendwie würde er es schon hinkriegen, heute Abend in Connewitz zu sein. Er *musste* es hinkriegen.

«Gegen sieben.»

«Gut, Edith. Dann bis heute Abend.» Wieder schwiegen sie. Aus irgendeinem Grund schaffte er es nicht, aufzulegen. «Ich …»

«Ja, Paul?»

«Ach, nichts. Bis heute Abend.»

# 26

Gemurmel drang aus dem Konferenzsaal der Kriminalabteilung. Stainers Knie waren weich, als er auf die offene Tür zuging. Er schwebte natürlich nicht, doch ein wenig fühlte es sich so an. Heute noch würde er Edith sehen – das machte ihn froh und nervös zugleich.

Stainer trat in den Saal, die Abteilung schien bereits vollständig versammelt. Die Szenerie kam ihm unwirklich vor, als würde er eine Theaterbühne betreten. Er atmete tief durch. Gut zwanzig Beamten hatten sich im Saal versammelt, die meisten in Uniform. Von den jüngeren kannte Stainer nicht einen einzigen. Seine Gedanken flogen zum Abend voraus, statt sich für den Auftritt zu sammeln, den er gleich vor den Kollegen hinzulegen hatte. Polizeirat Kasimir erhob sich und bedachte ihn mit einem missbilligenden Blick, bevor er die versammelten Beamten der Kriminalabteilung begrüßte.

Heinze und Kupfer hatten ihm einen Platz zwischen sich in der ersten Stuhlreihe reserviert; Stainer setzte sich und versuchte, seine aufgescheuchten Gedanken ins Hier und Jetzt zu zwingen. Neben Kupfer saß ein ehemaliger Wachtmeister, ein dunkelblonder, jugendlich wirkender Mann namens Junghans, der gestern Abend noch uniformiert hinter ihm im Mannschaftswagen gekauert hatte. Kubitz hatte ihn am Morgen überraschend zum Kommissaranwärter gemacht und Stainer als Assistenten zugeteilt.

«Ungeheuerlich!», begann Kasimir gleich nach der Begrüßung. «Vier Morde innerhalb von zehn Tagen, meine Herren!

Das hat es in Leipzig noch nie gegeben, seit ich bei der Polizei bin. Das ist ungeheuerlich!» Die weit in seinen schütteren mattblonden Haarschopf hineinreichenden Geheimratsecken glänzten schweißig.

Mit näselnder Stimme fasste er zusammen, was er aus Stainers und Kupfers ersten Kurzberichten schon wusste. Dabei hob er Jagodas hohes Ansehen als Gymnasialprofessor hervor, vergaß auch nicht zu erwähnen, dass er als Kriegsheld das Eiserne Kreuz I. Klasse getragen hatte, und betonte die Wichtigkeit von Männern wie jenem, in dessen Villa gestern Abend die Toten gefunden worden waren.

Während er das alles vortrug, stolzierte er mit durchgebogenem Kreuz und auf dem Rücken verschränkten Armen auf und ab und bewegte sich so steif, als hätte er einen Billardqueue verschluckt, dessen Spitze ihm zu allem Überfluss auch noch im Hals stecken geblieben war.

«Der Fabrikant Ludwig Weingarten gehört zu den wirtschaftlichen Leistungsträgern unserer Stadt», erklärte der Polizeirat, «und sein Sohn war ein anerkannter Jurist, der eine große Zukunft vor sich hatte.» Kasimir sprach jetzt von einem der Toten, die sie in der Villa in der Artilleriestraße gefunden hatten, dem jüngsten Sohn des Besitzers. Der hatte als Assessor im Reichgericht gearbeitet, wie Stainer inzwischen wusste.

«Der Polizeidirektor hat eine Informationssperre verhängt», schloss Kasimir. «Kein Wort über die Mordfälle von gestern Abend darf an die Öffentlichkeit dringen, meine Herren, schon gar nicht an die Presse. Wir wollen die Bürger unserer Stadt nicht unnötig verunsichern.»

Aus dem Augenwinkel sah Stainer, wie Heinze seinen Stenoblock umblätterte. Der Mann schien jedes Wort des Polizeirates mitzuschreiben.

Kasimir richtete seinen strengen Blick auf Stainer. «Der Herr Staatsanwalt hat mich beauftragt, Ihnen auszurichten, dass er eine zeitnahe Aufklärung des Falles erwartet, meine Herren.» Sein Blick wurde milder und blieb auf Heinze ruhen. «Eines dieser scheußlichen Verbrechen konnte ja zum Glück durch den Fleiß und die Hartnäckigkeit unseres frischgebackenen Kommissars Rudolph Heinze bereits aufgeklärt werden.» Kasimir nickte in Heinzes Richtung. «Danke, Herr Kollege, gut gemacht.»

Von hinten streckten sich Hände an Stainer vorbei und klopften Heinze auf die Schulter. «Glückwunsch, Rudi», raunte es von allen Seiten, «Gratulation, weiter so.» Stainer erinnerte sich gut an Gesicht und Namen von Jagodas Mörder: Heinzes Männer hatten Ernst Hummels am Montagmorgen in Handschellen an ihm vorbeigezerrt.

«Unser neuer Kriminalinspektor wird uns nun auf den aktuellen Stand der Ermittlungen bringen», sagte Kasimir und stelzte zurück zu seinem Platz. «Sie haben das Wort, Herr Kollege.»

Stainer trat vor die Korkwand mit den Tatortfotos und zwischen die beiden Tische, auf denen sein Assistent und Kupfer die bisher sichergestellten Spuren und Fundstücke angeordnet hatte. «Leider muss ich Sie korrigieren, Herr Dr. Kasimir», begann er, «tatsächlich haben wir es mit fünf Morden zu tun.» Er deutete auf die Fotos von Murrmanns Leiche. «Auch dieser Mann ist Opfer eines Gewaltverbrechens geworden.»

Ein Raunen ging durch die Reihen der Kollegen, und Dr. August Kasimir blaffte: «Was Sie uns sicher gleich beweisen werden!» Er setzte einen Zwicker auf, was sein hohlwangiges Gesicht noch unerbittlicher aussehen ließ.

Stainer ging zur linken Korkwandseite, wohin Junghans und

Kupfer die Fotos aus der Murrmann-Wohnung gehängt hatten. «Robert Murrmann, fünfunddreißig Jahre alt, wohnhaft in Berlin.» Er nahm das großformatige Foto ab, auf dem man den bedauernswerten Mann neben dem Vogelkäfig hängen sah. «Aufgehängt an einem Treppengeländer in der Wohnung seines Zwillingsbruders in der Albertstraße. Zum Zeitpunkt, als dieses Foto geknipst wurde, war er bereits vier oder fünf Tage tot.» Er nahm weitere Fotos der Leiche von der Wand, ging zu Kasimir und reichte sie ihm. «Was auf diesen Fotos aussieht wie ein Suizid, ist in Wirklichkeit ein Mord gewesen.»

Die Kollegen raunten und tuschelten, Kasimir reichte die Bilder weiter und schüttelte unwillig den Kopf, Heinze schrieb mit, und Kupfer und Junghans hingen aufmerksam an Stainers Lippen.

«Bitte beachten Sie den offenen Vogelkäfig, meine Herren, das Blut an den Fingernägeln des Toten – vor allem am Daumen – und das fleckige Parkett.» Nacheinander reichte er die entsprechenden Fotos in die erste Reihe und argumentierte dann ähnlich, wie am Abend zuvor Prollmann gegenüber.

«Murrmanns Bruder schließt einen Selbstmord kategorisch aus.» Stainer zählte die Gründe auf, die Johannes Murrmann ihm genannt hatte. «Und er hat recht – Robert Murrmann starb nicht in der Schlinge unter dem Treppengeländer, sondern ist auf dem Parkett ermordet worden, vor dem Sekretär. Er hat sich gewehrt und dem Mörder Gesicht oder Hände oder beides zerkratzt. Danach hat dieser ihn ans Treppengeländer gehängt. Wir müssen also von einem kräftigen Täter ausgehen, vielleicht auch von mehreren.»

Er nahm das Foto mit dem auffälligen Sohlenprofil von der Tafel, reichte es dem Polizeirat und wandte sich an Kupfer und Heinze. «Eine der gesicherten Fußspuren weist eine Besonderheit auf, ein Stein oder Ähnliches im Absatzprofil. Da viele Personen gestern Abend die Wohnung betreten haben, müssen zunächst die Sohlen aller untersucht werden, bevor wir diese hier einem Täter zuordnen dürfen. Auch die Analyse der Fingerabdrücke steht noch aus. Dennoch wage ich jetzt schon die Behauptung: Was zunächst aussieht wie ein vorgetäuschter Suizid, der einen Mord vertuschen soll, ist in Wirklichkeit ein Mord durch Strangulation, den der Täter gar nicht vertuschen wollte …»

«Wie kommen Sie bloß auf so eine hanebüchene Geschichte?», rief der Polizeirat dazwischen. Sein langes, sonst so blasses Gesicht war auf einmal hochrot.

«… denn er hat nicht einmal versucht, den Urin und das getrocknete Blut vom Parkett zu wischen», fuhr Stainer ungerührt fort. «Das Blut untersucht Dr. Prollmann bereits im gerichtsmedizinischen Institut, um es mit dem unter den Fingernägeln des Toten zu vergleichen. Ich bin jetzt schon überzeugt davon, dass sein Bericht uns zwei unterschiedliche Blutgruppen liefern wird.»

«Seit wann kann man bei getrocknetem Blut die Blutgruppe bestimmen?», fragte Kasimir mit der Zuversicht des Wissenden, nahm seinen Zwicker ab und blickte Bestätigung heischend nach allen Seiten.

«Das machen die Kollegen in Berlin und Hamburg seit über einem Jahr, Herr Polizeirat», meldete Heinze sich zu Wort.

Und der neue, Junghans, ergänzte: «Die Italiener haben die Methode während des Krieges entwickelt.» Eine auffällige Narbe zog sich über seine linke Wange. «Professor Kockel von unserer gerichtsmedizinischen Fakultät hat sie letzten Sommer eingeführt. Ziemlich genial, erspart uns eine Menge Arbeit.»

«So? Die Italiener?» Kasimir runzelte die Stirn und spitzte

die Lippen. «Und Dr. Prollmann versteht sich darauf? Da bin ich ja mal gespannt.» Er schüttelte wieder den Kopf und das eher ungläubig als verblüfft. «Bitte kommen Sie endlich zu den Morden in der Weingarten-Villa, Herr Kollege Stainer!»

«In diesem Fall sind wir zum Glück erheblich weiter als im Mordfall Murrmann.» Die letzten beiden Worte betonte Stainer, bevor er sich zur rechten Seite der Korktafel wandte; das Briefkuvert mit dem Absender aus Dinant und das Foto von Mademoiselle Leclerc hatte er bewusst nicht erwähnt, denn er konnte sich selbst noch keinen Reim darauf machen. «Nach nur zwölf Stunden kennen wir bereits zwei Täter, und einen haben wir sogar schon erwischt, wenn man so will.»

Stainer deutete auf das Foto einer Leiche. «Dringend tatverdächtig ist Karl Krüger, vierundzwanzig Jahre alt, arbeitslos, wohnhaft in Stötteritz, Zuckelhäuserstraße. Bei uns aktenkundig seit Januar 1919. Anklage wegen Einbruchs, sechs Monate Gefängnis. Einige Handgranatensplitter und drei Kugeln haben ihn getroffen. Welche tödlich war, wird uns spätestens morgen die Gerichtsmedizin berichten. Der tote Krüger hielt eine Luger in der Hand, als man ihn gestern gefunden hat. Die Kollegen von der Wache in Stötteritz durchsuchen gerade seine Wohnung und Werkstatt.»

Stainer nahm die Jacke vom rechten Tisch. «Der zweite Täter hat uns freundlicherweise Jacke und Papiere am Tatort zurückgelassen. Max Heiland, fünfundzwanzig, arbeitslos, wohnhaft in Stötteritz, Naunhoferstraße, verheiratet, ein Kind. Wir fahnden nach ihm. Seine Frau weiß noch nicht, dass er unter dringendem Mordverdacht steht. Gestern Abend wähnte sie ihn bei seinem Boxtrainer. Sie hat mir seine sämtlichen Freunde, Verwandten und Bekannten und deren Adressen genannt, soweit sie die eben kennt. Wir haben heute Morgen bereits angefangen, diese Liste abzuarbeiten, und werden gleich nach der Besprechung damit fortfahren.»

«Sorgen Sie dafür, dass alle Polizeiwachen in Leipzig sein Foto erhalten», befahl Kasimir. «Auch die ländlichen Außenstellen.»

«Habe ich selbstverständlich schon in die Wege geleitet.» Stainer unterdrückte seinen Ärger, legte die Jacke weg und nahm einen dieser neuartigen Zellophanbeutel vom Asservatentisch hoch, ein Werbeprospekt war hinter der Folie zu erkennen.

«Doch um Gottes willen keine öffentliche Fahndung!», rief Kasimir wieder dazwischen. «Die Presse darf nicht erfahren, dass wir den Mann suchen. Weiter!»

«Den Prospekt haben wir in Heilands Jackentasche gefunden», fuhr Stainer fort. «Es kündigt einen Auftritt des Berliner Kabarettisten Otto Reutter an, der gestern Abend in Barthels Hof stattfand.» Er nickte Kupfer zu, der am Morgen in Barthels Hof ermittelt hatte.

«Weingarten und Baumann haben die Veranstaltung gestern Abend besucht», sagte der Oberwachtmeister. «Und zwar in Begleitung einer blonden Dame.»

«Demnach haben die Täter also die Zeit der Veranstaltung genutzt, um in der Weingarten-Villa einzubrechen», schlussfolgerte Kasimir.

«Leider nicht, Herr Polizeirat», sagte Stainer. «Denn dann würden Weingarten und Baumann wahrscheinlich noch leben.» Er reichte den Prospekt in die Runde. «Die Veranstaltung dauerte von halb acht bis halb zehn. Die Täter sind gegen zehn in der Villa überrascht worden, wie wir aus den Angaben der Nachbarn schließen dürfen, die den Schusswechsel und den Explosionslärm gehört haben.»

«Außerdem können die Täter eigentlich gar nicht davon ausgegangen sein, dass Herr Dr. Weingarten mit seinen Begleitern nach dem Kabarettabend in die Artilleriestraße kommt», meldete Heinze sich wieder zu Wort. «Die Villa gehört seinem Vater, er selbst wohnt nicht dort.»

«Rätselhaft, dieser Prospekt», sagte ein Kriminalkommissar, der für Einbruchsdelikte zuständig war, und viele Kollegen nickten. «Vielleicht haben die Täter es zuerst woanders probiert, in einer Villa, deren Besitzer tatsächlich bei dieser Veranstaltung waren.»

«Möglich, das würde erklären, warum sie so spät dran waren.» Stainer hob eine Pistole vom Tisch hoch. «Eine alte Mauser C 96, Kaliber neun mal neunzehn Millimeter.» Er präsentierte die Waffe. «Sie lag zwischen den Rosensträuchern des Vorgartens. Von zehn möglichen Patronen haben wir noch acht im Magazin gefunden. Morgen wissen wir, ob die anderen beiden in den Wänden beziehungsweise den Leichen stecken.»

Er wandte sich wieder der Korkwand zu und deutete auf ein weiteres Leichenfoto. «Von dem ermordeten Sohn des Villenbesitzers haben Sie schon gehört: Dr. Hans Weingarten, zweiunddreißig, Jurist und Assessor am Reichsgericht, wohnhaft in der Mozartstraße, verheiratet, zwei Kinder.» Er reichte das Foto in die Runde. «Der Mann lag in dem Salon, in dem die Einbrecher bereits ein Gemälde von der Wand genommen hatten, um an den Wandtresor dahinter zu gelangen. Nach einem ersten Überblick trafen ihn vier Kugeln.»

«Eigentlich doch ein geradezu klassischer Fall», unterbrach Kasimir erneut, der sich inzwischen wieder seinen Zwicker aufgesetzt hatte, um die Fotos zu betrachten. «Einbrecher werden auf frischer Tat ertappt und eröffnen das Feuer, um ihre Identität zu vertuschen.»

«So sieht es auf den ersten Blick in der Tat aus», erklärte

Stainer mit ruhiger Stimme, obwohl er innerlich kochte. «Was mich jedoch stutzig macht, ist die dritte Leiche. Sie lag im Erdgeschoss vor der Treppe, und zahlreiche Blutspuren sprechen dafür, dass der Mann die Stufen hinuntergekrochen sein muss, bevor er starb. Aus den Papieren, die wir bei ihm gefunden haben, kennen wir seinen Namen: Heinrich Baumann, fünfunddreißig. Er wohnt in Berlin und war bewaffnet, als er die Villa betrat.» Er hob einen Remington-Revolver vom Tisch hoch. «Mehr wissen wir noch nicht über ihn.»

«Außer, dass Dr. Prollmann blondes Haar an seinem Jackett gefunden hat», warf Kupfer ein. Sein rötlicher Haarkranz stand ihm vom Kopf ab, sein Gesicht war noch gelblicher als sonst.

«Und nun erklären Sie uns doch bitte, warum sie am Offensichtlichen zweifeln, Herr Kriminalinspektor!» Kasimir schlug einen scharfen Ton an. «Zwei Einbrecher werden überrascht und schießen um sich, eines der Opfer erwidert das Feuer und nimmt einen Täter mit in den Tod. Was gibt es daran noch zu deuteln?»

«Mit Verlaub, Herr Polizeirat!» Auch Stainer hob nun seine Stimme merklich. «Weder deutele ich, noch zweifle ich!» Er legte eine Kunstpause ein und schaute Kasimir fest in die Augen. «Abgesehen jedenfalls von dem Maß an Zweifel, das wir Kriminalisten immer zu hegen haben, vor allem dem Offensichtlichen gegenüber.» Er betonte jedes Wort und schwieg erneut. Die Luft im Konferenzsaal war plötzlich zum Schneiden dick. Heinze hatte sogar aufgehört zu stenographieren.

«Ich würdige lediglich Fakten und Spuren», fuhr Stainer endlich fort, «und noch haben wir längst nicht alle zusammengetragen. Einige machen mich stutzig, das ist alles.» Er hob ein blutiges Seil vom Tisch hoch. «Warum zum Beispiel hängt eine Schlinge um Baumanns Hals? Warum hat sein Mörder gleich acht Kugeln auf ihn abgefeuert? Das spricht doch zunächst einmal für eine hochaffektive Tat. Hat der Täter Baumann gekannt? Hat er ihn gehasst? Warum hat er das Futter seiner Anzugjacke aufgeschlitzt und ihm die Schuhe ausgezogen und die Einlagen herausgerissen? Und schließlich: Warum lässt er seine Jacke zurück? Warum wirft er seine Waffe fort?»

«Und?», fragte Kasimir spitzlippig. «Wie lauten Ihre Antworten?» Er hockte kerzengerade und mit durchgebogenem Kreuz auf der Stuhlkante.

Zu Stainers Überraschung unterbrach Heinze sein Stenogramm und ergriff das Wort. «Es muss ein Zustand höchster Erregung am Tatort geherrscht haben. Dafür spricht auch, dass er den Tresor mit der Handgranate sprengen wollte, ohne das Schweißgerät überhaupt benutzt zu haben.»

«Das könnte es auf den Punkt bringen», sagte Stainer, «‹ein Zustand höchster Erregung›.»

«Und das überrascht Sie?» Kasimir rieb an seinem knappen Oberlippenbart herum. «Davon ist doch auszugehen, wenn Einbrecher fürchten müssen, erkannt und überwältigt zu werden.»

«Ein Einbrecher feuert ein ganzes Magazin auf einen Mann ab, der ihn überrascht?» Stainer zog die Brauen hoch und wandte sich an alle Versammelten. «Und hängt ihm, als er vermutlich schon tot ist oder im Sterben liegt, einen Strick um den Hals?» Er zuckte mit den Schultern. «Ich muss allerdings zugeben, dass außer Affekten wie Hass oder Eifersucht auch rationale Motive nicht auszuschließen sind. Wer Jackenfutter aufschlitzt und Einlagen aus Schuhen reißt, der sucht irgendetwas, ganz klar.»

«Wie auch immer.» Kasimir winkte ab und erhob sich. «Finden Sie diesen Heiland so schnell wie möglich, Herr Kriminalinspektor. Und Sie, Heinze, übernehmen den Fall Murrmann.

Werden ja sehen, was Sie herausfinden.» Stainer hob überrascht die Brauen – in der Kriminalabteilung Aufträge zu erteilen, war eigentlich seine Sache.

«An die Arbeit, meine Herren!», rief Kasimir und noch einmal an Stainer gewandt: «Teilen Sie die Ermittlungsgruppen selbst ein, Herr Kollege. Morgen früh erwarten der Herr Staatsanwalt und ich Ihren nächsten Bericht.»

Stainer biss die Zähne zusammen. Dieser bleiche näselnde Leptosom hatte schon etwas gegen ihn gehabt, bevor er ihm in Kubitz' Büro die Hand reichen musste. Und auch er selbst – das musste Stainer sich eingestehen – hatte Kasimir von Anfang an nicht gemocht. Wie kamen Sympathie oder Antipathie zustande? Manchmal war das schlicht nicht zu erklären.

# 27

Die Kriminalabteilung lag im linken Flügel des Hauptgebäudes und erstreckte sich über zwei Stockwerke. Später, als Stainers Ärger über Kasimir längst verflogen war, kochte er in der Küche im ersten Obergeschoss Kaffee für sich und die Kollegen. Heinze schien unter Magenbeschwerden zu leiden, denn er brühte sich einen Kamillentee auf.

«Ihre erste Konferenz in der Kriminalabeilung», sagte Stainer zu Junghans. «Und? Was haben Sie Neues gelernt?»

«Wie man sich Feinde macht, Herr Kriminalinspektor.» Der Kommissaranwärter, mittelgroß und von athletischer Statur, holte Tassen aus dem Schrank.

Stainer stutzte. «Das ist alles?» Er entdeckte noch eine zweite Narbe im jungenhaften Gesicht des Neuen: auf der Stirn. Vermutlich hatte er als Korpsstudent den Degen geschwungen.

«Keineswegs, Herr Kriminalinspektor. Ich habe gelernt, dass wir außer Heiland auch eine blonde Frau suchen und dass man sich mit seinen Schlussfolgerungen Zeit lassen muss.» Er senkte die Stimme. «Der Herr Polizeirat hat sich zu schnell eine Theorie gebildet, wenn ich das so sagen darf.»

«Und zu schnell selbst daran geglaubt.» Kupfer grinste. Er wirkte unausgeschlafen mit seinem gelblichen Gesicht, seinen kleinen müden Augen und seinem ungekämmten Haarkranz. «Der Stock hat sich wirklich nicht besonders gut amüsiert heute Morgen. Wenn das mal keine Folgen haben wird für Sie, Herr Inspektor.»

*Der Stock.* Zum ersten Mal hörte Stainer Kasimirs Spitznamen und konnte ein Lächeln nicht unterdrücken. «Er hat mich ja postwendend bestraft und mir den Fall Murrmann aus der Hand genommen.» An Heinze gewandt fügte er hinzu: «Es ist Ihnen hoffentlich klar, dass er damit unrechtmäßig in meine Befugnisse eingegriffen hat, nicht wahr, Herr Kollege?»

Heinze stand kerzengerade an der Anrichte, siebte seinen Tee ab und tat, als wäre er mit den Gedanken ganz woanders. «Nach meinem Gefühl ist Heiland irgendwo in Leipzig untergetaucht», sagte er. «Unter sechshunderttausend Menschen ist es nicht schwer, sich vorübergehend unsichtbar zu machen.» Er holte ein Honigglas aus dem Regal.

«‹Vorübergehend›, Sie sagen es.» Stainer sah zu, wie er Honig in seinen Kamillentee rinnen ließ. «Ich an seiner Stelle hätte die Stadt längst verlassen, doch ich habe ja auch kein kleines Kind.» Und eine Frau habe ich auch nicht mehr, ergänzte er in Gedanken. «Außerdem wüsste ich, wo ich mir Reisegeld beschaffen könnte. Heiland hat mit seiner Jacke und seiner Brieftasche auch seinen finanziellen Spielraum aufgegeben.»

«Vielleicht hat er einen seiner Freunde angepumpt», sagte Junghans, «und sitzt nun in einem Zug nach Berlin oder Moskau.»

«Und stellt seine Schießkunst der Revolution zur Verfügung», ergänzte Heinze mit verächtlichem Unterton.

«Noch wissen wir nicht, ob er geschossen hat», bremste Kupfer ihn. «Ich habe an allen Bahnhöfen die Streifen verdreifachen lassen.» Er stellte Tassen und Zucker auf ein Tablett. «Wenn er Leipzig auf einem Fahrrad verlässt, hat er natürlich bessere Karten als wir.»

«Behalten Sie das im Kopf, wenn Sie nachher seine Boxfreunde und den Trainer besuchen», wandte sich Stainer an Junghans. «Vielleicht hat Heiland sich tatsächlich Geld oder ein

Fahrrad bei einem von denen geborgt. Machen Sie den Leuten Druck, lassen Sie durchblicken, dass es um Mord geht und der Staatsanwalt ihnen die Hölle heißmachen wird, wenn sie etwas verschweigen.»

«Sie können sich auf mich verlassen, Herr Kriminalinspektor.» Junghans grinste. «Boxer sind trickreiche und hartnäckige Leute, ich habe selbst mal geboxt.»

«Und warum haben Sie damit aufgehört?», wollte Kupfer wissen.

«Nasenbeinbruch und Rippenprellung. Haben Sie schon einmal versucht, mit einer Rippenprellung aus dem Bett zu steigen? Oder zu husten?»

«Oder ins Bett zu steigen und zu lieben.» Kupfer lachte laut. «Das habe ich alles schon hinter mir, junger Mann. Da hört der Spaß dann wirklich auf.»

Diese Seite seines Oberwachtmeisters kannte Stainer noch nicht. «Ich wüsste etwas Besseres für Sie als Boxen, Junghans.»

Er musterte seinen Assistenten, der ihn fragend anschaute. Der junge Mann war durchaus kräftig gebaut und einen halben Kopf größer als Heinze. Er hatte große, blaue Augen und volle Lippen. Stainer schätzte, dass nicht wenige Frauen auf ihn flogen. Der leichte Knick seines Nasenrückens ließ ihn eher noch interessanter aussehen.

«Kommen Sie doch am Sonntag mit mir zum Polizeisport, ich fange wieder an, Jiu-Jitsu zu trainieren.» Er hatte Junghans auf Anhieb gemocht, warum, wusste er selbst nicht.

«Danke, Herr Kriminalinspektor, klingt gut.» Eine leichte Röte stieg in sein jungenhaftes Gesicht. «Ich werde drüber nachdenken.»

Sie trugen Kaffeekanne und Tablett durch die Zimmerflucht

zum Büro. «Ich frage mich, warum Murrmanns Mörder sein Opfer erst umbringt und dann aufhängt.» Stainer dachte laut.

«Das hat etwas Demonstratives, nicht wahr?», sagte Kupfer.

«Sie waren heute Morgen schon in der Albertstraße.» Stainer hielt dem Oberwachtmeister die Tür auf. «Konnten Sie die Nachbarn vernehmen?»

«O ja, Herr Kriminalinspektor. Die Mieterin, die unter den Murrmanns wohnt, hat am Samstagabend zwei fremde Männer im Treppenhaus gesehen, durch den Türspion. Ihr fiel auf, dass sie nicht geklingelt haben.» Er trug das Tablett zu Junghans' Schreibtisch. «Später will sie einen dumpfen Knall über sich gehört haben.»

«Konnte sie die Männer beschreiben?» Stainer sank in seinen Bürostuhl.

Kupfer nickte. «Ich habe Ihnen das Vernehmungsprotokoll auf den Schreibtisch gelegt.»

«Ich werde Sie selbstverständlich über die Entwicklung des Falls auf dem Laufenden halten, Herr Kriminalinspektor», sagte Heinze von seinem Schreibtisch auf der anderen Zimmerseite aus.

*Das ist jetzt mein Fall* wollte Heinze eigentlich sagen, das sah Stainer ihm an. «Davon gehe ich aus, Herr Kommissar», antwortete er. Er dachte gar nicht daran, die Mordsache Murrmann aus der Hand zu geben.

Er wandte sich an den Oberwachtmeister. «Hat man übrigens in Barthels Hof das Paar gekannt, das Dr. Weingarten gestern Abend begleitet hat?»

«Baumann nicht, die Frau nur vom Sehen», sagte Kupfer. «Sie singt und tanzt wohl in einem Nachtlokal irgendwo in der Innenstadt. Ich werde heute Abend zwei Männer auf die Suche schicken.»

«Tun Sie das, Herr Kollege. Vielleicht ist sie direkt nach dem Kabarettabend zur Arbeit gegangen.»

«Dann hätte ihr die Arbeit das Leben gerettet.» Junghans schenkte Stainer Kaffee ein, ging anschließend mit der Kanne zum Oberwachtmeister ins Nebenzimmer und rief von dort. «Singet und tanzet, mag die Erde auch beben. Schießet und schanzet, und ihr werdet leben.»

«Sie sind ja ein Dichter, Herr Kollege!» Seinem Alter nach – Stainer schätzte ihn auf Mitte zwanzig – hatte Junghans die letzten Kriegsjahre wahrscheinlich wirklich geschossen und Schützengräben geschanzt. Er nahm sich vor, seine Akte zu lesen. «Wie heißen Sie mit Vornamen?» Stainer löffelte Zucker in seine Tasse, während er den Briefblock aus der geöffneten Akte zog, den Kupfer ihm am Morgen aus der Mordwohnung geholt hatte.

Junghans kam zurück ins Hauptbüro. «Siegfried, Herr Kriminalinspektor.»

«Ich werde nachher zu Rasputin in die Werkstatt gehen und ein Türschild für Sie in Auftrag geben.»

«Rasputin?» Am anderen Schreibtisch runzelte Heinze die Stirn.

«Ich spreche von Schilling, unserem Hausmeister. Er erinnert mich an Rasputin.»

«Danke, Herr Kriminalinspektor.» Junghans strahlte ihn an.

«Hören Sie auf, mich jedes Mal mit meinem Rang anzusprechen.» Stainer suchte einen weichen Bleichstift, legte ihn schräg und begann, das leere oberste Blatt des Briefblocks mit breiten Streifen zu bedecken. Einzelne Buchstaben und ganze Worte wurden sichtbar.

«Jawohl, Herr Kriminalinspektor.»

Stainer verdrehte die Augen. «An die Arbeit mit Ihnen.» Er

zog die Akte Murrmann heran und überflog das Protokoll, das Kupfer von der Vernehmung mit der Nachbarin der Familie angefertigt hatte. Ein Einarmiger war unter den beiden Männern gewesen, die sie durch den Türspion beobachtet hatte. Aus dem Nebenzimmer drang inzwischen das Gehämmer von Kupfers Schreibmaschine.

«Hatte gestern Abend zufällig einer von Ihnen den Nerv, das Ehepaar Weingarten zu fragen, was sie im oberen Tresor aufbewahren?» Er sprach laut, damit Kupfer ihn im anderen Zimmer verstehen konnte. «Und wer von dem Tresor wusste?»

«Nein!» Nebenan verstummte die Schreibmaschine. «Die Mutter des Mordopfers ist mit einem Nervenzusammenbruch in die Klinik gebracht worden, und Weingarten senior hockte stumm vor Schock in seinem Salon und starrte seine zerstörten Bilder an.» Das Gehämmer setzte wieder ein. Es machte Stainer nervös, denn es erinnerte ihn an Maschinengewehrfeuer.

«Aus dem war nichts mehr herauszubringen», bestätigte Junghans. «Soll ich mich an den Fernsprecher hängen und ihn anrufen?»

«Danke, das übernehme ich selbst.»

Wenig später verstummte die Schreibmaschine endlich, und Junghans und Kupfer meldeten sich ab und gingen. Sie gehörten zu der Ermittlungsgruppe, die am Morgen schon bei einigen von Heilands Verwandten und Bekannten geklopft hatten. Die Arbeit würde sie wohl für den Rest des Tages in Anspruch nehmen.

Ein Telegramm lag oben auf der Akte Robert Murrmann. Stainer öffnete es und las. Die Kollegen aus Berlin hatten mit Murrmanns Witwe gesprochen und baten Stainer um Anruf. Er wählte die 90, die Nummer der Fernsprechzentrale im Neuen Rathaus, meldete das Ferngespräch an und ließ sich mit der angegebenen Nummer verbinden. Schon nach kurzer Zeit hatte er den zuständigen Kommissar in der Leitung. Das Ferngespräch dauerte nicht länger als fünf Minuten.

Nachdem er wusste, was er wissen wollte, saß Stainer eine Zeitlang in seinem Sessel, dachte nach und betrachtete den Gummibaum. Dessen Blätter waren natürlich noch immer gelb, doch es kam ihm vor, als würden sie nicht mehr ganz so schlaff herabhängen. Irgendwann stand er auf, schob die Akte Murrmann zusammen und trug sie hinüber zu Heinze.

«Ich lege die Ermittlungen im Fall Murrmann in Ihre Hände, Heinze.» Stainer zog die Brauen hoch und lächelte. «Ganz offiziell, meine ich. Sie berichten mir täglich.» Der andere hob überrascht den Blick. Eine Zeitlang sahen sie einander in die Augen. Heinzes Augäpfel zuckten.

«Murrmann hat einen Brief ans Reichsgericht geschrieben, bevor er die Mörder in die Wohnung ließ», brach Stainer das kurze Schweigen. «Der Papierkorb war leer, als ich an den Tatort kam. Ich schätze, der Mörder hat den Brief mitgenommen.»

Er schob Heinze den Briefblock über den Schreibtisch. Erstaunt bemerkte er, dass der Kommissar über der Akte Jagoda gebrütet hatte. «Ich habe nur die ersten Zeilen sichtbar gemacht, den Rest überlasse ich Ihnen. Suchen Sie sich einen weichen Stift und machen Sie weiter, ich bin gespannt.» Heinze nickte und Stainer fragte sich, warum er sich die Akte Jagoda noch einmal geholt hatte. «Versuchen Sie, die Dinant-Spur weiter zu verfolgen. Wer weiß, wohin die uns noch führt.»

«Die Dinant-Spur, Herr Inspektor?» Heinze sah fragend zu ihm herauf.

«Haben Sie meinen Kurzbericht noch nicht gelesen? Dr. Doppelmann hat dieses Kuvert hier am Tatort hinter dem Sekretär gefunden.» Stainer legte es auf die Akten. «Mit einem Absender in Dinant. Schreiben Sie ihn sich ab.»

«Und der dazugehörende Brief ist verschwunden?»

Stainer nickte. «Wie Murrmanns Brief ans Reichsgericht.» Er nahm das Foto aus dem Kuvert. «Das hat unser aufmerksamer Oberwachtmeister heute Morgen noch hinter dem Sekretär entdeckt.» Er reichte Heinze das Foto. «Finden Sie heraus, wer diese Frau ist.»

«Ob die belgische Polizei uns dabei behilflich sein wird?» Heinze schnitt eine skeptische Miene und schrieb den Absender und den Namen der Frau ab. «Ich bezweifle es.»

«Versuchen Sie es wenigstens. Sprechen Sie Französisch?» Heinze nickte und Stainer steckte Foto und Kuvert wieder ein. «Dann habe ich gerade mit einem Kollegen in der Hauptstadt telefoniert.» Er legte dem stenographierenden Heinze das Telegramm auf den Briefblock. «Hier die Nummer. Er hat mit Else Murrmann gesprochen, Murrmanns Witwe. Und jetzt raten Sie mal, wen Robert Murrmann außer einem Reichsanwalt noch so alles treffen wollte in Leipzig.» Er nahm das Kuvert wieder an sich und schaute Heinze ins fragende Gesicht. «Heinrich Baumann und Friedrich Jagoda.»

Heinze ließ sich gegen seine Stuhllehne fallen und blies die Backen auf. «Schicken die Berliner das Vernehmungsprotokoll?»

«Das wird hoffentlich diese Woche noch bei uns eintreffen.» Mit seinem Blick deutete Stainer auf die Jagoda-Akte. «Sie überprüfen Ihre Ermittlungsergebnisse, wie ich sehe?»

«Gott bewahre!» Heinzes Gestalt straffte sich. «Nein, nein, die Beweise gegen Hummels sind hieb- und stichfest. Nur …» Er lächelte verkrampft, blätterte in der Akte und zog ein Foto heraus, das er über den Schreibtisch zu Stainer schob. «Das hier macht mich im Nachhinein ein wenig nachdenklich. Die Parallele hat mich vorhin bei der Besprechung doch etwas überrascht, wissen Sie?»

Stainer, der ganz und gar nicht wusste, wovon sein Kommissar sprach, nahm das Foto hoch und betrachtete es. Es zeigte die Leiche eines Mannes, die neben einem Kronleuchter an einem Seil von der Decke hing. «Hummels hat Jagoda aufgehängt?» Stainer konnte es kaum glauben.

«Korrekt.» Heinze strich sich über die dichten Locken, er wirkte auf einmal müde. «Das bestreitet er natürlich, doch wir haben Dutzende Fingerabdrücke von ihm in Jagodas Wohnung gefunden. Hummels behauptet, Jagoda habe an der Front seine Soldaten schikaniert und zwei ganze Kompanien in den Tod geschickt.»

«Solche Männer gab es leider viel zu viele.» Stainers Miene verdüsterte sich. «Jagoda war also Offizier?»

«Korrekt.» Heinze nickte. «Wenige Stunden vor seinem Tod hat man ihn aus der Nervenklinik entlassen. Fünf Monate lang war er dort in Behandlung gewesen, nachdem er im Sommer in einer Elektrischen übergeschnappt ist und Fahrgäste und Schaffnerin angegriffen hat.» Heinze zuckte mit den Schultern. «Hing vielleicht mit dem Tod seiner Frau zusammen, die ist nämlich Anfang 1919 an der Spanischen Grippe gestorben. Kurz nachdem Jagoda aus dem Feld zurückgekehrt war.»

«Armer Kerl», seufzte Stainer und dachte an die Begegnung mit Edith am vorletzten Mittwoch. «Wenigstens haben sie sich noch verabschieden können.» Sein Blick fiel auf eine schwarze Kladde zwischen den Deckeln der Akte Jagoda. «Was ist das?»

«Jagoda hat Tagebuch geführt. Nichts Besonderes – die täglichen Visiten, seine Wehwehchen, ein paar Lesefrüchte und so weiter.»

«Darf ich?» Stainer streckte die Hand aus.

«Und Zitate aus Hummels Drohbriefen.» Heinze zog die Kladde aus ihrer transparenten Papierhülle. «Deswegen habe ich es zu den Akten genommen.»

*Tagebuch Dezember 1918 bis* lautete der unvollendete Titel auf dem Etikett des Einbands. Während er zwischen Heinzes Schreibtisch und der Tür hin- und herlief, blätterte Stainer die Kladde von hinten durch und überflog die Eintragungen. Heinze hatte recht – es ging vor allem um Kopfschmerzen, Magendrücken, Rückenbeschwerden und Albträume, die der Tagebuchschreiber allerdings nicht schilderte.

Du bist nicht der einzige, für den die Kriegsnächte kein Ende nehmen, dachte Stainer. Er schaute zu Heinze hinüber und fragte sich, ob ihn auch Albträume plagten.

Beim Weiterblättern blieb sein Blick am Stichwort *Reichsgericht* hängen; er las den Eintrag genauer. «Jagoda hatte mit dem Reichsanwalt zu tun», wandte er sich an Heinze, «wussten Sie das?»

«Ja, Herr Inspektor Stainer. Das Reichsgericht hatte dem Gymnasialprofessor einen Termin für eine Anhörung gegeben.»

«Wann?»

Heinze blätterte in der Akte. «Nächsten Montag, neunter Februar, sieben Uhr, Zimmer 115.»

Stainer ging zu seinem Schreibtisch, wo sein Notizbuch lag. «Anhörung in welcher Sache?»

«‹Löwen› steht im Betreff und ein Datum.» Stainer notierte den Anhörungstermin und den Betreff: *Löwen, 25. August 1914.* «Mehr geht aus dem Briefwechsel nicht hervor.»

«Danke.» Stainer vertiefte sich wieder in Jagodas Aufzeichnungen. Über viele Seiten in den Wintermonaten 1919 betrauerte er seine Frau in Einträgen, die länger waren, als die anderen. Auch über die Drohbriefe seines Mörders ließ er sich umfangreicher aus.

An einer Stelle stutzte Stainer und las murmelnd: «*Vielleicht ist dieser lästige Hummels einfach nur ein Spinner unter vielen, dann wird er schon irgendwann aufhören mit diesem Unsinn. Sollte er aber mit der Operation Judas zu tun haben, ist er wirklich gefährlich. Vielleicht sollte ich ihn anzeigen, sobald ich entlassen bin.*»

Auf Stainers Schreibtisch läutete das Telefon. Er schlug die Kladde zu, ging hin und nahm ab. «Ein Anruf für Sie, Herr Kriminalinspektor, irgendeine Arztpraxis.» Eine Frauenstimme aus der Fernsprechzentrale war in der Leitung. «Ich stelle durch.»

Es knackte und rauschte, Stainer merkte, dass er noch immer das Foto mit Jagodas Leiche in der Hand hielt. Endlich meldete sich eine Männerstimme. «Bin ich mit der Kriminalabteilung des Polizeiamtes verbunden?» Die Stimme sprach mit leicht slawischem Akzent.

«Richtig, Sie sprechen mit Inspektor Stainer.»

«Mein Name ist Polanski. Ich bin Arzt und möchte Sie bitten, in meine Praxis zu kommen. Ich habe hier eine Patientin, die sich gerade von einem Nervenzusammenbruch erholt, und ich fürchte, sie hat Ihnen einiges zu erzählen.»

# 28

Mona brachte eine Zeitung mit, als sie aus der Schule kam, das *Leipziger Tageblatt.* Heiland hatte sie am Morgen darum gebeten. «Danke. Du kriegst das Geld zurück, sobald ich meine Börse wiederhabe.» Er setzte sich an den Küchentisch, zündete sich eine Zigarette an und begann sofort, in der Zeitung zu blättern.

Seine Frau sei nach einem Streit zu ihren Eltern nach Markranstädt gefahren, hatte er seiner Tante und ihrer Familie erzählt. Er sei ihr und der Kleinen nachgereist, doch umsonst, Christel sei stur geblieben, und bei der Rückreise habe er vor lauter Kummer seine Jacke mit Schlüssel und Geld im Zug liegen lassen.

«Du rauchst Muttis Zigaretten?» Mona warf einen tadelnden Blick auf den vollen Aschenbecher und riss das Fenster auf. «Du weißt genau, dass sie das nicht mag.»

«Ich kauf ihr 'ne Schachtel, wenn ich meine Börse wiederhabe.»

Selbst mit Geld in der Tasche hätte Heiland sich nicht auf die Straße hinuntergetraut. Statt Holz zu machen und Kohlen aus dem Keller zu holen wie vereinbart, hatte er den ganzen Vormittag am Fenster gestanden: Zweimal waren Polizeistreifen unten auf der Salomonstraße vorbeigekommen, einmal zu Pferd, einmal zu Fuß. Und jedes Mal hatte Heiland seine Fingernägel zerkaut.

«Das ist die letzte», sagte Mona streng, «die Jungens kommen bald von der Schule. Ich will nicht, dass sie sich die Raucherei bei dir abgucken. Schlimm genug, dass sie das Laster bei Vati mitbekommen haben.»

«Ist ja gut.» Heiland liebte seine Cousine, doch dass sie immer mehr nach ihrer strengen Mutter geriet, gefiel ihm gar nicht. Obwohl sie acht Jahre jünger war als er, kam er sich in ihrer Gegenwart manchmal wie ein kleiner Junge vor. Er blätterte den Stadtteil der Zeitung durch und suchte nach Polizeiberichten.

«Hast du Christel erreicht?» Mona band sich eine Schürze um und schürte das Feuer im Herd.

«Nein, die Warteschlange am Fernsprecher war so lang.»

«Du hättest doch warten können, Zeit hast du schließlich genug.» Sie legte zwei Briketts nach.

«Ich habe gefroren.» Am Johannisplatz stand seit neustem eines dieser modernen Fernsprechhäuschen. Seine Tante hatte ihm ein paar Groschen gegeben, damit er von dort aus seine Frau anrufen konnte. Doch Heiland hatte sich nicht auf den Platz hinuntergetraut. «Wie du weißt, habe ich keine Jacke.»

«Du hättest dir ja einen Mantel von Vati überziehen können. Und warum sehe ich kein Holz und keine neuen Kohlen?» Mona drehte sich nach ihm um und schaute ihn vorwurfsvoll an. «Du wolltest dich doch darum kümmern!»

Er seufzte. «Nach dem Essen ziehe ich mir einen Mantel von Onkel Sigurd über und gehe Holz machen und Kohlen holen.»

Mona setzte den vorgekochten Wirsingeintopf auf die Herdplatte. «Ich werde dich dran erinnern.» Sie stellte sich vor den Tisch und verschränkte die Arme vor der Brust. Heiland blätterte die letzte Zeitungsseite auf, nirgendwo hatte er einen Bericht über eine Schießerei in Gohlis gefunden. Ist ja seltsam, dachte er und hob den Blick. Seine Cousine sah ihn herausfordernd an und langte nach dem Aschenbecher. «Ausmachen», forderte sie.

«Himmel, du bist schlimmer als mein Feldwebel!» Wütend drückte er die Zigarette aus. Mona trug den Aschenbecher zum Herd und leerte die Kippen und abgebrochenen Filter ins Feuer. «Guck nach dem Eintopf, damit nichts anbrennt.» Als wollte sie ihrer Forderung Nachdruck verleihen, knallte sie den Ascher auf den Spülstein. «Und mach die Tür auf, wenn die Jungen läuten.» Sie legte die Schürze ab, steckte die Zigarettenschachtel in ihr Kleid und nahm ihre Schultasche. «Ich gehe jetzt Schularbeiten machen. Ruft mich, wenn das Essen auf dem Tisch steht.»

«Ja, Herr Feldwebel.»

«Frau Feldwebel, wenn schon.» Die Schultasche vor die Brust gedrückt, blieb sie vor dem Küchentisch stehen und musterte ihn aufmerksam.

«Was guckst du?» Der Blick ihrer dunkelblauen Augen machte Heiland nervös. Die Augen, die scharf geschnittene Nase und das schmale Gesicht hatte sie vom Vater, die hochgewachsene und schlanke Statur auch. Der große Mund dagegen kam von der Mutter und der rotzige Zug um die Mundwinkel auch.

«Ist es verboten, seinen Cousin anzugucken?» Sie wurde immer hübscher, fand Heiland. Leider hatte sie ihr schönes, langes Haar bis knapp unter die Ohren abschneiden lassen. Rabenschwarz war es, wie das der Tante. Doch anders als sie trug Mona es nun seitlich gescheitelt und die längere Seite halb über die hohe Stirn gekämmt. «Ich frage mich, was mit dir los ist, Max.»

«Was soll mit mir los sein?» Ihr Blick und ihre Fragen ärgerten ihn. «Hast du deinen Vater nie nach einem Ehekrach erlebt?»

«Schon lange nicht mehr.» Ihr hübsches Gesicht wurde kantig und hart. Sie wandte sich ab und ging zum Wohnzimmer.

«Seit sechs Jahren nicht mehr, um genau zu sein. Pass auf den Eintopf auf.»

Er sah ihr nach. Sie hatte eines dieser modernen Kittelkleider an, das die Schultern kaum bedeckte und die Kniekehlen gerade so. Wenigstens trug sie unter dem schwarzen Kleid eine rote Bluse. Sie war wirklich hübsch angezogen. Wäre ihr Vater noch hier, hätte er Mona niemals erlaubt, in so einem Kleid herumzulaufen, da war sich Heiland sicher.

Als die Tür hinter ihr zugefallen war, stand er auf und ging zum offenen Fenster. Sein Onkel hätte Mona erst recht diese moderne Frisur verboten. Seiner Tante gefiel das auch nicht besonders, doch sie ließ sie gewähren. Bezahlen musste Mona Friseur und Kleider allerdings selbst, wie Heiland wusste. Das Geld verdiente sie sich an den Abenden drüben in der Schule für Schwachsinnige, wobei Heiland keine Ahnung hatte, was genau sie da tat. Unruhig spähte er auf die Straße hinunter, doch zu seiner Erleichterung konnte er nirgendwo Männer ausmachen, die nach Polizisten aussahen.

Fluchend durchsuchte er die Schubladen nach Zigaretten, fand aber keine. Mona wurde nicht nur immer hübscher, sondern auch immer komischer, schoss es ihm durch den Kopf. Seit sie zu diesem Vegetarierclub ging, sowieso. Sie hatte die fanatischen Pflanzenfresser und Nichtraucher im Gymnasium kennengelernt.

Wäre es nach seinem Onkel gegangen, hätte Mona das Gymnasium gar nicht erst besucht. Doch er hatte sich nicht durchsetzen können, der Onkel Sigurd – nicht gegen den Direktor der Volksschule und gegen seine Frau zweimal nicht.

Wie von Mona aufgetragen, sah Heiland nach dem Wirsingeintopf – noch nicht mal lauwarm, das konnte dauern. Fahrig langte er nach dem kleinen Buch, das aufgeschlagen auf dem

Küchentisch lag; *Losungen* stand auf dem schwarzen Einband. Es sah von außen aus wie ein Notizheft, enthielt aber lauter fromme Sprüche, für jeden Tag zwei neue. Seine Tante schmökerte täglich darin, sie brauchte das.

Murmelnd las er den Spruch für den heutigen Donnerstag: «Er wird mich ans Licht bringen, dass ich meine Lust an seiner Gnade sehe.» Obwohl er kein Wort begriff, fühlte er sich seltsam berührt und las laut den Bibelspruch darunter: «Von Gottes Gnaden bin ich, was ich bin, und seine Gnade ist an mir nicht vergeblich gewesen.»

«Meine Fresse!» Er warf das Büchlein auf den Küchentisch. «Aus Gottes Gnade bin ich ein verdammter Verbrecher geworden, herzlichen Glückwunsch!»

«Mit wem redest du?», rief Mona aus der guten Stube.

Kalter Wind wehte in die Küche. Heiland ging zum Fenster und wollte es schließen. Sein Blick fiel auf einen Radfahrer, der vor dem Haus hielt und sein Fahrrad über die Bordsteinkante auf den Bürgersteig schob. Er beugte sich ein wenig aus dem Fenster, um ihn zu beobachten. Der Kerl in langem Mantel und mit Schlips lehnte sein Rad gegen die Hauswand. Heiland schätzte, dass er in ungefähr seinem Alter war. Jetzt drückte er tatsächlich die Haustüre auf.

«Mist!» Er huschte aus der Küche zur Wohnungstür und lauschte. Rasche Schritte stapften die Treppe herauf. Heiland wurde es flau. Er wich vom Türfenster zurück, wartete, dass der Mann an der Wohnungstür vorüberging und seine Schritte sich auf der nächsten Treppe entfernten. Doch nichts dergleichen geschah, stattdessen blieb der Kerl stehen und läutete.

Heiland schlich zur Wohnzimmertür, öffnete sie leise und flüsterte: «Erwartest du Besuch, Mona?»

«Sind das nicht die Jungen?» Fragend blickte sie ihn an.

Er schüttelte den Kopf. «Ich bin nicht da», flüsterte er, «du hast mich seit Wochen nicht gesehen.» Sie runzelte die Stirn, wollte irgendetwas fragen, doch Heiland hatte sich schon abgewandt, huschte in die Küche und schloss die Tür hinter sich. Die Klingel ertönte zum zweiten Mal, und Mona lief zur Wohnungstür.

Gehetzt blickte Heiland sich um – die Vorratskammer! Draußen zog Mona die Wohnungstür auf. «Kriminalpolizei», hörte er eine Männerstimme sagen. Er zog den Schlüssel ab, schlüpfte hinein und verriegelte die Kammer von innen. Wenn dieser Kerl von der Polizei war, würde er vielleicht die Wohnung durchsuchen.

Er lauschte in vollkommener Dunkelheit. Sie sprachen an der Wohnungstür miteinander, was genau, verstand Heiland nicht. Schließlich fiel die Tür zu. Er wollte schon aufatmen – doch dann hörte er die Stimmen wieder, und sie kamen näher. Er hielt den Atem an.

Die Küchentür quietschte. «Nein, ich habe ihn schon seit Wochen nicht gesehen», hörte er Mona sagen. Braves Mädchen. «Nehmen Sie Platz, Herr Kommissar. Wenn auch Sie nicht wissen, wo Max ist, befürchte ich fast, dass er in Schwierigkeiten steckt. Oder warum kommen Sie zu uns?»

«Ich bin noch kein Kommissar, Fräulein König, ich bin, nun ja, Kommissaranwärter.» Heiland hörte Stuhlbeine scharren, noch lauter allerdings hörte er das Blut in seinen Ohren rauschen. «Kriminalassistent wäre die korrekte Bezeichnung. Wann haben Sie Ihren Cousin Max denn zuletzt gesehen?» Heiland schätzte, dass der Polizist keine zwei Meter von der Kammertür entfernt Platz genommen hatte.

«Bei Charlottes Taufe.» Heiland hörte den Namen seiner Tochter und ein Schmerz, den er so noch nicht kannte, presste sein Herz zusammen. «Wie hießen Sie gleich, Herr Kriminalassistent?»

«Junghans, Siegfried Junghans. Wer ist Charlotte, Fräulein König?»

«Max' Tochter. Warum gehen Sie nicht nach Stötteritz zu Max' Frau, wenn Sie Fragen haben, Herr Junghans?»

«Selbstverständlich sprechen wir auch mit seiner Frau. Rauchen Sie?» Heiland hielt den Atem an.

«Es riecht nach kaltem Rauch nicht wahr? Ich hasse es auch. Meine Mutter raucht.»

«Sie war vor kurzem hier?»

«Ja. Und jetzt fährt sie wieder ihre Elektrische durch Leipzig. Es ist sicher ein interessanter Beruf, Polizist zu sein. Mögen Sie einen Kaffee?» Der Polizist namens Junghans bejahte, und Heiland ärgerte sich: Ihm hatte sie keinen Kaffee angeboten und auch nicht halb so freundlich mit ihm gesprochen wie mit diesem Fremden.

Er hörte, wie Mona plaudernd am Wasserhahn und mit dem Wasserkessel hantierte. Auch dass sie den Mann in die Küche geführt hatte, ärgerte Heiland. Er hörte sie von der Schule erzählen, von ihren Brüdern, die gleich nach Hause kommen würden, und von ihrer Mutter, die erste Frau Leipzigs, der man 1916 eine Elektrische anvertraute. Mona redete und redete. Wahrscheinlich schmeichelte es ihr, dass der Kerl sie siezte.

«Ich trinke auch eine Tasse Kaffee», hörte er Mona sagen. «Bitte verraten Sie mir, was mit Max los ist, Herr Junghans. Ich bekomme doch Angst, wenn die Polizei nach ihm sucht, das müssen Sie schon verstehen.»

«Das verstehe ich selbstverständlich, Fräulein König, und es tut mir auch wirklich leid, einer so reizenden jungen Frau Unannehmlichkeiten zu bereiten, doch wir müssen Ihren Cousin unbedingt finden. Nur er kann uns bei der Aufklärung einer Straftat behilflich sein.»

«Einer Straftat? Was für eine Straftat denn?» Jetzt war Heiland seiner Cousine dankbar, dass sie den Polizisten in die Küche geführt hatte. Er spitzte die Ohren. «Woher wissen Sie denn, dass Ihnen der Max da weiterhelfen kann?», hörte er Mona fragen.

«Verstehen Sie bitte, dass ich Ihnen keine Einzelheiten nennen darf. So viel kann ich vielleicht sagen: Wir haben seine Jacke an einem Ort gefunden, der, nun ja, in deutlichem Zusammenhang mit einer Straftat steht.»

Knallkopf, dachte Heiland, kannste nicht konkreter werden? Er hätte gern erfahren, wie es Karl Krüger ging.

«Verstehe», hörte er seine Cousine sagen, mit einer Stimme, die verriet, wie wenig sie verstand. Geschirr klapperte, das Wasser schien zu kochen. «Schade, dass ich Ihnen nicht helfen kann. Trinken Sie trotzdem einen Kaffee mit mir?»

«Aber mit Vergnügen.» Der Mann strahlte übers ganze Gesicht, das hörte Heiland seiner Stimme an. Er verdrehte die Augen. Ein richtiger Charmeur war das, er hätte ihn am liebsten hinausgeschmissen. Doch Mona schien den unverhofften Besuch inzwischen zu genießen. Ihre Stimme klang immer trällernder, sie wollte wissen, warum er Polizist geworden war, ob auch Frauen Kriminalistinnen werden konnten und was der nette Herr Junghans zuvor gemacht habe.

Er sei Ingenieur und habe Maschinenbau studiert, erklärte er, doch das Fach habe ihn gelangweilt. Und er habe schon als kleiner Junge Polizist werden wollen.

Na, herzlichen Glückwunsch, dachte Heiland, das wäre ihm garantiert nicht passiert – zu studieren, Ingenieur zu werden und sich dann zu langweilen. Er verdrehte wieder die Augen.

Der Herr Ex-Ingenieur und Kriminalassistent hatte seinerseits auch allerhand Fragen an Mona, doch Heiland hörte nicht mehr zu. Er fragte sich, ob Krüger sich wohl eine Kugel gefangen haben mochte und warum die Polizei hier auftauchte, obwohl in der Zeitung nichts von einer Schießerei in Gohlis stand. Und er dachte an Christel und die Kleine.

Kaffeeduft drang in die Dunkelheit der Kammer. Draußen plauderten sie, löffelten Zucker in ihre Tassen und rührten ihren Kaffee um. Und er, hier drinnen in der Kammer, saß auf Kohlen und im Dunkeln. Der Bibelspruch aus Tante Fines frommem Büchlein fiel ihm ein: ‹Er wird mich ans Licht bringen …›

Licht! Das war es, was er jetzt brauchte. Eine zündende Idee, wie er wieder herauskam aus diesem Schlamassel. Doch ihm ging kein Licht auf. Noch nicht.

Irgendwann klingelte es, die kleinen Cousins kamen von der Schule, der Lärmpegel in der Küche stieg erheblich. Heilands Herz geriet ins Stolpern: Was, wenn nun die Jungens nach ihm fragten?

Mona verstand es geschickt, sie mit Fragen abzulenken, wollte wissen, wie es in der Schule gewesen war, was für Hausaufgaben zu erledigen waren, wie es diesem und jenem Freund ginge und so weiter. Inmitten des Trubels verabschiedete sich der Polizist. Heiland wartete, bis er die Wohnungstür zufallen hörte, dann erst verließ er die Vorratskammer.

Seine Cousins – acht, zehn und zwölf Jahre alt – rissen zuerst erschrocken Mund und Augen auf, dann brachen sie in Gelächter aus. «Habt ihr Versteck gespielt?», fragte der Jüngste.

«So ungefähr.» Heiland ging zu Mona, die am Fenster stand und zur Straße hinunterblickte. «Ihr habt euch ja prächtig verstanden.» Unten stieg der Herr Exingenieur auf sein Rad und fuhr die Salomonstraße in Richtung Johannisplatz davon.

Mona schaute Heiland an, und in ihrem Blick lag etwas ungewohnt Weiches, beinahe Verträumtes.

«Gut gemacht, Mädel», flüsterte Heiland. «Nur hättest du ihn nicht grad in die Küche führen müssen, du wusstest doch, dass ich da reingegangen bin. Trotzdem – danke.»

Er wollte ihr einen Kuss auf die Wange geben, doch sie packte seinen Arm. «Du hast uns angelogen!», zischte sie und ihre Augen blitzten.

«Himmel, was hätte ich denn sagen sollen? Dass die Polente hinter mir her ist?» Die Cousins guckten hochinteressiert.

Sie zerrte ihn zur Küchentür. «Tisch decken!», befahl sie ihren Brüdern. «Ich komme gleich.» Sie warf die Tür hinter sich zu, schob Heiland ins Wohnzimmer und baute sich vor ihm auf.

«Warum ich ihn in die Küche geführt habe? Weil ich Klarheit wollte.» Sie stemmte die Fäuste in die Taille. «Ein Max mit reinem Gewissen würde am Tisch sitzen und dem Polizisten Rede und Antwort stehen, habe ich mir gedacht. Ein Max, der was ausgefressen hat, würde sich in der Vorratskammer verstecken. Nun – du hast dich in der Vorratskammer versteckt.»

«Na ja, du hast ja gehört …»

«Das war das erste und das letzte Mal, dass ich für dich gelogen habe!», unterbrach Mona ihn schroff. «Hast du mich verstanden?!» Die Zornesröte stieg ihr ins Gesicht. Sie trat dicht an ihn heran und bohrte ihm den Zeigefinger in die Brust. «Was hast du ausgefressen? Raus mit der Sprache!»

# 29

Die Praxis lag zwischen Johannistal und Eilenburger Bahnhof in der Gutenbergstraße. Stainer parkte den neuen Dux, den ihm das Polizeiamt als Dienstfahrzeug zur Verfügung gestellt hatte, zwischen zwei Platanen und vor dem Praxisschild.

Die Häuser dieses Viertels hatten alle vier Stockwerke, manche fünf, und sie kamen ihm alt und ehrwürdig vor. Stainer war hier nicht oft gewesen, bevor er in den Krieg zog. Auch als Kind nicht; da war er über die Grenzen von Connewitz nur selten hinausgekommen. Er stieg aus dem Wagen und schloss ihn ab. Es war kalt, aber trocken, und es roch nach Braunkohlefeuer.

An den Stämmen der Platanen klebten Plakate. Stainer blieb davor stehen und las sie. Auf einem rief die *Kommunistische Partei Deutschlands* zum Generalstreik auf. Auf dem zweiten prangte der schwarze Greifenkopf der *Deutschnationalen Volkspartei* und die Aufforderung an alle «wahren Deutschen», auf die Straße zu gehen und sich gegen den «Schandvertrag von Versailles» zu erheben. Auf dem dritten lud die *SPD Leipzig* zu ihrer Versammlung am 8. Februar im Volkshaus ein.

Nachdenklich wandte Stainer sich ab. Letzten Sonntag erst war er mit einem Mitglied der DNVP – der *Deutschnationalen Volkspartei* – aneinandergeraten: mit seinem Vater. In dessen Stammkneipe in Connewitz hatte er auf die linken Vaterlandsverräter geschimpft, die den heldenhaft kämpfenden Frontsoldaten mit ihren Streiks und ihrem Pazifismus in den Rücken gefallen seien und so die Niederlage der Reichswehr und den Untergang des Kaiserreiches herbeigeführt hätten. Nur einer hatte dem gelähmten Ex-Offizier Heinrich Stainer widersprochen: sein Sohn Paul Stainer.

Stainer schüttelte die lästigen Gedanken an seinen Vater ab und ging zum Eingang des Hauses, in dem der Arzt praktizierte, der ihn angerufen hatte. Er hatte weiß Gott Wichtigeres zu tun, als sich mit politischem Irrsinn zu befassen.

Ein paar Atemzüge lang stand er vor dem gusseisernen Praxisschild und betrachtete die eigenartige Schrift darauf – die goldfarbenen Buchstaben kamen ihm seltsam lebendig vor auf so viel Eisen, als würden sie pulsieren und atmen.

Die Bergidylle mit Hirsch im *Zillertal* fiel ihm ein, und er fürchtete schon, dass seine Nerven ihm wieder einen Streich spielten. Doch die beiden Zeilen auf dem Schild lasen sich ganz und gar realistisch: *Dr. med. Adam Polanski, Arzt für Neurologie und Psychoanalyse.*

Er drückte die Haustür auf und trat in das Treppenhaus. Die Praxis lag im vierten Obergeschoss. Seufzend nahm er die Stufen in Angriff. Unter seinem alten Offiziersmantel spürte er das Achselhalfter mit der Pistole. Ohne seine Dienstwaffe, einer *Dreyse 1907*, würde er die Wächterburg ganz bestimmt nicht mehr verlassen.

Im dritten Stockwerk geriet er ein wenig außer Atem. Man musste schon dringend einen Seelenarzt brauchen, wenn man freiwillig so viele Stufen hinaufstieg. Endlich stand er vor der Praxistür. Er atmete ein paarmal tief durch und drehte am Klingelbügel. Auf der anderen Seite der Tür rasselte es blechern; die mechanische Klingel hatte ihre besten Tage auch schon hinter sich.

Die Tür wurde aufgezogen, ein Mann in dunkelgrauem Dreiteiler mit bunter Fliege und weißem Hemd stand vor ihm – randlose Brille, schütteres Grauhaar, kurzgeschorener Bart, kleiner als Stainer, doch ähnlich hager. Auf den ersten Blick schien der Mann weit über sechzig Jahre alt zu sein, auf den zweiten jedoch wirkte er geradezu jugendlich. Das konnte nur an den großen, hellen Augen liegen – wie wache Kinderaugen kamen sie Stainer vor.

«Herr Stainer?» Er nickte. «Bitte kommen Sie herein.» Polanski – wer sonst sollte der Mann sein? – trat zur Seite und winkte ihn an sich vorbei in die Praxis, die vermutlich zugleich seine Wohnung war. Die Porträtfotos an der Wand über dem kleinen, mit Zeitungen beladenen Garderobentisch, die Hüte und Schals an der Garderobe und die Spazierstöcke und Schirme im Messingrohrständer wirkten jedenfalls sehr privat.

Der Arzt führte Stainer in ein Zimmer mit drei Sesseln, einem Sofa und einem runden Tisch, auf dem neben einem siebenarmigen Kerzenleuchter und einer weißen Orchidee auch ein Ausstellungskatalog von Böcklin und einige Ausgaben des *Simplicissimus* lagen.

«Ich habe einen Patienten auf der Couch liegen, Herr Stainer», sagte Polanski, «doch vielleicht so viel in Kürze, bevor ich sie mit Frau Sonntag bekannt mache: Sie hat im Morgengrauen bei mir geklingelt, zitternd und völlig durchgefroren. Ich konnte zunächst kein Wort aus ihr herausbringen und habe ihr Laudanum gespritzt. Bis vor zwei Stunden hat sie geschlafen. Danach schien sie mir ruhiger geworden zu sein, sie konnte jedenfalls erzählen. Und was sie erzählte, schien mir Grund genug, Sie anzurufen.»

«Nämlich?» Ungeduld war Stainer fremd, doch er schätzte es, wenn Leute nicht lange um den heißen Brei herumredeten.

«Das hören Sie sich besser aus Frau Sonntags Mund an.» Der Arzt bedeutete Stainer, noch einen Augenblick zu warten. «Ich schaue erst noch einmal nach ihr.» Ehe Stainer reagieren konnte, ging Polanski in ein Nebenzimmer, ließ die Tür angelehnt und sprach mit einer Frau.

Stainer konnte nicht verstehen, was die beiden mit gedämpften Stimmen verhandelten, und wollte es auch gar nicht. Er fragte sich, was «auf der Couch liegen haben» bedeutete und was einen Menschen veranlassen mochte, sich frühmorgens in die Praxis eines Nervenarztes zu flüchten.

Ein großes Gemälde an der Wand des Wartezimmers zog ihn magisch an. Es zeigte einen bärtigen Maler mit Pinsel und Farbpalette, der den Kopf leicht zur Seite und nach hinten neigte, um einem Geigenspieler zu lauschen. Der Geigenspieler hinter ihm – man sah nur seinen Totenschädel und seine Knochenhand, die den Bogen führte – stützte sich beinahe auf die Schulter des Malers.

«Verzeihen Sie, Herr Stainer.» Polanski kehrte ins Wartezimmer zurück. «Frau Sonntag möchte Ihren Dienstausweis sehen.» Er trat näher zu ihm, als es unbedingt nötig gewesen wäre, um sich den Ausweis reichen zu lassen. «Bitte haben Sie Verständnis», flüsterte er, «die Frau ist völlig verängstigt.»

Stainer nickte und überließ dem Arzt seinen Dienstausweis, der damit im Nebenzimmer verschwand. Er war gespannt, was ihn erwartete. Hatte man die Frau überfallen? Verfolgte man sie? Oder war sie nervenkrank? Das lag zumindest nicht ganz fern, denn immerhin traf er sie bei einem Nervenarzt an.

Er wandte sich wieder dem Gemälde zu, einem Selbstporträt Arnold Böcklins. Stainer hielt es zunächst für echt, weil es aufwendig gerahmt war, doch als er näher herantrat, merkte er, dass er vor einer perfekten Chromolithographie stand.

Es war die Intensität in der Haltung und den Mienen der beiden Figuren, was ihn so faszinierte. Der Maler schien dem geigenden Tod mit größter Aufmerksamkeit zu lauschen, gerade so, als könne er ohne dessen Musik sein Bild nie und nimmer vollenden.

Dergleichen hatte Stainer noch nie gesehen. «Unglaublich», murmelte er. So düster das Bild wirkte, so schön war es doch. Schön wie die Eisblumen auf dem Buntglasfenster letzte Woche in der Gustav-Freytag-Straße.

«Bitte, Herr Stainer.» Die sonore Stimme des Arztes riss ihn aus seiner Betrachtung. Er drehte sich um, nahm den Dienstausweis aus Polanskis Hand und folgte ihm ins Behandlungszimmer. Dort duftete es nach Rosenwasser. Neben einer dunkelroten Lederliege saß in einem dunkelroten Ledersessel eine junge blonde Frau in schwarzem Kleid und roten Stöckelschuhen. Sie trug Perlen an den Ohren. «Ich muss zu meinem Patienten», sagte Polanski, «bis nachher.» Der Arzt schloss die Tür hinter sich.

Stainer reichte der Frau die Hand und nannte seinen Namen und Dienstrang, obwohl sie beides gerade eben erst gelesen haben musste. «Sonntag», sagte sie mit heiserer Stimme. «Rosa Sonntag, ich bin froh, dass Sie so schnell kommen konnten, Herr Inspektor.»

Stainer zog seinen Mantel aus und legte ihn auf die Couch. Auch an der Wand über ihr hing der gerahmte Druck eines Gemäldes, von dem dieselbe faszinierende Mischung aus Düsternis und Schönheit ausging wie von dem Selbstporträt im Wartezimmer. Unwillkürlich verharrte er einen Augenblick, um es zu betrachten: Zypressen vor einer Villa, altes Gemäuer, gegen die Meereswogen anbrandeten, und im Vordergrund, sehr klein, eine junge Frau in schwarzem Tuch, die gegen die Bruchstelle der Backsteinmauern lehnte.

«Er liebt Böcklin», sagte die Frau hinter ihm. «Mich hat er auch schon angesteckt mit dieser Liebe.»

«So?» Stainer riss sich von dem Bild los und ließ sich der

Blonden gegenüber in dem zweiten roten Ledersessel nieder, der in dem nicht allzu großen Zimmer stand. «Ihr Arzt hörte sich dringend an am Fernsprecher.»

«Zu Recht.» Sie sah so aus, wie ihre Stimme klang und ihr Händedruck sich angefühlt hatte: erschöpft. Ihr Blick wirkte müde, ihre Augen waren rot geweint, ihr Lidschatten und Lippenstift verschmiert, ihre Haut bleich und ihr kinnlanges blondes Haar nur flüchtig zurechtgestrichen. Sie wollte noch etwas sagen, kam aber über ein «O Gott», nicht hinaus. Ihr Unterkiefer zitterte.

«Meine Güte», sagte Stainer, «was mussten Sie denn erleben?»

«Einen Mord», sagte sie mit bebender Stimme.

Stainer zog Stift und Notizbuch aus dem Jackett und saß plötzlich kerzengerade in dem Ledersessel. «Wo? Und wann?»

«In einer Villa in Gohlis, gestern Abend, gegen zehn.» Sie hob die Schultern und senkte den Blick. «Es war so ...», ihre Stimme erstarb zu einem Flüstern, «... entsetzlich.»

«Wollen Sie erzählen?» Sofort fielen Stainer die blonden Haare am Anzug des toten Baumanns ein.

«Ich war die ganze Nacht in Leipzig unterwegs.» Rosa Sonntag sprach jetzt mit festerer Stimme. «In Gohlis, an der Pleiße, in Lindenau, im Promenadenring – ich hatte völlig die Orientierung verloren. Als es hell wurde, stand ich auf einmal unten vor Dr. Polanskis Tür.»

Was die bedauernswerte Frau schilderte, erinnerte Stainer an so manchen jungen Soldaten seines Regiments, den man während der Sommeschlacht völlig verstört aufgegriffen hatte. Und wahrscheinlich war er selbst in einem ähnlich desolaten Zustand gewesen, als er mit Renkewiz einer französischen Einheit in die Arme lief. Er hatte keine Erinnerung daran.

«Können Sie mir sagen, wie die Straße heißt, in der die Villa steht, von der sie sprechen?» Er fragte das nur, um ganz sicherzugehen.

«Artilleriestraße. Sie müssen doch davon gehört haben.»

«Ja, haben wir.» Stainer konnte es kaum glauben – in den Mordfällen Baumann, Krüger und Weingarten schien es tatsächlich eine Augenzeugin zu geben! «Sie sprachen von einem Mord, den Sie erlebt haben, Frau Sonntag. Darf ich daraus schließen, dass Sie ein Opfer und einen Täter gesehen haben?»

«Zwei Täter.» Sie biss sich auf die Unterlippe. «Und Heinrich.» Als drohe ihr Kopf zu platzen, drückte sie die Handballen gegen die Schläfen und schloss die Augen. «Dr. Polanski hat gesagt, ich soll versuchen, mich so genau wie möglich zu erinnern und meine Erinnerungen an gestern Abend so konkret wie möglich auszusprechen.» Sie atmete tief ein und aus. «Je klarer ich aussprechen könne, was ich erinnere, desto gründlicher würde ich dem grässlichen Erlebnis seine Giftigkeit nehmen, hat er gesagt.»

Stainer versuchte, zu verstehen, was sie meinte. «Seine Giftigkeit?»

«Seine krankmachende Wirkung.» Die Blonde sah ihn an, und ihre blauen Augen waren feucht und unendlich traurig. «Glauben Sie mir, Herr Inspektor Stainer», flüsterte sie. «Dr. Polanski hat recht.»

«Dann erinnern Sie sich bitte.» Stainer notierte, was die Frau über das Aussprechen von Erinnerung gesagt hatte. «Erzählen Sie, Frau Sonntag, ich helfe Ihnen, so gut ich kann. Fangen Sie einfach bei dem Kabarettabend an.»

«Sie wissen, dass wir in Barthels Hof waren?», staunte sie.

«Wir haben einen Prospekt von der Veranstaltung am Tatort gefunden.» Wo, sagte er lieber nicht.

«Ist Hans auch …?»

«Ja, Herr Dr. Weingarten wurde erschossen. Einer der Einbrecher ebenfalls.» Sie verbarg ihr Gesicht in den Händen und schwieg. «Kannten er und Baumann sich schon lange?»

Sie nickte. «Von der Universität», flüsterte sie hinter ihren Händen und mit tränenerstickter Stimme. «Hans hat in Berlin studiert. Seitdem waren sie wohl befreundet. Ich glaube, Hans hat in dem Verlag veröffentlicht, in dem Heinrich arbeitet.»

«Er hat in einem Verlag gearbeitet? Als Lektor oder als Kaufmann?»

«Ich weiß es nicht», flüsterte sie. «Er hat gesagt, er sei Historiker.»

Stainer notierte und schaute dann die schluchzende Frau an. Die Wirkung des Laudanums schien nachzulassen. «Sie wollten vom Kabarettabend erzählen, Frau Sonntag.»

Sie nahm die Hände vom Gesicht und atmete tief durch. «Heinrich hat mich eingeladen», begann sie stockend. «Er wusste ja nicht, dass es unser letzter gemeinsamer Abend sein würde.»

«Woher hätte er denn wissen sollen, dass er sterben würde?» Jetzt war es an Stainer zu staunen.

«Nein, nicht doch deswegen!» Sie winkte erschrocken ab. «Ich wollte ihn wieder ausquartieren, wissen Sie?» Sie trat sich die Stöckelschuhe von den Füßen und zog die Beine auf den Sessel und unter ihr Gesäß.

«Baumann wohnte bei Ihnen?», staunte Stainer.

«So kann man das nicht sagen.» Sie seufzte und suchte nach Worten. «Er hat seit letztem Sonntag bei mir übernachtet. Ich wollte die Trennung, doch er hatte mich gebeten, ihn zu dem Treffen mit dem Anwalt zu begleiten, und ich habe es versprochen. Diesen einen Abend noch, habe ich gedacht. Doch vielleicht hat er ja wirklich geahnt, dass er sterben würde, denn er hat große Angst gehabt ...»

Die Worte strömten jetzt nur so aus ihr heraus, und Stainer unterdrückte den Impuls, sie zu unterbrechen, um ihre Aussagen durch Fragen zu strukturieren und zu lenken. Stattdessen ließ er sie erst einmal reden und schrieb einfach nur mit. Er wunderte sich, wie leicht ihm das Stenographieren noch von der Hand ging.

So erfuhr er von der Nachtbar *Bonaparte*, in der sie tanzte und sang und Baumann kennengelernt hatte, von dessen Revolver und Schießübungen und von zwei Männern, mit denen er in Leipzig verabredet gewesen war und die sich dann nicht gemeldet hatten. Das zumindest war nicht ganz neu für ihn.

Rosa Sonntag erzählte ebenfalls, wie ausgelassen die Stimmung in Weingartens Wagen nach dem Kabarettabend gewesen war, wie sie in der Villa lachend die Treppe hinaufgestiegen waren, wie Weingarten die Tür zum Salon geöffnet und ein Mann ihn hineingerissen hatte.

«Dann fiel der erste Schuss, da war ich noch auf der obersten Stufe, und dann wieder ein Schuss, und ich rannte die Treppe hinunter, stürzte, schlug unten auf dem Parkett auf.» Sie legte die Hände auf die Augen, erzählte atemlos, schaukelte dabei mit dem Oberkörper vor und zurück.

«Einer von ihnen verfolgte mich, eine Pistole polterte von Stufe zu Stufe vor ihm her, ich wollte danach greifen, doch der Mann kam mir zuvor, packte die Pistole, packte mich. Ich habe geschrien, ganz laut – bis er mir den Pistolenlauf in den Mund gesteckt hat. ‹Lauf, Rosa›, hat Heinrich von oben gerufen, wieder und wieder.»

Sie nahm die Hände von den Augen und saß auf einmal ganz still. An Stainer vorbei guckte sie in irgendeine Ferne, während sie Atem schöpfte. «Er rutschte die Stufen herunter, doch der mit der Ledermütze schoss immer noch auf ihn. Dieser Teufel stand oben an der Treppe und schoss und schoss.» Tränen erstickten ihre Stimmen und sie schlug wieder die Hände vors Gesicht.

Stainer sah, dass sie keinen Ring trug, wahrscheinlich hätte er sie mit Fräulein ansprechen müssen. Er ließ ihr Zeit, wartete, bis ihr Weinen in Schluchzen überging. «Wie sind Sie denn aus der Villa herauskommen, Fräulein Sonntag?»

«Ich weiß es nicht mehr.» Sie zog die Schultern hoch, schüttelte sich wie unter einem Ekelschauer. «Ich habe das Eisen in meinem Mund geschmeckt und war überzeugt davon, dass der Mann abdrücken würde, ich war sicher, dass mein Leben gleich vorbei sein würde. Ich hatte wirklich abgeschlossen. Kennen Sie das?»

Bilder blitzten Stainer durchs Hirn: ein mit Wasser gefüllter Granattrichter, ein brennender Fluss, ein Panzer, eine ausgestreckte Hand. «Ja, das kenne ich.»

«Doch plötzlich hat dieser Mann mir die Pistole wieder aus dem Mund gezogen, vielleicht weil der andere von oben auf Heinrich geschossen hat. Da bin ich aufgesprungen und aus der Villa gerannt. In die Nacht hinaus, über die Straße, in einen Park, über eine Eisenbahnbrücke, bin gerannt und gerannt.»

«War der Pistolenlauf heiß?»

«Was?» Sie nahm die Hände vom Gesicht.

Stainer blickte in ihr fassungsloses Gesicht und machte sich klar, dass er die Frage durchaus etwas einfühlsamer hätte stellen können. «Ich frage, weil ich wissen muss, ob mit der Waffe zuvor geschossen wurde.»

«Im ersten Stock sind Schüsse ohne Ende gefallen.»

«Sie hätten gespürt, wenn der Lauf heiß gewesen wäre.»

«Er war nicht heiß.»

«Hat der Mann, der Sie bedroht hat, eine Jacke angehabt?» Sie schüttelte den Kopf. Stainer stand auf, zog das Foto von Heiland aus der Innentasche und zeigte es ihr. «War das der Mann?»

Ihre Schultern zuckten hoch und sie nickte. «Allerdings war sein Auge blau und grün geschwollen.» Sie deutete auf ihr linkes Auge.

«Können Sie auch den anderen beschreiben, den mit der Ledermütze?» Stainer setzte sich wieder und notierte.

«Untersetzt, schwarzhaarig mit breitem Gesicht und großem Kinn. Er trug schwarze Handschuhe und einen Soldatenmantel. Und er hatte eine Narbe auf der Wange. Vielleicht war es auch eine Schürfwunde.» Sie langte ein volles Wasserglas von einem kleinen Sekretär neben ihrem Sessel und trank. «Möchten Sie auch etwas trinken, Herr Inspektor?»

Stainer schüttelte den Kopf und bedankte sich. «Kannten Sie Dr. Weingarten auch schon vor diesem Abend, Fräulein Sonntag?»

«‹Frau Sonntag›, bitte.» Sie nickte. «Hans war Stammgast in meiner Bar.»

«Das *Bonaparte* gehört Ihnen?»

«Mir und meinem ältesten Bruder.»

«Dr. Weingarten wohnt eigentlich in der Mozartstraße. Wissen Sie, warum er mit Ihnen und Ihrem Bekannten …»

«Heinrich war mein Geliebter.»

«… zur Artilleriestraße in die Villa seines Vaters gefahren ist?»

Sie zuckte mit den Schultern. «Heinrich hat sich für die Kunstsammlung seines Vaters interessiert, außerdem hat der alte Weingarten einen gutsortierten Weinkeller. Und ja, einmal hat Heinrich Unterlagen erwähnt, die Hans in einem Wandtresor seines Vaters aufbewahrt.»

«Unterlagen?» Stainer horchte auf. «Hat er die näher bezeichnet?»

«Es ging wohl um Fotos, Briefe und Tagesberichte von der Front.»

«Wissen Sie, von welcher Front die Rede war?»

«Flandern.»

«Ist der Name Dinant mal gefallen?» Sie schüttelte den Kopf. «Aber er war mit der Reichswehr in Flandern?»

«Als Hauptmann, so habe ich ihn verstanden. Wegen einer Befehlsverweigerung ist er später zum Leutnant degradiert worden.»

«Hat denn Herr Baumann jemals angedeutet, vor wem er Angst gehabt hat?»

Sie starrte auf den dunklen Teppich und schien nachzudenken. «Einmal sprach er von Männern, die er nicht kannte und die einem ‹Verband der Schwarzen Reichswehr angehörten›, wie er sich ausdrückte.» Sie nickte. «Ja, so nannte er das – ‹Schwarze Reichswehr›. Und jetzt fällt es mir wieder ein: Einmal hat er eine Operation dieser Männer erwähnt, eine ‹Operation Judas›.»

Stainer erinnerte sich an Jagodas Tagebuch, während er schrieb. Hatte der nicht Ernst Hummels mit einer Operation gleichen Namens in Zusammenhang gebracht? Er umrahmte den Begriff *Operation Judas* mit dicken Strichen und notierte dahinter: *(Jagoda!!)*.

«Danke, Frau Sonntag. Wahrscheinlich werden sich aus den laufenden Ermittlungen noch einige Fragen an Sie ergeben. Würden Sie mir Ihre Adresse und Fernsprechnummer geben?» Sie nickte und diktierte.

Stainers Blick fiel auf ihre nackten Arme, als er Stift und Notizbuch wegsteckte. «Sie sind ohne Mantel durch die Leipziger Winternacht geirrt, nicht wahr?»

«Diese Beobachtung spricht für Sie, Herr Stainer.» Zum ersten Mal huschte ein Anflug eines Lächelns über ihre bleiche Miene. «Mantel, Schal und Hut hängen noch in der Villa Weingarten.» Sie trank das Glas leer und stellte es weg.

«Wenn Sie mögen, fahre ich Sie nach Hause.»

Überrascht schaute sie ihn an. «Das wäre furchtbar lieb von Ihnen, Herr Inspektor.»

Weil Polanski noch mit seinem Patienten zugange war, den er im anderen Behandlungszimmer «auf der Couch liegen hatte», schrieb Rosa Sonntag ihm eine Nachricht, bevor sie mit Stainer die Praxis verließ und zum Wagen hinunterging.

Später im Dux spürte Stainer, wie sie ihn von der Seite anschaute. «Ich habe noch nie einen Menschen Ihres Alters mit derart weißen Haaren gesehen, Herr Stainer», sagte sie, als er in die Hospitalstraße einbog.

«Ich auch nicht.»

Sie bot ihm eine Zigarette an, er griff zu. «Ich bin kürzlich erst von einer längeren Frankreichreise zurückgekehrt, wissen Sie? Ihr Nervenarzt würde wahrscheinlich auf allzu viele Reiseerlebnisse tippen, über die noch zu sprechen wäre, wenn man sich an sie erinnern wollte.» Und könnte, fügte er in Gedanken hinzu.

«Verdammter Krieg.» Sie gab ihm Feuer. «Dr. Polanski ist nicht mein Nervenarzt, sondern mein Analytiker.»

Stainer verzichtete darauf, sich nach dem Unterschied zu erkundigen. Sie rauchten schweigend. Rechts blieb das Deutsche Buchhändlerhaus hinter ihnen zurück, links bald darauf die Johanniskirche. Wieder nahm er aus dem Augenwinkel ihren forschenden Blick wahr. «Warum schauen Sie mich so an, Frau Sonntag?»

«Ich sitze das erste Mal mit einem leibhaftigen Kriminalinspektor im gleichen Wagen.» Sie legte den Kopf in den Nacken und blies den Rauch aus. «Und dann …»

«Und dann?»

«Hat Ihnen schon einmal jemand gesagt, dass Sie ganz ungewöhnliche Augen haben, Herr Stainer?»

«Ja. Meine Frau.» Edith hatte immer von seinen grauen Augen geschwärmt, von seinem brennenden Blick, bei dem ihr, wie sie sagte, heiß und kalt wurde. Das war lange her. Heute Abend würde er sie wiedersehen. Und mit ihr sprechen.

«Ihre Augen sehen aus wie altes Eis, in dem ein Feuer lodert», sagte Rosa Sonntag nun neben ihm.

Schon wieder eine Dichterin, dachte Stainer.

# 30

Die untergehende Sonne besprenkelte den Himmel über Leipzig mit rötlichen Flecken. Max Heiland, der am Fenster stand und rauchte, fand den Anblick bedrohlich. Es kam ihm vor, als hätte der Abendhimmel sich seinetwegen mit Blut besudelt – um ihn anzuklagen oder zu erschrecken. Oder beides. Er versuchte, nicht hinauf in die zerfetzte Abendröte zu schauen, und blickte stattdessen lieber hinunter auf die belebte Salomonstraße.

Dort fuhren Radfahrer und Fuhrwerke vorüber und manchmal auch Automobile, die sie überholten. Hin und wieder schob jemand einen mit Holz oder Kohle beladenen einachsigen Karren auf hohen Rädern und an langen Deichseln vorbei und dachte nicht daran auszuweichen, wenn hinter ihm ein Lastkraftwagen oder eine Droschke hupte. Auf beiden Seiten der Straße hetzten oder schlenderten Fußgänger in verschiedene Richtungen.

Heiland lehnte gegen die Wand, damit man ihn von der Straße aus nicht erkennen konnte. Er fühlte sich allein. Da unten kamen sie von der Arbeit, vom Fürsorgeamt, vom Markplatz oder von einem Arzt und gingen nach Hause zu ihren Familien. Oder sie waren auf dem Weg in ihren Sportverein, ihre Bibelstunde, ihre Parteiversammlung oder in ihre Stammkneipe. Und er? Wo würde er hingehen heute Abend oder morgen oder übermorgen? Ins Gefängnis?

Er fühlte sich wie jemand, der nicht mehr dazugehörte – er fühlte sich mutterseelenallein.

An der Glut seiner Kippe zündete er sich die nächste Zigarette an. Der älteste seiner Cousins hatte ihm eine Schachtel am Johannisplatz besorgt, von seinem Taschengeld. «Ich zahle es dir zurück, sobald die Reichsbahn meine Jacke herausrückt», hatte Heiland ihm versprochen. Doch der Junge bestand darauf, ihm die Zigaretten zu schenken. Er hing an seinem großen Cousin; seit sein Vater verschollen war, mehr noch als früher.

Der volle Aschenbecher stand auf dem schwarzen frommen Büchlein von Tante Josephine. Heiland drückte seine Kippe aus und öffnete das Fenster. Er sog den Rauch tief ein und blies ihn in den rot gefleckten Abend hinaus. Wieder spürte er die brennende Sehnsucht nach Christel und seiner Tochter. «Mein Mäuschen», seufzte er, «mein armes Mäuschen.»

Der Polizist war zum Glück nicht zurückgekommen. Und der zornigen Mona hatte Heiland eine neue Geschichte erzählt: In Gohlis, in der Kneipe *Zum Alten Fritz*, hätte er sich geprügelt und drei Männer niedergeschlagen. Daraufhin wären deren Kumpanen, dreizehn Kerle insgesamt, auf ihn losgegangen und er hätte Fersengeld geben müssen. Auf der Flucht wäre es ihm zum Glück gelungen, die Tür eines Gartenhauses aufzubrechen und sich dort vor der rachgierigen Meute zu verstecken. Und später hätte er vor lauter Aufregung seine Jacke in der Hütte liegen lassen.

Er selbst hätte sich die neue Geschichte geglaubt. Doch seine kluge Cousine? Heiland bezweifelte es. Jetzt arbeitete sie drüben in der Schwachsinnigenschule und die Jungen waren auf dem Lindenauer Sportplatz beim Fußballtraining. Sie spielten in den Nachwuchsmannschaften des VfB Leipzig.

Mit dem Brummen von Motoren und dem Rattern von Fuhrwerken drangen auch Mundharmonikaklänge von der Straße herauf. Heiland beugte sich aus dem Fenster und spähte hinunter. Ein beinamputierter Bettler mit Soldatenmütze hockte neben dem Hauseingang auf einem Rollbrett. Ein deutscher Schäferhund saß neben ihm.

Heiland spähte nach rechts. Vorn an der Dresdner Straße sah er eine Frau in der dunklen Uniform der Leipziger Straßenbahngesellschaft in die Salomonstraße einbiegen. Tante Josephine kam von der Arbeit. Er wollte sich Geld von ihr borgen, nur deswegen war er noch hier.

Sein Herz klopfte schneller, als er sie entdeckte. Die Zigarette rutschte ihm aus den Fingern und fiel hinunter auf die Straße, so nervös war er plötzlich. Er schloss das Fenster, legte Briketts nach und setzte sich danach an den Küchentisch.

Lange zehn Minuten vergingen, dann erst wurde die Wohnungstür aufgeschlossen und kurz darauf die Küchentür geöffnet. Mit Mütze und Mantel blieb die Hausherrin in der Tür stehen. Aus düsterer Miene musterte sie Heiland.

«Guten Abend, Tante Fine.» Er versuchte zu grinsen und streckte ihr die Zigarettenschachtel hin. «Feierabendzigarette?»

Sie reagierte nicht. Schon gestern Abend, während er ihr die Geschichte vom Ehekrach aufgetischt hatte, war ihm ihr kritischer Blick aufgefallen. Jetzt jedoch betrachtete sie ihn kühl und mit unverhohlenem Misstrauen.

Schließlich machte sie kehrt, ging zurück in die Diele und legte Mantel und Mütze ab. Mit einer Zeitung unter dem Arm kam sie zurück, setzte sich ihm gegenüber an den Küchentisch und musterte ihn stumm.

«Was ist los, Tante Fine, haben deine Fahrgäste dich geärgert?» Er zündete sich eine Zigarette an und schob ihr die Schachtel über den Tisch. «Rauch eine mit mir, komm schon!»

«Monika ist vorhin in meine Linie eingestiegen», sagte seine Tante mit hohler Stimme. «Am Hauptbahnhof, bevor sie zum

Putzen ging. Sie hat mir erzählt, dass die Polizei hier gewesen ist.»

Heiland hatte schon mit etwas in der Art gerechnet, denn Josephines Blick hatte nicht Gutes verheißen. «Ja, ich bin da gestern Abend in eine wirklich blöde Sache gestolpert.» Er seufzte und schüttelte den Kopf über so viel Pech. «Im *Alten Fritz* in Gohlis.» Während er ihr seine neue Geschichte erzählte, schlug sie die Abendausgabe des *Leipziger Tageblatts* auf. «Die Kerle sind hinter mir her, und wenn ich nicht rennen könnte wie ein Hase, müsstest du mich heute Abend im Hospital besuchen, jede Wette.» Seine Tante knallte die aufgeschlagene Zeitung vor ihn auf den Tisch und deutete auf eine Schlagzeile. Heiland verstummte und las: *BLUTBAD IN GOHLIS, DREI TOTE.*

Er riss die Zeitung hoch, las noch einmal, las den ganzen Bericht mit bebenden Lippen. Alle Kraft wich ihm aus den Knochen, Stuhl und Tisch schwankten, seine Brust schien sich mit Steinen zu füllen. Er ließ die Zeitung auf den Tisch und die Zigarette in den Ascher fallen, warf sich zurück gegen die Stuhllehne und schlug die Hände vors Gesicht.

So saß er eine Weile – die Beine ausgestreckt, das Kreuz durchgedrückt, den Oberkörper steif wie eine Blechtonne, die Kehle zugeschnürt. «O Gott», stöhnte er, «o Gott, o Gott …»

Josephine König stand auf, trat hinter ihren Neffen, legte die Hände auf seine Schultern und sagte leise: «Rede, Max, erzähl's mir. Alles.»

Die Hände vor seinem Gesicht ballten sich zu Fäusten. «Ich habe nicht geschossen», flüsterte er. «Ich schwöre es dir, Fine, keinen einzigen Schuss habe ich abgegeben.» Etwas in Heilands Brust platzte, er warf sich mit Oberkörper und Gesicht auf den Tisch und schluchzte. «Wirklich nicht.» Er weinte so heftig, dass Tisch und Aschenbecher vibrierten.

«Dann stell dich der Polizei, Max, noch heute Abend.» Um ihn zu beruhigen, streichelte sie seinen Rücken. «Ich gehe mit zur Wächterburg. Komm, mach dich fertig.»

Die Türglocke ertönte, Heiland fuhr hoch. Beide blickten zur Küchentür. «Wenn es die Polizei ist, sagen wir, dass wir gerade zur Wächterburg kommen wollten.» Josephine ging zur Küchentür hinaus. Heiland hörte sie die Wohnungstür öffnen und mit einer Frau sprechen. Keine Polizei also, er atmete auf.

Seine Tante kam zurück. «Bei den Nachbarn ist jemand am Fernsprecher für dich», sagte sie mit verblüffter Miene. «Ich wusste ja nicht mal, dass die seit neustem einen Fernsprecher haben.»

«Mich will jemand sprechen?» Heiland wischte sich die Augen aus und stand auf. «Am Fernsprecher?» Christel, schoss es ihm durch den Kopf. Doch woher sollte sie wissen, dass Tante Fines Nachbarn einen Fernsprecher hatten? Und selbst wenn sie es wusste – woher sollte sie die Rufnummer haben?

«Geh schon.» Mit einer Kopfbewegung winkte Josephine ihn in die Diele.

Eine große brünette Frau stand mit gerunzelter Stirn und fragender Miene vor der Wohnung, Max kannte sie seit Kindertagen. «Wer hat dir denn verraten, dass wir jetzt einen Fernsprecher haben, Max?» Er zuckte nur mit den Schultern und ging hinter ihr her zur Nachbarwohnung. Seine kleinen Cousins polterten die Treppen herauf, schwangen die Fußballschuhe und riefen fröhlich seinen Namen.

Die Nachbarin führte ihn in die gute Stube. Zwei halbwüchsige Burschen saßen am Tisch vor Schulbüchern und schrieben in ihre Schulhefte. Der Fernsprecher war aus grünlichem Kunststoff und thronte auf einem hohen runden Tischchen mit gehäkeltem Deckchen. Der Messinghörer mit den schwarzen Muscheln lag daneben. Die Nachbarin nickte ihm zu.

Er nahm den Hörer. «Hier spricht der Max Heiland», sagte er in die Sprechmuschel. «Wer ist da?»

«Namen spielen keine Rolle.» Die tiefe Stimme am anderen Ende der Leitung erinnerte an das Reißen eines Pappkartons. Heiland erkannte sie sofort und stand plötzlich steif und wie festgefroren. «Ich habe mir deutlich mehr von der Operation versprochen», hörte er den Einarmigen sagen.

# 31

Wie man ein Automobil durch den Stadtverkehr steuerte, hatte Stainer nicht vergessen. Dabei konnte er an den Fingern einer Hand abzählen, wie oft er an der Front hinter dem Lenkrad eines Fahrzeugs gesessen hatte. Die Sonne ging bereits unter, als er unter dem Löwenkopf durch den Torbogen fuhr. Er parkte den Dux im Hof der Wächterburg; der Wagen duftete noch nach Rosa Sonntags Parfüm. Verführerische Frau, dachte Stainer, während er ausstieg, doch nicht für mich. Ich gehe heute Abend zu Edith, zu meiner Frau.

Statt zum Hauptportal unter dem Torbogen lief er hinüber ins Arresthaus; der angeblich aufgeklärte Mordfall Murrmann ließ ihm keine Ruhe. Im Dienstraum schrie ein Wachtmeister einen anderen an und schlug mit der Faust auf den Tisch, als Stainer hineinkam. Der dritte führte ihn zu Ernst Hummels Zelle.

«Was gibt's zu streiten, Herr Kollege?», wollte Stainer wissen.

«Schwalbe ist der Meinung, wir sollten ausliefern.» Schwalbe hieß einer der anderen beiden im Wachzimmer. «Verräter!»

«Ausliefern?» Stainer verstand nicht.

«Hamse nicht von der Auslieferungsliste gehört, die der Feind heute unserem Reichskanzler übermittelt hat, Herr Inspektor?» Stainer erinnerte sich, Anfang der Woche von dieser ominösen Liste in der Zeitung gelesen zu haben und nickte. «Neunhundert deutsche Soldaten an den Feind ausliefern, weil sie im Krieg geschossen haben!» Der Wachtmeister – sein Gesicht war rot vor Zorn – schlug sich mit der flachen Hand gegen die Stirn. «Wenn das nicht Verrat ist, was dann?»

Stainer antwortete nicht, offenbar gab es eine neue Entwicklung in der Angelegenheit. Bei der wütenden Anklage des Kollegen wurde ihm bewusst, dass er heute noch in keine Zeitung geguckt hatte, was ihn direkt ein bisschen fassungslos machte.

Sie blieben vor Hummels Zelle stehen, und der Beamte suchte den passenden Schlüssel aus seinem Bund heraus. «Wie spät ist es, Herr Kollege?», fragte Stainer ihn.

Der Beamte zog seine Uhr aus der Hosentasche, während er die Zelle aufschloss. «Zehn nach fünf.»

Nicht einmal zwei Stunden noch, bis er in Connewitz bei Edith klingeln würde. «Der Herr Inspektor hat mit Ihnen zu reden, Hummels!», blaffte der Wachtmeister. An ihm vorbei trat Stainer in die Zelle. Der Gefangene hockte am Tisch. Mürrisch und überrascht zugleich blickte er von einem Kreuzworträtsel auf.

«Guten Abend, Herr Hummels.» Stainer tippte sich an die Hutkrempe. «Stainer, Kriminalinspektor.» Vor dem Tisch lehnte er mit der Schulter gegen die Backsteinwand. Der Wachtmeister blieb unter der Zellentür stehen und setzte seine lauernde Miene auf.

«Ja?» Hummels musterte Stainer misstrauisch. «Was gibt's denn?» Er war groß und kräftig und höchstens Mitte zwanzig. Einer von denen, die ihre Jugend für Kaiser und Vaterland geopfert hatten.

«Wie alt waren Sie, als Sie an die Front kamen?»

«Was geht das Sie an?»

«Ich war zweiunddreißig», sagte Stainer. «Habe mich gleich im August 14 freiwillig gemeldet und die erste Schlacht an der Somme mitgemacht.»

«Freiwillig? So idiotisch war ich auch.» Ungläubig blickte der Gefangene zu Stainers weißem Haar hinauf; er hatte ihn wohl für älter gehalten. «Ich hatte gerade meinen zwanzigsten Geburtstag gefeiert. Verdun.»

«Wie ich höre, haben Sie Jagoda nicht besonders gemocht.»

Hummels verzog den Mund. «*Gehasst* habe ich ihn.»

«Warum?»

«Er war ein blasierter Schnösel! Wie die meisten Studierten an der Front. Ich musste ihn zweimal ertragen, den arroganten Hund. Einmal als Leutnant, einmal als Hauptmann. Als Leutnant hat er uns in ein Wäldchen gehetzt, auf das es schon den dritten Tag Granaten hagelte. Da gab's nur noch glühende Ameisenhaufen und zersplitterte und verkohlte Baumstämme. Und einen vorgeschobenen Posten vom Franzmann. Den wollte der Jagoda unbedingt erobern. Einer von uns blieb immerhin übrig: ich.» Er beugte sich wieder über sein Kreuzworträtsel. «Vorzeitmensch mit zwölf Buchstaben, erster N, letzter R.»

«Neandertaler. Und das zweite Mal?»

«Die gleiche Scheiße in Grün.» Hummels trug das gesuchte Wort ein, ohne aufzusehen. «Wollen Sie's wirklich wissen, Herr Inspektor?»

Stainer dachte an das, was die blonde Frau in Polanskis Behandlungszimmer über das Aussprechen von giftigen Erinnerungen gesagt hatte. «Sonst hätte ich nicht gefragt.»

Hummels ließ den Stift fallen und atmete hörbar ein und aus. Dann stand er auf und schritt zum Zellenfenster. «Es ging nicht recht voran in Verdun, haben Sie sicher gehört, oder?» Er blickte ins Abendrot hinaus. «Der Franzmann hat Tag und Nacht seine verdammte Artillerie brüllen lassen. Und Batterien aus schwersten Geschützen immer näher gegen unsere Laufgräben gerückt. Der Oberst hat das ganze Regiment aufgeboten, um ihm einen Strich durch die Rechnung zu machen.» Hummels stützte sich mit ausgestreckten Armen gegen die Wand. «Jagoda, inzwischen Hauptmann, ließ stürmen. Gegen die Warnung seiner Leutnants. Der Franzmann legte einen Riegel aus Granaten zwischen uns und seine neuen Batterien. Der Boden bebte nicht, er wogte wie Wasser und die Luft war dunkel von herumwirbelnden Erdbrocken, Ästen und Gliedern. Wir hatten die Hosen voll, ist doch klar. Einige machten kehrt. Jagoda, noch am Laufgraben, schoss mit seiner Pistole auf sie und zwang sie zurück ins Feuer. Ich weiß nicht, wie viele er getroffen hat.» Hummels seufzte, stieß sich von der Wand ab, kam zurück zum Tisch.

Da war Stainer in Gedanken schon halb abwesend, da schwamm er längst im nächtlichen Fluss durch Qualmwolken, Feuer und Ölgestank; da hörte er die Geschütze orgeln, die Panzermotoren brüllen, die Verwundeten schreien und griff schreiend nach einer ausgestreckten Hand und sah flehend in ein vor Schmerzen und Anstrengung verzerrtes Gesicht – in das Gesicht von Hauptmann Renkewiz.

Ein Zittern lief durch seinen Körper – er hoffte, dass der Wachtmeister ihm nichts anmerkte.

Der Gefangene immerhin merkte nichts. «So, jetzt wissen Sie's.» Hummels ließ sich auf den Stuhl fallen und schüttelte sich. Er kam Stainer plötzlich älter vor. «Ich hoffe, Jagoda ist langsam gestorben. So langsam wie meine Kameraden. Ihre Bajonette ragten noch aus dem aufgewühlten Boden, in dem sie erstickten. Ich habe mit bloßen Händen gegraben, bis der Gegensturm losging. Dann bin ich gerannt wie ein Kaninchen. Auf mich hat Jagoda nicht geschossen.» Er feixte bitter. «Sonst wäre er ja auch noch den letzten Mann seiner Kompanie losgeworden.»

Stainer schaute schweigend zu, wie er sich wieder über das Kreuzworträtsel beugte, während er selbst dem Ansturm der Erinnerung standzuhalten versuchte.

Er räusperte sich. «Jagoda war bewusstlos, als man ihn aufgehängt hat.»

«Schade. Die Schlinge ist die gerechte Strafe für einen Verräter, und was er uns, seiner Kompanie, angetan hat, war noch schlimmer als Verrat.» Hummels winkte ab. «Ich anstelle des Mörders hätte dafür gesorgt, dass Jagoda lebend in die Schlinge gekommen wäre. Alter deutscher Frauenname mit fünf Buchstaben, erster ein E.»

«Edith. Sie haben verdammt schlechte Karten, Hummels – überall in Jagodas Wohnung haben wir Ihre Fingerabdrücke gefunden.»

«Passt nicht. Vorletzter muss ein K sein. Ich habe mich an seinen Sachen ausgetobt, hat Spaß gemacht. Und mir sein Eisernes Kreuz geholt. Das verdient ein Verräter nicht.» Er hob den Blick und grinste müde. «Den Orden hat dieser Heinzel nicht bei mir gefunden.»

«Heinze», korrigierte Stainer. «Eine Frage noch: Wann hatten Sie zuletzt Kontakt mit den Leuten von der *Operation Judas*?»

«Was für'n Ding?» Hummels hob Blick und Brauen. «Judas? Nie gehört. Mit der Kirche habe ich schon lang nichts mehr am Hut.»

Stainer stieß sich von der Wand ab. «Viel Glück, Hummels, vielleicht können Sie Ihre Haut ja noch ein drittes Mal retten.»

«Danke, Herr Inspektor. Und nehmen Sie sich vor diesem Heinzel in Acht, die Sorte kenne ich nämlich – die will ganz hoch hinaus.» Stainer zog überrascht die Brauen hoch. «Der wird Ihnen eines Tages die Butter von der Stulle kratzen, wenn

Sie nicht aufpassen.» Hummels beugte sich wieder über sein Kreuzworträtsel und schlug sich an die Stirn. «Erika! Natürlich!»

Stainer verließ das Arresthaus und ging nachdenklich durch den Hof; es wurde bereits dunkel. Hummels kleine Erzählungen hatten an den verriegelten Luken über dem Kellergewölbe seiner Erinnerungen gerüttelt. Bild um Bild bestürmte ihn. Vielleicht sollte er tatsächlich jemandem erzählen, was er auf seiner Frankreichreise so alles erlebt hatte, es musste ja nicht gleich ein Nervenarzt sein. «Dem Erlebnis seine Giftigkeit nehmen», zitierte er murmelnd Rosa Sonntag oder vielmehr ihren Nervenarzt.

Er stieg die Treppe zur Pförtnerloge hinauf und nickte dem Mann hinter dem Fensterglas zu. Im Vestibül hörte er Stimmen aus dem Obergeschoss und horchte auf – die des Polizeirats Kasimir erkannte er sofort, die hätte er aus jedem gemischten Chor herausgehört. Weil Stainer neugierig war, nahm er nicht die kleine Treppe, die im linken Flügel vom Erdgeschoss der Kriminalabteilung aus in den ersten Stock führte, sondern stieg die Haupttreppe hinauf.

Irgendwo im zweiten Obergeschoss schimpfte Kasimir; er klang hochgradig erregt. An der Treppe in den zweiten Stock blieb Stainer stehen und lauschte eine Weile. Es ging um eine Pressemeldung und die Informationssperre. Die zweite Stimme kannte Stainer auch – leider. Sie gehörte Dr. Doppelmann. Kasimir und er duzten sich.

Herzlichen Glückwunsch, dachte Stainer, verdrehte die Augen und wandte sich nach links in die Zimmerflucht. Wenn die beiden sich privat kannten, konnte es nur eine Frage der Zeit sein, bis Kasimir die Krankenakte Paul Stainer bei der Reichswehr anforderte. Vielleicht sollte er sich eine Zeitung mit

Inseraten kaufen und schon einmal nach gebrauchten Kraftdroschken gucken.

Weder Heinze noch Junghans hielten sich im Büro auf, doch hinter der geschlossenen Tür des Nebenzimmers schrieb jemand auf der Maschine. Stainer hängte den Mantel an die Garderobe und sank in seinen Stuhl. Auf seinem Schreibtisch lag eine Zeitung mit Inseraten aus dem Stadtgebiet: das *Leipziger Tageblatt.* Sie war aufgeschlagen und jemand hatte einen dicken roten Kringel um eine Schlagzeile gezogen. «Blutbad in Gohlis», las Stainer murmelnd, «drei Tote.»

Irgendeiner hatte es tatsächlich gewagt, Kasimirs Informationssperre zu missachten! Stainer hoffte, dass es nicht Junghans gewesen war, dessen Name ihm als Erstes in den Sinn kam. Der musste seine Ausbildung zum Kommissar finanzieren und hatte es folglich am nötigsten, sich ein paar Mark hinzuzuverdienen. Sollte er den Bericht ans Tageblatt verkauft haben, hätte er damit den Ast, auf dem er saß, schon halb durchgesägt.

Stainer schob das Blatt beiseite und warf einen Blick in seinen Eingangskorb – die Personalakten von Heinze und Junghans lagen obenauf. Er entschied, dass sie bis morgen warten konnten, und zog Jagodas Tagebuch heran. Er blätterte, bis er die Stelle fand, die er suchte, und las dann laut: *«Sollte er aber mit der Operation Judas zu tun haben, ist er wirklich gefährlich.»*

Stainer unterstrich den Satz, holte eine dieser neuartigen österreichischen Büroklammern aus der Schublade und steckte sie als Lesezeichen oben auf die Seite. Manche Erfindungen waren wirklich brauchbar. Er schlug die Kladde zu, betrachtete den bedauernswerten Gummibaum und dachte nach.

Diesem Hummels traute er den Mord an Jagoda durchaus

zu. Und kräftig genug, um einen Bewusstlosen an einem Deckenhaken aufzuhängen, war er auch. Andererseits sagte ihm seine innere Stimme, dass der Mann die Wahrheit sagte.

Stainer holte sein Notizbuch heraus und griff nach dem Fernsprecher, um die Nummer des alten Weingartens in Gohlis herauszusuchen. Er hatte einen Wohnungsanschluss. Kupfer kam aus dem Nebenzimmer herein, seine Glatze glänzte, und die Uniform hing an seiner schmalen Gestalt, als wäre sie ihm eine ganze Nummer zu groß. «Es gibt Neuigkeiten», sagte er. «Ziemlich spannende sogar.» Stainer legte den Hörer zurück in die Gabel.

Das Schreibmaschinengehämmer nebenan ging weiter, einer von Kupfers Leuten tippte wohl Berichte ab. Der Oberwachtmeister legte ein Foto vor Stainer auf den Schreibtisch, es zeigte den Abdruck einer Schuhsohle. «Gut, dass wir der blutigen Spur auf der Vortreppe ausgewichen sind.»

Stainer stand auf, nahm das Foto und ging zu seinem Mantel. «Nun ja, die war auf dem weißen Granit schließlich nicht zu übersehen.» Er holte seine Lupe aus der Manteltasche und studierte das blutige Sohlenprofil. Besonders deutlich war es nicht, doch der Absatz war deutlich zu erkennen. Und die beiden unvollständigen Stollen auch.

«Das ist kein Stein, was da zwischen den Stollen steckt», sagte Stainer. «Die Form ist zu regelmäßig.»

«Ich dachte an eine Schraubenmutter», sagte Kupfer.

«Guter Vorschlag.» Stainer nickte und steckte die Lupe weg. «Wahrscheinlich haben Sie den Abdruck schon mit der Spur aus der Murrmannwohnung verglichen.»

«Sie stimmen überein, Herr Inspektor.»

«Und von den Angehörigen und ihren Leuten hatte keiner etwas im Absatz stecken?» Kupfer schüttelte den Kopf. «Ich auch nicht.» Er reichte Kupfer das Foto. «Legen Sie es mit einem kurzen Bericht auf Heinzes Schreibtisch, der hat schon Feierabend gemacht.»

«In Ordnung, Herr Inspektor. Übrigens haben wir Heinrich Baumanns Angehörige in Berlin ausfindig gemacht. Die Kollegen in der Hauptstadt haben den Eltern die traurige Nachricht überbracht.»

«Er ist nicht verheiratet?» Kupfer schüttelte den Kopf. «Ich habe nämlich die Frau gefunden, deren Haare an seinem Anzug hingen.» Stainer berichtete in Stichworten von der Vernehmung von Rosa Sonntag. «Sie hat angedeutet, dass er in einem Verlag arbeitet. Versuchen Sie herauszufinden, bei welchem, und rufen Sie dort an. Ich würde gern wissen, an was er gearbeitet hat.»

Kupfer nickte und verschwand wieder in seinem Zimmer. Der Oberwachtmeister hatte Nachtdienst und Zeit zum Telefonieren.

Zurück an seinem Schreibtisch griff Stainer wieder zum Hörer. Er schluckte den anschwellenden Kloß im Hals herunter und wählte die Nummer der Weingarten-Villa, die er sich gestern Abend notiert hatte. Die Stimme eines alten Mannes meldete sich. «Weingarten.»

«Polizeiamt Leipzig, Kriminalabteilung, Inspektor Stainer.» Stainer machte eine kurze Pause, ehe er fortfuhr. «Mein Beileid, Herr Dr. Weingarten, es muss schrecklich sein, ein Kind zu verlieren.» Wie schrecklich konnte er, der Kinderlose, nur ahnen. Doch immerhin hatte er an Gräbern blutjunger Männer seines Regiments gestanden, die ihn verehrt hatten wie einen Vater.

«Danke, Herr Inspektor. Haben Sie die Mörder schon?»

«Wir arbeiten unter Hochdruck daran, sie zu finden. Deswegen rufe ich an. Ihr Sohn hat Unterlagen bei Ihnen im Haus in einem Wandtresor aufbewahrt?»

«Fotos und Schriftstücke, stimmt. Die hat Baumann ihm im Lauf des vergangenen Herbstes aus Berlin geschickt.» Weingartens Stimme klang trübselig und schleppend. «An Silvester hat Hans sie aus dem unteren Wandschrank in den Tresor im ersten Stock umgelagert.»

«Sind sie noch da? Haben Sie den beschädigten Tresor überhaupt noch öffnen können?»

«Ja, sie liegen noch darin. Die Handgranate der Mörderbande hat vor allem das Mobiliar und die Gemälde hier oben zerstört. Die sind unersetzlich. Aber nicht so unersetzlich wie mein Sohn.» Seine Stimme brach.

Stainer ließ ihm einen Augenblick Zeit, seine Tränen herunterzuschlucken. «Hatten Sie eigentlich sonst noch etwas in dem Tresor eingeschlossen?»

«Testamente, Kaufverträge, Personenstandsdokumente und so weiter. Sonst nur Baumanns Unterlagen.»

«Die würde ich mir gerne anschauen.»

«Was könnten alte Fotos und Briefe zur Aufklärung eines Einbruchs beitragen?»

«Wir haben drei Morde aufzuklären, Herr Dr. Weingarten», korrigierte Stainer behutsam, «dazu verfolgen wir jede noch so dünne Spur.»

«Also gut. Ich steck die Sachen in ein Kuvert und schicke meinen Chauffeur damit zu Ihnen in die Wächterburg.»

«Es wäre mir lieber, wenn zwei Beamten die Unterlagen bei Ihnen abholten.» Der Fabrikant war einverstanden. «Eine letzte Frage noch, Herr Dr. Weingarten – wer wusste alles von den Tresoren hinter ihren Gemälden?»

«Nur meine Familie. Wahrscheinlich noch das Hausmädchen, das macht schließlich überall sauber.» Stainer ließ sich den Vornamen und die Adresse der Frau diktieren. Den Familiennamen kannte der alte Weingarten nicht, weil seine Frau das Dienstmädchen eingestellt hatte und das erst Anfang Januar.

Nach dem Telefonat saß Stainer in Gedanken versunken in seinem Stuhl und betrachtete den kranken Gummibaum. Der tote Assessor eines Reichsanwalts hatte die Unterlagen aus einem normalen hölzernen Wandschrank geholt und zu einem Eisentresor mit Zahlenschloss hinaufgetragen. Warum? Waren sie plötzlich wertvoller geworden? Hatte Baumann ihn darum gebeten?

Er nahm sich vor, den Chef von Weingarten junior im Reichsgericht zu besuchen. Dort ließen sie sich nicht gern in die Karten gucken und verhielten sich überhaupt kompliziert, wenn es um die Zusammenarbeit mit der sächsischen Polizei ging. Wahrscheinlich würden sie Stainer erst gar nicht empfangen. Er musste Kubitz einschalten, damit dieser die entsprechenden Strippen zog.

Er ging zu Heinzes Arbeitsplatz hinüber und legte Name und Adresse von Weingartens Dienstmädchen auf die Schreibunterlage und eine Notiz mit der Bitte, die Frau zu vernehmen. Danach schaute er zu seinem Oberwachtmeister hinein und bat ihn, nach Gohlis zu fahren, um Baumanns Unterlagen abzuholen.

«Fahren Sie mit einem Automobil und nehmen Sie mindestens zwei Mann mit, Herr Kollege.» Kupfer zog erstaunt die Brauen hoch. «Ich habe das Gefühl, dass gefährliche Leute hinter diesen Papieren her sind», erklärte Stainer. «Seien Sie wachsam.»

Zurück am Schreibtisch hörte er es klopfen. «Herein!»

Der dicke Prollmann schob sich ins Büro. «'n Abend, Herr Inspektor. Sie werde ich wohl so schnell nicht mehr los, was?» Schnaufend schaukelte er zu Stainer an den Schreibtisch, in der Rechten einen qualmenden Stumpen, in der Linken eine schmale rote Akte.

Er trug eine schwarze Baskenmütze und einen Offiziersmantel mit Tressen und Schulterstücken. Beides nicht ungefährlich in Tagen, in denen der Friedensvertrag von Versailles Wellen der Empörung durchs Land jagte: Tressen und Schulterstücke verrieten den Offizier und Kriegsverlierer, die Baskenmütze verband der Mann auf der Straße gewöhnlich mit Frankreich, also mit einem der Feinde, die den harten Vertrag diktiert hatten.

«Ich dachte, ich bring den Bericht persönlich vorbei.» Dr. Doppelmann zog einige zusammengeheftete Papiere aus seinen Pappdeckeln und legte sie auf Stainers Schreibtisch. «Wollte sowieso mal wieder nach meinem alten Freund Kasimir schauen.» Schweißperlen standen ihm auf der Stirn. Vom Treppensteigen vermutete Stainer. «Mit Ihrem Chef ist nicht gut Kirschen essen heute, der Maulwurf und die Liste sind dem armen Kasimir mächtig aufs Gemüt geschlagen.»

«Dr. Kubitz ist mein Chef», entgegnete Stainer kühl. «Welche Liste?»

«Noch keine Zeitung gelesen heute?» Prollmann runzelte die Stirn. «Die Entente will achthundertneunzig unserer Leute vor ein Kriegsgericht stellen. Das *Berliner Tageblatt* hat die Liste mit ihren Namen abgedruckt. Heute hat man sie der Reichsregierung offiziell übermittelt.»

«Ich habe davon gehört.» Stainer griff zu Prollmanns Bericht.

«Und der Maulwurf ist erledigt, wenn er auffliegt. Kasimir will denjenigen feuern, der die Presse über die Schießerei in Gohlis informiert hat.»

«Hoffen wir also, dass er nicht auffliegt.» Stainer sah zu Prollmann hoch.

«Und?» Der Arzt schaute ihm in die Augen. «Haben Sie die Leichen gestern Abend verkraftet oder sind sie durch Ihre Träume gegeistert?» Er saugte an seinem Stumpen und bedachte Stainer mit einem lauernden Blick.

«Ich durfte zum Glück ein paar Tage in Frankreich verbringen, Herr Dr. Prollmann, da hatte ich hin und wieder Gelegenheit, mich an Leichen und ihre Bestandteile zu gewöhnen.»

«Na, dann kann es ja weitergehen, Herr Kriminalinspektor Stainer.» Der Arzt winkte mit dem Stumpen und wandte sich zum Gehen.

«Moment noch, Dr. Prollmann.» Stainer stand auf und ging zu ihm. «Darf ich Sie bitten, mir die Absätze Ihrer Schuhe zu zeigen?»

Prollmann runzelte die feiste Stirn. «Haben Sie mich in die Sammlung Ihrer Verdächtigen aufgenommen, oder was soll das?»

«Wir müssen ausschließen, dass einer von uns, die in der Murrmannwohnung und der Weingarten-Villa waren, ein deformiertes Absatzprofil hat.»

Prollmann stützte sich ächzend gegen die Wand und hob nacheinander seine Absätze. «Sagen Sie bloß, Sie haben in der Villa und in der Albertstraße identische Spuren gefunden.»

«So ist es.» Weder ein Stein noch sonst ein Gegenstand klemmte in Prollmanns Sohlenprofil. «Danke.»

Der Arzt brummte einen Abschiedgruß und ging zur Tür. Die Klinke schon in der Hand, drehte er sich noch einmal um und deutete auf den Bericht auf Stainers Schreibtisch. «Vielleicht das Wichtigste in zwei Sätzen, um Ihre kostbare Zeit nicht zu verschwenden, Herr Kriminalinspektor.»

«Ich höre.»

«Sie könnten recht haben, was Murrmann betrifft – das Blut

auf dem Parkett stammt von ihm, das unter seinen Fingernägeln konnte ich einer anderen Blutgruppe zuordnen.»

«Jedes andere Ergebnis hätte mich überrascht.»

«So?» Dr. Doppelmann paffte und hüllte sich und Stainer in eine Rauchwolke. «Vielleicht kann ich Sie dann ja mit folgendem Ergebnis überraschen: In Krüger habe ich drei Kugeln gefunden. Eine hat Weingarten auf ihn abgefeuert, die anderen beiden, die tödlichen, stammen aus derselben Waffe, mit der Krügers Mörder auch den armen Kerl gespickt hat, der unten an der Treppe im Erdgeschoss gelegen hat.»

«Heinrich Baumann.» Stainer nickte langsam und blickte nachdenklich zum Gummibaum.

«Jetzt sagen Sie bloß, das hätten Sie auch erwartet, Herr Kriminalinspektor.»

«Nein, das ist ein wirklich überraschendes Ergebnis.» Stainer schritt sehr langsam und grübelnd zurück zu seinem Schreibtisch und ließ sich wieder in seinen Bürostuhl fallen. «Das heißt doch nichts anderes, als dass noch ein dritter Einbrecher im Haus war, oder? Einer, der zweimal auf seinen Komplizen geschossen hat.» Die Neuigkeit verblüffte ihn wirklich. «Warum bloß?»

«Ich liefere nur die Ergebnisse meiner Wissenschaft, Herr Kriminalinspektor. Schlussfolgerungen daraus zu ziehen, fällt in Ihren Zuständigkeitsbereich. Schönen Abend noch.» Dr. Doppelmann winkte erneut mit dem qualmenden Stumpen, ehe er aus dem Büro schaukelte.

# 32

Die Nachbarin zupfte an ihrer Zimmerlinde herum und gab sich ganz in ihre Arbeit vertieft. Ihre halbwüchsigen Söhne taten nicht einmal mehr so, als würden sie schreiben, obwohl sie mit großem Ernst in der Haltung Schreibender zu verharren versuchten. Heiland spürte, wie sechs Ohren- und Augenpaare an ihm hingen, auch dann noch, als er Mutter und Söhnen den Rücken zuwandte.

«Woher wissen Sie, wo ich bin?» Kaum hatte er es ausgesprochen, hätte er sich am liebsten auf die Zunge gebissen: Ein wirklich guter Boxer ließ sich seine Überraschung niemals anmerken.

«Was glaubst du denn, mit wem du es zu tun hast, du Idiot? Wir müssen reden.»

«Lassen Sie mich bloß in Ruhe!» Er bemühte sich, leise zu sprechen.

«Wir müssen reden, sag ich, und zwar noch heute Abend.»

«Ich rede kein Wort mehr mit Ihnen. Sie sollen mich in Ruhe lassen.» Warum sieze ich einen, der mich duzt?, fragte er sich, doch seine Wut darüber konnte sich nicht gegen seine Angst durchsetzen. Woher um alles in der Welt wusste der Einarmige, dass er bei seiner Tante war? Woher, dass deren Nachbar seit neustem Besitzer eines Fernsprechers war?

«Du wirst tun, was ich dir sage. Wir treffen uns im Alten Johannisfriedhof. Hör genau zu: Du gehst zum Johannisplatz und dann die Hospitalstraße hinunter …»

«Lassen Sie mich in Ruhe!»

«… am alten Friedhof nimmst du den dritten Weg links.

Nach hundert Metern etwa kommst du zur alten Trauerhalle. Am Brunnen auf der Rückseite warte ich auf dich. Sagen wir, in einer Stunde.»

«Leck mich!» Heiland legte auf.

Einen Moment lang stand er ganz still, seine Knie fühlten sich wacklig an, und er traute sich nicht, sich umdrehen. Schließlich wagte er es, ignorierte die Halbwüchsigen am Wohnzimmertisch und sah der Nachbarin ins Gesicht. «Keine Ahnung, wer das war, wirklich nicht. Trotzdem: danke.»

Er ging zur Wohnzimmertür, kam sich vor, als würde er über Eis balancieren, und hörte, als er die Wohnungstür schon hinter sich hatte, den Fernsprecher läuten. Auf der Schwelle zu ihrer Wohnung stand Josephine mit zur Schulter geneigtem Kopf und sah ihm aus sehr schmalen Augen entgegen.

Er wollte gerade wiederholen, was er auch der Nachbarin erklärt hatte, nämlich dass er den Anrufer nicht kenne, da rief diese hinter ihm: «Schon wieder derselbe Herr, Max. Er sagt, er hätte vergessen, dich zu fragen, wie es Mona, Josephine und den Jungen gehe und er müsste unbedingt noch zwei Sätze mit dir reden.»

Heiland verharrte wie festgefroren, sah den brennenden Blick seiner Tante und spürte, wie die Angst ihm die Kehle zuschnürte. Mona, Josephine und die Jungen? Von denen wusste der Einarmige auch? Was wusste er denn noch alles, dieser Satan, was hatte er vor? Heiland machte kehrt, die Angst zwang ihn dazu.

«Ich will damit nichts mehr zu tun haben», sagte er sofort, als er den Hörer wieder ans Ohr drückte. «Joseph ist an allem schuld, er hat zuerst …» *Geschossen*, wollte er sagen, besann sich jedoch im letzten Moment auf die gespitzten Ohren der Nachbarin und ihrer halbwüchsigen Söhne.

«Hör auf mit dem Gejammer. In einer Stunde bist du an der alten Kapelle, spätestens in zwei. Das ist ein Befehl.»

«Was …?» Heiland verschlug es die Sprache. Eine Zeitlang herrschte Schweigen in der Leitung. Bis die Wut sich endlich gegen seine Angst durchsetzte: «Niemand befiehlt mir jemals wieder irgendwas!»

«Ach? Wir wissen, wo du dich aufhältst, wie du merkst. Wenn du nicht freiwillig herunterkommst, holen wir dich aus der Wohnung da oben. Und das wird dann nicht ganz ohne Kratzer für deine Verwandtschaft abgehen, fürchte ich.»

Heiland stand wie festgefroren. Hatte er richtig verstanden? Nicht ohne Kratzer für deine Verwandtschaft? Drohte ihm der Einarmige wirklich, oder hatte er sich verhört? Er suchte fieberhaft nach Worten. Sollte er einfach auflegen? Sollte er sagen, dass er sich der Polizei stellen würde? Der Hörer drohte ihm aus der Hand zu rutschen, so sehr schwitzte er.

«Und bevor du auf den Gedanken kommst, dich der Polizei zu stellen, denk an deine Frau und das Kind», tönte die raue Bassstimme aus der Hörmuschel. «Wir kennen uns auch in Stötteritz ziemlich gut aus, hast du das verstanden?»

Eine Eisklaue presste Heilands Herz zusammen. «Ist gut», brachte er mühsam heraus.

«Hervorragend», sagte die tiefe brüchige Stimme am anderen Ende der Leitung. «Dann also in spätestens zwei Stunden an der alten Trauerhalle.»

Es klickte und rauschte in der Leitung, der Einarmige hatte aufgelegt.

# 33

**Donnerstag, 5. Februar 1920**

*Heinrich ist tot, erschossen. Hans Weingarten auch und noch ein dritter Mann, wie ich von der Polizei erfahren und in der Zeitung gelesen habe. Heinrich starb zu meinen Füßen, und es hätte nicht viel gefehlt, da wäre ich neben ihm gestorben.*

*Genug davon! Ich lebe.*

*Natürlich werde ich heute Abend nicht singen und tanzen. Und die nächsten Tage auch nicht. Sie müssen ohne mich zurechtkommen im* Bonaparte. *Mein Bruder hat schon angerufen, will wissen, wo ich bleibe. Ich konnte Hagen doch nicht von dieser schlimmen Nacht erzählen, dann hätte ich ja erklären müssen, wieso ich mit Heinrich zusammen in Gohlis war. Ich habe eine fiebrige Erkältung vorgetäuscht.*

*Meine Nase läuft wirklich, und ständig muss ich husten. Das Umherirren ohne Mantel und Schal in der Leipziger Winternacht – jetzt bezahle ich dafür. Doch lieber erkältet und am Leben, als erschossen neben Heinrich liegen. Hat dir schon mal jemand einen Pistolenlauf in den Mund gedrückt, Albert?*

*Es war so entsetzlich, so grässlich! Wie soll ich mich davon jemals wieder erholen? Erinnern und aussprechen, hat Dr. Polanski gesagt, immer wieder erinnern und aussprechen. Der hat gut reden. Gleich morgen werde ich*

*wieder zu ihm gehen. Und sei es nur, um mir noch einmal Laudanum spritzen zu lassen.*
*Hast du schon einmal Opium gespritzt bekommen, Albert? Es ist unbeschreiblich – es flutet dein Blut, es flutet dein Hirn, und alles ist gut. Nicht einmal die Fratze des Todes kann dich dann noch schrecken.*
*Vorhin musste ich sie wieder anschauen, diese schlimme Fratze. Mir ist nämlich eingefallen, dass ich der Polizei gar nichts von Heinrichs Aktenmappe in meinem Kartoffelkeller erzählt habe. Ich habe den Fehler gemacht, sie hochzuholen und zu öffnen. Sie steckt voller Papiere – Protokolle von Verhören, teilweise auf Französisch, militärische Berichte, französische Briefe, Manuskriptseiten und Fotos. Fotos von Ruinen und Toten. Schreckliche Fotos!*
*Ich habe die Tasche gleich wieder verschlossen. Und wieder tief unter den Kartoffeln vergraben. Sie muss raus aus meinem Haus, so schnell wie möglich. Morgen werde ich den Inspektor anrufen, damit er sie abholt.*

# 34

Dieses Mal umarmte Edith ihn, Stainer konnte es kaum glauben. Sie zog ihn in die Wohnung, drückte wortlos die Tür zu und nahm ihn in die Arme. Er wusste nicht, wie ihm geschah, und ihm wurde ganz warm ums Herz.

«Tut mir leid, Paul, dass ich mich so von meiner kühlsten Seite gezeigt habe letzte Woche», sagte sie leise, und als Stainer begriff, dass seine Frau ihn umarmte und er sie an sich ziehen wollte, ließ sie ihn auch schon wieder los. «Bitte versteh: Ich war unsicher und hatte Angst, dir zu begegnen.»

«Hast du die jetzt auch noch?»

«Natürlich.» Sie nickte. «Es hat sich ja nicht viel geändert seit letzter Woche, oder?» Sie schaute ihn an, so aufmerksam, als wollte sie hinter seine Stirn und in seinen Kopf blicken. «Du bist zurück, ich bin überrumpelt, und du bist maßlos enttäuscht. So ist es doch auch letzte Woche schon gewesen? Dazu kommt: Vor deiner Rückkehr war ich eine Kriegswitwe unter vielen, nun bin ich eine untreue Ehefrau unter vielen treuen. Das fühlt sich nicht gut an.»

«Du wärst also lieber eine Kriegswitwe geblieben.»

Sie verdrehte die Augen und seufzte. «Rede keinen Unsinn, Paul. Doch ein Problem weniger hätte ich schon.»

«Zwei.» Stainer hob zwei Finger. «Du vergisst Brand.»

«Also gut, Herr Kriminalinspektor – zwei Probleme weniger, wenn Sie es so genau brauchen.» Edith nahm ihm Mantel und Fedora ab. «Schöner Hut», sagte sie und hängte beides an die Garderobe. Auch das hatte sie letzte Woche Mittwoch nicht getan, machte sich Stainer erfreut klar. «Der Anzug steht dir gut, wirklich. Allerdings brauchst du zu diesem Fedora unbedingt auch einen passenden Mantel.»

«Meinst du wirklich?» Nachdenklich betrachtete er den Hut und seinen alten Mantel an der Garderobe. Durch wie viele Kriegswinter hindurch hatte ihn dieser verschlissene Mantel gewärmt! Stainer hing an ihm, und er spürte, dass er sich nicht von ihm trennen mochte.

«Ja, das meine ich.» Edith wandte sich ab und winkte ihn hinter sich her in die Wohnküche. «Du hast sicher auch noch nichts gegessen heute.»

Wie aufregend, seiner Frau nach sechs Jahren Kriegswildnis wieder einmal in die gemeinsame Wohnküche zu folgen – Stainer spürte seine Knie weich werden. Aus der Küche duftete es nach Kartoffelsuppe. Er versuchte vergeblich, sich an die Kücheneinrichtung zu erinnern, doch kaum trat er ein und sah den weißen Tisch mit den weißen Stühlen, da war ihm, als wäre er gestern erst von ihm aufgestanden und hinausgegangen.

Einen Moment stand er wie betäubt, denn der vertraute Anblick so vieler Dinge, die einmal zu seinem Leben gehört hatten, überwältigte ihn.

Sein Blick wanderte über den lindgrünen Küchenschrank, über die emaillierte Kelle, die Kochlöffel und den gusseisernen Pfannenwender an der Hakenleiste seiner Schmalseite, glitt dann über den Gasherd, den Backofen, den Spülstein, die lindgrünen Wandregale und über die Porzellanbecher mit dem Mehl, dem Zucker und dem Salz bis zur Wanduhr, die aussah wie ein schwarzer Kirchturmgiebel.

Ihm war, als würde er einen Teil seines Lebens zurückgewinnen, während er Gegenstand um Gegenstand betrachtete, Ding um Ding in sich aufnahm.

Er stutzte, denn das Stillleben mit Blumen über dem dunkelgrünen Küchensofa kannte er nicht. Irgendein Niederländer, mächtig bunt, sah nach Breughel aus. Vielleicht hast du es einfach nur vergessen, sagte er sich, du hast doch so vieles andere auch vergessen. Nein, widersprach er sich selbst sofort, dieser Farbdruck hier gehörte nicht zu seiner Vergangenheit.

«Ein Geschenk von Eugen», sagte Edith, die seinen grüblerischen Blick bemerkt haben musste.

«Das muss weg», sagte er ein wenig schroffer als beabsichtigt. «Sobald ich wieder hier eingezogen bin, besorge ich uns ein anderes Bild.» Er dachte sofort an Böcklin, doch den würde Edith niemals in der gemeinsamen Wohnung dulden.

Edith seufzte. «Bitte, Paul, sei nicht kindisch!» Sie zog einen Stuhl unter dem gedeckten Tisch heraus. «Komm, setz dich.»

Sie stellte ihm eine Flasche Weißwein hin und reichte ihm einen Korkenzieher. Das Gefühl, den alten Horngriff in der Hand zu halten, war ihm so vertraut, dass ihm beinahe die Tränen gekommen wären. Vom Herd trug Edith einen Topf herbei und schöpfte aus, während er die Flasche entkorkte.

«Die Suppe habe ich schon gestern gemacht», sagte sie, «die schmeckt heute sicher noch besser.»

Edith hatte tatsächlich eine Kartoffelsuppe gekocht, eines seiner Leibgerichte. Stainer staunte. War das ein gutes Zeichen? Oder wurde Edith von ihrem Gewissen geplagt? Unsinn, wies er sich selbst zurecht, reiner Zufall. Sie hat die Suppe gestern zubereitet, als sie noch nicht wusste, dass du heute Abend kommen würdest. Oder hatte sie es insgeheim gehofft, bevor sie anrief?

Sie stießen an, tranken und aßen. Sie fragte nach seinem Neuanfang in der Wächterburg, und er fragte nach ihrer Arbeit auf der Wöchnerinnenstation. Jeder erzählte Kleinigkeiten aus seinem Arbeitsleben, und so tasteten sie sich aneinander heran. Nach seinen Erlebnissen auf dem Feld und im Lazarett fragte Edith nicht, und das war gut so.

Als er ihr nach dem Essen Feuer gegeben und sich auch seine eigene Zigarette angezündet hatte, kam er zur Sache und sagte, was zu sagen er sich vorgenommen hatte. «Ich werde heute ein paar meiner Sachen mitnehmen, Edith, nicht viel – nur, was ich am dringendsten brauche. Ich möchte nämlich, dass du eins weißt: Ich will hier wieder einziehen.»

«Ach, Paul, mach es uns doch nicht so schwer.» Edith schenkte Wein nach. «Wir müssen jetzt stark und ehrlich sein und den Tatsachen ins Auge zu sehen. Die Zeit lässt sich einfach nicht mehr zurückdrehen. Inzwischen verbindet mich zu viel mit Eugen.»

«Mehr als mit mir?» Mit seinem Blick hielt er ihren fest; hoffte darauf, dass seine Augen etwas in ihr auslösten, so wie früher. Edith wich ihm aus, rauchte schweigend, sah traurig zum Bild über dem Sofa hin und nippte an ihrem Wein. «So schnell wirst du mich nicht los, Edith», legte Stainer nach. «Ich will dich zurück.»

«Meine Güte, Paul!» Sie schlug mit der flachen Hand auf den Tisch, und Stainer zuckte zusammen. «Bin ich denn ein Ding?» Sie schüttelte den Kopf und legte schließlich ihre Hand auf seine. «Und wie soll das denn gehen? Soll ich etwa mit zwei Männern leben? Das ist strafbar, wie du als Kriminalinspektor wissen solltest.»

Mit zwei Männern, wiederholte er in Gedanken, wenigstens schloss sie ihn nicht mehr kategorisch aus. «Du sollst mit mir leben, Edith, und nur mit mir.» Wie konnte er ihr nur begreiflich machen, was in ihm vorging? Er rieb sich die Schläfen und atmete tief durch, ehe er fortfuhr. «Ich komme von weit her, weißt du? Weiter, als nur aus Frankreich. Ich komme von so weit her, dass ich keine Worte habe, um dir davon zu erzählen. Der Krieg hat mich verändert, ich bin nicht mehr der, den du geheiratet hast.»

«Ich kenne dich, Paul», sagte sie leise, «du wirst es überstehen.» Ihre Hand schloss sich fester um seine. «Du bist stark – allein, dass du überlebt hast, dass du es zurück nach Hause geschafft hast, spricht für deine Stärke. Deine Mutter hat mir erzählt, dass du nachts schreiend aufwachst, dass dein Gedächtnis dir Mühe macht, dass du manchmal zitterst. Und trotzdem hast du es zurück nach Leipzig und sogar zurück in die Wächterburg geschafft.»

«Das war reiner Zufall.» Stainer dachte an Prollmann und an die Krankenakte *Major Paul Stainer*, die der Fettsack demnächst auf Kasimirs Schreibtisch legen würde. «Pures Glück, weiter nichts.»

«Hör doch auf!» Sie winkte ab. «Sie haben dich sogar zum Inspektor befördert. Machen wir uns doch nichts vor!» Beinahe flehend schaute sie ihn an. «Über kurz oder lang wärst du wieder in erster Linie Polizist und erst in letzter mein Ehemann. Das will und das werde ich nicht mehr ertragen.»

«Ich habe über alles nachgedacht.» Tief sog er den Rauch ein und blies ihn gegen das grüne Porzellan des trichterförmigen Lampenschirms. «Die Zeit, in der ich mich im Polizeiamt als junger Kommissar durchsetzen musste, war nicht leicht für dich, das muss ich zugeben. Doch nun leite ich eine Abteilung, muss mich von niemandem mehr herumkommandieren lassen, kann meine Arbeit viel freier einteilen. Es wird anders werden als früher, ich werde mir mehr Zeit nehmen für unsere Ehe, das verspreche ich dir. Die Scheidung jedenfalls kommt überhaupt nicht in Frage. Ich will sie unter keinen Umständen.»

«Sei nicht so trotzig.» Sie ließ seine Hand los, drückte ihre Zigarette aus und stand auf. «Komm, ich zeig dir, wo ich deine Sachen aufgehoben habe.»

Er folgte seiner Frau durchs Wohnzimmer bis zum Klavier, dort blieb er stehen. Die Versuchung war zu groß – er konnte nicht anders, als sich auf den Hocker zu setzen, den Deckel hochzuklappen und in die Tasten zu greifen. Erst klimperte er zaghaft, dann spielte er die Tonleiter hinauf und herunter und griff schließlich ein paar Akkorde.

In Frankreich, in zertrümmerten Dörfern hinter der Front, hatte er manchmal ein Klavier in einem stehen gebliebenen Haus entdeckt und sich davor gesetzt. Und dann die Stücke gespielt, die er bei seinen Klavierlehrern in Dresden und Leipzig gelernt hatte, bevor die Kommissarsausbildung ihm die Zeit für die schönen Dinge des Lebens weggefressen hatte.

Nach und nach ging sein Spiel in eine vertraute Melodie über, die er zunächst selbst nicht erkannte. Edith lehnte in der offenen Schlafzimmertür, hielt die Arme vor der Brust verschränkt und lauschte mit zur Schulter geneigtem Kopf. Für wenige Momente vergaß er, warum er hier war, dass Edith einen Geliebten hatte, was sie gesprochen hatten und dass er seit sechs Jahren zum ersten Mal wieder an diesem Instrument saß.

Als er zwischen zwei Takten zu Edith hochschaute, merkte er, dass ihr Tränen über die Wangen rannen, und jetzt erst wurde ihm bewusst, dass er ein Stück spielte, das sie und ihn verband, das sie immer verbinden würde: die ‹Air› aus Bachs dritter Orchestersuite. Seine Mutter hatte sie bei seiner und Ediths Hochzeit in der Paul-Gerhardt-Kirche an der Orgel gespielt.

Nach dem letzten Akkord blieb er ein paar Sekunden lang mit hängenden Schultern und gesenktem Kopf am Klavier sitzen und wusste nicht recht, wohin mit sich. «Du bist gemein», flüsterte Edith und wischte sich über die Augen. «Komm schon.» Sie wandte sich ab und ging ins Schlafzimmer.

Was blieb ihm anderes übrig, als ihr zu folgen? Als er über die Schwelle trat und sein Blick gleich auf das schwere Eichenbett mit dem geschwungenen, zaunartigen Fuß- und Kopfende fiel, fiel ihm das Atmen schwer. Schnell schaute er woandershin – auf die Kommode mit dem hohen Flügelspiegel und der Marmorplatte, auf die schmalen und hohen Nachttische mit den gusseisernen Türgriffen und auf die beiden schweren Kleiderschränke mit den Spiegeltüren.

Das Schlafzimmer war das Hochzeitsgeschenk von Ediths Eltern gewesen. Als junges Ehepaar hätten Edith und er sich niemals derart edles Mobiliar leisten können, doch Ediths Eltern waren wohlhabende Geschäftsleute und führten ein damals schon gutgehendes Hotel in der Dresdner Innenstadt.

Stainer richtete seinen Blick wieder auf das Bett, das er und Edith sieben Jahre lang geteilt und in dem sie so manche paradiesische Stunde verbracht hatten. «Brand hat darin geschlafen, nicht wahr?» Er spürte, wie ihm die Wut aus dem Bauch in die Kehle heraufkroch.

«Mensch, Paul!» Edith riss die Türen des kleineren der beiden Kleiderschränke auf. «Musst du dich unbedingt so quälen?»

«Ist er gut im Bett?»

Edith fuhr herum und blitzte ihn an. «Du bist gemein!», zischte sie. An ihm vorbei hastete sie aus dem Schlafzimmer.

«Wieso? Man wird doch noch fragen dürfen!» Da hörte er sie schon die Küchentür zuwerfen. «Noch dazu in seinem eigenen Schlafzimmer.» Seufzend trat er vor den Schrank. «Jetzt hast du's dir endgültig versaut, Stainer.»

Edith hatte weniger von seiner Garderobe verkauft, als er befürchtet hatte. Sein Kleiderschrank war noch mehr als halbvoll.

Ganz unten in der Kleiderstangenhälfte mit seinen Anzügen, Mänteln und Hemden fand er seine alte Sporttasche und einen Koffer. Er packte einen Anzug, zwei Hemden und den Sportanzug ein, den er immer im Jiu-Jitsu-Training getragen hatte.

Eine Zeitlang strich er über den dunkelgrauen Wintermantel aus Schurwolle, den er sich im Winter vor dem Krieg gekauft hatte. Er sah noch aus wie neu, und nicht eine einzige Kriegserinnerung steckte in dem Stoff. Nach kurzem Zögern zog er ihn samt Bügel aus dem Schrank und packte ihn ein.

Dazu legte er Wäsche, Socken, einen Pullover, eine Weste und was man so brauchte. Plötzlich war er gar nicht mehr davon überzeugt, bald wieder bei Edith einziehen zu können.

Zwischen seiner Wäsche fand er das in schwarzes Leder gebundene Notizbuch mit der Goldprägung seines Namens, das Edith ihm im Januar 1909 zur bestandenen Kommissarsprüfung geschenkt hatte. Er blätterte darin – es enthielt nur die Notizen zu seinem ersten Fall. Aus Sorge, es allzu schnell füllen zu müssen, hatte er es danach nicht mehr benutzt.

Im obersten Fach fand er ein paar Bücher. Hatte Edith sie in die Dunkelheit des Schrankes verbannt, weil seine Lieblingsbücher sie zu sehr an ihn erinnerten, wenn sie draußen im Regal geblieben wären? Stainer packte nur zwei Bände ein: das Jiu-Jitsu-Lehrbuch *Selbstverteidigung ohne Waffen* von seinem Lehrer Max Weiß und Rilkes *Stundenbuch*, die Erstausgabe von 1905.

Als er die anderen Bücher wieder ins Fach legte, ertastete er Bilderrahmen und nahm einige herunter. Gleich das erste Bild schnürte ihm die Kehle zu: Edith und er frisch verlobt vor dem elterlichen Hotel in Dresden. Er schob es nach hinten, betrachtete das nächste Bild: Edith und er vor der Elektrischen, vor der sie sich kennengelernt hatten.

Ein Bild nach dem anderen schaute er sich an: Edith und er in Hochzeitsgarderobe vor der Paul-Gerhardt-Kirche, Edith und er an der Hochzeitstafel, Edith und er unten vor dem Eingang der Gustav-Freytag-Straße Nummer 12.

Ehe er es sich anders überlegen konnte, fuhr Stainer herum und schleuderte die Bilder gegen die Wand über dem Bett. Holz und Glas splitterten, da stürmte auch schon Edith ins Schlafzimmer. Wie angewurzelt stand sie vor dem Bett und betrachtete die zerbrochenen Bilder, die Glasscherben und die Holzsplitter auf den Kopfkissen und dem Bettvorleger.

Irgendwann zog sie eines der Fotos aus den Scherben heraus und hob den Blick – Stainer entdeckte keine Spur von Vorwurf darin, nur Trauer. Sie kam zu ihm und zeigte ihm das Bild, auf dem man sie vor der Elektrischen sah, aus der sie ihm im Frühjahr 1906 buchstäblich in die Arme gestolpert war.

Kraftlos fielen ihr die Hände herunter, und sie ließ sich an seine Brust sinken und lehnte ihren Kopf gegen seine Schulter. Stainer schloss sie in die Arme und hielt sie fest. Eine Zeitlang standen sie so. Und weinten – Stainer lautlos, Edith herzzerreißend laut.

Später, als sie sich ein wenig beruhigt hatten, saßen sie wieder in der Küche, tranken Weißwein und rauchten. «Eugen ist ein gebrochener Mann», sagte Edith leise.

«Ich weiß, ich habe ihn getroffen.»

«Im *Zillertal*, er hat es mir erzählt.»

«Er scheint zu trinken.»

«Eugen hat den Tod seiner Söhne nicht verkraftet, und der Selbstmord seiner Frau hat ihm dann den Rest gegeben.»

«Seine Frau hat sich umgebracht?» Stainer erschrak. «Das hat er mir nicht erzählt.»

«Laudanum, eine Überdosis. Die Ampullen hat sie ihm in

der Klinik gestohlen. Das Einzige, was ihn noch am Leben hält, ist seine Arbeit in der Gynäkologischen Klinik.» Sie seufzte. «Und ich.»

«Mir kam es vor, als hätte er meinetwegen ein schlechtes Gewissen.»

«Ja, Paul, das hat er.»

Beim Abschied an der Wohnungstür nahm Stainer seine Frau in die Arme und küsste sie. Lange und leidenschaftlich. Bis Edith sich schwer atmend von ihm losmachte und ihn zur Tür hinausschob. «Geh jetzt, Paul. Geh jetzt ganz schnell.»

Er schritt in die Nacht hinaus und trug seinen Koffer und seine Tasche über die abendliche Südstraße hinauf zur Moltkestraße. Die Vorstellung, sich nach dieser Begegnung mit Edith zu hundert Leuten in den Wagen einer Elektrischen zwängen zu müssen, erfüllte ihn mit Grausen.

Die Südstraße war belebt und stark befahren, die Luft roch nach Winter und Braunkohlerauch. Der Wein machte Stainer nichts aus – er ging schnell und ohne zu wanken. Nur Edith machte ihm zu schaffen; er war traurig, wenn er an sie dachte. Und er dachte bei jedem Atemzug an sie.

Dass er sie zurückhaben wollte, wusste er jetzt mit noch größerer Klarheit als vor dem Besuch. Nur das Wie erschien ihm unklarer denn je. Was, außer Mitleid, verband sie bloß mit diesem Arzt? Was hatte Brand ihr denn gegeben, was gab er ihr noch?

Vor seinem Zeitungsladen bog er nach rechts in die Moltkestraße ab. Auf Höhe des schon völlig dunklen Landgerichts fiel ihm unter den entgegenkommenden Radfahrern ein Uniformierter auf, der zu ihm herübersah, winkte und abstieg. «Herr Kriminalinspektor!»

Stainer erkannte Kupfers Stimme und überquerte die Straße. «Ist was passiert?»

«Heiland!» Kupfer schwitzte und war ganz rot im Gesicht. «Seine Tante hat bei Junghans angerufen, eine Frau König!» Er schnappte nach Luft und stieg vom Rad. «Heiland hat sich bei ihr versteckt.»

Aufmerksam verfolgte Stainer den Bericht seines Oberwachtmeisters. Angeblich wollte diese Frau König mit ihrem Neffen gerade zur Wächterburg aufbrechen, als ein unerwarteter Anruf beim Nachbarn sie aufhielt. Heiland habe dann überstürzt das Haus in der Salomonstraße verlassen und sei zum alten Johannisfriedhof gelaufen.

«Einer seiner Neffen ist hinter ihm hergeschlichen», erzählte Kupfer. «Daher weiß die Frau das so genau. Und Junghans ist mit dem Fahrrad losgefahren.»

«Wohin genau?»

«Johannisplatz und Salomonstraße.» Der Oberwachtmeister zuckte mit den Schultern. «Genaueres weiß ich leider nicht.»

«Haben Sie Beamte zu der Frau geschickt?»

«Noch nicht. Ich dachte: Wozu einen Mannschaftswagen voller Polizei zu einem Mann schicken, der sich sowieso stellen will?»

Stainer schaute ihn nachdenklich an. «Verstehe.»

«Ich habe vergeblich versucht, Sie über Fernsprecher zu erreichen, Herr Inspektor», sagte Kupfer, der wohl einen Vorwurf in Stainers Miene las. «Da dachte ich: Fahr zu ihm und klopfe. Sie glauben nicht, wie heilfroh ich bin, dass ich Sie doch noch treffe.»

«Wie lange ist es her, dass Heilands Familie angerufen hat?»

«Eine halbe Stunde höchstens.» Der Oberwachtmeister schob Stainer das Rad hin. «Salomonstraße sieben. Treten Sie in die Pedale, Herr Inspektor. Fahren Sie erst in die Wächterburg und nehmen Sie dort den Dux.» Kupfer nahm ihm Koffer und Tasche ab. «Ich fürchte, Sie müssen sich beeilen.»

# 35

Er mied die breiten Friedhofswege, schlich lieber auf den schmalen, teils überwucherten Pfaden durch die alten Gräberfelder. Max Heiland kannte sich nicht gut aus auf dem Alten Johannisfriedhof, doch wie man von dessen Nordrand zur Trauerhalle an der Hospitalstraße kam, wusste er trotzdem.

Manchmal, wenn er wegen der Dunkelheit die Orientierung verlor, blieb er stehen, lauschte und lief dann in die Richtung weiter, aus der er den Verkehrslärm auf der Hospitalstraße oder die Glocken der Johanniskirche hörte. An der Front hatte er gelernt, sich im Niemandsland zwischen den Linien zu orientieren, wo Artilleriegranaten jede Landmarke zertrümmert und untergepflügt hatten.

Heiland huschte von Deckung zu Deckung. Er hatte den stillgelegten Friedhof durch den Nordeingang betreten, vom Täubchenweg aus und nicht von Süden her über die Hospitalstraße, wie der Einarmige es am Fernsprecher verlangt hatte. Er traute dem Satan nicht und wollte aus einer Ecke in dessen Rücken schleichen, mit der dieser nicht rechnete.

Dass es nichts Gutes sein würde, was ihn an der Trauerhalle erwartete, war Heiland vollkommen klar. Seit er wusste, dass Karl Krüger die Villa in der Artilleriestraße in einer Blechwanne verlassen hatte, zweifelte er nicht mehr daran, dass Joseph seinen Freund erschossen hatte. Und daran, dass Josephs letzte Kugel für ihn bestimmt war, zweifelte er sowieso nicht mehr.

Er war da in eine Sache hineingeschlittert, die mindestens zwei Nummern zu groß für ihn war. Die Art, wie Joseph in den

Papieren aus dem Wandschrank gewühlt hatte, wie er im Obergeschoss den Mann ins Zimmer gerissen und sofort das Feuer auf ihn eröffnet und wie er den armen Kerl auf der Treppe regelrecht hingerichtet hatte, sprach Bände. Verdammt, er hätte sich niemals mit diesen Leuten einlassen dürfen!

Für Heiland ging es jetzt nur noch um eines: die Aufmerksamkeit dieser Mörderbande von seiner Familie weg auf sich selbst zu lenken. Dafür hatte er sich einen Plan zurechtgelegt.

Er duckte sich hinter einen starken Baumstamm, huschte über eine Wegkreuzung und kauerte sich auf der anderen Seite neben den Sockel einer großen Statue. Aufmerksam spähte er in die Dunkelheit – der breite Weg, der sich da zehn Schritte weiter nach Süden hin öffnete, führte wahrscheinlich direkt zur alten Trauerhalle. Heiland blickte zur Statue hinauf – ein Engel. Er erinnerte sich an einen Spaziergang mit Christel hier auf dem alten Friedhof und daran, dass ein etwa dreihundert Meter langer Weg von der Halle zu dieser Kreuzung mit dem großen Engel geführt hatte.

Lautlos schlich er in die Büsche und dann immer in Sichtweite des Hauptweges nach Süden. Das winterkahle Laubgehölz auf dem Friedhof bot wenig Deckung, doch zum Glück wuchsen überall Zypressen, Wacholderbüsche und Eibenhecken. Und wenn einmal gar kein dichtes Nadelgehölz mehr zu erkennen war, huschte Heiland in geduckter Haltung von Baumstamm zu Baumstamm. Die Eichen, Ulmen und Kastanien hier waren so alt, dass ihre Stämme locker zwei Männer seiner Statur verdeckten.

Das um diese Zeit nur noch im Minutentakt an- und abschwellende Motorengebrumm auf der Hospitalstraße rückte immer näher, und irgendwann rasselte und quietschte eine Elektrische so dicht hinter der dunklen Wand aus Baumstämmen, Kreuzen und Hecken vorbei, dass Heiland die Gleise noch höchstens einen Steinwurf weit entfernt vermutete. Als das Rasseln der Elektrischen sich nach Reudnitz hin verlor, hörte Heiland plötzlich Stimmen.

Er richtete sich hinter einer Brunnenfassung auf und erkannte die Umrisse der Trauerhalle vor einem Spalier hoher Bäume. Mehr als dreißig Meter weit war es nicht bis dorthin. Die Stimmen kamen aus der Dunkelheit vor dem Gebäude, glühende Zigaretten bewegten sich dort auf und ab. Heiland glaubte, die Konturen von drei oder vier Männern zu erkennen.

Das Herz schlug ihm bis zum Hals, und um seinen Brustkorb schienen sich Stahlbänder gelegt zu haben, so schwer fiel ihm plötzlich das Atmen. Er ballte die Fäuste und biss sich auf die Unterlippe – wie hatte er nur so naiv sein können zu glauben, der Einarmige würde allein hier auf ihn warten, allenfalls noch von Joseph begleitet?

Vom Brunnen aus huschte er hinter eine Hecke aus mannshohen Zypressen und schlich hinter ihr weiter in Richtung Hospitalstraße. Er wollte den Platz vor dem Eingang zur Trauerhalle erreichen, wo ihn nur noch ein Katzensprung von der Straße trennen würde. Sein Plan war einfach: Sich den Kerlen zeigen, damit sie wussten, dass er sich nicht mehr in der Salomonstraße versteckte, und die Tante in Ruhe ließen. Und danach nichts wie weg auf die Hospitalstraße und im Spurt zur Polizeiwache am Johannisplatz; die lag höchstens zweihundert Meter von hier. Dort wollte er sich stellen und um Polizeischutz für Christel und die Kleine bitten.

Etwas Hartes bohrte sich in seinen Rücken, und eine Stimme hinter ihm rief: «Hier ist er! Er ist von der anderen Seite gekommen, wollte wohl ganz schlau sein, der Bursche.»

Einen Augenblick lang verharrte Heiland wie gelähmt. Vor

der Trauerhalle flogen Glutpunkte durch die Dunkelheit, dann näherten sich rasche Schritte. Heiland wirbelte herum, schlug mit der Linken einen Flintenlauf weg und stieß die rechte Faust in ein Gesicht, von dem er nur Umrisse sah.

Der Getroffene ächzte und taumelte – und als er im Buschwerk aufschlug, rannte Heiland schon an Zypressen und Kreuzen vorbei, schlug einen Haken um ein Denkmal und sprang neben einem Laternenpfahl über den Bürgersteig auf die Straße.

Da puffte etwas irgendwo hinter ihm, und sofort schnitt es ihm glühend heiß über die Rippen. Er schrie auf, rannte aber weiter, rannte vor einer Elektrischen, die vom Johannisplatz heranfuhr, zur anderen Straßenseite. Ein Wagen bremste, eine Warnglocke läutete, eine Frauenstimme schimpfte, das Horn einer Kraftdroschke tönte, und Heiland kämpfte gegen die aufbrandende Panik an.

Vorbei an ausweichenden Passanten hetzte er über den Bürgersteig und der Polizeiwache entgegen. Irgendetwas brannte und stach ihn an der rechten Rippenseite, doch er achtete nicht darauf und rannte einfach weiter. An einer großen Limousine, die am Straßenrand parkte, flogen Türen auf.

Siedend heiß fuhr Heiland der Schreck in die Glieder – ein schwarzer Mercedes Cardan!

# 36

Stainer musste nicht auf Hausnummern achten, denn viele Leute standen vor der Salomonstraße 7. Sie deuteten in alle Richtungen oder steckten die Köpfe zusammen und palaverten. Mitten unter ihnen erkannte er seinen jungen Assistenten Siegfried Junghans – und Junghans erkannte den Dux des Polizeiamtes und winkte.

Stainer hielt unter der Straßenlaterne, die ihren Gaslichtschein direkt auf den Eingang des Hauses Nummer 7 warf und auf die Menschentraube davor. Er stieg aus, ließ den Motor aber laufen.

«Gott sei Dank!», rief Junghans und wandte sich an den Menschenauflauf vor dem Haus. «Das ist Kriminalinspektor Stainer, mein Chef!», rief er. «Er wird sich jetzt um die Sache kümmern.» Er klang ernsthaft erleichtert.

Ungefähr zwei Dutzend Männer, Frauen und Kinder, viele mit bleichen Gesichtern, hatten sich vor der Haustür der Nummer 7 versammelt. Wahrscheinlich Nachbarn und Bekannte der Familie König, vermutete Stainer.

Mit einem Blick erfasste er das hübsche, schwarzhaarige Mädchen neben Junghans, die drei traurig dreinblickenden Knaben daneben und eine zierliche, dunkelhaarige Frau in der Uniform der Leipziger Straßenbahn. Die kenne ich doch, dachte er.

Und jetzt fiel der Groschen bei ihm – König, natürlich! Die resolute Straßenbahnfahrerin Josephine König, die er Anfang der Woche kennengelernt hatte und die von vielen Fahrgästen einfach nur *Fine* gerufen wurde.

«Sie?» Josephine König lief zu ihm und fasste ihn bei den Schultern. «Sie müssen uns helfen! Mein Neffe ist in Gefahr, das spüre ich. Ich wollte gerade mit ihm zur Wächterburg aufbrechen, da kam dieser Anruf.»

«Auf unseren Fernsprecher!», rief eine andere Frau. «Den haben wir erst seit Anfang der Woche. Kein Mensch konnte das wissen!»

Stainer erfuhr, was er im Wesentlichen schon wusste: Heiland war gestern zu später Stunde bei seiner Tante aufgetaucht und hatte vor einer knappen Stunde nach einem Telefonat fluchtartig das Haus verlassen. Dabei habe er ängstlich gewirkt, behaupteten die einen, er sei wütend gewesen, sagten die anderen.

Das hübsche schwarzhaarige Mädchen, das so auffällig nahe bei Junghans stand, schob Heilands ältesten Cousin zu Stainer. Der Junge erzählte atemlos, dass er Max Heiland in den Täubchenweg hinterhergelaufen sei, bis dieser im Alten Johannisfriedhof verschwunden sei.

«Die paar Zeilen hier hat er notiert, bevor er ging, und für mich hinterlassen.» Junghans streckte ihm einen Briefbogen hin. «Schier unleserlich.»

Stainer bedeutete Junghans, in seinen Dux zu steigen, und überflog das Gekritzel im Schein der Gaslaterne, während er zur Fahrerseite ging. Von einem Joseph mit schwarzer Lederkappe war in dem kurzen von Fehlern gespickten Brief die Rede, von einem Mercedes Cardan und von einem Einarmigen, der ein Ritterkreuz I. Klasse am Mantel trug. Mehr war nicht zu entziffern, doch Stainer reichte es. Er steckte den Brief ein, stieg in den Dux und fuhr los.

«Was will Max Heiland auf dem Friedhof, Junghans? Schalten Sie Ihren Denkapparat ein.»

«Läuft schon auf Hochtouren, Herr Kriminalinspektor – die Männer treffen, die er auf dem Zettel beschreibt.»

«Die scheinen verdammt viel Ähnlichkeit mit Murrmanns Mördern zu haben.» Stainer überholte einen Pulk Radfahrer. «Doch warum will er sie treffen? Er wollte sich doch stellen!»

Junghans Antwort kam sofort. «Irgendeine Drohung, irgendeine Gefahr. Nächste Frage, Herr Inspektor.»

«Warum schreibt er Ihnen diesen Zettel, Junghans?»

«Ich bin der einzige Polizist, den er namentlich kennt. Er hat sich nämlich in der Besenkammer versteckt gehalten, als ich bei den Königs war, wie mir das Fräulein König verriet.»

«Warum schreibt er *diesen Brief*, will ich wissen.» Stainer trat auf die Bremse, denn ein kleiner weißer Hund sprang vor ihnen über die Straße.

«Weil er nicht mehr wirklich damit rechnet, seine Aussage noch persönlich machen zu können.»

Die Schlussfolgerung leuchtete Stainer sofort ein. «Der Alte Johannisfriedhof ist nicht riesig, aber auch nicht klein.» Stainer fuhr über die Dresdner Straße und setzte den Blinker nach links in den Täubchenweg. «Wo verabredet man sich da, wenn man sich im Dunkeln nicht verfehlen will?»

«An irgendeinem Denkmal, irgendeinem alten Baum, oder gibt's da nicht eine Kapelle?»

«Eine große Engelsskulptur und die alte Trauerhalle.» Stainer bog ab und gab Gas.

«Wir müssen uns entscheiden, Herr Inspektor, und ich schlage die Trauerhalle vor. Zu der gelangen wir aber günstiger über die Hospitalstraße.»

Stainer bremste scharf, guckte in den Rückspiegel und riss das Steuer herum. «Warum die Trauerhalle? Begründung.» Er fuhr zurück zum Johannisplatz.

«Weil die nach meiner ersten groben Wahrscheinlichkeitsrechnung mehr Menschen bekannt sein dürfte als ein besonderer Baum oder eine bestimmte Skulptur.»

Junghans stellte also Wahrscheinlichkeitsrechnungen im Kopf an, der Mann gefiel Stainer immer besser. «Das überzeugt mich. Gute Arbeit, Junghans!» Er fuhr um die Kirche herum und in die Hospitalstraße hinein. Nur wenig später, auf Höhe des alten Friedhofs, riss er wieder das Steuer herum und parkte den Dux auf der anderen Straßenseite vor der Häuserzeile zwischen Friedhof und Buchhändlerhaus. Sie stiegen aus und gingen zurück zu den Einmündungen der Friedhofswege.

«Welcher führt zur alten Trauerhalle?», wollte Junghans wissen.

«Der zweite, wenn ich mich recht erinnere.» Stainer musterte den Kommissaranwärter von der Seite. «Haben Sie den geheimen Polizeibericht über die Morde in der Artilleriestraße an die Presse durchgestochen?»

Junghans blickte stur geradeaus, doch Stainer sah, wie seine Kaumuskeln arbeiteten. «Keine Sorge, junger Mann, von mir erfährt Kasimir nichts. Ich schätze, der Zeitungsbericht wird Heiland erst aus der Deckung gescheucht haben. Was zahlen die Redaktionen aktuell?»

«Ich weiß gar nicht, wovon Sie reden, Herr Kriminalinspektor.» Plötzlich blieb Junghans stehen. «Da!» Er fasste nach Stainers Arm und deutete in Richtung Johannisplatz: Ein Mann rannte vom Friedhof, lief vor einer Elektrischen über die Straße und spurtete stadteinwärts. Im nächsten Moment schon verdeckten die beiden Wagen der Straßenbahn den Blick auf den Läufer.

«Das könnte Heiland sein», sagte Junghans.

«Das ist er, ich spüre es.» Stainer zog den Jüngeren weiter

und griff unter Mantel und Jackett, um seine Dienstwaffe zu entsichern. «Jemand ist hinter ihm her.» Sie fielen in den Laufschritt. Er merkte, wie er zu schwitzen begann, und glaubte, einen Helm auf dem Kopf zu spüren.

Jetzt nicht, Stainer, reiß dich zusammen.

Aus der Einmündung des zweiten Friedhofsweges hasteten Männer auf den Bürgersteig, blieben an der Bordsteinkante stehen und blickten nach allen Seiten. Blitzartig stieß Stainer seinen Assistenten zwischen die Büsche am Rand des Friedhofs.

«Das sind sie!», zischte er. «Das sind die Leute, mit denen Heiland verabredet war!» Er bückte sich unter den kahlen Ästen einer Kastanie hindurch, entdeckte einen Pfad, der zum nächsten Gräberfeld führte, und winkte Junghans hinter sich her. «Haben Sie überhaupt eine Pistole?»

«Eine Parabellum, habe ich schon als Wachtmeister getragen», flüsterte Junghans.

Wahrscheinlich aus dem Krieg mit nach Hause gebracht, dachte Stainer und sagte leise: «Nicht gerade ein Präzisionsgerät.»

«Stimmt. Für einen durchschnittlichen Schützen taugt sie nicht.»

Sie erreichten ein Zypressenspalier und gleich dahinter die alte Trauerhalle. «Und sind Sie ein guter Schütze?» Das Geflüster half Stainer, seine Nervosität in Schach zu halten.

«Nein, Herr Kriminalinspektor, ein sehr guter.»

«Mit ein bisschen Pech können Sie es mir heute Abend schon beweisen. Ich will die Kerle lebend.» Stainer deutete auf den Hauptweg, der zur Hospitalstraße führte. An seinem Rand, im Schutz von Wacholder- und Buchsbaumsträuchern, schlichen sie bis zum Friedhofstor. So gelangten sie schließlich in den Rücken der drei Männer, die sie für Heilands Verfolger hielten.

Einer trug einen dunklen Mantel und eine schwarze Lederkappe, ein zweiter eine Fliegerjacke und Wollmütze und ein dritter einen Wintermantel über einer Uniform.

Mit einer Kopfbewegung bedeutete Stainer seinem jungen Assistenten, einen Bogen nach rechts durch die Büsche zu schlagen, um die Flanke der Männer anzugreifen. Er kam sich vor wie an der Front, wie bei einem Vorstoß gegen die feindlichen Linien. Fehlte nur der Dauerdonner der feindlichen Artillerie und das hornissenartige Brummen der gegnerischen Luftaufklärung.

Die Männer auf dem Bürgersteig zielten aus Pistolen mit Schalldämpfern auf einen Mann, der auf der anderen Straßenseite dem Straßenbahnzug hinterherhetzte und den nur noch wenige Schritte vom letzten Wagen trennten.

«Polizei!», brüllte Stainer. Er musste seine Pistole mit beiden Händen festhalten, um nicht zu zittern. Seine Knie waren butterweich. «Waffen fallen lassen! Arme hoch!»

Die Männer fuhren herum und zielten auf ihn. Stainer reagierte sofort und feuerte. Ohne an etwas anderes zu denken, gab er einen Schuss nach dem anderen ab, während von rechts der Schusslärm krachte, den Junghans mit seiner Militärpistole veranstaltete.

# 37

Scheinwerfer flammten auf, und Heiland schloss geblendet die Augen. Weg, nur weg! Er machte kehrt und spurtete in die andere Richtung. Als ihm bewusst wurde, dass er sich nun von Johannisplatz und Polizeiwache fortbewegte, wuchs seine Verzweiflung noch. Was tun?, schoss es ihm durch den Kopf. Die Straßenbahn, natürlich! Sie hielt keine zweihundert Meter weiter an einer Haltestelle. Wenn er die erwischte, schaffte er es vielleicht. Trotz seiner Schmerzen rannte er schneller.

Auf Höhe des Alten Friedhofs sprangen an der anderen Straßenseite Männer aus der Dunkelheit zwischen Bäumen, Büschen und Wegeinmündungen. Aus dem Augenwinkel sah Heiland es zweimal aufblitzen, und wieder brannte sich stechender Schmerz in seinen Körper, diesmal in die Schulter.

Er stöhnte auf, schaffte es gerade eben zum Anhängerwagen der anfahrenden Straßenbahn, bekam auch die Dachstange noch zu fassen und zog sich auf die hintere Plattform des Anhängers. Seine Augen tränten, und das Herz hämmerte ihm in der Kehle.

«Es ist verboten, auf einen fahrenden Straßenwagen aufzuspringen!», rief eine Frauenstimme. In der Tür zu den Abteilen zeichnete sich vor dem Innenlicht die Gestalt einer Schaffnerin ab. Heiland ließ sich auf die Plattform sinken. Die Schaffnerin trat zu ihm, beugte sich über ihn und machte große Augen. «Um Himmels willen, Sie bluten ja!»

Heiland nahm die Linke von den Rippen und sah sein Blut im Licht der vorbeigleitenden Gaslaternen glänzen. Warum um alles in der Welt hatte er denn keine Schüsse gehört? Er konnte es einfach nicht begreifen, und das ängstigte ihn beinahe mehr, als die Kugeln, die er sich ganz offensichtlich gefangen hatte.

Die Schaffnerin stürzte in den Waggon. «Hilfe! Fährt eine Krankenschwester mit? Zu Hilfe! Ist hier jemand Arzt?»

Heiland blickte nach rechts – das hell erleuchtete Johannishospital schob sich in sein Blickfeld, die Elektrische fuhr wieder langsamer. War denn schon die nächste Haltestelle in Sicht? Jeder Atemzug tat ihm weh, jede Bewegung – er zog sich dennoch an der Dachstütze hoch, stöhnte und ächzte dabei.

Ein Scheinwerferpaar folgte der Bahn in einem Abstand von ungefähr zweihundert Meter.

Der Mercedes Cardan, Heiland war sich sicher, und in dem verdammten Mercedes hockte der verdammte Einarmige.

Jemand berührte ihn von hinten. «Sind Sie verletzt?» Er antwortete nicht, blinzelte lieber wieder nach links – Dutzende Fahrräder standen kreuz und quer vor dem Hospital. «Ich bin Krankenschwester, lassen Sie mich mal sehen.» Die Elektrische hielt, Heiland schob die Frau weg von sich und ließ sich an der Dachstange von der Plattform auf die Straße rutschen.

Ihm war schwindlig, und Rippen und Schulter taten ihm scheußlich weh, doch er wankte nicht, während er hinüber zu den Fahrrädern vor dem Hospital lief, und er lief ziemlich schnell.

Aus dem Augenwinkel sah er den Mercedes Cardan neben der Elektrischen halten und zwei Männer aussteigen, doch da saß er schon im Sattel eines Lastenfahrrads. Heiland trat in die Pedale, lenkte das Rad auf die Einmündung des Weges zu, der neben dem Hospital ins Johannistal hineinführte, den großen Park zwischen Hospitalstraße und Liebigstraße.

Kahler Wald umfing ihn, Birkenstämme schimmerten im

Mondlicht. Doch die Jäger des Einarmigen verfolgten ihn, allzu deutlich hörte Heiland ihre Schritte hinter sich. Über die Schulter schaute er zurück: zwei Männer, doch sie waren bereits viel zu weit weg, um ihn noch einzuholen. Er beugte sich über die Lenkstange und fuhr so schnell, wie seine Schmerzen und nachlassenden Kräfte es zuließen.

Irgendetwas schlug plötzlich in seinem Rücken ein und dann wieder ein scharfer brennender Schmerz. Heiland wurde schwarz vor Augen, er fuhr Schlangenlinien, riss die Augen auf und konnte sich mit letzter Kraft im Sattel halten.

Nein, sie hatten ihn nicht eingeholt, doch ihr lautloses Geschoss hatte ihn eingeholt, ihr verdammtes Geschoss! Links und rechts glitten Bäume und Schrebergärten vorbei. Heiland atmete hechelnd und mit weit offenem Mund. Links und rechts wechselten Wiesen sich mit Wäldchen ab. «Christel», flüsterte Heiland. «Aufgeben is nich …»

Bald führte der Weg aus dem Johannistal hinaus auf die Liebigstraße, und Heiland hielt sich immer noch im Sattel. Er ließ das Rad einfach auf die andere Straßenseite rollen und dort in den Neuen Johannisfriedhof hinein. «Christel», keuchte er. «Ich komm nach Hause, Christel.»

Er spürte seine Arme und Hände kaum noch, dennoch hielt er den Lenker fest. Auch Beine und Füße waren seltsam taub, trotzdem trat er weiter in die Pedale, unaufhörlich. Nach Hause wollte er, nur noch nach Hause. Der Schmerz brannte sich von seinem Rücken aus durch seinen Brustkorb.

Nicht eine Kugel hatte ihn an der Front erwischt, nicht ein einziger verdammter Granatsplitter, die ganzen vier Jahre nicht, und jetzt klopfte und brannte ihm der Schmerz in gleich drei Schusswunden. «Aufgeben is nich, Christel …»

Heiland schaffte es tatsächlich bis an den Südrand des Friedhofs, ja sogar noch bis nach Thonberg hinein. Von fern sah er zwei Kraftwagen auf einer breiten Straße vorbeifahren und hielt darauf zu. «Aufgeben is nich, mein Mäuschen ...»

Endlich sah er die große Straße, ein Lastkraftwagen rumpelte vorüber, und Gaslicht fiel auf ein Straßenschild – *Reitzenhainer Straße*. Von hier aus musste man doch schon das Völkerschlachtdenkmal erkennen können? Und von dort war es doch nur noch ein Katzensprung bis nach Hause!

Heiland blickte nach Süden, hielt nach dem Monument Ausschau, doch selbst die Dachfirste der vorbeigleitenden Häuser waren wegen der Dunkelheit kaum zu erkennen. Die Lenkstange wackelte, als er zurück auf die Straße blickte, und das Fahrrad geriet ins Schwanken. Er fuhr über die Bordsteinkante und stürzte, krümmte sich und rollte auf den Rücken. «Mein Mäuschen», flüsterte er, «mein armes Mäuschen ...»

Schuhsohlen knallten über Asphalt, eine Frau beugte sich über ihn, dann zwei Frauen, dann drei Frauen und ein Mann. Heiland sah sie wie durch einen Schleier hindurch, und ihre Stimmen drangen von sehr weit entfernt an sein Ohr.

Jemand legte seine Beine auf eine Kiste, jemand gab ihm Wasser zu trinken, und jemand fühlte ihm den Puls. Kraftwagen hielten, Autotüren knallten, Stimmen flogen über ihn hinweg. «Er muss in die Chirurgie!», rief ein Mann.

Die Schleier vor seinen Augen und in seinem Kopf lichteten sich ein wenig, und er lächelte wie nach der letzten Runde eines sicher gewonnen Boxkampfes. Es sah ganz so aus, als hätten die Jäger des Satans ihn nicht erwischt.

Das Herz tobte ihm im Brustkorb herum wie ein wildgewordenes Fohlen in einem zu engen Verschlag, sein Atem röchelte, doch er bekam wieder alles mit, was um ihn herum geschah.

Und wieder beugte sich einer über ihn, einer mit weißen

Haaren. Er setzte ihm einen Blechbecher an seine Lippen und Heiland trank gierig das kühle Wasser. «Wir bringen Sie in die Universitätsklinik, Heiland», sagte der Mann, der es ihm einflößte. Seine Stimme zitterte, der ganze Mann zitterte. Oder war er es, der zitterte? Heiland war sich nicht sicher. «Trinken Sie, Heiland, Sie haben viel Blut verloren, Sie müssen trinken.»

Heiland riss die Augen auf, weil der Mann seinen Namen kannte. Ein schmales Gesicht mit sehr hellen Augen schwebte über ihm. «Kriminalinspektor Stainer», sagte der Mund darin. Und in eine andere Richtung rief er: «Beschaffen Sie Verbandszeug, Junghans! So viel, wie nur irgend möglich!»

Heiland packte den Arm des Mannes und versuchte, sich aufzurichten. «Ich hab nicht geschossen», stöhnte er, «nicht einen Schuss hab ich …»

«Wir wissen es, Heiland, trinken Sie!» Er gehorchte und trank, bis er sich verschluckte und husten musste. Der Schmerz tobte wie kleine glühende Sicheln durch seinen Körper. Der weißhaarige Inspektor hielt ihn fest, während Heiland nach Luft schnappte.

«Ich hab nicht geschossen, wirklich nicht», flüsterte er, als er genug gehustet hatte. «Wollte mich stellen, frag bei Josephine König, Salomonstraße 7 …» Der Weißhaarige beugte sein Ohr an seine Lippen. «Ich hab nicht geschossen …, Joseph hat geschossen …, der einarmige Satan hat …»

Die Stimme erstarb ihm auf den Lippen, die Sinne schwanden ihm, der Asphalt unter ihm schwankte, und der Mann über ihm schwankte auch. Alles schwankte plötzlich, und alles drehte sich, die ganze Welt – sie drehte sich weg von ihm und ließ ihn mutterseelenallein in kalter Finsternis zurück.

III

# DER JÄGER

# 38

Das Kätzchen hüpfte aus seinem Körbchen und sprang maunzend auf ihn zu. Stainer warf seine Zeitungen und das Kuvert auf den Tisch und stellte die Cognacflasche daneben. Es ging auf halb eins zu. Er nahm die kleine Eule hoch, drückte sie an seine Brust und streichelte sie. Seine Nerven vibrierten, das Herz klopfte ihm in der Kehle, und der Kloß im Hals ließ sich noch immer nicht herunterschlucken: Er hatte einen Mann erschossen, jünger als er selbst.

Im Herbst 16, im französischen Gefangenenlazarett, hatte er oft an den letzten Engländer denken müssen, den er getötet hatte, einen flaumbärtigen Maschinengewehrschützen von kaum zwanzig Jahren. Damals hatte er sich geschworen, nie mehr auf einen Menschen zu schießen.

Nun war er wieder Polizist, und einem schießwütigen Verbrecher wie dem, der jetzt mit seiner Kugel im Kopf in der Pathologie lag, würde auch ein Jiu-Jitsu-Meister wie er nicht ohne Pistole beikommen können. Heute Abend vor dem Alten Johannisfriedhof nicht und auch in Zukunft nicht. Stainer hatte sein Auge getroffen; der Mann war sofort tot gewesen.

Er öffnete das Fenster, um die Milch hereinzuholen, und füllte den Napf für das Kätzchen. Das rieb sich schnurrend gegen seine Hand und tauchte schließlich das Näschen in die Milch.

Am Tisch entkorkte Stainer die Flasche, füllte ein Wasserglas zur Hälfte mit Cognac und trank den ersten Schluck im Stehen. Grundfalsch, er wusste es, doch das Giftzeug beruhigte ihn. Am Garderobenständer neben seiner Wohnungstür legte er Mantel und Hut ab. Bevor er sich an den Tisch setzte, zündete er sich eine Salem an.

Von Thonberg aus, wo sie Heiland gefunden hatten, war er in die Wächterburg gefahren, um das Kuvert aus der Weingarten-Villa mit nach Hause zu nehmen. Kupfer hatte es in seinem Schreibtisch eingeschlossen. Es war dicker, als Stainer erwartet hatte.

Er holte einen Stapel mit Maschine beschriebener Blätter heraus, dazu gut drei Dutzend Fotos und einige Dokumente mit dem Briefkopf der Reichswehr. Stainer beugte sich über die Unterlagen und vergaß seinen ersten Toten nach vier Jahren, vergaß den schwerverletzten Max Heiland, vergaß Junghans, Kupfer und Heinze, die er mit der Spurensicherung und den Berichten für Kubitz und Kasimir beauftragt hatte.

Die Fotos stammten wohl von mehreren Fotografen, denn in Format und Qualität wichen sie voneinander ab, teilweise stark. Viele zeigten deutsche Soldaten in Schützengräben, auf Truppentransportern und vor beschlagnahmten Rathäusern und Schlössern. Einige zeigten zerschossene Straßenzüge und brennende Ruinen.

Auf den Rückseiten las Stainer die Namen belgischer Städte und Dörfer – Löwen, Dinant, Aerschot, Andenne – und die Daten der Aufnahmen. Fast alle waren Ende August 1914 entstanden.

Auf zwei großen Fotos ragten schwarze, halb zerstörte Arkaden aus qualmenden Trümmerhaufen. *Brandruine der Universitätsbibliothek Löwen am 25. Aug. 1914*, las Stainer auf beiden Rückseiten, *tausend Handschriften aus dem Mittelalter, 300 000 Bücher – unwiderruflich verloren!!* Und in einer anderen, leichter zu lesenden Schrift: *Erhalten von F. Jagoda per Post, Leipzig, Juli 1919. H.B.*

Die Kreise schließen sich, dachte Stainer, denn sofort erinnerte er sich an den Brief des Reichsgerichts in der Akte Jagoda und an den Betreff, den Heinze ihm vorgelesen hatte: *Löwen, 25. August 1914*. Sollte der Gymnasialprofessor vom Reichsanwalt wegen des Brandes der Löwener Bibliothek angehört werden? Doch warum? Und hatte Baumann ihn wegen der Zerstörung Löwens treffen wollen? Stainer war gespannt, welche Überraschungen Baumanns Unterlagen noch für ihn bereithielten.

Eines der Fotos zeigte einen Unteroffizier auf einem Bauernhof neben einem Toten, dessen nackte Füße in den Vordergrund ragten. Der Unteroffizier hatte den Gewehrkolben und seinen rechten Stiefel auf die Brust des Toten gesetzt und guckte mit unbewegter Miene in die Linse. Im Hintergrund sah man Hühner und ein Schwein.

Stainer nahm einen Schluck Cognac und drehte das Foto um. *Feldwebel Joseph Tilger auf einem Gutshof bei Dinant*, las er, *26. August 1914, siehe Notizen und Dokumente im Hauptarchiv*.

«Joseph mit der schwarzen Ledermütze», murmelte er. War dieser Feldwebel derselbe Joseph, den Heiland in seinem hingekritzelten Brief genannt hatte? Das Kätzchen maunzte und kletterte auf sein Knie. Stainer setze es auf seine Schulter und schaute die Fotos durch. Auf knapp zehn Aufnahmen waren Soldaten abgelichtet, die auf der Rückseite mit Ort und Datum namentlich genannt waren. Stainer legte diese Bilder auf einen gesonderten Stapel.

Eines zeigte einen hohen Offizier mit buschigem Schnauzbart vor einem Schlösschen. *Regimentskommandeur Oberst Richard von Braun*, las Stainer auf der Rückseite, *vor seinem Hauptquartier bei Löwen, 30. August 1914, siehe Notizen und Dokumente im Hauptarchiv.*

Ein kleinformatiges Foto war mit einer Büroklammer an einem Briefbogen befestigt. Stainer vergaß zu atmen, während er den Offizier darauf betrachtete. *Leutnant G.R., Aug. 1914, Löwen*, stand auf der Rückseite und wieder der Zusatz: *siehe Notizen und Dokumente im Hauptarchiv*. Unter dem Foto, auf dem Briefbogen, die Notiz: *erhalten von R. Murrmann im Sept. 1919, G.Rs. Adresse unbekannt; Fernsprechnummer Leipzig 2 94 29. H.B.*

Er drückte seine Zigarette aus, nahm einen Schluck Cognac und stand auf, um seine Lupe aus dem Mantel zu holen. Wieder am Tisch, vergrößerte er mit ihr das harte Gesicht des Leutnants. Es gab keinen Zweifel, er war es – Gregor Renkewiz. Der Mann, der ihm im Krieg das Leben gerettet hatte.

Stainer sank auf den Stuhl. Es war ihm bekannt gewesen, dass Renkewiz vor der Schlacht an der Somme irgendwo in der Etappe als Ordonnanzoffizier im Quartier eines Regimentskommandeurs gedient hatte. Als er kurz vor Beginn der Schlacht mit seiner Kompanie zu Stainers Truppe stieß, war er bereits Hauptmann gewesen. An einen Feldwebel namens Tilger konnte Stainer sich nicht erinnern.

Er leerte sein Glas, schenkte sich nach und griff zu seinem Zigarettenetui. Die Blätter mit dem Briefkopf der Reichswehr waren mit einem Deckblatt zusammengeklammert. *Anlage zum Hauptarchiv, H.B.* stand mit Tinte geschrieben auf dem Blatt.

*H.B.* – das waren natürlich die Initialen von Heinrich Baumann. Was aber bedeutete *Hauptarchiv*? Offenbar gab es noch eine weitere und umfangreichere Sammlung solcher Fotos und Papiere. Stainer zündete sich die nächste Zigarette an. Der jungen Katze bekam der Zigarettenqualm nicht – über Stainers Rücken und die Stuhllehne kletterte sie auf den Boden und sprang auf sein Bett.

Rauchend schaute er die Reichswehrdokumente durch: ein Erschießungsbefehl; eine Beförderungsurkunde für einen Hauptmann Robert Murrmann; eine Anklage wegen Befehlsverweigerung gegen einen Hauptmann Heinrich Baumann; die Meldung einer vollzogenen Erschießung von neununddreißig Heckenschützen; die Degradierung des Hauptmanns Heinrich Baumann zum Leutnant wegen Befehlsverweigerung; ein Todesurteil gegen den Leutnant Heinrich Baumann, Student der Geschichte und Philologie und wohnhaft in Berlin wegen Befehlsverweigerung. Unterschrieben von Oberst Richard von Braun.

Stainer lehnte sich zurück, inhalierte tief, versuchte, die vielen Mosaiksteine zu einem geschlossenen Bild zusammenzusetzen. Baumann sollte standrechtlich erschossen werden, hatte also vor keinem regulären Kriegsgericht im Reich gestanden. Auch der Erschießungsbefehl und die Beförderungsurkunde waren von Oberst von Braun unterzeichnet. In ihr wurde dem Hauptmann Robert Murrmann, Finanzobersekretär der preußischen Finanzverwaltung und wohnhaft in Berlin, die Beförderung zum Major beurkundet.

Stainer nahm einen Schluck Cognac, bevor er sich die Vollzugsmeldung noch einmal ansah. Doch er konnte so viel Cognac trinken, wie er wollte, und das Dokument so oft lesen, wie er wollte, es blieb dabei: Auf ihm meldete der Hauptmann Robert Murrmann die Erschießung von neununddreißig Heckenschützen im Kloster Notre-Dame in Leffe bei Dinant.

Stainer schaute sich die Daten der Papiere noch einmal an – sie stammten allesamt aus den letzten neun Augusttagen des Jahres 1914, es war also nicht gewagt, einen Zusammenhang zwischen den in ihnen dokumentierten Ereignissen zu vermuten.

Baumanns Leiche vor der Treppe in der Weingarten-Villa stand ihm vor Augen. «Wer warst du?», murmelte Stainer und starrte in den Rauch seiner Zigarette. «Hat Murrmann den Befehl ausgeführt, den du verweigert hast? Wie bist du dem Todesurteil entkommen? Und wer hat es nach fünfeinhalb Jahren doch noch vollstreckt?»

Stainer lehnte sich zurück und schloss für einen Moment die Augen. Die Fotos und die Dokumente wühlten ihn auf. Er atmete tief ein und aus, bevor er zum Glas griff und einen kräftigen Schluck Cognac trank. Dann zog er sich das Typoskript heran.

Es umfasste etwa dreißig Seiten, begann aber mit Seite 56 und Kapitel 4, in dem ein Tag Anfang August 1914 geschildert wurde. *Freunde und Familienmitglieder begleiteten mich zum Bahnhof Charlottenburg*, las er. *Es herrschte eine ausgelassene Stimmung, manche sangen. Meine Schwester trug mein Gewehr, mein Neffe meinen Helm, und mir hatten sie die Uniform mit Blumen geschmückt.*

Das Kapitel schilderte die erste Kriegswoche aus der Ich-Perspektive. Stainer nahm an, dass es Baumann war, der hier erzählte. Einige weitere Kapitel enthielten nur Stichworte und Entwürfe und waren mit Titeln wie *Hauptmann Murrmann*, *Dinant*, *Löwen* oder *Der Oberst* überschrieben. An einer Stelle fand Stainer den Hinweis auf ein *Typoskript im Hauptarchiv*.

Er drückte die Zigarette aus, ließ die Blätter sinken und schenkte sich Cognac nach. Mit geschlossenen Augen verschränkte er die Hände hinter dem Kopf und versuchte, seine aufgewühlten Gedanken zu ordnen. Vor seinem inneren Auge fügten sich Dokumente, Fotos und Manuskript zu einem stimmigen Bild zusammen.

Baumann hatte sich geweigert, Zivilisten zu erschießen, war

von seinem Regimentskommandeur Oberst von Braun zum Tode verurteilt worden und hatte es irgendwie geschafft, der Vollstreckung seines Todesurteils zu entgehen. Nach dem Krieg wollte er seine Erlebnisse in einem Buch niederschreiben, und Jagoda und Murrmann schienen ihm dabei geholfen zu haben. Ausgerechnet Murrmann, der an seiner Stelle die Erschießung der neununddreißig belgischen Zivilisten kommandiert hatte.

«Musstet ihr deswegen sterben?», murmelte Stainer mit geschlossenen Augen. «Wegen der Kriegserinnerungen eines Befehlsverweigerers? Und wer hat den Befehl gegeben, euch zu ermorden?»

Er öffnete die Augen, nippte an seinem Cognacglas und ließ seinen Blick über die Fotos und Dokumente wandern, die er vor sich auf dem Tisch ausgebreitet hatte. Er griff das Foto von Renkewiz heraus. Welche Rolle hatte sein ehemaliger Hauptmann damals gespielt? Welche Rolle spielte er heute? Kommandierte Renkewiz womöglich jene *Operation Judas*, von der Jagoda und Baumann sich bedroht fühlten? Oder steckte am Ende dieser Oberst von Braun hinter den Morden? Beide hatten zum selben sächsischen Regiment gehört.

«Du musst herausfinden, was Renkewiz heute treibt», murmelte er in sein Cognacglas. «Und du musst herausfinden, ob dieser Oberst von Braun den Krieg überlebt hat.»

# 39

**Freitag 6. Februar 1920**

*Heute Nacht bin ich aufgewacht, weil Willy nach mir gerufen hat. «Komm, Rosa, komm!», hat er geschrien. Ich bin aus dem Bett gesprungen und zu ihm hinunter ins Wohnzimmer gelaufen. Willy machte einen erregten Eindruck, und als ich zum Loggiafenster geschaut habe, sah ich den Grund: Im Garten bewegte sich ein glühender Punkt vor den Umrissen eines Menschen.*
*Jemand raucht dort draußen! Das ist mir sofort klar gewesen. Doch als ich dein Gewehr aus dem Schank geholt habe und damit in die Loggia gelaufen bin, um das Fenster aufzureißen und den Fremden anzuschreien, erlosch der Glutpunkt, und die Umrisse huschten zum Zaun. Kurz darauf habe ich das Gartentor quietschen gehört.*
*Ich bin in die Bibliothek gerannt und habe zur Schützstraße hinausgeschaut. Nicht weit entfernt fiel eine Wagentür zu, Rücklichter leuchteten auf und eine Limousine fuhr Richtung Auenstraße davon.*
*Kannst du dir vorstellen, wie mein Herz geklopft hat, Albert? Für Augenblicke dachte ich, wieder in Gohlis, in der Mordvilla vor der Treppe zu knien. Meine Hände haben gezittert, als ich mir eine Zigarette angezündet und ein Glas Whisky eingeschenkt habe. Auch jetzt noch, wo ich das schreibe, befällt mich die Angst. Zwei Stunden sind inzwischen vergangen, ich habe kein*

*Auge mehr zugemacht. Draußen ist es immer noch dunkel.*
*Weißt du, was ich glaube, Albert? Dass irgendjemand es auf Heinrichs Aktenmappe abgesehen hat. Ich werde gleich nachher die Polizei anrufen – der Inspektor muss kommen und die Tasche holen. Am besten noch …*
*Die Türglocke! Wer mag das sein? Ich werde nicht öffnen.*

# 40

Im Traum rannte Stainer an Ediths Hand in das seichte Uferwasser des Sees. Sie lachten, sie waren jung und frisch verlobt, und im Wasser spiegelte sich deutlich sein schwarzes Haar. Seite an Seite schwammen sie hinaus, am anderen Ufer wollten sie sich lieben.

Schwarze Wolken bedeckten auf einmal den Himmel, Blitze zuckten, Donner grollte, eine Sturmböe jagte eine Flutwelle über den See und begrub Edith unter sich. Stainer wollte schreien, doch nicht einmal ein tonloses Stöhnen löste sich aus seiner Kehle.

Von einem Augenblick auf den anderen verdunkelte schwarzer Rauch den Himmel. Ringsum detonierten Artilleriegranaten in Sekundenintervallen, Männer schrien hinter Stainer, Explosionsblitze blendeten ihn. Sein Herz raste, und voller Angst drückte er das Gesicht in den Schlamm.

Der See war plötzlich zu einem Granattrichter geschrumpft, und gelbliches Wasser stand Stainer bis zum Hals. Zu siebt drängten sie sich in dem vollgeregneten Krater, einer versuchte, den anderen über Wasser zu halten, und trotzdem waren schon zwei Verwundete untergegangen. «Die Einschläge kommen näher!», brüllte Renkewiz. «Wir müssen hier raus!»

Ein Leutnant, ein Feldwebel und zwei Schützen kletterten zum Kraterrand hinauf, rissen sich die Gewehre von den Schultern und sprangen aus Stainers Blickfeld und in den schwarzen Qualm hinein. Renkewiz packte ihn, den Angeschossenen, und zerrte ihn hinter sich her durch den Schlamm zum Rand des Granattrichters hinauf. Ein schweres Artilleriegeschoss detonierte so nahe vor ihrem Bombentrichter, dass Stainer die Ohren zufielen. Eine Lawine aus Schlamm, Holzsplittern, menschlichen Gliedern und Erdbrocken ging auf sie nieder. Die Panik sprengte Stainer schier die Brust, der Torso des Feldwebels stürzte auf ihn und drückte ihn tief in das gelbliche Wasser hinein, das sich nach und nach rot färbte.

Wieder verwandelte das Gewässer sich, und der Kraterteich wurde zum nächtlichen Fluss. Stainer schwamm weg vom Tank und vom englischen Maschinengewehrfeuer, schwamm weg vom brennenden Ölteppich, schwamm um sein Leben. Die Einschläge des feindlichen Geschützfeuers hörten sich an, als hätte ein Titan Felsbrocken aus einem steinernen Himmel gesprengt, die nun unaufhörlich hinunter auf die Erde trommelten.

Die Umrisse des überfüllten Bootes schälten sich aus der Nacht, die Hand des Hauptmanns streckte sich ihm erneut entgegen, und Renkewiz brüllte wieder: «Greif zu, Paul, greif doch zu!»

Schreiend fuhr Stainer aus dem Schlaf hoch. Angst drückte ihm die Luft ab, sein Herz raste, und nasses Haar klebte ihm in der Stirn. Er drückte die Hände auf die schmerzende Brust, weil er fürchtete, sein Herz könnte zerspringen. Wie ein Gehetzter blickte er sich um – alles war dunkel und still, nirgendwo Explosionsblitze oder Rauch und auch sonst keine Anzeichen von Krieg.

Warum aber bebte dann sein Bett? Er tastete Decken und Kissen ab – sein Bettzeug war nassgeschwitzt und der Platz auf dem feuchten Kissen, wo die Katze sonst immer schlief, fühlte sich warm an.

Immer noch schwer atmend beugte er sich zum Nachttisch und tastete nach dem Lampenschalter. Auch der Nachttisch bebte, das Buch darauf fiel hinunter, der Wecker stürzte um – und jetzt erst merkte Stainer, dass er am ganzen Körper zitterte. Endlich erwischte er den Schalter, und Licht flammte auf.

Schwer atmend schob er die Beine aus dem Bett, blieb auf der Bettkante sitzen und kreuzte die Arme vor Brust und Schultern. Eine Zeitlang schaukelte er vor und zurück. Konnte denn ein einziger Mensch so viel Angst fühlen? Konnte denn ein erwachsener Mann dermaßen zittern und Herzklopfen bekommen?

«Wenn er lange genug auf Frankreichreise gewesen ist, kann das schon mal passieren, oder nicht?» Er flüsterte, lachte bitter auf und schüttelte sich.

Von irgendwoher drang das jämmerliche Miauen des Kätzchens in sein Bewusstsein. Er blickte sich um: Eule hockte mit gesträubtem Fell an der Tür und miaute. Stainer stand auf, torkelte zu ihr, nahm sie hoch. «Nichts passiert», raunte er dem Tierchen zu, «nur ein Traum, alles gut.»

Auf dem Weg zum Badezimmer fiel sein Blick auf die leere Cognacflasche, die auf dem Tisch aus Baumanns Unterlagen ragte. Die Schießerei gestern Abend, die war schuld – er war schon zitternd nach Hause gekommen, und die Fotos und Dokumente des Toten hatten ihm den Rest gegeben. Er hatte die innere Anspannung nicht mehr ausgehalten und getrunken, ohne aufhören zu können. «Mist, verdammter!», fluchte er.

Im Bad knipste er Licht an, stellte sich mit der Katze vor den Spiegel, schaute sich ins Gesicht. Wie der Tod selbst sah er aus – hohläugig, knochig, aschfahl. Und dann noch dieses greisenhaft weiße Haar! Wie sollte er sich so unter Menschen trauen? Wie sollte er in diesem Zustand arbeiten? Er fühlte sich, als wäre er unter eine Dampfwalze geraten, gegen die er sich zuvor die ganze Nacht lang vergeblich gestemmt hatte.

Die Katze maunzte zu ihm herauf. Er wandte sich vom Spiegel ab und streichelte sie, während er mit hängenden Schultern aus dem Bad schlurfte.

Die Schießerei gestern hatte ihn fertiggemacht, schon bevor sie überhaupt richtig losging. Und danach der Tote auf dem Bürgersteig: Ein blutiges Loch hatte da geklafft, wo vorher sein rechter Augapfel gewesen war. Und dann noch der schwerverletzte Heiland, der in Thonberg am Straßenrand neben dem gestohlenen Fahrrad in einer Blutlache lag … Stainer glaubte nicht, dass er durchkommen würde.

Er ging zurück ins Schlafzimmer, holte die Milch von der Fensterbank und füllte dem Kätzchen den Napf. «Trink, kleine Eule, trink und mach dir keine Gedanken wegen meines Geschreis. Es kommt nicht mehr vor.»

Zurück im Bad stöpselte er den Badewannenabfluss zu und ließ kaltes Wasser einlaufen. Vor allem deswegen hatte er keine Bedenken gehabt, diese kleine Wohnung hier im Dachgeschoss zu mieten – wegen des Bads und der Wanne darin.

Während die sich mit Wasser füllte, betrachtete Stainer wieder sein Spiegelbild. «Seit wann sehen Kriminalinspektoren aus wie verkaterte Gespenster?», fragte er sich selbst. Und gab sich selbst die Antwort: Die Schießerei vor dem Friedhof, die Toten in der Villa, der stinkende Murrmann neben dem Vogelbauer und dann noch eine Gattin, die sich scheiden lassen wollte – das alles war ein bisschen viel für vier Tage Kriminalistenexistenz; zu viel für einen, der zuvor dreieinhalb Jahre in Kriegsgefangenschaft zugebracht hatte.

«Dr. Doppelmann hätte seine Freude an dir», sagte er bitter. «Quittier deinen Dienst, kauf dir eine Kraftdroschke und versuche es als Chauffeur. Ein Mann, der eine Schießerei mit Mördern und drei Tote in einer Villa nicht verkraftet, kann kein Kriminalpolizist sein.»

Eine Woge von Trauer und Verzweiflung erfasste ihn. Er stützte sich seufzend auf das Waschbecken auf und beugte den Kopf. «Der gottverdammte Krieg ist schuld», flüsterte er. Seit November 1918 schwiegen die Waffen, im Juni letzten Jahres hatte die Regierung den Friedensvertrag unterschrieben, seit fast einem Monat war er in Kraft – doch in Stainers Brust tobte er weiter, der Krieg. Und würde immer gegenwärtig sein – in jeder Schießerei, in jedem Mordopfer.

Er hob den Blick und sah seinem erbärmlichen Spiegelbild in die Augen. «Du brauchst Hilfe, Stainer.» Und sofort lag ihm der Widerspruch auf der Zunge: Ich bin Major, ich bin Kriminalinspektor, ich bin Paul Stainer und habe Krieg und Gefangenschaft überlebt – ich helfe mir selbst.

Er erinnerte sich an das Gemälde im *Zillertal*, das ihn zurück an die Somme ins englische Artilleriefeuer katapultiert hatte, und schüttelte den Kopf. «Sieh der Realität ins Auge, Stainer – allein schaffst du das nicht.»

Doch der Widerspruch in der eigenen Brust gab keine Ruhe: Wäre es nicht ein Zeichen von Schwäche, sich Hilfe zu suchen, womöglich noch bei einem Nervenarzt? Er stellte sich vor, irgendjemand in der Wächterburg würde davon erfahren. Bloß nicht! Er, Stainer, in nervenärztlicher Behandlung? Das kam überhaupt nicht Frage!

Den Blick auf sein jämmerliches Spiegelbild gerichtet, beobachtete er seine Gedanken und versuchte, sein inneres Chaos zu ordnen. Neben ihm rauschte das Wasser in die Wanne, unter ihm rieb sich das Kätzchen an seinem Knöchel. «Es ist, wie es ist, Stainer», sagte er schließlich. «Du suchst dir Hilfe, oder du gibst deine Dienstwaffe ab und kaufst dir eine Kraftdroschke.»

Er wandte sich vom Spiegel ab, drehte den Wannenhahn zu, schälte sich danach aus dem schweißnassen Schlafanzug und stieg ins eiskalte Wasser. Der Kälteschock trieb ihm die Tränen in die Augen, die Erschöpfung aus den Knochen und die Angst aus dem Hirn. Bestimmt drei Minuten hielt er das aus, dann zog er den Stöpsel und stieg wieder aus der Wanne. Die giftigen Bilder hatten sich in die verborgenen Gewölbekeller seiner Seele zurückgezogen, und er fühlte sich besser.

Zum Kaffee rauchte er eine Zigarette. Von der Marmeladenstulle, die er sich gestrichen hatte, brachte er nur den ersten Bissen herunter. Er stellte sich vor, ihm würde in der Wächterburg passieren, was ihm im *Zillertal* oder in Hummels Zelle passiert war, bei einer Fallkonferenz oder einer Besprechung mit Kubitz oder Kasimir. Womöglich noch in Gegenwart von Prollmann.

Kopfschüttelnd und leise fluchend schenkte er sich Kaffee nach und löffelte Zucker hinein.

So kann das nicht weitergehen, Stainer.

Er dachte an die bedauernswerte Rosa Sonntag und was sie über das krankmachende Gift schlimmer Erlebnisse gesagt hatte: Erinnern und aussprechen und ihnen so die Giftigkeit nehmen. Kluge Frau. Oder vielmehr: kluger Nervenarzt.

Hatte er eigentlich dessen Telefonnummer aufgeschrieben?

# 41

**6. Februar**

*Hagen ist hier gewesen. Dein Gewehr in der Hand habe ich hinter dem Vorhang gestanden und seinen neuen Opel vor dem Haus stehen sehen, sonst hätte ich die Tür nicht geöffnet.*
*Ich habe mich gewundert, denn vorige Woche erst hat er mir erklärt, dass er das Haus eines Juden lieber nicht betrete. Heute hat er so ungeduldig geklingelt, als könnte er es gar nicht erwarten, dein Haus endlich zu betreten. Willy hörte seine Stimme und fing sofort an, ihn zu beschimpfen.*
*Unruhig hat er gewirkt, beinahe besorgt. Beides bin ich nicht gewohnt von meinem Bruder. Nervös ist er schon hin und wieder, du kennst ihn ja, Albert, doch dass er sich um seine kleine Schwester Sorgen macht? Das hat mein Misstrauen erregt.*
*Was mit mir los sei, wollte Hagen wissen, warum ich mich schon den zweiten Abend nicht im* Bonaparte *habe blicken lassen, und ob ich etwas mit der Schießerei in der Villa in Gohlis zu tun hätte. Er habe Gerüchte gehört, über eine Affäre zwischen mir und dem toten Baumann, und was da dran sei.*
*«Nichts», habe ich gesagt und mit den Tränen gekämpft. Da hat er angefangen zu schreien und Zimmer für Zimmer zu durchsuchen. Ich habe ihn aufgefordert, sofort mein*

*Haus zu verlassen, und als ich ihm den Weg zur Treppe ins Obergeschoss versperrt habe, hat er mich zur Seite gestoßen – und oben im Bad dann Heinrichs Rasierzeug entdeckt.*

*«Hat Baumann noch mehr Kram hier in dem verdammten Judenhaus?», hat er geschrien. Da bin ich zum Fernsprecher gegangen und wollte die Nummer des Inspektors wählen.*

*Hagen ist die Treppe heruntergepoltert gekommen, hat mich gepackt und gerufen: «Wo hat er's versteckt?» Er hat mich geschüttelt und angeschrien – bis ich ihn vors Schienbein getreten habe.*

*Da hat er mich geschlagen und zu Boden gestoßen. Es gebe Leute, die mich weit weniger zartfühlend nach Heinrichs Sachen fragen würden, wenn sie könnten, hat er gesagt, und wenn ich nicht endlich rede, seien diese Leute die nächsten, die bei mir vor der Tür stehen würden. Da bin ich ins Wohnzimmer gerannt, habe das Gewehr geholt und ihn mit zwei Schüssen vor die Füße aus dem Haus gejagt.*

## 42

Das einzige Traumbild, das Stainer nach dem Kaffee noch vollkommen klar vor Augen stand, war das von der ausgestreckten Hand des Hauptmanns und dessen verzerrtes Gesicht. Und das war keine giftige Erinnerung, weiß Gott nicht!

Stainer seufzte tief, blies den Rauch in den Stapel aus Fotos, Dokumenten und Typoskripten und fischte Renkewiz' Foto samt dem Briefbogen mit seiner Nummer heraus. Durch die Lupe schaute er sich noch einmal das Gesicht des Hauptmanns an: Es war Renkewiz' Gesicht, daran gab es überhaupt keinen Zweifel. Nicht zu fassen, dass der Mann diese Kriegshölle überlebt hatte.

Ohne Renkewiz hätte er, Stainer, sie nicht überlebt; auch daran gab es keinen Zweifel. Wäre Renkewiz nicht gewesen, könnte er jetzt nicht hier sitzen, rauchen, Kaffee trinken und sein Marmeladenbrot verschmähen. Er dachte gern an den Hauptmann, diesen unbeugsamen Willensmenschen mit der Unfähigkeit zu kapitulieren. Schön, dass auch er überlebt hat, dachte Stainer, ob ich ihn einfach mal anrufe?

Stainer drückte seine Zigarette aus, hob Rilkes *Stundenbuch* vom Boden auf, das er vor lauter Zittern vom Nachttisch gewischt hatte, und stellte den Wecker wieder hin. Natürlich würde er Renkewiz anrufen und nicht irgendwann, sondern so schnell wie möglich. Er *musste* ihn sogar anrufen, schließlich hatte er Namen und Nummer in den Unterlagen eines Mordopfers gefunden!

Es war kurz vor sieben, und die Wächterburg wartete. Stainer machte sich nichts vor: Mit ein bisschen gutem Willen würde er heute noch durchhalten und nächste Woche wahrscheinlich auch noch. Doch auf die Dauer konnte er kein Polizist sein, wenn Albträume ihn zerrütteten, wenn jede Schießerei ihm gleich das große Zittern bescherte und idyllische Bilder von Bergseen, Hirschen und ihren Jägern ihn in die Schlacht an der Somme zurückschickten.

Er musste sich Hilfe suchen – so einfach lagen die Dinge.

Er schälte sich aus seinem Morgenmantel und stieg in seine Kleider. Aus seiner Anzugjacke an der Garderobe zog er sein Notizbuch. Darin blätternd, ging er hinaus auf den Flur, der seine kleine Wohnung und die seiner Vermieterin trennte und leider auch verband. Ilse Bergmann gehörte zu jenen interessierten älteren Damen, die gern am Leben ihrer Mitmenschen teilnahmen.

Im verbindenden und zugleich trennenden Flur stand auch der neue Fernsprecher. Frau Bergmann benutzte ihn mit, wogegen Stainer nichts einzuwenden hatte; das Polizeiamt bezahlte ja den Anschluss.

Als Erstes wählte er die Nummer der Wächterburg und ließ sich mit Lena Falke verbinden. Die gab mit ihrer fröhlichen, hellen Stimme bekannt, dass das Sekretariat der Polizeidirektion am Apparat sei. Stainer, der Lenas Stimme gern hörte, spürte, wie seine Stimmung sich ein wenig aufhellte.

«Hallo Lena, du klingst gut. Liegt die gestrige Ausgabe des *Berliner Tageblatts* noch irgendwo bei dir herum?» Von Prollmann wusste er, dass diese Zeitung die Auslieferungsliste der Siegermächte abgedruckt hatte.

«Guten Morgen, Paul», flötete sie. «Ich guck gleich mal. Wie geht es dir?»

«Ging schon schlechter», sagte er und dachte an den blutigen Granattrichter, in den er heute ihm Traum wieder einmal eingetaucht war. «Ich muss mit dem Chef sprechen, persönlich.»

«Komm doch gleich um acht, da hat Herr Dr. Kubitz noch keinen Termin.»

«Sehr gut, bin schon unterwegs.» Er verabschiedete sich, legte auf und fuhr fort, in seinem Notizbuch zu blättern. Seine Vermieterin öffnete ihre Küchentür, wünschte ihm einen guten Morgen und lugte mit besorgter Miene zu ihm herüber. Wahrscheinlich hatte sie ihn schreien hören. Er schenkte ihr ein Lächeln, das beruhigend wirken sollte, während er Polanskis Nummer wählte.

«Es ist kalt und bewölkt», verkündete Ilse Bergmann, «aber Schnee kriegen wir wohl nicht mehr in diesem Winter.» Stainer nickte freundlich und drehte ihr den Rücken zu. Der Nervenarzt meldete sich mit seinem Namen. Im Hintergrund hörte Stainer Musik – ein Grammophon leierte eine Opernarie ab.

«Stainer am Apparat.» Die Vorstellung, um diese Zeit schon Arien hören zu müssen, grauste ihn. «Kriminalinspektor Paul Stainer.» Der Arzt erinnerte sich sofort an ihn. «Ich müsste Sie sprechen, Herr Dr. Polanski, privat sprechen, meine ich. Es ist dringend.»

Er hörte Polanski in seinem Terminkalender blättern. «Nächste Woche ist eine Stunde frei geworden. Donnerstagvormittag?»

«Die kommende Woche habe ich Arbeit ohne Ende, Herr Doktor, und ehrlich gesagt –» Stainer schaute sich nach der Bergmann um, doch die hatte ihre Tür wieder geschlossen. Seine innere Stimme aber warnte ihn, dass sie lauschen könnte, also sprach er sehr leise weiter: «Ehrlich gesagt: Ich bin in einem Zustand, in dem ich mich frage, wie lange ich meine Arbeit noch bewältigen kann.»

Polanski stellte keine weiteren Fragen, was Stainer ihm hoch anrechnete, und bot ihm einen späten Termin für den kommenden Tag, den Samstag an. Stainer sagte zu.

Zurück in seiner Wohnung, fragte er sich, ob er verrückt sei, morgen Abend allen Ernstes zu einem Nervenarzt gehen zu wollen. Sein Albtraum erschien ihm auf einmal halb so schlimm und der wilde und blutige Start in seine zweite Kriminalistenlaufbahn als völlig normales Berufsrisiko.

«Mensch, Stainer», sagte er laut, «reiß dich einfach ein bisschen zusammen.» Er stellte sich vor, Kupfer, Junghans oder gar Heinze würden erfahren, dass er sich von einem Nervenarzt behandeln ließ. «Da kannst du auch gleich den fetten Prollmann bitten, deine Krankenakte von der Reichswehr anzufordern und Kasimir auf den Schreibtisch zu legen.»

Doch er durchschaute sein inneres Ausweichmanöver und gab den eigenen Einwänden, Bedenken und Widerständen nicht nach. Die Entscheidung war gefallen – er würde morgen Abend als Patient zu Polanski gehen, basta!

Als er Baumanns Unterlagen zurück ins Kuvert steckte, fiel sein Blick wieder auf Renkewiz' Foto und die Leipziger Telefonnummer darunter. Der ehemalige Hauptmann hatte einen Wohnungsanschluss, wie es aussah. Stainer zögerte nicht lange: Bevor er die Wohnung verließ, griff er zum Hörer und wählte die Nummer.

Lange nahm niemand ab, und Stainer vermutete schon, dass die Fernsprechnummer nicht stimmte oder nicht mehr gültig war, doch dann ertönte plötzlich ein tiefes und raues «Ja?» am anderen Ende der Leitung.

«Gregor? Paul Stainer am Apparat. Freut mich wirklich, deine Stimme zu hören.»

«Überraschung! Der Herr Major ruft seinen Hauptmann doch noch an! Na so was? Woher hast du meine Nummer, Paul?»

«Von einem Bekannten», wich Stainer aus, denn Renkewiz' Worte und sein aggressiver Tonfall irritierten ihn. Hatte er auf seinen Anruf gewartet? Er hielt sich nicht lange mit Konversation auf, außerdem erwartete Kubitz ihn in einer halben Stunde, also kam er schnell zur Sache. «Wo kann ich dich treffen, Gregor? Ich habe ein paar Fragen an dich.»

«Das glaube ich dir aufs Wort, Paul. Ich wundere mich sowieso, dass du jetzt erst anrufst.»

«Woher soll ich wissen, dass du in der Stadt bist?»

«Ihr linken Vögel wisst doch sonst immer alles und in der Regel viel zu früh nach meinem Geschmack.» Stainer antwortete nicht gleich, denn Renkewiz' Tonfall und Wortwahl gefielen ihm immer weniger. «Sag bloß, die rote Front hält dich nicht auf dem Laufenden über unsereins.»

Jetzt begriff Stainer: Renkewiz versuchte wohl, ihn zu provozieren, um ihm unbedachte Worte zu entlocken. Nur warum? «Du verwechselst da etwas, Gregor. Ich bin bei der SPD.»

«Rot ist rot, alles eine Wichse. Ich war enttäuscht, als ich nach dem Krieg hörte, dass du immer noch zur falschen Seite gehörst.»

Stainer schwieg erneut für einen Moment. Zur falschen Seite? Was meinte Renkewiz? Er fragte nicht nach. «Lass uns persönlich reden», schlug er stattdessen vor. «Wann? Wo? Mach einen Vorschlag.»

«Von mir aus gleich heute Abend. In Plagwitz im *Felsenkeller*?»

Stainer überlegte kurz: Der Brauereischankraum im *Felsenkeller* war groß, man fiel nicht auf unter den vielen Leuten dort. Wahrscheinlich schlug Renkewiz ihn deswegen vor. «Einverstanden», sagte er. «Es kann sieben werden bei mir.»

«Ist mir recht», sagte Renkewiz, «doch hör gut zu, Paul: Wir leben in wilden Zeiten, politisch, meine ich. Da rede ich nicht mit jedem, falls du verstehst, was ich meine. Wenn du mich wirklich sprechen willst, kommst du also besser allein.»

Das dürfte interessant werden, dachte Stainer, und laut sagte er: «Nichts anderes hatte ich vor.»

# 43

Um Viertel vor acht betrat Stainer das Büro. Junghans war noch nicht da, Heinze saß stramm und grüßte mit einem ebenso korrekten wie lauten «Guten Morgen, Herr Kriminalinspektor Stainer!» Nicht, dass Stainer das ungern hörte, angeschlagen, wie sein Selbstvertrauen und seine Nerven an diesem Morgen waren. Doch irgendetwas gefiel ihm nicht an Heinzes Art.

«Guten Morgen, Kollegen!», rief er und eilte an seinen Schreibtisch, ohne den Mantel abzulegen. Hinter der halb offenen Tür zum Nebenzimmer hörte er Kupfer grüßen. «Konnte der Tote schon identifiziert werden, Heinze?» Er suchte die Unterlagen zusammen, die er für das Gespräch mit Kubitz brauchte.

«Darum wollte unser Stift sich kümmern, Herr Kriminalinspektor», sagte Heinze.

«Und der in der Fliegerjacke? Hat er geredet?» Dem Mann hatte Junghans mit einem gut gezielten Schuss das Knie zerschossen, sodass sie ihn hatten festnehmen können. Der Tote ging auf Stainers Konto, und der dritte Mann, der mit der Ledermütze, war ihnen entkommen.

«Wollte das Verhör nicht auch unser Stift führen, Herr Inspektor? Das hatte ich doch hoffentlich richtig verstanden. Wenn nicht, mache ich mich natürlich sofort auf den Weg in die Universitätsklinik!»

Es gefiel Stainer nicht sonderlich, wie der Kommissar über Junghans redete, und seine übertrieben beflissene Art machte ihn stutzig. Was war mit Heinze los? Und wo war Jagodas Tagebuch abgeblieben? Stainer konnte es nirgends finden und ging zu Heinzes Schreibtisch hinüber. «Ich brauche die Akten Murrmann und Jagoda, vor allem dessen Tagebuch. Ich muss mit dem Chef darüber sprechen, damit er mir einen Termin im Reichsgericht besorgt.»

«Die Akte Jagoda ist geschlossen, Herr Inspektor, wissen Sie das denn noch nicht?»

«Nein, Kollege Heinze, das weiß ich nicht, und davon will ich auch nichts wissen.» Sein Blick wanderte suchend über Heinzes aufgeräumten Arbeitsplatz. «Die werden Sie nämlich noch einmal öffnen müssen. Wo ist sie?»

«Im Büro des Polizeirats oben. Herr Dr. Kasimir wollte sie noch einmal durchschauen, bevor er sie dem Staatsanwalt zur endgültigen Erledigung übergibt.»

Stainer musterte den Kommissar mit hochgezogenen Brauen. Deswegen also die überkorrekte Begrüßung und der devote Tonfall. «‹Zur endgültigen Erledigung› – aha. Wenn der Herr Polizeirat sich da mal nicht täuscht.» Heinzes Augäpfel zuckten, und das Blut stieg ihm ins Gesicht, doch er hielt Stainers Blick stand. «Sie bleiben also bei Hummels als Mörder, Kollege Heinze?»

«Korrekt, Herr Kriminalinspektor, selbstverständlich.»

«Ich nicht, und Jagodas Tagebuch hatte ich nicht aus Versehen auf meinem Schreibtisch liegen lassen. Darin deutet er nämlich an, dass Hummels ihn im Auftrag einer *Operation Judas* bedroht haben könnte.»

«Ich bitte um Entschuldigung, Herr Inspektor, aber ich dachte, wir wären uns einig im Fall Jagoda.»

«Wie sind Sie bloß zu diesem Eindruck gekommen?» Stainer wurde allmählich wütend. «Schaffen Sie mir die Akte wieder herunter auf meinen Schreibtisch!»

Die Tür wurde geöffnet, Stainers junger Assistent kam herein. «Guten Morgen allerseits!»

Stainer fuhr herum. «Endlich, Junghans! Ist der Tote identifiziert? Guten Morgen.»

Siegfried Junghans nickte. «Und der andere auch.» Er sah kein bisschen übernächtigt aus, wie Stainer ein wenig neidisch feststellte. Dabei hatte sein Assistent bis spät in die Nacht Spuren, Beweise und Tatorte gesichert. Wie Stainer gehört hatte, war er sogar noch einmal bei den Königs gewesen, um sie über Heilands schwere Verletzungen zu informieren.

«Sehr gut.» Stainer nickte zufrieden. «Sie werden mich gleich zu einem Gespräch mit dem Polizeidirektor begleiten. Auf dem Weg hinauf zu ihm können Sie mir berichten.» Und wieder an Heinze gewandt, sagte er: «Bringen Sie mich noch schnell auf den neusten Stand im Mordfall Robert Murrmann, bevor wir zu Kubitz hochgehen. Sie wollten ja die Dinant-Spur verfolgen.»

«Leider gibt es keine Neuigkeiten.» Heinze breitete bedauernd die Arme aus. «Den Absender konnte ich noch nicht erreichen, er scheint keinen Fernsprecher zu besitzen. Und ob der Feind uns bei der Kontaktaufnahme behilflich sein wird?» Er guckte so traurig wie eine Dogge, die gerade auf den Teppich gepinkelt hatte. Wegen seiner zuckenden Augäpfel sah das durchaus lustig aus, fand Stainer.

«Aber ich habe Neuigkeiten über Murrmann, Herr Inspektor.» Oberwachtmeister Kupfer kam ins Hauptbüro und winkte mit einigen Papieren. Sein bleiches Gesicht war zerknautscht, sein Haarkranz zerzaust. «Er war Ende August 14 als Leutnant in Dinant. Als Major hat er später in der Etappe hinter der Front unseren Nachrichtendienst organisiert.»

«Und davor hat er sich die Beförderung zum Hauptmann

verdient, weil er die Erschießung von Zivilisten kommandiert hat», sagte Stainer und nahm die Unterlagen entgegen, die Kupfer ihm reichte. «Und wissen Sie, wer sich zuvor geweigert hat, diese Leute zu erschießen und sich dafür ein Todesurteil einhandelte?» Alle schauten ihn gespannt an. «Heinrich Baumann.» Er hob das Kuvert. «Geht aus den Unterlagen hervor, die im Wandtresor des alten Weingartens gelegen haben.» Er berichtete von den Fotos und Dokumenten. «Wie Baumann der Hinrichtung entgangen ist, bleibt allerdings sein Geheimnis», schloss Stainer. «Noch.»

Die Neuigkeiten verschlugen erst einmal allen die Sprache. Junghans fand sie als Erster wieder: «Ein Mann lässt Bürger von Dinant erschießen und steht sechs Jahre später im Briefwechsel mit Bürgern von Dinant?»

«Und bekommt von diesen Bürgern auch noch Fotos zugeschickt?», ergänzte Kupfer. Er sah völlig übermüdet aus, allerdings nicht halb so übermüdet, wie Stainers Spiegelbild ausgesehen hatte.

«Bei diesen ‹Bürgern› handelte es sich um belgische Scharfschützen in Zivil», warf Heinze ein, «um sogenannte ‹Franctireurs›. Die haben unseren Soldaten auch schon 1871 das Leben schwergemacht.»

«Ich habe eine Erschießungsliste aus dem Archiv des sächsischen Regiments in Gohlis bekommen», verkündete Kupfer.

«Wie haben Sie das hingekriegt?», fragte Stainer und hätte dem Oberwachtmeister beinahe anerkennend auf die Schulter geklopft.

«Beziehungen. Auf dieser Liste stehen fast 700 Bürger von Dinant.» Kupfer zeigte auf die Papiere in Stainers Hand. «Auch Frauen.»

«Feindliche Scharfschützen», beharrte Heinze.

«Im ersten Kriegsmonat schnappt die Reichswehr fast siebenhundert feindliche Scharfschützen?» Junghans klang ungewohnt ernst. «Das glaubst du nicht wirklich, Rudi!»

Stainer war erschrocken. «So viele Belgier haben unsere Leute auf dem Durchmarsch erschossen?» Er hatte von Erschießungen beim Vorstoß nach Frankreich gehört, kannte aber keine Zahlen.

«Es war Krieg, Herr Kriminalinspektor», sagte Heinze.

«Eine Schweinerei war das!», rief Junghans grimmig aus. Derart freimütigen Zorn hätte Stainer ihm gar nicht zugetraut. «Erst Dinant und dann Löwen! Siebzig Prozent aller Häuser Dinants haben unsere Truppen damals zerstört und von Löwen noch mehr!»

«So kann das gehen im Krieg, Siggi.» Heinze sprach das in allergrößter Ruhe aus, doch seine Wangen waren von dunkelroten Flecken übersät. «Das weißt du doch selbst.»

«Ich habe zur See gegen Engländer und Amerikaner gekämpft, die haben uns den Krieg erklärt», entgegnete Junghans. «Belgien aber ist neutral gewesen. Warum mussten wir dann bis Oktober über fünftausend Belgier erschießen? Sag mir das, Rudi.» Sein Assistent schien nachgeforscht zu haben, registrierte Stainer erstaunt, auch dass er bei der Marine gewesen war, überraschte ihn.

«Feindliche Scharfschützen werden standrechtlich erschossen, wenn man sie gefangen nehmen kann», erklärte Heinze. «So ist das nun einmal im Krieg.»

«Fast sechstausend belgische Scharfschützen?! Das glaubst du doch selbst nicht, Rudi! Die meisten von denen hatten im ganzen Leben noch kein Gewehr in der Hand gehabt, jede Wette!»

«Willst du damit sagen, dass die Reichswehr willkürlich Zivilisten erschossen hat?» Ein scharfer Unterton hatte sich in Heinzes Stimme geschlichen.

«Bitte, meine Herren!», rief Kupfer energisch. «Die Politik sollte uns nicht von der Arbeit abhalten, nicht wahr? Ich jedenfalls habe zu tun. Deswegen noch ein Satz zu Murrmann, Herr Inspektor.» Er sprach Stainer an, nicht Heinze. «Er blieb als Major in der Etappe, kämpfte nie mehr direkt an der Front.» Er deutete auf die Blätter in Stainers Hand. «In den Berichten ist von einer Verwundung die Rede, die allerdings nicht näher bezeichnet wird.»

«Wahrscheinlich hat er sich bei einer der Hinrichtungen in den großen Zeh geschossen», sagte Junghans bissig. «Kann schon mal vorkommen bei so vielen Erschießungen.»

Mit einem warnenden Blick brachte Stainer ihn zum Schweigen. «Danke für die Berichte, Kupfer.» Er schob die Papiere zu seinen Unterlagen. «Haben Sie eigentlich den Berliner Verlag ausfindig machen können, bei dem Baumann gearbeitet hat?»

«Ein junger Wissenschaftsverlag.» Kupfer nickte. «Erst zwei Jahre alt. Der Verleger sagt, Baumann sei Lektor für Historisches gewesen, habe aber nebenbei an einem eigenen Buch gearbeitet. An einem Werk über seine Kriegserlebnisse.»

«Ein Teil des Manuskripts steckt hier drin.» Stainer hob das große Kuvert aus der Weingarten-Villa hoch. «Irgendwo hat Baumann den anderen Teil mit weiteren Fotos und Dokumenten deponiert. Vielleicht irgendwo in seinem Verlag. Legen Sie mir bitte Adresse und Fernsprechnummer auf den Schreibtisch, Kupfer.»

«Und die Männer, die hinter dem Einbruch in der Weingarten-Villa stecken, waren hinter diesen Unterlagen her?», fragte Junghans.

«Und hinter Baumann. So ist es.» Stainer wandte sich an

Heinze, den er gestern Abend noch zum Alten Johannisfriedhof hatte rufen lassen. «Hat die Spurenauswertung von gestern Abend schon etwas ergeben?»

«Zwei Patronen aus einem Baumstamm werden heute untersucht», antwortete der Kommissar. «Die Fotos vom Tatort liegen noch nicht vor, doch ich habe die fotografierten Fußspuren in den Beeten vor der Trauerhalle ausgeleuchtet. Ein Absatzprofil ähnelt tatsächlich den Spuren aus der Weingarten-Villa und der Albertstraße.»

«Brat mir 'nen Storch!», entfuhr es Kupfer. Junghans pfiff durch die Zähne, und Stainer fragte sich, wann Heinze damit herausgerückt wäre, wenn er nicht nachgefragt hätte. «Gucken Sie sich vorsichtshalber noch die Schuhe des Toten und des Gefangenen an, Kollege Heinze.»

Er folgte dem Oberwachtmeister bis zur Tür seines Büros. «Wenn Sie so gute Beziehungen zum Regiment in Gohlis haben, Kupfer, dann kriegen Sie vielleicht auch heraus, was aus dem Oberst geworden ist, der den Befehl zu den Hinrichtungen gegeben und der Baumanns Todesurteil unterschrieben hat.» Stainer senkte die Stimme. «Er heißt Richard von Braun.»

«Ich versuch's», versprach Kupfer und ging in sein Büro.

Als er sich umdrehte, sah Stainer, wie Heinze schnell den Blick abwandte. Er winkte seinen Assistenten hinter sich her zur Tür. Der Kopf schwirrte ihm.

«Bevor ich es vergesse, Herr Kommissar –» Kupfer kam zurück und zählte drei Groschen auf Heinzes Schreibtisch, «– mein Einsatz.»

Heinze zog eine Schublade auf und holte eine Geldschatulle und eine Kladde heraus. «Wo bleibt deiner, Siggi?», rief er Stainers Assistenten hinterher, während er die Kladde aufschlug. «Du hast noch nicht einmal gewettet, sehe ich.»

Junghans, schon hinter Stainer an der Tür, machte noch einmal kehrt. «Zwei zu eins für den VfB!» Er warf drei Groschen auf den Schreibtisch.

«Am Sonntag fahren wir zusammen nach Lindenau zum Sportplatz», erklärte er Stainer grinsend. «Leipzig gegen Berlin.» Stainer, der sich nicht für Fußball interessierte, nickte nur. Er beobachtete, wie Heinze die Wette des Kommissaranwärters mit einem Bleistift in die Kladde eintrug. Und plötzlich fiel ihm ein, was er Heinze schon gestern hatte fragen wollen.

«Sagen Sie, Herr Kollege – was ist eigentlich aus dem Brief geworden?» Er ging zurück zu Heinzes Platz.

«Aus was für einem Brief, Herr Kriminalinspektor?»

«Ich hatte Sie doch gebeten, die erste Seite des Briefblocks aus der Murrmann-Wohnung mit einem weichen Bleistift zu bearbeiten, um eventuell den Text sichtbar zu machen, den Robert Murrmann an das Reichsgericht geschrieben hat.»

«Ach so, dieser Brief.» Heinze zog eine Schublade auf und holte den Briefblock heraus. «Ein Geständnis, Herr Inspektor. Ich wollte es noch abtippen, bevor ich es Ihnen vorlege. Doch da Sie nun danach fragen –» Er reichte Stainer den Briefblock. «Murrmann beschuldigt sich selbst, im August 14 in einem Kloster bei Dinant ‹ein Massaker an neununddreißig Unschuldigen› verübt zu haben. Genau so drückt er sich aus: ‹Massaker an neununddreißig Unschuldigen›.»

# 44

Er wusste nicht, wie er in dieses fremde Zimmer, in dieses fremde Bett gekommen war. Die Decke war höher als zu Hause im Schlafzimmer, und eine Lampe wie diese dort oben hatte er noch nie gesehen, jedenfalls konnte er sich an keine solche Lampe erinnern. Ihr Licht blendete ihn, und er kniff die Augen zu, blinzelte und riss sie wieder auf.

Weiß gekleidete Männer und Frauen umringten sein Bett, und obwohl sie nahe bei ihm standen, kamen ihre Stimmen von weit her. Sogar die des Mannes, der sich jetzt über ihn beugte und seinen Namen rief. «Herr Heiland? Hören Sie mich?»

Der Mann in Weiß erinnerte ihn an seinen Trainer. Jänig fragte auch manchmal, ob er ihn hören konnte, wenn Heiland nach einer besonders harten Runde auf den Hocker in seiner Ringecke sank. Er versuchte zu antworten, bekam aber keinen Ton heraus.

Auch sonst fühlte er sich wie nach einer besonders harten Runde im Ring: Alles tat ihm weh – die Rippen, die Schulter, die Beine, der Rücken und jeder Atemzug. Wie viele Runden lagen denn schon hinter ihm? Und würde er die nächste überstehen?

Von links hob jemand seinen Oberkörper an und Heiland stöhnte auf, denn das schmerzte höllisch. Von rechts setzte ihm jemand eine Art Becher an die Lippen, der ihm fremdartig vorkam, denn er mündete in etwas, das sich auf Heilands Lippen wie ein Schnabel anfühlte oder wie ein Rohr. Daraus floss Wasser auf seine trockene Zunge.

Warum lag er bloß in diesem fremden Zimmer unter dieser

fremden Lampe in diesem fremden Bett? Irgendetwas musste passiert sein, irgendetwas mit Karl Krüger.

Der Mann in Weiß hob eine Decke von seiner Brust, steckte sich Schläuche in die Ohren und setzte ihm dieses Ding auf die nackte Brust, das auch er manchmal benutzte, wenn er einem Zahlenschloss sein Geheimnis abzulauschen versuchte – wie hieß es gleich?

Von links wischte ihm jetzt jemand mit einem feuchten Tuch übers Gesicht, von rechts rief ihm der Mann in Weiß etwas ins Ohr, das klang wie *Operation, wird schon werden* und so ähnlich. Aus irgendeinem Grund kam die Bedeutung der Worte nicht in Heilands Hirn an.

Er fand es anstrengend, über ihre Bedeutung nachzugrübeln, anstrengender noch, als zu trinken, diese Leute in Weiß anzugucken und in das blendende Licht der fremden Deckenlampe zu blinzeln. Heiland schloss die Augen. Sein Bett schaukelte wie auf Wellen, Wasser rauschte, etwas summte um ihn herum – vielleicht ein Bienenschwarm –, und dann brach von einem Augenblick auf den anderen wieder die Nacht an und hüllte ihn in stickige, klebrige Dunkelheit ein.

Als er das nächste Mal aus ihr auftauchte und die Augen öffnete, sah er einen Schleier, ganz so, als würde irgendwer neben ihm rauchen. Doch er roch keinen Zigarettenrauch, dafür sah er hinter dem Schleier ein vertrautes Gesicht – das Gesicht seiner Tante Josephine. Heiland war sehr froh, sie zu erkennen, auch wenn er sie nur undeutlich sah. Ob Christel und sein Mäuschen sich auch irgendwo hinter dem Schleier aufhielten?

«Weißt du, wo du bist, Max?», fragte Fine.

«Nein», flüsterte er.

«In der Chirurgie. Weißt du, was passiert ist?»

«Irgendwas mit Karl.» Er stöhnte.

«Den haben sie erschossen und dich beinahe auch.»

«Erschossen?», flüsterte er. Ein komisches Wort, doch je länger es durch sein Hirn hallte, desto klarere Umrisse nahm seine Bedeutung an – Heiland sah eine Pistole, Heiland sah eine blonde Frau vor einer Treppe, Heiland spürte brennenden Schmerz an den Rippen und in der Schulter.

Jemand hatte auf ihn geschossen! Jetzt erinnerte er sich.

«Ich hab nicht geschossen», hörte Heiland es krächzen, und es dauerte, bis er begriff, dass es seine eigene Stimme war, die er da hörte. «Wirklich nicht …»

«Wir wissen es.» Tante Fines Stimme klang näher und deutlicher als die Stimme des Mannes in Weiß. War der womöglich ein Arzt gewesen?

Ein zweites Gesicht beugte sich über ihn, Heiland erkannte es sofort: Seine kluge und strenge Cousine Mona war auch da. Wie gut. Würde er gleich auch die lieben Gesichter seiner Christel und seines Mäuschens sehen?

«Christel?», flüsterte er.

«Ist bei ihren Eltern», sagte Fine, «sie kommt heute Abend. Solange musst du noch durchhalten, verstanden?» Ohne eine Antwort abzuwarten, drehte sie sich zu Monas Gesicht. «Gib mir die Losungen, Mona.»

«Lass doch dein frommes Buch, Mutti.»

«Gib schon.»

«Max kann doch mit so etwas gar nichts anfangen.»

«Gib endlich, los!»

Monas Gesicht verschwand aus dem Schleier über ihm. Bald sah Heiland eine feingliedrige Mädchenhand über sich schweben und in ihr ein kleines schwarzes Buch. Eine andere Hand nahm es, schlug es auf, und dann beugte sich wieder Fine über ihn, und ihre Stimme verkündete feierlich: «‹Ich habe dein

Gebet gehört und deine Tränen gesehen, spricht der Herr.›» Sie machte eine Pause und holte geräuschvoll Luft, bevor sie weiterlas. «‹Des Gerechten Gebet vermag viel, wenn es ernstlich ist.›»

Heiland kam es vor, als würde ihre Stimme zittern und mit jedem Wort, das sie las, schwächer werden. Auch jetzt noch, wo sie das kleine schwarze Buch zwischen die Hände nahm, die Augen schloss und ein Gebet sprach, das in Heilands Ohren seltsam vertraut klang. «Vater unser im Himmel», hörte er sie sagen, doch dann schweiften seine Gedanken ab zu den beiden frommen Sprüchen, die Tante Fine aus ihrem kleinen frommen Buch vorgelesen hatte.

Mit jedem Gedanken, der ihm noch gelang, tastete er die Worte ab und versuchte, ihre Bedeutung zu ermessen. Das strengte ihn an, doch irgendwann hatte er das Gefühl, etwas verstanden zu haben, und während um ihn herum die Nacht wieder aufstieg, betete er im Stillen: *Lieber Gott, wenn es dich wirklich gibt, lass mich Christel und mein Mäuschen noch einmal sehen.*

# 45

Hinter Stainer drückte Junghans die Bürotür zu. «Warum rückt er erst jetzt damit heraus?» Seite an Seite gingen sie durch die Zimmerflucht im ersten Stockwerk der Kriminalabteilung. «Als Kupfer mit der Exekutionsliste kam und Sie von den Erschießungen erzählten, wäre doch eine gute Gelegenheit gewesen, Murrmanns Brief ins Spiel zu bringen. Warum hat er es nicht getan?»

Stainer zuckte mit den Schultern. «Vergesslichkeit? Gleichgültigkeit? Die Weigerung, eine militärische Operation als Massaker zu bezeichnen? Fragen Sie mich etwas Leichteres.»

«Täusche ich mich, oder entwickelt sich da eine ungute Chemie zwischen Ihnen und dem Kommissar Heinze?»

«Da könnten Sie richtigliegen.» Stainer dachte an Hummels' Warnung, Heinze würde eines Tages versuchen, ihm die Butter vom Brot zu kratzen. So hatte sich Heinzes Mordverdächtiger doch ausgedrückt, oder? «Sie waren übrigens gut gestern, Junghans, verdammt gut.» Stainer wechselte lieber das Thema. «Weiter so.»

«Danke, Herr Inspektor.» Zwei von Kupfers Wachtmeistern kamen ihnen entgegen; Stainer und Junghans erwiderten ihren Gruß. «Darf ich fragen, was wir beim Polizeidirektor wollen?»

«Ich brauche ihn als Türöffner ins Reichsgericht. Dort weiß man mehr, schätze ich. Und dort kennen Sie womöglich Zeugen, die sie in den künftigen Prozessen gegen Kriegsverbrecher aufbieten wollen.»

«Sie glauben, dass noch weitere Menschen auf der Abschussliste der *Operation Judas* stehen?»

Stainer nickte. «Ich fürchte, die betrachten jeden als Verräter, der gegen Reichswehrangehörige aussagen will.»

Sie erreichten die Treppe. «Heiland geht's übrigens hundsmiserabel.» Junghans' Miene verdüsterte sich. «Die Ärzte haben wenig Hoffnung.»

«Woher wissen Sie das?» Trotz des Tatendrangs, den der junge Mann ausstrahlte, konnte Stainer sich nicht vorstellen, dass er heute Morgen schon in der Universitätsklinik gewesen war. «Haben Sie die Klinik angerufen? Oder Frau Königs Nachbarn?»

«Nein, ich habe Heilands Cousine heute Morgen zur Schule begleitet.» Oha, dachte Stainer, die Natur macht auch vor gar nichts Halt. «Liegt auf dem Weg», sagte Junghans verlegen. «Und bei der Gelegenheit habe ich sie natürlich gleich vernommen.» Wenigstens errötete er. «Fräulein König ist verzweifelt.»

«Bestimmt ist es Ihnen gelungen, das arme Mädchen ein bisschen zu trösten, Herr Kollege.» Stainer konnte sich den spöttischen Unterton nicht verkneifen.

«Ich fürchte nicht.» Sie stiegen die Stufen zum zweiten Obergeschoss hinauf. «Der Mann, den Sie erschossen haben, heißt Manfred Schulze», berichtete Junghans übergangslos. «Mechaniker, dreißig Jahre alt. Er wohnte mit Frau und vier Kindern in Dölitz unten. Er hatte noch nichts mit uns zu tun gehabt, jedenfalls habe ich ihn nicht in unserer Kartei gefunden.»

Stainer stand so abrupt still, als wäre er gegen eine unsichtbare Wand gestoßen. Überdeutlich sah er plötzlich den Toten mit der blutgefüllten Augenhöhle vor sich auf dem Bürgersteig liegen. Hatte er richtig gehört? Einen Vater von vier Kindern hatte er erschossen? Ihm wurde auf einmal so übel, dass er sich am Geländer festhalten musste.

«Alles in Ordnung, Herr Inspektor?» Sein Assistent musterte ihn verwundert. «Ist Ihnen noch was Wichtiges eingefallen?»

Stainer winkte ab und ging weiter. «Und der in der Fliegerjacke?»

«Wilhelm Körner, siebenundzwanzig, ledig, wohnt oben in Mockau. War bis November achtzehn Kampfpilot der Reichswehr.»

«Haben Sie etwas aus ihm herausgekriegt?» Sie nahmen die letzte Stufe, Stainer atmete tief ein und aus.

«Nur Flüche und Beschimpfungen wegen seines Knies – gestern Abend vor seiner Operation. Er hat mir gedroht, mich zu erschießen.»

«Ich wünschte, ich hätte seinen Komplizen Schulze ins Knie getroffen», sagte Stainer leise.

«Wohin haben Sie denn gezielt, Herr Inspektor?»

«Sonst noch Fragen, Junghans?» Stainers Stimme klang schärfer als beabsichtigt, und sein Assistent hob beschwichtigend die Hände.

Während sie auf die Tür zum Vorzimmer des Direktors zugingen, blätterte Stainer in den Papieren, die Kupfer ihm gegeben hatte. Auf einem Blatt waren die Namen von Bürgern der belgischen Stadt Dinant aufgelistet, deren Erschießung Murrmann im August 14 kommandiert hatte. Vor Kubitz' Tür blieb er stehen und zog Murrmanns Briefkuvert heraus.

«Einen Moment noch, Kollege.» Er las den Namen des Absenders und suchte ihn auf der Liste. Junghans guckte ihm neugierig über die Schulter. Da die Liste alphabetisch geordnet war, fand Stainer den Namen auf Anhieb.

«Da.» Junghans deutete auf die Liste. «Leclerc. Allerdings ein anderer Vorname.»

«Ein Toter wird Murrmann ja kaum einen Brief geschrieben

haben.» Stainer zog das Foto aus dem Kuvert und drehte es um. «Monique Leclerc», las er laut.

«Wo haben Sie das her?» Junghans staunte das Foto an und Stainer erzählte es ihm. «Sie steht tatsächlich auf der Totenliste!» Der junge Mann zeigte mit dem Finger auf den Namen der Frau; er schien ernsthaft erschüttert zu sein. «Vielleicht die Tochter oder die Schwester des Absenders.»

«Oder seine Ehefrau.» Stainer steckte das Kuvert wieder in seinen Mantel, klopfte und trat ein.

«Du bist spät dran, Paul.» Lena Falke begrüßte Junghans, den sie offenbar schon kannte, und reichte Stainer eine zusammengerollte Zeitung. «Das *Berliner Tageblatt* von gestern, bitte. Es ist schon Viertel nach acht, der Direktor hat um halb neun bereits den nächsten Termin.» Sie ging voran zum Chefzimmer. «Übrigens sitzt Polizeirat Kasimir gerade bei ihm.»

Stainer zerbiss einen Fluch zwischen den Zähnen und ging mit Junghans an ihr vorbei zu Kubitz hinein. Der Polizeidirektor und sein Vize Kasimir hockten in den Sesseln am Konferenztisch und tranken Kaffee. Den dicken Ordner, der neben der Kaffeekanne lag, erkannte Stainer schon von weitem: Jagodas Akte.

Kasimir begrüßte sie kühl, Kubitz freundlich wie immer. Er erkundigte sich bei Junghans, wie es ihm nach dem ersten Tag als Kommissaranwärter ging, und wies auf zwei freie Sessel.

«Gestern Morgen verhänge ich eine strenge Informationssperre über die Morde in der Weingarten-Villa», sagte Kasimir nach Junghans' kurzem Bericht, «und schon am gleichen Tag muss ich in der Abendausgabe der Leipziger Zeitungen davon lesen! Irgendjemand in Ihrer Abteilung hat meinen Befehl missachtet, Herr Inspektor Stainer. Haben Sie einen Verdacht?»

«Nicht den Hauch eines Verdachtes, Herr Polizeirat», entgegnete Stainer seelenruhig. «Und für die Männer, mit denen ich direkt zusammenarbeite, lege ich die Hand ins Feuer.»

«Wir sprachen nämlich gerade über diese scheußlichen Morde in Gohlis.» Der Polizeidirektor wechselte rasch das Thema. «Glückwunsch zur Festnahme des Täters, Herr Kriminalinspektor.»

«Danke, Herr Dr. Kubitz.» Stainer nahm neben Junghans Platz. «Max Heiland ist zwar in die Weingarten-Villa eingebrochen, hat aber keinen einzigen Schuss dort abgegeben.»

«Woher wissen Sie das?», wollte Kasimir wissen.

Stainer berichtete von der Geschossanalyse und von Rosa Sonntags Aussagen. «Fräulein Sonntag konnte den Mörder beschreiben, wahrscheinlich haben wir auch einen Sohlenabdruck von ihm. Die Personenbeschreibung und das Sohlenprofil legen den Verdacht nahe, dass dieser Mann nicht nur Karl Krüger und Heinrich Baumann erschossen hat, sondern auch in der Wohnung Murrmann gewesen ist. Außerdem gehörte er zu den Männern, die gestern Abend auf Max Heiland und uns beide geschossen haben.»

«Das wird ja immer schöner!», entfuhr es Kasimir.

«Verwirrende Geschichte, diese Schießerei», sagte der Polizeidirektor. «In der Tat. Warum schießt einer auf Komplizen, mit denen er nach Lage der Dinge einen Einbruch begangen hat, Herr Stainer? Haben Sie eine Erklärung dafür?»

«Noch nicht. Fragen Sie mich bitte am Montag noch einmal, Herr Dr. Kubitz. Im Moment spricht vieles dafür, dass es die Einbrecher auf Unterlagen abgesehen hatten, die der junge Dr. Weingarten für seinen Freund Heinrich Baumann im Wandtresor seines Vaters deponiert hat.»

Stainer fasste den Stand der Ermittlungen in einem knappen Bericht zusammen, erwähnte auch die *Operation Judas* aus Jagodas Tagebuch und Rosa Sonntags Aussage. «Murrmann hat einen Brief an das Reichsgericht geschrieben, den der oder die Mörder mitgenommen haben», schloss er. «Friedrich Jagoda hatte einen Termin für eine Anhörung im Reichsgericht, und Hans Weingarten war Assessor in einer Abteilung des Oberreichsanwalts. Lange Rede, kurzer Sinn: Um in den Ermittlungen weiterzukommen, benötige ich dringend einen Termin im Reichsgericht.»

«Um Gottes willen!» Viel fehlte nicht, und der Polizeirat hätte die Hände über dem Kopf zusammengeschlagen. «Wir wollen doch den Oberreichsanwalt nicht mit Angelegenheiten aus den Niederungen des alltäglichen Verbrechens belästigen! Der hat weiß Gott genug zu tun dieser Tage!»

«Ich würde ihn schon gern damit belästigen, Herr Dr. Kasimir», sagte Stainer kühl. «Davon abgesehen kann ich mich nicht Ihrer Auffassung anschließen, fünf Morde innerhalb einer Woche für Leipziger Alltag zu halten.» Aus dem Augenwinkel sah er Junghans ständig die Beine übereinanderschlagen und in seinem Sessel herumrutschen.

«Sogar von fünf Morden wollen Sie ihm erzählen?», entgegnete Kasimir mit seiner gepressten Kopfstimme. «Wie kommen Sie überhaupt auf diese Zahl?» Er verschränkte die Arme vor der Brust. «Dass Herrn Murrmanns Tod kein Suizid war, ist in meinen Augen noch lange nicht bewiesen, und die Akte Jagoda ist längst geschlossen.»

«Mit Verlaub, Herr Polizeirat – ich werde sie wieder öffnen.»

Kasimir wurde bleich und sog scharf die Luft durch die Nase ein. Kubitz aber kam seinem Protest zuvor und sagte: «Sie scheinen Ihrer Sache sicher zu sein, Stainer. Können Sie mir kurz Ihre wichtigsten Gründe nennen? Der Oberreichsanwalt wird mich danach fragen, wenn ich ihn um einen Termin bitte.»

Stainer zog das Kuvert aus Dinant und das Foto der Belgierin aus der Tasche und reichte beides seinem Chef. «Das haben wir hinter dem Sekretär gefunden, an dem Murrmann den verschwundenen Brief ans Reichsgericht geschrieben hat. Der Name der jungen Frau steht auf dieser Liste der Bürger Dinants, deren Erschießung Murrmann kommandiert hat.» Auch die Liste schob er über den Tisch. «Und hier die erste Seite des Briefes, den Murrmann an das Reichsgericht schreiben wollte. Ein Geständnis.» Er legte Kubitz den Briefblock hin. «Die Originalhandschrift hat sein Mörder mitgenommen, wie gesagt, doch wir konnten die durchgedrückte Schrift mit einem weichen Stift sichtbar machen.»

Der Polizeidirektor nahm den Briefblock hoch, lehnte sich zurück und las. Seine Brauen zogen sich zusammen, seine Augen wurden schmal. «Er bezichtigt sich, für ein Massaker verantwortlich zu sein? In Dinant?» Er schüttelte den Kopf und las murmelnd: *«Es war eine Sünde wider die Menschlichkeit und Gottes Gebot, diese Männer und Frauen erschießen zu lassen. Manch Halbwüchsiger war unter ihnen, mancher Greis. Ich sehe die Gesichter noch vor mir, bis zum heutigen Tag umzingeln sie mein Bett und rauben mir den Schlaf und die Lebensfreude. Ich weiß, dass ich keine Gewissensruhe finden werde, wenn ich mich nicht vor einem Gericht zu diesem Verbrechen bekenne. Deswegen bitte ich Sie, verehrter Herr Oberreichsanwalt, als höchste juristische Instanz des Deutschen Reiches und meines Vaterlandes um ein persönliches Gespräch …»*

«Eine Art Selbstanzeige.» Kubitz ließ den Briefblock sinken. «Er wollte allen Ernstes angeklagt und verurteilt werden. Und er nennt den Namen seines Vorgesetzten, der die Erschießung damals befohlen hat, ein gewisser Oberst von Braun.»

«Dieser Murrmann hat schlicht die Nerven verloren, wie es

aussieht», sagte Kasimir. «Der Krieg ist kein Sonntagsspaziergang. Er erfordert mitunter harte Maßnahmen und schmerzhafte Befehle. Nicht jeder ist stark genug, das zu ertragen.»

«Oder nicht gewissenlos genug.» Stainer, der Mühe hatte, seinen Zorn im Zaum zu halten, musterte den Polizeirat scharf. «So viel jedenfalls zu Robert Murrmann. Friedrich Jagoda, um zum nächsten Ex-Offizier zu kommen, wollte ebenfalls vor dem Reichsgericht aussagen. Er sollte dort in einer Sache *Löwen, 25. August 14* angehört werden. Und Baumann, unser dritter ermordete Offizier, wollte sich mit beiden treffen. Er fühlte sich von einer Einheit der Schwarzen Reichswehr verfolgt. Ist Baumann womöglich auch aktenkundig im Reichsgericht? Der Begriff …»

«Leiten Sie die politische oder die Kriminalabteilung?!», rief Kasimir dazwischen.

«… Der Begriff *Operation Judas* legt in meinen Augen den Verdacht nahe, dass hier irgendjemand Männer beseitigt, die in seinen Augen Verräter sind. Ein Gespräch mit dem Oberreichsanwalt könnte uns der Wahrheit ein Stück näher bringen.»

«Hanebüchen!» Während Kasimir wie fassungslos den Kopf schüttelte und mit der Zunge schnalzte, musterte der Polizeidirektor Stainer mit forschendem Blick. «Einen derart absurden und hanebüchenen Unsinn habe ich seit der letzten Rede des USPD-Fraktionsführers in der Weimarer Nationalversammlung nicht mehr gehört!» August Kasimir konnte sich gar nicht mehr beruhigen.

«In Ordnung, Herr Stainer», sagte der Polizeidirektor ruhig und bestimmt. «Ich werde nachher im Reichsgericht anrufen und um einen Gesprächstermin bitten. Ich unterrichte Sie, wenn ich mehr weiß.»

Stainer holte sein Notizbuch heraus und schrieb ein paar

Zahlen hin. «Der bedauernswerte Jagoda hätte am kommenden Montag seine Anhörung gehabt, gleich morgens um sieben. Leider kann er ihn nicht mehr wahrnehmen.» Er riss das Blatt ab und schob es dem Polizeidirektor über den Tisch. «Falls man sich im Reichsgericht in gar zu schlimmer Terminnot befinden sollte, können Sie ja diesen frei gewordenen Termin ins Gespräch bringen.»

«Guter Vorschlag, danke.» Kubitz steckte den Zettel ein, und Kasimir hing in seinem Sessel wie ein angeschlagener Boxer in den Seilen. Sein Adamsapfel tanzte auf und ab, seine Kaumuskeln arbeiteten, und sein Blick blieb starr auf Stainer gerichtet.

Was bewegt diesen Menschen?, fragte Stainer sich. Hat er etwas zu verlieren? Oder zu verbergen?

Er griff nach der Akte Jagoda und zog sie zu sich. «Die Akte nehme ich wieder mit.»

«Lassen Sie gefälligst die Akte liegen, Stainer!», zischte Kasimir. «Habe ich Ihnen nicht eben erklärt, dass sie geschlossen ist?»

«Und ich habe Ihnen erklärt, dass ich sie wieder öffnen muss.»

Kasimir schoss aus seinem Sessel nach vorn und langte ebenfalls nach dem Ordner. Beider Hände lagen nun auf dem Aktendeckel, Stainers und Kasimirs, und beide schauten den Polizeidirektor erwartungsvoll an.

Kubitz räusperte sich. «Nun, Herr Kollege Kasimir, mir scheint, unser neuer Kriminalinspektor pflegt einen besonders sorgfältigen Arbeitsstil, nicht wahr? Aus genau diesem Grund haben wir ihm die Abteilung anvertraut. Ich finde, wir sollten ihn nicht daran hindern, auch die unwahrscheinlichsten Thesen zu Ende zu denken und gegebenenfalls auszuschließen.» Er lächelte dem Polizeirat ins Gesicht, und das mit einem Charme, den Stainer ihm nicht zugetraut hätte. «Nicht, dass wir beide uns am Ende noch vorwerfen müssen, irgendetwas übersehen zu haben.» Und an Stainer gewandt. «Nehmen Sie sich die Akte noch einmal vor. Sie hören von mir.»

Später auf der Treppe kam ihnen Bruno Schilling entgegen, blieb stehen und kramte drei Fetzen eines zerrissenen Papiers aus dem Arbeitsmantel. «Das habe ich in unserem Abfall zwischen alten Zeitungen gefunden, Paul. Wahrscheinlich ein Versehen.» Er gab Stainer das Papier und ging weiter.

«Danke, dass Sie für mich die Hand ins Feuer legen würden, Herr Inspektor», sagte Junghans, während sie in die Kriminalabteilung hinabstiegen. «Warum haben Sie Baumanns Manuskript und seine Befehlsverweigerung nicht erwähnt?»

«Muss man immer alle Karten auf den Tisch legen?»

«Nein. Doch warum wollten Sie, dass ich dabei bin, Herr Kriminalinspektor?»

Stainer sah ihm ins Gesicht. «Damit Sie etwas lernen, Herr Kriminalkommissar in spe.»

«Wirklich nur deswegen?»

Stainer blieb stehen. «Ich dachte, ich weihe Sie bei der Gelegenheit in meine Gedankenwelt ein, und bei solchen Gesprächen Zeugen an seiner Seite zu haben, kann auch nicht schaden.» Er setzte Junghans den Zeigefinger auf die Brust. «Und? Haben Sie was gelernt?»

«O ja.» Der Jüngere nickte. «Nie nachlassen, immer Druck machen, keine Angst vor irgendwem.»

Stainer grinste und ging weiter die Treppe hinunter. «Korrekt, wenn ich ausnahmsweise mal unseren Kollegen Heinze zitieren darf.» Er drückte seinem Assistenten das *Berliner Tageblatt* in die Hand. «In dieser Ausgabe finden Sie eine Liste mit achthundertneunzig Namen. Die Entente hat sie gestern dem Reichskanzler übermittelt.»

«Ich habe davon gehört.» Sie gingen durch die breite Zimmerflucht der Kriminalabteilung auf ihr Büro zu. «Die Siegermächte wollen diese Leute als Kriegsverbrecher vor Gericht stellen und verlangen ihre Auslieferung. Gemäß den Artikeln zwohundertachtundzwanzig bis zwohundertdreißig des Versailler Friedensvertrags.»

«Oha, Sie sind ja mittendrin in der Materie, merke ich.» Stainer warf Junghans einen anerkennenden Blick zu. «Gehen Sie diese Liste bitte durch – wenn mich nicht alles täuscht, werden Sie neben einigen prominenten Namen auch den einen oder anderen finden, der uns bei den Ermittlungen der letzten Tage in die Akten geraten ist.»

«Denken Sie eher an Fliegerjacken-Körner und an diesen Joseph, vor dem Heiland uns gewarnt hat, oder eher an die Mordopfer?»

Stainer antwortete nicht gleich, denn er erinnerte sich, vergangene Nacht auch den Namen Körner auf der Rückseite eines Fotos gelesen zu haben. «Lassen wir uns überraschen,», sagte er schließlich.

Zurück am Schreibtisch schob er die drei Schnipsel zusammen, die Schilling ihm zugesteckt hatte. Ein Bericht aus der Spezialabteilung für Spurensicherung vom 27. Januar. Er betraf den Mordfall Jagoda. In dessen Wohnung hatte die Spurensicherung drei Fingerabdrücke von Wilhelm Körner gefunden.

# 46

Um Viertel nach sieben stand Stainer vor dem Garderobenständer, schlüpfte in seinen alten Uniformmantel und setzte seinen Fedora auf. Er wollte vor Renkewiz im *Felsenkeller* sitzen. Kupfer und seine Wachtmeister hatten sich schon in den Feierabend verabschiedet, Heinze räumte noch seinen Schreibtisch auf und Junghans, der für die Nachtbereitschaft eingeteilt war, brütete über Baumanns Unterlagen und den Zeitungsseiten mit der Auslieferungsliste.

Vor dem Garderobenspiegel entschied Stainer, dass Edith recht hatte und ein Kriminalinspektor dringend einen neuen Mantel zum neuen Hut brauchte. Morgen würde er sich von seinem verschlissenen Militärmantel trennen und in den Wollmantel umsteigen, den er bei Edith im Kleiderschrank gefunden hatte.

Auf seinem Schreibtisch läutete der Fernsprecher. Edith, dachte er, ging hin und nahm ab. «Polizeiamt Leipzig, Kriminalabteilung, Inspektor Stainer.»

Rosa Sonntag meldete sich. «Ein Glück erreiche ich Sie noch, Herr Inspektor. Können Sie zu mir nach Leutzsch heraufkommen?» Ihre Stimme klang müde.

«Worum geht es denn, Frau Sonntag?»

«Um eine Aktentasche. In all der Aufregung habe ich vergessen, Ihnen zu sagen, dass Heinrich eine Tasche bei mir im Keller versteckt hat. Der Inhalt muss ihm sehr wichtig gewesen sein.»

Das Hauptarchiv!, schoss es Stainer durch den Kopf. «Wissen Sie, was in der Tasche drinsteckt, Frau Sonntag?»

«Entsetzliche Fotos! Von erschossenen Menschen und brennenden Ruinen. Und ein dicker Stapel Papiere. Auf einigen habe ich den Briefkopf der Reichswehr gesehen. Ich habe nur einmal kurz in die Tasche hineingeschaut und sie dann schnell wieder zugemacht.»

Tatsächlich Baumanns Hauptarchiv – das Jagdfieber packte Stainer. «Ich komme morgen um die Mittagszeit vorbei und hole die Tasche, Frau Sonntag.»

«Können Sie nicht heute Abend schon kommen, Herr Inspektor? Die Tasche ist mir unheimlich, ich will sie so schnell wie möglich loswerden.»

«Heute werde ich es nicht mehr schaffen.» Stainer dachte an Renkewiz. «Aber ich komme morgen früh auf dem Weg in die Wächterburg bei Ihnen vorbei. Sind Sie um sieben schon aus dem *Bonaparte* zurück?»

«Seit diesem schrecklichen Abend war ich nicht mehr in der Bar. Ich kann nicht mehr tanzen, Herr Inspektor, und singen erst recht nicht. Bitte kommen Sie, sobald es Ihnen möglich ist. Und läuten Sie dreimal, damit ich weiß, dass Sie es sind, der vor der Tür steht.»

Stainer versprach es und legte auf. «Rosa Sonntag hat noch eine Tasche voller Unterlagen von Baumann bei sich im Haus», sagte er an Heinze und Junghans gewandt. «Das Hauptarchiv, schätze ich, Baumann hat es irgendwo in ihrem Keller versteckt.»

«Ich kann sie abholen, bevor ich nach Hause fahre», bot Heinze an, der gerade seinen Mantel von der Garderobe nahm.

«Danke, Herr Kommissar, doch das würde ich gern selbst tun. Ich habe mich schon mit der Frau verabredet. Sie hat Angst, dass jemand hinter der Tasche her ist.»

«Diese Angst muss auch den armen Baumann geplagt haben», sagte Junghans, «sonst hätte er die Tasche sicher nicht im Keller versteckt.»

«Haben Sie eigentlich schon mit Weingartens Dienstmädchen gesprochen, Herr Kollege?», wandte Stainer sich wieder an Heinze.

«Das hat sich überraschend krankgemeldet.» Heinze klemmte seine Aktenmappe unter den Arm. «Zu Hause habe ich sie heute Mittag allerdings trotzdem nicht angetroffen, doch die Nachbarn haben mir ihren Familiennamen verraten. Ich habe Frau Schulze schriftlich für morgen Vormittag in die Wächterburg einbestellt.»

«Schulze?» Stainer horchte auf. «Doch nicht etwa verwandt mit dem toten Schützen vom Johannisfriedhof?»

«In der Tat, Herr Kriminalinspektor.» Heinzes Hand lag bereits auf der Türklinke. «Sie ist Manfred Schulzes Schwester.» Er wünschte einen schönen Feierabend und ging.

Stainer drehte seinen Stuhl um, betrachtete den kranken Gummibaum und trommelte mit den Fingerkuppen auf den Schreibtisch. Die Identität Schulzes kannte Heinze seit vergangener Nacht, die des Dienstmädchens seit ungefähr sechs Stunden. Wäre er zu dumm, daraus die richtigen Schlüsse zu ziehen, hätte er die Kommissarsprüfung kaum bestanden. Also wollte er sie nicht ziehen. Doch warum nicht?

«Seit wann weiß er das schon, und warum rückt er erst jetzt damit heraus?», fragte Junghans. «Ich begreife den Kollegen nicht.»

Stainer zuckte mit den Schultern. «Hat der Oberwachtmeister morgen Vormittag Dienst?» Junghans bejahte, und Stainer schrieb eine Anweisung an Kupfer und Heinze, das Dienstmädchen der Weingartens unter allen Umständen zu zweit zu vernehmen. Während er jedem der beiden Kollegen einen Zettel auf den Schreibtisch legte, gestand er sich ein, dass er Heinze misstraute. Der Kommissar spielte falsch oder zumindest nach seinen eigenen Regeln.

Junghans stand auf und kam mit dem *Berliner Tageblatt* zu ihm, als er fast an der Tür stand. «Haben Sie noch einen Moment, Herr Inspektor?»

Er breitete die Zeitung auf Stainers Schreibtisch aus und deutete auf die Auslieferungsliste der Siegermächte. Stainer machte kehrt und setzte sich wieder. Einige Namen auf der Liste hatte sein Assistent unterstrichen. «Drei Männer sind bei uns aktenkundig. Wie zu erwarten Robert Murrmann, dann der Mann mit der Fliegerjacke Wilhelm Körner und Manfred Schulze, den Sie gestern Abend am Alten Johannisfriedhof erschossen haben.»

Stainers Blick fiel auf das Kreuz, das Junghans hinter Schulzes Namen gezeichnet hatte, und sofort sah er wieder den Toten mit der blutgefüllten Augenhöhle vor sich auf dem Bürgersteig liegen. Sein Puls beschleunigte sich, und er presste die Lippen zusammen.

«Ich habe in der Reichskanzlei angerufen», sagte Junghans, der Stainers Erschütterung nicht bemerkte. «In der Originalliste der Entente sind unter jedem Namen die Verbrechen aufgelistet, die man dem Betreffenden vorwirft. Die hat die Regierung entfernen lassen, bevor sie die Liste an die Presse lancierte.»

«Um dem Deutschen nicht seinen heiligen Zorn auf den Feind zu verderben.» Stainer beugte sich über die Liste. «Raffinierter Schachzug.» Er deutete auf die eingekreisten Namen, die Junghans noch nicht erwähnt hatte. «Was sind das für Namen hier?»

«Reichswehrangehörige mit dem Vornamen Joseph, mehr als ein Dutzend. Immerhin hat Heiland einen gewissen Joseph beschuldigt, Baumann erschossen zu haben.»

«Wahrscheinlich der mit dem Stein im Absatzprofil.» Stainer ging die Josephs durch. Ein Leutnant mit diesem Vornamen war durchgestrichen. Er deutete darauf und schaute seinen Assistenten fragend an.

«Den kenn ich», sagte Junghans, «der ist im letzten Kriegssommer an der Spanischen Grippe gestorben.» Und als Stainers Blick ihn gar nicht mehr loslassen wollte, fügte er hinzu: «Wir haben zusammen im gleichen U-Boot gedient.» Seine Miene nahm einen harten und bitteren Ausdruck an.

«Sie haben also tatsächlich bei der Marine gekämpft?» So todernst hatte Stainer seinen Assistenten noch nie erlebt.

Junghans nickte. «Unter diesem Kapitänleutnant zur See.» Er deutete auf einen Namen in der Liste, den er nicht markiert hatte, aber dennoch sofort fand. «Er steht auf der Liste, weil er die Versenkung eines britischen Lazarettschiffes befohlen hat. Und er –», Junghans zeigte auf den durchgestrichenen Joseph, «er hat den Torpedo ins Ziel gelenkt. Und einen zweiten auf ein überfülltes Rettungsboot.»

Stainer musterte den Jüngeren ungläubig und so lange, bis Junghans den Blick senkte. «Was für eine gottverdammte Scheiße», flüsterte Stainer. Er schloss die Augen und stützte die Stirn auf die Faust. Und fragte sich, ob es wirklich eine gute Idee war, sich mit Polanski zu verabreden. Erinnern und aussprechen? Wäre für einen wie Junghans ein Gedächtnisverlust nicht die größere Hilfe?

Seufzend schüttelte er den Gedanken ab, richtete sich auf und konzentrierte sich wieder auf die Zeitung. Der letzte Joseph auf der Auslieferungsliste war ein Feldwebel namens Tilger. «Das hier muss unser Joseph sein», sagte er. «Ein Foto mit diesem Namen auf der Rückseite lag in Baumanns Unterlagen.» Einer Eingebung folgend, wanderte er mit dem Finger zurück zu den

Namen, die mit R begannen – und las den Namen des Hauptmanns Gregor Renkewiz.

«Und der hier verbirgt sich hinter dem Foto mit den Initialen *G. R.*, falls es Ihnen aufgefallen ist. Nehmen Sie alle beide als Verdächtige zu den Akten, Herr Kollege.»

# 47

Weil er am nächsten Tag in aller Frühe nach Leutzsch hinauf zu Rosa Sonntag wollte, nahm Stainer den Dux, um nach Plagwitz zum *Felsenkeller* zu fahren. Das Leipziger Polizeiamt war beklagenswert schlecht motorisiert, doch er würde entschieden zu viel Zeit verlieren, wenn er den Wagen auf dem Nachhauseweg erst noch im Hof der Wächterburg abstellen wollte. Notfalls musste Junghans eben den Mannschaftswagen oder ein Polizeifahrrad nehmen.

Der *Felsenkeller* mit seinem zweigeschossigen Kuppelturm sah aus wie ein Barockschlösschen, war aber noch keine dreißig Jahre alt. Er gehörte einem Bierbrauer, der darin einen Brauereiausschank betrieb und einen großen Veranstaltungssaal mit zahlreichen Nebenräumen über tausend Sitzplätzen unterhielt. Hier hatte Stainer vor dem Krieg an so manchem Silvesterball mit Edith getanzt oder gemeinsam mit ihr Klavierabende besucht oder, meist allein, Vorträgen von sozialistischen Denkern wie Liebknecht, Thälmann und Rosa Luxemburg gelauscht.

Der Schäferhund eines blinden Bettlers beschnüffelte Stainer am Eingangsportal. Er nahm ihn kaum wahr, denn seine Gedanken kreisten schon um Renkewiz. Als er den großen Schankraum betrat, wusste er sofort, wo er hinschauen musste, um ihn zu entdecken – zu einem der Fenstertische, von dem aus man sowohl die Straße als auch das Eingangsportal beobachten konnte. Renkewiz war immer ein wachsamer und misstrauischer Kompanieführer gewesen, und warum sollte er sich als Zivilist geändert haben?

Und wirklich: Ihre Blicke trafen sich schon, als Stainer zu den Fenstertischen der Straßenseite hinschaute. Auf dem Weg zu Renkewiz' Tisch entdeckte er zuerst das Eiserne Kreuz an seinem Jackett, dann das Verwundetenabzeichen und schließlich den leeren Mantelärmel links. Seine Ahnung verdichtete sich zum konkreten Verdacht: Dieser Einarmige mit dem Eisernen Kreuz dort am Fenstertisch vor seinem Bierkrug und mit der brennenden Zigarette im Mundwinkel könnte einer der beiden Männer gewesen sein, die man am Mordtag zu Murrmanns Wohnung hinaufsteigen gesehen hatte.

Der Gedanke erschreckte ihn. Wie sollte er wegen Mordverdachts gegen einen Mann ermitteln, der ihm das Leben gerettet hatte und ohne den er niemals wieder wegen irgendetwas hätte ermitteln können? Ohne Renkewiz wäre er jetzt kein Polizist, sondern tot.

Renkewiz erhob sich, um ihn mit Handschlag zu begrüßen. «Ich bin nicht ganz so heil aus dem Krieg gekommen wie du, Paul», sagte er mit einem Seitenblick auf seinen leeren Mantelärmel.

Gut, dass man einem Mann nicht in den Kopf schauen kann, dachte Stainer und sagte: «Freu mich, dass du in Frankreich nicht noch mehr verloren hast als nur deinen Arm, Gregor.» Er nahm den Hut ab und fuhr sich durchs Haar. «Ich habe nur meine Haarfarbe und meinen guten Schlaf eingebüßt.»

«Steht dir aber gut.» Renkewiz setze sich. «Gibt dir den Anschein von Weisheit. Das ist doch ganz brauchbar für einen Polizisten, oder?»

«Schon möglich.» Stainer legte Hut und Mantel auf den freien Stuhl neben sich und nahm gegenüber von Renkewiz Platz.

«Dafür bin ich drei Jahre länger in Freiheit als du, Paul. Es war die Flucht aus der Gefangenschaft, die mich den Arm gekostet hat. Ich bin kurz vor den deutschen Linien in MG-Feuer geraten.» Renkewiz winkte ab. «Das war es mir wert. Gratulation übrigens zum Kriminalinspektor.»

«Woher weißt du von meiner Beförderung?»

«Manches spricht sich auch außerhalb der roten Front herum.» Renkewiz winkte der Kellnerin und bedeutete ihr, einen Krug Bier für Stainer zu bringen. «Das geht natürlich auf meine Rechnung. Oder trinken Sie kein Bier mehr, Major Stainer?»

«Bei besonderen Gelegenheiten wie diesen schon, Hauptmann Renkewiz.» Stainer zog sein Zigarettenetui aus der Anzugjacke und steckte sich eine Salem in den Mund. Während Renkewiz ihm Feuer gab, fragte er sich, was der Mann noch alles wusste. «Noch einmal, Gregor: Ich bin Sozialdemokrat, und so etwas wie eine ‹rote Front› existiert meines Wissens nicht.»

«Dann bist du schlecht informiert, Paul, doch das sehe ich dir nach – bist schließlich erst vor ein paar Tagen aus der Gefangenschaft zurückgekommen.» Auch das wusste Renkewiz also. Stainer lehnte sich zurück, nahm einen tiefen Zug und ließ ihn reden. «Ihren *Roten Soldatenbund* hat die KPD letztes Jahr doch nur zum Schein aufgelöst, immer noch operieren Dutzende Verbände roter Frontkämpfer im Reich. Erzähl mir nicht, dass du davon keine Ahnung hast, Paul.»

«Ich habe davon gelesen. Davon und von den Verbänden der sogenannten Schwarzen Reichswehr.» Die Kellnerin brachte sein Bier, sie stießen an und tranken. Stainer wollte eine politische Diskussion vermeiden und nahm sich vor, Renkewiz frontal anzugehen. «Hast du aus dieser Ecke von meiner Beförderung gehört?» Er stellte seinen Krug ab. «Und von meiner Entlassung bei den Franzosen?»

«Ich erinnere mich nicht mehr genau.» Renkewiz lächelte kalt. «Doch zum Glück hast du recht und es gibt neben den roten und republikanischen Frontkämpferverbänden auch solche, die nicht bereit sind, ihr Volk und ihr Vaterland dem Feind und den jüdischen Bankiers auszuliefern.»

«Die Reichswehr scheint solche Verbände nicht nur zu tolerieren, sondern auch zu fördern.» Das hatte Stainer in der *Leipziger Volkszeitung* gelesen, wusste aber bis zur Stunde nicht, was er von dieser Nachricht halten sollte.

Renkewiz lachte trocken. «Nicht nur die Reichswehr, lieber Herr Major, der Feind selbst fördert uns. Weil wir nämlich die Einzigen im Reich sind, die politisch einen klaren Kopf bewahren. Die Siegermächte wissen ganz genau, dass es im Reich nur eine einzige Kraft gibt, die Deutschland von Kommunisten säubern und die Bolschewiken schon an den Reichsgrenzen aufhalten kann. Und diese Kraft sind wir.»

«Wer ist ‹wir›?» Stainer dachte an seinen Vater, dessen Sprüche ähnlich klangen. «Die Deutschnationalen?»

«Auch. Wenn ich mich nicht daran erinnern würde, wie deine Augen geleuchtet haben, als du den linken Vögeln der Kompanie zugehört hast, wenn sie aus dem Heimaturlaub zurückkehrten und von Streiks, Kaisersturz und Revolution schwadronierten, dann …»

Er unterbrach sich und zündete die Zigarette an, die er sich in der Manteltasche und nur mit der Rechten gedreht hatte. Statt den Satz zu beenden, musterte er Stainer mit misstrauischem, beinahe lauerndem Blick. Seine Augen waren ähnlich grau wie Stainers und lagen in noch tieferen Höhlen als früher schon. Auch hatte sich ein bitterer, verächtlicher Zug um seinen Mund eingegraben, den Stainer vor vier Jahren noch nicht bemerkt hatte.

«Was ‹dann›?», fragte er.

«Dann würde ich dir vorschlagen, noch einmal gründlich

über die SPD, Ebert, Bauer und Konsorten nachzudenken und dir genau anzuschauen, in welche Katastrophe sie unser Vaterland mit dem Schandvertrag von Versailles stürzen.»

Stainer nahm einen Schluck Bier und erwog seine Antwort sorgfältig. Er wusste, dass ihm ein gleichwertiger Gegner gegenübersaß. «Du spielst auf die Auslieferungsliste an?»

«Die Spitze des Eisberges, nur die sichtbare Spitze. Mensch, Paul, wo lebst du denn?!» Renkewiz lehnte sich über den Tisch. Sein Blick brannte jetzt und versuchte, Stainers einzufangen. «Die Reparationszahlungen! Die Gebietsabtretungen! Die Anerkennung der alleinigen Kriegsschuld! Muss ich wirklich weitermachen? Der Vertrag raubt dem Deutschen Reich Würde und Zukunft, das muss sich doch auch in der SPD herumgesprochen haben!»

«Der Vertrag …»

«Das Diktat, Paul, das Diktat!»

«… ist in vielen Punkten fragwürdig, das stimmt. Andererseits bringt er Frieden. Dein Vorschlag, die Seiten zu wechseln, Gregor …» Stainer nahm einen tiefen Zug aus seiner Zigarette.

«Ja?» Aus hellwachen Augen beobachtete Renkewiz jede seiner Gesten, jede Bewegung seines Mienenspiels.

«… ist der auf deinem Mist gewachsen, oder haben deine Vorgesetzten dich beauftragt, ihn mir zu unterbreiten?» Er dachte an jenen Oberst von Braun, sprach aber Namen und Rang nicht aus. Renkewiz musste seine Theorien nicht im Einzelnen kennen.

«Natürlich macht man sich auch an höherer Stelle Gedanken über dich.» Renkewiz zuckte mit den Schultern. «Ist das so wichtig, Paul?»

«Nein. Doch wie auch immer: Ich bin Polizist und muss mich politisch zurückhalten. Danke für dein Angebot.»

«Das Vaterland braucht gute Offiziere, Paul, Männer wie dich.»

«Beziehst du dein Gehalt von der Schwarzen Reichswehr?»

Renkewiz zuckte zurück, und seine Miene zeigte Verachtung. «Der Name stammt von unseren Gegnern, ich mag ihn nicht besonders. Und was mich betrifft: Ich stehe noch auf der Soldliste der deutschen Reichswehr.» Er griff zum Bierkrug und trank.

«Und du stehst auf der Liste jener Männer, die das Ausland wegen Kriegsverbrechen vor Gericht stellen will.»

Renkewiz blies verächtlich die Backen auf und winkte ab. «Auf dieser Liste stehen mit Tirpitz und Ludendorff auch unsere besten Generäle. Es ist mir eine Ehre, in einem Atemzug mit ihnen genannt zu werden.»

«Man muss ziemlich oft atmen, bevor man neunhundert Namen gelesen hat. Kommandierst du die *Operation Judas*?» Die Frage war ein Blattschuss, das wusste Stainer, und er konnte daneben gehen.

Renkewiz Miene verdüsterte sich, und Stainer merkte, dass er getroffen hatte. «Woher weißt du davon?» Mit heftiger Geste zog er den Aschenbecher zu sich.

«Aus dem Tagebuch eines Mordopfers. Das haben deine Leute übersehen.»

Stainer sah, wie Renkewiz den Atem anhielt. Sein ehemaliger Hauptmann fixierte ihn jetzt aus sehr schmalen Augen, wobei seine Kaumuskeln arbeiteten und sein Mund sich in einen farblosen Strich verwandelte.

«Oder du hast es selbst übersehen.» Stainer setzte nun alles auf eine Karte. «Warst ja in Jagodas Wohnung dabei, als deine Bande ihn getötet hat.»

Eine Zeitlang saßen sie so – einer musterte schweigend den

anderen, und keiner wollte den Blick als Erster abwenden. Irgendwann zog Renkewiz seine Rechte wieder mit einer Zigarette aus der Manteltasche und zündete sie an der Kippe an, die noch in seinem Mundwinkel brannte. Seine Miene war jetzt eine steinerne Maske. Er stieß seine Kippe im Ascher aus, hob den Bierkrug an die Lippen und trank lange.

Er wiegt jetzt seine Worte genauso sorgfältig ab wie du, dachte Stainer und war gespannt, was er zu hören bekommen würde.

Renkewiz setzte seinen Bierkrug ab und beugte sich weit über den Tisch. «Hör mir gut zu, Paul», sagte er leise. «Exekutionen sind Heeresangelegenheiten, kümmere du dich um Verbrechen.»

«Mord ist eine Angelegenheit der Reichswehr?» Am Nachbartisch horchten sie auf, doch Stainer dachte nicht daran, seine Stimme zu senken. «Das Blutbad, das ihr in der Artilleriestraße veranstaltet habt, war eine Angelegenheit der Reichswehr? Willst du mir das sagen, Gregor?»

Renkewiz richtete sich auf und nahm einen Zug von seiner Zigarette. Als er zum Nebentisch hinüberblickte, wandten die Leute dort sich sofort ab und plauderten weiter, als hätten sie sich niemals unterbrochen. «Ich denke, du bist mir etwas schuldig, Paul», sagte Renkewiz. «Und ich spreche nicht von deinem Bier.»

«Ich weiß, was ich dir schuldig bin, Gregor. Doch ich schätze, wir sind jetzt quitt: Heute bin ich als Privatmann zu dir gekommen, als Kriegskamerad. Und ich gehe allein als Privatmann und Kriegskamerad.» Stainer griff nach seinem Hut. «Das nächste Mal komme ich als Kriminalinspektor, und dann wirst du mit mir gehen. In Handschellen.» Er setzte den Hut auf, erhob sich und zog seinen Mantel über. «Danke für das Bier.»

Als er sich abwandte und gehen wollte, hörte er Renkewiz aufspringen und hinter ihm herlaufen. Der Hauptmann überholte ihn und versperrte ihm den Weg. «Ein roter Judas bist du, Stainer!», zischte er. «Ein elender Verräter! Ich habe dir eine Chance gegeben, und du hast sie nicht genutzt – dafür wirst du bezahlen müssen.»

# 48

**Samstag, 7. Februar 1920**

*Fünf Uhr morgens und ich habe noch kein Auge zugemacht! Ich bin vollkommen durcheinander seit Mittwochabend. Und seit Hagens Besuch vorhin stehe ich erst recht neben mir. Meine Güte, Albert, wie sehr bräuchte ich jetzt dich an meiner Seite!*
*Sobald es hell wird draußen, werde ich Dr. Polanski anrufen und ihn bitten, mir noch heute eine Sitzung zu gewähren. In Notfällen tut er das manchmal. Wenigstens eine Spritze Laudanum brauche ich von ihm, sonst drehe ich noch durch!*
*In zwei Stunden läutet Inspektor Stainer und holt endlich Heinrichs Aktentasche ab. Soll er selbst in den Keller gehen und sie unter den Kartoffeln ausgraben. Nicht einmal anfassen möchte ich sie mehr. Hätte der Inspektor sich nicht für sieben Uhr angekündigt, würde ich noch ein paar Tropfen Veronal nehmen, so muss ich die zwei Stunden irgendwie ...*

... es läutete an der Tür, und im gleichen Moment fing Willy an zu schreien, «Vorsicht, Rosalinde!» Rosa staunte, denn das waren ganz neue Töne. «Arme Rosalinde, Vorsicht!»

Zuerst dachte sie an den Inspektor, doch den hatte Rosa gebeten, zweimal zu läuten, und es hatte nur ein einziges Mal geläutet. Sie steckte die Feder ins Tintenfass, klappte ihr Tagebuch zu, zog behutsam die Schublade auf, um es hineinzulegen. Auf leisen Sohlen schlich sie aus dem Wohnzimmer in die Bibliothek, drückte sich neben dem Vorhang gegen die Wand und lugte zur Schützstraße hinaus. Hagens neuer Opel stand vor dem Gartentor und dahinter ein großer dunkler Mercedes.

Rosa zog die Schuhe aus und schlich zurück ins Wohnzimmer. Wieder läutete die Türglocke. Willy machte ein fürchterliches Geschrei. Sie nahm Alberts Gewehr aus dem Schrank und schlich die Treppe hinauf. Im Schlafzimmer stieg sie in den Schrank und schloss ihn hinter sich.

Unten hämmerten sie gegen die Haustür. Rosa wühlte sich unter der Stange durch ihre Kleider und Mäntel, ordnete sie hinter sich so gut es ging und schob die Holztür in die Wandkammer zur Seite und hinter sich wieder zu. Sie ging in die Hocke, klemmte das Gewehr zwischen die Knie und versuchte, ihren Atem zu beruhigen.

Noch nie hatte sie diese verschließbare Wandnische hinter dem Schlafzimmerschrank benutzt. Albert hatte sich als Kind manchmal darin versteckt. «Ein jüdischer Tick, so eine Geheimkammer im Haus haben zu müssen», hatte er ihr erklärt, als er ihr den Raum zeigte, «oder einfach nur ein Tick reicher Leute.» Rosa fror.

Eine halbe Stunde verging, vielleicht auch eine ganze – die Angst verwirrte Rosas Zeitgefühl – da hörte sie die Schlafzimmertür knarren. Sie umklammerte das Gewehr, versuchte, geräuschlos zu atmen, und lauschte. Jemand öffnete den Schrank, jemand tastete das obere Fach ab und strich unter den Kleidern und Mänteln entlang. Weil Schrank- und Zimmertür offen blieben, hörte sie Schritte, die sich auf der Treppe ins Untergeschoss entfernten.

Und wieder verging eine lange Zeit, und Rosa fror so sehr,

dass sie zitterte. Schließlich wagte sie es und verließ ihr Versteck. Sie wühlte sich durch ihre Kleider, zog ihren Nerzmantel von einem Bügel und schlüpfte hinein. Der Pelz wärmte sie; in seiner linken Tasche fand sie ein Zigarettenetui, in der rechten ein Feuerzeug.

Das Gewehr in beiden Händen stieg sie durch den offenen Kleiderschrank hinaus in ihr Schlafzimmer. An der Schlafzimmertür lauschte sie – vollkommene Stille herrschte im Haus, nur hin und wieder von einem Fluch Willys unterbrochen. Rosa knöpfte den Pelzmantel zu, hob das Gewehr, schlich in ihr Atelier und blickte zur Schützstraße hinunter. Draußen war es noch stockdunkel. Kein Automobil stand mehr vor dem Haus. Sie atmete auf.

Ähnlich wie das Schlafzimmer hatten Hagen und seine nationalistisch gesinnten Frontkameraden auch das Atelier nur oberflächlich durchsucht. Sie waren hinter Heinrichs Tasche her, gar keine Frage. Hatte Hagen etwa mit den Morden in Gohlis zu tun?

Der Gedanke sorgte dafür, dass ihr ein Kloß im Hals schwoll. Hagen verehrte den Kaiser, er hasste Juden und Kommunisten, und er war im Grunde seines Herzens ein grober, ungebildeter Sachsenbauer geblieben, auch wenn er nach außen hin den erfolgreichen Gastronomen heraushängte. Aber ein Mord? Sie mochte es nicht glauben.

Das Gewehr im Anschlag nahm sie Stufe um Stufe nach unten. Im Keller brannte Licht, aber Geräusche von dort unten hörte sie keine mehr. Vor der Treppe blieb sie stehen schaute hinunter. Der Gang vor den Kellerräumen lag voller Gerümpel: Kleidersäcke, Pinsel, Werkzeug, alte Koffer, Bilderrahmen, die alte Staffelei.

Den Keller hatten sie besonders gründlich durchsucht. Eigenartig. Ob sie die Tasche gefunden hatten? Rosa schlüpfte in ihre Stöckelschuhe, wollte die Treppe hinuntersteigen und nachschauen und setzte den Fuß auf die erste Stufe. Plötzlich legte ein Unterarm sich an ihre Kehle und eine Hand verschloss ihr den Mund.

Jemand riss sie rückwärts und zurück in die Diele. Die Hand auf ihrem Mund stank säuerlich und nach Zigarettenrauch. Ein Mann in feldgrauem Mantel tauchte vor ihr auf – untersetzt, mit einer abgeheilten Schürfwunde auf der Wange und schwarzer Ledermütze auf dem dunklen Haar. Rosa erkannte ihn sofort: Heinrichs Mörder! Er nickte kurz, und der Mann hinter Rosa nahm die Hand von ihrem Mund. Sie holte keuchend Luft.

«Wo ist sie?», fragte der Untersetzte.

«Wer?» Rosa konnte nur flüstern, denn ihre Kehle war wie zugeschnürt.

Der Mann hinter ihr hebelte ihr den Kopf ruckartig in den Nacken. «Baumanns Tasche», sagte der Untersetzte.

Hatten sie die Tasche also nicht gefunden? Rosa registrierte es mit einer Befriedigung, die ihre Angst ein wenig dämpfte. Sie schaute Heinrichs Mörder in die Augen – sein abschätziger, lauernder Blick erregte ihren Hass.

«Raus damit!», zischte er. Aus dem Augenwinkel sah Rosa eine Messerklinge in der Faust des Unterarmes, der ihr den Hals einklemmte. «Du gibst uns die Tasche und bist alle Sorgen los.»

Weil ich danach tot bin? Rosa sprach es lieber nicht aus, denn der sie festhielt, drückte seinen Unterarm nun noch fester gegen ihren Hals. «Die Polizei hat die Tasche abgeholt.» Sie würgte die Worte heraus.

«Wer genau?»

«Ein Inspektor Stainer.» Vielleicht enthielt die Tasche Hinweise auf Heinrichs Mörder – ein Grund mehr, ihr Versteck nicht diesen Kerlen zu verraten.

«Wann?» Heinrichs Mörder trat bedrohlich nahe an sie heran.

«Schon gestern Abend.» Im Wohnzimmer ließ Willy eine Kanonade von Flüchen und Schimpfwörtern vom Stapel.

«Wann genau, verdammt noch mal?!»

Der hinter ihr drückte ihr schier die Luft ab. Rosa überlegte fieberhaft, wann Kriminalpolizisten wohl gewöhnlich Feierabend machten. «Zwischen sieben und halb acht», flüsterte sie schließlich.

«Da war Stainer im *Felsenkeller*. Du lügst!»

## 49

Am Samstagmorgen musste Stainer Eis von der Windschutzscheibe kratzen. Im Schein der Gaslaternen glitzerte Frost auf dem Bürgersteig und im Vorgarten des Nachbarhauses. Sein dunkelgrauer Wintermantel wärmte ihn entschieden besser, als der alte Offiziersmantel. Er hatte sich den Fedora tief ins Gesicht gezogen und trug die braunen Lederhandschuhe seines Vaters, die seine Mutter gestern bei seiner Vermieterin für ihn abgegeben hatte.

Er kletterte in den Dux, und zum Glück sprang der Motor gleich an. Durch die erwachende Stadt steuerte Stainer den Kraftwagen nach Leutzsch hinauf. Schlag sieben Uhr stieg er vor Rosa Sonntags Villa aus dem Wagen. Er konnte nicht anders, als pünktlich zu sein, das war auch schon vor seiner Offiziersausbildung in der Schule so gewesen. Du bist mit einer Uhr im Kopf auf die Welt gekommen, sagte seine Mutter manchmal.

Das große und verwilderte Anwesen von Rosa Sonntag lag in einem nur spärlich bebauten Gebiet zwischen dem Nordrand von Leutzsch und der Bahntrasse nach Zeitz. Von Kupfer wusste Stainer, dass hier ein Villenviertel entstehen sollte.

Die Villa sah ziemlich alt aus. Er wunderte sich über das herrschaftliche Haus, während er die Vortreppe hinaufstieg. Hatte Kupfer, dessen Männer ihren Nachtclub besucht hatten, nicht erzählt, dass die Frau von einem Bauerngut südlich von Weißenfels stammte?

*Rosalinde Sonntag* stand auf dem Messingschild unter der

Klingel und auf dem älteren Schild über der Klingel: *Albert Grünberg*. Wohnte sie also nicht allein hier? Wie vereinbart läutete Stainer dreimal. Augenblicklich ertönte drinnen eine Stimme, die sich aufgeregt und seltsam tonlos anhörte.

Doch keine Schritte näherten sich der Haustür von innen, und niemand öffnete. Stainer läutete zum zweiten Mal, und als sich wieder nichts rührte, noch ein drittes Mal. Die aufgeregte Stimme im Haus wurde lauter und krächzender, sonst tat sich nichts. Stainer drückte das Ohr an den Türfalz und hörte, wie jemand kurz nacheinander die Namen Albert und Rosalinde rief.

Stainer runzelte die Stirn und ging ein Weilchen vor dem Haus auf und ab. Vielleicht war die Sonntag ja beim Bäcker und würde jeden Moment zurück nach Hause kommen. Als sie sich nach zehn Minuten noch immer nicht blicken ließ, öffnete er das Gartentor und ging durch den Garten am Haus entlang. Dabei blickte er zu den Fenstern hinauf und rief den Namen der Hausherrin. Keine Reaktion – außer dem merkwürdigen Geschrei, das vor einer Loggia besonders laut zu hören war.

Unter einem Apfelbaum fand Stainer eine alte Stehleiter, schleppte sie zur Loggia und stellte sie dort vor dem Fenster auf. Mit jeder Sprosse, die er hinaufstieg, hörte er die krächzende Stimme deutlicher. «Komm, Rosa, schnell!», rief sie und «Wo bist du, Albert?»

Von der vorletzten Sprosse aus konnte er endlich durch das Loggiafenster in einen großen Raum mit Polstermöbeln, einer Schrankbar und Wänden voller Gemälde schauen. Niemand hielt sich darin auf. Jedenfalls kein Mensch – in einem riesigen Vogelbauer, der auf einer Säule neben einer Staffelei stand, hockte ein Graupapagei auf seiner Stange. Der entdeckte ihn und krächzte Schimpfworte heraus, die Stainer erstaunlich gut verstehen konnte: Kriecher, Kaiserschleimer, Nationalistenarschloch und ähnlich Deftiges.

In der Wächterburg später griff Stainer zum Fernsprecher und wählte den Wohnungsanschluss von Rosa Sonntag. Als niemand abnahm, begann er, sich Sorgen zu machen. Im Nebenzimmer vernahmen Kupfer und Heinze das Dienstmädchen. Jemand hämmerte das Vernehmungsprotokoll in eine Schreibmaschine.

Stainer ging hinüber in Kupfers Reich – alle Köpfe fuhren hoch. Er bedeutete den Kollegen sich nicht stören zu lassen, stellte sich der Frau vor und nahm am Tisch des Wachtmeisters Platz, der die Vernehmung protokollierte.

Die Frau war höchstens Mitte zwanzig, trug einen modischen Kurzhaarschnitt zu langem schwarzem Mantel, schwarzem Kleid und schwarzen Stöckelschuhen und sprach breitestes Sächsisch. Der Wachtmeister an der Schreibmaschine musste manchmal innehalten und nachfragen, weil er sie nicht verstand. Sie schwärmte vom Ehepaar Weingarten und wie gern sie zur Arbeit gehe, seit sie dort den Haushalt mache. Als sie auf den Mittwochabend und die Toten zu sprechen kam, brach Sie in Tränen aus.

«Die armen Herrschaften», schluchzte sie, «der arme Herr Dr. Weingarten! Was für ein Unglück!»

«Das war kein Unglück, Frau Schulze – das war Mord!», sagte Kupfer, der hinter ihr stand, mit scharfer Stimme. «Dreifacher Mord! Das hat mit Glück und Pech gar nichts zu tun, das ist ein Verbrechen, das mit Tod durch Enthauptung bestraft werden kann.» Obwohl die Frau ihr Gesicht teilweise hinter einem Taschentuch verbarg, konnte Stainer erkennen, wie ihre Lippen farblos und ihre Wangen bleich wurden.

«Also noch einmal, Frau Schulze», sagte Heinze, der Ihr

gegenüber an Kupfers Schreibtisch saß. «Und reißen Sie sich gefälligst ein bisschen zusammen – wem haben Sie von Ihrer Arbeit in der Villa der Weingartens erzählt?»

«Meinen Freundinnen», schluchzte sie, «natürlich meinem Mann und meiner Mutter, überhaupt meiner Familie …»

«Auch Ihrem Bruder?», fuhr Kupfer dazwischen.

«Ich glaube, ja, doch …»

«Sie haben Ihrer Familie also von Ihrer neuen Wirkungsstätte berichtet», ergriff wieder Heinze das Wort, und die Frau nickte schluchzend. «Sie haben erzählt, was man eben so erzählt – von den Küchenmöbeln, aus denen Sie Geschirr holen, vom Herd, an dem Sie kochen, von den Polstern, die Sie ausklopfen.» Die Frau nickte die ganze Zeit. «Von der Terrasse, wo das Vogelhäuschen steht, in das Sie Körner streuen …»

«Das war noch nicht nötig diesen Winter, Herr Kommissar, es lag ja noch kein Schnee …»

«… von dem großen Eichenesstisch, den Sie Tag für Tag zu decken haben, von den Bildern an den Wänden, die Sie mit dem Staubtuch reinigen …»

«Für die durfte ich nur einen ganz feinen Wedel benutzen, Herr Kommissar», sagte die Frau schluchzend.

«Wann hat Ihr Bruder Manfred Sie zum ersten Mal nach dem Wandschrank im Erdgeschoss gefragt?» Kupfer trat neben sie.

«Nach dem Wandschrank?» Sie hörte auf zu schluchzen und sah zu ihm hoch.

«Nach dem Wandschrank hinter der Flusslandschaft im Erdgeschoss», sagte Heinze, «den mussten Sie doch bestimmt auch hin und wieder abwischen, oder?»

«Ja, nein …»

«Wann hat Manfred zum ersten Mal danach gefragt?» Kupfer beugte sich zu ihr hinunter. «Wann?!», fuhr er sie an.

«Ich weiß es doch nicht mehr.» Sie brach wieder in Tränen aus. «Mein armer Bruder!»

«Dann haben Sie ihm also von sich aus davon erzählt?»

«Ja, nein, vielleicht.» Sie schluchzte so heftig, dass ihr Oberkörper bebte. «Armer Manfred. Vier Kinder …» Stainer musste schlucken.

«Und der Tresor im Obergeschoss hinter dem blauen Bild nach der Frau in Weiß – wann haben Sie ihm davon erzählt?» Die Frau drückte das Tuch ans Gesicht und brach in Tränen aus.

«Reißen Sie sich zusammen, verdammt noch mal!» Heinze schlug mit der Faust auf den Schreibtisch. «Haben Sie ihm von dem Geldschrank erzählt oder nicht?» Sie nickte.

«Er wollte doch sicher wissen, ob er ein Zahlenschloss hat, oder nicht?» Kupfer übernahm wieder. «Wollte er oder wollte er nicht?» Sie senkte den Kopf und nickte wieder. «Er hat Ihnen doch überhaupt nur deswegen vorgeschlagen, sich bei den Weingartens als Dienstmädchen zu bewerben, damit Sie das Haus ausspionieren!»

«Manfred hat nichts zu tun mit den Morden bei den Weingartens, wirklich nicht!», rief sie unter Tränen.

«Und wie erklären Sie sich, dass er vorgestern Abend auf einen Mann geschossen hat, der den Mördern aus der Villa entkommen konnte?!», fuhr Kupfer sie an.

Erschrocken blickte sie zu ihm hoch. «Manfred hat auf jemanden geschossen?»

«Ja!» Stainer stand auf, er hatte genug gehört. «Unter anderem auch auf uns.» Eine halbe Stunde noch höchstens, dann würde die Frau gestehen, dass sie die Villa für ihren Bruder ausgeguckt hatte. Er ging zu ihr und legte ihr die Hand auf die Schulter. «Sie müssen sich keine Sorgen machen, Frau Schulze – wenn Sie uns helfen, die Kriegskameraden Ihres Bruders zu fassen, die Herrn Dr. Weingarten und die anderen beiden Männer ermordet haben, dann werden wir beim Richter ein gutes Wort für Sie einlegen. Vielleicht bleiben Ihnen dann Schafott oder Zuchthaus erspart.» Er spürte, wie ihr Körper steif wurde unter seiner Berührung. «Wir haben einen großen Einfluss auf das Urteil, glauben Sie mir.»

«Wenn ich gewusst hätte, dass die mit Pistolen da reingehen, wenn ich das auch nur geahnt hätte …» Ein Weinkrampf erstickte ihre Stimme.

Kupfer drückte Stainer einen zusammengefalteten Bogen Papier in die Hand und beugte sich danach wieder zu dem Dienstmädchen hinunter. «Dass wer mit Pistolen da reingeht?», hakte Kupfer nach. Stainer verließ das Zimmer und schloss die Tür hinter sich.

Während er zur Teeküche der Kriminalabteilung schlenderte, entfaltete er Kupfers Notiz. *Oberst Richard von Braun*, stand darauf, *geb. 2. 1. 1872, Träger des Eisernen Kreuzes I. Klasse und des Ordens Pour le Mérite; schwer verwundet bei der letzten Schlacht an der Somme; Wohnort unbekannt.*

«Gute Arbeit, Herr Kollege», murmelte Stainer und steckte das Papier in die Anzugtasche. In der Teeküche füllte er Wasser in die Gießkanne und goss, als er zurück im Büro war, den Gummibaum. Im Zimmer nebenan hörte er Weingartens Dienstmädchen heulen. Gut so. Sie würde reden, und was sowieso schon auf der Hand lag, würde bald in dem von ihr unterschriebenen Verhörprotokoll stehen – dass ihr Bruder Manfred Mitglied eines Verbandes nationalistischer Frontsoldaten und Kämpfer der *Operation Judas* gewesen war, die Jagd auf Männer machte, die sie für Verräter hielt.

Stainer stellte die Gießkanne neben den Garderobenständer, ließ sich auf seinen Schreibtischsessel sinken und griff nach dem Hörer des Fernsprechers. Er wählte wieder Rosa Sonntags Nummer. Während das Freizeichen ertönte, zog er seine Taschenuhr aus der Hose – kurz nach halb neun. Niemand nahm ab.

Er legte auf, suchte den Zettel mit der Nummer des Berliner Verlages aus dem wachsenden Chaos auf seinem Schreibtisch heraus und wählte die 90, um das Ferngespräch nach Berlin anzumelden. Es dauerte fast fünf Minuten, bis Baumanns Chef in der Leitung war. «Polizeiamt Leipzig, Kriminalabteilung, Inspektor Stainer. Ich ermittle im Fall Ihres ermordeten Lektors Baumann und …»

«Schlimme Sache», unterbrach der Verleger ihn. «Ich habe Heinrich gewarnt. Er soll sein Manuskript für acht bis zehn Jahre in der Schublade versenken, habe ich gesagt, frühestens dann könnte die Zeit reif werden für Kriegsbücher. Jetzt wollen die Leute doch erst einmal vergessen und Gras wachsen lassen über die ganze Scheiße – entschuldigen Sie meine Ausdrucksweise. Doch Heinrich war ein Getriebener, wissen Sie? Glaubte, die Wahrheit ans Licht bringen zu müssen, wie er sich ausdrückte. Herr Baumann war ein hochmoralischer Mensch, wissen Sie? Er …»

«Sie hören sich an, als hätten Sie sein Manuskript gelesen», unterbrach Stainer den Redeschwall des Verlegers.

«Einzelne Kapitel. Darin schilderte er Gräueltaten deutscher Soldaten in Belgien – Dinant, Löwen und so weiter –, die haben ganze Stadtviertel abgefackelt und zig Zivilisten massakriert. In einem Kapitel erzählt er, wie ein Leutnant und sein Feldwebel ein Mädchen vergewaltigen und seine Angehörigen erschießen. Eine Loch-im-Kopf-Geschichte, habe ich gesagt, vergiss das.»

Eine Geschichte aus dem Hauptarchiv!, dachte Stainer, während der Verleger erzählte, dass sich Baumann in seinem Text nicht einmal bemüht hatte, die Identität der Vergewaltiger zu verschleiern. An Namen erinnerte der Mann sich jedoch nicht.

Nach dem Gespräch mit Berlin hatte Stainer eine klarere Vorstellung von dem, was Baumann in seinen Aufzeichnungen *das Hauptarchiv* genannt hatte. «Er hat seinen Mörder gekannt», dachte er laut, «aus Löwen oder Dinant. Und in seinem Hauptarchiv erzählt er von ihm.» Er griff zum Fernsprecher. «Baumanns Tasche muss her.»

Er wählte die Nummer von Rosa Sonntag, doch sie nahm wieder nicht ab. War ihr womöglich etwas zugestoßen?

# 50

An eine Holzwand gefesselt hockte sie in altem Stroh. Eine Trennwand aus Brettern teilte ihr kleines Gefängnis in zwei Teile. Ein Stall, vermutete Rosa, denn es roch nach Pferd. Hin und wieder hörte sie einen Eichelhäher krähen. Ich muss irgendwo im Wald sein, dachte sie. Durch zwei kleine Fenster in der anderen Wand fiel mattes Licht herein.

Der Eichelhäher war nicht das einzige Lebewesen, das Rosa hörte. Manchmal drangen Männerstimmen von hinter der Wand, vor der sie im Stroh hockte, zu ihr. Wenn sie sich auf den Knien aufrichtete, konnte sie ihr Ohr gegen eine Fuge zwischen den Stämmen pressen und einzelne Worte und Sätze verstehen. Es ging um Heinrichs Tasche, um einen Mann, den sie den Oberst nannten, und um einen Hauptmann namens Renkewiz. «Es wird ihm nicht gefallen, dass ihr Hagens Schwester hierhergeschafft habt», hörte sie jemanden sagen.

«Der Befehl des Hauptmanns war eindeutig: ‹Beschafft mir die Tasche›», entgegnete eine Stimme, in der sie sofort die von Heinrichs Mörder wiedererkannte, dem Untersetzten mit den kalten Augen. «Und wenn jemand weiß, wo Baumanns Tasche ist, dann die Sonntag. Wahrscheinlich kennt sie sogar ihren Inhalt.»

«Und wie werden wir sie wieder los, wenn wir die Tasche haben, Joseph?»

«Das lasst meine Sorge sein», antwortete der Untersetzte.

Rosa hielt den Atem an. «Er will mich umbringen, Albert», flüsterte sie. «Ich spüre es – er will mich umbringen.» Sie blickte sich um. Vermutlich gehörte der kleine Stall zu einer größeren Hütte. Rosa wusste nicht, wohin man sie gebracht hatte, denn die Männer hatten ihr die Kapuze erst von den Augen gezogen, nachdem sie ihre gefesselten Hände an den rostigen Wandring gebunden hatten.

So gut es ging kuschelte sie sich in den Nerz und wickelte sich die Decken um die Beine, die sie ihr ins Stroh geworfen hatten. Die Kälte kroch ihr bereits in die Knochen. Hin und her gerissen zwischen Wut und Angst, dachte sie mal an ihren Bruder Hagen, mal an den untersetzten Mann mit der Lederkappe. Einer ihrer beiden Entführer hatte ihn Joseph genannt. «Ich hasse ihn, Albert», flüsterte sie. «Und ich habe Angst vor ihm.»

Da! Wieder hörte sie Männerstimmen hinter der Wand. Augenblicke später ging eine Tür und Stroh raschelte unter Schritten. Der namens Joseph trat vor den Verschlag, in dem sie hockte. Er musterte sie aus regloser Miene und mit gleichgültigem Blick.

Neben ihm erschien der andere, der sie in ihrem Haus von hinten gepackt hatte, ein junger Mann von höchstens fünfundzwanzig Jahren. Er trug Reichswehrstiefel unter einem schwarzen Ledermantel und hatte schwarzes Haar.

«Wo ist Baumanns Tasche?», fragte der namens Joseph.

«Mir ist kalt», sagte Rosa.

«Ich habe dich was gefragt.»

«Mir ist kalt und ich muss mal.» Rosa hielt seinem Blick stand. «Außerdem habe ich Durst.» Ein dritter Mann tauchte nun hinter den beiden auf, ein Blonder in einem Anzug unter dem Mantel.

«Sobald wir die Tasche haben, kannst du gehen, wohin du willst, und tun, was du willst.»

«Gern auch trinken und pissen», sagte der Blonde und grinste. «Was hat Baumann dir über den Inhalt der Tasche erzählt?»

«Nichts. Ich habe Ihnen alles gesagt: Der Inspektor hat die Tasche abgeholt, gestern Abend gegen halb acht.»

«Wir wissen, wo der Inspektor gestern Abend gegen halb acht war», sagte der Blonde. «Nicht bei dir.»

Elende Mörder, dachte sie, von mir erfahrt ihr nichts. «Vielleicht hat er sie auch eine Stunde später geholt, so genau weiß ich das nicht mehr.» Harndrang und Kälte quälten Rosa, sie biss die Zähne zusammen. «Rufen Sie ihn doch in der Wächterburg an, er wird es Ihnen bestätigen.»

Der Blonde und der mit den Militärstiefeln tauschten verstohlene Blicke aus, Joseph aber hielt den Blick starr auf sie gerichtet. Rosa sah ihm an, dass er nicht auf ihren Bluff hereinfiel. «Wir kennen wirksame Mittel, Vögelchen, um dich zum Reden zu bringen», sagte er gleichmütig, «doch weil wir deinen Bruder als guten Bekannten betrachten, kriegst du noch ein wenig Zeit zum Nachdenken, bevor wir sie anwenden.»

Hagen steckt mit ihnen unter einer Decke, dachte Rosa. «Grüßen Sie ihn von mir», sagte sie mit fester Stimme, «und er soll mich gefälligst hier abholen.»

Joseph kam zu ihr, griff ihr ins Haar und bog ihr den Kopf in den Nacken. «Ich warne dich», flüsterte er. «Wenn du meine Geduld überstrapazierst, werde ich mich allein mit dir beschäftigen. Ganz allein, meine ich. Dann wirst du Schmerzen kennenlernen, von denen du noch nicht einmal weißt, dass es sie gibt.»

Er stieß ihren Kopf gegen die Wand und verließ den Stall. Die anderen beiden folgten ihm, ohne Rosa noch eines Blickes zu würdigen.

«Dreckskerle!», zischte Rosa. Und dann schrie sie: «Mir ist kalt! Ich muss mal! Ich habe Durst!»

# 51

Um die Mittagszeit stand Stainer im Gang einer großen chirurgischen Station der Universitätsklinik. Der Stuhl vor dem Krankenzimmer, das er betreten wollte, war leer. Nach Kupfers Auskunft sollte hier eigentlich ein Wachtmeister sitzen. Stainer schwante Übles.

Er öffnete die Tür und schaute ins Zimmer hinein – ein einziges Krankenbett stand darin und auf dem Stuhl neben dem Bett saß Christel Heiland; in der Faust hielt sie ein weißes Taschentuch. Sie hob den Kopf und schaute ihn aus rot geweinten Augen an. Stainer trat ein, schloss leise die Tür hinter sich und ging zu ihr.

Heiland lag auf einem weißen Kissen. Man hatte ihm die Hände über der Brust gefaltet und das Kinn mit einem Tuch hochgebunden. Sein wächsernes Gesicht sah aus, als würde es lächeln. Stainer hatte Hunderte Tote anschauen müssen in den letzten Jahren. Einen wie diesen jedoch – so sauber, so vollständig und so friedlich – hatte er noch nie gesehen.

Stainer, nahm seinen Hut ab. «Mein Beileid», sagte er und schritt zu Heilands Witwe. «Tut mir sehr leid für Sie und Ihre Tochter.» Er holte sich einen Stuhl vom Tisch und setzte sich zu ihr ans Bett.

Es fiel ihm schwer, seinen Blick von Heiland loszureißen. Dieser Mann war einmal Boxer gewesen. Und Frontsoldat. Nach dem Krieg hatte er seine Familie mit Diebstählen und Einbrüchen über die Runden gebracht. Jetzt sah er aus, als könnte er kein Wässerchen trüben.

«Danke, Herr Inspektor.» Christel Heilands Stimme klang hohl, ihr Blick war leer. «Ich begreife gar nichts, wissen Sie? Ich sitze schon seit gestern Abend hier, seit Fine und Mona gegangen sind, und begreife gar nichts.»

«War er noch ansprechbar, als Sie kamen?»

«Als er die Stimme der Kleinen gehört hat, hat er die Augen geöffnet.» Sie schnäuzte sich. «Sogar die Hand hat er gehoben und ihre Backe gestreichelt. Ich habe das Kind Tante Josephine und Mona mitgegeben, die haben es zu meinen Eltern gebracht.»

«Und seitdem ist er nicht mehr zu sich gekommen?»

Sie nickte und schnäuzte sich. «Heute Morgen, zwei Minuten nach halb fünf ist er gestorben. Kann das denn wahr sein?» Sie wirkte vollkommen kraftlos und machte den Eindruck eines Menschen, der keine Zukunft mehr hatte.

«Es ist schwer zu begreifen, ja.» Stainer suchte nach Worten.

«Sie haben ihn gefunden, nicht wahr, Herr Inspektor?»

«Nein. Bewohner des Hauses, vor dessen Garten er auf dem Fahrrad zusammengebrochen ist, haben ihn gefunden, aber ich war dann bei ihm, bis das Sanitätsfahrzeug kam. Die ganze Zeit, bis er das Bewusstsein verloren hat.»

«Konnte er noch sprechen in dieser Zeit?»

«Er war noch lange bei Bewusstsein und ja, er hat gesprochen.»

«Was hat Max denn gesagt?» Jetzt kam doch wieder Leben in sie, und sie rutschte auf die Kante ihres Stuhles. «Bitte erzählen Sie es mir, Herr Inspektor.»

«‹Mein armes Mäuschen›, hat er gesagt, ‹arme Christel›, und dass er nicht geschossen hat.»

«Nicht geschossen?» Christel Heiland riss Augen und Mund

auf, und Stainer begriff plötzlich, dass sie gar nichts wusste, gar nichts wissen wollte.

«In der Villa in Gohlis, in die er eingebrochen war.» Er wog seine Worte sorgfältig ab. «Dort habe er keinen einzigen Schuss abgegeben, sagte er. Und das stimmt, Frau Heiland – er ist dort eingebrochen, ja, doch er ist nicht zum Mörder geworden.»

Sie zog das Taschentuch auseinander, drückte es sich vor die Augen und weinte leise.

«Sie wussten nichts von seinen Raubzügen?» Die Augen mit dem Tuch verdeckt, schüttelte sie den Kopf. «Dann wissen Sie auch nichts über die Leute, mit denen er gemeinsame Sache gemacht hat?»

Wieder schüttelte sie den Kopf hinter ihrem nass geweinten Taschentuch. «Ich habe schon manchmal befürchtet, dass Karl Krüger und er krumme Dinger drehen», flüsterte sie.

Ganz blind also ist sie nicht gewesen, dachte Stainer, immerhin. «So etwas spürt man, nicht wahr?», sagte er. Christel Heiland nickte hinter ihrem Taschentuch. «Und will es nicht wahrhaben.» Wieder nickte sie stumm.

«Ich werde nächste Woche noch einmal jemanden bei Ihnen und Ihren Schwiegereltern in Stötteritz vorbeischicken. Falls Ihnen vorher etwas einfällt, das ich wissen muss, rufen Sie mich bitte an. Meine Fernsprechnummer haben Sie ja.»

Stainer stand auf und drückte ihr die Hand. Als er die Tür öffnete, stand er vor einem Hünen mit einer auffallend krummen Nase. «Wer sind Sie, und wo wollen Sie hin?», fragte er ihn.

«Stecher.» Dem Hünen fehlten mindestens zwei Schneidezähne. «Oskar Stecher, ich will meinen Sportskameraden besuchen. Max Heiland. Hab gehört, der hat sich 'ne Kugel gefangen.»

«Mehrere.» Stainer sah ihm in seine traurigen Hundeaugen. «Sie kommen zu spät»

Er brauchte nur eine Station weiterzugehen, um einen Wachtmeister zu finden, der auf einem Stuhl vor der Tür eines Krankenzimmers saß. Er nickte ihm zu und trat ein, ohne zu klopfen. Im Zimmer saß ein weiterer Wachtmeister und las Zeitung. Er hieß Schwalbe – Stainer kannte ihn aus dem Wachzimmer des Arresthauses. Das einzige Bett war mit Wilhelm Körner belegt. Obwohl sein operiertes Knie auf ein monströses Schienengestell gewickelt war, hatte man ihn mit Gurten am Bettrahmen gefesselt.

Stainer begrüßte den Wachtmeister und trat an das Fußende des Bettes. «Paul Stainer, Kriminalinspektor. Sie sind zuletzt Leutnant der Luftwaffe gewesen, nicht wahr, Körner?»

«Ich *bin* Leutnant.» Der Mann schob sein breites Kinn vor und taxierte ihn aus zu Schlitzen verengten Augen.

Stainer nickte. «Und Renkewiz ist Ihr Hauptmann. Wie viele Verräter haben Sie in seinem Auftrag schon zur Strecke gebracht?»

Körner grunzte. «Den Drecksack, der mir das Knie zerschossen hat, jedenfalls noch nicht.»

Das wirst du auch nicht, dachte Stainer, dafür werde ich sorgen. Laut sagte er: «Renkewiz kennen Sie seit Dinant, Joseph Tilger auch. Renkewiz kommandiert die *Operation Judas*, und Oberst von Braun erteilt ihm die operativen Befehle, alles wie gehabt.» Stainer beobachtete das Mienenspiel des Mannes, während er dessen ehemaligen Regimentskommandeur ins Spiel brachte – Körner zuckte nicht einmal mit der Wimper. «Jetzt interessiert mich noch, welche Rolle Sie in dem Verein gespielt haben, bevor wir Sie aus dem Verkehr gezogen haben.»

«Sie können mich mal.» Körner presste die Lippen zusammen.

«Die Schwester Ihres Komplizen Schulze sitzt in der Wächterburg, Körner, zwei Kollegen nehmen sie gerade in die Mangel.» Stainer stützte sich so heftig auf das Schienengestell, dass Körner aufstöhnte und das Gesicht verzerrte. «Sie ist klüger als Sie – sie redet mit uns und erspart sich so einige Jahre Zuchthaus.»

Körners Augen wurden noch um eine Winzigkeit schmaler, und seine Kiefermuskeln mahlten, sonst reagierte er nicht. Stainer nickte dem Wachtmeister zu und verließ das Zimmer.

Vor der Tür stritt der andere Wachtmeister mit einer elegant gekleideten Frau. «Er ist verletzt, er ist mein Freund, natürlich werde ich ihn besuchen!», hörte Stainer sie mit energischer Stimme sagen. «Was erlauben Sie sich eigentlich?»

«Tut mir leid», entgegnete der Wachtmeister, «Herr Körner ist verhaftet und darf keinen Besuch empfangen.»

«Das kann doch nicht wahr sein!» Die Frau war groß und schlank, und silbrige Fäden durchzogen ihr blauschwarzes Haar, das sie zu einem Dutt hochgebunden trug. Ihre kantige, sowieso schon herbe Miene nahm einen wütenden Ausdruck an. «Wer ordnet so etwas an?»

«Ich.» Stainer trat zwischen sie und den Wachtmeister. «Gestatten – Paul Stainer, Kriminalinspektor. Ihr Freund steht unter Mordverdacht, gnädige Frau. Wie ist Ihr werter Name?»

Sie sog scharf die Luft durch die Nase ein, wirbelte auf dem Absatz herum und stöckelte zur Stationstür.

Die Gynäkologie der Leipziger Universitätsklinik lag im gleichen Gebäudekomplex wie die Chirurgie. Stainer schaffte es nicht, daran vorbeizugehen, ohne auf der Wöchnerinnenstation nach Edith zu fragen. Sie sei beim Essen, sagte man ihm, müsse aber jeden Moment in den Kreißsaal 3 zurückkehren, weil gerade eine Frau mit Wehen eingeliefert worden sei.

Er wartete vor dem offenen Kreißsaal 3. Aus dem verschlossenen Kreißsaal 1 drang das Wehklagen einer Frau, und auf einer Wartebank hockte nagelkauend ein Jüngling von höchstens neunzehn Jahren. Stainer setzte sich neben ihn und lauschte dem Gejammer der Gebärenden. Wie viele Männer hatte er nicht jammern und schreien hören in den letzten sechs Jahren! Doch eine Frau? Noch nie.

«Ihr erstes?», sprach er den Burschen an. Der nickte und versuchte zu lächeln, doch das sah ziemlich verkrampft aus. «Gratuliere und alles Gute.» Wieder quälte der Ärmste sich ein Lächeln ab.

Stainer konnte nur ahnen, wie der Mann sich fühlte, denn er selbst war nie in seiner Situation gewesen. Angeblich gehörte es ja zur Vollständigkeit des Lebensglücks, Vater oder Mutter zu werden. Doch Stainer hatte nie etwas vermisst in seiner Kinderlosigkeit. Anders als Edith – die hatte immer darunter gelitten, nicht schwanger zu werden. So sehr, dass ihr Hebammenberuf ihr oft zur Qual geworden war.

Ob sie auch mit Brand versucht hatte, schwanger zu werden?, fragte sich Stainer, und der Gedanke versetzte ihm einen Stich.

Die Milchglastür zwischen Station und Kreißsälen wurde aufgestoßen, und Männer und Frauen in Weiß eilten herein. Als Stainer Edith unter ihnen entdeckte, stand er auf. Einer der Ärzte blieb vor ihm stehen und murmelte einen Gruß – Eugen Brand.

Einen Moment lang sahen sie einander in die Augen – zum letzten Mal, Stainer spürte es irgendwie. Brand sah krank aus, und sein Atem roch nach Wein. Er nickte wie einer, der sagen wollte: «Ich habe es ja gleich gewusst», wandte sich schließlich ab und verschwand hinter der Tür zu Kreißsaal 1.

Edith, die einer Hebammenschülerin Anweisungen gab, winkte ihn zu sich, und als die junge Hebammenschülerin sich in Richtung Kreißsaal 3 aufmachte, nahm Edith seine Hand und zog ihn mit sich auf die Wöchnerinnenstation. «Ich bin froh, dass du kommst», sagte sie und Stainer traute seinen Ohren nicht. «Dann kann ich es dir persönlich sagen. Leider habe ich nicht viel Zeit.»

Sie öffnete die Tür zu ihrem Bereitschaftszimmer und zog ihn hinein. Stainers Herz schlug schneller, denn er spürte, dass etwas in der Luft lag.

«Ich bin ganz durcheinander, Paul.» Sie umarmte ihn, gab ihm einen flüchtigen Kuss auf die Lippen und trat einen Schritt zurück, um ihn von oben bis unten zu betrachten. «Gott sei Dank – endlich hast du deinen Militärmantel abgelegt! Steht dir immer noch gut, der Lodenmantel.» Und dann sah sie ihm wieder in die Augen. «Du verfolgst mich im Traum, Paul, und tagsüber habe ich Mühe, mich auf meine Arbeit zu konzentrieren, weil ich ständig an dich denken muss. Hör mir zu.»

Stainer konnte kaum glauben, was er da hören durfte. «Rede, ich hör dir zu.»

«Ich muss in Ruhe über alles nachdenken.» Sie hielt seine Hand fest und sah ihm in die Augen. «Deswegen habe ich die Beziehung zu Eugen auf Eis gelegt und ziehe mich von ihm zurück. Ich habe es ihm bereits gesagt, doch er will morgen Abend noch einmal mit mir sprechen, außerhalb der Klinik. Das kann ich ihm nicht verwehren.»

Stainer wusste nicht, was er sagen sollte und suchte nach Worten. Weil ihm keine einfielen, schloss er seine Frau in die Arme und wollte sie küssen.

«Nicht, Paul.» Edith wehrte ihn ab und löste sich von ihm. «Ich habe eine Erstgebärende auf dem Stuhl liegen und brauche jetzt einen klaren Kopf.» Sie zog die Tür auf und schob ihn hinaus. «Ich rufe dich morgen Abend an, ja? Gleich nach dem Gespräch mit Eugen, so gegen neun.»

## 52

Stainer folgte dem Arzt in das Behandlungszimmer. Sein Blick flog über eine vollgestopfte Bücherwand, einen Sekretär aus Walnussholz, zwei dunkelrote Polstersessel, eine dunkelrote Polsterliege und blieb an dem Bild darüber hängen: eine Felseninsel in nachtschwarzem Meer unter nachtschwarzem Himmel und von dunklen Zypressen zerteilt. Und davor, kurz vor der Landung, ein Boot mit einem Ruderer im Heck und einer weißen, stehenden Gestalt am Bug.

Die *Toteninsel*, das einzige Gemälde von Böcklin, das Stainer kannte.

Er stand reglos vor Liege und Bild, denn es kam ihm vor, als öffnete sich ihm der Vorhang zu seinem Albtraum, die Falltür in die Vergangenheit. Das schwarze Wasser, der düstere Himmel, das Boot mit der stehenden Leiche – wie konnte ein Nervenarzt nur ein solches Gemälde in seinem Behandlungszimmer aufhängen?

Polanski trat an seine Seite. «Sie kennen das Bild?» Er nahm ihm Mantel und Hut ab.

«Ich habe es mal in einer Ausstellung gesehen, in der Kunstakademie.» Und im gleichen Moment fiel ihm ein, dass es Bruno Schilling gewesen war, der ihn und Edith zu der Ausstellung mitgenommen hatte. «Fünf oder sechs Jahre vor dem Krieg.» Die überfallartige Erinnerung verwirrte ihn – was hatte Schilling mit der Kunstakademie zu tun gehabt?

«Böcklin hat in den achtziger Jahren mehrere Versionen dieses Bildes gemalt», sagte Polanski, «das hier ist eine Farblithographie der ersten. Nach der letzten malte er eine Art Gegenbild.» Er zeigte zur Stirnseite des Raumes, wo über einem Sessel und von der Liege aus gut sichtbar ein ähnlich großes, aber entschieden freundlicheres Bild hing. «Die Lebensinsel», sagte Polanski. Stainer sah wieder eine Insel, doch auf der feierten Menschen zwischen Palmen und Laubbäumen und unter einem blauen Himmel, und davor, im spiegelglatten Meer, schwammen weiße Schwäne und badeten nackte Paare.

Polanski wies auf die Liege unter der *Toteninsel.* «Legen Sie sich bitte auf die Couch, Herr Stainer.» Der Arzt ließ sich im Sessel hinter der Liege nieder, während Stainer ein wenig unschlüssig vor der Liege stehen blieb. «Man kommt sich ein wenig ausgeliefert vor, wenn man sich vor einem Fremden niederlegt, ich weiß schon, aber es wird Ihnen helfen, sich Ihren Einfällen zu überlassen.»

«Meinen Einfällen?» Widerwillig ließ Stainer sich auf der Couch nieder und legte sich ab. Es störte ihn, dass der Nervenarzt hinter ihm und außerhalb seines Blickfeldes saß.

«Unsere Heilkunst lebt davon, dass unsere Patienten alles aussprechen, was ihnen in den Sinn kommt, und sei es in ihren Augen noch so lächerlich oder unbedeutend.»

«Alles, was mir in den Sinn kommt?» Als Erstes kam Stainer seine Frau in den Sinn, dass sie morgen Abend anrufen würde, und die unbändige Hoffnung, sie würde Schluss machen mit Brand. Dann stand ihm plötzlich das wächserne Gesicht des toten Heiland vor Augen und dessen weinende Frau. Und schließlich Rosa Sonntag, die ihm ihre Haustür nicht geöffnet hatte, obwohl sie Baumanns Tasche unbedingt loswerden wollte. Nichts davon sprach er aus. «Wozu soll das gut sein?», fragte er stattdessen.

«Unsere scheinbar zufälligen Einfälle treiben auf der Oberfläche unseres Bewusstseins wie Bojen auf der Wasseroberfläche eines Sees», erklärte Polanski. «Und wie diese mit dem Seegrund sind unsere Einfälle und Assoziationen mit verborgenen Inhalten in den Abgründen unseres Unterbewusstseins verbunden. Unsere Heilkunst besteht darin, diese Inhalte aufzuspüren und dem Bewusstsein zugänglich zu machen, in dem wir den Einfällen unserer Patienten folgen.»

Stainer vermutete, dass Polanski mit *unserer Heilkunst* die Methode der Psychoanalyse meinte. «Und wozu soll das gut sein?» Er fühlte sich unwohl, und das Gefühl, seine Zeit zu verschwenden, überkam ihn.

«Vielleicht zu gar nichts. Vielleicht aber auch, um von quälenden Symptomen befreit zu werden. Hätten Sie mich angerufen und um einen schnellen Termin gebeten, wenn nicht irgendwelche Symptome Sie quälen würden? Sie gingen sogar so weit, mir am Telefon zu gestehen, dass Sie fürchten, Ihre Arbeit nicht mehr lange bewältigen zu können.»

«Ich habe vorgestern einen Mann erschossen. Und am Abend zuvor musste ich vier Menschen in die toten Gesichter sehen.» Stainer sprach langsam und deutlich, damit seine Stimme nicht zitterte. «Ein bisschen viel für einen, der gerade erst aus der Kriegsgefangenschaft an seinen Arbeitsplatz zurückgekehrt ist.»

«Und erst recht zu viel für einen, der vor der Gefangenschaft täglich in tote Gesichter sehen musste. Was ist Ihnen passiert, nach den vier Toten und nachdem Sie den Mann erschossen hatten?»

Dutzende Szenen aus den vergangenen Tagen schwirrten Stainer durch den Kopf. Mit welcher sollte er beginnen? Er starrte hinauf zu Böcklins *Toteninsel* und glaubte plötzlich, einen Hirsch zwischen den Zypressen zu erkennen und vor der Felswand, neben dem hellen Gemäuer, einen englischen Panzer.

«Am Mittwochabend bin ich direkt von einem Tatort mit drei Toten in eine Kneipe im Preußergäßchen gegangen.» Stockend begann er zu erzählen. «Dort hängt ein Landschaftsgemälde an der Wand, eine Bergidylle mit Hirsch, See und Jägern. Ich habe ein paar Augenblicke zu lange hingeguckt – und war plötzlich wieder mitten im Krieg …»

Je länger Stainer sprach, desto leichter fiel es ihm, und bald kamen ihm die Worte wie von selbst über die Lippen. Er erzählte von seinen Albträumen, von seinem Gedächtnisverlust, von seinen zitternden Händen, von Branntwein und Cognac. Und als Polanski nachhakte, erzählte er auch vom unablässigen Donnern der Artilleriegeschütze, auf das kein deutscher Soldat gefasst gewesen war und das ihn, Stainer, erst in den Wahnsinn und dann in die Arme sogenannter Psychiater getrieben hatte. Er erzählte von der Stunde im Wasser des Granattrichters und vom zerfetzten Körper jenes Feldwebels. Er erzählte vom brennenden Fluss, von englischen Panzern und von der ausgestreckten Hand des Hauptmanns Renkewiz. Stainer erzählte und erzählte – bis er nach ungefähr einer Stunde zitternd und erschöpft auf der Liege lag und durch einen Tränenschleier hindurch die *Toteninsel* über sich von grellen Explosionsblitzen erstrahlen und von Granatdetonationen erbeben sah.

«Das ist der Weg zurück ins Leben», sagte Polanski nach langem Schweigen. «Sich der schlimmen Dinge erinnern und sie aussprechen, wieder und wieder. Ein langer und schmerzhafter Weg. Sie werden alte Wunden wieder spüren, die Sie mit viel Kraftaufwand zu vergessen suchen.»

«Lieber wäre mir, Sie würden mich die Kunst des Vergessens lehren», flüsterte Stainer. «Heute erst hat mir ein Kollege erzählt, wie der Kommandant seines U-Bootes die Versenkung eines englischen Lazarettschiffes befohlen hat. Und eines voll besetzten Rettungsbootes. Wäre es ihm nicht zu gönnen, endlich vergessen zu können?»

«Erinnerungen, die man glaubt vergessen zu können, indem man sie in Alkohol und Schweigen vergräbt, verfolgen einen ein Leben lang. In Albträumen, unerklärlichen Angstattacken, überfallartigen Bildern bis hin zu Lähmungen und Sprachverlust. Es gibt Räume in unserem Nervensystem – oder in unserer Seele, wie der Volksmund das nennt –, die bewahren schlimme Erinnerungen weitaus hartnäckiger als schöne.»

Stainer, der nicht sicher war, ob er das glauben sollte, setzte sich auf und zog sich die Schuhe an. «Ich bin Kriminalist, Herr Dr. Polanski. Ich liebe meinen Beruf und will ihn möglichst lange ausüben.» Er stand auf und sah dem Arzt ins Gesicht. «Und vor allem will ich ihn gut und fehlerfrei ausüben. Wann also kann ich wieder zu Ihnen kommen?»

# 53

Die Türsteher taxierten ihn mit flüchtigem Blick, bevor einer von ihnen ihm wortlos das schwere Eingangsportal öffnete. Über eine breite Treppe stieg Stainer zu einem Kellergewölbe hinab. Ganz unten, an der Wand vor der Treppe, hing in barockem Rahmen ein großes Porträt von Napoleon Bonaparte. Rechts davon musste Stainer sich unter einem Bogen hindurch bücken, um in ein geräumiges Gewölbe zu gelangen. Dort standen vor einer Garderobe und unter einem Kronleuchter einige Stehtische. An einem turtelte ein Paar vor einer Champagnerflasche, an zweien stierten Männer so ratlos und traurig in ihre Cognacschwenker wie in Urnen mit der Asche ihrer Mütter. Ein monumentales Schlachtengemälde bedeckte die Wand gegenüber der Garderobe: die Völkerschlacht von 1813.

Stainer vermied es, allzu genau hinzuschauen, doch Napoleon auf seinem märchenhaft weißen Pferd war einfach nicht zu übersehen in all dem Gemetzel und Pulverdampf. Das Mädchen hinter dem Garderobentresen nahm ihm Mantel und Hut ab und gab ihm eine Blechmarke. Hinter der Tür neben dem Schlachtgetümmel hörte Stainer Musik und Stimmengewirr. Er öffnete sie – Rauch, Pianoklänge, Gemurmel, Gläserklirren und Gelächter schlugen ihm entgegen.

Von Polanskis Praxis aus war er direkt hoch nach Leutzsch gefahren. Es war längst dunkel gewesen, als er an Rosa Sonntags Tür geläutet hatte. Weil sie wieder nicht zu Hause war, nahm er an, dass sie ihre Pläne geändert hatte und doch in ihre Nachtbar gefahren war. Der Gedanke, ihr könnte etwas zugestoßen sein, lauerte in seinem Hinterkopf wie ein gefährliches Tier, das man um keinen Preis berühren mochte.

Über eine kurze Wendeltreppe stieg er hinunter in Stimmengewirr und Gelächter, in Rauchschwaden und sanft perlende Klaviermusik. Auf der letzten Stufe blieb er stehen und schaute sich um. Als seine Augen sich ans Halbdunkel gewöhnt hatten, entpuppte die weitläufige Nachtbar sich als elegant ausgestatteter ehemaliger Gewölbekeller.

Ein Kranz von Kreuzrippengewölben auf wuchtigen Sandsteinsäulen umgab ein zentrales, größeres Gewölbe, unter dem ein Kronleuchter eine kleine Bühne beleuchtete. Dort saß ein Mann mit Melone und Hosenträgern über nacktem Oberkörper an einem Piano, und eine rothaarige Tänzerin öffnete mit aufreizenden Gesten den Reißverschluss ihres schwarzen Rockes.

Stainer dachte an Edith – in weniger als vierundzwanzig Stunden würde sie ihn anrufen. Und ihm vielleicht sagen, dass sie doch noch eine gemeinsame Zukunft mit ihm sah. Diese Hoffnung bereitete ihm Herzklopfen.

Zwischen den Säulen standen knapp drei Dutzend überwiegend kleinere Tische unter tief aus den Kreuzrippengewölben hängenden Lampen. Spanische Wände oder Vorhänge trennten die meisten voneinander. Dafür, dass es noch nicht einmal zehn Uhr war, saßen schon ziemlich viele Frauen und Männer daran.

Weil er sich beobachtet fühlte, drehte Stainer sich um – eine lange Theke aus schwarzem Holz begann wenige Schritte hinter ihm und zog sich in einem flachen Bogen bis zu einer Front aus Vorhängen und Türen hin. Die Barhocker daran waren nur zur Hälfte besetzt. Ein Kellner, der hinter der Theke Gläser abtrocknete, nickte ihm zu.

Stainer ging zu ihm und nannte seinen Namen. «Richten

Sie Frau Sonntag bitte aus, dass ich hier bin. Sie wollte mich sprechen.»

«Rosa tritt heute nicht auf», beschied ihn der Kellner. «Ich glaube, sie ist nicht einmal im Haus.»

«Ach?» In Stainers Hinterkopf sprang jener lauernde Gedanke auf und fletschte die Zähne. «Dann will ich Herrn Sonntag sprechen. Sagen Sie ihm bitte Bescheid.»

«Einen Herrn Sonntag gibt's hier nicht.»

«Bitte?» Stainer musterte ihn mit gerunzelter Stirn. «Meines Wissens betreibt Frau Sonntag diese Bar gemeinsam mit ihrem Bruder.»

«Mit Herrn Bockwitz, richtig. Ich frag nach, ob er Zeit hat. Wie war Ihr Name gleich?»

«Stainer, Kriminalpolizei.» Stainer zückte seinen nagelneuen Dienstausweis. «Herr Bockwitz wird sich Zeit nehmen müssen.»

Der Kellner hob die Brauen und spitzte die Lippen, während er den Ausweis las. Schließlich warf er sich sein Geschirrtuch über die Schulter, stellte das Glas, das er gerade abgetrocknet hatte, hinter sich in den Spiegelschrank und verschwand durch die ledergepolsterte Tür daneben.

Stainer holte sein Zigarettenetui aus dem Jackett und zündete sich eine Salem an. Sein Blick fiel auf das große Gemälde zwischen den beiden Spiegelregalen – eine etwas schlichte Kopie von Delacroix' barbusiger Freiheit, die mit der Trikolore in der Rechten ihre Revolutionäre über Leichen und weiß Gott wohin führte.

In den nächsten verdammten Krieg, dachte Stainer und drehte sich um; er konnte keine Leichen mehr sehen. Die Rothaarige auf der Bühne warf ihren Rock zu den Tischen hinunter, Beifall und Rufe wurden laut. «Hagen sitzt gerade mit dem

Buchhalter zusammen», sagte hinter ihm der Kellner. «Er bittet um etwas Geduld.» Er zapfte ein Bier und stellte es vor Stainer auf den Tresen. «Geht aufs Haus.»

Stainer betrachtete das Bier mit der wirklich schönen Schaumkrone. Genau genommen handelte es sich um einen Bestechungsversuch. Doch Stainer hatte Durst und keine Lust, die Dinge ganz genau zu nehmen. «Danke.» Mit dem Bierglas in der Hand schlenderte er an den vorderen Säulen und Tischen vorbei ins Halbdunkel hinein und näher zur Bühne hin. Die Tänzerin dort bog und drehte sich in Stöckelschuhen, Netzstrümpfen und Schlüpfer am Bühnenrand und ließ sich viel Zeit, nach dem zweiten nun den dritten Knopf ihrer Bluse zu öffnen. Stainer fragte sich, ob Rosa Sonntag ähnliche Tänze hinlegte.

«Was für eine Überraschung!», sagte plötzlich eine heisere und ein wenig schleppende Stimme. «Der Herr Kollege!» Stainer fuhr herum – eingerahmt von zwei Säulen und zwei spanischen Wänden saß Dr. Doppelmann auf einer Lederbank an einem runden Tisch. «Sage ich's nicht, dass ich Sie so schnell nicht mehr loswerde?» Er wies auf den freien Stuhl rechts von sich. «Kommen Sie, Herr Kriminalinspektor, leisten Sie mir ein wenig Gesellschaft.»

Einerseits neigte Stainer dazu, seinem spontanen Fluchtimpuls zu folgen und Prollmann mit einer Ausrede abzuspeisen, andererseits machten ihn die Bücher und Notizhefte neugierig, die der Arzt vor sich und rund um eine Glaskaraffe und ein leeres Glas arrangiert hatte. Also gab er dem Kellner an der Theke ein Zeichen, stellte sein Bier auf Prollmanns Tisch und nahm Platz.

«Ist sie nicht ganz apart?» Prollmann deutete zur Bühne hin, wo die Tänzerin sich die inzwischen geöffnete Bluse über die rechte Schulter streifte. Er trug einen Frack und hatte seinen Zylinder neben seinen Büchern und Schreibsachen liegen. Sein massiger Leib belegte fast die gesamte Breite der Bank, auf der er thronte. «Gestern kam sie an meinen Tisch, heute wird sie mich hoffentlich nach Hause begleiten.» Er neigte sich zu Stainer und senkte die Stimme. «Die Blonde, die sonst hier tanzt und sogar singt, ist in dieser Hinsicht nicht ganz so spendabel.»

«Einen der Herren, die Sie diese Woche auf dem Seziertisch liegen hatten, hat sie immerhin mit zu sich nach Hause genommen.»

«Baumann, ich weiß.» Bedauernd schnalzte der Arzt mit der Zunge. «Ihren Bruder hat das gar nicht amüsiert.»

«Sie kennen Bockwitz?»

«Ich komme seit zwei Jahren mindestens ein Mal die Woche hierher. Mein Tipp: Hüten Sie sich vor diesem Mann.» Stainer hob fragend die Brauen. «Es wäre untertrieben zu sagen, dass Hagen Männer Ihrer politischen Gesinnung nicht mag, Herr Inspektor – er hasst alle Roten.»

Du musst dich wohl damit abfinden, als Roter zu gelten, dachte Stainer und fragte sich, woher der Arzt seine politische Einstellung kannte. Von Kasimir?

«Ist seine Schwester geschieden oder verwitwet, oder warum trägt sie einen anderen Familiennamen als er?»

«Sonntag ist ihr Künstlername. Sie und Hagen stammen aus einer kinderreichen Großbauernfamilie irgendwo in der Colditzer Gegend. Rosa ist die jüngste und mächtig aus der Art geschlagen.» Prollmann langte seine erloschene Zigarre aus dem Ascher und ließ sich von Stainer Feuer geben. «Ich schätze, mit dem Künstlernamen will sie sich von ihrer Familie abgrenzen. Und wenn Sie mich fragen, hat sie sich einen jüdisch klingenden Namen ausgesucht, um ihren großen Bruder zu provozieren.

Der ist natürlich Antisemit, ein ziemlich tumber dazu. Geistig kann er Rosa nicht das Wasser reichen.»

Der Kellner trat mit einem Tablett an den Tisch und servierte dem Arzt ein kelchartiges Glas, dessen unterer bauchiger Teil mit einer grünlichen Flüssigkeit gefüllt war. Stainers Blick wanderte über die Notizen und die beiden Bücher vor Prollmanns Zylinder – ein Gedichtband und ein schmales Buch mit Fotografien. Auf den aufgeschlagenen Fotos waren Reichswehrsoldaten, ein Schützengraben und ein zerstörtes Dorf zu erkennen. Den großen Notizblock, auf dem der Federhalter lag, bedeckten handgeschriebene, vierzeilige Textblöcke, die unschwer als Gedichtstrophen zu erkennen waren. Schon wieder ein Dichter, dachte Stainer. Dass der Mann Gedichte las und sogar schrieb, erschütterte das Bild erheblich, das Stainer sich von ihm gemacht hatte.

Prollmann bedankte sich beim Kellner, mit dem er per Du war, paffte ihm eine Rauchwolke hinterher und wandte sich wieder an Stainer. «Sie sind doch nicht etwa als Ermittler ins *Bonaparte* gekommen, Herr Kriminalinspektor?» Er griff in eine Zuckerdose und legte ein Stück Würfelzucker auf einen Löffel, der einem kleinen Tortenheber ähnelte. Mit diesem hielt Prollmann das Zuckerstück über sein Glas und goss sehr langsam Wasser aus der Karaffe darüber. Die grüne Flüssigkeit im Glas trübte milchig ein.

«Leider doch.» Stainer sah zu, wie Dr. Doppelmanns Glas sich nach und nach bis zum Rand füllte. «Ich muss mit Bockwitz sprechen, er wird demnächst zu mir an Ihren Tisch kommen.»

«Egal, was Sie ihn fragen werden – er wird Sie belügen.» Prollmann griff in die Innentasche seines Fracks, zog ein braunes Fläschchen heraus, schraubte es auf und träufelte einige

Tropfen einer klaren Flüssigkeit in sein Glas. *Opiumtinktur* las Stainer auf dem Etikett.

«Sie nehmen Ihren Dienst als Kriminalist genauso ernst wie ihre Offizierspflichten damals, nicht wahr?», sagte der Arzt, während er die Opiumtinktur wieder in seinem Frack versenkte.

Stainer zuckte innerlich zusammen. Er erinnert sich an dich, dachte er.

«Es tut mir aufrichtig leid für Sie, dass Sie gleich bei Dienstantritt in so eine gefährliche Sache gestolpert sind, Herr Kriminalinspektor.» Mit dem eigenartig geformten Löffel rührte Prollmann in seinem Getränk herum. «Ich kann Sie nur warnen.» Das spöttische Lächeln war nun vollständig aus seinen Zügen verschwunden.

«Es tut Ihnen leid, Herr Doktor? Aufrichtig sogar?» Stainer war sich nicht sicher, wie ernst er das nehmen konnte. «Nun, eine Existenz als Kriminalist bringt nun mal ein gewisses Risiko mit sich.»

«Selbstverständlich.» Prollmann prostete Stainer zu und nahm einen kräftigen Schluck aus seinem Glas. «Doch ich fürchte, Sie verstehen mich falsch, Herr Inspektor. Natürlich lebt ein Polizist gefährlicher als ein Arzt oder eine Sekretärin. Doch ich spreche von der Gefahr, die von gewissen Kollegen für Sie ausgeht.»

Stainer drückte seine Zigarette aus und nahm einen Schluck Bier – alles, ohne den Blick von Prollmanns breitem Gesicht zu wenden. Das kam ihm auf einmal merkwürdig ernst vor. «Das müssen Sie mir erklären, Herr Doktor.»

«Sie stoßen mit Ihren Ermittlungen in Bereiche vor, die den Argwohn und den Widerwillen gewisser Amtsträger erregen.» Prollmanns Schweinsäuglein glitzerten und wirkten noch schmaler als sonst, und seine Miene war eine einzige Warnung. «Einflussreicher Kollegen, wenn Sie verstehen, was ich meine.» Er zog ein riesiges weißes Taschentuch aus dem Frack und wischte sich den Schweiß von Stirn und Doppelkinn. «Man reagiert politisch durchaus empfindlich in diesen Tagen, da die Siegermächte deutsche Soldaten vor Gericht stellen möchten. Mehr muss ich nicht sagen, oder, Herr Kriminalinspektor?»

Stainer antwortete nicht, sah den Dicken nur an. Meinte er Kasimir? Doch hatte er den nicht als alten Freund bezeichnet? Dass er sich vor Heinze zu hüten hatte, wusste Stainer inzwischen, doch der war nicht einflussreich. Oder sprach Dr. Doppelmann von Kubitz? Eine Ahnung beschlich ihn – hatte er sich womöglich gründlich in dem dicken Arzt getäuscht?

Auf der Bühne hatte die Tänzerin ihren rechten Stöckelschuh abgetreten, setzte nun ihren Fuß auf den Schenkel des Pianisten und löste ihre Strumpfhalter. «Übrigens.» Prollmann hob sein Schnapsglas. «Absinth mit Laudanum – das wäre womöglich auch etwas für Ihre Nerven, Herr Major.»

«Sie erinnern sich an mich, nicht wahr?»

«Leider bin ich nicht wie Sie mit einem ruinierten Gedächtnis gesegnet, Herr Major. Ich erinnere mich an jeden, den ich auf Schloss Vélu mit Stromschlägen, Gebrüll und Fesselgurten drangsaliert habe. Ob Sie es glauben oder nicht: Viele stehen nachts um mein Bett herum, und ich habe ein großes Bett, wie Sie sich denken können. Sie, Herr Major, sind fast immer dabei.»

Stainer versuchte erst gar nicht, seine Verblüffung zu verbergen. «Sie machen mich direkt ein wenig sprachlos, Herr Doktor.»

«Der Krieg hat uns zu seelischen Krüppeln gemacht.» Prollmann lachte bitter, während er zu der Tänzerin hinschaute, die gerade ihren weißen Schenkel aus dem Strumpf schälte. «Uns alle. Wer mir etwas anderes erzählen will, ist ein armseliger Schwachkopf.» Er griff zu seinem Absinthglas. «Ich weiß ja nicht, wie Sie mit Ihrer Verkrüppelung umgehen, Herr Kriminalinspektor, ich jedenfalls brauche meinen täglichen Vergessenstrunk, mein Lethewasser, wie ich ihn nenne – anders vergesse ich nicht, was für ein beschissener Psychiater ich mal gewesen bin.» Er prostete Stainer zu. «Das Leben ist sowieso viel zu lang. Zum Wohl, Herr Major.» Auf einen Zug leerte Prollmann sein Glas zur Hälfte und warf den großen Schädel dabei so heftig in den Nacken, dass ihm die Hängebacken um die Ohren flatterten und sein Doppelkinn waberte.

Stainer griff reflexartig nach seinem Bierglas, blickte zur Bühne hin und kämpfte um seine Fassung. Seine Gefühlslage schwankte zwischen Erleichterung und Entsetzen: Ein Mann, der sich unter seinen Augen narkotisierte, würde ganz gewiss niemandem die Krankenakte *Paul Stainer* auf den Schreibtisch legen. Einerseits. Andererseits fragte er sich, was ein selbstgewisser Zyniker wie Prollmann erlebt haben musste, dass er seine Laufbahn als Psychiater aufgegeben und den Weg der bewussten Selbstzerstörung eingeschlagen hatte.

Stainer trank sein Bierglas halb leer, zündete sich die nächste Zigarette an und schaute gedankenverloren zur Bühne hin. Die Tänzerin löste ihren Büstenhalter, warf ihn über zwei Tische hinweg zu Dr. Doppelmann und griff unter ihre prallen Brüste, um sie anzuheben. Stainer betrachtete sie so gleichmütig, wie man einen aus dem Fenster geworfenen Weihnachtsbaum betrachtete. Er nahm einen tiefen Zug von seiner Zigarette und dachte an Edith. Morgen Abend gegen neun! Himmel, wie er sich nach ihr sehnte!

«Ein Glück, Sie sind noch hier!» Ein dicklicher grauhaariger

Mann tauchte neben der spanischen Wand auf. «Hagen Bockwitz, mein Name. Verbindlichsten Dank für Ihre Geduld, jetzt stehe ich Ihnen zur Verfügung, Herr Kommissar.» Sein kurzes Haar war in der Mitte gescheitelt und ein daumenbreiter graublonder Schnauzer krönte die dicke Oberlippe seines kleinen Mundes.

Stainer glaubte ihm keine Geste, kein Mienenspiel, kein Wort. Er stand auf, um mit ihm etwas abseits zu gehen, wo er unter vier Augen mit ihm sprechen konnte.

«Der Mann ist kein Kommissar!», rief Prollmann, der sich inzwischen erhoben und seinen Zylinder aufgesetzt hatte. «Er ist Kriminalinspektor!» Er zog den Zylinder wieder ab und verbeugte sich. Ganz sicher stand er nicht mehr auf den Beinen. «Verzeihen Sie mir, wenn Sie können, Herr Major», sagte er etwas zu laut.

Stainer blieb stehen und schaute den dicken Arzt an. Ein Gefühl packte ihn – Erbarmen? Mitleid? Er wusste es nicht genau. Schließlich ging er zurück und drückte ihm stumm die Hand.

Später, als er mit Hagen Bockwitz an der Theke stand, blickte dieser feixend zurück und raunte: «Komischer Vogel, was? Säufer. Angeblich Pathologe.»

Stainer ging nicht darauf ein. «Ich war mit Ihrer Schwester verabredet, Herr Bockwitz. Heute Morgen schon. Sie öffnet mir nicht die Tür. Sie nimmt auch nicht ab, wenn ich ihre Fernsprechnummer wähle. Ich mache mir ernsthaft Sorgen um sie.»

«I wo!» Noch immer feixend winkte Bockwitz ab. «Rosa ist in aller Frühe verreist. Kommt häufig vor, dass ihr plötzlich eine schräge Idee durchs Hirn pfeift, und dann gibt's kein Halten mehr. Niemand weiß, wann sie zurückkehrt, sie am allerwenigsten.» Er lachte meckernd. «Ich kenne meine kleine Schwester, glauben Sie mir.»

«So ist das also.» Stainer spürte, dass der Mann log. «Dann bin ich beruhigt.» Er verabschiedete sich und stieg die Treppe ins Empfangsgewölbe hinauf. Nun war Eile geboten, das spürte er.

Als er seine Garderobenmarke abgegeben hatte und auf Hut und Mantel wartete, hörte er hinter sich eine tiefe Stimme, die an das Zerreißen alter Pappe erinnerte. Er drehte sich um und sah Renkewiz die Tür zur Nachtbar aufziehen.

Eine Frau war bei ihm – groß, schlank und mit kantiger, strenger Miene. Obwohl sie ihr blauschwarzes Haar offen trug, erkannte Stainer sie wieder: Es war die Frau, die Körner in der Klinik besuchen wollte und ihn als ihren Freund bezeichnet hatte. An Renkewiz vorbei stieg sie ins Kellergewölbe der Bar hinab.

Renkewiz aber entdeckte ihn, schien in der Bewegung zu erstarren und sah zu ihm her. So standen sie drei Atemzüge lang, und einer schaute dem anderen ins Gesicht, bis das Mädchen Stainer Mantel und Hut brachte.

# 54

Vor den schmutzigen Stallfenstern war es schon seit Stunden dunkel. Jenseits der Wand tuschelten die Männer. Rosa konnte kein Wort verstehen. Sie zitterte. Vor Kälte und vor Angst. Trotzdem zerrte und rüttelte sie an den Stricken, mit denen man ihre Hände an den Wandring gefesselt hatte. Manchmal kam es ihr vor, als hätte sie bereits einige Zentimeter Spielraum gewonnen. Doch vielleicht entsprang dieser Eindruck auch nur ihrem brennenden Wunsch, sich endlich, endlich befreien zu können.

Mit jeder Stunde, die dahinschlich, zerbröckelte ihr Selbstwertgefühl ein Stück mehr. Die Fesseln, die Dunkelheit, die Kälte, der Geruch des eigenen Urins, das feuchte Stroh – sie kam sich vor wie ein Tier, das seinen Schlächtern ohnmächtig ausgeliefert war.

«Ich will hier raus, Albert», schluchzte sie. «Ich halte das nicht mehr aus. Ich werde ihnen sagen, wo Heinrichs Tasche ist.» Doch kaum verklang ihre verheulte Stimme in der Dunkelheit, widerrief sie ihren Entschluss. «Wenn sie die Tasche gefunden haben, wird Joseph mich umbringen. Er weiß doch genau, dass ich zur Polizei gehen werde. Die Tasche ist meine Lebensversicherung. Noch.» Und wieder richtete sie sich auf den Knien auf und begann, an ihren Fesseln zu zerren und zu reißen.

Irgendwann hörte das Getuschel der Männerstimmen jenseits der Wand auf. Schritte näherten sich, eine Tür ging, Lichtschein fiel in den Stall – und dann wurde wahr, was sie den ganzen Tag über befürchtet hatte: Joseph stand vor ihrem Verschlag; und er war allein.

Er trat so dicht vor sie, dass seine Stiefelspitzen ihre Stöckelschuhe berührten. «Und?» Er hob eine Petroleumlampe. «Ist dir eingefallen, wo Baumann die Tasche versteckt hat?»

«Ich habe Ihnen bereits gestern gesagt, dass die Polizei sie bei mir abgeholt hat.» Rosa hielt seinem lauernden Blick stand und versuchte, ihr Zittern zu unterdrücken.

«Du bleibst also dabei?» Joseph hängte die Lampe an einen Wandnagel und streifte die schwarzen Lederhandschuhe von den Fingern. Rosa antwortete nicht. Er zog seinen Mantel aus, warf ihn über die Bretterwand und löste die Koppel seines Gürtels. Rosa schluckte. «Und da bist du dir ganz sicher, nicht wahr?» Zum ersten Mal trat so etwas wie ein Feixen in seine gleichmütige Miene.

«Was habe ich denn mit dieser Tasche zu tun?» Die Stimme brach ihr vor Angst. «Bitte lassen Sie mich frei.»

Er riss sich den Gürtel aus der Hose, holte blitzschnell aus und schlug zu. Rosa drehte das Gesicht zur Wand, so gut sie konnte. Der erste Schlag traf sie am Hinterkopf. «Miststück!», zischte Joseph und schlug wieder zu. «Elendes Miststück!» Wieder und wieder sauste sein Gürtel auf Rosa nieder, traf sie am Ohr, an der Wange, am Kopf; und zwischen den Schlägen stieß Joseph Beschimpfungen aus.

Als er endlich aufhörte, sie auszupeitschen, hing Rosa schluchzend in ihren Fesseln. Sie hörte, wie er den Gürtel fallen ließ und ächzend hinter ihr in die Hocke ging, sie spürte den harten Griff seiner Hand auf ihrer Schulter. Er riss sie herum und drückte eine Messerklinge gegen ihre Kehle.

«Wir sind allein», sagte er heiser. «Weißt du noch, was ich dir heute Morgen versprochen habe?» Er knöpfte ihr den Pelzmantel auf, riss ihr die Bluse auf und schob ihr den Rock hoch. «Wir sind ganz allein. Weißt du noch, was du jetzt kennenlernen wirst?» Er griff ihr in den Schritt und Rosa schrie auf. «Oh! Hat das Mädchen sich nass gemacht?» Er feixte böse. «Warum sagt es denn nicht, dass es austreten muss?» Er tastete nach dem Bund ihrer Unterhose.

«Unter den Kartoffeln», flüsterte sie.

«Was?» Joseph zog seine Hand unter ihrem Rock hervor und lockerte den Druck der Klinge an ihrer Kehle.

«Die Tasche liegt im Keller. Ganz unten in der Kartoffelkiste.»

# 55

Es ging auf Mitternacht zu, als er das Licht in der großen Wohnküche der Villa einschaltete. Auf einer Eckbank aus dunklem Holz stapelten sich Zeitungen. Die in Silber gefasste schwarze Wanduhr zeigte ihm, dass er fast eine halbe Stunde gebraucht hatte, um ins Haus einzudringen. Das enttäuschte Stainer ein wenig, denn er hatte vor dem Krieg viel mit Einbruchsdelikten zu tun gehabt und bildete sich ein, so ziemlich jeden Trick zu kennen.

Er schaltete das Licht wieder aus und ging zurück ins Wohnzimmer, wo noch immer der Papagei schimpfte. Der Vogel hatte schon geschimpft, als Stainer noch auf der Gartenseite das Schloss der Waschküchentür bearbeitete. Jetzt krähte er nach seiner Rosalinde oder stieß unflätige Schimpfworte aus.

Stainer schaute sich im Raum um. Auf dem großen Tisch lag neben einem offenen Tintenglas, in dem ein Federhalter steckte, ein Bogen Löschpapier. Die Türen des schwarzen Buffetschranks standen offen. Jemand hatte ihn durchsucht, genauso die Schubladen der Anrichte; beides allerdings ziemlich oberflächlich, wie es aussah.

Einen Augenblick blieb er vor dem Fotoporträt über der Anrichte stehen. Es zeigte eine Frau mit hochgesteckten Haaren, markanter Nase und dunklen Augen. Rosa Luxemburg. Das Bild musste nach Kriegsbeginn entstanden sein, denn Stainer kannte es noch nicht. Er dachte an die kargen Berichte, die er über ihren Tod gelesen hatte, und spürte kalte Wut in sich hochsteigen. Nationalistisches Mörderpack hatte diese kleine, tapfere und so kluge Frau in eine Falle gelockt und erschossen. Ähnliches Mörderpack, das auch Heiland und Krüger benutzt hatte, um in die Weingarten-Villa einzudringen und ein Blutbad dort anzurichten. Stainer fluchte und ging in die Diele.

Dort lag eine Schrotflinte vor der offenen Kellertür. Er zog sich die Schuhe aus, stieg die Treppe hinauf und schaute in sämtliche Räume – in keinem fand er die Hausherrin. Zunächst war er erleichtert, weil sich seine schlimmsten Befürchtungen doch nicht zu bewahrheiten schienen: Die Frau war nicht getötet worden; jedenfalls nicht hier in ihrem Haus.

Hatte man sie womöglich verschleppt? Und wenn ja – warum? Nachdenklich blieb Stainer vor einer Staffelei stehen. Vielleicht, weil die Leute, die hinter Baumanns Aktentasche her waren, glaubten, dass sie deren Inhalt kannte. Oder um ihr das Versteck der Tasche durch Folter abzupressen. Das wiederum aber hieße, dass diese Leute die Tasche nicht gefunden hatten.

Ihm fiel auf, dass kein Raum auch nur annähernd so gründlich durchsucht worden war wie der Keller. Auch das Atelier nicht, obwohl es hier viele Wandschränke und Regale gab, in denen man eine Aktentasche hätte verstecken können. Die naheliegende Schlussfolgerung gefiel ihm nicht – die Einbrecher mussten gewusst haben, dass Baumann seine Aktentasche im Keller versteckt hatte. Stainer wollten nicht viele Leute einfallen, die von einem Versteck im Keller gehört haben konnten. Außer der Sonntag und ihm eigentlich nur Junghans, eventuell Kupfer und – Heinze.

Im unvollendeten Bild auf der Staffelei erkannte Stainer Züge eines Männergesichts. Schwarze und rote Flächen und Linien dominierten, und das Gesicht wirkte wie zerrissen. In verschiedenen grellen Farben bedeckte, wie darüber gestreut, der immergleiche Vers das zerstörte Gesicht: *Ich möchte meine Stimme wie ein Tuch hinwerfen über deines Todes Scherben.*

Stainer kannte den Vers – er stammte aus einem Gedicht von Rilke. Er wandte sich ab und betrachtete die Bilder an der Wand und auf dem langen Tisch. Die meisten waren Porträts, und in vielen erkannte Stainer die Züge des zerrissenen Gesichtes auf der Staffelei. Er löschte das Licht und ging wieder hinunter.

Im Wohnzimmer vor dem Vogelbauer blieb er stehen. «Nationalistenarschloch!», krähte der Papagei ihn an. «Gottverdammter Kaiserkriecher! Wo ist meine Rosalinde? Rosalinde – wo, wo, wo? Wo, du hirntoter Spießer?»

«Das wüsste ich auch gern, du vorlauter Minimalgeier.» Wer hatte diesem Vogel wohl all die interessanten Schimpfworte beigebracht? Immerhin waren sie nicht ganz sinnfrei. Stainer staunte über die deutliche Aussprache des Tieres und mehr noch über seine Frage nach der Hausherrin. Die schien Stainer zu beweisen, dass der Vogel Zusammenhänge und Umstände erfasste. Kaum zu glauben!

«Erzähl mir, was passiert ist, Minimalgeier. Du musst es doch gesehen haben. Wer war noch im Haus außer deiner Freundin? Was ist ihr zugestoßen?»

«Wo ist Rosa?», kam es zurück. «Meine Rosalinde, Baumanns Tasche.» Stainer schüttelte staunend den Kopf.

Wo hat Baumann nur die Tasche versteckt? Durch die offene Tür blickte Stainer zur Schrotflinte, die vor der Kellertür auf dem Dielenboden lag. Niemand warf ein Gewehr auf den Boden, wenn nicht besondere Umstände ihn dazu zwangen.

Während seine Phantasie sich solche Umstände ausmalte, fiel Stainers Blick wieder auf den großen Tisch und den Federhalter, der dort aus dem Tintenglas ragte. «Sie ist beim Schreiben unterbrochen worden, habe ich recht, Minigeier?» Eine

Eingebung riet ihm, die Schublade aufzuziehen. Stainer ging zum Tisch, öffnete sie und fand unter alten Kunstkalendern ein in dunkelroten Stoff gebundenes Buch. Er öffnete es.

«Erstaunlich, wie viele Leute Tagebuch führen», murmelte er, während er es vom letzten Eintrag aus durchblätterte. «Sieh einer an», dachte er laut, «Hagen Bockwitz war hier, noch gar nicht lange her.» Er wandte sich nach dem Papagei um. «Willy heißt du also, lese ich hier. Etwa nach der Intelligenzbestie, die dreißig Jahre zu lang unser Kaiser gewesen ist?»

«Alberts Willy!», krähte es aus dem Vogelbauer. «Rosalindes Willy! ‹Wacht auf, Verdammte dieser Erde, die man stets zum Hungern winkt. Das Recht wie Glut in harter Erde nun mit Krach zum Durchbruch dringt …›»

Stainer traute seinen Ohren nicht: Der Papagei stimmte tatsächlich die *Internationale* an. Die Melodie klang ein wenig schräg, der Text hörte sich an der einen oder anderen Stelle etwas willkürlich an, doch es war eindeutig die *Internationale*! Den Refrain sang Stainer im Stillen mit, während er Rosa Sonntags Tagebucheinträge überflog. «‹Völker, hört die Signale! Auf zum letzten Gefecht!›»

Fast hätte er die entscheidende Stelle überlesen, doch das Reizwort *Aktentasche* hielt seinen Blick fest. Stainer hörte auf zu singen und las: *Heinrichs Aktentasche musste ich in meinem Keller unter den Kartoffeln verstecken.* Er legte das Tagebuch zurück in die Schublade und ging zur Kellertür. «‹Es rettet uns kein höh'res Wesen›», sang er mit dem Vogel, während er in den Keller ging. «‹Kein Gott, kein Kaiser, kein Tribun.›» Im Keller stieg er über Gerümpel, Flaschen, Obst, leere Kisten und stand schließlich vor der Kartoffelkiste. «‹Uns aus dem Elend zu erlösen, können wir nur selber tun.›»

Er fand die prallvolle Tasche unter der letzten Schicht Kartoffeln und trug sie nach oben. «Unbegreiflich, dass die Kerle dort nicht gesucht haben», sagte er im Vorübergehen zu dem inzwischen verstummten Papagei. In der Küche wischte er den Kartoffelstaub von der Tasche, ging zurück ins Wohnzimmer und leerte ihren Inhalt auf den großen Tisch dort.

«Das also ist Baumanns Hauptarchiv», überlegte er laut, während er die vielen Kuverts, verschnürten Bündel und mit Gummis zusammengehaltenen Pappordner auf dem Tisch ausbreitete. «Um an dieses Zeug zu kommen, habt ihr drei Menschen umgebracht.» Vier, korrigierte er sich, denn das wächserne Gesicht des toten Heilands drängte sich ihm auf.

Die Erinnerung an ihn und die Toten aus der Weingarten-Villa rückte ihm die tödliche Brisanz der Papiere ins Bewusstsein, die jetzt so harmlos vor ihm auf dem Tisch lagen. Wie hatte der Verleger Baumanns das Manuskript noch genannt? *Loch-im-Kopf-Geschichte.* Stainer schaute sich um – der Fernsprecher stand auf einem hohen Tischchen neben der Tür zur Bibliothek. Er ging hin und wählte die Nummer der Wächterburg.

Heinze hatte Nachtdienst und meldete sich. «Ich brauche Sie hier in Leutzsch, Heinze.» Stainer nannte die Adresse. «Kommen Sie mit mindestens vier Wachtmeistern. Die sollen sich mit Gewehren bewaffnen.»

«Sind Sie in Gefahr, Herr Kriminalinspektor?»

«Wie man's nimmt. Ich stehe hier vor einem Tisch mit Baumanns Unterlagen, und die haben bereits vier Männern den Tod gebracht, wenn ich richtig gezählt habe. Und Rosa Sonntag ist seit heute Morgen verschwunden. Wecken Sie mir also auch unseren Spezialisten für die Spurensicherung.»

Nach dem Gespräch widmete er sich dem Inhalt von Baumanns Tasche. Auf den ersten Blick glichen die Unterlagen denen im Tresor der Weingarten-Villa: Fotos, Reichswehrdokumente und ein Typoskript. Das allerdings war wesentlich umfangreicher als das, was Stainer schon in der Hand hatte. Ein dicker Pappordner enthielt ausgeschnittene Artikel aus französischen Zeitungen. Sie stammten ausnahmslos aus den letzten beiden August- und den ersten beiden Septemberwochen des Jahres 1914. Alle berichteten über die Gräueltaten deutscher Einheiten: über die Verwüstung belgischer Dörfer, die willkürliche Erschießung belgischer Zivilisten und die Niederbrennung von Löwen und Dinant. Stainer las Regimentsnummern, Namen deutscher Kommandeure und sogar Beschreibungen einzelner Soldaten, wenn er seinem lückenhaften Französisch trauen durfte.

Er ließ sich auf einem Stuhl nieder und begann, in dem Typoskript zu blättern. Gleich im Vorwort las er sich fest.

*Dies ist kein Roman, sondern ein Bericht. Oder sollte ich sagen: eine Beichte? Nein, ich habe keine Sünden zu bekennen, außer der, Ende August als deutscher Soldat mit meinem Regiment das neutrale Belgien überfallen zu haben. Doch da ich als deutscher Soldat für mein deutsches Vaterland und für den deutschen Kaiser dort gewesen bin, fühle ich mich mitschuldig an all den Untaten und Unmenschlichkeiten, die in jenen letzten Augusttagen im armen Belgien durch deutsche Soldaten geschehen sind. Die werde ich auf den folgenden Seiten nach bestem Wissen und Gewissen aufschreiben, damit nichts davon vergessen wird: nicht die Taten, nicht die Täter und vor allem nicht die Opfer. Nur dazu, so glaube ich, hat Gott mich dem schon sicher geglaubten Tod im letzten Moment entrissen.*

Stainer legte die Seiten aus der Hand und atmete tief durch. Wieder fiel ihm das Gespräch mit Baumanns Chef ein. *Herr Baumann war ein hochmoralischer Mensch* – waren nicht das seine Worte gewesen? Er selbst hatte sich bis zu dieser Stunde noch nie mitverantwortlich gefühlt für das, was andere Truppenteile der Reichswehr in anderen Kampfgebieten getan hatten. Und die Tötungen der vielen Engländer und Franzosen, die er befohlen oder selbst vorgenommen hatte, waren ihm immer als normale Kriegshandlungen vorgekommen.

«Achtung, Stainer.» Er kramte sein Zigarettenetui aus dem Mantel. «Genau so argumentieren alle, die gegen die Auslieferung deutscher Kriegsverbrecher schreiben und reden.» Er zündete sich eine Salem an, und als sie schon brannte, starrte er immer noch in die Flamme des Feuerzeugs. Und sah einen Explosionsblitz – den seiner Handgranate, die er an der Somme in einen Schützengraben voller Engländer geworfen hatte. Lauter junge Männer, kaum zwanzig Jahre alt. Bei einem der Toten hatte er eine Taschenausgabe von Shakespeares Sonetten gefunden.

«Mist, verdammter!» Er sprang auf und lief fluchend um den Tisch herum.

«Mist, verdammter!», krähte der Papagei. «Rosalinde, wo? Mist, verdammter!»

Mit geschlossenen Augen nahm Stainer ein paar tiefe Züge, bevor er sich setzte und wieder zu Baumanns Typoskript griff. Nach ungefähr dem ersten Drittel des vielleicht 120 Seiten starken Papierblocks fiel ihm eine eiserne Büroklammer auf. An der Stelle hob er den Stapel ab und hatte einen Tagesbericht der Reichswehr vor sich.

*Befehlsgem. Häuser belg. Heckenschützen zerstört, am spät. Vormitt. im südl. Vorort Les Rivages mit Feldwebel. J. Tilger, den Schützen M. Schulze und D. Rossberg und dem Gefreiten H. Beller auf bewaffneten Widerstand gestoßen, fünf Erschießungen, keine eigenen Verluste. Gez. Leutnant G. Renkewiz, 101. sächs. Infant. Reg., 3. Pionier-Kompanie, Dinant, 23. 8. 1914.*

Stainer löste die Klammer und legte den Bericht beiseite. Sein Blick fiel auf die erste Seite eines neuen Kapitels, das der Bericht abgedeckt hatte; *Dinant* war es überschrieben. Stainer las:

*Die Hölle begann in Dinant – für zahlreiche Einwohner, für einige Kameraden und für mich ganz persönlich. Gemeinsam mit der 3. Pionier-Kompanie des 101. sächsischen Infanterieregiments hatte meine Kompanie die Häuser entlang der Hauptstraße des Vorortes Les Rivages von Heckenschützen zu säubern. Es war mein letzter Tag als Hauptmann, am nächsten würde man mir mit meiner Degradierung auch mein Todesurteil präsentieren.*

*Die Kameraden der Pionierkompanie schleppten Einwohner jeden Alters und Geschlechts als lebendige Schutzschilde mit sich, was ich meinen Männern strengstens untersagte. Gegen zehn Uhr vormittags hörten Leutnant Schilling und ich eine Frau in einem Haus auf Französisch um Hilfe rufen …*

Stainers Blick blieb an dem Namen Schilling hängen. Doch nicht etwa Bruno Schilling? Er hob den Blick und versuchte, sich an Kubitz' Worte zu erinnern. Hatte der Polizeidirektor nicht erzählt, der Rasputin sei gleich in den ersten Kriegsmonaten in Flandern verwundet worden? Stainer las weiter.

*Die Frau schrie, wie nur ein Mensch in höchster Not schreit. Gemeinsam mit dem Leutnant, einem meiner Feldwebel und einem Schützen betrat ich das Haus. Im Obergeschoss sah ich, wie der Feldwebel Joseph T. von der 3. Pionier-Kompanie ein schreiendes Mädchen von höchstens siebzehn Jahren schlug, das sich gegen seine Zudringlichkeit gewehrt hatte.*
*«Ganz allein werde ich mich mit dir beschäftigen!», rief er, packte die junge Frau an den Haaren und schleuderte sie gegen die Wand. Sie spuckte nach ihm und beschimpfte ihn auf Französisch. Feldwebel Joseph T. drückte sie gegen die Wand und berührte sie in grober Weise dort, wo kein Ehrenmann eine Frau gegen ihren Willen berührt. Die Mutter des Mädchens fiel vor dem anwesenden Kommandeur der Kompanie auf die Knie und flehte um Gnade für ihre Tochter, der Vater des Mädchens bestürmte ihn mit Worten und Gesten. Doch ein Schütze der Pioniere schlug den Mann mit dem Kolben seines Gewehres nieder, und der Feldwebel zerrte das schreiende Mädchen an den Haaren in eine Stube. «Nun wirst du Schmerzen kennenlernen, von denen du nicht einmal wusstest, dass es sie gibt!», schrie er sie an.*
*«Lass noch etwas für uns von ihr übrig», sagte sein Hauptmann Gregor R., bevor er die Tür hinter sich schloss.*
*Ich stellte Hauptmann R. in scharfem Tonfall zur Rede und forderte ihn auf, gegen seinen Feldwebel vorzugehen und die Schändung des Mädchens zu verhindern. Auch Leutnant Schilling protestierte energisch und versuchte*

*sogar, die Kammertür zu stürmen. Doch Hauptmann R. und seine Männer drängten ihn mit gezückten Pistolen zurück.*
*Als ich R. ankündigte, Oberst von Braun Meldung zu machen, forderte er mich in schroffer Weise auf, mich um meine eigene Kompanie zu kümmern.*
*Hinter der Tür schrie das Mädchen, und plötzlich stürmte ihr jüngerer Bruder mit einer abgesägten Schrotflinte aus einer Kammer. R. schoss ihn sofort nieder …*

«Achtung, Rosa!», krähte der Papagei. «Nationalistenarschloch. Achtung, Achtung!» Motorengeräusch näherte sich, Stainer horchte auf. Ein Kraftwagen fuhr heran – sollten die Kollegen so schnell hier sein?

Noch ganz benommen von der scheußlichen Lektüre, sprang er auf, schlich in die Bibliothek und dort zum Fenster an der Vorderseite der Villa. Scheinwerferlicht schob sich langsam näher, ein Automobil rollte heran. Den Wagentyp erkannte er nicht, doch er begriff sofort, dass es kein Fahrzeug der Wächterburg sein konnte.

Stainer lief zum Tisch, drückte seine Zigarette in einem Aschenbecher aus und raffte die Unterlagen zusammen. Aus der Küche holte er Zeitungen, stopfte sie in die Tasche und lief in den Keller. Es war viel zu spät, die Lichter auszuschalten, außerdem würden sie ja den frischen Zigarettenrauch riechen und seinen Dux vor dem Haus stehen sehen. Als er im Kartoffelkeller die Tasche wieder unter den Kartoffeln vergrub, hörte er bereits, wie oben jemand die Haustür aufschloss.

Sie haben einen Schlüssel, dachte er und huschte in die Waschküche. Dort griff er aufs Geratewohl in einen Haufen Schmutzwäsche und erwischte einen Kopfkissenbezug. In den steckte er Baumanns Hauptarchiv und ließ es auf dem Wäscheberg liegen. Mit gezogener Dienstwaffe schlich er zurück zur Tür und lauschte.

An der Kellertür oben wurde geflüstert. Sie waren zu zweit und wahrscheinlich überrascht vom brennenden Licht, vom Rauch und von dem Dux vor der Villa. Stainer machte sich nichts vor: Er würde es mit ehemaligen Frontsoldaten zu tun bekommen, mit Männern, die wussten, wie man ein Haus eroberte, auch wenn man nur zu zweit war.

Eine Zeitlang hörte er gar nichts – dann ertönten Schritte auf der Kellertreppe und danach das vielfältige dumpfe Geräusch, wenn Äpfel oder Kartoffeln auf den Boden prasselten. Kein Zweifel – einer leerte die Kartoffelkiste. Kurz darauf hörte er es flüstern: «Ich habe sie.» Die Pistole im Anschlag ging Stainer in die Hocke und spähte um die Ecke. Ein blonder Mann wischte die Tasche mit dem Mantelärmel ab, während er zur Treppe huschte.

Er schlich ebenfalls zur Treppe. Von oben hörte er ein Geräusch, als würde einer den Hörer von der Gabel des Fernsprechers heben. Kurz darauf rasselte die Wählscheibe, und dann sagte eine Stimme: «Nachricht für Oberst von Braun – wir haben die Tasche.»

Stainer machte kehrt, huschte durch die Waschküche zur Tür in den Garten und dann die Gartentreppe hinauf. Das Licht aus den Fenstern erleuchtete ihm den Weg zum Gartentor – von dort aus sah er die Umrisse zweier Männer die Vortreppe hinuntersteigen. Scheinwerferkegel näherten sich auf der Schützstraße und rissen die beiden Gestalten aus dem Halbdunkel. Der Mannschaftswagen der Wächterburg! Endlich.

«Polizei!», brüllte Stainer, stieß das Gartentor auf und gab einen Warnschuss ab. «Stehen bleiben, Waffen weg, Hände über den Kopf!» Die Männer rannten los. Stainer zielte auf die Beine des Blonden und drückte ab. Mit kreischenden Bremsen hielt der Mannschaftswagen. Der Blonde mit der Tasche stürzte auf die Straße, der andere bückte sich nach der Tasche, feuerte auf das Polizeifahrzeug und rannte zwischen die Büsche und Bäume auf der anderen Straßenseite. Stainer schoss hinter ihm her.

# 56

Im Traum hob sie Alberts Schrotflinte und zielte auf Joseph, der ihr den Rücken zukehrte und in der Kartoffelkiste wühlte. Rosa war ungeheuer wütend und wünschte sich, dass er langsam und qualvoll sterben würde. Sie zielte auf seinen Hintern und drückte ab. Nichts tat sich – außer, dass er sich umdrehte und feixte. Er stand auf, zog ein Messer und kam auf sie zu. Sie zielte auf seinen Unterleib und drückte erneut ab, doch keine Schrotladung löste sich aus dem Gewehr. Sie wollte schreien, aber nur ein leises Röcheln quälte sich aus ihrer Kehle. Von irgendwoher kamen Stimmen …

Rosa riss die Augen auf – ihr eigener Gestank und die Kälte waren das Erste, was in ihr Bewusstsein gelangte. Dann Stimmen irgendwo draußen vor den schmalen Fenstern, dann das Geräusch eines laufenden Motors und schließlich das milchig graue Licht, das in den Stall drang.

«Der Morgen graut schon, Albert», flüsterte sie. Einen Augenblick musste sie überlegen, ob es das Morgengrauen des Samstags oder des Sonntags war. «Der Sonntag bricht an. Ich verliere so schnell die Orientierung, wenn ich ein paar Nächte nicht im *Bonaparte* gewesen bin.»

Der Motor verstummte, Schritte wanderten in die Hütte. Rosa richtete sich auf den Knien auf, drückte das Ohr an die Lücke zwischen den Birkenstämmen ihres Gefängnisses und hörte eine Stimme, die sie noch nicht kannte – tief, heiser und rauchig.

«Wo sind Dietrich und Hans?»

«Noch nicht zurück.» Rosa erkannte Josephs Stimme. «Doch wir haben vor ein paar Stunden einen Funkspruch aus der Lützner bekommen – sie haben die Tasche gefunden.»

«Hervorragend!», sagte der mit der tiefen Stimme. «Den Roten und den Bildhauer noch, dann ist die *Operation Judas* abgeschlossen. Den Bildhauer sollen Hans und Dietrich übernehmen, nachdem Schulze letzte Woche versagt hat. Der rote Judas ist eine Aufgabe für dich, Joseph.»

«Und die Frau?» Wieder Josephs Stimme, und Rosa hielt den Atem an. «Ich würde mich abschließend gern allein mit ihr beschäftigen.»

«Nicht ohne den ausdrücklichen Befehl des Obersts, sie ist immerhin Bockwitz' Schwester. Sobald jedoch ein Exekutionsbefehl aus der Lützner Straße kommt, gehört sie dir.» Eine Gänsehaut perlte über Rosas Nacken und Arme, atemlos lauschte sie. «Erst einmal kümmere dich um den roten Judas.»

«Ich habe ihn nur ein einziges Mal gesehen bisher – bei der Schießerei am Donnerstagabend vor dem Alten Johannisfriedhof. Und da war es schon dunkel.»

«Hier habe ich die Personenbeschreibung, er ist nicht zu übersehen mit seinem neuen Hut und dem weißen Haar. Die Adresse kennst du?» Joseph nuschelte eine Antwort, die Rosa nicht verstand. «Hervorragend», sagte der mit der tiefen, tonlosen Stimme. «Hol dir ein Präzisionsgewehr aus dem Basisquartier und nimm Hans als Chauffeur mit.»

«Und wohin sollen wir Baumanns Tasche bringen, Herr Hauptmann?», fragte ein dritter Mann.

«Ich warte hier, bis Hans und Dietrich sie bringen. Dann nehme ich sie mit zum Oberst. Mach mir einen Kaffee.»

Rosa sank in sich zusammen. Was waren das für Männer, die dort nebenan mit derart monströser Herzenskälte den Tod von Menschen planten? «Ich bin naiv, Albert», flüsterte sie, «ich habe mir nicht vorstellen können, dass es solche Menschen gibt.»

Sie schloss die Augen und rief sich die Worte ins Gedächtnis, die sie eben gehört hatte. Heinrichs Mörder wollten zwei weitere Männer töten – und sie, sobald irgendein Oberst den Befehl dazu geben würde.

Mein Leben hängt von der Gnade irgendeines verrückten Offiziers ab, dachte sie. Was soll ich nur tun? Und einen von denen, die sie noch vor mir umbringen wollen, kenne ich – Inspektor Stainer. Der hat weiße Haare und trägt einen Fedora. Wieder überkam sie dieses lähmende und widerwärtige Ohnmachtsgefühl.

Der lüsterne Blick des Untersetzten stand ihr vor Augen, und seine Stimme dröhnte ihr im Ohr: *Ich würde mich abschließend gern allein mit ihr beschäftigen.* Sie riss die Augen auf und schluckte.

Dieser Geisteskranke will mich nicht einfach nur töten, dachte sie, er will mich quälen, und er will es genießen, mich zu töten.

Das Verlangen nach einer Zigarette überkam sie. Ob sie in dem Etui in der Tasche des Nerzes noch eine finden würde? Mutlos betrachtete sie ihre Fesseln – die waren viel zu kurz, um die Hände in die Manteltasche stecken zu können.

Eine Zeitlang hing Rosa in ihren Fesseln und gab sich dem Gefühl der Ohnmacht hin. Bis sie sich ihres Traumes erinnerte. Sie beschwor die Wut herauf, die sie empfunden hatte, als sie das Gewehr auf Joseph anlegte. Die heiße Wut gab ihr Kraft, sich wieder aufzurichten und an ihren Fesseln zu zerren.

Nein, ich gebe nicht auf, Albert, das verspreche ich dir.

# 57

Sein Vater schimpfte, seitdem Stainer sein Zimmer betreten hatte. Auf die Franzosen, auf die Amerikaner, auf die Engländer und jetzt, während Stainer ihm die Beine abtrocknete, auf den Reichswehrminister Noske, weil der die Forderung der Siegermächte, «deutsche Kriegshelden auszuliefern», wie er sich ausdrückte, nicht postwendend zurückgewiesen hatte.

Stainer legte ihm die Kleider aufs Bett, die er sich ohne Hilfe anziehen konnte. Sein Vater hatte sich schon wieder mächtig in Rage geredet und begann nun, auf die Kommunisten im Allgemeinen und auf den Reichskanzler Bauer und sein Kabinett im Besonderen zu schimpfen. Auch der Reichspräsident Ebert bekam sein Fett ab. Stainer hörte kaum noch zu. Er trug die Schüssel mit dem Waschwasser in die Küche und leerte sie im Spülstein aus.

Einen Moment lang schaute er in den kleinen Spiegel über dem Spülstein: Ein müdes und unrasiertes Gesicht sah ihn an. Er spülte die Schüssel aus, öffnete den Wasserhahn und klatschte sich kaltes Wasser ins Gesicht. Er hatte nur drei Stunden geschlafen in dieser Nacht. Nachdem er von Rosa Sonntags Villa nach Hause gekommen war, hatte er sich in Baumanns Manuskript festgelesen.

Zurück am Bett seines Vaters half er ihm in Unterhosen, Strümpfe und Uniformhosen. Seine Mutter war zum Sonntagsgottesdienst in der Nikolaikirche gegangen und wollte anschließend zur goldenen Hochzeit ihrer besten Freundin nach Lützen fahren. Stainer hatte ihr schon letzten Montag versprochen, das sonntägliche Programm mit dem Vater zu übernehmen. Sollte man ihn in der Wächterburg brauchen, würden zwei Nachbarinnen übernehmen.

«Weiß überhaupt nicht, wie du es verantworten kannst, eine Partei zu unterstützen, die unseren Truppen in den Rücken gefallen ist!», schimpfte sein Vater. «Die verdammten Streiks und die Propaganda der verdammten Bolschewiken haben die Kampfmoral unserer Soldaten entscheidend geschwächt! Die Roten sind schuld, dass wir den Krieg verloren haben! Auch deine SPD!»

«Meines Wissens hat Ebert auf Streikende schießen lassen, als er noch Kanzler gewesen ist.» Es war immer das Gleiche, was der Alte erzählte. Stainer setzte ihn auf und half ihm in die Uniformjacke.

«Nicht entschlossen genug! Ein mickriges Feigenblattgeballer war das! Mit der Artillerie hätte man da reinhalten müssen! Der Kaiser hätte diese Vaterlandsverräter sofort an die Wand stellen lassen!»

«Das fürchte ich auch, Vater», sagte Stainer in größter Ruhe. «Streck den rechten Arm nicht so weit hoch.»

Es war sehr wahrscheinlich, dass man ihn in der Wächterburg brauchen würde. Zuletzt hatte er am Morgen mit Heinze gesprochen, da lief die Fahndung nach dem entkommenen Mann im schwarzen Ledermantel noch auf Hochtouren. Bis zur Bahnlinie hatten Stainer und die Wachtmeister ihn verfolgt. Kurz vor einem heranstampfenden Güterzug war der Mann über die Trasse gesprungen, und sie hatten die Waggons zählen können. Als der letzte vorüber gerattert war, hatte der nächtliche Wald den Mann längst verschluckt.

Stainer ging zu der Kommode mit den Kriegsandenken seines Vaters. Gekreuzte Speere und Knochen hingen darüber an der Wand, dazwischen ein großes Foto des Offizierskorps, das vor sechzehn Jahren in Deutsch-Südwestafrika den Herero-Aufstand niedergeschlagen hatte. Stainers Vater ragte aus der zweiten Reihe und machte eine würdige Miene. Damals konnte er noch laufen. Zwei Wochen nach der Aufnahme zerschmetterte ihm eine Gewehrkugel einen Lendenwirbel.

Unter Foto, Knochen und Speeren stand ein großer runder Glasbehälter auf der Kommode, der bis oben hin mit Formalin gefüllt war. Ein schwarzer Schädel lag darin. Mit der Waffenkoppel und der Offiziersmütze seines Vaters kehrte Stainer zu dessen Bett zurück.

«Wenigstens jetzt scheint unsere unfähige Regierung es mit dem Volk zu halten, wo der Feind unsere tapfersten Soldaten als Kriegsverbrecher verleumden will!»

«So?» Stainer hatte noch keine offizielle Verlautbarung aus der Reichskanzlei gehört. «Ob du es glaubst oder nicht, Vater, es sind wirklich scheußliche Verbrechen von deutschen Soldaten verübt worden.»

«Woher willst du das wissen?!» Der Alte blitzte ihn an. «Bist du dabei gewesen?!»

«Ermittlungen in einer üblen Mordsache haben mich leider mit Gräueltaten der Reichswehr konfrontiert, die jede Vorstellungskraft sprengen.» Stainer half ihm, die Koppel anzulegen. «Ich wünschte, ich hätte nie von diesen Dingen erfahren.»

«Was soll das heißen? Du wirst dich doch nicht etwa gemein machen mit diesen linken Verrätern, die unsere Ehre und unser Vaterland in den Schmutz ziehen?»

«Ich fürchte, du hast mir mal wieder nicht zugehört.» Stainer nahm seinen Vater auf die Arme und trug ihn in die Diele, wo schon der Rollstuhl bereitstand.

«Vor den Spiegel!», befahl sein Vater, nachdem er ihn abgesetzt hatte. «Knips das Garderobenlicht an!» Stainer tat, was er verlangte, und schaute zu, wie der Alte sich Schulterstücke, Tressen, Orden und Offiziersmütze zurechtrückte.

Im Spiegel konnte er durch die offene Tür zurück zu dem Schädel im Formalinglas blicken. Sein Vater behauptete, selbst schon schwer verwundet gewesen zu sein, als er den Hererokrieger erschoss, der ihm die Kugel ins Kreuz gejagt hatte. Danach, so erzählte er oft und gern, sei er zu ihm gerobbt und habe ihm eigenhändig den Kopf abgeschnitten. Ein befreundeter Arzt habe ihm die Trophäe dann präpariert und in Formalin eingelegt.

In Wahrheit war sein Vater ins Feuer der eigenen Infanteristen geraten.

Stainer schob den Rollstuhl aus der Erdgeschosswohnung, kippte ihn nach hinten und ließ ihn behutsam über die vier Stufen zur Haustür hinunterrollen. Auf dem Weg zur Schenkendorfstraße, wo seine Billardkneipe lag, schimpfte der Alte kaum noch, und immer, wenn ihnen Bekannte begegneten – und sein Vater kannte so gut wie jeden im Viertel rund um den Körnerplatz –, legte er die Fingerspitzen der Rechten an den Mützenschirm und grüßte, wie es sich für einen Offizier gehörte.

In seiner Billardkneipe schob Stainer ihn bis zum Stammtisch, wo der querschnittsgelähmte Kriegsheld mit großem Hallo begrüßt wurde. Kaum hatte er sich seinen Zigarillo ins Mundstück gesteckt, brachte der Wirt ihm schon das erste Bier und den ersten Schnaps. «Damit du nachher am Billardtisch ordentlich zielen kannst», sagte er. Stainer verabschiedete sich und ging.

Von einem fabrikneuen Telefonhäuschen am Südplatz aus rief er in der Wächterburg an. Heinze hatte keine Neuigkeiten – noch immer durchstreiften drei Dutzend Polizisten vergeblich die Burgaue und das Rosenthal, die meisten zu Pferd und einige mit Spürhunden. Noch immer operierten sie in der Universitätsklinik den Blonden, den Stainer in den Oberschenkel und Heinze danach noch überflüssigerweise in den Kopf geschossen hatte. Und noch immer gab es keinen Hinweis auf das Schicksal von Rosa Sonntag.

«Sind alle Wachen und Reviere der Stadt alarmiert?»

Heinze bejahte. «Ich habe sämtliche Beamte, die ich erreichen konnte, aus dem Urlaub zurückbeordert. Auch die großen Ausfallstraßen werden bewacht.»

«Die wird er kaum benutzen, doch man kann nicht jede Nebenstraße und jeden Waldweg überwachen.» Stainer hatte wenig Hoffnung, den Mann zu erwischen. «Schade, er hätte uns wahrscheinlich zu dem Versteck führen können, in das die Kerle Rosa Sonntag verschleppt haben. Halten Sie mich auf dem Laufenden, Herr Kollege.»

Als er auflegte, sah er die Elektrische von der Haltestelle am Südplatz stadteinwärts rollen. Statt auf die nächste zu warten, ging er zu Fuß bis zum Volkshaus. Einige Fuhrwerke, nicht wenige Automobile und zahllose Fahrräder und Krafträder standen davor. Die Parteiversammlung hatte längst begonnen.

Das Volkshaus galt als das inoffizielle Rathaus der Leipziger Arbeiterschaft. Das Neue Rathaus, noch im Stil einer feudalen Burg erbaut, repräsentierte eher die gehobenen Schichten der Leipziger Bürgerschaft und bis zum Krieg auch noch das sächsische Königtum. Das Volkshaus dagegen verstand sich als Hort von Demokratie und Republik. Arbeiterverbände und Gewerkschaften hatten es zehn Jahre vor Kriegsbeginn erbaut. In seinen großzügigen Räumen traf man sich zum Turnen, Baden, Billardspielen, zu Vorträgen, geselligen Veranstaltungen oder eben wie heute zu Versammlungen der Leipziger Sozialdemokraten.

Stainer lief unter den Arkaden auf der Zeitzer Straße hindurch zum Haupteingang. Vorbei am Billardsaal und dem Turnsaal, der im Krieg als Lazarett gedient hatte, ging er zum großen Festsaal. Über tausend Männer und Frauen saßen darin. Vom Portal aus sah er schon, dass kaum noch ein Platz frei war.

Ein hünenhafter Mann in der vorletzten Reihe winkte und bedeutete ihm, sich neben ihn zu setzen. An der kräftigen Gestalt, dem struppigen Bart und dem auffallend langen Haar erkannte Stainer einen der Männer, von denen er in der vergangenen kurzen Nacht gelesen hatte: Bruno Schilling, der ehemalige Kriminalist und jetzige Hausmeister. Er setzte sich zu ihm.

Am Rednerpult gestikulierte ein Leipziger Stadtrat und SPD-Funktionär, den Stainer zu kennen glaubte, doch dessen Namen ihm nicht einfallen wollte. Es ging um die leidige Auslieferungsliste der Siegermächte. Der Mann wetterte gegen das unverschämte Begehren des Auslands, das den Friedensprozess gefährde, und rief in den Saal: «Unser Parteigenosse, der Reichswehrminister Noske, hat mir persönlich versichert, dass er den Auslieferungsforderungen keinesfalls entsprechen werde. Würde er nämlich der Truppe den Befehl geben, die betreffenden Herren festzunehmen und auszuliefern, fände er niemanden, der ihm Folge leisten würde.»

Der Redner wurde von Beifall unterbrochen. «Wenn sie die Armee nicht bei der Stange halten können, haben wir hier bald den schönsten Bürgerkrieg», raunte Schilling neben Stainer.

Ich muss den Rasputin nach den Ereignissen in Dinant fragen, dachte Stainer. Vielleicht beim Mittagessen.

«Ich habe ein Ferngespräch mit Genosse Noske geführt», fuhr der Redner fort, «und er sagte mir wörtlich: ‹Ich denke nicht daran, einen solchen Befehl zu geben, da er in der Truppe jedes Vertrauen zu mir zerschlagen würde.›»

Stainers Gedanken schweiften ab zu Baumanns Manuskript, dem er zwei erschütternde Nachtstunden gewidmet hatte, und wenn es stimmte, was Baumann geschrieben hatte, müssten viele Reichswehrsoldaten sich vor einem Kriegsgericht verantworten – und Männer wie Baumann und Schilling einen Orden erhalten.

Beifall holte ihn zurück in die Gegenwart. Der SPD-Mann am Rednerpult begrüßte einen Gesandten des Reichspräsidenten, einen Staatssekretär. Auch der griff das Thema auf, das seit Tagen in der Luft lag: die Auslieferungsliste. Er wolle sich seinem Vorredner anschließen, sagte er, denn die Lage in der Reichswehr sei besorgniserregend. Das Offizierskorps sei in zwei Lager gespalten – die eine Hälfte finde sich mit dem Friedensvertrag und dem Auslieferungsbegehren ab, die andere trauere dem alten Regime nach und sei voller Misstrauen gegen die Regierungspolitik.

«Da hörst du's», sagte Schilling, «wenn das nicht nach Bürgerkrieg stinkt!» In der Reihe vor ihnen drehten Männer sich um und nickten.

Zwei Lager, dachte Stainer, vielleicht ist es bei uns in der Wächterburg ganz ähnlich.

Da beugte sich Schilling wieder zu ihm herüber und flüsterte: «Heute nach dem Training bei uns, bleibt's dabei?»

Verdutzt schaute Stainer ihn an. Waren wir verabredet?, wollte er fragen, verkniff es sich aber.

«Helga macht einen sächsischen Wildschweinbraten», flüsterte der Rasputin.

«Ich freu mich schon», behauptete Stainer. «Allerdings habe ich nur bis gegen neun Zeit. Da erwarte ich einen wichtigen

Anruf.» Irgendetwas musste ihm entgangen sein, denn er konnte sich partout nicht erinnern, mit Schilling eine Verabredung getroffen zu haben.

Gleichgültig, Stainer, sei froh, dass er dich daran erinnert hat, sonst wäre dir noch der sächsische Wildschweinbraten entgangen.

Der Mann am Rednerpult richtete unterdessen Grüße vom Reichspräsidenten aus. Ebert sei dankbar für die Zuschriften aus allen Teilen und Schichten des Volkes, die von der tiefgehenden Erregung der Bevölkerung über das Auslieferungsverlangen der Gegner und von der Genugtuung über die ruhige standhafte Haltung der Regierung Zeugnis ablegen, sagte er wörtlich und schloss: «Unser verehrter Reichspräsident versichert Ihnen, dass er und die Regierung alles daranzusetzen gewillt sind, um Deutschland diese schwerste aller Forderungen zu ersparen.»

Das Jiu-Jitsu-Training begann um fünf und dauerte in der Regel nicht ganz zwei Stunden. Stainer war gespannt, ob Junghans seiner Einladung folgen würde. Er musste tief durchatmen, als er daran dachte, dass am Abend Brand bei Edith klingeln würde, und noch tiefer, als er an den Anruf dachte, den seine Frau ihm für neun Uhr versprochen hatte.

Tosender Beifall holte ihn zurück in den Festsaal des Volkshauses und in die Gegenwart. Schon wieder beugte Schilling sich zu ihm und raunte ihm ins Ohr: «Was zum Teufel soll so schwer daran sein, Mörder vor Gericht zu stellen und sich von ihnen abzugrenzen?»

Stainer nickte. «Einige Männer vom August 14 stehen auch auf der Liste.» Verblüfft schaute Schilling ihn an.

Gegen Mittag, nach vier weiteren Rednern und hitzigen Diskussionen, eröffnete ein Funktionär die Mittagspause. Neben Schilling trieb Stainer mit der Menge aus dem Saal. «Willst du meine neusten Arbeiten sehen?», fragte Schilling, und Stainer, der nicht wusste, wovon der andere sprach, folgte ihm in einen der kleineren Säle im Untergeschoss.

Dort flanierten Männer und Frauen an großen Holzskulpturen vorüber – überwiegend Tierfiguren und die meisten in irgendwelche Kästen, Kokons oder Käfige gezwängt. Und schlagartig erinnerte Stainer sich wieder – Bruno Schilling war Bildhauer. Schon vor dem Krieg hatte er in einigen Leipziger Galerien ausgestellt.

Stolz präsentierte der Rasputin ihm seine beiden neusten Arbeiten: eine hölzerne Riesenschlange, die in den eisernen Motorblock eines Kraftwagens gepfercht war, und eine weiße Katze, eingezwängt in die aufgebrochene Stahlhülse eines gewaltigen Artilleriegeschosses. Stainer verschlug es schier den Atem beim Anblick dieser bizarren Skulpturen. Er musste an sein Kätzchen denken, die kleine Eule, und wie die Burschen sie eingesperrt im Gurkenfass über den Bürgersteig getreten hatten.

«Ich bin angegriffen worden», sagte Schilling übergangslos. «Vor zehn Tagen in meinem Atelier. Zum Glück war ich vorbereitet, denn diese Leute beobachten mich schon seit Wochen und stellen sich ziemlich blöd an dabei.»

«Männer vom August 14?»

«Woher weißt du davon?» Stainer erzählte ihm von Baumanns Typoskript. «An Heinrich erinnere ich mich, feiner Kerl», sagte Schilling. «Am Tag danach haben sie es so eingefädelt, dass man ihm einen Befehl gab, den er einfach verweigern musste, so wie er gestrickt war. Der Oberst hat nur auf eine Gelegenheit gelauert, ihn zu erledigen. Als sie mich nach meiner Verwundung endlich aus dem Lazarett entlassen hatten, habe ich die Sache der Heeresleitung gemeldet.»

«An Renkewiz, Tilger und Schulze erinnerst du dich nicht?»

Schilling schüttelte traurig den Kopf und deutete auf seine Narbe. «Nur an Baumann und das Geschrei des armen Mädchens. Die beiden, die mir neulich vor meiner Werkstatt in Stötteritz aufgelauert haben, sind mir zwar bekannt vorgekommen, mehr aber auch nicht. Sie haben mich niedergeschlagen, einer hat irgendeinen Unsinn von einem Todesurteil an mich gequasselt, und der andere hat versucht, mir eine Schlinge über den Kopf zu ziehen.» Schillings jungenhaftes Gesicht verzog sich zu einem grimmigen Feixen, und in seinen traurigen braunen Augen glitzerte es angriffslustig. «Die Drecksäcke haben nicht gewusst, mit wem sie sich einlassen.»

# 58

Die Nachmittagssonne schien durch die halbblinden Fenster und tränkte Rosas trostlosen Kerker mit hellem Licht. Die beiden kleinen Ausschnitte des Himmels, die sie sehen konnte, waren wolkenlos. «Ein Wintersonntag wie aus dem Bilderbuch, Albert», flüsterte sie. Erschöpft vom vielen Zerren lehnte sie sich gegen die Wand. Ihre wunden Handgelenke brannten.

Die Wut, mit der sie das lähmende Gefühl überwunden hatte, ein hilfloses Opfer zu sein, war verraucht. Auch die Angst und das Gefühl der Ohnmacht spürte sie nur noch als leise Beklemmung tief in ihrer Brust und ihrer Kehle. Das lag zum einen an den vier oder fünf Zentimetern Spielraum, den sie ihren Fesseln abgerungen hatte, zum anderen daran, dass der widerliche Joseph sich nicht mehr auf der anderen Seiten der Holzwand aufhielt.

Zusammen mit einem zweiten Mann war er weggefahren. Schon um die Mittagszeit.

Rosa dachte an den Polizisten mit den hellen Augen und dem weißen Haar. «Armer Inspektor», flüsterte sie. «Joseph wird ihn erschießen. Und ich kann ihn nicht warnen.»

Das Verlangen nach einer Zigarette überwältigte sie wieder. Sie richtete sich auf, bog und drehte sich und versuchte, mit den Händen in eine der Manteltaschen zu greifen. Doch sosehr sie sich auch verrenkte, sie konnte sie kaum zur Hälfte hineinstecken. Immerhin konnte sie das Feuerzeug ertasten, wenn sie den Schenkel anhob. Das Feuerzeug? Ein neuer, aufregender Gedanke keimte in ihr auf, so aufregend, dass er das Verlangen nach einer Zigarette betäubte.

Eine Tür knarrte auf der anderen Seite der Hütte. Stimmen beendeten das Schweigen jenseits der Wand. «Endlich!», hörte sie den mit der tiefen, rauchigen Stimme rufen. «Warum kommst du jetzt erst? Warum zu Fuß? Und wo ist Dietrich?» Der Neuankömmling sagte ein paar knappe Sätze, von denen Rosa nur Bruchstücke verstand. Er redete noch, da fing der andere schon an zu schreien. «Versager! Wie konnte das passieren?! Ihr habt doch den Wagen und das Licht gesehen! Elende Versager!» Ein dumpfer Schlag wie von einem Tritt gegen eine Bretterwand ließ Rosa zusammenzucken. «Her mit der Tasche!»

Rosa horchte auf – etwas Unvorhergesehenes war den Männern passiert, etwas, das den Unmut ihres Hauptmanns erregte. Grimmige Genugtuung erfüllte sie. Andererseits hatten sie die Tasche mit Heinrichs Unterlagen gefunden. Und Joseph war nicht mehr da. Vielleicht lassen die anderen mich jetzt laufen, dachte sie, und für einen Moment keimte Hoffnung in ihr auf.

Ein heiserer Schrei auf der anderen Seite der Wand sorgte dafür, dass ihr der Atem stockte. Dann fing der mit der tiefen Stimme wieder an, zu brüllen und zu fluchen. Die unanständigsten Schimpfworte warf er dem Neuankömmling an den Kopf. Etwas ruhiger und an einen anderen gewandt, befahl er: «Eine Funkverbindung zur Lützner Straße! Schnell!»

Das Funkgerät musste in einer Ecke der Hütte liegen, die etliche Schritte entfernt war von Rosas Lauschlücke; jedenfalls verstand sie kein Wort von dem Funkgespräch, das sie drüben mit dem Mann führten, den sie den Oberst nannten.

Die unverständlichen Stimmen verstummten, und dann hörte Rosa ein Wort, das ihr das Blut in den Adern gefrieren ließ – «Exekution.» Alle Kraft wich ihr aus den Gliedern, der Stall begann, sich zu drehen, und ihr wurde schwarz vor Augen.

Wenig später ging eine Tür. Rosa riss sich zusammen und

richtete sich auf den Knien auf, um ihre leicht gelockerten Fesseln zu verbergen. Ein Mann mit schwarzem Hut kam zu ihr in den Stall und trat vor ihren Verschlag. Orden hingen am Brustteil seines dunklen Mantels, der linke Mantelärmel war leer und in seinem Mundwinkel klemmte eine krumme Zigarette. Aus seiner Miene sprühte Zorn.

Mit der Rechten streckte er ihr Heinrichs geöffnete Aktentasche hin. Eine alte Zeitung schaute heraus. «Wo sind Baumanns gesammelte Werke?»

Rosa starrte Tasche und Zeitung an und war einfach nur sprachlos.

«Ich habe dich etwas gefragt.» Etwas Dunkles und Unerbittliches ging von dem Einarmigen aus.

«Ich …» Rosa schüttelte den Kopf und suchte nach Worten. «Ich weiß es wirklich nicht.»

Der Einarmige ließ die Tasche sinken. «Vielleicht sagst du die Wahrheit, vielleicht lügst du. Gleichgültig.» Er musterte sie mit hartem Blick. «Joseph hast du kennengelernt, wie ich höre?» Rosa schluckte und blieb stumm. «Sobald er erledigt hat, was zu erledigen ist, wirst du ihn noch besser kennenlernen, das verspreche ich dir.»

# 59

Das Jiu-Jitsu-Training fand in einem großen, schlecht beleuchteten Kellerraum der Wächterburg statt. Gerade einmal neun Beamte der Wächterburg nahmen daran teil. Das lag zum einen wohl am Wochentag und zum anderen an der inzwischen abgebrochenen Großfahndung nach dem Mann im schwarzen Ledermantel, der mit einer Aktentasche voller Zeitungen aus Rosa Sonntags Haus ins Nirgendwo geflohen war. War es ein Wunder, dass die meisten Kollegen sich nach dem Feierabend sehnten?

Immerhin kamen Junghans und Heinze, und zwar direkt vom Lindenauer Sportplatz, wo sie nach der abgeblasenen Fahndung noch die zweite Halbzeit vom Spiel des VfB Leipzig gegen TuB Westberlin mitbekommen hatten. Dass Junghans seiner Einladung zum Training gefolgt war, freute Stainer besonders; Heinze zu sehen, der doch eigentlich das Turnen als Leistungssport betrieb, überraschte ihn.

Der Sonntag war ein eher unüblicher Trainingstag, doch weil der Jiu-Jitsu-Lehrer, ein drahtiger Polizeirat mittleren Alters aus Dresden, die kommende Woche auf Reisen war, hatte man sich kurzerhand auf den späten Sonntagnachmittag geeinigt. Der Mann – ein gewisser Dr. Schwarz – trug Krawatte, Dreiteiler und Melone und winkte Stainer mit vier fortgeschrittenen Jiu-Jitsu-Kämpfern auf die rechte Seite des Raums. Auf der linken Seite versammelte Bruno Schilling drei Anfänger, unter ihnen Junghans und Heinze.

Stainer hatte sich nur noch dunkel daran erinnert, dass Schilling vor dem Krieg Jiu-Jitsu getrieben hatte. Inzwischen wusste er, dass er 1913 sächsischer Schwergewichtsmeister geworden war. Deswegen übernahm er auch die Rolle des Übungsleiters. Heute brachte er den Anfängern zunächst die einfachen Transportgriffe bei. Dr. Schwarz, immerhin mitteldeutscher Meister im Leichtgewicht und Autor eines Lehrbuches für Jiu-Jitsu, kündigte an, dass er an diesem Sonntag Handkantenschläge und Ellenbogenstöße lehren wolle. Alle Trainingsteilnehmer trugen die gewöhnlichen Anzüge oder Uniformen, in denen sie auch zum Dienst erschienen.

Stainer hatte keine Schwierigkeiten, wieder in die Bewegungsabläufe des vertrauten Kampfsportes hineinzukommen. Während der ersten beiden Kriegsjahre hatte er zwar kaum Gelegenheit zum Üben gefunden, unter den Wächtern des Gefangenenlagers jedoch war er auf einen französischen Unteroffizier aufmerksam geworden, der Jiu-Jitsu beherrschte. Mit ihm hatte er regelmäßig trainiert.

Aus den Augenwinkeln nahm er wahr, dass Heinze ständig zu ihm herüberlugte. Schilling demonstrierte gerade den Polizeihosengriff an ihm. Heinze als abgeführter Krimineller – das sah einerseits witzig aus. Andererseits hielt Stainer es für durchaus kriminell, einen schon kampfunfähig am Boden liegenden Verbrecher mit einem Gewehr in den Kopf zu schießen.

Bruno Schilling hatte Stainer und seinen Vater an den Körnerplatz begleitet, wo seine Eltern wohnten. Die Nachbarinnen hatten den Alten übernommen, und Schilling und Stainer waren gemeinsam in die Linie 10 gestiegen und zum Training gefahren. An der Pförtnerloge der Wächterburg hatte ihn die Nachricht erreicht, dass der Mann, der Baumanns Tasche aus dem Kartoffelkeller geholt hatte, auf dem OP-Tisch verstorben war. Er hatte Dietrich Rossberg geheißen. Ein sechs Jahre altes

Foto dieses Mannes hatte Stainer in Baumanns Unterlagen gesehen.

Nach ungefähr vierzig Minuten Training winkte der Kampfsportlehrer aus Dresden Schilling und seine Anfänger zu sich und forderte sie auf, die gelernten Griffe bei den Fortgeschrittenen anzuwenden. Von Stainer und zwei Kollegen verlangte er, Widerstand zu leisten.

Stainer sorgte dafür, dass er Heinze als Trainingspartner zugeteilt wurde. Man verteilte sich im Raum und begann zu kämpfen.

Anfangs leistete Stainer nur sanften Widerstand, sodass sich Heinze mit seinen neu erlernten Griffen ohne Schwierigkeiten durchsetzen konnte. Nach und nach jedoch verstärkte er seine Gegenwehr und irgendwann, als er den Kommissar in eine Ecke abseits der anderen bugsiert hatte, entwand er sich dessen Griff blitzschnell und zwang ihn mit einem Armhebel zu Boden.

«Was ist los mit Ihnen, Heinze?», zischte er dicht über seinen Nacken gebeugt. «Wieso boykottieren Sie die Ermittlungen?»

Heinze stöhnte unter Stainers hartem Griff. «Wie kommen Sie bloß auf so einen Unsinn, Herr Inspektor?»

«Sie halten Murrmanns Brief ans Reichsgericht unter Verschluss, Sie nehmen Jagodas Tagebuch von meinem Schreibtisch und schicken die Akte zu Kasimir, Sie übersehen geflissentlich die Verwandtschaft zwischen Weingartens Dienstmädchen und einem Mordverdächtigen. Soll ich weitermachen?»

«Lassen Sie mich los, Herr Inspektor. Ich weiß nicht, wovon Sie sprechen.»

«Sie werfen einen Bericht der Spurensicherung zum Abfall, der Körners Fingerabdrücke in Jagodas Wohnung nachweist.» Stainer packte ihn noch fester, und Heinze stöhnte auf. «Und in der vergangenen Nacht jagen Sie einem Tatverdächtigen eine Gewehrkugel in den Kopf, den ich längst durch einen Beinschuss kampfunfähig gemacht habe. Am liebsten würde ich Sie zur Hölle schicken, damit Sie ihn dort vernehmen.»

«Bitte lassen Sie mich los, Herr Inspektor», jammerte Heinze, «Sie tun mir weh.»

«Warum machen Sie das?» Der Kommissar war plötzlich hochrot, seine Kiefermuskeln arbeiteten. «Befehl von oben?» Heinze schwieg. «Ich bin Ihr Chef, Heinze, nicht Kasimir.» Stainer hob den Blick, die anderen beobachteten sie. «Ich gebe Ihnen noch eine Chance!», zischte er. «Wenn Sie noch einmal quertreiben, sind Sie fällig. Dann können Sie sich eine Kraftdroschke kaufen und Ihr Geld als Chauffeur verdienen.»

«Was tun Sie denn da, Herr Inspektor Stainer?!», rief der Jiu-Jitsu-Trainer. «Der Kommissar ist doch noch ein Anfänger! Gehen Sie doch bitte ein wenig behutsamer mit ihm um.»

Stainer gab Heinzes Arme frei. «Ich hoffe, Sie haben mir gut zugehört!», raunte er ihm ins Ohr, bevor er aufsprang.

Nach dem Training standen sie zu dritt vor dem Torbogen der Wächterburg und schauten in den Sternenhimmel. Es war eiskalt. «Der kommt nie wieder zum Training», sagte Schilling. «Hast du schon lange Ärger mit ihm?»

«Nein, erst seit sieben Tagen», sagte Stainer, «seit ich wieder Polizist bin.» Er reichte dem säuerlich grinsenden Junghans die Hand. «Sie werden hoffentlich wiederkommen, Herr Kollege. Schönen Sonntag noch.»

Er wandte sich ab, um mit Schilling zur Haltestelle am Königsplatz zu gehen. In diesem Augenblick knallten Stiefelschritte über die Eingangstreppe zur Durchfahrt herunter. Vier Wachtmeister rannten in den Hof, Stainer erkannte Kupfer an den kurzen Schritten und der hageren Gestalt. «Was ist passiert, Herr Oberwachtmeister?»

Kupfer blieb stehen und fuhr herum. «Sie sind im Haus, Herr Inspektor? Kommen Sie mit – Schüsse an der Stadtgärtnerei!»

Junghans rannte sofort in die Durchfahrt, Stainer drückte Schilling den Oberarm. «Tut mir leid, Bruno, ein anderes Mal.» Er wartete, bis der Mannschaftswagen auf die Wächterstraße herausrollte, und stieg dann zu Kupfer auf die Vorderbank.

Mächtig schaukelnd und mit quietschenden Reifen bog der große Wagen in den abendlichen Peters-Steinweg ein. «Wer hat uns alarmiert?» Stainer rief gegen den lauten Motor an.

«Eine berittene Streife von einem Café in der Kaiserin-Augusta-Straße aus!», brüllte Kupfer.

«Zeugen?»

«Anwohner!» In höllischem Tempo steuerte der alte Fahrer den Mannschaftswagen über die Zeitzer Straße und am immer noch hell erleuchteten Volkshaus vorbei. Inzwischen hatte Stainer sich wieder an den Namen des bärtigen Veterans am Steuer erinnert: Theodor Börner.

«Schon was über den Tathergang bekannt?»

Kupfer schüttelte den Kopf. «Ein Kraftwagen mit zwei Verletzten auf der Fahrerbank! Einer scheint tot zu sein. Die Streife hat per Fernsprecher ein Sanitätsfahrzeug angefordert!»

Ganz allmählich nur drang es in Stainers Bewusstsein: Schon wieder war er zu einem Mord unterwegs. Was um alles in der Welt war los in Leipzig? Er drehte sich nach Junghans um – der kaute auf seiner Unterlippe herum, und seine Miene war angespannt.

Wenig später rasten sie an den Gaslaternen auf der Südstraße vorbei. Ständig musste Stainer den großen Gummiball der Hupe zusammenpressen, um Radfahrer und Fuhrwerke an den

Straßenrand zu treiben. Der Mordanschlag auf Schilling ging ihm durch den Kopf. Ein ungutes Gefühl beschlich ihn – das Gefühl, die Schüsse an der Stadtgärtnerei könnten mit den Morden in der Weingarten-Villa und mit dem Überfall auf Schilling zu tun haben.

Sie bogen in die Kaiserin-Augusta-Straße ab. An deren Ende sah man rechts die dunkle Wand des Waldes und links den Zaun der Stadtgärtnerei. Die Scheinwerfer des Mannschaftswagens erfassten eine Menschentraube, die sich mitten auf der Fahrbahn rund um ein Automobil drängten. Die spritzte auseinander, als der Fahrer auf sie zusteuerte. Börner trat erst im letzten Moment auf die Bremse und brachte den Mannschaftswagen zum Stehen. Alle sprangen heraus.

Ein Wachtmeister mit Pickelhaube kam auf sie zu. «Da kommt jede Hilfe zu spät.» Er richtete den Strahl seiner Stablampe auf das Fahrzeug und zuckte mit den Schultern. «Beide tot.»

Zwischen ihm und Junghans ging Stainer zu dem Automobil, einem Tourenwagen von Adler aus der Vorkriegszeit. Im Scheinwerferlicht des Mannschaftswagens sah er eine zerschossene Scheibe auf der Beifahrerseite – und Blut. Die blutigen blonden Haare einer Frau.

Jäh blieb er stehen. Die Stimmen um ihn herum rückten auf einmal in weite Ferne, der Boden unter seinen Schuhsohlen begann zu schwanken, und etwas stieg brennend aus seinem Bauch in seine Brust und bis in die Kehle hinauf.

Er nahm dem Wachtmeister die Stablampe aus der Hand und richtete ihren Strahl an der Toten vorbei auf den Fahrer. Und dann erst konnte er, nein, *musste* er es glauben, denn Eugen Brand lag mit der linken Gesichtshälfte auf dem Lenkrad und starrte aus blicklosen Augen zu ihm heraus. Aus einem großen schwarz-roten Loch in seiner Stirn zog sich ein Rinnsal aus Blut bis aufs Lenkrad hinunter.

«Was ist mit Ihnen, Herr Inspektor?» Junghans hakte sich bei ihm unter. «Sie schwanken ja.» Stainer spürte, wie der Jüngere ihm den Arm um die Schulter legte. «Kennen Sie die Toten?»

An Junghans' Arm taumelte Stainer zum Kotflügel, stützte sich auf die warme Kühlerhaube und blinzelte zu der Leiche auf dem Beifahrersitz, zu dem blutigen blonden Haarschopf.

«Das ist meine Frau», presste er hervor, bevor er sich übergab.

Später in der Pathologie, als Edith schon bis zum Hals von einem Leintuch bedeckt auf dem Seziertisch lag, musste Stainer ihre Personalien zu Protokoll geben. Neben ihrem Kopf auf den kalten Marmor gestützt, atmete er gegen die steinerne Last in seiner Brust und gegen die Übelkeit in seinem Magen an. Seine Kehle war rau, so viel hatte er geschrien, und seine Augen gerötet.

Junghans besorgte einen Stuhl, stellte ihn schweigend hinter ihn und brachte ihn mit sanftem Druck auf die Schulter dazu, sich zu setzen. Seit Stainer Edith auf dem Beifahrersitz des Adlers erkannt hatte, war er nicht mehr von seiner Seite gewichen.

«Ich habe einen Assistenten von Professor Kockel gebeten, die Kugel aus ihrem Kopf zu holen.» Prollmanns Stimme klang sehr heiser und wie aus einem Nebenraum. «Hier, trinken Sie das, Herr Stainer.» Er hielt ihm ein Glas hin. «Cognac mit ein paar Tropfen Laudanum. Wird Ihnen guttun.»

Stainer schüttelte stumm den Kopf. Dr. Doppelmann wandte sich schulterzuckend ab und schaukelte zur Schiebetür des Sektionsraums. Den jungen Pathologen in Gummischürze und mit Latexhandschuhen, der auf der Schwelle stand und irgendwie ungeduldig wirkte, drängte er zurück in den Vorraum, damit er die Tür hinter sich zuziehen konnte.

Stainer aber saß reglos vor seiner toten Frau – und vor dem Scherbenhaufen der Zukunft, die er sich mit Edith erhofft hatte. Er fragte nicht nach dem Warum, denn die Antwort lag auf der Hand: Sie hatten ihn, Stainer, mit Eugen Brand verwechselt. So einfach war das – und so brutal.

Eine der ihm zugedachten Kugeln hatte Brand verfehlt und Edith getroffen. Brands Leiche lag vollständig zugedeckt ein paar Schritte weiter auf dem Nachbartisch; dort, wo sich die Konturen seines Gesichtes abzeichneten, tränkte Blut das Leintuch.

Stainer betrachtete Ediths Gesicht. Es wirkte entspannt, beinahe ein wenig heiter. Er versuchte zu fassen, dass dieser Mund sich nie mehr öffnen würde, um mit ihm zu sprechen; dass diese Augen sich nie mehr öffnen würden, um ihn anzuschauen. Es gelang ihm nicht.

Hättest du als Droschkenfahrer neu angefangen, statt als Polizist, würde sie noch leben, dachte er. Hättest du sie in Ruhe gelassen mit deiner dummen Liebe, würde sie noch leben. Hättest du Brand vor der Haustür abgepasst und ihm eine Tracht Prügel angedroht, würde sie noch leben.

Doch dann gellte ihm Renkewiz' Stimme im Ohr – *dafür wirst du bezahlen müssen* –, und schon mit dem nächsten Gedanken korrigierte er sich: Hätte dieser Drecksack oder sein mörderischer Oberst nicht den Befehl gegeben, dich zu töten, würde Edith noch leben.

So stimmte es, und eine Welle kalten Hasses schoss Stainer durch die Adern. «Ich kriege euch», flüsterte er, «und wenn ich euch bis ans Ende der Welt jagen muss – ich kriege euch.»

Er drehte sich nach seinem Assistenten um. «Danke, Junghans. Gehen Sie ruhig nach Hause. Ich muss noch ein paar Minuten allein mit ihr sein.» Der Jüngere trat zu ihm, drückte ihm wortlos die Schulter und ging.

Als die Schiebetür sich hinter ihm geschlossen hatte, stand Stainer auf, legte seinen Kopf auf Ediths Brust und sagte ihr, was er noch zu sagen hatte: Dass er sich auf sie gefreut hatte, dass er sie liebte, dass er versucht hätte, ihr ein besserer Ehemann zu werden, als er es vor dem Krieg gewesen war, und dass er froh war, dass nicht irgendeine, sondern sie ihm damals aus der Elektrischen in die Arme gestolpert war. Dann umarmte er sie zum letzten Mal, küsste ihre kalten Lippen und verließ den Sektionsraum.

Prollmann winkte den jungen Pathologen zu Edith hinein, und Stainer machte sich klar, dass der Dicke diesen Mann aus Diskretion und reinem Taktgefühl gebeten hatte, die Sektion zu übernehmen.

«Nicht gut, was ich da in Ihrer Miene lese, Stainer, gar nicht gut.» Prollmann hielt ihn fest. «Hass ist ein miserabler Ratgeber, glauben Sie mir.»

«Schon möglich. Aber er ist auch ein starker Motor.»

«Trinken Sie doch das Zeug hier, das wird sie runterholen.» Noch immer hielt Dr. Doppelmann das Cognacglas in seiner großen, fleischigen Pranke. «Ich lasse Ihnen eine Kraftdroschke rufen, die soll Sie zu Ihren Eltern bringen. Los, trinken Sie.»

«Danke.» Stainer winkte ab. «Ich komme zurecht.»

# 60

Motorenlärm brummte näher, Scheinwerferkegel bohrten sich durch die blinden Fenster und erhellten für ein paar Sekunden den Stall. Im erlöschenden Licht betrachtete Rosa ihre Fesseln und erkannte, dass sie sich in den letzten Stunden vier weitere Zentimeter Spielraum erschuftet hatte.

Das Motorengeräusch verstummte, eine Automobiltür schlug zu, jemand öffnete die Hüttentür. Rosa richtete sich auf und versuchte, die gefesselten Hände in die linke Tasche des Nerzes zu bohren, dorthin, wo das Feuerzeug steckte. Das Zigarettenetui interessierte sie nicht mehr.

Jenseits der Holzwand wurde es wieder laut, doch diesmal klangen die Stimmen nicht wütend, sondern zufrieden. Fast wie Jubel. Bald klirrte es, wie Flaschen oder Gläser, die man gegeneinander knallte. «Joseph hat den Inspektor getötet, Albert», flüsterte Rosa. «Wie schade, dass es keine Hölle gibt.»

Mit den Fingerspitzen beider Hände bekam sie das Taschenfutter so zu fassen, dass sie es Stück für Stück aus dem Nerz zerren konnte. Das Feuerzeug fiel ins Stroh.

«Den ersten Schuss habe ich von der Seite abgegeben», hörte sie nebenan Joseph sagen. «Daneben. Nur seine Frau getroffen.» Rosa bückte sich ins Stroh und tastete mit beiden Händen nach dem Feuerzeug. «Dann hat Hans ihm den Wagen vor den Kühler gesteuert, da konnte ich natürlich besser zielen. Jetzt hat er ein schönes Loch in der Stirn.»

Gelächter wurde laut. «Funkt die Lützner Straße an», sagte der mit der tiefen Stimme.

Rosa spürte das Feuerzeug unter den Fingerkuppen. Sie schob es zwischen ihre Hände. Hoffentlich funktionierte der Feuerstein, hoffentlich war noch Gas genug drin!

«Was ist mit Hagens Schwester?», hörte sie wieder Josephs Stimme, und seine Frage ging ihr durch und durch. Das Feuerzeug in die Finger der Rechten geklemmt, rieb sie mit dem Daumen über das Zündrädchen. Nichts tat sich.

«Sie gehört dir», sagte der mit der rauen Bassstimme.

Nach dem fünften Versuch sprang endlich die Flamme hoch.

Führe meine Hand, Albert, hilf mir.

Sie richtete sich auf den Knien auf und hielt die Flamme eine Handbreite unterhalb des rostigen Wandringes an das Seil.

# 61

Die Kanzlei glich dem Empfangssaal eines Fürstenschlosses und wurde von einem gewaltigen Kronleuchter erhellt. Ein Reichsanwalt namens Sternberg residierte darin, ein kleiner schmächtiger Mann in altmodischem dunklem Anzug und mit einer grünen Fliege am Stehkragen. Ohne die und seinen langen, buschigen Schnurrbart wäre er Stainer hinter seinem schweren Schreibtisch wohl erst auf den zweiten Blick aufgefallen.

Grußlos wies er auf die beiden freien Stühle, die drei Schritte vor seinem hölzernen Schutzwall standen. Stainer und der Polizeidirektor nahmen Platz, Junghans musste hinter ihnen stehen bleiben. Vor den Fenstern war es noch dunkel.

Mit einer Kopfbewegung erteilte der Reichsanwalt Kubitz das Wort. «Danke, dass Sie sich Zeit für unser Anliegen nehmen, Herr Dr. Sternberg», begann der und räusperte sich. «Am Fernsprecher hatte ich bereits Gelegenheit, Ihnen zu erläutern, in welcher Sache Kriminalinspektor Stainer ermittelt. Die scheußlichen Morde in Gohlis und der Albertstraße sind leider seit Tagen Stadtgespräch in Leipzig.»

Umständlich schilderte er die Mordfälle und den Ermittlungsstand, während Stainers Blick über Sternbergs großen Schreibtisch wanderte. Er war enttäuscht: Nicht eine Akte lag darauf, nicht ein einziger Bogen Papier! Hatte der Reichsanwalt sich denn gar nicht vorbereitet auf dieses Gespräch? Er selbst hielt eine Aktentasche voller Unterlagen auf seinen Knien fest.

Der Polizeidirektor, der nach Stainers Geschmack viel zu viele Worte machte, kam endlich auf den Zusammenhang zwischen den Mordfällen und den Ereignissen im belgischen Dinant im August 14 zu sprechen. «Einzelheiten wird Ihnen Kriminalinspektor Stainer referieren», schloss er und nickte Stainer zu.

Der stand auf, trat an Sternbergs Schreibtisch und breitete den Inhalt seiner Aktentasche darauf aus. «Nach aktuellem Stand unserer Ermittlungen stehen ein Mordopfer und vier Tatverdächtige auf der Auslieferungsliste, die vonseiten der Entente an die Reichskanzlei übergeben wurde.» Etwas irritiert beäugte der Reichsanwalt seine Unterlagen. «Die Mordverdächtigen: Manfred Schulze, Wilhelm Körner, Joseph Tilger und Gregor Renkewiz.» Er schob Sternberg das Personendossier, das Junghans ihm angefertigt hatte, über die ganze Breite des Schreibtisches hinüber. «Das Mordopfer, Robert Murrmann, hat kurz vor seinem Tod begonnen, einen Brief an Sie zu schreiben. Seine Mörder haben ihn mitgenommen, doch wir konnten das unvollendete Schreiben sichtbar machen.» Er schob eine Abschrift von Murrmanns Selbstbezichtigung über den Schreibtisch.

Zum ersten Mal bewegte sich der Reichsanwalt: Er beugte sich über Dossier und Briefabschrift, betrachtete sie, nahm schließlich letztere in die Hand und las sie. Stainer suchte einige Blätter aus Baumanns Typoskript aus seinen Akten und wartete geduldig. Seine Gedanken kreisten um seine tote Frau und um Renkewiz. Außer kalten Hass fühlte er nichts mehr, seit er Edith auf Prollmanns Seziertisch zurückgelassen hatte.

Kubitz hatte zunächst darauf bestanden, allein mit Junghans ins Reichsgericht zu gehen. Er hatte Stainer einen freien Tag verordnet und ihn nach Hause schicken wollen. Stainer lehnte ab. «Ich arbeite, oder ich werde verrückt», hatte er gesagt. Die Wahrheit war: Er wollte Renkewiz und Tilger. Und er wollte sie so schnell wie möglich. Wie er an sie herankam, war ihm egal, und was danach geschah, sowieso.

Der Reichsanwalt legte die Briefabschrift nieder und hob den Blick. «Ja?»

Stainer schob ihm den Tagesbericht der Reichswehr vom 23. August 1914 und das entsprechende Kapitel aus Baumanns Typoskript über den Schreibtisch. «Das Mordopfer Heinrich Baumann hat die Ereignisse in Dinant in einem Buch geschildert, zu dessen Veröffentlichung es nun nicht mehr kommen wird. Mich interessiert, was die Entente den Soldaten konkret vorwirft, die der Tagesbericht und Baumanns Typoskript namentlich nennen.»

«Das wird in einem Prozess mit einer möglichen Anklageschrift verlesen werden, sollte es zu einem solchen kommen», erklärte Sternberg. «Zum jetzigen Zeitpunkt erscheint es uns zu früh, uns über Vorwürfe gegen Beschuldigte zu äußern, deren Stellungnahmen uns noch nicht vorliegen.» Er redete, als würde er ein offizielles Schreiben vortragen, dass er auswendig gelernt hatte. «Weitere Fragen?»

«Hatte Baumann sich dem Reichsgericht über Dr. Weingarten als Zeuge für mögliche Prozesse gegen Kriegsverbrecher angeboten?»

«Ja.»

«Heinrich Baumann hatte sich in Dinant geweigert, Zivilisten zu exekutieren.» Es fiel Stainer schwer, nicht ständig die grüne Fliege des Männleins hinter der Schreibtischbarrikade anzustarren. «Das brachte ihm ein standrechtliches Todesurteil ein, unterzeichnet von einem Oberst Richard von Braun, der auch die Erschießungen angeordnet hat.» Er schob das Urteil und den Erschießungsbefehl über den Schreibtisch. «Das Mordopfer Murrmann hat Baumann kurz vor seiner Hinrichtung aus der Arrestzelle befreit, wie wir inzwischen aus Baumanns Manuskript wissen. Oberst von Brauns Name steht nicht auf der Auslieferungsliste. Wir verdächtigen ihn, die erwähnten Morde befohlen zu haben. Ermitteln auch Sie gegen ihn? Kennen Sie möglicherweise sogar seine Adresse?»

«Nein.»

«Aber der Name ist Ihnen bekannt?» Der Reichsanwalt schüttelte den Kopf. Stainer musterte ihn stumm. Eine Zeitlang hielt Sternberg seinem Blick stand, bevor er ihn mit leicht hochgezogenen Brauen auf den Polizeidirektor richtete. Offenbar erwartete er, dass dieser das Schlusswort sprach.

«Dann zum Mordopfer Friedrich Jagoda.» Stainer zog das Tagebuch des Gymnasialprofessors aus den Akten, schlug es auf der Seite auf, wo Jagoda die *Operation Judas* erwähnte, und schob es dem Reichsanwalt über den Schreibtisch. «Wenn Sie einen Blick hineinwerfen wollen. Jagoda, mit dem Sie übrigens heute exakt zu dieser Zeit für eine Anhörung verabredet waren, fühlte sich von einer *Operation Judas* bedroht.» Endlich nahm Sternberg die Kladde auf und las. «Wir haben Grund zur Annahme, dass hinter diesem Namen nicht nur Jagodas Mörder, sondern auch die von Dr. Weingarten, Heinrich Baumann und Robert Murrmann stecken.»

Und Edith Stainer, ergänzte er in Gedanken.

Laut sagte er: «Zu wissen, in welcher Sache Sie Jagoda anhören wollten, würde uns in unseren Ermittlungen vermutlich einen Schritt voranbringen, einen entscheidenden Schritt.» An Stainer vorbei wechselte Sternberg einen Blick mit Kubitz. «Es ist gewiss auch in Ihrem Interesse, Dr. Weingartens Mörder der Justiz zuzuführen», fügte Stainer hinzu und glaubte zu spüren, wie Kubitz und Junghans hinter ihm den Atem anhielten.

Der Reichsanwalt beugte sich über Jagodas Tagebuch. Stainer vermutete, dass er den konzentrierten Leser mimte, um Zeit zum Nachdenken zu gewinnen. «Hier wird ein gewisser Hummels erwähnt.» Sternberg hob den Blick. «Nach meinen Informationen ist dieser Mann bereits des Mordes an Jagoda überführt.»

Um die Spannung nicht noch zu verschärfen, verzichtete Stainer auf die Frage, woher seine Informationen stammten; die Antwort lag sowieso auf der Hand. «Wir mussten die Ermittlungen neu aufnehmen. Der jetzige Stand ist der, dass wir den bereits erwähnten Wilhelm Körner verdächtigen, den Gymnasialprofessor ermordet zu haben. Körners Name steht auf der Auslieferungsliste. Wir nehmen an, dass er zu den Männern der *Operation Judas* gehört.»

Ein paar Sekunden lang schaute der Reichsanwalt zu ihm hoch, dann griff er zum Hörer seines Fernsprechers und wählte eine kurze Nummer. «Bringen Sie mir die Akte Jagoda, Frau Bergen.» Er legte auf und begann, in Jagodas Tagebuch zu blättern.

«Mit welcher Art von Fällen war Herr Dr. Weingarten beschäftigt?», fragte Stainer.

«Diese Frage kann ich nicht ohne Rücksprache mit dem Oberreichsanwalt beantworten», sagte Sternberg, ohne seine Lektüre zu unterbrechen.

«Mit Fällen, die im Zusammenhang mit der Auslieferungsliste stehen?»

«Diese Frage kann ich nicht ohne Rücksprache mit dem Oberreichsanwalt beantworten.»

Irgendwo hinter Stainer öffnete sich eine Tür. Er drehte sich um und sah eine große schlanke Frau hereinkommen. Einen Wimpernschlag lang verharrte sie mitten im Schritt, als Stainers Blick sie traf. Er hielt den Atem an, denn er erkannte sie sofort.

Ihr Weg von der Tür bis zu Sternbergs Schreibtisch war so weit, dass er sie lange genug betrachten konnte, um jede Verwechslung auszuschließen: die kantige Miene, der herbe Zug um den Mund, das von silbrigen Fäden durchzogene und zu einem Dutt hochgebundene blauschwarze Haar – es war die Frau, die Stainer vor Körners Krankenzimmer und mit Renkewiz im *Bonaparte* gesehen hatte.

Er stand noch wie vom Donner gerührt, da hatte sie längst wieder die Kanzlei verlassen. Seine Gedanken überschlugen sich, während Sternberg bereits in Jagodas Akte blätterte. «Löwen, 25. August 14, jetzt erinnere ich mich wieder.» Er lehnte sich zurück. «Friedrich Jagoda, damals noch Hauptmann, hatte seinerzeit bei seinem Kommandeur gegen die Niederbrennung von Löwen protestiert. Er wollte verhindern, dass die alte Universitätsbibliothek der Stadt vernichtet wird. So jedenfalls behauptet er in einem Schreiben vom zehnten März letzten Jahres.» Er nahm einen Briefbogen aus der Akte. «Darin beschuldigt er seinen Kommandeur der Barbarei und des Verbrechens gegen europäisches Kulturgut und stellt sich als Zeuge für einen eventuellen Prozess gegen ihn zur Verfügung.»

Aus Baumanns Unterlagen kannte Stainer den Namen des Kommandeurs. «In einem eventuellen Prozess gegen Oberst Richard von Braun?», fragte er dennoch.

«Da Jagoda tot und die Anzeige hinfällig ist, spielen Name und Rang des Offiziers keine Rolle mehr.»

Das war ungefähr die Antwort, die Stainer erwartet hatte. «Eine letzte Frage noch, Herr Reichsanwalt. Sind bei Ihnen bereits Personen aktenkundig, die Sie als Zeugen gegen mögliche Kriegsverbrecher vernehmen wollen? Ich spreche von den Männern auf der Auslieferungsliste.»

«Ja. Doch die gelten bei uns als streng geheim.»

«Wir wären dankbar, wenn Sie uns Namen nennen können, Herr Dr. Sternberg.» Zum ersten Mal ergriff Kubitz wieder das Wort. «Denn wir halten weitere Mordschläge der *Operation Judas* für wahrscheinlich.»

«Ich werde mich in dieser Sache mit dem Oberreichsanwalt beraten und Sie zeitnah über Fernsprecher kontaktieren, Herr Polizeidirektor. Ich wünsche noch einen angenehmen Tag.»

«Ist dieser Dr. Sternberg zufällig mit Dr. Kasimir befreundet?», fragte Stainer Kubitz, als sie später den hell erleuchteten Reichsgerichtsplatz überquerten. Seine Beine waren bleischwer, das Innere seiner Brust fühlte sich an wie mit Glasscherben ausgefüllt und der Gedanke an Edith drohte, ihm Tränen in die Augen zu treiben.

«Weil er über Hummels Bescheid wusste?» Kubitz zuckte mit den Schultern. «Sie werden sich vermutlich hin und wieder im Neuen Theater über den Weg laufen. Oder auf Juristentagungen.»

Schweigend gingen sie die Wächterstraße hinunter. Von drei Kirchtürmen in der Stadt schlug es nacheinander halb acht. Stainer sprach nicht aus, was ihm sonst noch unter den Nägeln brannte. Er wollte warten, bis er mit Junghans allein war.

Vom Königsplatz her hörten sie Hufschlag, das Geknatter eines Kraftrades und das Rasseln des Automobilverkehrs. Irgendwo außerhalb ihres Blickfeldes kreischten die Bremsen einer Elektrischen. Ein Pulk meist junger Radfahrer kam ihnen entgegen. Studenten der Kunstakademie, vermutete Stainer, denn vielen ragten Bilderrollen aus den Rucksäcken, die sie sich auf den Rücken geschnallt hatten. Im Osten schoben sich graue Schlieren in den Nachthimmel über Leipzig. Wolken trieben an der Mondsichel vorbei.

Im Treppenhaus der Wächterburg versprach Kubitz, sich zu melden, sobald er die Namen von möglicherweise gefährdeten Zeugen aus dem Reichsgericht erfuhr. Er verabschiedete sich und nahm die Treppe ins zweite Obergeschoss. Stainer und Junghans gingen in die Kriminalabteilung.

Stainer war froh, Kubitz los zu sein. Es war nicht so, dass er dem Polizeidirektor misstraute, im Gegenteil. Nur schien Kubitz eher zur gesprächigen Sorte Mensch zu gehören, und Stainer hätte ihn schlecht bitten können, Kasimir den Auftrag zu verschweigen, den er Junghans nun erteilte.

«Ich habe einen geheimen Auftrag für Sie, Kollege Junghans.» Die Klinke schon in der Hand, verharrte er vor der Bürotür. Dort hing unter Heinzes und seinem Namen inzwischen ein Schild mit der Aufschrift *Leutnant Siegfried Junghans, Kommissaranwärter*. «Haben Sie sich Sternbergs Sekretärin angeschaut?» Junghans nickte. «Am Freitag wollte sie Fliegerjacken-Körner in der Klinik besuchen. Sie hat ihn ihren ‹Freund› genannt. Und am Samstagabend habe ich sie mit Gregor Renkewiz in der Nachtbar von Rosa Sonntag gesehen.»

Junghans pfiff durch die Zähne. «Und im Reichsgericht hat sie Zugang zu geheimen Akten», sagte er kopfschüttelnd.

«Finden Sie so viel wie möglich über diese Frau heraus. Vor allem ihre Adresse und ihren Dienstschluss heute. Notfalls postieren sie einen Wachtmeister mit Fahrrad vor dem Reichsgericht, der sie beschattet, wenn sie das Gericht verlässt. Oder nein, erledigen Sie das selbst. Je weniger Kollegen eingeweiht sind, desto besser. Sobald die Frau zu Hause ist, geben Sie mir Bescheid. Dann kriegt sie Besuch von uns beiden.» Junghans nickte. «Und niemand außer Kupfer darf davon erfahren. Vor allem Heinze nicht.»

Die Tür von Kupfers Dienstzimmer wurde aufgestoßen. Der

Oberwachtmeister und zwei seiner Beamten stürmten heraus. «Was ist los, Kupfer?», rief Stainer.

Kupfer fuhr herum. «Sie? Hier?» Der Oberwachtmeister kam zu ihm und drückte ihm die Hand. «Mein herzliches Beileid, Herr Inspektor, doch Sie sollten heute wirklich nicht im Dienst sein.»

Auch die anderen Beamten kondolierten. «Danke. Wohin so eilig?»

«Im Ratsholz hat heute Nacht eine große Jagdhütte gebrannt», sagte Kupfer. «Die Feuerwehr hat verdächtige Gegenstände in der Brandruine gefunden.»

## 62

Der Gesang der Nachtigall verstummte. Zwischen den kahlen Ästen der Bäume färbte der Himmel sich rot; die Sonne ging auf. Rosa lehnte an einer uralten Eiche und rauchte. Tatsächlich waren noch drei Zigaretten im Etui gewesen. Irgendwo jenseits des Waldes verlor sich das zischende Stampfen einer Lokomotive.

«Was für ein Tag ist heute, Albert?» Durch kahle Baumkronen blickte Rosa in den Sonnenaufgang; die verrußten Enden ihrer durchgebrannten Fesseln hingen aus den Ärmeln ihres Nerzes. «Samstag oder Sonntag?» Ihre Handgelenke waren wundgescheuert, der Gestank nach Urin und Schweiß stieg ihr in die Nase, sie war maßlos erschöpft, und ihre Füße in den Stöckelschuhen fühlten sich an wie Eisklötze. Und dennoch fühlte sie sich wie neugeboren – sie war den Mördern entkommen!

«Wie habe ich das nur geschafft, Albert?», flüsterte sie. «Ich komme mir vor wie in einem Traum.» Der Anblick der Morgensonne rührte sie zu Tränen. «Danke, Leben», schluchzte sie, «danke, danke, danke …»

Sie rauchte die Zigarette zu Ende, drückte sie in der Eichenrinde aus und ging ein paar Schritte weiter zu einem Flüsschen. Wenn sie recht hatte und dies die Mühlpleiße war, dann musste sie einfach nur flussaufwärts in den Sonnenaufgang laufen, um an den Südrand von Connewitz zu gelangen.

Während sie am Ufer entlangstelzte, durch altes Laub, welkes Gras und feuchtes Unterholz, stellte Rosa sich immer wieder dieselbe Frage: Warum hatten die Männer hinter der Holzwand nicht gehört, wie sie die knarzende Stalltür öffnete? Vielleicht haben sie den Mord an dem armen Inspektor gefeiert, dachte sie, vielleicht am Funkgerät mit dem Mann gesprochen, den sie den *Oberst* nannten.

Kaum ihrem Gefängnis entkommen, hatte sie ihre Stöckelschuhe in die Hand genommen und war in den nächtlichen Wald hineingerannt. Irgendwann hatte sie dann Rufe und Motorengebrumm gehört und sich umgedreht. Feuerschein hatte zwischen den Bäumen gelodert und Rauch war in den Nachthimmel gestiegen. Der Anblick hatte Rosa mit grimmiger Genugtuung erfüllt. Später bohrten sich Scheinwerferkegel durch den nächtlichen Wald, und sie musste sich zwischen alten Farn ins Vorjahreslaub werfen, wo sie auf das Morgengrauen wartete.

«Ich habe es geschafft, Albert, ich kann es nicht fassen.» Rosa blieb jetzt stehen und lauschte – von irgendwoher läutete eine Glocke. Sie zählte die Schläge mit – acht Uhr. Nicht weit entfernt knatterte ein Motor. Sie folgte dem Geräusch und gelangte auf eine kleine Straße und über sie auf eine größere. Zwei Fuhrwerke rollten vorüber, Fahrradfahrer kamen ihr entgegen und begafften sie, eine Elektrische fuhr an ihr vorbei, die Linie 10. *Connewitz / Eiskeller* las sie auf dem Schild unter der Linienziffer.

Obwohl Rosa noch nicht oft in dieser Gegend gewesen war, riet ihr eine Eingebung, dem Wagenzug zu folgen. Als sie dann noch ein Straßenschild entdeckte – *Coburger Straße* –, wusste sie, dass die Endhaltestelle nicht mehr weit sein konnte, denn die Coburger war der vorletzte Straßenabschnitt zwischen Königsplatz und dem südlichen Stadtrand.

Sie überquerte die Fahrbahn, und tatsächlich entdeckte sie die beiden Wagen der Elektrischen in einer abzweigenden Straße. Drei Frauen standen davor und plauderten. Rosa lief schneller. Zitterte sie vor Kälte oder vor Freude? Sie wusste es selbst nicht.

Die Frauen trugen Uniformen der *Großen Leipziger Straßenbahn.* Eine schenkte den anderen Kaffee aus einer flaschenartigen Kanne ein. Als sie die heranstöckelnde Rosa sahen, unterbrachen sie ihr Gespräch und schauten ihr entgegen.

«Hallo!» Rosa wusste selbst nicht, warum sie winkte wie eine Verrückte. «Können Sie mich vielleicht ein Stück mitnehmen? Ich muss unbedingt zur Polizei.» Die Frauen musterten sie von oben bis unten, und Rosa machte sich klar, dass ihre Schuhe schmutzig, ihr Nerz voller Laub und Stroh und ihr Gesicht von Josephs Schlägen geschwollen war. Die beiden Frauen mit den Bechern rümpften die Nase und wichen zurück.

«Wie sehen Sie denn aus?» Die mit der Isolierkanne reichte ihr den vollen Becher. Sie war recht zierlich, hatte schwarze Haare, und warme braune Augen leuchteten in ihrem schmalen Gesicht.

«Man hat mich entführt, ich war gefangen.» Rosa kramte ihr Zigarettenetui aus dem Mantel. «Ich habe kein Geld dabei. Nehmen sie auch dieses Etui? Schlangenleder mit Silberfassung. Oder warten Sie.» Sie knöpfte ihren Nerz auf. «Nehmen Sie meinen Pelzmantel als Pfand, ich muss unbedingt zur Polizei.»

«Das glaubst du doch im Leben nicht, dass die kein Geld dabeihat, Fine», flüsterte eine der Schaffnerinnen. «Guck dir doch den Nerz an!»

Die mit den warmen Augen reichte Rosa ihren vollen Kaffeebecher. «Sie sehen ja zum Erbarmen aus, trinken Sie erst einmal einen heißen Kaffee.»

Rosa nahm den Becher. Weil ihre Hand zitterte, half ihr die Frau, den Becher zum Mund zu führen. «Das werde ich Ihnen nicht vergessen», flüsterte Rosa, während sie den heißen Kaffee schlürfte. «Das werde ich Ihnen niemals vergessen.» Tränen strömten ihr auf einmal übers Gesicht.

«Reden Sie nicht so viel, junge Frau, trinken Sie. Sie sehen aus, als könnten Sie eine Zigarette vertragen.» Weil Rosa so sehr zitterte, dass sie den Kaffee verschüttete, zündete ihr die Frau eine Zigarette an und steckte sie ihr in den Mund.

Die anderen überwanden ihr Misstrauen nach und nach und führten sie schließlich zum Trittbrett, damit sie sich setzen konnte. Dort rauchte Rosa ihre Zigarette und trank ihren Kaffee. «Wir klingeln an einem Haus und fragen nach einem Fernsprecher, Fine», schlug eine Schaffnerin vor. «Dann können wir die Polizei anrufen. Was hältst du davon?»

«Wir nehmen sie lieber mit bis zum Königsplatz und bringen sie in die Wächterburg», antwortete die namens Fine.

Rosa war alles recht – aus irgendeinem Grund empfand sie grenzenloses Vertrauen gegenüber dieser Frau.

Fine entpuppte sich als die Fahrerin der Elektrischen, und als sie den Triebwagen anrollen ließ, hockte Rosa auf der Bank hinter ihr. Sie zitterte, lächelte vor sich hin, bedankte sich alle zwei Minuten, weinte und lächelte wieder.

Die Fahrerin drehte sich um. «Die arme Frau hier steht unter Schock!», rief sie in die Straßenbahn hinein. «Haben wir denn heute keinen Arzt an Bord?» An der nächsten Haltestelle stieg ein Medizinstudent aus dem Anhänger in den Triebwagen um. Der setzte sich neben Rosa, fühlte ihren Puls, redete beruhigend auf sie ein. Rosa kam sich vor wie eine Geisteskranke.

Am Königsplatz übernahm eine der beiden Schaffnerinnen den Platz im Fahrerstand. Fine und der Medizinstudent halfen Rosa aus der Bank und vom Trittbrett und führten sie hinüber zur Wächterburg.

An der Pförtnerloge redete Fine auf einen Wachtmeister ein, Rosa verstand kaum ein Wort. Daraufhin telefonierte der Beamte, und die Straßenbahnfahrerin gab ihr eine brennende Zigarette. Rosa bedankte sich überschwänglich. «Ich heiße Rosa», sagte sie zu ihr. «Ich müsste eigentlich tot sein, wissen Sie, Fine?»

«Dann danken Sie Gott», antwortete Fine, «denn tot sein hat sich schnell in diesen Zeiten. Ich weiß, wovon ich rede, Rosa, glauben Sie mir. Kennen Sie die Losung des heutigen Tages?»

«Losung?» Rosa begriff nicht.

«‹Alles Fleisch ist Gras, und alle seine Schönheit ist wie die Blume auf dem Felde›», erklärte die Straßenbahnschaffnerin mit feierlichem Ernst, und Rosa dämmerte es, dass sie die Bibel zitierte. «‹Das Gras verdorrt, die Blume verwelkt; aber das Wort unseres Gottes bleibt ewiglich.›»

«Alles Fleisch ist Gras.» Rosa starrte die andere an, wiederholte murmelnd, was sie da gerade gehört hatte und spürte den Worten nach. «Das Gras verdorrt, die Blume verwelkt …»

Ein Flügel der Eingangstür wurde geöffnet, ein Wachtmeister und ein hochgewachsener Mann mit weißem Haar kamen heraus.

Rosa traute ihren Augen nicht. «Herr Inspektor …»

Er sah aus wie der Tod, aber er lebte. Sie warf sich an seine Brust, weinte laut und klammerte sich an ihn wie eine Ertrinkende an einen Rettungsring.

# 63

Der Dux rollte langsam die Frankfurter Straße hinauf und in den Norden von Plagwitz hinein. Kupfer saß am Steuer, denn Stainer fühlte sich außerstande, ein Automobil zu steuern. Seine Knie fühlten sich weich an, seine Brust wund, seine Kiefer schmerzten vom Zähnezusammenbeißen, und wenn er die Hände aus der Manteltasche nahm, konnte er kaum noch verbergen, dass sie zitterten.

Ständig musste er an Edith denken – an ihren blutigen blonden Haarschopf in Brands Wagen, an ihren nackten Leib auf Prollmanns Seziertisch, an ihr fahles Gesicht mit der blutigen Wunde. Und manchmal war ihm, als höre er ihre Stimme: *Ich rufe dich morgen Abend an, ja? Gleich nach dem Gespräch mit Eugen, so gegen neun.*

Weil die Abenddämmerung fortschritt, schaltete Kupfer die Scheinwerfer ein. Stainer schaute zum Eingang des Eckhauses, als sie an der Einmündung der Lützner Straße vorbeirollten. In diesem Haus wohnte sie: Hilde Bergen, die Sekretärin des Reichsanwaltes und angebliche Freundin von Körner.

«Dort steht er», sagte Kupfer und deutete zu einem fabrikneuen Fernsprechhäuschen an einer Haltestelle vor einem Gasthof. Junghans stand ein paar Schritte dahinter bei seinem Fahrrad, das gegen ein Verkehrsschild lehnte. Er hatte die Adresse der Bergen ermittelt, war ihr nach der Arbeit hierher gefolgt und hatte dann bei Stainer und Kupfer in der Wächterburg angerufen.

Der Oberwachtmeister steuerte den Dux an den Straßenrand und schaltete den Motor aus. «Haben wir denn einen Durchsuchungsbeschluss?», fragte Heinze, der mit zwei Wachtmeistern auf der Rückbank hockte.

«Selbstverständlich, Herr Kommissar», log Stainer. Er hatte tatsächlich einen richterlichen Durchsuchungsbeschluss eingesteckt – allerdings einen, der schon drei Tage alt war und nur für die Wohnung Wilhelm Körners galt.

Hinter ihnen hielt eine Kraftdroschke. Stainer hatte sie für vier schwerbewaffnete Wachtmeister gerufen, die er noch mitgenommen hatte; der Mannschaftswagen wäre zu auffällig gewesen. «Sie fahren mit Kommissar Heinze und zwei Kollegen ein paar Meter in die Lützner Straße hinein», wies er Kupfer an. «Falls jemand zu fliehen versucht, nehmen Sie ihn fest oder hängen sich an seine Stoßstange.»

«Soll ich denn nicht mit ins Haus gehen?» Heinzes Miene schwankte zwischen Verblüffung und Empörung.

«Ich rufe Sie, wenn ich Sie brauche.» Stainer hatte ihn nicht aus Versehen mitgenommen – seine innere Stimme sagte ihm, dass es zu Verhaftungen kommen würde, und ein Heinze, der hinter ihm im Kraftwagen saß, konnte niemanden warnen.

Er stieg aus und ging zu Junghans, der sich auf sein Fahrrad schwang. Bei ihm hatten sich bereits die vier Wachtmeister aus der Droschke versammelt. Stainer wies ihnen ihre Positionen gegenüber der Einmündung der Lützner Straße zu und machte sich dann mit Junghans auf den Weg zum Eckhaus. Unterwegs streifte er sich Handschuhe über.

Stainer hatte seinen Eltern noch nichts von Ediths Tod erzählt; auch seine Schwiegereltern hatte er noch nicht angerufen. Ein langes Gespräch mit Rosa Sonntag hatte seine letzten Zweifel ausgeräumt: Die Mörder der *Operation Judas* hatten ihn tatsächlich mit Eugen Brand verwechselt. Dass ihr für Edith tödlicher Mordanschlag ihm gegolten hatte, machte die Sache nicht einfacher.

Kupfer und er hatten Rosa Sonntag am Vormittag in ihre Villa nach Leutzsch gefahren und zwei Stunden lang mit ihr gesprochen. Ihre Aussagen bestätigten das Bild, das Stainer von der *Operation Judas* gewonnen hatte: Diese Leute verstanden sich als militärischer Stoßtrupp, empfingen ihre Befehle über Renkewiz von einem Oberst in der Lützner Straße – zum Teil wohl per Funk – und wurden bei ihren Mordanschlägen von Renkewiz als ihrem Hauptmann kommandiert. Die dritte Führungsebene bildete nach bisherigem Ermittlungsstand Joseph Tilger. Er war der Feldwebel der kompanieähnlich aufgebauten Bande. Präziser ausgedrückt: Er war Renkewiz' Mann fürs Grobe.

In der niedergebrannten Hütte hatten Kupfers Wachtmeister Waffen und ein verkohltes Funkgerät sichergestellt. Die gefundenen Wagenspuren verloren sich auf der Landstraße nach Schleußig. Der Stiefelabdruck mit unregelmäßigem Absatzprofil im Waldboden war immerhin ein brauchbares Beweismittel, sollte es zu einem Prozess kommen.

Junghans stellte sein Fahrrad gegen die Hauswand, griff in seinen Mantel, um seine Dienstwaffe zu entsichern, und drückte die Haustür auf, damit Stainer vorbeigehen konnte.

«Haben Sie Handschuhe dabei?»

Junghans nickte und zog sie an, während er die vier Stufen zum Erdgeschoss hinaufstieg. *Gustav und Hilde Bergen* stand auf dem Messingschild unter der Türglocke. Haus und Grundstück waren Eigentum der Eheleute.

Hilde Bergen war eine Kriegswitwe; ihr Mann, ein Oberstleutnant der Artillerie, war 1915 bei Verdun gefallen. Stainer betrachtete sich als phantasievollen Menschen, doch dass diese

Frau der Oberst war, von dem die Mörderbande ihre Befehle erhielt, konnte selbst er sich nicht vorstellen. Andererseits sprach nichts dafür, dass in diesem Haus ein Offizier der Schwarzen Reichswehr lebte.

Als Junghans auf den Klingelknopf drücken wollte, hielt Stainer seinen Arm fest und zog seinen Assistenten näher zu sich. «Ich weiß inzwischen, dass Sie ein neugieriger und ungewöhnlich lernwilliger Mann sind, Junghans», flüsterte er. «Doch es kann sein, dass ich in den nächsten Minuten Dinge tun werde, an denen Sie sich besser kein Beispiel nehmen sollten. Denken Sie einfach daran, dass ich mich im Ausnahmezustand befinde. Verstanden?» Junghans nickte und klingelte.

Flinke Schritte näherten sich hinter der Tür. Vielleicht erwartet die Bergen jemanden, dachte Stainer, umso besser. Die Tür wurde erst aufgeschlossen und dann halb aufgezogen – Hilde Bergen stand auf der Schwelle. In ihren Zügen erstarb ein Lächeln, sie sperrte Mund und Augen auf und erbleichte.

«Hatten Sie jemand anderen erwartet?» Stainer drückte die Tür vollständig auf und machte zwei energische Schritte auf die Frau zu, sodass sie erschrocken zurückwich. «Der kommt schon noch. Erst einmal müssen Sie mit uns vorliebnehmen.» Junghans drückte die Tür hinter sich zu. Es roch nach Hund.

«Was erlauben Sie sich?!» Die Frau fand Fassung und Sprache wieder. «Ich werde Sie wegen Hausfriedensbruch anzeigen!»

«Wir wissen, dass Sie juristisch nicht ganz unbeleckt sind», sagte Stainer. «Deswegen haben wir uns vorsichtshalber einen Durchsuchungsbeschluss besorgt.» Er zog den Durchsuchungsbeschluss für die Körnerwohnung aus der Tasche, hielt ihn ihr vor die Nase, während er zugleich seine Dienstpistole zückte. Die fesselte die Aufmerksamkeit der Frau ungleich stärker als das Dokument.

«Ihr Freund steht unter Mordverdacht.» Stainer steckte das Papier wieder ein. «Sie pflegen Funkverbindung mit Männern, die unter Mordverdacht stehen, und sie treffen den Hauptverdächtigen einer Mordserie in einer Nachtbar – Sie werden verstehen, dass wir Sie für gefährlich halten.» Er richtete seine Waffe auf sie und wies auf die nächstbeste Tür. «Sie gehen voran, gnädige Frau.»

Hilde Bergen schielte erst auf Junghans, dann auf Stainers Dreyse. «Das wird Sie Ihre Stellung kosten, Inspektor, das schwöre ich Ihnen.»

Stainer bedeutete Junghans, ihm den Rücken freizuhalten, drückte der Frau den Pistolenlauf gegen die Schläfe, griff ihr ins Haar und trat die Tür auf. Nach allen Seiten sichernd, schob er sie über die Schwelle eines Schlafzimmers. Hochzeitsbilder hingen über einer Kommode, ein Porträt des Kaiserpaares über dem Ehebett, ein wuchtiger Eichenschrank füllte eine ganze Wandbreite aus.

Das Zimmer kam Stainer harmlos vor, trotzdem ließ er sie den Kleiderschrank öffnen, die Schubladen der Kommode aufziehen und Handtücher und Wäsche herausnehmen. In der untersten Schublade fand er immerhin ein Sturmgewehr, zwei Walther-Pistolen und allerhand Munition.

Er gab Junghans ein Zeichen, in die Räume am Ende der langen Diele zu schauen. Dann drückte er der Frau den Pistolenlauf ins Kreuz und schob sie in die Diele. «Ins nächste Zimmer, los!»

Junghans hatte inzwischen die hinteren Türen der Wohnung aufgestoßen. «Hier steht ein großer Sekretär voller Korrespondenz mit der Reichswehr!», rief er. Stainer hörte, wie er Schubladen aufzog. «Das müssen Sie sich anschauen, Herr Inspektor: Personendossiers von Murrmann, Baumann, Jagoda und Bruno Schilling!»

«Wollen Sie so freundlich sein, zu öffnen?» Stainer schob die Frau zur noch verschlossenen Tür gegenüber des Schlafzimmers. «Oder ist es Ihnen lieber, wenn ich sie wieder auftrete?»

Sie zischte eine Beschimpfung und öffnete. Stainer drängte sie in ein weiteres Schlafzimmer, ein auffällig großes mit nur einem Bett. Das war mit einem sogenannten Galgen ausgestattet, also mit einer gebogenen Eisenstange, die vom Kopfende aus über das Bett ragte und an deren Ende an einem kurzen Ledergurt ein hölzernes Trapez befestigt war, an dem man sich festhalten und aufrichten konnte.

«Ein Krankenbett?», fragte Stainer. «Pflegen Sie einen Elternteil?»

«Meinen Vater», sagte die Frau.

«Wollen Sie mich ihm nicht vorstellen?» Sein Blick wanderte durch das Zimmer – über zwei Tische, ein langes Bücherregal, zwei Kleiderschränke, eine Kommode und eine zerwühlte Decke auf dem Boden vor einem Fressnapf. An den Wänden hingen Porträts des Kaisers, der Generäle Ludendorff und Falkenhayn und von Offizieren, die Stainer nicht kannte. Eine Fahne des abgewickelten Kaiserreiches schmückte die Decke über dem Bett. Über einer Stuhllehne hing eine frisch gedämpfte Uniformjacke, an deren Brustteil mehrere Orden hingen. Darunter die höchste Auszeichnung der Reichswehr: der Orden mit dem blauen Stern *Pour le Mérite*.

Weil ihm auf einem der langen Tische die Konturen eines mit Tüchern bedeckten Gegenstands auffielen, stieß Stainer die Frau dorthin. Als er am Stuhl mit der Uniformjacke vorbeikam, nahm er aus dem Augenwinkel deren Schulterspiegel wahr: Sie wiesen ihren Träger als Oberst aus.

Auf dem Tisch mit dem verdeckten Kasten lagen neben einer Sonnenbrille und einer Mundharmonika Listen mit Namen und Fernsprechnummern, daneben Fotos von Häusern und Personen. Er überflog die Liste und entdeckte die Namen Dr. August Kasimir und Rudolph Heinze samt ihren Dienstnummern. Auch seinen eigenen Namen fand er, allerdings mit Ediths Telefonnummer. Auf einem Foto erkannte Stainer den Eingang der Gustav-Freytag-Straße 12, auf einem anderen sein Gesicht.

Zwei weitere Indizien dafür, dass der Mörder seiner Frau ihn mit Eugen Brand verwechselt hatten, der ja bis vorige Woche bei Edith ein- und ausgegangen war.

Über dem Tisch hing ein großer Stadtplan von Leipzig an der Wand; gut zwei Dutzend Stecknadeln mit verschiedenfarbigen Köpfen steckten an verschiedenen Stellen. Daneben eine Art Legende: Namen und Orte hinter den Farben der Nadeln.

Mit der Rechten drückte Stainer seine Pistole in Hilde Bergens Nacken, mit der Linken nahm er die Liste hoch. Etwa ein Dutzend Namen las er auf ihr, darunter die seiner Mordverdächtigen: Von Gregor Renkewiz über Joseph Tilger bis hin zum toten Manfred Schulze waren alle vertreten. Und jedem Namen stand ein farbiger Punkt voran – Stainers Blick flog zwischen ihnen und den entsprechenden Nadelköpfen hin und her. Dass Körner in der Chirurgie der Universitätsklinik lag, wusste er; dass Renkewiz und Tilger sich momentan wohl in Schleußig aufhielten, nahm er mit grimmiger Genugtuung zur Kenntnis.

Stainer zog die Tücher von dem wuchtigen, kastenartigen Ding – ein Funkgerät kam zum Vorschein. Davor ragte ein schwarzer, trichterförmiger Ständer mit einer großen Sprechmuschel an der Spitze auf, und neben diesem lag ein Paar Kopfhörer. «Ihr Herr Vater mag keine Fernsprecher?» Die letzten Funkgeräte, die Stainer im Krieg gesehen hatte, hatten schon Reichweiten von mehreren Kilometern gehabt. Dieses hier schien ihm hochmodern und weitaus leistungsfähiger zu sein. «Oder hat er hin und wieder Botschaften aus dem Ratsholz gelauscht?» Die Frau reckte das Kinn vor und presste die Lippen zusammen. «Die Eichhörnchen dort haben noch keinen Fernsprechanschluss, was?»

Irgendwo bellte ein Hund. Stainer stieß die Frau aufs Bett, zog seine Handschellen heraus und fesselte sie ans Fußende.

«Dafür bekommen Sie die Rechnung», zischte sie. «Die werden Sie niemals bezahlen können. Nicht in diesem Leben.»

Er dachte an Edith und stieß ihr den Pistolenlauf gegen die Stirn. «Ich fürchte, Sie halten sich für die Vertreterin der politischen Avantgarde unseres Landes.» Stainer knebelte sie mit einem der Tücher, die das Funkgerät verhüllt hatten. «Dabei sind Sie weiter nichts als die Handlangerin einer Mörderbande.»

Er folgte dem Hundegebell und ging zur nur angelehnten Terrassentür. Davor lag ein breites gehobeltes Brett mit vier Rollen. Stainer starrte es an und vergaß zu atmen, denn ihm war auf einmal, als würde eine schwarze Binde von seinen Augen rutschen.

Als er sich wieder gefangen hatte, blickte er in einen großen Garten hinaus. Dort sprang ein Schäferhund zwischen Obstbäumen, schnappte sich einen Holzprügel, der sich im Gras überschlug, und brachte ihn zu einem Rollstuhl. Der grauhaarige Mann darin nahm ihm den Prügel aus dem Rachen, holte aus und warf ihn wieder zwischen die Bäume. Der Hund hetzte ihm kläffend hinterher. Der Grauhaarige hatte keine Beine mehr.

Stainer legte den Kopf in den Nacken und schloss die Augen. Wie oft hatte er diesen Mann schon gesehen? Zweimal, dreimal? Öfter? Zuletzt jedenfalls vor dem Felsenkeller, als er sich dort mit Renkewiz traf. «Ich glaub es nicht», flüsterte er. «Ich kann es einfach nicht glauben.»

Ohne Hilde Bergen eines Blickes zu würdigen, verließ er das Zimmer und ging nach nebenan, wo Junghans die Schubladen eines Sekretärs durchsuchte.

«Haben Sie auch etwas Interessantes gefunden, Herr Kriminalinspektor?»

«Ja.» Stainers Blick flog über den Sekretär. Dort entdeckte er zwischen Aktenordnern ein großformatiges Kuvert mit einem Stempel der Reichswehr an der Stelle, wo man sonst den Absender hinschrieb. *Krankenakte Major Paul Stainer* stand in Blockschrift darauf. «Das haben Sie niemals gesehen, Junghans, verstanden?» Stainer nahm das Kuvert, steckte es sich unter das Jackett in den Hosenbund auf den Rücken und packte seinen Assistenten am Arm. «Kommen Sie, ich muss Ihnen etwas zeigen.»

Er zog seinen Assistenten ans Fenster und deutete mit einer Kopfbewegung auf den Mann im Rollstuhl. Der griff schon wieder nach dem Prügel, den der schwanzwedelnde Schäferhund ihm brachte, und warf ihn erneut in den Garten hinein.

«Wer ist das?», fragte Junghans.

«Oberst Richard von Braun, Träger des Ordens *Pour le Mérite*. Man sieht ihn oft als Bettler getarnt in der Stadt – vor dem Reichsgericht, vor dem Felsenkeller, vor der Wächterburg. Überall dort, wo seine Leute gerade seine Befehle ausüben – wo sie morden oder ihre Morde vorbereiten. Er mimt den Blinden und spielt gern das *Lied der Deutschen* auf der Mundharmonika.»

Stainer winkte den Jüngeren hinter sich her zur Tür und ins Zimmer mit dem Krankenbett. «Wir müssen so schnell wie möglich nach Schleußig.» Er deutete auf die Karte und die

Namensliste. «Holen Sie Kupfer und seine Beamten. Und vor allem Heinze.»

«Wollen Sie den Krüppel festnehmen?»

«Selbstverständlich. Ihn und seine Tochter.»

# 64

Anderthalb Stunden später steuerte Junghans den Dux neben der Schleußiger Kirche an den Straßenrand. «Hier muss es sein.» Stainer deutete über eine große Kreuzung zu einem Haus, vor dem ein Mercedes und ein Hansa standen. «Schalten Sie die Scheinwerfer aus.» Die Lichter des Wagens erloschen, Gaslaternen streuten mattes Licht über Kirchplatz und Straßenränder.

Die Automobile räumten Stainers letzte Zweifel aus, denn Rosa Sonntag hatte berichtet, dass die Männer, die in ihre Villa eingedrungen waren, in einem dunklen Mercedes Cardan vorgefahren waren. Auch Heiland hatte den Wagen erwähnt – in seiner Nachricht an Junghans. Dass Tilger einen Hansa fuhr, hatte Kupfer inzwischen ermittelt. Die meisten Fenster des Hauses, vor dem die beiden Fahrzeuge standen, waren erleuchtet.

Stainer lehnte sich in seinen Sitz zurück. «Warten wir auf den Mannschaftswagen.» Er zündete sich eine Salem an und registrierte, dass seine Hände kaum noch zitterten. Auch innerlich fühlte er sich seltsamerweise vollkommen ruhig. Er wunderte sich über sich selbst, denn immerhin würden sie in wenigen Minuten eine militärisch organisierte Mörderbande angreifen.

Es liegt an Edith, sagte er sich, sie ist tot, und du hast nun nichts mehr zu verlieren.

Auch einer der drei Wachtmeister hinter ihm rauchte. Junghans zog seine Parabellum und entsicherte sie. Er schien nervös zu sein, denn seine Kaumuskeln arbeiteten unentwegt. Trotzdem und obwohl er fast fünfzehn Jahre jünger war als er, war Stainer froh, ihn an seiner Seite zu wissen.

Weil er Heinze nicht traute, hatte er Kupfer bei ihm in der Wächterburg gelassen. Beide leiteten die Spurensicherung in der Lützner Straße, führten die erste Vernehmung des Obersts und seiner Tochter durch und kümmerten sich um Haftbefehle und einen nachträglichen Durchsuchungsbeschluss.

Stainer machte sich nichts vor: Sein Kommissar würde ihn bei Kasimir anschwärzen, weil er ohne richterlichen Beschluss in die Wohnung der Bergen eingedrungen war, doch das ließ ihn kalt.

Wenn er an der Zigarette zog, musste er an Edith denken und ihre Art, mit gestreckten Fingern die Zigarette zum Mund zu führen. Vor vier Tagen hatte er sie zuletzt rauchen sehen – am Küchentisch in der Gustav-Freytag-Straße. Bei der Erinnerung daran stiegen ihm Tränen in die Augen, die er vergeblich versuchte, wegzublinzeln.

«Was sagt die Uhr?», fragte er laut und mit heiserer Stimme.

Junghans hielt das Handgelenk mit seiner Armbanduhr an die Seitenscheibe, durch die Gaslicht vom Straßenrand in den Wagen fiel. «Sechs vor neun», antwortete er.

Auf der Rödelstraße fuhr eine Elektrische vorbei. Hinter ihr folgte ein Paar Scheinwerfer. «Der Mannschaftswagen», sagte einer der Wachtmeister auf dem Rücksitz. Das Fahrzeug hielt auf der anderen Seite der Kreuzung und schaltete die Lichter aus.

«Gehen wir.» Stainer stieß die Beifahrertür auf und wäre beinahe gestolpert beim Aussteigen, so weich waren seine Knie. Ein Bild blitzte durch seinen Kopf und trieb ihm erneut Tränen in die Augen: Edith, wie sie aus der Elektrischen in seine Arme stolperte.

Er drückte die Wagentür zu, warf seine Zigarette weg und blickte, während er die Zähne zusammenbiss, in den Nachthimmel. Der Mond war ein trübes, zerfließendes Auge hinter dunklen Wolken; es würde Regen geben. Oder doch Schnee?

Auch am Mannschaftswagen drüben öffneten sich nun die Türen. Ein Wachtmeister nach dem anderen stieg aus. Stainer zog sich den Hut in die Stirn und klappte den Mantel hoch. An Junghans' Seite lief er über den Platz vor der Kirche und dann über die Kreuzung. Links und rechts von ihnen schwärmten die uniformierten Kollegen aus.

Stainer hatte Beamte aus allen Abteilungen zusammengetrommelt, ihnen in einer Notfallsitzung seinen Zugriffsplan erläutert und sie angewiesen, sich mit Gewehren zu bewaffnen. Jeder der Männer war auf den Ernstfall vorbereitet und wusste, was er zu tun hatte, sollten Renkewiz und seine Leute sich mit Waffengewalt gegen ihre Festnahme wehren. Stainer zweifelte nicht daran, dass sie das tun würden.

Sie hatten die Mitte der Kreuzung erreicht, als plötzlich neben dem Haus ein Pfiff und gleich darauf eine Ballhupe ertönte. Eine Katze sprang von der Hofmauer und hetzte über die Straße. Die Scheinwerfer des Mercedes Cardan flammten auf, sein Motor sprang an und fast im gleichen Moment wurde die Haustür aufgestoßen.

Stainer und Junghans rannten los, doch da blitzten im Hof und in einem dunklen Fenster des Hauses Mündungsfeuer auf. Stainer warf sich auf die Straße und riss Junghans mit sich, der noch im Fallen auf das dunkle Fenster schoss. Der Schusslärm der so dicht neben ihm abgefeuerten Parabellum dröhnte Stainer in den Ohren, da schoss Junghans schon wieder, und drüben in der Hausfassade zersplitterte eine Fensterscheibe.

Im nächsten Moment rannten zwei Männer in geduckter

Haltung aus dem Haus. Sofort schossen sie auf Stainer und Junghans und hörten auch dann nicht damit auf, als sie schon in den Mercedes gesprungen waren. Kugeln pfiffen über die beiden Kriminalisten hinweg oder schlugen neben ihnen in die Straße ein. Die Wagentüren waren noch nicht zugefallen, da fuhr die Limousine schon mit kreischenden Reifen an und raste in Richtung Wald davon. Stainer zielte auf ihre Räder und drückte ab, bis sein Magazin leer geschossen war.

Längst hatten auch die Wachtmeister vom Kirchplatz und von der Rödelstraße aus das Feuer eröffnet. Während der Mannschaftswagen anrollte, stürmten vier von ihnen im Feuerschutz der Kollegen das Haus. Innerhalb von Sekunden fuhr der Transporter mitten auf die Kreuzung und hielt mit schreienden Bremsen zwischen den auf der Straße liegenden Kriminalisten und dem davonrasenden Mercedes.

«Los, Junghans!» Stainer sprang auf. «Rein!», brüllte er und riss die hintere Tür auf. Sie warfen sich auf die Sitzbank. «Hinterher, Börner!»

Der Wagen fuhr an und raste in die Rödelstraße hinein und dem Wald entgegen. Die Rücklichter des Mercedes waren noch zu erkennen. Diesmal war Stainer froh, den graubärtigen Draufgänger Theodor Börner am Steuer zu wissen. «Holen Sie alles aus der Kiste heraus, was in ihr steckt!», rief er ihm zu, während er Patronen in sein Magazin drückte.

«Ich tu mein Bestes, Herr Inspektor!» Börner brüllte gegen den Motorenlärm an. Sie ließen Schleußig hinter sich und rasten in den Wald.

«Renkewiz versucht, über den Schleußiger Weg in die Stadt zu entkommen!», rief Stainer. Links und rechts flogen die Baumstämme und Büsche des nächtlichen Waldrandes vorüber.

«Sind Sie sicher, dass Renkewiz in dem Wagen sitzt, Herr Inspektor?» Junghans machte eine skeptische Miene.

«An der Somme war er mein Hauptmann, den erkenne ich am Schritt und an der Körperhaltung.» Stainer schlug das Magazin in den Griff seiner Dienstwaffe. «Der zweite könnte Tilger gewesen sein. Jedenfalls war er von untersetzter Gestalt und trug eine Schildmütze.» Wie Galle stieg ihm der Hass in die Kehle – es war ihm unmöglich, mit kühlem Kopf an Ediths Mörder zu denken.

«Die Rücklichter des Mercedes' sind verschwunden!», brüllte Börner. «Ich glaube, die wollen über die Linie nach Markkleeberg abhauen!» Der graubärige Wachtmeister riss das Steuer nach rechts, sodass Stainer und Junghans gegen die Fahrerseite stürzten.

Über die Linie, eine zumeist kerzengerade Straße, rasten sie durchs Leipziger Ratsholz nach Süden. Bald tauchten die Rücklichter des Mercedes wieder auf, rückten nach und nach sogar näher.

«Ich glaub, mich laust der Affe!», brüllte der alte Kollege am Steuer. «Ich glaub, wir kriegen ihn doch noch!»

Stainer beugte sich über die Sitzlehne. «Ich habe auf die Reifen gezielt!», rief er. «Wahrscheinlich habe ich getroffen!»

Tatsächlich blieb der Mercedes kurze Zeit später stehen. Seine Türen wurden aufgestoßen, drei Männer sprangen heraus und rannten in den Wald. Da lehnte Junghans sich schon aus dem Fenster und feuerte auf sie. Börner trat auf die Bremse und brachte den Mannschaftswagen knapp vor der Stoßstange des Mercedes zum Stehen.

«Die Taschenlampen!», rief Börner und reichte zwei Stablampen nach hinten. Er selbst langte sein Gewehr aus dem Fußraum und kletterte aus dem Wagen. Junghans hatte die Tür aufgestoßen und richtete den Lichtkegel seiner Lampe in den Wald – Umrisse dreier Gestalten bewegten sich zwischen den Bäumen. Junghans riss seine Parabellum hoch und schoss. Eine der Gestalten verschwand.

«Hinterher!» Stainer warf seinen Hut zurück in den Wagen und lief los, die anderen beiden folgten ihm. Er hetzte durchs Unterholz, versuchte, möglichst auf Baumstämme zuzurennen, um eine Deckung zwischen sich und Renkewiz aufrechtzuerhalten, und leuchtete in den dunklen Wald hinein.

Kaum dreißig Schritte vor ihm blitzte auf einmal Mündungsfeuer auf, ein Schuss krachte, und eine Kugel schlug irgendwo neben Stainer in einem Baumstamm ein. Stainer schaltete die Lampe aus, zielte blind und feuerte – jemand schrie auf. Geduckt und von Stamm zu Stamm huschend, näherte er sich dem Getroffenen.

«Nicht mehr schießen», stöhnte jemand. «Ich ergebe mich.»

Ein Lichtkegel von links riss einen Mann in schwarzem Ledermantel aus der Dunkelheit – Stainer erkannte den Mann wieder, der mit Baumanns Tasche über das Brachland vor Rosa Sonntags Villa zur Bahnlinie geflohen war. Er hielt sich die rechte Schulter. Junghans sprang aus seiner Deckung, leuchtete ihm ins Gesicht und entwaffnete ihn.

Sie überließen es dem keuchenden Börner, ihn zu fesseln und abzuführen. «Weiter.» Stainer winkte Junghans hinter sich her in den dunklen Wald. «Lampe auslassen.» Sie blieben stehen und lauschten. Nirgendwo raschelte mehr Laub unter Schritten, aus keiner Richtung hörten sie noch Zweige splittern.

«Sie haben sich in eine Deckung verkrochen, um uns aufzulauern», flüsterte Stainer.

Hinter einem Baumstamm gingen sie in die Hocke. Irgendwo hinter ihnen entfernten sich die Schritte Börners und des Angeschossenen. «Wie ich Renkewiz kenne, wird er versuchen, den Mannschaftswagen zu kapern», flüsterte Stainer. «Sie bleiben hier in Deckung, Junghans, Sie sind der bessere Schütze. Ich schlage einen Bogen und werde irgendwann ein paar Äste werfen, damit sie glauben, wir seien an ihnen vorbeigelaufen.» Junghans bestätigte, und Stainer schlich ins Unterholz.

So lautlos er konnte, bewegte er sich in einem weiten Bogen von Süden nach Osten. Wo er einen kurzen Ast tastete, nahm er ihn mit. Nach zweihundert Metern etwa kniete er zwischen zwei Baumstämmen und lauschte in die Dunkelheit. Nirgendwo das leiseste Geräusch, nichts.

Plötzlich riss die Wolkendecke auf, Mondlicht sickerte durch die kahlen Baumkronen ins Unterholz. Direkt neben Stainer glänzte zwischen einem Buchenstamm und braunen Farnhalmen ein Spinnennetz auf. Ein Tausendfüßler hatte sich darin verfangen und versuchte, sich herauszuwinden. Das Netz erbebte unter seinem Gestrampel, und eine große Spinne schoss vom Buchenstamm aus in ihr Netz und wickelte ihn blitzschnell in klebriges Gespinst. Stainer sah fasziniert zu.

Bis ein Rascheln ihn aufhorchen ließ. Er schleuderte einen der Äste in die Dunkelheit, doch nichts geschah. Auf einmal schrie Junghans: «Hinter Ihnen!» Stainer hechtete in den Farn, drehte sich auf den Rücken und schoss fast im selben Augenblick wie der Mann hinter ihm. Dessen Mündungsfeuer beleuchtete einen Wimpernschlag lang seine untersetzte Gestalt und seine Stirnmütze. Er ließ seine Waffe fallen, brüllte seinen Schmerz heraus und schlug im Unterholz auf.

Stainer sprang zu dem Angeschossenen und leuchtete ihm ins schmerzverzerrte Gesicht. Da es nicht Renkewiz war, der sich da zu seinen Füßen brüllend im Gestrüpp krümmte, konnte es nur Tilger sein. Wieder fiel ein Schuss – Stainer schaltete die Stablampe aus und hörte, wie jemand durch die Büsche davonrannte.

«Ich glaube, ich habe Renkewiz erwischt.» Junghans tauchte zwischen den Stämmen auf und deutete nach Osten. «Weit wird er nicht kommen, dann steht er vor der Pleiße. Können Einarmige schwimmen?»

Stainer rannte los, hetzte von Baumstamm zu Baumstamm. Hinter ihm rissen Tilgers Schmerzensschreie nicht mehr ab. Er hörte Zweige splittern und Laub rascheln – Renkewiz gab sich keine Mühe mehr, Geräusche zu vermeiden; offenbar hatte Junghans ihn tatsächlich getroffen. Stainer kam ihm immer näher, sah schon bald die Umrisse seiner Gestalt und erkannte, dass der Einarmige hinkte. Hin und wieder blieb er stehen und feuerte ungezielt hinter sich.

Jetzt, wo er sicher sein konnte, ihn einzuholen, ging Stainer kein Risiko mehr ein. Die Deckung von Buschwerk und Bäumen ausnutzend, schlich er sich in Renkewiz' Flanke. Als kaum noch zwanzig Schritte sie trennten, erhob er sich zwischen zwei Bäumen aus dem Unterholz. Nur wenige Meter entfernt hörte er die Pleiße rauschen und gurgeln. Er richtete seine Pistole auf die hinkende Gestalt zwischen den dunklen Stämmen. «Es ist vorbei, Gregor! Gib auf.»

Renkewiz warf sich ins Gebüsch, schoss und verfehlte Stainer. «Es war ein Fehler, dich damals am Leben zu lassen!», brüllte er. «Ein verdammter Fehler!»

«Es war ein Fehler, meine Frau zu töten.» Stainer hielt seine Dreyse mit beiden Händen fest und ließ den Lauf zwischen einem Baumstamm und einem Busch hin- und herwandern. «Dein tödlichster Fehler!»

«Tilger hat sie erschossen!»

«Ich weiß!» Stainer feuerte in die Richtung, aus der er die Stimme hörte. «Doch du hast den Befehl gegeben.» Er hörte Renkewiz aufstöhnen, er hörte Laub rascheln, er hörte Äste splittern – und dann klatschte und rauschte es, als würde ein schwerer Körper im Wasser aufschlagen.

Die Waffe im Anschlag, schlich Stainer zu Renkewiz' letzter Deckung und von da aus zum Fluss. Irgendwo hinter ihm im Wald brüllte noch immer Tilger seinen Schmerz in die Nacht hinaus. Und Renkewiz rief um Hilfe. Stainer ging am Ufer entlang, bis er ihn in der Pleiße treiben sah.

«Hilf mir, Paul! Ich habe zwei Kugeln im Bein!»

«Meine Frau hatte eine im Kopf.» Stainer stapfte am Ufer entlang durchs Unterholz, sah ihn mit dem rechten Arm rudern, sah ihn auf- und untertauchen.

«Komm ins Wasser, Paul!» Renkewiz hustete und prustete. «Du musst mir helfen! Ich kann doch mit einem Arm nicht schwimmen!» Stainer ging am Ufer neben ihm her und antwortete nicht.

«Hilfe, ich ertrinke! Du bist mir was schuldig, Paul! Hol mich hier raus!»

«Ich bin dem Gesetz schuldig, dich vor Gericht zu bringen. Dir schulde ich gar nichts.»

«Dann tu deine Pflicht! Rette mich und bring mich in den Knast!»

Stainer lachte trocken und bitter. «Siehst du irgendwo einen Polizisten?» Er steckte die Waffe weg. «Ich bin hier als Witwer und werde drei Kreuze schlagen, wenn einer weniger von deiner Sorte die Welt unsicher macht.»

«Das kannst du nicht machen, Paul!» Renkewiz prustete und hustete, strampelte und schlug mit dem rechten Arm ins Wasser. «Hilf mir …!»

Ohne auch nur eine Spur von Genugtuung zu empfinden, ging Stainer neben dem rufenden, strampelnden Renkewiz her. So lange, bis der Einarmige verstummte und im Fluss versank.

# EPILOG

Nach der Beerdigung schob er seinen Vater zu einer Kutsche mit vier Pferden, die vor dem Friedhof wartete. Schon seit die ersten Kraftwagen durch Leipzig rollten, weigerte der Alte sich standhaft, in einem zu fahren. Stainer packte ihn auf die Rückbank neben seine Mutter, während Kupfer und Junghans den Rollstuhl auf der kleinen Ladefläche befestigten.

Ediths Eltern verabschieden sich mit knappen Worten. Stainers Schwiegereltern waren nicht gut auf ihn zu sprechen – vielleicht, weil er sich weigerte, am sogenannten Trauerschmaus teilzunehmen, vielleicht, weil inzwischen zu ihnen durchgedrungen war, dass ihre Tochter, wenn man es genau nahm, seinem Beruf zum Opfer gefallen war.

Der Kutscher ließ die Peitsche knallen, die Pferde zogen an, und die Kutsche rollte davon. Stainer winkte.

«Trauerschmaus», sagte er halb zu sich selbst halb zu Junghans und Kupfer. «Keine Ahnung, was es da zu schmausen gibt.» Er holte das Zigarettenetui aus der Manteltasche. «Außerdem würde ich sowie nichts herunterbringen.»

Kupfer, im schwarzen Mantel über schwarzem Anzug und mit Zylinder, senkte betreten den Blick. Junghans entdeckte Bekannte am Tor des Neuen Johannisfriedhofs, winkte und ging zu ihnen.

«Ich schlage vor, wir schauen noch kurz in der Wächterburg vorbei und gehen dann auf zwei, drei Biere ins *Zillertal*», sagte Stainer.

«Was wollen Sie denn in der Wächterburg, Herr Inspektor?»

«Einen Anruf erledigen, der mir seit zwei Wochen unter den Nägeln brennt.»

«Ich muss nach Hause.» Kupfer drückte ihm die Hand. «Vielleicht stoße ich später im *Zillertal* zu Ihnen.»

«Ich spendiere Ihnen einen sächsischen Wildschweinbraten, lassen Sie sich den um Gottes willen nicht entgehen, Kupfer.» Der Oberwachtmeister nickte und machte sich auf den Weg zur Haltestelle.

Stainer drehte sich nach Junghans um – und traute seinen Augen nicht: Sein Assistent hielt eine junge Frau an der Hand und sprach mit ihr. Die Dame trug Schwarz. Genau wie die drei Knaben und die Frau neben ihr. Erst auf den zweiten Blick erkannte Stainer die Straßenbahnfahrerin. «Die Familie König auf dem Friedhof?» Im schwante Böses. Rauchend ging er zu der Trauergesellschaft.

Josephine König kam ihm entgegen, eine Zigarette in der Rechten. «Mein herzliches Beileid, Herr Inspektor!» Sie schloss ihn in die Arme – so völlig ohne Vorwarnung, dass Stainer sich nicht dagegen wehren konnte. «Siggi hat mir erzählt, was geschehen ist.» Sie schob ihn von sich, schaute ihm in die Augen und schüttelte den Kopf. «Wie furchtbar!» Stainer, dessen Kehle auf einmal wie zugeschnürt war, brachte kein Wort heraus.

«Wir haben meinen Mann Sigurd beerdigt», erzählte Josephine König. «Die Reichswehr hat den Platz bei Verdun ausfindig gemacht, wo er mit Zehntausenden anderen verscharrt lag. Meine Schwiegereltern sind gestern aus Frankreich zurückgekehrt und haben mitgebracht, was von ihm übriggeblieben ist.» Sie wischte sich eine Träne von der Backe. «Damit die Kinder vor einem ordentlichen Grab an ihren Vater denken können.»

«Tut mir leid.» Stainer trat seine Zigarette aus. «Und jetzt geht's zum Trauerschmaus?»

Sie schüttelte den Kopf. «Meinen Schwiegereltern ist nicht danach und mir fehlt das Geld für so was.»

Stainer sah zu Junghans und dem Mädchen hin. Die beiden steckten die Köpfe zusammen und wirkten seltsam vertraut. Die drei Jungens standen etwas verloren ein wenig abseits.

«Ich lade Sie ein, Fine. Kommen Sie in etwa einer Stunde ins *Zillertal* im Preußergäßchen. Es gibt sächsischen Wildschweinbraten.»

«Das kann ich nicht annehmen!» Sie machte große Augen.

«Ich weiß, was Sie alles können, Fine. Sie kommen in einer Stunde mit Ihrer ganzen Bande ins *Zillertal*, oder der Teufel soll Sie holen.» Ein Grinsen gelang ihm, dann wandte er sich ab und ging zum Dux. Den hatte er sich zur Feier des Tages beim Polizeiamt ausgeliehen.

Junghans stieg zu ihm auf den Beifahrersitz. Stainer räusperte sich. «Die Mutter Ihrer Flamme hat mir erzählt, warum Sie hier sind.» Stainer fuhr zur Russischen Kapelle und bog in die Windmühlenstraße ab. «Unter Zehntausenden Gefallenen einen einzelnen Soldaten finden und ausgraben – wie geht das, Herr Kollege?»

«Die Franzosen haben die Bajonette oder Säbel der Gefallenen an der Stelle in die Erde gerammt, wo sie einen begraben haben.» Junghans wusste mal wieder Bescheid. «An denen haben sie die Blechmarken der Toten aufgehängt. Irgendwer wird wohl eine Art Landkarte des Todes gedruckt haben.» Sein Assistent zuckte mit den Schultern. «Vielleicht das französische Rote Kreuz. Man muss natürlich einen Sarg mitbringen, damit sie die Gebeine ausbuddeln.»

«Und was lassen die Franzmänner sich für so eine Dienstleistung bezahlen?»

«Fines Schwiegereltern mussten ein großes Waldstück verkaufen, um die Reise, die Bergung und den Transport der Leiche zu bezahlen.»

In der Wächterburg später goss Junghans den Gummibaum und Stainer wählte die 90, um in der Fernsprechzentrale des Neuen Rathauses ein Ferngespräch nach Dinant anzumelden. Boris Leclerc war sofort in der Leitung.

Stainer erzählte ihm, dass der Oberst, der den Befehl zur Erschießung seiner Schwester gegeben hatte, in Untersuchungshaft saß und man ihn vor Gericht stellen würde. Auch dass der Offizier tot war, der die Erschießung kommandiert hatte, erzählte er ihm. Leclerc machte nicht viele Worte. Er berichtete, dass der Sohn seiner Schwester im Kirchenchor sang, wie sie früher, und dass er nach Lüttich gehen würde, um Musik zu studieren. Wie seine Mutter. Dann bedankte er sich und legte auf.

Stainer stand auf, ging zum Fenster und schaute auf den Peterssteinweg hinunter. Eine Zeitlang stand er so und dachte an Edith. Schließlich zog er sein Taschentuch aus der Hose und trocknete seine nassen Augen. Dann drehte er sich um und schaute zu, wie Junghans ein paar verwelkte Blätter vom Gummibaum zupfte. Einige gelbe Blätter färbten sich tatsächlich wieder grün, und einige neue sprossen auch schon.

«Sie müssen jetzt gleich einen sächsischen Wildschweinbraten essen, Junghans. Doch vorher hören Sie mir bitte zu.» Er ging zum Gummibaum. Junghans runzelte die Brauen.

«Wenn Sie am Montag im Wald nicht so laut geschrien hätten, wären Sie heute auf einer Doppelbeerdigung gewesen.»

«Ja, das war ziemlich knapp, Herr Kriminalinspektor.»

«Zum Glück, denn sonst könnte ich dir jetzt nicht sagen, dass ich dich verdammt gut finde. Du nennst mich also in Zukunft Paul, hast du das verstanden, Siggi? Einfach nur Paul. Und vor allem pass ein bisschen besser auf dich auf, als ich auf mich aufzupassen pflege. Es gibt nämlich nicht viele wirklich gute Leute bei der Polizei, und ich brauche einen wie dich an meiner Seite. Verstanden?»

Erst fiel dem Jüngeren die Kinnlade herunter, und dann konnte Stainer beobachten, wie ihm das Blut ins Gesicht stieg.

«Jawohl, Herr Kriminalinspektor …» Erschrocken hielt er inne, grinste verlegen und versuchte es dann noch einmal: «Verstanden, Paul.»

# DANKSAGUNG

Folgenden Menschen möchte ich herzlich danken …

Gerd Müller, Erster Kriminalhauptkommissar a. D., für die Aufklärung über die Geschichte der Leipziger Polizei und zahlreiche Informationen über Personal, Ausstattung und Polizeiarbeit in der Leipziger «Wächterburg» der zwanziger Jahre.

Jens Strobel vom Leipziger Straßenbahnmuseum für die kleine Zeitreise in die Welt der «Elektrischen» des Kaiserreichs und der frühen Weimarer Jahre.

Anett Müller, Referentin im Stadtarchiv Leipzig, für die Aufklärung über die Geschichte der Versorgung ihrer schönen Stadt mit Strom und Gas.

Frieder Waas, Bischof der Herrnhuter Brüdergemeine, für die hartnäckige Suche nach den Losungen des Februars 1920.

Peter und Regina Molden von der Literaturagentur Molden für ihre sorgfältige Beratung und einfühlsame Begleitung auf dem Weg von der Idee bis zu den ersten Texten dieses Buches.

Familie Ziebula fürs Mitlesen, Mitfühlen und für so viel Ermutigung und Geduld.

Sabine Scheurer, Teamleiterin der Abteilung Fernleihe bei der Badischen Landesbibliothek Karlsruhe, und ihren Kollegen für die zuverlässige Versorgung mit Literatur zu den vielfältigen Facetten dieses Buches.

Judith Mandt, Hebamme für Geschichten und Geschichten gebärende Schreiber beim Rowohlt Verlag, für den Anstoß und die offene Tür zu dieser Erzählung und für ihre zielstrebige und ebenso strenge wie wertschätzende Begleitung von der ersten Zeile bis zu folgendem Punkt.

*Thomas Ziebula, Karlsruhe im Juni 2019*